L'EMPREINTE
DU DIABLE

KAREN HALL

L'EMPREINTE
DU DIABLE

traduit de l'américain
par Michel Gaubert

l'Archipel

Ce livre a été publié sous le titre
Dark Debts
par Random House, New York, 1996.

Si vous désirez recevoir notre catalogue
et être tenu au courant de nos publications,
envoyez vos nom et adresse, en citant ce
livre, aux Éditions de l'Archipel,
4, rue Chapon, 75003 Paris.
Et, pour le Canada,
à Édipresse Inc., 945, avenue Beaumont,
Montréal, Québec H3N 1W3.

ISBN 2-84187-110-X

Pour le type en chemise de flanelle

« Si seulement c'était aussi simple ! Si seulement il existait quelque part des gens mauvais, commettant leurs méfaits dans l'ombre, et s'il suffisait de les séparer du reste de la société et de les détruire. Mais la frontière entre le Bien et le Mal passe en plein centre du cœur de chaque être humain. Et qui est prêt à détruire une partie de son propre cœur ? »

Alexandre Soljenitsyne, *L'Archipel du Goulag*

Trop peu de rançons des ténèbres
Sont jamais versées

Extrait d'un poème de Gary Gilmore

Prologue

Michael était assis sur le banc des témoins, avec la nette impression d'être un enfant de six ans à qui l'on vient d'annoncer que l'infirmière reviendrait d'un instant à l'autre avec sa piqûre. Cela faisait une éternité qu'il observait l'avocat de la défense aller et venir dans le prétoire d'un air pensif. Scott Bender. Commis d'office, et jouissant d'être enfin sous les feux de la rampe. Michael l'avait trouvé antipathique dès leur première rencontre, sans motif précis – à l'instant même où il lui avait dit «heureux de vous rencontrer». Quelque chose dans son attitude. De l'arrogance, sans l'argent ou l'éducation la justifiant. La famille de Michael était riche et il avait reçu une bonne éducation, puis avait choisi d'embrasser une carrière qui exigeait qu'il reste très discret sur ses origines. C'est sûrement pour cette raison qu'il éprouvait du ressentiment vis-à-vis de Bender – de la même façon qu'une personne au régime n'apprécie guère que des obèses se goinfrent devant elle.

– Père Kinney – il lui donnait du «Père» toutes les trois questions, de peur sans doute que les jurés le prennent tout à coup pour un courtier en assurance portant un col d'ecclésiastique –, Père, répéta Bender à l'intention des plus stupides, l'évêque Roger Wilbourne est-il votre supérieur immédiat ?

– Non.

– Qui est donc votre supérieur ?

– Frank Worland. Le jésuite provincial.

– Pouvez-vous nous expliquer comment fonctionne votre ordre ?

Si le jury avait du mal à se rappeler sa profession, Michael doutait qu'il pût appréhender la complexité de la hiérarchie interne des jésuites. En outre, il ne comprenait pas le rapport avec l'affaire qui les occupait présentement. Mais Perry Mason aurait dû y penser avant de poser la question. Michael expliqua.

11

Les provinces. Les régions. Les recteurs. Les provinciaux. Le Père Général. Rome. L'équilibre délicat des Jésuites. Pour les siècles des siècles, amen.

— Donc, si vous vouliez faire quelque chose qui... sorte de l'ordinaire, demanda Bender, il vous faudrait l'accord de votre provincial ?

— Dans la plupart des cas, oui.

— C'est-à-dire de Frank Worland ?

— Oui.

Michael voyait Frank qui, assis au troisième rang, ne le quittait pas des yeux. Il avait du mal à s'y habituer. Jusqu'au début de cette histoire de dingues, Frank était son ami. Pas vraiment un ami intime, mais assez proche pour qu'ils dînent ensemble ou jouent au squash de temps en temps. Cette époque était révolue, il le savait. Leur conversation tendue de la veille pesait encore dans sa tête.

— *Michael, le procès est dans moins de douze heures.*

— *Ne m'en parle pas. Et cette coiffure qui ne me va pas du tout !*

— *Il y a une solution toute simple, tu sais.*

— *Je ne trouve pas que mentir soit simple.*

— *Personne ne te demande de mentir. Tout ce qu'il te suffit de faire, c'est d'invoquer le sceau de la confidentialité.*

— *Frank, rien de ce qui s'est passé ne m'a été dit confidentiellement. Bien au contraire, et tu le sais parfaitement.*

— *Mais le juge ne le sait pas, et la défense n'a aucun moyen de le prouver.*

— *Formidable ! Je suis content que tu ne me demandes pas de mentir...*

— *Tout ce que tu y gagneras, c'est encore une fois de la mauvaise publicité pour l'Église. C'est ce que tu veux ?*

— *Non, bien sûr, je préférerais de beaucoup que nous arrêtions de faire tout ce qui nous attire cette mauvaise publicité.*

— *Oh ! pour l'amour du Ciel, Michael !*

— *Quoi ?*

— *Tu ne trouves pas que tu es un peu vieux pour jouer les idéalistes ?*

— Donc, continua Bender, Frank Worland était le supérieur hiérarchique dont vous deviez obtenir la permission pour vous occuper de la... situation de mon client ?

Michael secoua la tête.

— Non. Pour ça, j'avais besoin de la permission de l'évêque.

Il n'en avait pas parlé à Frank – c'était une des principales raisons de la colère de Worland. Mais, comme Michael avait tenté de l'expliquer, il s'était engagé dans cette histoire en pensant qu'il accordait une petite faveur à un vieil ami. Il en aurait sûrement parlé à Frank s'il avait su que cela aboutirait à un triple meurtre.

– Et vous n'avez pas eu la permission de l'évêque, c'est bien ça ?

– C'est bien ça.

– Vous avez donc pris la décision d'agir sans l'autorisation de votre hiérarchie, n'est-ce pas ?

– Oui.

– Pourquoi donc ?

Michael réfléchit un instant pour trouver une formulation diplomatique.

– J'ai pensé que la situation était... critique.

Bender acquiesça. Michael se prépara à la question qu'il redoutait et qui ne pouvait manquer de suivre. Mais non. Bender retourna simplement à la table de la défense pour vérifier ses notes.

Michael en profita pour parcourir du regard l'auditoire. La salle d'audience était pleine à craquer pour le troisième jour consécutif. Les gens faisaient la queue le matin pour avoir une bonne place. Les deux premiers jours avaient été plutôt ennuyeux, mais leur persévérance allait bientôt être récompensée. Aujourd'hui ils allaient en avoir pour leur argent.

Oh, oh...

Cette femme. La rédactrice du *New Yorker*.

Bon sang.

Il ne l'avait pas encore vue ce matin, et en avait conclu que Dieu avait accepté son marché : tout ce qu'il possédait (ou tout ce qu'il serait amené à posséder) en échange d'un rendez-vous urgent qui éloignerait la journaliste de la salle d'audience. C'était déjà assez dur de devoir se ridiculiser en public sans qu'en plus elle soit assise à moins de cinq mètres de lui. Comment s'appelait-elle déjà ? Tess quelque chose. Tess Mac quelque chose. Un joli nom pour une jolie femme. Elle était vêtue d'une veste vert émeraude qui mettait en valeur sa longue chevelure rousse. Des cheveux magnifiques, qu'il lui avait toujours vu porter noués en arrière. Il l'avait rencontrée dans le hall le premier jour du procès – et, l'entendant poser des questions à son sujet, il en avait profité pour se présenter.

– *Vous êtes le Père Kinney ?*

– *Oui.*

– *Pas possible.*

– *Vous vous attendiez à qui ? Bing Crosby ?*

13

– Je ne sais pas. Je suis catholique non pratiquante, j'ai passé pas mal d'années dans des écoles paroissiales et je n'ai jamais vu de prêtre qui vous ressemble... Je n'en ai jamais rencontré qui rougisse, non plus.

– Eh bien ! Je suppose que c'est la journée des premières fois.

Elle lui avait demandé s'il accepterait une interview pour l'article qu'elle écrivait sur le procès. Il lui avait répondu qu'il y réfléchirait. La veille, elle avait laissé deux messages sur son répondeur mais il ne l'avait pas rappelée. Elle leva les yeux sur lui et lui sourit. Il ne répondit pas davantage à son sourire. Il n'avait vraiment pas envie de flirter. En outre, il savait combien il était vulnérable en ce moment. Un rien suffirait pour que le flirt se transforme en quelque chose de moins anodin. Surtout avec une femme aussi belle qui, métier oblige, avait sûrement de la suite dans les idées. Cette combinaison avait déjà causé sa perte par le passé, et il s'était juré de ne plus jamais commettre la même erreur. Les conséquences se révélaient trop dévastatrices pour les personnes impliquées.

Bender venait d'émerger de son bloc-notes.

– Mon Père, nous avons déjà parlé du magazine que vous dirigez. Quels types d'articles publiez-vous ?

Il y avait quelque chose de subtilement condescendant dans la voix de l'avocat. Michael ne parvenait pas à savoir, au juste, d'où lui venait cette impression, mais il sentait que ce devait être quelque chose du genre *« J'ai passé ma vie à lutter pour la vérité et la justice, et toi, à gober des histoires de vieilles filles. »* Avec, pour couronner le tout, une petite touche de *« et en plus, tu es puceau »*. Michael avait eu le temps de s'habituer à toutes ces allusions, mais cela le gênait quand même.

– Nous publions des articles d'exégèse, répondit Michael en s'efforçant de rester le plus naturel possible. Des articles écrits par des prêtres. Des sociologues. Des historiens de la religion.

– C'est donc un magazine sérieux. Les gens le considèrent-ils comme tel ?

– C'est du moins ce que j'espère. *Eh oui, ducon ! C'est drôle, mais il y a encore des gens qui prennent ces bondieuseries au sérieux.*

– Vous ne publiez pas d'articles sur des sujets comme « L'apparition de la Vierge Marie sur une porte de garage » ?

– Si nous le faisions, ce serait dans la rubrique « psychose et hallucinations collectives », et l'auteur de l'article serait un psychologue jésuite.

14

Bender acquiesça. Michael prit sa respiration. Malgré tous ses efforts, il n'arrivait pas à se convaincre que cet abruti défendait la même cause que lui.

— Mon Père, vous définiriez-vous comme un sceptique ?

— D'une façon générale, oui.

— Pourriez-vous être plus précis ?

— Je suis prêtre : je ne peux donc être qu'un sceptique... de circonstance.

— D'accord. Laissez-moi vous poser quelques questions. Croyez-vous aux ovnis ? Aux enlèvements par des extraterrestres ?

— Non.

— A ces histoires de cercles laissés dans les champs par des soucoupes volantes ? Au bétail mutilé ? Au vaudou ?

— Non.

— Au monstre du Loch Ness ?

— Non.

— Aux combustions spontanées ?

— Non, dit Michael, perdant patience. Ni au Père Noël, ni aux statues qui pleurent, ni aux milk-shakes qui guérissent le cancer. En revanche, je pense qu'Elvis est vraiment mort et que Bill Clinton a dû avaler la fumée au moins une fois[1]. Bref, si vous voulez savoir si je suis crédule ou si l'on peut me tromper facilement, la réponse est non.

— Au moins, vous êtes clair, mon Père, commenta Bender.

Il sourit, histoire de rappeler au jury (même si les faits semblaient prouver le contraire) que Michael n'était pas un témoin hostile. Puis il ajouta :

— Mais vous ne deviendrez jamais avocat.

Il y eut des ricanements dans l'assistance, et l'illusion de dignité de Bender fut restaurée.

— Bon. Revenons en arrière. À la veille du jour où vous avez rencontré mon client. Ce jour-là, le Père Michael Kinney, à qui on ne fait pas facilement avaler des couleuvres, croyait-il au diable ?

— Non. Je n'y croyais pas.

— Très bien. Et le jour où mon client a été arrêté... ce jour-là, avez-vous cru au diable ?

Michael ne répondit pas immédiatement, s'octroyant un dernier instant de respectabilité. Il voyait déjà sa photo à la une du

---

1. Pendant la campagne présidentielle de 1992, Bill Clinton a déclaré avoir fumé de la marijuana, précisant toutefois qu'il n'avait jamais avalé la fumée (N.d.T.).

New York Post du lendemain. Il jeta un coup d'œil furtif à Tess Mc quelqu'un. Elle prenait des notes.

– Mon Père ?

Michael tourna son regard vers l'avocat.

– Oui, dit-il. Ce jour-là, j'y ai cru.

Agitation. Murmures. Les reporters se jetant sur leur stylo. Au moins, personne n'avait ri. En tout cas, pas de manière audible.

– La rencontre avec mon client a-t-elle joué un rôle dans ce changement d'opinion ?

– Oui.

– En fait, n'est-il pas vrai que votre rencontre avec mon client est la seule et unique cause de votre revirement ?

– Oui, c'est exact.

– C'est exact. Revenons à cette rencontre. Je voudrais en savoir un peu plus sur votre emploi du temps ce jour-là.

Michael dut attendre que l'avocat consulte ses notes. Le silence était tel qu'il pouvait entendre le crissement du crayon du portraitiste. Il regarda Frank Worland, qui détourna immédiatement les yeux – mais Michael avait eu le temps de saisir l'expression de son visage ; elle lui fit penser à Judas, juste avant que les soldats n'emmènent Jésus hors du jardin des Oliviers.

*

Lorsque les portes de l'ascenseur s'ouvrirent sur le deuxième étage de la résidence des Jésuites, Michael fut assailli par le vacarme d'une réception qui se tenait dans le salon adjacent à la salle à manger. Il y avait toujours une réunion avant le repas, mais elle ne rassemblait jamais plus que les quinze occupants de la maison. D'après la rumeur qui lui parvenait, il devait y avoir aujourd'hui au moins cinquante personnes dans le salon. Les conversations allaient bon train et semblaient enjouées.

Michael se dirigea vers sa chambre. Quoi qu'il se passât, il ne voulait pas y prendre part.

Il avait traversé la moitié du hall quand Larry Lantieri sortit de sa chambre, un verre à la main. Larry disait qu'il avait prononcé un cinquième vœu : ne jamais boire de scotch bon marché.

– Le voilà, dit Larry en souriant. Je parie qu'il est d'excellente humeur.

– Que se passe-t-il ? demanda Michael, en montrant de la tête la direction d'où venait le bruit.

Le sourire de Larry s'élargit :

– Oh ! Mikey. Tu as oublié quel jour nous sommes ?

16

Michael réfléchit un bref instant. Il lui fallait faire un effort pour se rappeler le mois.

– Nous sommes en juillet, dit-il. Fin juillet.

Il venait de comprendre.

– Oh ! bon Dieu...

C'était le 31 juillet. La Saint-Ignace. La fête nationale des jésuites.

Michael soupira :

– C'est comment ?

– Buffet offert par les bienfaiteurs, dit Larry. Tu sais, ces gens qui nous donnent de l'argent pour notre magazine, nous évitant ainsi d'enseigner l'Histoire à des adolescents boutonneux au fin fond de la Louisiane...

Michael se dit qu'il préférait encore les reporters. Au moins, il n'avait pas besoin de sourire. Dans le hall, des inconnus, une coupe de champagne à la main, examinaient les couvertures de magazines encadrées et accrochées aux murs.

– Ils se promènent, dit Michael.

Larry acquiesça.

– Frank nous laisse libres jusqu'à 22 heures. Mais ne t'imagine pas que tu vas pouvoir t'enfermer dans ta chambre. Théoriquement, c'est toi l'hôte.

– Dis-leur qu'un tireur fou a ouvert le feu dans la salle d'audience, et que je ne survivrai sûrement pas.

Il tapota l'épaule de Larry et se dirigea vers sa chambre.

– Où vas-tu ?

– Voir si j'ai des messages, me changer et me pendre dans la douche.

– Tu ne t'en sortiras pas comme ça, lui lança Larry, tandis qu'il refermait la porte de sa chambre derrière lui.

Après avoir passé une journée entière à l'extérieur, il avait en tout et pour tout un seul message sur son répondeur. Rien d'étonnant. Hormis les autres occupants de la maison, il n'avait plus aucun ami. A l'exception, peut-être, du hamster qu'il avait un jour gagné au poker.

Il écouta le message.

– *Salut. C'est Tess McLaren. Encore moi. Je vous appelle parce que je viens de me rendre compte que ce n'est pas à moi de rédiger cet article. J'ai lu quelques trucs que vous avez écrits et... enfin, s'ils décident de vous retirer l'habit à cause de cette histoire, vous pouvez toujours m'appeler et travailler pour moi...*

Le téléphone sonna. Michael arrêta le répondeur et décrocha. Il fut profondément soulagé d'entendre la voix de son grand-père.

– Alors, comment ça s'est passé ?

17

— Je t'enverrai les extraits du *National Enquirer*. Je suis sûr que tu seras fier de moi.

— Je suis fier de toi. Tu as fait ce qu'il fallait.

— Alors, pourquoi est-ce que je me sens au trente-sixième dessous ?

— On ne se sent pas forcément bien lorsqu'on fait ce qu'il faut. Il suffit de sentir qu'on a bien agi.

— Vincent, ça fait cinquante ans que tu me ressors la même rengaine et ça n'a jamais marché jusqu'à présent.

— Je ne me décourage pas facilement.

— Je m'en suis aperçu. Michael se laissa tomber sur la chaise de son bureau. Écoute, je peux te rappeler ? Il faut que j'aille à une foutue soirée.

— Appelle-moi dès que tu pourras. Je veux tous les détails sordides.

— Je peux te les donner tout de suite : je ne suis plus du tout crédible en tant que journaliste, Frank Worland n'est plus mon ami, je ne parierais pas un rond de serviette sur mes chances de voir l'évêque m'adresser un sourire ces dix prochaines années et le jury va sans doute condamner l'accusé. Mais j'ai fait ce qu'il fallait. Dieu est sûrement très impressionné.

— Envoie-moi les journaux.

— Je te ferai une revue de presse.

Michael raccrocha. Il n'avait pas l'intention de vivre cette journée une nouvelle fois. Pas même pour Vincent. Il regarda à travers les stores les fenêtres sales du bâtiment d'en face. L'air était plein du vacarme habituel des klaxons de taxis et des sirènes des ambulances coincées dans les embouteillages. À cette heure de la journée, il trouvait toujours la ville déprimante.

Ôter les habits sacerdotaux lui ferait le plus grand bien, se dit-il. Il les avait en horreur, et ne les portait que lorsqu'il y était obligé. Du reste, les bienfaiteurs ne prêteraient pas attention à sa tenue vestimentaire : il lui suffisait de manifester un semblant d'intérêt pour ce qu'ils lui racontaient.

Il était en train de retirer sa chemise lorsqu'on frappa à la porte. Quelqu'un qui voulait savoir ce qui s'était passé au tribunal ou bien Larry qui revenait pour le traîner à la soirée. Qui que ce soit, il n'y avait pas de quoi se réjouir.

— C'est ouvert, cria-t-il, sans faire le moindre effort pour paraître accueillant.

La porte s'entrouvrit légèrement.

— Vous êtes sûr ?

Une voix de femme. *Bon sang...*

Il remit sa chemise.

— Presque sûr, dit-il, surtout pour lui-même.

Il se dirigeait vers la porte lorsque celle-ci s'ouvrit. Il la vit. Elle portait toujours cette veste verte. Avec une jupe courte. Des jambes qui constituaient à elles seules une raison de pécher, sans même qu'il ait besoin de recourir à son imagination. Rien de bon. Vraiment rien.

— Salut, dit Tess dans un grand sourire.

— Comment avez-vous...?

Il s'arrêta, cherchant ses mots.

— Comment est-ce que j'ai quoi ?

Il essayait de formuler sa question. Était-elle invitée, et si oui, pourquoi ? Ou bien était-elle juste venue lui rendre visite ? Et, de toute façon, comment l'avait-elle trouvé ?

— J'ai demandé à un des invités où était votre chambre, dit-elle en guise de réponse. Pourquoi ? Le règlement interdit aux filles d'entrer dans le dortoir ?

— Même si c'était le cas, je ne suis pas un inconditionnel des règlements, dit-il, espérant que sa voix paraissait plus assurée qu'il ne se sentait. Comme vous le savez sûrement, si vous avez écouté ce qui s'est dit à l'audience.

— De toute évidence, vous n'êtes pas non plus un inconditionnel du téléphone ?

— Non.

Elle n'insista pas, mais son regard en disait assez long.

— Je ne vous évite pas plus que n'importe qui d'autre, ajouta-t-il. J'ai quelques soucis en ce moment.

— Je sais. Je suis désolée. Mais si vous voulez que l'on s'y mette, il faut bien commencer par quelque chose.

— Que l'on se mette à quoi ?

— A l'article ! Vous n'avez pas eu mon dernier message ?

Il fit signe que si.

— Oui. Vous parliez de me retirer l'habit sacerdotal et de me donner du travail. J'ai mis la cassette en lieu sûr. Je suis sûr que je peux vous traîner en justice pour harcèlement sexuel.

Elle rit. Même son rire était intelligent.

— Alors, il faut vraiment que vous alliez à ce truc ? demanda-t-elle en indiquant le salon. Parce que si vous voulez y échapper, je vous invite à prendre un verre et nous pourrons parler de l'article.

Autant m'arracher le cœur et le jeter dans une poêle à frire. Le résultat serait le même.

19

— Je ne pense pas que ce soit une bonne idée.

— L'article ou le verre ?

Il ne répondit pas. En réalité, l'idée d'écrire cet article lui plaisait. Beaucoup. Presque autant que l'idée de prendre un verre avec elle. Mais les deux projets étaient aussi hasardeux qu'une séance de bronzage sur une plage de débarquement, et il n'était pas en mesure de prendre de tels risques.

— Voyons voir, dit-il. Je n'ai rien contre l'idée d'écrire cet article. Mais, pour que tout soit clair, sachez que j'espère bien garder mes habits.

Il n'avait pas besoin de se demander si elle avait compris. Il trouvait intéressant de voir une expression étonnée sur son visage. Michael se dit que cela ne devait pas arriver souvent.

— Merci de me prévenir, dit-elle, recouvrant ses esprits.

— Je sais que je suis présomptueux, mais je préfère être présomptueux tout de suite que mal à l'aise plus tard.

Il était ennuyé qu'elle feigne de ne pas comprendre. L'atmosphère était si électrique qu'il s'étonnait encore de pouvoir respirer.

— Donc, si j'ai bien compris, c'est *vous* qui définissez les règles que vous voulez transgresser ?

Michael la regarda, interloqué. Elle continua avant qu'il ne puisse reprendre pied.

— Et, puisque vous définissez les règles de base, dois-je comprendre que vous acceptez d'écrire l'article ?

— Ce n'est pas impossible, répondit Michael, recouvrant sa voix. Peut-être, mais je veux pouvoir réfléchir jusqu'à demain.

Elle acquiesça.

— Pas de problème. Appelez-moi demain matin.

— D'accord.

Elle se dirigea vers la porte, puis s'arrêta et se retourna.

— Êtes-vous toujours aussi nerveux quand vous êtes avec une femme ? demanda-t-elle.

— Uniquement quand elles me suivent chez moi.

— Je n'ai pas l'habitude de suivre les gens chez eux. Vous devriez être flatté.

— Merci de me prévenir, dit-il.

Elle sourit, lui tourna le dos et sortit.

*

Il se leva au milieu de la nuit en pensant à elle. Encore un mauvais présage, dont il n'avait guère besoin. Il l'appellerait dans la matinée et déclinerait poliment son offre. Il n'avait pas l'intention de battre son record du nombre de situations difficiles dans lesquelles il pouvait simultanément se fourrer. En outre, écrire cet article ne servirait pas à grand-chose.

Mais peut-être se trompait-il. Il était déchiré entre l'idée de laisser toute cette histoire sombrer dans l'oubli et l'envie de faire éclater la vérité aux yeux du monde. Et il n'y parviendrait pas en apportant son témoignage. En fait, il n'arriverait absolument à *rien* en témoignant. Il ignorait ce qui se cachait derrière ce désir irrépressible. Témoigner ne changerait rien de capital. Et certainement pas ce qui s'était déjà passé.

Il était sûr d'une seule chose : désormais, tout était différent. Sa rencontre avec le Mal l'avait changé. Il n'aurait pu dire exactement en quoi, mais il savait qu'il n'était pas sorti indemne de la confrontation. Une brève collision avait suffi pour que *ça* s'infiltre en lui, dans son corps et dans son âme, laissant juste une trace ténue. Comme un avertissement, ou un rappel. Ou une menace.

Il savait qu'un jour, alors qu'il ne s'y attendrait pas, *ça* reviendrait.

Et ce jour-là, il sentait bien qu'il ne s'en sortirait pas aussi facilement.

Ce jour-là, en fait, il pourrait bien ne pas s'en sortir du tout.

LIVRE UN

LE RAT

« La peur n'est pas un aigle, elle rampe comme un rat. »

Elizabeth Bowen, *La Maison à Paris*

1

Six mois plus tard

Randa ne pouvait plus bouger. Elle avait conscience de son poids sur la chaise et c'était la seule chose qui l'empêchait de s'écrouler. Combien de temps allait-elle devoir rester là ? Il était trois heures du matin, et elle travaillait le lendemain. Mais en était-elle vraiment sûre ? Ne cherchait-elle pas une excuse tout à fait légitime pour prendre un jour de congé ? Avait-elle le droit de porter le deuil ? Et est-ce que les autres considéreraient cela comme un deuil ou bien comme le dernier chapitre d'une obsession névrotique ? Elle se sentait mal à l'aise au journal depuis l'été dernier. Elle savait que beaucoup de gens avaient cru aux calomnies que Cam avait vomies sur elle, la faisant passer pour une psychopathe. Si elle leur parlait du coup de fil, la croiraient-ils seulement ? A combien de lieues de la réalité les gens pensaient-ils qu'elle se trouvait ? Cette question avait empoisonné sa vie. Cette question, et sa contrepartie : à combien de lieues de la réalité *se trouvait-elle* vraiment ?

— Depuis combien de temps connaissez-vous M. Landry ?

C'était le plus vieux qui avait parlé, un homme plutôt bien en chair d'une quarantaine d'années arborant une chemise couleur moutarde. Aucun des deux ne ressemblait, même vaguement, à l'image qu'elle se faisait d'un détective.

Je ne connais pas de « M. Landry ». M. Landry est le professeur de sciences politiques de la gentille petite voisine. Moi, je connais Cam.

— Sept ans, peut-être huit. Puis elle ajouta : ça fait longtemps que je ne l'ai pas vu.

Elle ne savait pas si cela avait de l'importance ou non. Mais ça en avait pour elle.

Ensuite, elle avait dû identifier le corps chez le médecin légiste. Un employé du cabinet au visage de granit avait levé le drap, pendant qu'un flic en uniforme la prenait par le bras, au cas où elle s'évanouirait. Apparemment, une chute du quinzième étage sur un trottoir en ciment contribuait peu à améliorer l'aspect esthétique d'un corps. Elle allait devoir les croire sur parole. Tout ce qu'elle avait pu reconnaître, c'étaient les yeux de Cam. A vrai dire, c'était la seule chose qu'elle eût jamais remarquée lorsqu'elle regardait Cam. Elle était par nature attentive aux yeux des gens, mais ceux de Cam ne ressemblaient à ceux d'aucun autre. Ils étaient d'un bleu éphémère, de la couleur d'une paire de jeans délavés. Mais ce n'était pas cette couleur qui leur conférait cet aspect étrange ; c'était leur profondeur. Une profondeur éternelle, comme la lumière vue au travers d'un prisme. Quelque part, enfouie, une matière cristalline renvoyait vers la surface une lueur évanescente. Chemin faisant, elle était recouverte de sédiments de douleur, de tristesse et d'amère défaite. C'est cela qu'elle avait vu dans les yeux de Cam. L'espoir et l'amertume, s'étreignant dans un combat mortel. Même maintenant, elle savait que quelque chose dans les tréfonds de son être porterait à jamais les séquelles de l'issue de cette bataille.

Elle regarda son image dans le miroir terne de la vitre de séparation. C'était comme si ses yeux s'enfonçaient dans son visage. On aurait dit, comme le disait sa mère, «deux petits trous de pipi dans la neige». Elle replaça une mèche d'épais cheveux blonds derrière son oreille, comme si ce geste eût pu la réconforter. Était-on censée paraître si vieille à trente-cinq ans ? Comme ce matin ? Mon Dieu, pourquoi s'inquiétait-elle de son apparence dans un tel moment ?

Elle se ressaisit alors qu'une autre vague d'amère colère la submergeait. *Comment tout cela peut-il être vrai ? Comment Cam peut-il être mort ? Il s'en était sorti pendant si longtemps.*

Sorti de quoi ? Quelle était donc cette partie d'elle-même qui parlait ainsi, et de quoi parlait-elle ? Elle s'était récemment aperçu (depuis environ un an, peut-être) qu'il semblait y avoir une voix au plus profond d'elle qui se faisait entendre, qui laissait tomber une sentence et disparaissait ensuite sans la moindre intention de s'expliquer.

— Nous avons essayé de trouver des parents pour les avertir. Est-ce que par hasard vous connaîtriez quelqu'un ?

C'était le plus jeune détective qui venait de parler. Ses cheveux châtain clair semblaient moulés dans de la cire et le faisaient ressembler à Ken, le petit ami de la poupée Barbie.

Randa secoua la tête.

— Ils sont tous morts.

Elle entendait encore la voix de Cam. « *Tous morts, à moins de considérer comme faisant partie de la famille ces abrutis de cousins au troisième degré de l'Oklahoma.* » Elle se demanda si elle devait leur parler de Jack. Ça ne servirait à rien, mais ils pourraient au moins mettre quelque chose dans leur rapport, et elle sortirait peut-être plus vite d'ici.

– Il a un frère, quelque part, mais vous n'arriverez pas à le trouver. Cam a essayé pendant des années, sans succès.

Le plus jeune sortit son stylo bille.

– Vous savez comment il s'appelle ?

– Jack. C'est sûrement un diminutif, ils en avaient tous.

– Tous, qui ?

– Cam et ses frères.

– Et tous les frères sont morts sauf ce Jack ?

– Oui. *Je n'ai pas l'intention de vous cacher quoi que ce soit. Je ne suis pas en train d'essayer de garder le cadavre comme souvenir.*

– Il habite où ce Jack ?

– Aux dernières nouvelles, du côté d'Atlanta. Mais ça remonte à une dizaine d'années.

– Et il n'y a absolument personne d'autre ?

Elle eut la nette impression qu'ils ne la laisseraient pas tranquille à moins qu'elle ne leur apprenne quelque chose de neuf. Elle essaya de se concentrer. Qui aurait-il appelé si elle n'était pas venue ? La réponse lui apparut brutalement. Elle inspira profondément.

– Il a une copine. Nora Dixon. *Une petite menteuse, une salope tout droit sortie d'un des coins sombres de l'enfer et qui ferait mieux de ne pas montrer sa sale gueule avant que je sois loin, si vous ne voulez pas ajouter un meurtre à cette affaire.* « Je ne sais pas pourquoi elle n'était pas avec lui, je pensais qu'ils vivaient ensemble. » *Elle a dû rencontrer quelqu'un qui pouvait être plus utile à sa carrière.*

– Attendez un instant. C'était de nouveau le jeune. Si c'est sa copine, vous êtes qui ?

– J'aimerais bien le savoir.

C'était sorti avant qu'elle puisse se censurer. Elle n'aimait pas le venin qu'elle décelait parfois dans ses propres paroles. Comment pouvait-elle en vouloir à Cam *maintenant* ?

– Que voulez-vous dire par là ?

– Je suis désolée, dit-elle, sans trop bien savoir pourquoi elle faisait des excuses. Nous étions amis.

– Pourquoi ne l'êtes-vous plus ?

Elle leva les yeux et surprit le fiancé de Barbie en train de cligner de l'œil. Magnifique ! Maintenant, il allait la cuisiner. Juste ce dont elle avait besoin !

– Je ne vois pas en quoi cela peut avoir de l'importance.

– Eh, doucement !... Il regarda ostensiblement autour de lui. Nous sommes déjà dans la salle d'audience ? Le temps passe à une de ces vitesses...

Elle est bien bonne. S'il continue comme ça, il va avoir l'oscar du comique de l'année.

– A quelle heure dites-vous qu'il vous a appelée ? Le plus âgé ne semblait pas avoir remarqué l'échange verbal.

– A environ une heure.

– Vous pourriez être plus précise ?

– Une heure neuf. Ou dix-neuf. Je me rappelle avoir vu un neuf sur le réveil à affichage digital.

– Vous avez vu un neuffffff. Détective Ken exagérait la dernière syllabe, imitant son accent. Vous venez de quel coin du Sud ?

Du coin où les hommes parlent aux femmes comme vous le faites, ce qui est précisément la raison qui m'a poussée à partir.

– De Géorgie. Elle lui lança le regard le plus froid dont elle était capable.

– De Géorgie, dit-il d'un ton sous-entendant qu'il y avait quelque chose de remarquable à cela. Il n'alla pas plus loin. Il semblait avoir compris qu'elle ne lui accordait aucun intérêt.

L'autre leva les sourcils.

– Vous connaissiez M. Landry de Géorgie ?

– Non. Nous nous sommes rencontrés ici. C'était juste... une coïncidence. Son esprit vagabonda un instant ; elle entendait la voix de son père qui disait : « Les coïncidences sont la défense invoquée par les imbéciles. » Quant à savoir pourquoi elle pensait devoir se défendre, c'était un tout autre problème.

Les souvenirs de Cam lui revenaient, remontant à la surface comme des torpilles, trop rapidement pour qu'elle puisse les éviter. Elle était surprise de voir ce dont elle se souvenait. Ce n'était pas un vidéo-clip des moments les plus exaltants. C'était plutôt un montage d'événements insignifiants. Les dîners en ville (s'il y avait plus de quatre convives autour de la table et s'ils utilisaient autre chose que des gobelets en plastique, Cam appelait ça un dîner en ville), les concerts, depuis Bruce Springsteen au Sports Arena jusqu'au chanteur folk qui-a-bien-fait-de-garder-son-boulot à l'auditorium de cinquante places dans l'arrière-boutique du magasin de musique. Les moments où ils s'étaient perdus (à eux deux, ils avaient moins le sens de l'orientation qu'une Banana

Split). Le jour où ils s'étaient arrêtés pour demander leur chemin à un vieux monsieur, qui était monté dans leur voiture pour leur servir de copilote, sans se soucier un seul instant du fait qu'il ne les connaissait ni d'Ève ni d'Adam (curieux, comme les gens se croient toujours assez malins pour repérer un vrai danger). Les dîners tardifs dans des cafétérias mal famées (un sandwich au fromage grillé et un margarita, le paradis sur terre pour Cam). Les après-midi à passer les marchés aux puces au peigne fin pour trouver d'antiques peluches de Mickey Mouse. Ceux où elle avait suivi Cam dans de vieilles librairies sentant le moisi et aux étagères surchargées, les bras pliant sous le poids de livres dont il disait qu'il était inconcevable qu'elle pût continuer à vivre sans les avoir lus. Les infimes moments de tendresse spontanée. Un câlin venu de nulle part, un cadeau sans raison. Des discussions au sujet d'un rien, qui étaient devenues méchantes et personnelles pour finalement redevenir banales et s'achever par de noires plaisanteries ou par un changement de sujet pur et simple. Assise dans cette chaise, elle était tout simplement incapable de se souvenir des événements marquants. Au fait, y en avait-il vraiment eu ? Au lieu de ça, elle ressentait l'empreinte du temps qu'ils avaient passé ensemble. Tout ce temps insignifiant, sans but défini, qui constitue une amitié.

Une amitié. Était-ce la meilleure définition de leur relation ? Une amitié qui était restée suspendue au-dessus de sa tête comme un nuage oppressant pendant plus d'années qu'elle voulait bien l'admettre. Qu'adviendrait-il de ce nuage à présent ? La mort de Cam signifiait-elle qu'il avait disparu ou bien qu'il allait la suivre pour toujours ?

— Donc lorsqu'il vous a appelée, il n'a rien dit qui pouvait laisser penser...

Détective Chemise Moutarde essayait vainement de trouver une tournure plus délicate pour exprimer ce qui s'était passé.

— Qu'il allait se jeter par la fenêtre ? Non. Et j'ignore pourquoi il m'a appelée si son intention était de se suicider avant que j'arrive.

— Vous pensez qu'il n'a pas sauté ?

— Vous m'avez dit que sa porte était fermée de l'intérieur. Il ne peut qu'avoir sauté. Tout ce que je veux dire, c'est que si vous comptez sur moi pour trouver le fin mot de l'histoire, nous ne sommes pas près de nous coucher.

— Était-il déprimé ces derniers temps ?

— Je ne sais pas. Comme je vous l'ai déjà dit *(et vous le sauriez si vous m'aviez écoutée)*, je ne l'avais pas vu ni ne lui avais parlé depuis plus d'un an.

De toute façon, lorsque Cam était en vie, il ne pouvait être que dépressif. Elle ne l'avait jamais vu passer plus d'une semaine sans tomber dans une déprime sans fond. Elle s'était finalement habituée à ne plus s'en faire pour ça. C'était juste une facette de sa personnalité. Et qui pouvait le blâmer ? En fait, c'était déjà un miracle qu'il réussisse à lacer ses chaussures sans qu'on l'aide.

— Dans ce cas, pourquoi vous a-t-il appelée ce soir ?

Bon sang, tu vas me faire le coup combien de fois ?

— Je ne sais pas. Il m'a dit qu'il avait besoin de me parler. Il a mentionné des problèmes, comme je vous l'ai déjà raconté. Il n'a pas été plus précis, il ne m'a pas expliqué pourquoi c'est moi qu'il appelait, et il n'a pas ajouté qu'il se pourrait qu'il se suicide si j'étais coincée dans les embouteillages.

Le plus âgé des deux détectives acquiesça et nota quelque chose, totalement insensible à son impatience. Il scruta son calepin. Ça faisait une heure que cela durait. Il lui avait posé quelques questions, pris des notes, et s'était plongé dans son calepin. S'il y avait une logique derrière tout ça, elle échappait à Randa.

Elle avait l'impression que sa tête allait exploser. Elle pressa l'arête de son nez entre son pouce et son majeur, essayant de trouver le point de pression qui était censé activer les terminaisons nerveuses ou sa circulation sanguine, et faire disparaître son mal de tête. Son chiropraticien holistique lui avait montré la marche à suivre (ça n'avait jamais marché jusque-là, mais ça ne pouvait pas lui faire de mal). Pourquoi cet interrogatoire durait-il si longtemps ? Pourquoi ne considéraient-ils pas tout ça comme un suicide de plus en milieu urbain et ne rentraient-ils pas se coucher ? Ils avaient sûrement des choses plus importantes à faire. Derrière les mythes dorés du cinéma, Hollywood restait tout de même la capitale mondiale du banditisme.

Elle jeta un coup d'œil dans la cellule de détention provisoire, et en dressa un rapide inventaire : c'était sans doute peu relevé pour un samedi soir, mais plutôt coloré. D'un œil fatigué, elle passa en revue l'assemblée disparate de prostituées, de dealers et autres rebuts de la bonne société. Elle se demanda si elle pouvait attraper une maladie honteuse en respirant l'air ambiant. Elle se demanda si c'était vraiment important de le savoir.

Le plus âgé des détectives l'observait comme si elle avait manqué un élément essentiel, et elle comprit qu'il venait juste de lui annoncer quelque chose d'important.

— Je suis désolée. Vous disiez ?

— Il y a de cela environ deux heures, quelqu'un a cambriolé le magasin de vins et spiritueux à quelques pâtés de maisons de l'immeuble où habite M. Landry.

C'était ça, le scoop de la soirée ? Elle savait de quel magasin il parlait. Il était situé au coin de Sunset Boulevard et de Vista Avenue, avec une grande porte angulaire permettant un accès (et une sortie) facile à partir des deux rues. Aucune autre boutique ne restait ouverte si tard la nuit, et le magasin était immanquable. Elle et Cam avaient souvent plaisanté à ce sujet, se disant que le propriétaire n'avait plus qu'à mettre un panneau dans la vitrine : « DÉVALISEZ-MOI ». « Mes frères se seraient servis de cet endroit comme d'un distributeur automatique d'argent », avait dit Cam. Mais quel rapport avec la mort de Cam ?

— Des témoins ont décrit le voleur comme un individu de race blanche, d'approximativement quarante ans, un mètre quatre-vingt-cinq, cheveux poivre et sel, portant une belle veste en daim vert. Il a demandé au caissier une bouteille de tequila Chinaca. Plutôt original. Il lui adressa un petit sourire. D'habitude, les voleurs piquent de la Cuervo Gold.

Randa le regarda fixement. Cam adorait la tequila, mais ce n'était pas un secret pour ceux qui le connaissaient ou avaient lu ses livres. Et elle lui avait offert une veste en daim vert sauge, deux Noëls plus tôt. Mais il ne voulait sûrement pas insinuer que...

— J'ai remarqué une bouteille de Chinaca encore pleine sur le bureau de M. Landry. Ça m'a mis la puce à l'oreille. C'était tiré par les cheveux, je sais, mais j'ai persévéré et j'ai demandé à un des témoins de jeter un coup d'œil au permis de M. Landry, et vous savez quoi ? Jackpot !

— C'est la chose la plus crétine que j'aie jamais entendue. C'est presque... comique !

— Oui, bon, peut-être, mais moi, j'ai un garçon de dix-neuf ans, employé au magasin, avec une blessure par balle à la poitrine. Il est à la morgue du comté, et il ne rigole pas beaucoup, lui.

— Si vous pensez que Cam est impliqué de quelque manière que ce soit dans cette histoire, c'est que vous êtes devenu complètement cinglé ! L'incrédulité faisait monter sa voix d'une octave.

— Comment pouvez-vous en être si sûre ? lui demanda le plus jeune.

— Tout d'abord, Cam était plus intègre, plus *humain*, que n'importe quelle personne de ma connaissance... Pour la première fois, elle manqua d'air. Elle avala avec peine et continua. Et il avait les armes à feu en horreur. Il n'aurait jamais touché à un revolver, encore moins tué quelqu'un. De plus, il venait de signer un contrat avec un éditeur, qui prévoyait une avance de trois cent mille dollars, ce qui rend passablement stupide l'idée d'attaquer une boutique de vins et spiritueux.

Elle hurlait presque. Elle avait l'impression d'être en plein dans *La Quatrième Dimension*.

— Trois cent mille dollars ?

C'était le plus âgé qui venait de parler, mais les yeux du plus jeune se voilèrent, comme s'il venait de réaliser qu'il avait choisi le mauvais métier. Le plus âgé se remit et demanda :

— Comment le savez-vous, si vous ne lui aviez pas parlé depuis un an ?

Parce que mes soi-disant amis m'envoient toutes les coupures de presse possibles et imaginables, au cas où je ne serais pas au courant.

— Je l'ai lu dans *Publishers Weekly*[1].

Le plus âgé acquiesça comme si son abonnement venait juste d'arriver à expiration, puis continua :

— Enfin, quoi qu'il en soit...

Il regarda son bureau un bref instant, puis leva la tête et fixa Randa droit dans les yeux. Il se préparait pour quelque chose.

— Les voisins nous ont raconté des choses intéressantes au sujet de la famille de M. Landry, mais je suppose que vous êtes au courant...

Ça y est, on y arrive. Randa savait que ça finirait de cette façon.

— C'est exactement pour cette raison que je sais que tout ça est complètement dingue.

— Pourquoi donc ?

— Parce que c'est complètement dingue. Écoutez, je connais Cam depuis longtemps, et je le connais bien.

— Vous ne l'aviez pas vu depuis plus d'un an.

— Je ne pense pas qu'on lui ait transplanté une nouvelle âme entre-temps.

Alors pourquoi a-t-il donc fait ce qu'il t'a fait ? Et pourquoi cela t'a-t-il tellement surprise ? Et pourquoi donc ce coup de téléphone ? Que voulait-il lui dire... au fait, que lui avait-il vraiment dit ? « Je suis dans un pétrin que je n'imaginais même pas. » Et les témoins ? Pouvaient-ils se tromper à ce point ? Cam ne ressemblait à personne, absolument à personne.

---

1. Hebdomadaire Les professionnels du livre, aux États-Unis (N.d.T.).

– Peut-être a-t-il bien caché son jeu ?

Cette fois, c'était Détective Ken. Son arrogance était soulignée par un rictus paternaliste. Randa n'essaya plus de dissimuler son mépris.

– Je ne me fais pas avoir aussi facilement.

Ils se jaugèrent du regard et Randa continua à le fixer alors qu'un autre homme approchait du bureau. Elle l'entendait parler au vieux détective tout en extirpant un objet d'un sac en papier kraft.

– Dans un des placards du fond... sous une pile de vêtements...

Elle leva les yeux. Le détective tenait dans ses mains un sac en plastique. A l'intérieur elle vit le revolver auquel on avait attaché une petite étiquette couleur crème. Son corps se raidit, alors que l'incrédulité de tout à l'heure revenait au triple galop. L'homme poursuivait :

– On est en train d'examiner les empreintes digitales... Le service balistique nous a demandé de le leur envoyer, ils n'ont pas grand-chose à faire. J'ai répondu que ce n'était pas pressé puisque le type est mort de toute façon...

– Dépêche-toi quand même.

Randa scruta le revolver. Insinuaient-ils vraiment qu'il provenait de l'appartement de Cam ? Derrière elle, Capitaine Arrogance avait du mal à ne pas enfler d'aise.

– Eh bien ! alors ? Apparemment, vous vous faites avoir plus facilement que vous ne semblez le penser.

*

L'aube pointait presque lorsque Randa rentra chez elle. Elle s'assit sur le sofa, totalement amorphe, alors que le soleil se levait et que la pièce s'éclairait autour d'elle. Elle arrivait encore à faire péniblement fonctionner son cerveau, mais était totalement incapable de ressentir quoi que ce fût. Ses émotions restaient bloquées dans le goulot d'étranglement de ce qu'elle venait d'apprendre – la mort de Cam, la police, le type du magasin, le revolver –, c'en était trop, elle devenait insensible à tout cela. Tout ce qu'elle pouvait faire, c'était se repasser le film de cette étrange nuit, encore et encore, cherchant une amorce de réponse.

Elle avait rendu son article à dix-huit heures – le dernier d'une série sur l'état catastrophique de la Cour suprême. Ce serait son dernier accès de rage sur ce sujet pour quelque temps ; le journal avait reçu trop de lettres se plaignant de ce que ce n'était pas un «sujet local». *Vraiment ? Los Angeles ne serait donc pas affecté par la disparition pure et simple de la Constitution ? Magnifique, j'habite vraiment au bon endroit !* A Los Angeles, un lectorat «libéral» se composait de personnes désireuses de connaître l'opinion d'autres personnes libérales sur les restaurants à fréquenter et les films à voir. La semaine prochaine, elle allait se coltiner des tests comparatifs sur les centres commerciaux à la mode ; elle leur foutrait enfin la paix après les avoir forcés à réfléchir dix minutes.

Elle s'était arrêtée sur une série télévisée dépeignant de véritables crimes, et dont les critiques faisaient l'éloge. Au bout d'un quart d'heure, elle conclut que ces critiques étaient tous atteints d'un cancer du cerveau au stade terminal, et éteignit son téléviseur. Elle avait ensuite essayé d'écrire à sa sœur, mais lorsqu'elle avait réfléchi à ce qu'elle voulait lui dire *(le travail m'emmerde ; je me suis remise au régime ; pour la première fois depuis longtemps, il a fait moins de vingt degrés hier après-midi)*, il lui avait semblé que cela ne valait pas la peine d'user de l'encre. Elle avait alors feuilleté le dernier numéro de *Rolling Stone*, sans parvenir à s'intéresser au fait que le dernier album de Heather Nova était meilleur que le précédent.

C'était une de ces nuits qui lui rappelaient qu'elle avait hérité des nerfs de sa mère. Le sentiment d'une catastrophe imminente l'envahissait. C'était parfaitement stupide, surtout un mercredi soir, alors qu'elle était à jour dans son travail. Le supplément hebdomadaire sortant le jeudi, le mercredi était le soir où elle pouvait se reposer — même si, à dire vrai, elle n'était pas vraiment du genre à se reposer.

A la réflexion, elle aurait presque pu dire qu'elle avait passé la nuit à attendre le coup de fil, comme si, au plus profond d'elle-même, elle avait senti ce qui allait arriver.

*

Elle s'était endormie au bord du lit, la tête tout à côté de la table de nuit et le téléphone lui avait fait une peur de tous les diables. Elle avait horreur de recevoir des coups de téléphone en plein milieu de la nuit. Un faux numéro ou bien quelqu'un qui venait de mourir — une gamme d'événements trop étendue pour pouvoir se préparer de manière impromptue, alors que son cœur battait encore la chamade.

— Allô !

Le ton sur lequel elle avait répondu ne laissait à son interlocuteur d'autre choix que de s'expliquer rapidement.

– Randa ?

Elle avait reconnu sa voix immédiatement. La voix de Cam était facile à identifier, douce, presque lyrique avec un soupçon d'accent trop dilué pour que l'on pût en déterminer l'origine. Elle avait toujours aimé sa voix. Elle avait pensé ne plus jamais l'entendre. Pendant un millième de seconde elle considéra la possibilité de raccrocher, puis se demanda qui elle imaginait tromper.

– Cam ?

– Il faut que je te parle. C'est vraiment important. Je sais qu'il est tard, mais il faut que je parle à quelqu'un et tu es la seule personne que je connaisse qui puisse me croire.

– Croire quoi ?

– Je ne peux pas en parler au téléphone. Randa, c'est incroyable, c'est... Écoute, tu as toujours dit que tu ferais n'importe quoi pour moi.

Maintenant, elle était en colère.

– C'était il y a très longtemps, avant que je ne me plante complètement sur tes sentiments à mon égard.

– Je sais. On pourra parler de ça aussi. Tu ne peux pas t'imaginer... tu ne pourras pas y croire ! Je suis dans un pétrin que je n'imaginais même pas. Alors, ce que tu vas faire, c'est te bouger le cul et m'aider, à moins que tu ne préfères m'envoyer une belle couronne funéraire pour l'enterrement ?

– O.K. ! Calme-toi. J'arrive dès que je peux.

– Non ! Pas ici, tu ne dois pas venir ici.

– Bon, alors disons... chez Ray.

– D'accord. Dépêche-toi !

– Bien sûr. A tout à l'heure...

– Randa !

– Quoi ?

La ligne resta silencieuse un moment.

– Rien. Dépêche-toi, c'est tout.

*

« Chez Ray » était une sorte de bar-cafétéria où Cam passait ses journées. Il y prenait au moins un repas par jour, quelquefois les trois. Sa fidélité à cet endroit tenait essentiellement à la proximité de son appartement. Cam habitait Hollywood, dans un quartier que Randa avait de tout temps surnommé « la colline au-dessus de l'enfer ». Elle avait essayé à de nombreuses reprises de le persuader de déménager dans un quartier plus agréable, mais il lui expliquait qu'il n'arriverait pas à écrire dans un environnement aseptisé. Elle lui avait répondu qu'il existait tout un éventail de possibilités entre « aseptisé » et « un endroit où il était presque sûr de se faire trucider en traversant un parking », mais il n'avait jamais voulu l'écouter.

Elle était arrivée chez Ray peu après deux heures du matin. Ce n'était pas la première fois qu'elle s'y trouvait à une heure si tardive, et elle ne fut donc pas surprise par le type de clientèle qui hantait les lieux. Des S.D.F., des personnages tout droit sortis de l'imagerie rock n' roll, des prostitués des deux sexes qui s'offraient une pause et tout un bric-à-brac d'insomniaques. Les « citoyens des abysses », comme les appelait Ray avec une certaine tendresse.

Ray avait une cinquantaine d'années. Il était petit et grassouillet avec des traits sombres et plusieurs tatouages visibles. Comment il avait réussi à amasser assez d'argent pour ouvrir une cafétéria restait un mystère, car il était loin d'être un homme d'affaires. La moitié des habitués avaient des ardoises qu'ils ne réglaient jamais et, lorsque quelqu'un approchait de la caisse avec un billet de banque, Ray avait du mal à cacher sa surprise. Randa était convaincue qu'il faisait partie du Programme de protection des témoins. Mais il était gentil avec elle, et il aimait beaucoup Cam.

Cam n'était pas dans la salle et elle n'avait pas aperçu sa voiture garée au parking. Assis sur un tabouret, derrière le comptoir, Ray était absorbé dans la contemplation d'un ticket de courses de chevaux.

— Ray ?

— Hé, Randa ! Où étais-tu donc passée ?

— Pas très loin.

— Pas très loin, mais pas ici.

— Oui, c'est vrai. Elle n'avait vraiment pas envie d'expliquer à Ray ce qui s'était passé. Je cherche Cam. Tu ne l'aurais pas vu par hasard ?

— Pas depuis le petit déjeuner.

— Le petit déjeuner ?

— Son petit déjeuner, tu sais, vers midi. Alors, ça veut dire qu'il s'est enfin débarrassé de cette pétasse ?

— Je n'en ai pas la moindre idée. Ça fait longtemps que je ne l'ai pas vu.

— Oui, je sais. Je lui ai souvent demandé ce que tu devenais.

Il doit adorer ça. Elle se demanda ce que Cam avait pu lui raconter. Qu'elle avait déménagé ? Qu'elle avait été renversée par un train ? Qu'elle s'était laissé pousser la barbe et était partie avec un cirque ? Ou bien lui avait-il dit la vérité ? Les deux s'étaient-ils payé une bonne partie de rigolade entre mecs sur son dos ? Et qu'allait-il dire à Ray demain ? Elle savait que cela dépendait de ce qu'il lui dirait ce soir.

Elle commanda une tasse de café et se dirigea vers le téléphone à pièces. Elle n'avait pas fait le numéro depuis si longtemps qu'il lui fallut un moment pour s'en souvenir. Elle fut surprise de constater que c'était toujours le même. Après deux sonneries, le répondeur se mit en marche, et elle entendit la voix de Cam. *«Il n'y a personne. Laissez un message après le bip.»* C'était sa voix de déprime. Elle la reconnut tout de suite.

– Cam ? C'est Randa. Je suis chez Ray, et je t'attends. Tu es là ? Elle attendit. Bien... je suppose que tu es en route. Je t'attends encore dix minutes et je m'en vais. *Oui, vas-y, fais semblant. Tu resteras ici jusqu'à ce que l'enfer soit assez froid pour qu'on puisse y faire du patinage artistique.*

Elle raccrocha et retourna dans la salle à manger. Elle vit que Ray avait posé une tasse de café à «leur» table. Il y avait aussi un Coca pour Cam et un gâteau aux pépites de chocolat. Ray ne l'avait jamais vraiment épaulée dans ses efforts pour améliorer l'ordinaire de Cam. C'était néanmoins une pensée touchante. Elle aurait pu laisser l'émotion l'envahir, mais elle en avait fini avec ces sensibleries.

Elle s'assit et tenta de rassembler ses esprits. Elle voulait être aussi forte que possible quand Cam arriverait. Depuis douze mois, elle redoutait leurs inévitables retrouvailles. Comment se comporterait-elle ? Une partie d'elle ressentait toujours le même sentiment pour lui, mais une autre partie désirait qu'il meure à petit feu, dans d'atroces souffrances causées par des tortionnaires expérimentés ; il ne semblait pas exister d'entre-deux. Elle essaya de se persuader qu'il lui suffisait de rester lucide, de l'écouter dire ce qu'il avait à dire, de réagir à ses propos et rien de plus. Ça pouvait marcher. Cela dépendait juste de la raison de son appel.

Au fait, *pourquoi* était-elle ici ? Et qu'avait-elle à faire dans cette histoire ? Malgré tout ce qui avait pu se passer, Cam avait un million d'amis qu'il aurait pu appeler. Des gens qui habitaient plus près de chez lui, des gens qui se couchaient très tard, des gens qu'il n'avait pas essayé d'éviter comme la peste pendant plus d'un an. Sans parler de Lady Macbeth. Au fait, où était-elle, celle-là ?

Une demi-heure plus tard, Randa avait avalé deux tasses de café et presque terminé son gâteau au chocolat; elle était furieuse. Cam aurait eu trois fois le temps d'arriver depuis qu'elle avait laissé son message. C'était assez odieux de sa part de l'avoir appelée, et doublement dégueulasse de lui dire de se dépêcher et de la laisser en plan au milieu des « noctambules ». Elle ne partageait, à leur égard, ni l'affection de Ray, ni le vague sentiment d'appartenance à une même famille.

Dès que Ray eut tourné le dos (elle préféra éviter d'autres questions), elle laissa quelques pièces sur la table et partit en direction de l'appartement de Cam, sur la colline.

Elle se souvenait bien du chemin. Ce n'est qu'à ce moment qu'elle commença à se demander si Cam n'avait pas réellement de gros problèmes. Jusque-là, elle s'était efforcée de ne pas paniquer. Connaissant le sens de la mesure de Cam, le simple fait d'égarer sa carte de crédit prenait des proportions tragiques. Mais cette fois, ça avait *vraiment* l'air différent. Elle avait d'abord pensé qu'elle se sentait troublée parce qu'elle ne lui avait pas parlé depuis longtemps. Ou peut-être à cause de la façon, peu élégante, dont ils s'étaient quittés. En fait, il était *tout à fait* justifié qu'il se sente mal à l'aise. Mais ce qui l'inquiétait vraiment, c'était qu'il l'avait appelée, *elle*. Elle connaissait Cam suffisamment pour savoir qu'il essaierait tout pour éviter une situation désagréable, surtout si elle lui rappelait son passé. S'il avait soudain décidé de l'appeler à la rescousse, sachant pertinemment qu'il devrait répondre à certaines questions peu plaisantes, alors il fallait que la situation soit vraiment grave.

Mais quelle situation ?

Elle commençait à passer en revue les différentes hypothèses lorsqu'elle arriva dans la rue où habitait Cam. Elle était envahie par une marée de gyrophares rouges.

2

Jack tendit son bras pour éteindre le réveil à la seconde même où il commença à sonner. Cela faisait déjà plusieurs heures qu'il avait ouvert les yeux. Il s'était réveillé à 4 h 30 avec un mal de tête carabiné. Avec, en plus, le sentiment que quelque chose allait se produire, un sentiment si oppressant qu'il avait l'impression que quelqu'un était assis sur sa poitrine. Il s'était déjà habitué à la présence confuse de la peur. Il avait vécu avec tout au long de sa vie d'adulte. Un vestige de l'époque où cette peur était justifiée, à la façon dont certains amputés ont toujours mal à un membre disparu. Mais cette fois, c'était différent. Comme si un bruit épouvantable l'avait fait se réveiller en sursaut, sans qu'il puisse toutefois se rappeler avoir entendu quoi que ce soit.

C'est alors qu'il avait ressenti cette ridicule envie d'appeler Cam. D'où *cela* pouvait-il bien venir ? Il n'avait ni vu ni parlé à Cam depuis au moins dix ans. Il ne pensait que très rarement à lui et, dans ces rares moments, il éprouvait encore une colère qui ressemblait à s'y méprendre à de la rage. Pourquoi donc avait-il voulu appeler Cam ? Et que lui aurait-il dit ? *« Hé, trouduc ! C'est le fantôme du passé ! Comment se déroule ta saloperie de vie de pépère tranquille ? »*

Une fois débarrassé de ces pensées, son esprit avait commencé à le bombarder d'images qu'il croyait avoir complètement oubliées. Des cartes postales tirées de son enfance, aléatoires, sans signification. Comme ces parties de pêche avec le frère jumeau de sa mère, l'oncle Ryland, le seul membre de la grande famille qui eût jamais accepté leur existence. Ryland adorait les quatre garçons et ils le lui rendaient bien, même s'ils savaient qu'il avait une grosse araignée au plafond. C'est oncle Ryland qui les avait emmenés à la «Journée Huckleberry Finn», patronnée par le Rotary Club. C'est le seul été où ils avaient pu participer à ce grandiose événement. C'était également un des rares souvenirs agréables qu'il avait de son enfance. Leur mère les avait habillés de blousons assortis et de chemises écossaises de différentes couleurs, qu'elle avait empruntées aux enfants de Ryland (des cousins qu'ils n'avaient jamais rencontrés), ce qui avait suffi pour leur donner l'impression d'être une famille normale. Tallen avait attrapé le plus gros poisson et il avait eu sa photo dans le journal. C'était sûrement la seule fois de sa vie où Tallen avait eu sa photo dans le journal sans avoir enfreint la loi. Il y avait quelque chose de spécial entre Tallen et les poissons. Ryland disait à qui voulait l'entendre qu'il suffisait à Tallen de les *appeler*.

Leur père n'avait pas été impressionné. Il avait déclaré que les poissons aimaient Tallen parce qu'ils se sentaient proches de lui – leur préoccupation principale dans la vie était de se débrouiller pour ne pas se faire attraper. Il avait également ajouté qu'ils y réussissaient aussi mal que Tallen. Il avait toujours semblé mépriser Tallen encore plus que les autres, ce qui n'était pas peu dire. D'après Jack, c'était parce que Tallen l'adorait. Will Landry avait du mal à se faire à l'idée que quelqu'un puisse l'aimer, et mettait un point d'honneur à punir ceux qui persistaient dans leur amour.

Jack comprit brusquement pourquoi il pensait à eux. Il avait de nouveau fait cette saleté de rêve. Cette fois, ça avait été encore pire que d'habitude, sans qu'il puisse dire pourquoi. Ça lui reviendrait, il en était sûr. Les mauvaises choses finissent toujours par refaire surface.

Le téléphone sonna. Ce ne pouvait être que Rick, le propriétaire de l'agence d'intérim par laquelle passait Jack. Seul Rick avait son numéro ; le téléphone (sans parler du répondeur) ne lui servait qu'à savoir où il allait travailler. Le répondeur se mit en marche. Comme toujours, il eut un mouvement de recul au son de sa propre voix, et attendit celle de Rick :

– Oui... Jack... y'a un mec qu'a appelé, il te cherche... Je lui ai dit qu'il fallait que je te parle d'abord et que j'allais le rappeler. Il avait l'air.... de faire partie des autorités, en quelque sorte.

Jack souleva le combiné.

– Rick, je m'en fous, même si c'est le Président lui-même. Combien de fois faudra-t-il que je te le répète ?

– Eh bien ! c'est qu'il a dit que c'était important.

– Et que *crois*-tu qu'il allait te dire ? Je suis un de ces connards de journalistes qui appellent pour venir l'emmerder ?

– Je pensais que... Les journalistes continuent encore à t'appeler ?

Jack soupira. Inutile d'essayer d'expliquer à Rick que là n'était pas la question.

– Nous sommes en décembre, dit-il, essayant de contenir son agacement. Je dois tout particulièrement faire attention à des conneries de ce genre en décembre. Et c'est encore pire cette année, parce que c'est le dixième anniversaire... Il ne finit pas sa phrase. Il savait qu'il n'en avait pas besoin.

– Oh ! mon Dieu. Désolé. Je n'y avais pas pensé.

– Eh bien ! commence à réfléchir. Et ne donne mon numéro de téléphone à personne. Jamais. Aucune exception.

Rick s'excusa à nouveau et raccrocha.

Jack s'extirpa avec peine du lit. La journée commençait vraiment bien.

Il se dirigea vers la salle d'eau, espérant trouver un tube d'aspirine dans l'armoire à pharmacie. Il aurait dû noter ce qui lui arrivait. Avait-il toujours des maux de tête après le rêve ? S'ils empiraient encore il faudrait qu'il retourne à la clinique, à Atlanta, et ils lui poseraient ce genre de questions.

Il restait deux aspirines dans le tube. Il les avala sans eau. Il referma l'armoire et se regarda dans le miroir. Il avait l'air de ne pas avoir fermé l'œil de la nuit. En tout cas, c'était l'état dans lequel il se sentait. Aujourd'hui, par chance, il n'avait pas besoin de travailler tôt. Son contrat d'intérim avait expiré la veille et il ne recommencerait à travailler que lundi. Il pouvait toujours décrocher un job pour la journée chez Western Auto, où les candidats ne manquaient pas. Il n'avait pas besoin d'arriver trop tôt. Les Noirs attendaient quelquefois des heures entières, mais dès qu'un Blanc arrivait (même lui), la moitié de la ville se rappelait qu'il y avait un tas de petits boulots qui ne pouvaient plus attendre. Cheveux : blonds. C'était le seul C.V. dont il avait besoin.

Du reste, travailler ou non aujourd'hui lui était égal. Le mois avait été bon, et faire des économies était le cadet de ses soucis. Il irait peut-être dans une cafétéria. Un bon petit déjeuner et un demi-litre de café noir suffiraient peut-être à calmer ses maux de tête. En outre, l'idée de côtoyer des gens ne lui répugnait pas autant que d'habitude.

Une demi-heure plus tard, il était habillé et descendait la départementale 36, les mains dans les poches, ses chaussures de chantier écrasant le gravier sur le bas-côté de la route. Le ciel du petit matin était d'un gris terne et le fin crachin qui tombait sur son visage lui fit du bien. S'il se mettait vraiment à pleuvoir, il aurait une excuse pour ne pas travailler dont sa bonne conscience se satisferait.

«Des hommes sous la pluie». C'était le titre d'un poème que Ethan avait écrit lorsqu'ils étaient au collège. Quelque chose au sujet d'une marche... la poussière qui volait... une destination finale... Sa mère l'avait scotché à la porte du réfrigérateur pendant deux semaines. (Lucy prenait à cœur d'encourager ses enfants dans leurs penchants artistiques. Tout était bon pour les garder à l'intérieur de la maison, à l'écart des problèmes.) Il se souvenait du titre parce qu'ils avaient charrié Ethan, faisant toutes sortes d'insinuations sur ses penchants sexuels. (Tallen, qui, pour une fois, était à la maison et pas en prison, lui avait dit : « Vole une voiture, Ethan. Tu vas *adorer* la prison pour mineurs. ») Des conneries. Personne n'avait jamais douté un seul instant des quatre garçons sur ce sujet. Même Cam était un hétérosexuel convaincu.

Pourquoi n'arrivait-il donc pas à chasser de son esprit le fantôme de sa famille, aujourd'hui ? D'ordinaire, il ne pensait jamais à eux. Il mettait un point d'honneur à ne réfléchir qu'à des sujets concrets : qu'allait-il manger, lire, où allait-il travailler le lendemain ? Ces derniers temps, de plus en plus de pensées parasites se faufilaient dans ses préoccupations quotidiennes. Était-il moins vigilant ? Se sentait-il un peu plus en sécurité, à présent ?

Et puis, il y avait ce rêve, qui revenait de plus en plus souvent. D'habitude, c'était trois fois par an, mais ça faisait déjà deux fois ce mois-ci. Il n'arrivait pas à se rappeler la première fois. Juste après la mort d'Ethan ? Ou après celle de son père ? Ou celle de Tallen ? Difficile de s'en souvenir, il s'y perdait, avec tous ces enterrements. Pas de quoi pavoiser, mais c'était la stricte vérité.

N'empêche, cela faisait maintenant plusieurs années que ce rêve le hantait. Si certaines scènes évoluaient, d'autres restaient immuables : il faisait toujours noir, il marchait toujours le long d'une route à deux voies, complètement déserte. La désolation. Un ciel plus violet que noir. Des montagnes menaçantes à l'horizon. L'endroit ressemblait toujours à un de ces paysages lunaires que Tallen peignait souvent. Dans son rêve, Jack errait sans but et, soudain, il se trouvait sur les lieux d'un gigantesque et effroyable accident. Des myriades de lumières rouges clignotaient en tous sens. Quelquefois, c'étaient des dizaines de voitures empilées les unes sur les autres, écrasées, tordues, des débris de verre et de métal recouvrant le sol comme des confettis. D'autres fois, il y avait juste des corps. Des amoncellements de corps. Des corps horriblement mutilés – sanglants, démembrés, brisés, décapités. Et personne pour leur prêter secours. Il marchait au milieu de ce carnage, identifiant des personnes qu'il connaissait – de vieux amis, des professeurs, des membres éloignés de sa famille. Cette vision d'apocalypse s'achevait toujours sur les mêmes visages : Ethan, Tallen, son père et, plus tard, sa mère. Pantelants, ils tendaient leurs bras vers lui, l'appelaient, comme s'il avait pu les aider. Il les regardait fixement, et, plus que la peur, l'horreur ou un autre sentiment de ce genre, ce qui l'envahissait alors était l'étonnement, celui de ne pas être avec eux. Cam n'était jamais là non plus, mais c'était logique. Cam n'avait jamais été des leurs.

Même lorsqu'il eut fini par s'y habituer, le rêve lui collait à la peau des jours durant, tel un effluve aigre-doux et rance. Il avait la certitude que son rêve était éminemment symbolique et qu'il revenait sans cesse parce qu'il n'en connaissait pas la signification... Tôt ou tard, son subconscient en déduirait qu'il se foutait royalement de ce que tout cela pouvait bien signifier, et le laisserait enfin tranquille.

*

La cafétéria était loin d'être pleine. Il s'assit au comptoir, là où il courait le moins de risque d'attirer l'attention sur lui.

— Je savais que vous viendriez aujourd'hui.

Sherry, la nouvelle serveuse, était déjà en train de lui servir une tasse de café. C'était une rousse énergique d'environ vingt-cinq ans. Jolie, nunuche, et vraiment trop bavarde.

— Pourquoi ?

— Je ne sais pas. Prescience, peut-être ?

Elle extirpa le bloc-notes du fond de sa poche.

— Voyons si j'arrive à deviner. Deux œufs brouillés, du bacon et des toasts.

— Deux œufs au plat, une saucisse et un petit pain. Attendez un peu avant d'acheter une boule de cristal et de vous mettre à votre compte.

— Vous avez fait ça par pure méchanceté.

— Et une portion de gruau de maïs.

— Ça, je le savais.

Elle se dirigea vers la cuisine, emportant sa commande. Jack la regarda ouvrir la porte, se souriant presque à lui-même. Voilà deux mois à peine qu'elle travaillait au café. Elle devait être nouvelle par ici. C'était la seule explication possible à ses avances. Il répondait mécaniquement. Les rares fois où quelqu'un essayait d'engager la conversation avec lui, il s'efforçait de ne pas effrayer son interlocuteur. C'était plus facile de rester invisible en se coulant dans la masse.

Jack versa un peu de crème dans son café et le regarda prendre une douce couleur caramel. Il entendit la porte de la cuisine s'ouvrir et leva les yeux. Sherry passa devant lui pour ramasser les salières afin de les remplir :

— Alors, à votre avis, il va pleuvoir ?

— Je ne sais pas. C'est vous la voyante.

— Ah ! ah ! très malin, dit-elle en souriant.

Une serveuse bien en chair passa à côté de Sherry et lui fit signe de la suivre.

— Il faut que je te parle. Puis, elle disparut dans la cuisine sans attendre de réponse.

— C'est Darlene. Normalement, elle travaille ici le soir.

Jack acquiesça machinalement.

— Elle a dû casser avec son copain pour la cinquième fois cette semaine. Sonny Reynolds, vous le connaissez ?

Jack secoua la tête négativement, ce qu'il aurait fait même s'il avait connu le type en question.

— C'est un maton de la prison, à Jackson. Elle s'approcha de lui en baissant sa voix. Ça ne doit pas être trop difficile du côté cérébral, il est moins intelligent qu'un sandwich au pâté.

Jack regarda fixement sa tasse de café, de peur qu'une lueur dans ses yeux lui révèle qu'il en connaissait un rayon sur les gardiens de prison. Sherry continuait à bavasser.

— Je sais que c'est pas Miss Monde, mais je suis sûre qu'elle pourrait trouver quelqu'un de mieux que cet ignare.

La porte de la cuisine s'ouvrit et Darlene passa sa tête par l'entrebâillement.

— Sherry !

Elle lança un regard acéré à Sherry et disparut à nouveau. Sherry regarda Jack et roula des yeux.

— Je me demande pourquoi c'est *moi* qui dois tenir le rôle de confidente en chef.

Elle vissa le couvercle d'une salière et, avec un soupir exaspéré, se dirigea vers la cuisine.

Jack en profita pour jeter un coup d'œil dans la salle à manger. Des habitués, le personnel du Tribunal, des gens qu'il connaissait bien parce qu'ils avaient été à l'école ensemble.

Merde.

Un habitué dont il se serait passé – le prêtre de la minuscule église catholique du nord de la ville – venait juste de s'asseoir à deux tabourets de lui. Comme d'habitude, «Mon Père» était en jeans et chemise écossaise, les manches retroussées jusqu'au coude, comme s'il voulait se donner des airs de bûcheron. Il ne portait jamais son col amidonné et Jack n'aurait jamais su qui il était, si la nouvelle de son arrivée à Barton n'avait pas été le principal sujet de conversation de la cafétéria pendant quelques jours. Le prêtre qu'il remplaçait était décédé trois ou quatre mois plus tôt (crise cardiaque, embolie pulmonaire, cancer du foie ou sida, selon la rumeur que vous choisissiez de croire). Père Décontracté était apparu quelques semaines plus tard. Jack avait entendu dire qu'il avait été transféré de New York et s'était dit qu'il avait dû faire de grosses conneries pour avoir été envoyé dans un bled aussi paumé de Géorgie.

Jack avait rarement l'énergie nécessaire pour haïr quelqu'un au premier coup d'œil, mais il avait fait une exception pour Mon Père. C'était en partie dû à la manière dont il s'habillait. Sans compter les lunettes à la John Lennon et sa chevelure bien trop abondante pour un homme qui devait approcher de la cinquantaine. Mais la cerise sur le gâteau, c'était que ce clown s'intéressait à Jack d'une manière qui lui donnait un frisson dans le dos. Il ne comptait même plus les fois où il avait levé les yeux de son plat pour s'apercevoir que le type le regardait fixement, comme hypnotisé.

Comme maintenant. Jack sentait son regard peser sur lui. Il le regarda à son tour, calmement.

— Vous avez une raison spéciale pour me dévisager ? Jack n'avait pas envie de se laisser emmerder, pas aujourd'hui.

Le prêtre sourit et secoua la tête.

— Pardon, dit-il. J'étais juste en train de penser aux gens qui s'asseyent au comptoir. On pourrait presque diviser le monde de cette façon : ceux qui s'installent au comptoir, et les autres.

Jack se leva. Il marcha le long du comptoir, s'arrêta devant un tabouret à côté du prêtre.

— Écoutez, dit-il, de sa voix la plus calme, je ne sais pas si vous voulez sauver mon âme ou baiser avec moi, mais dans les deux cas, la réponse est « non ».

Jack lui tourna le dos et revint s'asseoir devant son café. Il poussa sa tasse un peu plus loin, pour souligner ses propos, et ne se retourna pas pour voir comment Mon Père prenait la chose.

La porte de la cuisine s'ouvrit encore une fois et Sherry revint ; elle ne souriait plus. Elle posa l'assiette du petit déjeuner devant lui.

— Vous voulez autre chose ? demanda-t-elle. La gaieté avait disparu de sa voix.

— Non, merci.

Elle détacha le bulletin de commande du bloc-notes et le posa devant lui, sur le comptoir, puis retourna remplir les salières. Elle en faisait tomber beaucoup plus qu'auparavant. Elle leva les yeux et vit qu'il l'observait. Elle détourna le regard et se mit à vérifier les filtres à café. Jack la regardait avec une anxiété croissante. Une vague suspicion commençait à se faire jour, mais il la rejeta.

Brusquement, Sherry revint se placer devant lui. Elle croisa les bras et soupira comme si elle était dégoûtée par quelque chose.

— C'est vraiment écœurant.

— Quoi ?

— Darlene qui me dit comment je dois me conduire.

Jack se détendit. C'était juste une anicroche entre deux serveuses. Sherry laissa tomber le couperet :

— Elle pense que je ne devrais pas vous parler.

Jack sentit les muscles de son estomac se contracter. Ses appréhensions se confirmaient. Quelque chose dans les yeux de Sherry était en train de rallumer une vieille colère. Il s'en aperçut et inspira profondément pour se calmer.

— Parfait. Sa voix était calme, détendue. Dans ce cas, arrêtez de me parler.

— Alors, c'est vrai ce qu'elle a dit ?

— Je ne sais pas. Que vous a-t-elle dit ?

— Vous savez, au sujet de votre famille.

— Oui, qu'est-ce qu'ils ont ?

Il n'allait sûrement pas lui faciliter la tâche. Si elle avait le culot d'en parler, c'était à elle de faire tout le travail.

— Vous savez de quoi je veux parler.

Il la regarda droit dans les yeux, sans sourciller. Elle jeta un rapide coup d'œil autour d'elle pour s'assurer que personne n'écoutait leur conversation, puis à nouveau lui parla posément :

— Elle m'a dit qu'un de vos frères était passé sur la chaise électrique.

Jack n'avait pas entendu ces mots depuis longtemps. Ils le transpercèrent comme un vent froid. Il ne répondit pas.

— Elle a dit que ça fait quelques années.

Dix ans. Une décennie. Une vie.

Elle le regarda, comme si elle attendait une réponse. Comme rien ne venait, elle réessaya :

— Elle a dit que c'était en Alabama.

— Eh bien, dites donc ! Darlene en sait plus long que l'*Ency-*

46

clopedia Britannica, pas vrai ? Sa voix était restée calme et claire, mais il faisait un effort pour se dominer.

– Il a dû faire quelque chose de terrible.

Jack se leva et laissa tomber plus d'argent que nécessaire sur le comptoir.

– Ça alors, elle ne vous en a rien dit ? Allez lui demander, je suis sûr qu'elle n'attend que ça.

*

En redescendant chez lui, il se dit que c'était de sa faute. Il aurait dû rester à l'écart. Il entendait la voix de Tallen, par-delà les années : « Pourquoi leur parles-tu ? Ils se foutent de nous, tout ce qui les intéresse, c'est les ragots. Nous sommes le spectacle dont ils ont besoin. »

Quel que soit l'endroit où ils avaient pu habiter, les Landry avaient toujours été la famille dont on ne prononçait jamais le nom sans le faire précéder de *ces*. Le nom de son père, Will Landry, n'avait pas besoin de démonstratif : on le prononçait seul, d'un ton qui voulait tout dire. Et la plupart des gens avaient pitié de Lucy, pour tout ce qu'elle devait subir. Les garçons, eux, étaient *ces* Landry. Un fléau qui s'était abattu sur la communauté. Des voyous dont les parents des autres enfants disaient qu'il fallait les éviter à tout prix.

Jack ne se rappelait même pas comment lui et ses frères en étaient arrivés à devenir des marginaux. Il se souvenait de leurs premiers exploits, mais pas des raisons qui les y avaient poussés. Peut-être était-ce tout simplement que « délinquant juvénile » était la seule identité qu'ils pouvaient s'approprier – et une identité négative vaut mieux que pas d'identité du tout. Ou peut-être avaient-ils hérité la fierté de Lucy, et ne supportaient-ils pas la façon dont les gens les considéraient. Peut-être même qu'ils les provoquaient pour ne pas avoir à subir leur pitié.

Cette mauvaise réputation avait été acquise de haute lutte. Dans ce milieu rural de Géorgie, la rudesse des adolescents était considérée comme normale jusqu'à un certain âge, jusqu'à ce qu'on en dise autre chose que « il faut bien que jeunesse se passe ». Fumer, boire, braconner un cerf ou deux provoquait à peine le haussement d'un demi-sourcil, et faire l'amour de bonne heure allait de soi. La drogue représentait déjà un grand pas dans la mauvaise direction – un pas qu'ils avaient tous franchi chaque fois qu'ils avaient pu se le permettre. Lorsqu'ils avaient compris que *se* faire du mal n'allait pas empêcher le monde de tourner,

47

ils avaient tout mis en œuvre pour sortir définitivement du droit chemin. Ils volaient des voitures pour partir en balade, les abandonnant dès qu'ils en avaient assez. Ils saccageaient les biens publics. (Renverser le distributeur de Coca-Cola situé au sous-sol du tribunal, un de leurs jeux préférés, était pour eux l'occasion rêvée de dire « merde » aux autorités.) Ils commettaient toutes sortes de petits larcins et de cambriolages. Rien de bien sérieux, en leurs jeunes années. Mais ils se réservaient une bonne marge de progrès.

Saint Cam, lui, échappait à ces tentations funestes. Non qu'il s'opposât ouvertement à ses frères – il n'avait jamais, par exemple, cafardé lorsqu'il était au courant leurs mauvais coups. La plupart du temps il restait dans sa chambre et les ignorait. Mais, dès que son regard croisait les leurs, il leur signifiait clairement l'étendue de son mépris. En retour, ils lui mettaient des bâtons dans les roues, et Cam ne leur cachait jamais sa rancœur. Toujours est-il qu'il filait son bonhomme de chemin, à l'écart de leurs ornières : on aurait dit que seul le hasard, un immense malentendu cosmique, avait pu le faire atterrir au milieu de ce qu'il fallait bien appeler sa « famille ».

Cam était des leurs, sans nul doute, mais il avait choisi de ne pas se préoccuper d'eux. Il était trop intelligent pour les rayer tout simplement de son esprit. A l'inverse de ses frères, il ne pouvait pas se contenter de les rejeter d'un revers de main, comme des « individus représentatifs d'une sous-espèce ». Il savait pertinemment que l'histoire avait pris sa source ailleurs. Que ce n'était sûrement pas là que tout commençait.

Jack ne savait pas où tout cela avait pu commencer. La mésalliance de ses parents ? Lucy, jolie jeune fille, sensible et délicate, était originaire d'une vieille famille désargentée de Savannah, que les quelques terres (environ quatre hectares) avaient élevée au rang des gentlemen farmers. Elle avait été déshéritée en épousant Will. Will, quant à lui, était un être renfermé qui avait été élevé par sa mère, une fille de métayers plutôt fruste. Il n'avait jamais connu autre chose que la pauvreté et le rejet – et en avait nourri un profond ressentiment. Lucy et lui s'étaient plu en raison de leurs différences, et avaient passé le restant de leur vie à essayer de s'entre-tuer, à cause de ces mêmes différences.

Les garçons avaient grandi au milieu de cette bataille perpétuelle. Lucy faisait tout ce qui était en son pouvoir pour encourager les signes de son ascendance : la prose de Cam, la poésie d'Ethan, la peinture de Tallen et l'amour de Jack pour les livres. Will démolissait tous ses efforts dès qu'il le pouvait ; il s'opposait

48

violemment à tout ce qui pouvait donner à penser que ses fils n'étaient pas de vrais hommes. Si son obstination n'avait pas entièrement porté ses fruits, il était tout de même parvenu à les déformer assez pour qu'ils sabotent leurs propres efforts.

Sauf Cam.

Pour autant que Jack comprît ce qui s'était passé, la différence tenait à ce que Cam s'était servi de son talent pour s'en sortir, alors que ses frères s'étaient accrochés à l'art comme à une source de réconfort dans une prison dont ils pensaient n'avoir aucune chance de pouvoir s'échapper un jour. Était-ce aussi simple que ça ? se demandait-il aujourd'hui. Tout se résumait-il au fait que Cam avait gardé l'espoir, et pas les autres ? Et si tel était le cas, d'où lui était venu cet espoir ? Était-ce génétique, comme la couleur des yeux ? Pourquoi, en ce cas, les trois autres frères n'y avaient-ils pas eu droit ? Quelle justice y avait-il à cela ?

Il se mit à rire tout seul. Bon Dieu, quand cesserait-il d'imaginer qu'il existe, quelque part dans le monde, un endroit où la vie a un sens ? Il importait peu à la vérité d'être équitable. La vérité, c'était peut-être que Cam était né avec une chance de s'en sortir, et pas eux. Cam n'aurait pas beaucoup aimé cette théorie ; elle lui avait ôté son sentiment de supériorité.

En fait, tout cela n'avait plus beaucoup d'importance. L'accident qu'ils appelaient une famille avait fini par se produire. Jack et Cam en étaient les seuls rescapés – éjectés dans des directions opposées, atterrissant sains mais pas totalement saufs. Jack faisait semblant de vivre, sans vraiment savoir pour quelle raison. Et quelque part, là-bas, Cam cherchait un sens à tout cela. Il en avait même peut-être trouvé un. Grand bien lui fasse.

Le crachin s'était transformé en pluie continue, et Jack sentait la batiste de sa chemise lui coller dans le dos. Il serait complètement trempé en arrivant chez lui. Et alors. C'était vraiment une journée pourrie.

Tout à coup, il sut pourquoi son rêve de la nuit passée lui avait paru différent. Il ne savait toujours pas pourquoi il avait été aussi bouleversé, mais il savait à présent ce qui était différent. La nuit dernière, pour la première fois, le corps de Cam était également sur le tas.

3

Randa avait réussi à dormir quelques heures avant de partir au travail. Elle se leva avec le vague souvenir que quelque chose d'horrible s'était produit, mais, l'espace d'un instant, elle fut incapable de se rappeler quoi. Lorsque la mémoire lui revint, elle espéra une seconde que ce n'était qu'un cauchemar. Puis, elle vit le jean et le chemisier qu'elle portait la veille jetés sur une chaise – et son espoir s'envola, la laissant seule avec l'oppressante réalité.

Cam n'était plus. Encore plus absent qu'il ne l'avait été ces douze derniers mois. Elle se demanda combien d'années il lui faudrait avant d'oublier complètement son visage, ou le son de sa voix. Cette minuscule cicatrice au menton. La façon dont il plissait son nez quand elle le contredisait. La manière dont il regardait ses mains quand il mentait.

Elle aurait aimé, comme un an plus tôt, pouvoir lui dire au revoir. L'employé du cabinet du médecin légiste lui avait expliqué qu'ils garderaient son corps tant qu'il y aurait une chance de retrouver Jack. Randa en déduisit que les funérailles ne seraient pas pour demain. Il y aurait sûrement un service funéraire auquel il ne tiendrait qu'à elle de prendre part mais, lorsqu'elle essayait d'y penser, elle s'imaginait toute seule dans un coin pendant que les gens consoleraient Nora. Non merci, sans façon.

Elle décida d'aller travailler plutôt que de rester là sans rien faire, à tourner en rond comme un chien malade. Elle se doucha, s'habilla tout en noir – un caleçon noir, des chaussures noires, un pull à col roulé noir. Le contraste entre ses vêtements noirs et ses cheveux couleur de blé mûr compenserait peut-être la pâleur de son teint : elle n'avait pas assez dormi et décida que, ce matin, la séance de maquillage serait une pure perte de temps.

Elle téléphona au journal et demanda à parler à Roger Eglee, le rédacteur en chef. Il fallait bien qu'elle commence avec quelqu'un, et Roger était un ami. Enfin, c'est du moins ce qu'elle pensait. Elle ne croyait plus à ce genre de choses, désormais.

– O.K. ! dit Roger dès qu'il eut décroché le combiné, quelle excuse as-tu trouvée pour expliquer ton absence à la conférence de rédaction, ce matin ?

– Une excuse tirée par les cheveux, répondit-elle d'une voix atone. Cam est mort.

– *Quoi ?*

– Il s'est suicidé. La nuit dernière.

– Oh ! mon Dieu !

Roger avait été un des partenaires de poker de Cam, même s'il s'était vite rangé du côté de Randa quand leur relation avait commencé à mal tourner.

– Oh, mon Dieu, Randa. Ce n'est pas vrai ! Que s'est-il passé ?

Elle lui raconta toute l'histoire, y compris l'épisode du poste de police et du magasin de vins et spiritueux, qui lui sembla encore plus ridicule maintenant qu'elle en parlait à quelqu'un d'autre. Elle lui demanda d'avertir tout le monde avant qu'elle n'arrive au journal – elle n'avait aucune envie de raconter l'histoire des dizaines de fois. Elle raccrocha sans lui laisser le temps de la persuader de rester chez elle.

*

Une demi-heure plus tard, Randa garait sa Volvo derrière le bâtiment délabré à deux étages qui abritaient les bureaux et l'imprimerie du *Chronicle*. L'immeuble était situé à l'extrémité est de Sunset Boulevard, un quartier où il fallait à tout prix prendre sa voiture si l'on voulait manger autre chose qu'un burrito graisseux. Mais elle avait toujours aimé ce vieux bâtiment. Il était totalement impossible d'imaginer le journal dans un des locaux immaculés à l'architecture aseptisée de Ventura Boulevard. La créativité foisonnait dans un milieu difficile et ce vieux piège à feu était un formidable bouillon de culture.

Les gens qui écrivaient pour le *Chronicle* constituaient un groupe étrange. Comme la plupart des membres de la presse dite «alternative», ils se considéraient comme de «vrais» écrivains. Ils toléraient (à peine) les autres journalistes, et toisaient de haut leurs pairs qui vendaient leur production aux grands groupes d'Hollywood (en acceptant des compromis plus grands encore). Les écrivains du *Chronicle* estimaient que les scénaristes ne valaient pas mieux que des putains, les scénaristes pensaient que les écrivains du *Chronicle* ne sortiraient jamais de l'adolescence, et ni les uns ni les autres n'avaient totalement tort. Ce travail procurait à Randa deux choses primordiales : la liberté et le respect. Et elle savait qu'elle aurait du mal à les trouver ailleurs.

Quelque chose d'étrange flottait dans l'air lorsque Randa traversa la salle de rédaction. Pas une seule radio ne hurlait, aucun rire ne sortait des bureaux, rien de l'atmosphère cool-tout-va-bien qui prévalait d'habitude. Randa s'aperçut que ses collègues l'épiaient du coin de l'œil. Elle regarda droit devant elle et gagna le plus vite possible la relative tranquillité de son minuscule bureau surchargé de papiers.

Ça n'avait finalement pas servi à grand-chose d'appeler Roger. A peine assise, son bureau s'emplit de gens avides de détails sanglants – comme des curieux s'agglutinant autour d'un carambolage. Elle leur donna des réponses évasives, leur faisant clairement comprendre qu'elle n'avait vraiment pas envie d'en parler. A la fin, les vautours battirent des ailes et elle resta seule avec deux proches amis de Cam, ce qui n'était guère mieux.

Tom Heller, le critique de cinéma du journal, était assis dans un coin, le regard vide. Depuis que Randa et Cam s'étaient séparés, Tom s'était mis en quatre pour l'éviter, sans daigner le lui cacher. Il avait fait mine de se satisfaire de la version de l'histoire fournie par Nora. (Selon Nora, la seule chose qui plaisait à Randa chez Cam, c'était l'histoire plutôt mouvementée de sa famille. Randa lui faisait penser, disait-elle à une de ces femmes obèses qui vouent une totale admiration au premier criminel venu ; une admiratrice plutôt peureuse, toutefois, qui n'avait même pas le courage de s'attaquer au fond du problème). En fait, Tom n'avait jamais beaucoup aimé Nora et, à présent, il ne devait guère apprécier qu'une pseudo-veillée funèbre se déroule dans son bureau. Elle se réjouissait d'autant plus de la présence de Roger, assis sur un coin du bureau, triturant la gomme d'un crayon à papier en hochant la tête.

– Je n'arrive pas y croire, soupira-t-il pour la dixième fois.

Il paraissait malade ; à vrai dire, même lorsque tout allait bien, Roger donnait l'impression qu'il allait subir un scanner.

– Ce doit être terrible pour toi, dit-il à Randa.

Elle acquiesça, légèrement embarrassée. Comme Tom considérait que son chagrin était de nature psychotique, elle ne tenait pas à discuter.

Tom regarda Roger.

– J'ai dû lui laisser au moins dix messages cette semaine. J'aurais dû aller le voir. Je n'aurais jamais cru...

– Personne n'aurait pu s'imaginer.

– Je ne comprends vraiment pas. Tom secoua la tête. Pourquoi maintenant ? Sa carrière décollait, il sortait enfin avec quelqu'un de bien...

Randa tressaillit. *Espèce de connard.* Roger sentit la tension monter et se dépêcha d'embrayer sur un autre sujet :

– Tu sais pourquoi il a appelé Randa, après tout ce temps ? Roger essayait diplomatiquement de prendre en compte l'existence de Randa.

– Non. Tom la regarda enfin. Il n'avait pas parlé de toi depuis un certain temps.

Une autre flèche que Roger ne remarqua pas cette fois. Il semblait perdu dans ses pensées.

– Cette histoire du magasin semble tombée du ciel. On croirait que la police de Los Angeles se positionne sur un nouveau marché, celui de la violation des droits de l'homme à titre posthume.

Tom acquiesça.

– Ils devaient avoir un dossier difficile sur les bras dont ils voulaient se débarrasser ; ils ont fait quelques recherches sur Cam et ils se sont servis de lui.

– Ils ont dit qu'ils avaient trouvé le revolver dans son appartement, déclara Randa. Elle n'essayait pas d'incriminer Cam, mais aurait donné sans hésiter six mois de salaire pour une explication qui tienne debout.

– Alors, parfait. Le ton de Tom était ironique. Plus aucun doute. La police de Los Angeles ne nous mentirait sûrement pas.

Randa se dit que Tom était bouleversé par la mort de Cam et se tut.

George Maynard apparut près de la porte. George était le critique musical du journal, un vaniteux que Cam décrivait toujours comme « la personne la plus odieuse que je connaisse, mais que j'apprécie quand même ». Randa approuvait la première partie de ce jugement.

– Que se passe-t-il ? Alors, c'est vrai ?

Roger lui fit signe que oui.

– Mon Dieu ! Ce n'est pas possible !

George retira ses lunettes à monture d'acier. Lui et Cam n'était pas particulièrement proches, mais il était hors de question qu'il manquât le mélodrame. Le spectacle des gens revendiquant l'exclusivité de l'amitié de quelqu'un qui meurt jeune ou dans des circonstances tragiques avait toujours fasciné Randa. George, qui voulait être aux premières loges, entra dans le bureau et prit une chaise.

– Alors quoi ? Vous croyez que c'est vrai ?

– Personne ne croit qu'il a cambriolé un magasin, répondit George. Enfin, c'est impossible...

– Eh bien ! Peut-être qu'il l'a fait. Peut-être que c'était une attaque du gène maudit...

George avait cette charmante habitude qui consistait à changer d'opinion dès que quelqu'un était d'accord avec lui. Roger lui lança un regard méprisant.

– George !

– Je suis désolé, mais cette histoire est vraiment trop bizarre. Il regarda Randa. On m'a dit que tu y étais.

– Non. Je veux dire, oui j'y étais, mais... je suis arrivée juste après et... Elle ne savait pas comment finir, et laissa la phrase en plan.

– Que faisais-tu là-bas ? George posait les questions comme s'il dirigeait une commission d'enquête du Sénat.

– Elle pense qu'il l'a appelée. Tom avait répondu à sa place. Randa le regarda, médusée.

– Que veux-tu dire par là ? demanda-t-elle en s'efforçant de garder son calme.

– Peut-être que c'était quelqu'un d'autre, tu étais à moitié endormie et tu as cru que c'était Cam.

Randa était estomaquée.

– Bon sang, pourquoi te crois-tu obligé d'inventer une théorie aussi absurde ?

– Parce que je trouve totalement incongru qu'il t'ait appelée, surtout après...

Randa savait très bien ce qu'il avait voulu dire.

– Après qu'il se soit définitivement débarrassé de moi, c'est ça ?

Tom ne semblait pas gêné le moins du monde. Il se contenta d'ajouter : Ce n'est pas comme ça que je l'aurais dit.

C'était la goutte d'eau qui fait déborder le vase.

– Allez tous vous faire foutre !

Elle saisit un bloc-notes et le jeta de toutes ses forces sur le mur, où il alla s'écraser, envoyant des feuilles voler dans tout le bureau. Les trois hommes étaient trop éberlués pour pouvoir bouger.

– Qu'est-ce qui ne tourne pas rond chez vous ? J'ai bien le droit d'avoir des émotions !

Tom fut le premier à recouvrer sa voix.

– Randa, calme-toi, bon Dieu !

– Je ne me calmerai que si vous arrêtez de me traiter comme une gamine de quinze ans qui avait le béguin pour Cam et qui le suivait partout comme un berger allemand au cœur brisé.

– Je n'ai jamais dit...

– Ne me dis surtout pas ce que tu n'as jamais dit ! Crois-moi, tes paroles, on s'est fait un plaisir de me les répéter.

– Quoi ?

– Que j'étais bizarre, complètement folle, que si j'aimais Cam c'était parce que je vouais une obsession malsaine à sa famille ! Tout ce monceau d'immondices qu'a déversé Nora et que tu t'es empressé de croire parce qu'elle a agité ses faux cils. Après tout, pourquoi pas, tu la connaissais depuis au moins un bon quart d'heure, alors comment aurait-elle pu mentir ? Toutes ces conneries qu'il fallait que vous vous racontiez ou que vous racontiez à Cam pour m'éliminer sans le moindre remords ! On m'a tout rapporté et vous le saviez très bien !

Elle attrapa son sac et se leva.

– Ce que je ressentais pour Cam et pourquoi je le ressentais ne regardait que moi il y a un an déjà, et ça reste toujours mes foutus oignons !

Elle sortit, claquant la porte aussi fort que possible.

*

Elle s'assit au volant de sa voiture et inspira profondément plusieurs fois. Voilà, elle l'avait dit. Elle s'était peut-être sentie bien cinq minutes, mais ces cinq minutes allaient lui coûter cher. Maintenant, Tom allait vraiment essayer de la démolir. Et alors ? Si elle était renvoyée, elle pourrait se trouver un boulot avec un salaire qu'elle pourrait annoncer à ses amis sans faire la grimace.

En fait, elle n'avait aucune idée des retombées possibles de ce qui venait de se passer. C'était son premier accès de colère. D'habitude, elle se rongeait les ongles, intériorisait tout et préparait le terrain à de futurs ulcères. Ou alors, elle encaissait tout avant d'affronter la source de son malaise, et se retrouvait la gorge nouée et les yeux pleins de larmes au moment de dire ce qui lui pesait sur le cœur. C'était pour cela qu'elle avait commencé à écrire, au tout début. C'était la seule manière dont elle disposait pour faire entendre sa voix. Insuffisant, mais cette soupape laissait s'échapper assez de vapeur pour l'empêcher d'exploser.

Randa ne voulait pas rester là, dans le parking, mais elle ne savait où aller. Pas question de retourner chez elle et de se retrouver entre quatre murs, mais elle ne se sentait pas non plus la force de voir des gens. Elle allait rouler, juste rouler.

Elle se sentait toujours mieux lorsqu'elle conduisait. Cela lui permettait de rester au contact du monde sans avoir besoin de s'impliquer. Elle aimait tout particulièrement conduire à Los Angeles, où les paysages changeaient d'un quartier à l'autre. Des âmes mortes descendant Hollywood Boulevard. Des agents artistiques trop bien habillés déjeunant à la terrasse de restaurants sur Sunset Plaza, heureux de voir et d'être vus (le monoxyde de carbone était un prix peu élevé à payer pour ce privilège). Des hommes musclés et bronzés dans des jeans serrés arpentant Santa Monica Boulevard, bras dessus, bras dessous. Les désœuvrées de Beverly Hills dans leur tailleur Chanel, en route pour le défilé Ferragamo, chez Saks. La promenade de Santa Monica, et son habituel cortège de badauds : yuppies traînant sur la plage, mendiants, et un prophète schizophrène lancé dans un prêche hystérique à l'intention d'un invisible public.

Randa n'avait jamais pu comprendre comment on pouvait ne pas aimer Los Angeles. Le smog, la circulation et les tremblements de terre ne semblaient que de bien faibles concessions en regard d'une telle liberté. Elle avait grandi à Ashbury, en Géorgie : un feu tricolore, un drugstore, deux stations-service, quinze églises dont dix baptistes[1]. Douze cents âmes, dont la majorité imposait son code éthique aux autres, faisant en sorte que ceux qui s'écartaient du droit chemin soient sévèrement réprimandés. Pour Randa, Los Angeles représentait la Terre Promise.

Elle conduisit sans but, une heure environ, puis donna trois dollars à un planton en veste rouge pour qu'il la laisse garer sa voiture sur la jetée de Santa Monica, d'où elle pourrait admirer l'océan. Elle y resta jusqu'à ce qu'elle en ait assez, puis ferma les yeux. Elle attendit un instant avant de laisser libre cours à ses souvenirs.

*

Cam était entré dans sa vie huit ans auparavant. Ou plutôt, c'était elle qui était entrée dans sa vie à lui. Elle était tombée sur un de ses livres lors d'une crise de bibliophilie (son remède habituel contre les dépressions). Elle évitait en général les romans policiers (elle se rendait folle à essayer de deviner qui avait commis le meurtre), mais celui-ci faisait partie de la liste des ouvrages recommandés par la librairie du coin et elle avait

---

1. Les baptistes suivent une doctrine religieuse protestante (le baptisme), professant que le baptême ne doit être reçu que par des adultes consentants, affirmant leur foi et prêts à se repentir (N.d.T.).

été intriguée par le nom de son auteur. «Cameron Landry» lui paraissait être un nom bien trop poétique pour un auteur de romans policiers. Lorsqu'elle avait lu sur la quatrième de couverture qu'il était originaire de Géorgie, elle avait décidé d'acheter le livre. La complexité de l'ouvrage et la justesse des points de vue qui y étaient exposés l'avaient surprise, tout autant que la tonalité obscure du livre – sujets lugubres et personnages hagards.

De tout temps, Randa avait été attirée par la part obscure de la vie. Peut-être était-ce dû à son enfance dans le Sud, où les gens s'accrochent aux fascinations morbides et aux superstitions comme à des prix de consolation pour avoir perdu la guerre civile. (Si Dieu était juste, il n'aurait jamais toléré le saccage auquel Sherman[2] s'était livré; il fallait donc que de puissantes forces occultes protègent les Nordistes.) Ou bien, cela tenait à sa propre famille, dont les membres se prosternaient chaque jour devant l'autel du désespoir et de la morbidité. (La seule comptine que sa mère eût jamais chantée à Randa était «Range mes petits chaussons», l'histoire d'un enfant qui sait qu'il va bientôt mourir.) Quelle qu'en soit la raison, la part obscure de la vie avait quelque chose d'apaisant, et Randa y cherchait refuge comme dans un havre de paix.

L'obscurité de l'âme de Randa était rapidement entrée en phase avec l'obscurité de la prose de Cameron Landry. Elle avait immédiatement acheté ses trois autres livres et les avait lus, embêtant ensuite tout le monde au journal pour qu'on lui laisse écrire un article sur l'auteur.

Elle avait pris rendez-vous avec lui par l'intermédiaire de son agent littéraire, puis avait poursuivi ses recherches dans diverses bases de données, traquant tous les articles écrits à son sujet et tous les entretiens qu'il eût jamais accordés. Les critiques de ses ouvrages étaient toujours très favorables. Les spécialistes le comparaient à Raymond Chandler, à Dashiell Hammett. Un magazine spécialisé dans les polars ne jurait que par Landry, proclamant qu'avant peu, il les laisserait tous loin derrière lui.

Peu de choses filtraient sur l'auteur. Il avait grandi dans plusieurs bourgades rurales de Géorgie. C'était le cadet de quatre frères issus d'une famille d'ouvriers. Il aimait beaucoup lire, était doué pour la littérature. Un professeur l'avait encouragé et il

---

2. Le général William Sherman, un des chefs des armées nordistes, est resté célèbre pour sa «Grande Marche vers la mer» de 1864. Il ordonna à ses forces de raser, entre autres, Atlanta et sa région (N.d.T.).

avait décidé de devenir écrivain, etc. Aucun indice sur l'origine de cette vision obscure.

Elle avait continué à fouiller les bases de données, espérant y trouver une indication qui éclairerait mieux sa lanterne et était tombée sur un autre Landry, dont le nom possédait une sonorité encore plus poétique : Tallen Landry. Elle ne savait pas s'il s'agissait d'un homme ou d'une femme, mais elle adorait ce nom. Lorsqu'elle le vit apparaître pour la deuxième fois, elle décida d'en apprendre un peu plus sur son compte.

Elle tapa le nom sur l'ordinateur et lut la première référence. C'était un article vieux de huit ans tiré du *Texas Monthly* : « L'impact de la peine capitale sur les familles des condamnés à mort en attente de l'exécution ». L'auteur de cet article était un professeur de sociologie de l'université de Santa Monica, un certain Karl Wiedergott, qui s'était entretenu avec cinquante familles de condamnés à mort et en avait tiré la substantifique moelle d'une étude sur leurs réactions psychologiques et physiologiques. Le nom de Tallen Landry apparut vers la fin de l'article, comme celui d'un assassin exécuté en Alabama deux ans auparavant. (*Quelle ironie pour un assassin d'avoir un si joli nom*, pensa-t-elle.) Le professeur avait interviewé quelques cousins de Tallen, ainsi que des amis de la famille, mais il indiquait que ses proches avaient refusé de parler. Randa en avait presque fini avec l'article lorsque quelque chose dans le paragraphe suivant attira son attention. Tallen Landry était présenté comme le deuxième des quatre enfants d'une famille d'ouvriers vivant dans la campagne de Géorgie. Randa n'en crut pas ses yeux. Ce ne pouvait être qu'une coïncidence. *Landry* n'était pas un patronyme rarissime, et l'État de Géorgie était plutôt vaste. Toutefois, s'il y avait un lien entre les deux, cela éclairait sans doute les rouages de l'esprit de Cameron Landry.

Une semaine plus tard, à l'heure convenue, elle était assise à une table de Musso & Frank, penchée sur ses notes et croquant nerveusement le glaçon de son verre d'eau. Elle fut très surprise de voir le majordome indiquer sa table à un grand gaillard portant une veste en cuir marron et des Ray Ban noires. Elle ne s'attendait pas du tout à ce qu'il soit ponctuel. Il lui sourit chaleureusement, lui tendit la main (« Salut, je m'appelle Cam Landry ; j'espère que je ne suis pas en retard. »), et s'installa sur la banquette, face à elle. Il ne ressemblait absolument pas à ce qu'elle avait imaginé, même si elle ne savait pas trop ce qu'elle avait imaginé. Ses cheveux étaient d'un châtain très foncé, presque bruns, juste assez longs pour paraître négligés. Ils étaient parsemés de beaucoup de reflets gris pour un homme de son âge (elle savait, d'après la presse, qu'il avait trente et un an). Son visage était parfaitement dessiné, des traits réguliers, et sa peau était si pâle qu'on aurait pu croire qu'il ne voyait jamais la lumière du jour. C'est alors qu'il avait retiré ses lunettes de soleil et qu'elle avait vu ses yeux. Toutes ses autres caractéristiques physiques étaient soudain devenues très secondaires.

Lorsqu'ils commencèrent à discuter, elle fut surprise de constater qu'ils avaient trouvé un rythme de dialogue naturel, et cela ne devait rien à leurs origines communes. Très vite, ils en vinrent à terminer mutuellement leurs phrases.

La seule chose dont il ne voulait pas parler, c'était du contenu de ses ouvrages. Dès que Randa essayait d'en savoir un peu plus sur la source de son inspiration, Cam changeait adroitement de sujet. Pas surprenant que les articles qu'elle avait pu trouver soient restés si superficiels.

Après dîner, ils commandèrent des Margarita et échangèrent des souvenirs de guerre sur leur carrière respective. Il se faisait tard et il n'avait pas encore parlé de sa famille ; elle se décida donc à le questionner. Il haussa les épaules. Ils sont tous morts.

— D'accord, mais quelle sorte de personnes étaient-ils lorsqu'ils étaient en vie ?

Il secoua la tête.

— Des pauvres gens. Inutile de perdre votre temps.

— Beaucoup de grands écrivains viennent d'une famille de pauvres gens.

— Oui, enfin... Il détourna les yeux. En fait, ma mère était quelqu'un de pas trop mal.

Il semblait se parler à lui-même.

— C'est juste que...

— Quoi ?

— Elle croyait ne jamais penser qu'aux autres, et c'était peut-être vrai... Mais elle a tout fait pour garder un peu de dignité dans une situation horrible, plutôt que de se sortir de cette situation horrible, vous comprenez ?

Il avait à nouveau détourné son regard. Il semblait épuisé. Randa prit son courage à deux mains.

— Vous ne seriez pas parent de Tallen Landry, par hasard ?

Il resta immobile, mais elle pouvait voir les muscles de sa mâchoire se raidir. Finalement, sans se retourner, il dit :

— Comment l'avez-vous su ?

– J'ai trouvé un article. J'ai vu que vous étiez tous deux de Géorgie et que vous aviez tous deux trois frères, alors j'ai pensé qu'il se pourrait bien que...

Après un long moment, il se retourna et la regarda à nouveau. Il ne paraissait pas en colère. Peut-être un peu abattu.

– Je suppose qu'il est inutile que je vous demande de ne pas en parler.

Randa ne répondit pas. Un tel coup de pot, un tel angle d'attaque pour son article – et il voulait qu'elle laisse tomber. Elle ne le connaissait pas. Elle ne lui devait rien. Alors pourquoi sentait-elle qu'elle ne pouvait pas trahir une loyauté qui n'était même pas clairement exprimée ?

Il ramassa ses lunettes de soleil.

– Je sais, ce que je vous demande est ridicule. Vous êtes bien évidemment excellente dans votre travail.

Avant qu'elle trouve quelque chose à lui dire, il était parti. Elle le regarda s'en aller, sachant qu'il ne servirait à rien de le rappeler.

Pendant plusieurs jours, elle se surprit à penser à lui. Il lui manquait. Elle ne savait vraiment pas comment quelqu'un qui restait un mystère complet pouvait lui manquer, mais le fait était là, indubitable. Elle avait presque réussi à l'oublier, lorsque, un mois environ après leur tête-à-tête, il l'avait appelée au journal :

– Qu'est-il advenu de l'article, demanda-t-il, sans autre forme de préambule.

– J'ai abandonné l'idée.

– Pourquoi ?

– J'ai pensé que je ne pourrais pas l'écrire honnêtement si je n'y parlais pas de votre vie, et que je ne pourrais pas dormir sur mes deux oreilles si j'en parlais. Comme il restait silencieux, elle ajouta : Je suis sûre que ça a déjà été assez dur comme ça.

– Vous ne me connaissez même pas. Il semblait incrédule, admiratif même.

Elle réfléchit un instant et décida de prendre le risque de passer pour une illuminée.

– Je sais, mais c'est comme ça que je le sentais. Vous allez penser que je suis dingue, mais dès que vous vous êtes assis à ma table, j'ai pensé « Tiens, voilà Cam. » Je ne me l'explique pas, c'est étrange.

– Je vois très bien ce que vous voulez dire. Ce n'était pas comme si nous venions de nous rencontrer, plutôt comme si nous étions... réunis. J'avais envie de vous en parler, mais j'ai eu peur que vous pensiez que je vous draguais.

Elle n'avait plus rien à perdre.

– Peut-être que ça ne m'aurait pas dérangée.

– Oui... Ma femme, elle, n'aurait pas apprécié.

Bon sang, bien sûr ! Il était marié. Elle se sentit stupide. Même si ça n'avait pas vraiment été le thème central de leur conversation.

– Vous êtes encore là ?

– Oui.

– Écoutez, reprenons rendez-vous. Je vous dirai tout ce que vous voulez savoir.

– Pourquoi ?

– Je ne sais pas. Je suppose que je vous fais confiance pour ne pas faire tout un cirque. De plus, il est sans doute grand temps que j'arrête de me voiler la face. Peut-être est-ce la raison de votre irruption dans ma vie.

Ils avaient dîné ensemble quelques jours plus tard, et il lui avait raconté toute l'histoire (« Dans les grandes lignes, d'accord ? Je n'y arriverai jamais si je dois tout vous raconter en détail »). C'était une histoire fascinante, même si elle la trouvait dérangeante. Cam la débita d'un ton détaché, comme dicté par son instinct de survie. Il lui parla de son père, Will Landry, un ivrogne violent qui brutalisait sa famille. De sa mère, Lucy, le type même de la martyre consentante qui craignait encore plus Will que ce qu'il leur faisait subir. Ses frères, des délinquants en maraude qui terrorisaient le voisinage et avaient cependant tous des dons artistiques. Il lui parla d'Ethan, presque aussi doué en peinture qu'en cambriolage, de Tallen, qui avait grandi dans des centres pour délinquants juvéniles avant d'être envoyé en prison, et peignait des paysages mélancoliques, hypnotisants, des endroits sauvages hurlants de solitude. C'était le plus sensible des quatre, et donc le plus instable. (Pour le reste de l'histoire de Tallen, lui avait dit Cam, elle n'avait qu'à se reporter aux journaux de l'époque.) Et puis, il y avait Jack, l'aîné des quatre. Il était resté un mystère pour Cam. Sûrement à cause de la différence d'âge, mais surtout parce que Jack le haïssait beaucoup trop pour lui dire quoi que ce soit. Jack était le seul qui n'ait jamais rien créé d'artistique, même s'il lisait énormément. A vrai dire, Jack n'avait jamais vraiment rien *produit*, mais il avait élevé son don d'observation jusqu'à une forme d'art à part entière.

Ethan et Will étaient morts la même année. Ethan s'était noyé (Cam n'avait pas fourni de détails) et Will s'était suicidé quelques mois plus tard. Lucy s'était à son tour supprimée, un an jour pour jour après l'exécution de Tallen. Jack vivait en Géorgie, d'après ce que savait Cam. Il ne l'avait pas vu depuis l'enterrement de Lucy. Ils s'étaient violemment disputés au moment où Cam allait partir, et il avait dit certaines choses qu'il avait regrettées depuis. La longue lettre d'excuse qu'il lui avait ensuite envoyée lui était revenue avec la mention «n'habite plus à l'adresse indiquée». Il avait essayé de remettre la main sur Jack, sans succès. Il se doutait que ce dernier ne souhaitait pas être retrouvé, et supposait qu'il ne le reverrait plus jamais. Ça lui était égal ou, du moins, c'est ce qu'il disait.

Cam était peu loquace sur la façon dont il s'était sorti d'une enfance pareille. Il pensait que cela tenait à la différence d'âge entre lui et son frère cadet, ou bien parce que Will avait été plus gentil avec lui qu'avec les autres – sans doute parce qu'il se rendait compte qu'il représentait sa dernière chance d'avoir un fils avec lequel il pourrait s'entendre. Cam avait vite compris que sa famille était composée de fous furieux, et s'était juré de rester enfermé dans sa chambre jusqu'à ses dix-huit ans, puis de partir. Il avait tenu sa promesse, et ne s'était pas souvent retourné depuis.

L'article sur Cam était l'un des meilleurs que Randa eût jamais écrits. Il causa quelques remous pendant un certain temps, mais Cam continua à lui assurer qu'il ne regrettait pas cette interview. Il lui avait confié qu'il s'était presque senti «libéré». Il en avait aussi retiré pas mal de publicité gratuite, mais elle s'était aperçu que ce genre de choses ne comptait pas pour lui.

Peu de temps après la parution de l'article, le mariage de Cam était parti en quenouille. Elle ne sut jamais si les deux événements étaient liés, car il n'en parlait pas. Tout ce qu'il lui en dit, c'était que l'orage couvait depuis longtemps. Randa n'avait jamais rencontré la femme de Cam. Tout ce qu'elle savait d'elle, c'était son nom, Terri, et qu'elle se voulait artiste. Quelques commentaires sibyllins lui apprirent que Terri n'avait jamais été très fidèle (même si, de son propre aveu, Cam était loin d'être un saint de ce côté) et qu'elle souffrait de dépendance pharmacomaniaque. A vrai dire, il semblait à Randa que Cam s'en sortait mieux sans elle.

Au moment où Cam et Terri se séparèrent, Randa vivait avec Evan, un scénariste qui gagnait un argent fou en écrivant des scénarios destinés à ses tiroirs. La première fois où Randa demanda à Evan s'il l'aimait, il lui répondit qu'il ne savait pas ce qu'était l'amour. Lorsque, deux ans plus tard, il lui fit la même réponse, elle partit. L'ironie de l'histoire était qu'elle n'aurait pas non plus juré ses grands dieux qu'elle l'aimait, mais elle voulait avoir la primauté de l'option.

Ensuite, elle avait vécu avec David – un musicien de studio qui la fascinait parce qu'il était mystérieux. Lorsqu'elle s'était enfin rendu compte qu'il était surtout sinistre, elle décida de mettre fin à une autre perte de temps et de passer son chemin. Ça n'avait pas beaucoup dérangé David : au contraire, ça lui donnait une occasion supplémentaire de se renfermer.

Cam, de son côté, passa dans le lit d'une chanteuse de country, d'une publicitaire, d'une photographe free-lance et, pour la forme, de quelques hôtesses de l'air. (Pas forcément dans cet ordre, ni une à la fois.)

Pendant tout ce temps, Randa et Cam étaient restés très bons amis. Ils se voyaient au moins une fois par semaine pour partager leurs succès, se plaindre de leurs échecs ou parler des films qu'ils avaient vus, des livres qu'ils avaient lus ou pour laisser libre cours à leurs opinions sur l'état du monde. Ils s'invitaient mutuellement pour aller voir ce que leurs compagnons et compagnes respectifs n'avaient pas envie de voir, car ils semblaient choisir des partenaires avec lesquels ils avaient peu de choses en commun. Ils exigeaient d'eux qu'ils ne s'opposent pas à ces rencontres, et seuls les plus instables s'étaient sentis menacés.

Randa ne se souvenait pas exactement du moment où elle avait compris qu'elle était amoureuse de Cam. D'ailleurs, il n'y avait pas eu de moment spécifique, juste une prise de conscience graduelle ; elle l'avait admis si progressivement qu'à un certain point, c'était devenu évident, flagrant : elle était amoureuse de lui depuis leur première rencontre. En fait, le moment avait peu d'importance, puisque, de toute façon, cela ne la menait à rien. Cam n'avait jamais montré qu'il éprouvait une once d'intérêt amoureux à son égard et, comme elle ne tenait pas à se ridiculiser, aucune de ses paroles ou de ses actions n'avait jamais été équivoque. Tant qu'ils restaient amis, ils continueraient à se voir. Elle n'allait surtout pas lui donner une raison de couper les ponts.

Après sa séparation d'avec David, trois jours avant l'anniversaire de ses trente-trois ans, elle avait été invitée à dîner par Cam, «pour se lamenter ou faire la fête, c'est toi qui décides». Ils s'étaient retrouvés dans un restaurant italien sur Melrose Avenue, dont la seule particularité était l'éclairage : impossible de trouver un restaurant plus sombre à plusieurs kilomètres à la ronde. Randa se plaignait tout le temps de ce que les restaurants de Los Angeles étaient illuminés comme des vitrines de Noël, et Cam voulait lui prouver qu'il existait des exceptions. Ils se retrouvèrent donc côte à côte dans une alcôve de velours rouge, à faire semblant de manger leur plat pendant que Randa se lamentait sur sa malchance avec les hommes.

— Ce n'est pas de la malchance, intervint Cam. C'est du mauvais goût.

— De la part de quelqu'un dont toute l'histoire amoureuse pourrait tenir au dos d'un timbre-poste, c'est un peu raide !

— Nous ne parlons pas de moi mais de toi. Il faisait tournoyer son glaçon dans son verre de Margarita ; il paraissait étrangement sérieux. Tu crois que tu aimais vraiment cet abruti ?

Randa réfléchit une demi-seconde.

— Non, en fait, ce que j'aimais, c'était l'idée d'être amoureuse d'un artiste torturé. Je m'en suis rendu compte il y a quelques mois.

— Alors, pourquoi n'es-tu pas partie à ce moment-là ?

— Je l'ignore. Je pense que je n'avais pas envie de mettre en marche la machine à fabriquer des mélodrames. Et de devoir trouver un autre appartement.

Randa habitait encore l'appartement qu'elle partageait avec David et dormait sur le canapé. Pas vraiment confortable, à tous points de vue.

— Pourquoi n'achèterais-tu pas un studio dans mon immeuble ? Celui situé juste en dessous de chez moi est à vendre.

— Parfait ! C'est exactement ce dont j'ai besoin : déménager dans un coupe-gorge.

— Nous pourrions nous voir plus souvent.

— En d'autres termes : je pourrais donner à manger à ton chat lorsque tu partirais en vacances.

Il sourit. Tu es trop cynique. Il posa sa fourchette et la fixa pendant un long moment, soudain sérieux. Tu es très belle, ce soir.

Elle lui rendit son sourire. Il essayait juste de lui remonter le moral, mais elle appréciait l'attention.

— Merci. Je pense que l'auto-compassion me va à ravir. Assez parlé de moi. Que deviens-tu ?

— Oh, moi, tu sais... toujours le même boute-en-train.

— Et Patty ?

Patty était la dernière petite amie de Cam. Elle était serveuse dans un restaurant diététique (où Cam avait-il bien pu la rencontrer ?) et croyait dur comme fer que tous les problèmes affligeant notre pauvre planète pouvaient être résolus par une décoction de plantes appropriées. Randa et David étaient quelquefois sortis avec eux. Randa était d'un naturel accommodant.

— Je ne sais pas, lui répondit Cam. Je suppose qu'il vaut mieux demander à Richard.

— Qui est ce Richard ?

– Le culturiste new age avec qui elle est partie.

– C'est pas vrai ! Sérieux ?

Randa n'arrivait pas à lui dire qu'elle était désolée.

Cam fit signe que oui.

– Elle ne sait pas si elle l'aime, mais elle pense qu'ils ont une dette de karma à régler. Et il va lui apprendre comment vivre une « expérience corporelle externe ».

– Cam, Patty n'a même pas eu d'expérience corporelle interne ! J'ai toujours pensé que quelqu'un devrait s'en servir pour boucher le trou de la couche d'ozone. N'importe quoi, pourvu qu'on soit débarrassé d'elle.

– Bon, d'accord, mais...

– Non.

– Non, quoi ?

– Tu es juste en train de penser à ce que tu pourrais dire pour replacer « boucher » et « trou », et je n'ai vraiment pas envie d'entendre le fruit de tes élucubrations.

Cam se mit à rire.

– Tu me connais trop bien.

– Tu dois avoir raison.

Ils restèrent silencieux pendant quelques secondes, puis l'expression sérieuse de tout à l'heure revint sur le visage de Cam.

– Tu te rends compte que c'est la première fois depuis que nous nous connaissons que nous sommes simultanément célibataires ?

Randa n'y avait même pas pensé.

– Oui, c'est vrai...

Cam reprit sa fourchette avant de la reposer une nouvelle fois. Il regarda Randa, puis changea de place pour se trouver en face d'elle. Lorsqu'il parla, sa voix avait changé, était devenue presque hésitante.

– Tu t'es déjà demandé ce qui se passerait, si... tu sais, si nous étions ensemble ?

Randa dut faire un effort pour ne pas oublier de respirer.

– Oui, je me le suis déjà demandé. Mais je pensais que... Elle n'alla pas plus loin.

– Que quoi ?

– Je pensais que tu ne me voyais pas... comme ça ?

– Je pensais que *tu* ne *me* voyais pas comme ça. Ils sourirent tous les deux.

– Alors ? Comment cela se passerait-il, à ton avis ?

– Je crois... que ça se passerait très bien.

65

Randa avait répondu d'une voix calme, se demandant si c'était la réponse qu'il espérait. Cam sourit et lui prit la main. Elle n'eut même pas la présence d'esprit de se sentir gênée.

— Tu vois, je pense que si j'ai toutes ces aventures sans lendemain, c'est parce ça m'est égal d'être avec quelqu'un si ce quelqu'un n'est pas toi.

Il sourit, embarrassé.

— Je n'ai jamais rien dit parce que j'avais peur de la manière dont tu réagirais.

Randa entendait ce qu'il lui disait, mais attendait la plaisanterie qui ne pouvait manquer de venir. Ça ne pouvait pas être vrai.

— Cam, réussit-elle à dire, dis-moi que tu ne te moques pas de moi.

— Bien sûr que non.

Il approcha la main de son visage et repoussa une mèche de cheveux. Elle sentit le dos de sa main lui effleurer la joue. Ses yeux commençaient à s'emplir de larmes et le visage de Cam était en train de se brouiller. Il l'embrassa avant même qu'elle ait eu le temps de se demander s'il allait le faire. Puis il sourit et dit : Mon Dieu ! J'en avais envie depuis si longtemps !

— Moi aussi, chuchota-t-elle, de peur qu'en parlant trop fort, l'enchantement cesse.

Elle aurait pu mourir ici même, sur-le-champ, sans le regretter. Plus tard, elle regretta que ce n'eût pas été le cas.

Elle n'était pas allée chez lui. Ç'aurait été trop pour un seul jour, elle préférait prendre son temps. Ils avaient décidé de dîner ensemble le lendemain, et elle avait passé la journée dans un état semi-comateux, regardant sa montre toutes les quinze minutes jusqu'à l'heure fatidique du rendez-vous.

Sa gorge se serrait encore en repensant à cette nuit-là. Lorsqu'elle avait frappé à la porte, Cam lui avait aussitôt ouvert et l'avait fait entrer presque de force. Il l'avait enlacée et ils étaient restés là, debout, comme des adolescents, pendant une éternité. Randa aurait voulu se forcer à se dégager, mais elle en était incapable. Embrasser Cam, après tout ce temps ; elle ne s'en lasserait jamais. Ils n'étaient pas passés à table.

*

La scène se perdit soudain dans l'esprit de Randa, comme si la pellicule s'était cassée dans le projecteur. Elle n'avait pas la force de continuer. Les larmes qu'elle avait retenues se mirent à couler le long de ses joues ; elle se sentait d'autant plus impuissante à les retenir qu'elle n'en avait pas vraiment envie.

Elle resta longuement prostrée dans sa voiture, regardant l'océan, essayant de se perdre dans les vagues qui déferlaient sur le sable, l'une après l'autre, sans effort, comme si ce jour n'était en rien différent des autres jours.

4

Nick Varella tenait un verre de scotch à la main lorsqu'il ouvrit la porte. De toute évidence, ce n'était pas le premier de la journée : il ne s'était pas rasé depuis au moins deux jours et ses cheveux bruns paraissaient avoir été coiffés par un cyclone. Randa avait entendu parler de Nick pendant des années, mais ne l'avait jamais rencontré, ni même vu, avant ce jour. C'était le meilleur ami de Cam, mais leur amitié était peu conventionnelle. Ils ne se voyaient que trois ou quatre fois par an, mais Randa savait que Cam se confiait à Nick plus qu'à personne d'autre. Même si leurs carrières respectives suivaient des lignes presque parallèles (les livres de science-fiction de Nick étaient aussi appréciés par les *aficionados* du genre que les romans policiers de Cam par les siens), Cam considérait Nick comme un mentor. Ou peut-être un frère de substitution. De toute façon, Cam voyait en Nick un « frère d'âme » et en avait parlé à Randa tellement souvent qu'elle avait l'impression de le connaître. C'était du moins ce qu'elle croyait jusqu'à ce qu'il apparaisse sur le seuil de la porte et qu'elle doive expliquer ce qu'elle faisait là.

— Je suis désolée de vous déranger. Je m'appelle Randa Phillips. Elle avait décidé de ne pas tourner autour du pot.

— Oh ! Waouw ! Salut.

Il l'observait, les sourcils levés d'une manière qu'elle n'arrivait pas à interpréter. Peut-être était-ce trop lui demander dans un tel état d'ébriété. Ou peut-être bien que personne ne lui rendait jamais visite ; il avait une réputation d'ermite. Elle entendait une forte musique en provenance d'une des pièces et elle pensa soudainement qu'il avait peut-être de la compagnie. Cette possibilité ne lui avait même pas traversé l'esprit lorsqu'elle s'était résolue à aller le voir. *Bon sang ! Tu ne peux donc jamais réfléchir à fond avant de prendre une décision ?*

— Je me demandais si je pourrais... Quoi ? Elle n'avait pas vraiment pensé à ce qu'elle allait dire. *Garde ton calme et ne te conduis pas comme une imbécile. Dis-lui simplement la vérité.* Je sais que vous ne me connaissez pas et que le moment est mal choisi, mais il faut que je parle à quelqu'un. Je ne peux plus supporter de n'avoir que moi-même comme interlocutrice.

Il continua à la fixer. Elle se sentit soudain très bête.

— Excusez-moi. C'était une idée stupide.

Elle se retourna pour partir, mais il la rattrapa par le coude.

— Non. Ne partez pas. C'est juste que... la spontanéité n'est pas la plus grande de mes qualités. Il lui montra son verre en guise d'explication. «De plus, mes idées ne sont pas des plus claires, Dieu merci. » Il finit par sourire. «Vous en voulez un ? »

Elle réussit à lui rendre son sourire.

— Avec plaisir.

Il entrouvrit un peu plus la porte et lui fit signe d'entrer. Il la précéda dans un vestibule étroit, puis dans une pièce qui, vu le désordre avancé, était certainement celle où il passait le plus clair de son temps. La musique s'échappait d'une chaîne hi-fi sophistiquée qui se trouvait de l'autre côté : du heavy metal bruyant, hargneux, des voix râpeuses hurlant des paroles inintelligibles.

Nick se dirigea tout droit vers le bar de fortune et commença à mettre des glaçons dans un verre.

— J'espère que les observations d'un ivrogne ne vous dérangent pas, mais je trouve que vous êtes encore plus jolie qu'on ne me l'avait laissé entendre.

L'idée que Cam ait pu dire à Nick qu'elle était jolie la piqua au vif. Elle se força tout de même à sourire.

— Merci.

— Que puis-je vous servir ? Je vous avertis, je n'ai rien pour les demoiselles.

Excellent !

— Vous avez de la tequila ?

Il lui décocha un regard sec.

— A votre avis ?

Il avait déjà pris une bouteille de Cuervo Gold.

— J'espère que vous ne vous attendez pas à ce que je vous prépare un savant mélange. »

— Pas du tout. Je la prends nature.

La musique commençait déjà à l'agacer prodigieusement. Nick remplit le verre à moitié et le lui tendit. Il leva le sien, comme pour porter un toast.

— A cette vie de merde !

Et il engloutit la moitié de son scotch. Randa sirota doucement sa tequila. La brûlure était très agréable ; elle en avala une bonne rasade.

— Ça fait longtemps que j'ai envie de vous rencontrer !

Heureusement que la musique était forte, en fin de compte. Si elle n'avait pas dû la crier, cette remarque aurait paru stupide.

— Oui, je voulais vous rencontrer, moi aussi. Mais pas assez pour aller à une de ces fêtes qu'organisait Cam. Il vous a probablement dit que je ne supporte pas de me trouver dans une pièce avec plus de trois personnes. A l'exception des boîtes à strip-tease.

Il finit son verre avec aisance avant d'ajouter :

— Je suppose qu'il faudra que j'ajoute les cimetières à la liste.

Elle ne savait pas encore si elle l'appréciait ou pas, mais son plus gros problème pour le moment était d'arriver à l'entendre. Elle montra la chaîne du doigt.

— Vous pourriez baisser la musique un peu, s'il vous plaît ?

— Pourquoi ?

— Pour nous éviter de devoir crier.

— C'est bon pour ce que vous avez.

Elle avait eu la même conversation, mot pour mot, avec Cam des dizaines, des centaines de fois. Elle n'avait vraiment pas envie de recommencer.

— Je ne me sens vraiment pas le courage de lutter contre quoi que ce soit.

Il secoua les épaules et se dirigea vers la chaîne.

— Madame « je contrôle tout », dit-il tout en réduisant le volume.

Randa éclata en sanglots.

Nick éteignit aussitôt la chaîne, se rapprocha d'elle et la prit dans ses bras.

— Je suis désolé. Je plaisantais. Je suis vraiment désolé.

— Cam utilisait la même expression. Elle avait dit cela au milieu d'un sanglot.

— Je sais, lui répondit Nick, en la berçant doucement. Je la lui ai piquée.

Maintenant qu'il était tout près d'elle, elle s'aperçut qu'elle n'était pas la seule à avoir des larmes plein les yeux.

*

Ils étaient assis dans un petit restaurant espagnol sur Alameda et partageaient un pichet d'une mixture qui se prévalait du nom de sangria. Randa penchait plutôt pour du vin de table bon mar-

70

ché avec de la salade de fruits en boîte, mais ça lui était bien égal si ça suffisait à l'anesthésier.

— Alors, de quoi voulez-vous parler ? lui demanda Nick en remplissant son verre pour la énième fois. Jusque-là, ils n'avaient fait que passer en revue ce que Randa savait déjà.

— Je ne sais pas vraiment, lui répondit Randa. Je pensais que vous pourriez peut-être m'éclairer sur ce qui s'est passé.

— Vous allez être déçue.

— Vous savez, je ne l'avais pas vu depuis plus d'un an, vous en savez sûrement plus que moi. Était-il plus déprimé que d'habitude ? Vous a-t-il appelé pour vous dire « Devine quoi, Nick. Je viens juste de dévaliser un magasin » ?

— Je ne l'ai pas... je ne l'avais pas vu depuis une quinzaine de jours, et je ne sais pas quel est... quel était son état d'esprit ces derniers jours. En tous les cas, une chose est sûre, c'est qu'il ne m'a pas appelé pour me dire qu'il avait dévalisé un magasin. De toute façon, il ne m'aurait pas appelé pour me dire ce genre de choses, mais...

Il se mordit la lèvre inférieure et secoua la tête.

— Mais ?

— Rien, c'est juste que...

Il la regarda droit dans les yeux, comme s'il venait de prendre une décision importante.

— Je n'ai pas été tellement surpris d'apprendre ce qu'il avait fait.

Randa le regarda, éberluée.

— Ça ne vous a pas surpris ?

— Attendez un instant, il faut que vous sachiez un truc ou deux avant que je vous en parle.

Randa se prépara à affronter la nouvelle.

— J'ai tout entendu sur vous et Cam, toutes les opinions, sauf la vôtre, mais je pense qu'il est assez facile de reconstituer le puzzle. Je veux juste que tout soit clair dès le départ, pour éviter les non-dits. Je sais combien vous étiez importante aux yeux de Cam.

Elle laissa malgré elle échapper un rire cynique.

— Non, je suis très sérieux. Je sais que vous aimiez Cam et je sais que Cam vous aimait. Je sais aussi que, si la dernière chose qu'il a faite avant de mourir était de vous appeler, c'était qu'il avait l'intention de vous dire tout ce que je vais vous apprendre. Du moins, c'est ainsi que je vais me donner bonne conscience.

Qu'allait-il donc lui raconter ? se demanda Randa. Son visage avait une expression étrange, comme s'il allait confesser quelque chose qui le gênait.

– Je veux juste que vous me promettiez que ceci restera entre nous. Je ne supporte pas l'idée que ces abrutis du *Chronicle* s'emparent de l'histoire et en fassent leurs choux gras. Ce serait terriblement injuste vis-à-vis de Cam.

Randa acquiesça.

– Ne vous en faites pas pour ça, dit-elle calmement.

Nick prit le pichet et remplit le verre de Randa, comme si elle allait en avoir besoin. Elle était tout ouïe.

– Cam agissait bizarrement ces derniers temps. Je pense qu'il a juste... Il s'arrêta, semblant tout reprendre à zéro. Il y a de cela quelques mois, il s'est débarrassé de Nora, du jour au lendemain. Randa l'écoutait toujours, s'efforçant de ne pas montrer ce qu'elle ressentait. Il ne m'a pas dit pourquoi, et il n'en a parlé à personne d'autre. Je ne l'ai découvert que parce que je l'ai rencontrée par hasard au Beverly Center. Il sourit. Ah, oui. Le centre commercial est aussi sur ma liste d'exceptions. Mais uniquement en semaine, et jamais au moment des soldes.

Randa sourit ; elle se faisait violence pour ne pas poser toutes les questions qui lui venaient à l'esprit : « Comment était-elle habillée, avait-elle l'air choquée, j'espère bien qu'elle était au trente-sixième dessous ? »

Nick prit sa petite cuillère pour aller pêcher un quartier d'abricot dans son verre, le mit dans sa bouche et continua.

– Enfin, toujours est-il que j'ai demandé à Cam ce qui s'était passé et il m'a répondu qu'il avait juste besoin d'être seul. Je n'ai pas réussi à en tirer plus, mais à vrai dire, je m'en foutais un peu. Vous connaissez Cam : avec lui, ça va, ça vient...

Randa tressaillit légèrement. Nick se reprit.

– Je suis désolé, je n'avais pas l'intention... Il avait vraiment l'air embêté. Je vous jure que je ne vous range pas dans cette catégorie ; c'est pour cela que je n'ai pas fait attention.

– Vous me rangez dans quelle catégorie, alors ? lui demanda Randa, intéressée par sa réponse. Nick la regarda un instant.

– Je ne sais pas si je peux lui donner un nom, dit-il d'une voix lente, comme s'il essayait de gagner du temps. Mais je sais quelque chose, même si je ne suis pas sûr que cela puisse vous aider. Pendant toutes ces années, Cam m'a toujours fait la même réponse chaque fois que je lui demandais pourquoi vous n'étiez pas ensemble s'il vous aimait autant qu'il l'affirmait. Il me disait qu'il ne pouvait pas vivre avec vous et, lorsque je lui demandais pourquoi, il répondait invariablement : « Je l'aime beaucoup trop. »

Randa sentit ses sourcils se froncer.

– Que voulait-il dire par là ?

Nick la regarda à nouveau longuement. Il semblait considérer cette conversation comme une partie d'échecs.

– Il n'a jamais voulu m'expliquer ce que ça signifiait. Sauf une fois... C'était un soir, très tard, nous étions chez Roger en train de jouer au poker. Cam et moi sommes rentrés chez lui pour voir si nous arriverions à nous saouler encore plus. Il était près de trois heures du matin et nous avions déjà plusieurs coups dans l'aile lorsque Cam s'est mis à parler de vous. Je ne sais pas pourquoi. Je crois que c'était juste après que vous ayez... commencé à vous voir sérieusement. Il sourit. Je peux être un véritable gentleman, quand je veux.

Il s'arrêta pour avaler une gorgée de sangria et parut se demander encore une fois s'il devait ou non lui raconter toute l'histoire.

– Cam m'a dit qu'il pensait, qu'il croyait vraiment, que sa famille était victime d'un genre de... malédiction. Pas un sort, avec des sorcières, des démons et tout le bazar, mais quelque chose de bien plus réel, comme un nuage de malchance. Et il était persuadé que, si vous entriez pour de bon dans sa vie, vous seriez contaminée et que ça vous détruirait.

Randa le fixa, bouche bée.

– C'est complètement fou.

– Je sais. Je n'ai jamais prétendu que j'allais vous dire quelque chose qui tienne debout. J'ai juste dit que j'allais tout vous raconter. De toute façon, reprit-il avant que Randa ne puisse lui répondre, c'est juste une digression. Même si, peut-être, c'est là que tout a commencé et que je ne m'en suis pas aperçu.

– Le début de quoi ?

– Comme je vous le disais, Cam était devenu vraiment étrange. Même d'après ses propres normes.

– « Étrange » comment ?

– Tout d'abord, il n'arrêtait pas de m'appeler. Trois ou quatre fois par jour. Moi et personne d'autre. Et il racontait ces trucs farfelus.

– Comme quoi ?

– Que, par exemple, il faisait des cauchemars, mais qu'il était persuadé que c'était plus que des rêves. Il disait qu'il avait l'impression qu'il « allait quelque part » pendant son sommeil.

Randa fronça les sourcils, essayant de comprendre où il voulait en venir.

– Que voulez-vous dire par là ?

– Je ne sais pas. Lui non plus ne savait pas. Mais il s'est mis à répéter de plus en plus souvent que ses rêves n'étaient pas seulement des rêves et qu'il croyait que, de toutes façons, c'était très mauvais pour lui. Je pense qu'il a dû en avoir assez d'essayer de me convaincre et il a cessé de m'en parler. C'est alors qu'il est devenu complètement paranoïaque. Lorsque nous nous promenions quelque part, même dans la journée, il n'arrêtait pas de regarder derrière lui, comme s'il craignait que quelqu'un essaie de nous poursuivre. Je lui ai souvent demandé ce qu'il était en train de faire, et il me répondait toujours que j'avais trop d'imagination ou qu'il le faisait machinalement. Puis, il a commencé à m'appeler tard dans la nuit et à me raconter n'importe quoi ou bien il tentait de m'entraîner dans une longue discussion compliquée. J'avais l'impression qu'il essayait de me garder le plus longtemps possible au bout du fil. Ou alors il se pointait en fin de soirée, sans prévenir, et restait très, très tard, et passait le reste de la nuit sur le canapé. Il me disait qu'il se sentait trop bourré pour conduire.

Il leva les yeux vers elle.

– Vous trouvez que ça ressemble à Cam, cette manière d'agir ?

Randa secoua la tête. Non, c'est vrai, ce n'était pas du tout le Cam qu'elle connaissait.

– Alors, à votre avis, c'était quoi ?

– Je ne sais pas. Mais attendez. Je vous ai gardé le meilleur pour la fin.

Il but son verre d'un trait, avant de vider le reste du pichet dans leurs deux verres. Enfin, il parut prêt à reprendre le cours de ses confidences.

– Il y a de cela une quinzaine de jours, il m'a dit qu'il avait vu Tallen.

Randa le dévisagea. Le restaurant lui sembla tout à coup extraordinairement silencieux.

– *Quoi ?*

– C'est ce qu'il m'a dit. Il en était persuadé.

Randa essayait de comprendre, éberluée.

– Vous voulez dire qu'il a vu quelqu'un dans la foule qui ressemblait à Tallen ?

Nick secoua la tête.

– Non. Tallen. Dans son appartement. Il s'est réveillé une nuit et Tallen était là. Il me l'a juré. Il a vu Tallen et ils ont parlé. Tallen lui a dit certaines choses... Il ne m'a jamais expliqué ce dont ils avaient parlé. Je ne lui en ai pas laissé le temps, je lui ai dit d'arrêter. Je lui ai dit que j'étais préoccupé par ce qui était en train de se passer et qu'il ferait mieux de trouver un meilleur psychiatre. Il est entré dans une colère noire et est sorti de chez moi en claquant la porte.

74

Nick n'ajouta rien pendant un moment ; il semblait souffrir. Lorsqu'il reprit la parole, sa voix avait changé.

– C'est la dernière fois que je l'ai vu.

Randa ne savait que dire, ni comment elle devait considérer ce qu'elle venait d'apprendre. Nick remua la tête, comme au sortir d'une transe.

– Je suppose que vous comprenez mieux pourquoi l'histoire du magasin de vins et spiritueux ne m'est pas vraiment apparue comme totalement incroyable.

– Vous pensez qu'il était... Randa n'arrivait pas à trouver les mots justes pour exprimer sa pensée. Nick, de son côté, la regardait pensivement.

– Vous savez, la ligne qui sépare l'excentricité de la folie est très mince... Je pense qu'il a dû la franchir sans que nous ne nous en apercevions. En fait, si l'on considère ce qu'il a enduré tout au long de sa vie, la question que nous devrions nous poser à son sujet n'est pas « Comment en est-il arrivé là ? » mais plutôt « Comment se fait-il que ça ait pris tant de temps ? ».

Randa s'adossa à sa chaise, abasourdie, essayant de digérer ces informations, et se demanda combien un paquet de cigarettes pouvait bien valoir dans ce restaurant. Nick fit signe au serveur de leur apporter un autre pichet.

*

La porte de l'appartement de Cam ne semblait pas avoir été touchée. Randa s'était attendue à ce que la police y ait apposé les scellés ou au moins un avis en interdisant l'entrée. Elle ouvrit avec la clef qu'elle n'avait jamais rendue à Cam (en réalité, il ne la lui avait jamais demandée, parce que cela l'aurait obligé à admettre son existence) et entra dans le hall.

Rien n'avait changé depuis sa dernière visite. Elle était sûre qu'une inspection détaillée révélerait des signes de la présence de Nora, mais elle n'en avait pas spécialement envie.

Elle s'était décidée à venir ici vers la moitié du second pichet de sangria, se persuadant qu'elle voulait récupérer ses affaires. Mais elle savait que la vraie raison de sa présence n'avait que peu de rapport avec deux plats en Pyrex et un sèche-cheveux de rechange. Maintenant qu'elle se trouvait ici, elle se rendait compte qu'elle désirait plus que tout clore cet épisode de sa vie. Elle l'avait occulté pendant un an, mais elle savait qu'elle ne pouvait plus se comporter comme si rien ne s'était jamais passé.

En fait, elle était venue chercher un objet, ou plutôt deux : des calepins, les derniers vestiges de la famille de Cam si l'on omettait Jack, en supposant qu'il fût toujours vivant. Randa ne savait pas encore ce qu'elle allait en faire, mais elle sentait qu'il fallait mettre ces carnets en sûreté. Ils lui semblaient sacrés, ces deux livrets aux pages jaunies pleines de vieilles photographies en noir et blanc, tout ce qui restait de deux générations, les seules preuves de leur passage sur terre.

Randa regarda autour d'elle, essayant de se souvenir de l'endroit où Cam les rangeait. Elle vérifia le contenu des placards du vestibule, mais elle n'y trouva que des vêtements et des tas de vieux magazines. Elle allait devoir se résigner à fouiller la chambre, ce qu'elle avait espéré éviter – elle était sûre d'y trouver les albums.

La chambre non plus n'avait pas changé. La porte d'un des placards était ouverte et elle vit quelques vêtements jonchant le sol, à l'endroit où les flics avaient fouillé. Visiblement, ils n'avaient pas eu beaucoup de mal à trouver le revolver. En revanche, aucune trace des calepins. Presque machinalement, elle ouvrit le second placard. Il contenait quelques chemises, suspendues à un portemanteau. Elles lui effleurèrent la joue lorsqu'elle s'approcha pour mieux voir. L'odeur de Cam y flottait encore ; elle fut prise au dépourvu et la douleur balaya d'un seul coup les effets du vin ainsi que tous les efforts qu'elle faisait pour ne pas penser à toute cette affaire. Elle se plia en deux, comme prise d'une crampe d'estomac et commença à sangloter, se laissant tomber doucement sur la moquette, la tête enfoncée dans les mains, incapable de contenir son désarroi.

Elle pleura longtemps. Lorsqu'elle s'arrêta enfin, elle sentit que quelque chose venait de céder au plus profond d'elle-même. Elle s'essuya les yeux avec la manche d'une des chemises – en soie peignée rouge pâle. Elle accompagnait Cam le jour où il l'avait achetée. (« Randa, que penses-tu de celle-ci ? Elle va bien avec mes yeux. ») Elle inspira profondément et allait se lever lorsqu'elle aperçut les calepins, juste à côté d'elle, sur le sol. Eux non plus n'avaient pas changé, ce qui la surprit. Elle les ramassa et se leva.

Alors qu'elle allait sortir de la chambre, elle remarqua quelque chose sur la table de nuit : un stylo et une feuille de papier, couverte de petits dessins ; des arbres, des figures géométriques, une tête de mort sur un tas d'os. Deux numéros de téléphone : le sien et un autre, un numéro gratuit. Incapable de résister, elle prit le combiné et composa le numéro.

«Bonjour. Delta Airlines vous remercie de votre appel. Nous vous prions de nous excuser pour cette attente. Une opératrice...»

Randa raccrocha. Elle examina la feuille plus en détail et remarqua que Cam avait inscrit «n° 178» au milieu des dessins et l'avait entouré. Randa composa le numéro une nouvelle fois. Elle attendit qu'une hôtesse lui réponde et demanda quelle était la destination du vol 178. Ses soupçons se confirmèrent : c'était le vol Los Angeles - Atlanta.

Pourquoi Cam avait-il donc l'intention de se rendre à Atlanta ? Il n'y était pas retourné depuis l'enterrement de sa mère et lui avait déclaré à maintes reprises qu'il s'était juré de ne plus jamais y mettre les pieds.

Elle plia la feuille de papier en deux et la glissa dans un des calepins. Elle pourrait toujours se pencher sur la question plus tard.

Elle se dirigeait vers la porte de l'appartement, lorsqu'elle entendit du bruit et s'arrêta.

Un vieil homme était debout devant l'une des fenêtres et regardait la rue. Il leva les yeux et vit Randa. Son visage resta totalement impassible ; il ne semblait nullement surpris de la voir là.

— C'est haut, n'est-ce pas ?

Il avait une voix douce et ue accent du Sud, très léger, aussi caressant qu'un vieux scotch.

— Moi, je choisirais plutôt les médicaments. Pas de douleur, pas de problèmes, et ça ne dérangerait personne.

Il portait un costume gris anthracite, une chemise blanche et une cravate marron, le tout venant de chez un très bon couturier, pour autant que Randa puisse en juger. Il avait beaucoup de charme pour quelqu'un de son âge, avec ses cheveux blancs et sa barbe bien taillée. Son regard était extrêmement serein et elle pensa qu'il aurait suffi à l'apaiser, en d'autres circonstances.

— Je suis désolée, dit Randa, posant les calepins. Je ne savais pas qu'il y avait quelqu'un.

— Je m'appelle Ryland Parker, dit-il simplement. L'oncle de Cam.

Le frère jumeau de Lucy. Elle le reconnaissait pour l'avoir vu sur des photos, mais il était beaucoup plus jeune alors. Elle l'avait complètement oublié lorsque les flics lui avaient demandé si elle connaissait des parents de Cam. En fait, elle n'avait jamais pensé qu'il pût être encore en vie.

— Oh ! oui. Bien sûr. Je suis désolée, je pense que les détectives ont dû se demander pourquoi je ne leur avais pas parlé de vous, mais je ne me rappelais pas...

— Je suis persuadé que Cam ne devait pas beaucoup parler de moi. Nous n'étions pas très proches l'un de l'autre.

Elle se demandait comment les flics avaient réussi à le trouver, mais il était difficile de lui poser la question en restant polie.

— Je suis une vieille amie de Cam, dit-elle. J'étais juste en train de... *Juste en train de quoi ? Juste en train de pleurer toutes les larmes de mon corps, assise sur la moquette de sa chambre ?*

— Qu'aviez-vous l'intention de faire des albums ?

Son ton était exempt d'accusation, mais Randa se sentait tout de même coupable.

— Oh ! En fait, je pensais que quelqu'un de la famille devait les avoir. Ils sont à vous maintenant.

Elle ramassa les calepins et les lui tendit, mais il lui fit signe qu'il n'en voulait pas.

— Non, pas moi. C'est Jack qui devrait les avoir.

— C'est exactement ce que je me suis dit ; je pourrais essayer de... Vous savez où il habite ?

— Oui.

— Alors, je suppose que vous pourriez les lui remettre...

Il secoua la tête négativement. «Non.» Sans autre explication. Il se retourna à nouveau vers la fenêtre, et, cette fois, fixa les lumières de la ville, droit devant lui.

— Cam se devait d'avoir une vue dégagée, n'est-ce pas ? Il fallait toujours qu'il *voie*. Voir à l'intérieur de lui, autour et derrière. Où cela l'a-t-il mené, sinon à se décider à aller voir ce qui se passait dans la direction de son regard, même si ce n'était pas la bonne direction.

Randa se rappela soudain ce que Cam lui avait dit au sujet de Ryland. «A côté de lui, ma mère avait l'air complètement normale.»

— Mais, continua-t-il, il a fait de son mieux, quand on y regarde de plus près. Ils ont tous fait de leur mieux.

Il se retourna vers elle.

— Il faut que vous donniez ces calepins à Jack, dit-il brusquement.

— Moi ?

Il acquiesça.

— Et n'oubliez pas de lui parler de la mort de Cam. Tout ce que vous en savez.

— C'est complètement fou. Pourquoi ne le lui dites-vous pas vous-même ?

— Il ne voudra pas me voir, dit-il en secouant la tête.

– Alors, laissez-les devant chez lui avec un petit mot. Je ne vais pas faire cinq mille kilomètres pour remettre deux calepins à quelqu'un que je n'ai jamais rencontré, alors que vous le connaissez et que vous habitez le même coin...

Il s'approcha d'elle et la regarda droit dans les yeux.

– Écoutez-moi. Il n'y a pas que les albums. Il faut que vous arriviez à faire entrer le message dans le crâne épais de Jack Landry, et moi, je n'y arrive pas.

– Et pourquoi pensez-vous donc que j'ai une chance d'y arriver ?

– Tout d'abord, vous êtes la seule personne encore en vie qui le veuille peut-être. Et puis, vous êtes jeune et jolie, et il doit exister une parcelle encore vivante chez lui qui peut encore s'en apercevoir.

Randa se sentit vexée par cette dernière remarque, sans savoir pourquoi. Avant qu'elle ait vraiment eu le temps de réfléchir, il se remit à parler :

– Je veux que vous disiez quelque chose de ma part à Jack. Mot pour mot. S'il vous plaît. Dites-lui que la chose est bien réelle. Il faut à tout prix qu'il vous croie, à tout prix.

Sur ce, il se retourna et se dirigea vers la porte.

– Quelle chose ?

Mais laisse-le donc tranquille. Tu ne vois pas qu'il est complètement siphonné.

– Il saura ce que cela signifie.

Ryland se retourna et la regarda à nouveau.

– Si cette famille compte pour vous, alors vous ne pouvez pas ne pas y aller.

Il partit, cette fois définitivement. Randa attendit, lui donnant le temps de sortir du bâtiment. Elle se demanda comment il avait réussi à la bouleverser à ce point. Et après ! L'oncle maboul de Cam était à Los Angeles pour l'enterrement, elle l'avait rencontré, et il lui avait raconté une histoire sans queue ni tête. Rien de plus normal de la part de quelqu'un de fêlé.

IL DIT LA VÉRITÉ.

La voix. *La* voix. Celle qui noyait toutes les autres depuis un certain temps maintenant, même si ses messages étaient tout aussi logiques que ceux de l'oncle Ryland.

Elle se dirigea vers la porte. Elle allait retrouver Jack et lui envoyer les calepins. Elle y ajouterait un petit mot relatant sa conversation avec Ryland. Ça s'arrêterait là. Elle serait débarrassée des Landry pour de bon et pourrait passer à une autre obsession.

Elle attendit l'ascenseur, incapable d'oublier le visage et la voix de Ryland.

... il a fait de son mieux, quand on y regarde de plus près...

Que voulait-il dire ? Cam avait fait «de son mieux», et «de son mieux» était plutôt impressionnant.

... Ils ont tous fait de leur mieux...

La porte de l'ascenseur s'ouvrit ; elle entra et se dépêcha d'appuyer sur le bouton du rez-de-chaussée, pressée de quitter l'immeuble.

... si cette famille compte pour vous...

Quoi ? Elle était supposée les aimer assez pour traverser le pays et remettre un message incohérent au seul membre survivant ? Même si elle arrivait à le retrouver, pourquoi l'écouterait-il ? En quoi cette histoire la regardait-elle ?

SI CETTE FAMILLE COMPTE POUR VOUS...

Je ne les connaissais même pas.

SI VOUS AVEZ JAMAIS AIMÉ CAM...

Pas juste ! La voix se mettait à employer des moyens déloyaux.

Et alors ? Tout le monde fait pareil.

*

De retour chez elle, Randa s'assit sur son lit et sirota un verre de tequila tout en feuilletant les albums. Elle retrouva les photos en noir et blanc, jaunies par le temps : Will, Lucy, Jack, Tallen, Ethan et Cam. Elle les reconnaissait tous, pour avoir parcouru ces deux calepins des dizaines de fois avec Cam. Randa se demanda pour la millième fois pourquoi elle se sentait si triste à la vue de ces pauvres gens qu'elle n'avait jamais rencontrés.

Elle prit la feuille ramassée sur la table de nuit de Cam et l'examina à nouveau, se demandant pourquoi il avait l'intention de se rendre à Atlanta ?

Je veux que vous disiez quelque chose de ma part à Jack...

Était-ce cela la raison ? Cam voulait-il aller à Atlanta pour chercher Jack ? Pour lui dire quelque chose ? Le message dénué de sens de Ryland contenait-il ce que Cam voulait dire à Jack ? Parce que, dans ce cas, c'était comme si Ryland lui demandait un service que Cam lui aurait demandé, s'il l'avait pu.

Si cette famille compte pour vous.

– Oh, et puis merde !

Randa avait dit ces derniers mots à voix haute. Elle décrocha le téléphone et composa le numéro de Delta Airlines.

5

Jack frappa doucement à la porte, ce qui fit légèrement trembler la vitre de la caravane. Il savait que Cathy l'avait vu monter, mais qu'elle prendrait son temps pour lui ouvrir. C'était chaque fois pareil.

L'orage s'était éloigné et l'odeur des pins humides emplissait l'air nocturne. Jack observa les caravanes situées de l'autre côté de la route. Les lumières étaient allumées dans la plupart d'entre elles et il entendait de la musique country provenant d'une radio, quelque part. Il n'aimait pas du tout l'idée qu'on puisse vivre dans des boîtes et se demanda pourquoi Cathy mettait autant de temps à venir. Prenait-elle toujours la peine de se faire belle pour lui ? Si oui, il ne voyait vraiment pas pourquoi.

La lumière s'alluma, juste au-dessus de lui ; il entendit le verrou glisser et la porte s'ouvrir. Elle souriait, du sourire honnête d'une femme qui a renoncé depuis longtemps à paraître ce qu'elle n'est pas. Les rides autour de ses yeux le surprirent, encore une fois. Pour lui, elle était restée jeune.

— Je pensais justement que tu n'allais pas tarder à venir me voir.

Il lui sourit, un peu honteux.

— Je te dérange ?

— A vrai dire, j'attendais Tom Cruise, mais je suppose que je peux lui passer un coup de fil et lui demander de remettre ça à demain soir.

Elle s'effaça pour le laisser entrer. Une fois à l'intérieur, il examina la pièce, comme à chaque fois, pour se la réapproprier. La décoration était aussi propre et stylée que le lui permettait son salaire de serveuse. Il aperçut un tapis en patchwork sur le sofa — elle devait y travailler lorsqu'il avait sonné.

— Pourquoi regardes-tu toujours autour de toi comme si tu n'avais jamais mis les pieds ici ? lui demanda-t-elle.

81

— Je ne sais pas.

Il jeta un rapide coup d'œil au fond du vestibule, vers la chambre du fils de Cathy.

— Où est Tommy ?

— Dieu seul le sait. Dehors avec les petits truands qu'il considère comme ses amis. Deux de la bande ont eu leur permis de conduire et je ne l'ai pas revu depuis.

— Tu devrais faire attention.

— Il faut bien que jeunesse se passe. Tu étais un branleur de première à son âge.

— Tu te trompes. Les branleurs de première fument en cachette, au pire. Tu veux vraiment qu'il devienne comme moi ?

— Ça ne me dérangerait pas.

Cathy parlait calmement ; elle lui prit la veste des mains, avant d'ajouter :

— Ne t'en fais pas pour lui. Il a un cœur d'or.

— Je sais, dit Jack. C'est juste que je ne voudrais pas le voir finir assis sur une chaise avec deux mille volts traversant ce cœur d'or.

Les yeux de Cathy parurent s'enfoncer un peu dans leur orbite ; la remarque de Jack l'avait prise au dépourvu.

— Je fais ce que je peux, Jack, dit-elle sans sembler se défendre. Il vit qu'il lui avait fait de la peine et se sentit coupable. Il soupira.

— Je sais. Je suis désolé. Je suis de mauvaise humeur depuis ce matin.

— Pourquoi ?

— Pas la moindre idée. Je me suis levé comme ça et je n'arrive pas à m'en débarrasser.

Il l'embrassa dans le cou – sa manière à lui de s'excuser – et se dirigea vers la chambre.

*

Pour Jack, Cathy était une amie, ou du moins ce qui lui en tenait lieu. Ils se connaissaient depuis le lycée. Ils n'étaient jamais vraiment sortis ensemble. Cathy avait un petit ami lorsqu'il l'avait rencontrée pour la première fois – un véritable salaud que Jack, qui détestait pourtant l'expression, ne pouvait s'empêcher de considérer comme un connard de Blanc. Mais, même si elle avait été libre, Jack passait à l'époque trop de temps dans la rue ou dans les tribunaux pour mineurs pour entretenir une relation suivie.

Ils avaient tous deux quitté l'école en terminale, mais la comparaison s'arrêtait là. Cathy était tombée enceinte et Jack avait été viré. Le même jour qu'Ethan. («Madame Landry, il est clair que le seul intérêt de vos fils est de mettre la pagaille. Je pense donc qu'il est plus sage de cesser de leur faire perdre leur temps et le nôtre.») Cathy avait épousé le salaud. Il était resté avec elle pendant six ans, ce qui était à porter à son actif, Jack devait bien l'admettre, mais il l'avait quittée, la laissant élever seule son fils avec un salaire ridicule, quelques maigres pourboires et un chèque pour Tommy, même si Jack doutait fort que Cathy en ait vu récemment la couleur.

Cathy et Jack ne s'étaient pas revus souvent après leur parcours scolaire, et encore moins après son séjour de dix ans à la prison d'État de Reidsville, même si elle lui avait rendu quelquefois visite. Après sa libération, ils s'étaient rencontrés par hasard, en ville ; ils parlaient de sortir ou de dîner ensemble, sans jamais rien concrétiser. C'est alors que Jack avait déménagé pour Atlanta, pensant qu'il pourrait y refaire sa vie. Le Ritz-Carlton Buckhead venait juste d'ouvrir et, grâce à un tissu de mensonges camouflé en candidature, il avait été engagé comme serveur. Entre son apparence faussement saine et la beauté qu'il avait héritée de sa mère, il arrivait à charmer la clientèle et se faisait une petite fortune en pourboires.

Il avait rencontré une autre employée, Paula, qui travaillait au bureau d'accueil et il avait commencé à sortir avec elle. Peut-être même en était-il tombé amoureux. A cette époque tout était encore possible pour lui. Il lui avait confessé son sordide passé. Lorsqu'elle avait découvert qu'il avait obtenu sa licence par correspondance, pendant qu'il était en prison, elle l'avait encouragé à reprendre ses études pour mieux l'aider à affronter son passé. Au beau milieu des démarches administratives pour son inscription à l'université, l'enfer s'était déchaîné : Tallen avait été arrêté. Jack s'était installé chez sa mère pendant la durée du procès et avait remis toutes ses économies à l'avocat commis d'office pour qu'il essaie de trouver un bon psychiatre, dont les jurés n'avaient même pas écouté l'avis. Il n'était jamais retourné à Atlanta, n'avait jamais revu Paula, n'avait jamais plus pensé à l'université ou à quoi que ce soit ressemblant de près ou de loin à une quelconque carrière.

Cathy et lui étaient à nouveau sortis ensemble (si l'on peut dire) le jour où Tallen avait été condamné. Elle l'avait appelé dès qu'elle avait appris la nouvelle. Jack était abattu, et elle était venue le consoler. Comment avaient-ils fini au lit ? Il ne s'en souvenait pas. Il n'avait tout de même pas pu la séduire quelques heures à peine après avoir appris la condamnation de Tallen... Même s'il ne s'était jamais trop posé la question, cela lui apparaissait à la fois incroyable et cruel. Mais, à l'époque, tout lui avait paru naturel, en parfaite harmonie avec le désespoir qu'il ressentait.

Même après cette nuit de retrouvailles, Jack et Cathy n'avaient jamais ressemblé à un véritable couple. Jack n'avait pas la volonté nécessaire pour donner un semblant de vie à leur relation, et Cathy n'avait pas la force de s'en passer. Ils se voyaient de temps en temps, chaque fois que l'un d'eux avait besoin de quelque chose que l'autre pouvait lui apporter. C'était presque toujours le sexe qui les réunissait, puisque c'était la seule chose dont ils avaient tous deux besoin et que l'autre pouvait fournir.

Ils ne perdaient désormais plus de temps en préliminaires. Jack était déjà à moitié déshabillé lorsque Cathy sortit de la salle d'eau, encore habillée. Elle s'approcha de lui, s'assit sur le lit et le regarda.

— Il faut que je te parle.

— De quoi ?

— De nous. De ça.

Jack la regarda à son tour, l'air soucieux. Elle devait pourtant le connaître assez pour savoir qu'il était hors de question qu'il parle d'« eux » et de « ça ». Si elle faisait seulement l'ébauche d'une tentative, Carl Lewis pourrait toujours s'accrocher pour le rattraper.

— Tu as l'air terrifié ; je ne vais pas te tuer. Elle tapota le lit. Viens t'asseoir.

Il s'assit sur le bord opposé du lit. Elle fronça les sourcils.

— Rapproche-toi. Il ne bougea pas. Jack, arrête de faire l'enfant. Je ne veux pas t'ennuyer. Il faut juste que je te parle une minute. Elle sourit. Tu n'auras même pas besoin de parler, juste un petit « oui » de la tête, de temps en temps. »

Comme à l'accoutumée, sa voix le calma. Il vint s'asseoir à côté d'elle et se détendit, pour autant qu'il le pût. L'idée de cette conversation, quel qu'en fût le sujet, était loin de lui plaire.

— Tu es vraiment très nerveux, dit-elle, en commençant à lui masser les épaules. Tu te rends compte à quel point tu es nerveux ?

— Oui, mais merci quand même du renseignement.

— Tu le sais peut-être, mais je ne suis pas sûre que tu en sois conscient. Laisse-moi te dire ce qui se passe lorsque tu viens ici...

— Je sais très bien ce qui se passe.

84

– Ça, en revanche, je n'en suis pas du tout sûre. Et même si tu le sais, tu as besoin qu'on te rafraîchisse la mémoire de temps en temps. A ton avis, combien de fois par an viens-tu me voir ?

Il ne répondit pas. Elle se pencha vers lui et l'embrassa sur la joue, puis continua :

– Tu viens environ tous les trois mois. Sauf s'il a beaucoup plu : là je te vois plus souvent. Je pense que c'est parce que, quand il pleut, tu n'es pas à l'extérieur, tu ne travailles pas, tu n'as aucun moyen de décompresser. Parce qu'en fait, c'est surtout de ça qu'il s'agit. Décompresser. Je ne dis pas que c'est mal. Je veux juste que tu saches ce qui te motive. Ça risque d'être important pour toi, plus tard.

– Je sais parfaitement pourquoi j'agis comme ça, dit-il, s'efforçant de rester patient. Pourquoi ne me crois-tu pas ?

– Tu viens ici lorsque tu ne te supportes plus, continua-t-elle, sans relever sa question. Le reste du temps, je me demande même si tu penses au sexe. Tu occultes cette partie de ta vie jusqu'à ce que tu ne puisses plus faire autrement. Que se passe-t-il quand tu te dis que tu viendrais bien me rendre une petite visite ? Qu'est-ce que tu ressens ?

– Cathy...

– Dis-le-moi, à ta manière.

Il réfléchit un instant. Il savait qu'elle n'avait pas l'intention de le laisser tranquille.

– Je sens... que je n'arrive plus à garder mon calme.

Il la regarda. Elle acquiesça.

– Bien, très bien.

– Super. J'ai réussi le test. C'est fini ?

Elle se pencha à nouveau vers lui et l'embrassa, sur les lèvres cette fois, tout en lui caressant le visage du bout des doigts. Puis elle reprit :

– Regarde comme tu respires.

– ... comme je respire ?

– Tu sais très bien ce que je veux dire.

Il ne lui répondit pas. Sa respiration était courte, haletante, tendue.

– Quand tu entres dans cette pièce, tu respires toujours comme ça. On dirait que tu es à moitié fou.

Il tressaillit, mais elle ne sembla même pas s'en apercevoir.

– Ce n'est pas qu'une histoire de sexe, Jack. Je te parle du volcan sur lequel tu es assis. Tu es si doux avec moi, mais ce n'est pas ce que tu veux vraiment. Je le sais... je ne sais pas comment, mais je le sais. Dès que tu t'autorises le moindre sentiment, tu te

85

souviens de tout ce qu'il y a là-dessous et ça te fiche une peur bleue. Le résultat, c'est que tu sens que tu dois faire attention quand nous faisons l'amour.

Il voulait dire quelque chose, mais elle ne lui en laissa pas le temps.

— Laisse-moi finir.

Il se laissa aller et ferma les yeux. Il n'avait guère d'autre choix que de la laisser finir, de toute façon.

— Donc, nous faisons l'amour et là, tu fais un peu moins attention, juste un tout petit peu moins. Tu t'autorises une étincelle de passion. Tu ne laisses pas échapper le moindre soupir, parce que ce serait trop dangereux. Et tu te retiens, tu ne jouis que lorsque tu n'en peux plus, comme si tu te disais que, comme ça, ce n'est pas «mal» de prendre du plaisir. Puis tu retournes chez toi, aussi vite que possible sans paraître grossier, parce que tu veux partir d'ici et faire comme si rien ne s'était passé. Alors, tu commences à oublier, jusqu'à ce que, de nouveau, tu n'en puisses plus.

Elle le regarda, lui laissant le temps d'assimiler ses paroles. Le silence s'installa, pesant.

— Je vois que tu as réfléchi.

— J'ai eu pas mal d'années pour y penser. Je me suis trompée ?

Il ne répondit rien. Il savait que son silence équivalait à une réponse. Elle continua :

— Jack, je ne pense pas que tout ça... tout ce que tu fais... puisse changer. J'aimerais que ce soit possible, mais je ne vois pas comment. Elle secoua la tête et rejeta une mèche de ses cheveux bruns en arrière. J'aimerais trouver une manière simple de te faire comprendre... Simplement, ne fais pas...

— Ne fais pas quoi ?

— Je t'aime beaucoup, tu sais. Tu es mon plus vieil ami, et j'aurais vraiment voulu que nous soyons davantage l'un pour l'autre, mais... ta vie est ce qu'elle est. Je pense que tu la fous en l'air, mais c'est *ton* choix.

Il devina tout à coup de quoi elle voulait lui parler. Il ne dit rien, la laissant poursuivre.

— Je vois quelqu'un. Je veux dire *vraiment*... Et je pense que lui et moi, nous sommes... Elle s'arrêta, puis tourna la tête vers le mur.

Il avait compris. Elle avait eu pas mal de petits amis jusqu'à présent et, si ça avait quelquefois posé de légers problèmes de logistique, jamais leur relation n'en avait pâti.

– Où l'as-tu rencontré ? Il savait qu'il s'en fichait, mais c'était la seule question qui lui eût traversé l'esprit.

Elle le regarda à nouveau.

– C'est le responsable de l'équipe de nuit de Winn-Dixie. Il a été muté de Columbus il y a environ six mois. Je le voyais souvent, là-bas... Un soir j'ai dû passer le voir pour un problème de chèque, et je suis restée un peu, pour discuter... Il m'a demandé si je voulais sortir avec lui, et nous avons...

Sa voix fléchissait, hésitante.

– Bon Dieu, comme c'est dur...

– Cathy, tout va bien, dit-il calmement.

Elle allait se mettre à pleurer. Il l'attira à lui et la serra dans ses bras. Elle essaya de continuer.

– J'ai envie de vivre une vraie vie, Jack. Je veux une maison, je veux que Tommy sorte pour toujours de cette saloperie de caravane... Je sais que le prochain désastre est au coin de la rue...

Jack lui passa un mouchoir en papier.

– Rien n'est moins sûr. Ça se passera peut-être très bien.

Il l'embrassa sur la joue, puis essuya une larme du revers de son pouce.

– Ne pleure plus. Ça y est, tu me l'as dit. Tout va très bien.

– Je m'en fais pour toi.

– Pas de problème, Cathy. Je ne vais pas devenir fou, je ne vais pas... Il s'arrêta. Écoute-moi bien : si je ne savais pas prendre soin de moi, je ne serais pas ici, n'est-ce pas ?

– Oui, c'est vrai. Elle ne paraissait pas très convaincue. Fais attention.

– Je fais toujours très attention. Tu me l'as déjà dit.

Elle réussit à sourire à travers les larmes. Elle le serra à son tour contre elle, embrassant ses cheveux.

– Lorsque je mourrai, je ferai payer Dieu pour tout ce qu'il t'a fait subir.

– Je t'aiderai, dit-il. Il commençait à trouver que cette conversation lui devenait insupportable et il s'en sentait coupable.

Il la connaissait assez bien pour savoir qu'elle ne lui aurait jamais dit de s'asseoir sur le lit si elle n'avait pas l'intention de le laisser lui faire l'amour une dernière fois. Et elle avait raison, il se sentait devenir à moitié fou.

Comme si elle avait lu dans ses pensées, elle se dégagea de ses bras et le repoussa doucement sur le lit. Elle s'étendit sur lui et l'embrassa, du plus profond de son âme. Il lui rendit son baiser, avec ce qui restait de la sienne. Puis elle se releva et le regarda fixement ; ses yeux étaient encore pleins de larmes.

— Tu gémiras au moins un peu, cette fois ? demanda-t-elle, avec un petit sourire.

— Non. Il lui rendit son sourire en défaisant le premier bouton de son chemisier.

*

De retour chez lui, Jack se sentit beaucoup plus calme. Loin d'être totalement détendu, mais, au moins, la tension était maintenant supportable.

Il accomplit machinalement les gestes quotidiens : se déshabiller, se brosser les dents, régler le réveil. Il se mit au lit et essaya de lire, mais il n'arrivait pas à se concentrer. Il n'arrêtait pas de penser à ce que Cathy lui avait dit. Qu'allait-il donc faire dans trois mois, lorsqu'il sentirait à nouveau cette chose monter en lui ? Même dans ses pires moments, lorsque tout allait vraiment mal, il n'avait jamais couché avec une prostituée. C'était alors une question de fierté. De nos jours, c'était une question de vie ou de mort. Comme toujours, lorsqu'il était obligé de prendre une décision importante, il s'apercevait qu'une partie de lui-même voulait vivre à tout prix. Ou peut-être avait-il trop peur des autres alternatives. Au moins, cet enfer qui était aujourd'hui sa vie, il le connaissait. Il n'avait aucune raison de supposer que ce qui l'attendait serait plus agréable que sa vie actuelle.

Fallait-il qu'il soit à ce point superficiel pour se sentir aussi angoissé à l'idée d'une période prolongée de célibat ? Cathy avait raison. C'était plus qu'une histoire de sexe. Elle l'avait compris et avait fait ce qu'il fallait pour que tout se passe à peu près bien. Dans ses moments de lucidité, il s'en rendait parfaitement compte. Il lui fallait quelquefois garder contact avec quelque chose de pur et de bon. Avec quelqu'un qui le connaisse, qui apprécie sa nature intrinsèque ; quelqu'un qui sache qu'il n'était pas que mauvais, mais qui ne s'avise pas non plus de penser que tout était rose.

Il mit un certain temps à se calmer, et se sentit enfin glisser doucement dans le sommeil.

Il marchait le long d'une rue sombre bordée de pavillons. On était en plein jour. Devant lui se trouvait une jeune fille qui venait à sa rencontre. Elle devait avoir dix-sept ans ; jolie, avec de longs cheveux blonds et des jambes bronzées, elle portait un jean taillé en short. Elle sourit et lui fit signe d'approcher.

Il s'avança de quelques pas, resta debout devant elle, attendant pour voir ce qu'elle voulait. Elle l'observait, bizarrement, comme si elle pouvait l'entendre penser et ne s'était arrêtée que pour écouter. Et puis, sans autre forme d'avertissement, elle l'embrassa, avec une force qui le surprit. Il pouvait à peine rester debout. Il s'aperçut alors qu'elle pesait sur ses épaules. Il sentit ses genoux plier et se retrouva par terre ; elle était sur lui, toujours en train de l'embrasser, et avait pris son visage dans ses mains, comme dans un étau. Il ferma les yeux et essaya de se laisser aller, mais il n'arrivait pas à savoir pourquoi tout cela n'était pas aussi agréable que ça aurait dû l'être. Il sentait qu'il fallait qu'il ouvre les yeux ; il le fit et s'aperçut aussitôt que quelque chose ne tournait pas rond. Les cheveux de la fille n'étaient plus blonds, mais gris. Il la repoussa pour voir son visage. Ce n'était plus la fille de tout à l'heure.

C'était la chose la plus grotesque qu'il eût jamais vue. Sa peau était transparente, d'un blanc visqueux. Elle était couverte de plaies ouvertes, purulentes. Elle avait les yeux bleus, mais cernés de veinules rouges, et son regard exprimait une haine sans limite. Elle lui souriait ; sa bouche n'était qu'une blessure violacée, à moitié édentée, d'où sortaient des crocs jaunis et acérés, comme ceux d'un vampire. Elle le regardait comme s'il lui appartenait.

Il tenta de la rejeter en arrière, mais autant essayer de soulever un mur de briques. Il tenta alors de se dégager de son emprise : un rire sadique sortit de la blessure béante, presque un hurlement. Plus il se débattait, plus le rire s'amplifiait, jusqu'à ce que les bois alentour en renvoient l'écho. Il lui cria de le laisser tranquille et le rire s'arrêta net. Le silence qui s'ensuivit était presque pire. Son regard plongea droit dans ses yeux, et il se sentit incapable de bouger. Il était paralysé. Il ne pouvait rien faire d'autre que la dévisager pendant qu'elle serrait sa main noueuse autour de sa gorge, tout doucement. Il essaya de bouger, sans y parvenir. Il sentait ses doigts s'enfoncer dans sa gorge avec une force qui n'avait rien d'humain. Très vite, il fut incapable de respirer. Elle se remit à rire et, lorsqu'elle recula sa tête pour hurler, il sentit soudain qu'il pouvait bouger. Il lui attrapa la main, mais elle avait une poigne d'acier. Il remua dans tous les sens, espérant la faire tomber. Il lui fallait respirer. Il avait l'impression qu'on labourait sa poitrine avec un couteau chauffé à blanc. Dans une tentative, qu'il savait être la dernière, il rassembla tout ce qui lui restait de force et réussit à se mettre sur le côté. La main qui lui enserrait la gorge glissa juste assez pour qu'il réussisse à la rejeter et à rouler quelques mètres plus loin. Il s'assit, reprenant son souffle, avant de jeter un coup d'œil autour de lui pour voir où elle était, et s'aperçut qu'il était dans son lit.

Il prit une profonde inspiration. Ses yeux firent le tour de l'appartement. Le soleil venait juste de se lever et ses rayons jetaient assez de clarté pour qu'il voie clairement que tout avait l'air normal.

Il se laissa retomber sur l'oreiller. Il avait l'impression qu'on cognait sur ses tempes avec un marteau.

Le téléphone sonna, le faisant sursauter. Il regarda le réveil, pour vérifier qu'il était encore très tôt. Le répondeur se mit en marche. Il entendit sa propre voix ; celle qui suivit le bip n'était pas celle de Rick.

— *Oui, j'essaie de retrouver un certain Jack Landry. Je m'appelle Bill Warren et je travaille au bureau du médecin légiste du district de Los Angeles. Vous pouvez me rappeler au 213 343...*

Jack baissa le son du répondeur, puis regarda l'appareil, ébahi. Il ne pouvait y avoir qu'une seule raison au monde pour qu'on l'appelle du bureau du médecin légiste de Los Angeles.

Cam est mort.

Il resta immobile pendant longtemps. Étendu, fixant le téléphone.

Cam est mort.

Qu'allait-il faire maintenant ?

Il finit par prendre le combiné et appela Rick, lui disant qu'il ne se sentait pas bien et qu'il ne pourrait pas venir travailler. Puis il s'habilla et descendit vers le centre-ville, ou plus précisément vers le magasin de vins et spiritueux situé dans le centre-ville.

*

Il s'assit dans le terrain vague situé derrière la gare, là où Ethan et Tallen avaient l'habitude de jouer. Il sortit la bouteille de Jack Daniel's du sac en papier et l'examina. Au moment de payer, il s'était senti aussi nerveux qu'un adolescent achetant son premier magazine de charme. Il n'avait plus bu une goutte d'alcool depuis qu'il était en Alabama, même s'il en avait souvent ressenti le besoin. Il s'était dit qu'il n'y toucherait que s'il ne pouvait vraiment pas faire autrement, et que tout irait bien tant qu'il resterait prudent. Il déchira le cachet en papier, dévissa le bouchon et s'étonna que la foudre ne s'abatte pas sur lui.

Il regarda la bouteille et la pencha en avant, laissant le contenu s'échapper sur le sol, observant la flaque cuivrée disparaître dans la terre jusqu'à ce qu'il ne reste plus que la moitié du liquide dans le flacon – juste ce qu'il fallait pour qu'un brouillard apaisant l'envahisse, mais pas assez pour causer des dommages irréversibles. Il porta la bouteille à ses lèvres, s'immobilisa un instant, puis inclina la tête en arrière et sentit la brûlure bienfaisante couler dans sa gorge. Quelques minutes – et quelques gorgées – plus tard, il se mit à penser à Cam.

Qu'avait-il donc pu se passer ? Il n'arrivait pas à croire que Cam et la mort aient pu voyager sur le même axe, encore moins se rencontrer. Cela lui rappelait les nuits de son enfance lorsque, couché dans son lit, il imaginait qu'il étouffait Cam avec un oreiller, puis expliquait à tout le monde que Cam était mort en dormant. Il avait même pensé qu'il lui faudrait consoler sa mère, et échafaudé une théorie qu'elle aurait sûrement aimée : les anges avaient décidé qu'ils ne pouvaient plus se passer de Cam.

Le whisky assourdissait ses maux de tête, mais lui faisait payer ces quelques instants d'accalmie. Il faisait ressurgir les vieilles voix et, comme toujours, réveillait cette rage latente qui ne demandait qu'à faire surface. Des images défilèrent dans sa tête. Son père tenant Cam par la main, agitant son bulletin scolaire comme s'il s'agissait du drapeau américain. Regardant ses autres fils comme s'il eût souhaité que le sol s'ouvre et les engloutisse vivants. *« Au moins, un de mes fils s'en sortira dans la vie. Vous tous réunis ne valez même pas l'effort qu'il faudrait que je fasse pour vous maudire. »*

Et aujourd'hui, la merveille des merveilles n'était plus de ce monde. Jack comprit soudain avec clarté ce qui s'était déclenché en lui quand il avait entendu le message. Le bureau du médecin légiste de Los Angeles allait devoir utiliser un plan de secours. Même si Jack avait aimé Cam autant que ses autres frères, il n'aurait pas pu vivre tout cela une fois de plus. Impossible de participer à un autre enterrement.

Le seul point positif, c'était que tout était fini. Il ne restait plus personne, sauf lui. Et lorsqu'il mourrait, il n'y aurait pas de coup de téléphone, pas de visages éplorés, pas même un ivrogne en train de se battre avec sa conscience. Juste la conclusion paisible d'un enchaînement de malheurs.

Il vida le fond de whisky, revissa le bouchon et jeta la bouteille loin devant lui. Elle alla s'écraser, en mille morceaux. C'était l'acte le plus violent qu'il eût commis depuis dix ans. Le fracas de la bouteille fit résonner son âme vide d'un écho lugubre.

6

Au volant de sa voiture, Randa commença à ressentir cette mélancolie presque tangible qu'elle éprouvait chaque fois qu'elle se trouvait à Atlanta. Ce sentiment ne la lâchait plus, depuis la première excursion qu'elle y avait faite avec sa classe de cours élémentaire. Les souvenirs revenaient en foule et elle sentait durcir dans sa gorge ce qu'elle appelait le «nœud d'Atlanta».

Des nuages noirs barraient l'horizon et, de temps en temps, un éclair venait les zébrer. Randa se dirigeait droit vers l'orage et elle dut se forcer à ne pas y voir un présage. Les orages étaient une des raisons pour lesquelles elle avait quitté la Géorgie. Elle se rappela tout ce qu'elle avait entendu dire : les voitures sont sûres, et les risques d'être foudroyé statistiquement faibles. Mais ce genre de calcul n'était jamais parvenu à la calmer, puisqu'il s'appliquait aussi aux personnes qui avaient été frappées par la foudre.

L'orage semblait bloqué quelque part. Elle n'était plus qu'à quelques kilomètres de l'embranchement pour Barton et elle pouvait toujours voir l'orage, immobile à l'horizon. Peut-être allait-il rester là-bas jusqu'à ce qu'elle ait eu le temps de regagner l'abri de sa chambre d'hôtel.

Barton était une petite ville située à une demi-heure de voiture, au sud d'Atlanta. C'était aussi la ville où Will Landry avait fini par se poser, et que les garçons avaient terrorisée dans leur jeunesse. Randa n'y était jamais allée, Barton ne présentant aucun intérêt particulier. L'attraction principale résidait dans sa fabrique de calèches, la plus vieille de tout le pays. Une fois l'an, les habitants s'affublaient de costumes d'époque pour fêter le «Jour de la Calèche», remontant et descendant la rue principale dans toutes sortes d'attelages. Mais cet événement était trop insignifiant pour que Randa fît le déplacement d'Ashbury, qui se trouvait à une heure et demie de route de l'autre côté d'Atlanta.

Elle ne s'attendait pas vraiment à ce que l'on sache où habitait Jack. Mais il fallait bien qu'elle commence quelque part, et Barton lui avait semblé l'endroit le plus logique (même si la logique n'était pas la caractéristique la plus probante de cette histoire). Elle prit la première des deux sorties, suivit les panneaux indiquant la direction du centre-ville, se gara sur l'une des places de stationnement en épi de la rue principale et évalua les alentours. Une petite ville typique de Géorgie. Quelques boutiques aux devantures vieillottes. La pelouse du tribunal était parsemée de plaques argentées commémorant quelques événements historiques ; à proximité se dressait une grande statue en l'honneur des morts de la guerre de Sécession. Randa vivait à Los Angeles depuis si longtemps que tout lui paraissait étrangement désuet.

Elle aperçut une cafétéria : sans aucun doute le meilleur endroit pour obtenir des informations, dans une petite ville. Un panneau en vitrine proclamait : «CHEZ TILLIE, CUISINE DE QUALITÉ». Randa ne prit même pas la peine de verrouiller sa voiture, et entra dans l'établissement.

On ne pouvait pas dire qu'il y avait foule chez Tillie. Quelques clients, surtout des dames d'un certain âge, s'étaient précipités pour déjeuner avant que la foule des habitués n'arrive. Randa passa devant leur table et elles la dévisagèrent, les sourcils froncés par cette méfiance naturelle dont font preuve les gens du Sud. Randa ne les regarda même pas et se dirigea vers le comptoir, où une serveuse rondelette l'accueillit avec un sourire commercial.

— Vous voulez déjeuner ?

— A vrai dire, non. J'essaie de trouver quelqu'un et je me demandais si vous pourriez m'aider.

— D'accord. Vous cherchez qui ?

— Un homme du nom de Jack Landry. Il a grandi ici et il a déménagé. Il doit avoir près de cinquante ans, sans doute blond...

— Oui, je le connais.

Randa s'arrêta, quelque peu surprise. «Vous le connaissez ?»

— Il vient manger ici quelquefois. Elle baissa la voix. Il a des problèmes ?

Elle avait posé cette question sur un ton qui montrait bien qu'elle ne se faisait pas vraiment de souci pour lui.

— Non, non, aucun problème. Randa essaya de cacher sa surprise. Il habite dans le coin ?

– Je crois qu'il vit dans une espèce de pension, sur la trente-sixième rue. C'est ce qu'on m'a dit.

Randa était stupéfaite. Si Jack habitait encore ici, comment se faisait-il que Cam n'ait pas réussi à le retrouver ? Lui avait-il menti à ce sujet ? Et, dans ce cas, pourquoi ?

– Vous savez où c'est ? C'est la route qui passe devant le tribunal. Suivez-la vers l'est, sur environ huit cents mètres.

Randa remercia la fille, qui était déjà retournée à ses occupations. Comme elle se dirigeait vers la sortie, elle s'aperçut que les regards posés sur elle étaient encore plus insistants que lorsqu'elle était entrée. De toute évidence, ces dames avaient entendu la conversation. La réputation des Landry semblait avoir survécu au temps.

*

La pension était en fait un bâtiment de style victorien, à deux étages, totalement isolé sur l'une des deux départementales qui passaient par la ville. L'endroit avait dû être charmant, à une certaine époque, mais aurait eu besoin d'un bon coup de peinture et d'une nouvelle toiture. Randa gara sa voiture sur le bord de la route. Le vent commençait à souffler et le tonnerre semblait se rapprocher.

Elle inspira profondément pour se calmer. Elle ne s'était pas attendue à le rencontrer si tôt. Elle se demandait à quoi il pouvait bien ressembler. Il l'avait intriguée depuis le jour où Cam et elle avaient feuilleté les albums-photos de la famille. Jack s'y faisait remarquer par des pitreries conventionnelles – tirer la langue, faire des cornes à ses voisins. Si l'on s'en tenait à ces photos, on avait l'impression que c'est Jack qui aurait dû se retrouver à la place de Tallen. Randa en avait fait la remarque à haute voix, mais Cam avait répondu qu'il n'était pas d'accord. C'est justement tout le contraire. Jack extériorisait tout.

Randa jeta un autre coup d'œil au bâtiment, puis attrapa le sac en plastique contenant les calepins et se dirigea vers le porche d'entrée.

Une femme âgée était assise sur un banc. Elle dévisagea Randa d'un air méfiant. Elle passa devant elle et frappa à la porte.

– Il n'est pas là.

– Pardon ?

– M. Overby. Il travaille pendant la journée dans une banque, à Griffin. En général sa femme est là, mais elle est sortie faire des

94

courses. De toute façon, il n'y a plus de chambres libres, sauf celle du grenier, et personne n'en veut.

– A vrai dire, je ne cherche pas une chambre, mais plutôt un pensionnaire.

– Un quoi ?

– Quelqu'un qui vit ici.

– Moi, je vis ici.

– Non... je cherche Jack Landry, vous le connaissez ?

– Si je le connais. Tout le monde le connaît.

Elle pencha la tête sur le côté, l'examinant d'un autre œil.

– Vous êtes de la famille ?

– Non, je suis une amie de son frère.

– Lequel ?

– Cam.

– Celui qui vit en Californie ?

Randa fit signe que oui.

– C'est le seul qui soit encore en vie, pas vrai ?

– Oui. La conversation commençait à devenir pesante. Vous pourriez me dire laquelle des chambres est celle de Jack ?

– Celle du rez-de-chaussée. Il y a une entrée séparée de l'autre côté de la maison.

– Merci. Randa se retourna pour partir.

– Mais il n'est pas chez lui. Randa s'arrêta, découragée. Je l'ai vu partir il y a environ une heure, et il n'est pas encore revenu.

– Ah, je vois.... Ce n'est pas grave, je vais lui laisser un petit mot.

– Pourquoi ne rentrez-vous pas l'attendre chez lui ?

– Entrer chez lui ?

– Il ne ferme jamais la porte à clef. M. Overby m'a dit qu'il n'avait même pas voulu prendre une clef.

– D'accord, mais je ne peux tout de même pas entrer comme ça.

– Comme vous voulez. L'orage arrive, et il va être méchant.

– Ça ne fait...

Des gouttes venaient juste de s'écraser le toit en zinc. Elle vit un éclair zébrer le ciel et entendit le claquement du tonnerre, distinct, qui se rapprochait.

– Mon Dieu, s'exclama la vieille femme, ça a dû tomber sec quelque part.

Randa regarda la voiture. Elle se demandait si elle ne ferait pas mieux d'y retourner lorsqu'il se mit à pleuvoir à verse. La vieille dame l'observait.

– Les voitures sont les endroits les plus sûrs, à moins que vous ne soyez garée sous une ligne à haute tension. Ou un arbre.

La voiture de Randa était sous les deux. Elle reconsidéra ses réserves vis-à-vis de l'appartement de Jack. Comment pourrait-il lui en vouloir de se protéger de la pluie ?

— Moi, je rentre, lui dit la vieille femme en se levant. Ils sont encore pires lorsqu'ils mettent longtemps à venir, et celui-là, ça fait toute une journée qu'on l'attend.

Elle ramassa son ouvrage et se dirigea vers la porte.

— Si j'étais vous, je ne resterais pas sous ce toit.

Dès que la porte se referma derrière elle, Randa courut vers l'appartement de Jack.

*

C'était vrai, la porte n'était pas fermée à clef. Randa s'assura que personne ne l'observait et entra. Elle referma la porte derrière elle et ne se retourna pas immédiatement, savourant les dernières secondes avant la découverte. Elle frissonna, mais ce n'était pas à cause de la pluie.

Elle avait essayé de l'imaginer, mais rien ne l'avait préparée à un appartement aussi spartiate. La pièce dans laquelle elle était entrée servait à la fois de salle de séjour et de chambre. Le mobilier était d'occasion. Elle distinguait une chaise et une table basse presque assorties. Un grand lit derrière le sofa avec une tête en fer forgé, recouvert d'une couverture gris-bleu et deux oreillers dans leur taie blanche. Le buffet, juste à côté, était vide. Pas de télévision, pas de radio, pas même une fenêtre, si l'on exceptait la porte vitrée, à laquelle pendait un rideau bleu pâle. Un téléphone sur la table de nuit, ainsi qu'un répondeur dont elle ne comprenait pas vraiment l'utilité.

Elle aurait voulu s'asseoir, mais elle ne se sentait pas à l'aise. Se retrouver dans cet endroit lui semblait totalement incongru, et l'austérité de l'appartement renforçait encore son sentiment d'étrangeté. Au moins était-elle au sec, dans un appartement propre. C'est l'autre élément qui l'avait étonnée. Tout était si propre.

Un éclair plus proche que les autres illumina la pièce, aussitôt suivi par le claquement du tonnerre. Les lumières vacillèrent, sans s'éteindre. S'il travaillait dehors, il avait sûrement plié bagages depuis un certain temps, et aurait déjà dû être de retour. Il s'était sans doute arrêté quelque part pour manger un morceau. Décidant qu'elle avait un peu de temps devant elle, Randa ne résista plus à son irrésistible envie de fouiller. Elle fit glisser une des portes de la penderie et regarda à l'intérieur. Quelques paires de jeans en plus ou moins bon état. Des chemises et des chaussures de travail, un sweat-shirt gris, une paire de treillis couverts de peinture blanche. Le seul vêtement vaguement personnel était une chemise en flanelle à carreaux, qui semblait avoir été jetée sur son cintre, les manches encore retroussées. Les étagères étaient vides.

Refermant la porte, elle essaya de réfléchir. Elle pensa au joli petit garçon blond, désireux d'attirer l'attention sur lui, toujours si débordant de vie... Comment avait-il pu finir dans cet appartement ? C'était comme s'il s'était condamné lui-même à vivre en prison. Pour quel crime ?

Elle n'avait fait que jeter un bref coup d'œil dans la cuisine. Elle alluma la lumière et regarda autour d'elle. Une petite table en bois, sans rien dessus. Deux chaises. A l'intérieur des placards, elle trouva des assiettes blanches, quelques casseroles et une poêle à frire qui avaient déjà pas mal servi. La bouteille de liquide vaisselle sur le rebord de l'évier était le seul signe indiquant que cette cuisine servait de temps à autre.

Elle allait ouvrir le réfrigérateur lorsque quelque chose attira son attention. Un couloir étroit menait, par la porte de derrière, à une sorte de buanderie juste assez grande pour contenir une petite machine à laver et un sèche-linge. Mais en fait – elle s'approcha d'un peu plus près pour bien vérifier – il y avait un secrétaire et une chaise. C'était un beau bureau en bois noble, du merisier ou de l'acajou, sans doute acheté chez un antiquaire. La chaise Windsor assortie était garnie d'un coussin bordeaux fatigué ; sur le secrétaire trônait une splendide lampe Tiffany. Ce meuble lui parut singulier, relégué dans cet endroit sombre, comme secret. En fait, c'était exactement ça. Elle sentit qu'elle avait vu juste. Personne ne pouvait habiter un endroit sans trahir d'une façon ou d'une autre sa personnalité ou ses origines. Le bureau faisait partie de la seconde catégorie. Elle était sûre qu'il avait appartenu à Lucy. Elle tira doucement sur le tiroir – craignant à moitié qu'il fût fermé à clef. Mais non. Elle s'assit avec précaution sur la chaise et ouvrit complètement le tiroir. Il était rempli d'objets hétéroclites. Elle attrapa la première chose qu'elle trouva – une vieille photographie jaunie, aux angles écornés. Elle la reconnut immédiatement : elle était presque identique à celle qu'elle avait vue dans les albums de Cam. C'était une photographie de Jack, Tallen et Ethan enfants, déguisés en cow-boys et posant fièrement devant un énorme potiron grossièrement taillé. Malgré tous les accessoires de fête, leurs visages étaient plutôt hésitants, comme s'ils avaient peur de se faire taper sur les doigts s'ils souriaient.

Elle remit la photographie à sa place. Elle mourait d'envie de fouiller tout le tiroir, mais elle pensa qu'elle ferait mieux d'abord d'aller jeter un coup d'œil à la fenêtre pour s'assurer que personne ne venait. Elle se leva, se tourna vers la porte et s'arrêta, interdite.

Il était debout dans l'encadrement, la dévisageant avec un mélange de colère et d'étonnement. Avec l'âge, ses cheveux avaient légèrement foncé et étaient maintenant blond cendré. Toute trace d'espièglerie avait disparu de son visage. Il portait un jean sale, un T-shirt d'un blanc plus que douteux et avait l'air d'être complètement trempé. Il croisa ses bras impressionnants sur sa poitrine et continua à la fixer, attendant en silence qu'elle lui explique ce qu'elle était en train de faire. Randa s'efforça de le regarder à son tour dans les yeux. Ils étaient de la même forme que ceux de Cam, mais d'un vert olive pâle et pétillaient d'intelligence – pas vraiment les yeux de zombie qu'elle associait à ce genre de physique. *L'âme de Cam dans un corps d'employé du bâtiment. Que demander de plus ?*

– Je suis désolée. Je ne vous ai pas entendu venir.

Il lui sembla que c'était ce qu'elle pouvait dire de moins stupide, vu les circonstances.

– Je n'ai pas pour habitude de frapper avant d'entrer chez moi.

Sa voix ressemblait à celle de Cam, en plus profond et elle sentait qu'il se retenait pour ne pas hurler, ce qui l'effrayait encore plus.

– Je m'appelle Randa Phillips. Elle se dit que la meilleure défense était de prétendre qu'elle n'avait rien à se reprocher. Elle n'arrivait même pas à envisager une autre possibilité. Je suis une amie de Cam.

– Si vous êtes venue pour m'apprendre la mauvaise nouvelle, le médecin légiste vous a battue d'une courte tête. Je suppose donc que vous avez fait le voyage pour rien.

Impossible de déceler la moindre trace d'émotion dans sa voix. Elle lui répondit de son mieux.

– Dans ce cas, permettez-moi au moins de vous présenter mes condoléances. Vous avez visiblement l'air très peiné par sa mort.

Il montra le tiroir d'un signe de tête.

– Vous cherchiez quelque chose de spécial ?

– Non. Elle n'essaya même pas de se défendre. J'étais venue voir ma famille à Atlanta (*même si j'aurais fait sans hésiter trois mille kilomètres pour avoir le plaisir de votre charmante compagnie*) et je suis venue vous apporter quelque chose qui pourrait vous intéresser.

– Je ne veux rien de lui.

– Comme vous voulez. Mais ce n'est sûrement pas à moi que revient l'honneur de conserver vos albums de famille. Je les ai laissés sur le sofa ; vous en ferez ce que vous voudrez. Bien le bonjour chez vous.

Elle se dirigea en droite ligne vers la porte. L'idée de rester une seule minute de plus avec lui rendait l'orage bien moins menaçant.

Pour une raison inconnue, la seule chose à laquelle elle pensa en passant tout près de lui, c'est qu'il sentirait peut-être les effluves de son parfum.

*

Si elle avait causé un vague remous en s'arrêtant chez Tillie pour poser quelques questions, Randa avait l'impression de provoquer un véritable séisme en y déjeunant seule. L'endroit était plein à craquer et tout le monde, sans exception, l'avait au moins dévisagée deux ou trois fois. Quelques clients continuaient d'ailleurs à l'observer, comme s'ils pensaient qu'en la fixant assez longtemps, elle allait se lever et décliner son identité.

Elle était encore bouleversée par sa rencontre. Elle ne savait pas à quoi elle s'était attendue au juste – sûrement pas à être accueillie à bras ouverts – mais elle avait espéré qu'il y aurait un instant, même bref, où elle se serait sentie plus proche de Jack Landry. Il aurait au moins pu la remercier d'avoir fait l'effort de lui rendre visite (sans même parler d'effort financier). Certes, elle lui avait menti en lui racontant qu'elle se rendait à Atlanta. Elle se demandait comment il aurait réagi si elle lui avait dit qu'elle avait en vérité entrepris ce voyage juste pour le rencontrer. Il l'aurait sûrement jetée dehors encore plus vite.

Elle leva les yeux pour faire signe à la serveuse de lui préparer l'addition.

Aïe !

Il venait d'entrer. Il portait une chemise de travail en batiste et une veste en jean qu'elle ne se souvenait pas d'avoir vue dans le placard. Il la regardait. Il lui tourna le dos dès que ses yeux rencontrèrent les siens et se dirigea vers l'extrémité du comptoir.

Qu'allait-elle faire ? Elle ne pouvait pas s'enfuir. En fait, elle aurait pu, mais il aurait fallu qu'elle passe à moins d'un mètre de lui, et elle n'en avait pas vraiment envie. Elle commanda un café et décida d'attendre. Elle sortit un stylo de son sac et se mit à écrire sur une serviette, comme si elle venait juste de se

99

souvenir de quelque chose qu'elle avait oublié de faire. A vrai dire, elle était en train de faire la liste des dix disques qu'elle emporterait sur une île déserte et des dix quarante-cinq- tours qu'elle n'admettrait aimer que sous la torture.

Tu as le droit d'être ici.

En fait, elle savait très bien qu'elle n'avait rien à faire ici. C'était son territoire, et il lui avait clairement signifié qu'elle n'était pas la bienvenue.

Du coin de l'œil, elle le vit partir avec un gobelet de café. Elle avait du mal à croire qu'il ait fait tout ce chemin juste pour ça. De toute façon, elle allait bientôt le laisser tranquille pour toujours. Elle enfermerait les Landry dans un petit tiroir de sa mémoire, avec tous les autres souvenirs embarrassants – toutes ces cartes postales qui vous reviennent à l'esprit quand le mal de vivre est plus fort que d'habitude. Leur rencontre irait sans nul doute rejoindre la collection.

L'orage avait rafraîchi le fond l'air, lui rappelant que, hors de Los Angeles, on était en plein hiver. Elle tenta de se rappeler ce qu'elle avait mis au juste dans sa valise, lorsqu'elle avait décidé d'entreprendre ce voyage. Elle avait même pensé appeler sa mère pour la prévenir qu'elle était dans le coin. *(C'est ça ! Juste ce dont tu as besoin : maman sur le dos toute la journée, te demandant : «Cam ? Cam... ne serait-ce pas le frère de celui qui a tué tous ces gens ?»)*

Elle ne savait pas si elle avait le mal du pays ou si elle essayait de justifier le coût d'un tel voyage. Ça n'avait pas beaucoup d'importance : l'argent provenait du «Fonds d'hostilité» – une somme héritée de son père, qu'elle avait décidé de consacrer à des envies qu'il aurait désapprouvées. Elle savait que ce voyage entrait sans difficulté dans la catégorie adéquate : irrationnel, inconsidéré et socialement incorrect.

Elle parvint au coin de la rue où elle avait garé sa voiture.

Jack était appuyé contre le mur de Western Auto, le concessionnaire, et sirotait son café en l'attendant.

Elle se rapprocha et s'arrêta. Ils se dévisagèrent un moment avant qu'il ne parle :

— Comment est-il mort ?

Son ton était différent. Calme. Moins glacial que tout à l'heure.

— Eh bien... ils disent qu'il s'est suicidé.

— Qui, «ils» ?

— Il s'est bel et bien suicidé, c'est juste... Elle soupira. Beaucoup de choses étranges se sont passées et je ne sais plus très bien où est la vérité.

– Par exemple ?

– Par exemple... Elle ne pouvait pas tout lui annoncer comme ça. Vous ne voulez pas que nous nous asseyions pour en parler ?

– Nous sommes déjà en train d'en parler, non ?

– Je veux dire que ça risque de durer un petit moment. C'est plutôt compliqué.

– Les grandes lignes suffiront.

L'absence d'émotion dans sa voix lui fit douter de son réel intérêt.

– Comme vous voudrez. Je ne l'avais pas vu depuis un certain temps. Nous nous étions séparés en mauvais termes, et...

– C'est ça que vous appelez les grandes lignes ?

Randa lui lança un regard hostile et lui asséna tout d'un coup :

– Ceux qui l'ont vu juste avant qu'il ne meure pensent qu'il était en pleine dépression nerveuse. Les flics, de leur côté, sont persuadés qu'il a dévalisé un magasin de vins et spiritueux et qu'il a tué un type.

Pour la première fois, Jack avait l'air décontenancé.

– Quoi ?

– Voilà les grandes lignes. Si vous voulez en savoir plus, il faudra vous asseoir avec moi dans la voiture ; j'ai trop froid.

Il réfléchit longuement, comme s'il prenait une décision engageant le restant de ses jours.

– O.K.! Allons quelque part.

Randa sentit bien qu'il avait obtempéré, non parce qu'il adorait la compagnie, mais parce qu'il ne voulait surtout pas se retrouver seul avec elle dans l'espace exigu de sa voiture. N'importe où ferait l'affaire, tant qu'ils ne retournaient pas dans cette saleté de cafétéria.

– Y a-t-il un bar dans les environs ?

– Je ne bois pas.

– Rien ne vous empêche de prendre un Coca pendant que je bois, si ?

Il détourna les yeux, puis la regarda à nouveau.

– C'est bon. On aurait dit une capitulation. Il y a un bar un peu plus bas.

*

L'endroit ressemblait plus à un restaurant routier qu'à un véritable bar. Un bâtiment en brique, sans fenêtre, dont le nom clignotait au-dessus de la porte en lettres de néon : TAVERNE DE LA FRONTIÈRE. Le genre d'endroit où on vous fournit gracieusement un revolver si vous avez oublié le vôtre chez vous.

Ils avaient trouvé un coin tranquille, loin du juke-box. Jack n'avait même pas regardé autour de lui ; il semblait n'avoir qu'une seule idée en tête, entendre ce que Randa avait à lui apprendre et partir. Ils s'installèrent et Randa commença l'histoire.

Elle en était encore à planter le décor qu'il vidait déjà son troisième Coca et elle son deuxième bourbon ; elle en aurait bien commandé au moins cinq de plus, si seulement elle n'avait pas dû retourner à Atlanta en voiture. Elle se demandait pourquoi il avait insisté sur le fait qu'il ne buvait pas. C'était la seule chose un peu personnelle qu'il lui ait dite.

Lorsqu'elle eut fini de lui raconter le gros de l'histoire avec les quelques détails nécessaires, il la lui répéta, comme quelqu'un qui n'est pas bien sûr d'avoir tout saisi. Elle répondait machinalement, profitant de l'occasion pour étudier son visage. Il paraissait plus doux à la lumière de la lanterne bon marché qui se trouvait sur la table. Des pommettes saillantes et une mâchoire carrée, des dents parfaites dont elle savait qu'elles étaient un cadeau du bon Dieu et pas le résultat de longues années de soins dentaires. Elle sentit que son visage devait être totalement différent quand il souriait, et se demanda quand ce miracle s'était produit pour la dernière fois. C'était le genre de visage qu'elle aurait voulu observer pendant son sommeil. Et elle se demanda quelle avait été la dernière personne à avoir eu cette chance.

Elle acquiesça encore une fois pendant qu'il finissait l'histoire. Il secoua la tête :

– Il est totalement impossible que Cam ait dévalisé un magasin.

Cette fois, ce n'était pas de la colère. Peut-être le résultat du sucre et de la caféine.

– Je sais, c'est dur à croire. Mais... s'il était devenu fou ?

– Ça ne change rien.

Il termina son Coca et se tut. Randa détailla sa serviette en papier. Puis, comme il ne semblait pas vouloir reprendre la conversation, elle décida de changer de sujet.

– Alors, quel est le comté où l'alcool est une denrée rare ?

Il leva les yeux.

– Pardon ?

– Je suis née en Géorgie. Si cet endroit s'appelle « Taverne de la Frontière », c'est parce que dans le comté d'à côté la vente d'alcool est interdite.

Une ébauche de sourire se forma sur son visage.

– Le comté de Henry. Juste à côté. Vous ne pensiez tout de même pas que mon père aurait acheté une maison dans un comté où l'on ne peut pas se saouler quand on en a envie ?

Randa était surprise. Il ne lui était pas venu à l'esprit que Will Landry eût jamais acheté une maison. Cam n'en avait jamais parlé.

— Qu'est-elle devenue, cette maison ?

— Toujours au même endroit, je suppose.

— Elle est à vous ?

— En théorie, oui.

— Mais vous n'y vivez pas ?

— Comme vous le voyez.

— Pourquoi ça ?

Elle savait qu'il n'appréciait pas du tout la tournure que prenait la conversation, mais elle ne pouvait s'empêcher de poser des questions.

— Bon, ça y est, c'est fini ?

— A vrai dire, pas encore.

Elle s'arrêta de parler et acheva son verre, afin de lui donner un peu de temps pour se remettre. Après tout, il venait de se comporter pendant trente secondes comme un être humain.

— Juste un petit quelque chose.

— Quoi ?

— Comme les flics n'arrivaient pas à vous trouver, je suppose qu'ils ont appelé... Elle s'arrêta, se rappelant quelque chose. Vous savez, vous habitez exactement où Cam vous a vu pour la dernière fois, mais il m'a dit que vous aviez disparu de la surface de la Terre.

— Vraiment ? Son ton était narquois.

— Il m'a dit vous avoir envoyé une lettre qui lui est revenue avec la mention « Parti sans laisser d'adresse ».

Jack semblait trouver cela vaguement amusant.

— Cette lettre dont vous parlez, elle lui est en réalité revenue avec la mention « Retour à l'envoyeur, le destinataire désire que vous lui foutiez la paix pour toujours ».

— Pourquoi Cam m'a-t-il menti ?

— Comment voulez-vous que je le sache ?

— Ce n'est pas logique.

— Ne vous attendez pas à trouver quoi que ce soit de logique concernant ma famille.

Elle vit son regard s'enflammer d'un éclair de colère qui sembla se dissiper aussi rapidement qu'il était apparu. Lorsqu'il reprit la parole, sa voix était calme et parfaitement posée.

— Alors... que vouliez-vous me dire ?

Elle avait l'impression qu'il avait épuisé sa capacité à supporter une autre personne que lui-même.

103

– Lorsque je suis allée chercher les albums, j'ai rencontré votre oncle, Ryland. Il était chez Cam. Je suppose qu'il était venu chercher les affaires de Cam et... vous savez, faire ce qu'il y avait à faire. Mais il était étrange. Ce que je veux dire, c'est que Cam m'avait dit qu'il était un peu zinzin, mais...

– Vous travaillez pour quel journal ? lui demanda-t-il, sans se préoccuper de lui couper la parole.

Elle sentait de la rage dans sa voix et vit ses mâchoires se serrer. Elle le regarda, étonnée. Elle ne lui avait jamais parlé de son métier.

– Comment savez-vous que je suis journaliste ?

– Quel journal ?

– Le *Los Angeles Chronicle*. C'est un...

– Je ne sais pas ce que vous cherchez. Apparemment, Cam vous en a dit juste assez pour que vous renifliez un début de scandale.

– De quoi parlez-vous ?

– Oh ! arrêtez, j'ai compris.

Il s'était levé et avait sorti des billets de son portefeuille. Il les jeta sur la table.

– Je n'arrive pas à comprendre comment vous faites pour dormir la nuit.

– Je ne sais pas *de quoi* vous êtes en train de parler.

Il n'avait pas l'air de l'avoir entendue. Il se dirigea vers la porte. Elle lui courut après.

– Auriez-vous l'extrême obligeance de me dire ce qui se passe ?

Il ne la regarda même pas et continua à marcher droit devant lui. Énervée par son attitude, Randa tendit la main et l'attrapa par le bras. Il s'arrêta et se retourna, repoussant son bras avec violence. Il la fixa d'un regard plein de haine, une haine presque tangible.

– Vous n'auriez pas dû trop croire ce que vous racontait Cam. Il n'a jamais su ce qui se passait dans la famille, ou alors il s'en foutait. C'est pour cela que je n'ai même pas pris la peine de le lui faire savoir.

– Quoi ?

– Que Ryland était mort d'une crise cardiaque, il y a trois ans. C'était quand même bien essayé.

Avant que Randa n'ait pu réaliser ce qu'il venait de dire, il était déjà loin.

7

Tout ce qu'il demandait à la vie, c'était que rien ne lui arrive. Malheur, bonheur ou autre, il s'en moquait. Il ne pouvait plus supporter le moindre événement nouveau.

Il essayait de vivre en faisant le moins de remous possible, pour ne pas attirer l'attention sur lui. Pas de permis de conduire, pas de cartes de crédit, pas de chéquier. Jusqu'à ses factures de téléphone et d'électricité qui étaient au nom de son propriétaire et qu'il réglait en espèces. Pas de docteur, jamais de médicaments délivrés sur ordonnance. Il ne voulait pas que son nom figure sur un de ces putains de listings informatiques. Il voulait juste qu'on lui foute la paix. C'était tout ce qu'il avait désiré pendant la plus grande partie de sa vie.

– C'est pas comme ça que ça marche, Jack, lui dit Cathy pour la énième fois. La vie, c'est autre chose qu'un tribunal pour mineurs. Elle ne te propose pas un arrangement à l'amiable ni d'oublier ton nom si tu te tiens à carreau. La vie est un tueur en série. Elle revient sans arrêt pour t'en demander un peu plus.

– Je n'ai plus rien à donner. Comme disait ma mère, «Même la plus belle femme ne peut donner que ce qu'elle a.»

– On dit «la plus belle fille», précisa-t-elle.

– La plus belle femelle orang-outan, si tu veux, je m'en fous. Tu sais très bien ce que je veux dire.

Il soupira et se laissa aller en arrière sur le dossier de la chaise. Cathy était debout devant l'évier, en train de laver une grande casserole qu'elle récurait avec grand soin depuis qu'il était arrivé.

– Dis-moi quand tu veux que je m'en aille, lui dit-il.

– Ne t'en fais pas pour ça. Combien de fois faudra-t-il que je te le répète ?

Il continua à fixer le revêtement en Formica de la table de la cuisine, longeant une fissure avec son index droit. Même si elle ne voulait pas l'admettre, il était persuadé que sa présence la rendait nerveuse. Sinon, elle n'aurait pas refusé qu'il l'aide à faire la vaisselle.

— Est-ce que Bidule doit passer après le travail ?

C'était peut-être mesquin de sa part, mais il était trop fatigué pour s'en préoccuper.

— Il s'appelle Ben et il est parti chasser chez un de ses amis à Locust Grove. Il sera absent jusqu'à la semaine prochaine et ne saura jamais que tu es passé.

— Et ça te gêne ?

— Que tu sois ici ?

Il acquiesça. Elle se sécha les mains avec un torchon et le regarda.

— Jack, je ne t'ai jamais dit de ne plus venir me voir. C'est ce que tu as cru ?

— On n'a pas fixé les règles.

— Tu crois que c'est vraiment nécessaire ?

— Non, j'ai compris. Ma présence ne te dérange pas tant que je reste dans la cuisine.

— Alors, ça y est. La période « je me conduis comme un gentleman » vient de prendre fin, c'est ça ?

— Je suis toujours un gentleman. C'est juste que...

— Quoi ?

— Le gentleman est fatigué.

— Ta dernière nuit de sommeil remonte à quand ?

— Le cours moyen, je crois...

Il lui adressa un petit sourire qu'elle ignora, se passa la main dans les cheveux et tourna la tête vers la fenêtre.

— J'ai une de ces envies d'un bon verre !

— Eh bien ! si tu es assez bête pour foutre les pieds dans un bar...

— Que voulais-tu que je fasse ? Que je suive la journaliste dans sa chambre d'hôtel ?

— Alors c'est pour cela que tu es venu ? Pour que je m'assure que tu ne bois pas ?

— Ça fait longtemps que je n'ai plus besoin de baby-sitter, merci.

Le ton était aussi glacial qu'il l'avait voulu, même s'il savait que c'était lui qui avait parlé de boire. Jamais il n'aurait dû lui raconter l'histoire du bar, mais il était bien trop agité en arrivant chez Cathy pour surveiller sa langue.

— Je crois juste que tu as assez de problèmes comme ça, sans laisser en plus quelqu'un t'entraîner dans un bar.

— Elle ne m'a pas entraîné.

Elle continuait à nettoyer l'émail de la casserole.

– Cathy, je suis désolé.

– C'est bon. Je comprends.

– Tu comprends quoi ?

– Tu es désagréable avec moi, parce que tu es bouleversé par la mort de Cam.

– Merci pour la consultation, surtout que je n'ai même pas eu besoin de m'allonger sur un divan.

– Jack, tu n'as pas à avoir honte d'être bouleversé. Je haïssais mon père de toutes mes forces et, pourtant, j'ai été anéantie lorsqu'il est mort.

– Je ne suis pas bouleversé par la mort de Cam.

Il n'allait tout de même pas devoir supporter cette philosophie de bazar. D'autant plus qu'elle avait parfaitement raison.

– Tu as de l'aspirine ?

La meilleure défense lui semblait être un changement de sujet.

– Oui. Elle ne fit pas le moindre mouvement pour aller la lui chercher ; elle se contenta de le regarder pour bien lui faire comprendre qu'elle n'était pas dupe.

– J'aimerais bien aller la chercher moi-même, mais je suis trop abasourdi par la mort de cet être cher pour pouvoir m'extraire de cette chaise.

– Jack, tu es juste sur la frontière, lui lança-t-elle en se dirigeant vers la salle de bain.

Il sourit. C'était une des expressions qu'il leur restait du lycée. A cette époque, cette phrase était toujours précédée de «Tu vois la frontière où les gens cessent de te trouver charmant et commencent à penser que tu es un véritable petit emmerdeur ?»

Il se demanda ce qu'elle dirait si elle savait ce qui l'ennuyait vraiment. Randa. Le visage de Randa. Il n'arrivait pas à l'oublier.

Même s'il avait ressenti de la colère lorsqu'il l'avait trouvée en train de fouiller dans son secrétaire, un autre sentiment avait pointé sous la rage dès son départ – une chose qu'il n'avait plus ressentie depuis si longtemps qu'il en avait oublié jusqu'à l'existence. Ce n'était sûrement pas la première belle femme qu'il ait vue et, même si elle était plutôt jolie, il n'y avait pas de quoi en faire un plat. Mais son visage était empreint d'une beauté simple, sans prétention. Réelle. Et ces yeux. Un noir si foncé qu'il était impossible de dire où commençait la pupille. Des cheveux dont la blondeur n'était sûrement pas due à un produit chimique. A l'époque où ce genre de choses l'intéressait encore, il aurait tué père et mère pour une fille aux cheveux blonds et aux yeux marron.

Ce qu'il aimait en elle dépassait la simple apparence physique. Il avait beaucoup apprécié qu'elle ne lui raconte pas d'histoires pour expliquer son intrusion, comme si elle avait considéré que ça la rabaisserait. Toute son attitude impliquait un code éthique (de l'éthique, pas de la moralité) qu'elle refusait de violer, une authenticité faisant voler en éclat tout prétexte, même ceux qu'elle pourrait se donner, par la seule force de sa pureté.

Alors pourquoi m'a-t-elle menti au sujet de Ryland ? Ça ne colle pas.

Je ne sais pas. Je n'ai jamais dit que j'avais réponse à tout, ou même à une seule question.

Il avait pu l'admirer à une distance suffisante pour se sentir en sécurité, jusqu'à ce qu'elle lui empoigne le bras ; c'est alors qu'il l'avait sentie dans toutes les fibres de son corps. En y repensant, il sentait monter en lui une fureur sourde. Contre Randa, ou contre lui-même pour être incapable de l'oublier ?

De toute façon, cela n'avait plus aucune espèce d'importance. Tout était fini. Elle était probablement en route vers Los Angeles pour annoncer la mauvaise nouvelle à son rédacteur en chef. Pour lui, elle ne représentait rien d'autre qu'un élément du puzzle, comme les rêves, les maux de tête et les scènes de la vie familiale qu'il recomposait en pensée, de temps à autre. Tout indiquait qu'une mystérieuse marée était en train de ronger la digue, et qu'il était temps de se mettre à sec. Il ne lui restait plus qu'à sortir les sacs de sable, mais ça, c'était une autre paire de manches.

Cathy revint avec un tube d'aspirine et un verre d'eau.

— Je ne te les donne que si tu les avales comme un être normal. Tu me donnes la chair de poule quand je te vois les mâcher.

Elle posa le verre sur la table et lui tendit le tube. Il prit quelques comprimés dans sa main.

— Tu en prends combien ?

— Je ne sais pas. Selon vous, docteur ?

— Je ne comprends pas que tu refuses d'aller voir le médecin. Ce serait sûrement plus sage que de continuer à te goinfrer d'aspirine comme si tu n'avais rien mangé depuis huit jours.

Il en mit quatre dans la bouche, et se mit à les croquer bruyamment.

Cathy fit la grimace.

— Merci beaucoup.

— Quand on me harcèle, je ne peux pas m'empêcher d'être rancunier, dit-il en lui rendant le tube.

— Non, garde-le, tu auras peut-être un petit creux, plus tard.

Elle se plaça derrière lui et commença à lui masser les tempes, ce qui le surprit étant donné l'atmosphère tendue qui régnait depuis son arrivée. Il ferma les yeux, faisant la paix avec elle en lui disant combien il appréciait ses soins.

— Comment savais-tu où j'avais mal ?

— Je connais tous tes maux de tête. Les journalistes, c'est exactement là, sur les tempes.

Elle avait raison, et c'était d'autant plus étonnant que cela faisait maintenant plusieurs années que les journalistes lui fichaient la paix. Il faut dire qu'à cet époque, Cathy avait dû en supporter pas mal elle aussi ; il n'y avait donc rien d'étonnant à ce qu'elle s'en souvînt. (Le jour de l'exécution de Tallen, elle avait chassé un des reporters de l'*Atlanta Constitution* de la véranda de chez Lucy avec une batte de base-ball en le traitant de « petit branleur de mes deux ». L'événement avait fait la une, sous une forme plus aseptisée.)

Il sentit son parfum. Elle avait toujours eu le chic pour se dégoter des parfums bon marché qui sentaient meilleur que des parfums bon marché. Le sien supportait toutefois mal la comparaison avec le souvenir qu'il gardait de celui de Randa, léger et vif, dont la provenance, il l'aurait parié, devait être autrement prestigieuse. Il lui rappelait les effluves des clientes du Ritz-Carlton – celles qui dégoulinaient de Chanel. Cela le dégoûtait, à l'époque : les remugles d'un mur qui se dresserait toujours devant lui. Mais sans tailleur, sans bijoux et sans une coiffure abondamment laquée, l'effet était différent. Un parfum de marque sur une femme portant un jean délavé et un sweater informe était d'une attrayante incongruité.

La voix de Cathy chassa d'autres pensées de ce genre.

— Ça n'a aucun sens.

— Quoi ?

— Que Cam se soit suicidé. C'était lui, le survivant de la famille.

Jack ouvrit les yeux.

— Tu ne penses pas que je fais un bon survivant ?

— Ça dépend de ta définition du mot « survivre ».

Jack refusa de mordre à l'hameçon.

— Je n'ai pas la moindre idée de la raison qui l'a poussé à se suicider. Qu'est-ce que ça peut bien changer ?

— Rien. C'est juste que j'ai toujours pensé que Cam était en sécurité.

— Eh bien, tu vois, personne n'est jamais en sécurité.

Il n'avait pas évoqué l'histoire du magasin pour désamorcer les dizaines de théories que Cathy n'aurait pas manqué d'échafauder à ce sujet. En fait, il n'aurait pu éviter de lui parler de la mort de Cam ; la presse locale en aurait tôt ou tard fait ses choux gras, et elle se serait sentie insultée si elle ne l'avait pas apprise de sa bouche.

Elle retourna à son évier et s'y appuya, le regardant si fixement qu'il eut la nette impression de se trouver dans la ligne de mire d'un fusil de chasse.

– Elle était jolie ?

Incroyable ! Comment avait-elle pu deviner ? Il prit le verre d'eau qu'elle lui avait donné en même temps que les aspirines et le but à petites gorgées.

– Jack ?

Il reposa le verre.

– Oui, pour une sangsue menteuse, opportuniste et obsédée par sa propre personne qui m'a traîné de force dans un bar, je suppose qu'elle n'était pas trop mal. Que veux-tu insinuer par là ?

– Je me demandais juste si tu avais décelé des signes de vie au-dessous de la ceinture.

– Au-dessous de la mienne ou de la sienne ?

– Tu ne réponds pas à la question.

– Tu sais bien, c'est mon seul vrai talent.

Il remua dans sa chaise. Après, elle passerait l'histoire de Ryland au crible. Cathy partageait le même intérêt que sa propre mère pour tout ce qui défiait les lois de la nature. C'était déjà miraculeux qu'elle ne lui ait pas encore sorti le numéro du « et si c'était vrai ? ». Apparemment, elle avait deviné qu'il n'aurait pas été d'humeur à le supporter, et avait réussi à résister à la tentation. Il savait que cela ne durerait pas.

Il regarda l'horloge ; il était presque minuit.

– Je crois que je devrais rentrer.

– Tu dis cela depuis que tu es arrivé ici. Pourquoi ne rentres-tu donc pas ?

Il ne répondit pas. Il ne savait pas comment s'y prendre, et il arrivait au point où il n'avait plus trop le choix.

– Jack ?

Il fixa la table, longuement, sans bouger. Elle s'assit sur la chaise, de l'autre côté de la table.

– Jack, qu'est-ce qui ne va pas ?

Il sentait à sa voix qu'elle s'inquiétait pour lui. Il continuait à se creuser l'esprit pour trouver un moyen d'aller de A à C sans passer par *B*. Après un long moment, il la regarda et secoua la tête.

— C'est fou...

— Quoi ?

— Ces rêves stupides...

Il lui avait déjà parlé des rêves hier, sans entrer dans les détails. Il n'arrivait pas à les décrire assez bien pour qu'elle puisse comprendre de quoi il retournait.

— Oui ?

— Ce sont plus que des mauvais rêves. Pas des cauchemars, non plus. C'est comme si...

— Comme si quoi ?

— Je ne sais pas.

Il était incapable de lui expliquer. Il n'y comprenait rien lui-même. Autant se jeter directement à l'eau.

— Je peux rester ici ce soir ?

Elle lui lança le regard auquel il s'était attendu.

— Jack...

— Pour *dormir*.

— Je ne peux pas t'empêcher de faire des mauvais rêves.

— Je sais.

— Alors, ça servirait à quoi ?

Il n'arrivait pas à croire qu'elle puisse le lui demander. Peut-être voulait-elle qu'il le lui dise clairement. Après tout, pourquoi pas.

— Je ne veux pas être seul.

Elle le regarda comme si elle s'attendait à ce qu'il lance une plaisanterie ; puis, comme rien ne venait, elle se mit à penser tout haut :

— Bon, d'accord... dit-elle, semblant peser le pour et le contre avec soin. Tommy fait du camping avec Ben... tu peux dormir dans sa chambre.

— Pas question.

— Ça veut dire quoi ça, pas question ?

— Je ne dormirai pas dans la chambre de Tommy. On est de retour au lycée ou quoi ?

— Ça servirait à quoi, Jack... Que vas-tu faire *demain* soir ?

— Je ne sais pas. Il fait du camping pendant combien de temps, ton fils ?

— Je te parle sérieusement.

— Moi aussi.

Il lui sourit timidement, mais elle resta impassible.

— Cathy...

– Quoi ?

– Je peux dormir ici ?

– Comme si j'avais le choix. Je ne suis pas assez forte pour te prendre par la peau du cou et te mettre dehors.

– Pourquoi me fais-tu toute cette scène ?

– Quelquefois, tu es vraiment borné.

– Alors, dis-moi.

Elle soupira, secoua la tête et se concentra avant de lui répondre :

– Tu n'as pas dormi ici une seule fois quand je te l'ai demandé. Quand j'avais besoin de *toi*.

La pique avait atteint son but. Il attendit quelques secondes, dans un silence plein de respect, puis décida qu'il devait au moins faire semblant de se défendre.

– Tu sais...

– Tais-toi, Jack. Garde ça pour quelqu'un qui ne connaît pas encore tes simagrées.

Elle se leva et quitta la pièce.

*

Il s'assit tout droit dans le lit et chercha Cathy dans l'obscurité, mais il était seul. Il entendait la télévision dans l'autre pièce ainsi que les hurlements d'un chien, à l'extérieur. Il inspira profondément et attendit que les battements de son cœur ralentissent.

Il avait fait exactement le même rêve que la dernière fois, en plus réaliste. Il voyait encore le visage de la harpie, il sentait encore les mains autour de sa gorge, ses ongles s'enfoncer dans la peau de son cou. Il se rappelait l'odeur putride de son haleine aigre. Il s'attendait presque à la voir sortir de l'ombre et regarda autour de lui, sans trop savoir ce qu'il cherchait.

Il se laissa aller en arrière et ferma les yeux, essayant de chasser le brouillard de son esprit. Il était complètement désorienté, comme s'il venait de *quitter* la réalité plutôt que d'y revenir, comme s'il était allé dans un endroit lointain – plus loin qu'il était possible d'aller en rêvant. Il n'y comprenait rien et pourtant l'impression était tenace, le laissant sans force.

Il avait l'impression que son crâne allait éclater sous les coups de marteau réguliers du mal de tête qui s'emparait de lui. Il se leva et passa dans l'autre pièce pour aller chercher le tube d'aspirine que lui avait donné Cathy.

– Ça ne va pas ?

Il secoua la tête et se dirigea vers la salle d'eau.

– Tu as fait un mauvais rêve.

– Je ne suis pas mort. Tout va bien.

Il entra dans la salle de bains et ferma la porte. Ça lui était égal qu'elle sente son irritation, même si elle n'y était pour rien. Pour lui, il était clair qu'elle irait se coucher en même temps que lui, qu'elle serait là, s'il venait à se réveiller. Il aurait voulu qu'elle le prenne dans ses bras et lui dise que ce n'était qu'un mauvais rêve, qu'elle ne laisserait personne lui faire du mal. Il lui avait offert un rare aperçu de sa vulnérabilité et elle avait préféré le cinéma de minuit. A bien y réfléchir, il avait tout à fait raison d'être en colère.

Il mit deux aspirines dans sa bouche puis fit couler l'eau froide pour s'en asperger le visage avant de s'essuyer. C'est alors qu'il se regarda dans le miroir et qu'il les vit.

Qu'est-ce que c'est que ça ?

Sur son cou, à l'endroit exact où il avait senti les ongles de la femme, se trouvaient des petites marques rouges en forme de croissant entourées de taches violettes, comme des débuts d'hématomes.

Il regarda de plus près : elles étaient bien là. Il toucha un des petits croissants et sentit un léger creux.

C'est à ce moment qu'il sentit une main sur son épaule. Il sursauta et se retourna brusquement, renversant presque Cathy, qui l'évita de justesse.

– Cathy ! Tu m'as fait une de ces peurs !

– Je suis désolée. Je croyais que tu m'avais vue.

Il ferma les yeux et grimaça de douleur : son mal de tête se rappelait à son bon souvenir. Il sentit la main de Cathy se poser à nouveau sur son épaule.

– Ça va ?

Il ouvrit les yeux, lentement.

– Tu ne vas pas en croire tes yeux.

– Croire quoi ?

Il était surpris qu'elle ne les ait pas encore remarquées. Il montra son cou.

– Croire quoi ? demanda-t-elle à nouveau.

Peut-être ne lui montrait-il pas le bon endroit. Il se retourna et regarda dans le miroir.

Rien.

Il posa la main sur son cou.

– Elles sont parties.

– Qu'est-ce qui est parti ?

Il la regarda à nouveau. Qu'était-il supposé lui raconter ? *« Une espèce de sorcière a essayé de m'étrangler dans mon rêve et elle a laissé des marques sur mon cou ; elles ont disparu entre-temps, mais il faut que tu me croies. »*

Il secoua la tête.

– Rien.

Il passa devant elle en feignant de la mauvaise humeur, comme si c'était de sa faute si elle ne voyait rien. Il claqua la porte de la chambre – pas trop fort, juste assez pour qu'elle n'ait pas envie de le suivre. Il s'assit sur le lit, puis s'allongea, sentant ses forces l'abandonner.

Que lui arrivait-il ? Était-il encore à moitié endormi lorsqu'il avait vu les marques ? Sûrement pas ! Il était tout à fait éveillé. Mais alors, qu'avait-il bien pu voir ? Il avait dû se faire les marques lui-même. Il avait dû presser les mains si fort contre son cou que même ses ongles rongés jusqu'à la matrice avaient laissé ces marques. Et elles avaient dû disparaître avant que Cathy puisse les voir. C'était ça. Ça tenait à peu près debout si l'on n'y regardait pas de trop près et, de toute façon, ça valait cent fois mieux que les autres théories.

Il essaya de se détendre, espérant atténuer son mal de tête. Il avait l'impression que la partie inférieure de son crâne était prise dans un bandeau d'acier. Il fallait qu'il s'occupe de ces foutues migraines. Elles empiraient, comme les rêves. Il se sentait assiégé. Cathy avait peut-être raison, peut-être devrait-il se rendre à Atlanta et se trouver un analyste. Déballer les secrets de famille ne pouvait pas être pire que la situation présente. (Même s'il n'avait pas de mal à imaginer sa première visite. *Voyons donc. Il était une fois quatre frères, trois d'entre eux avec un casier judiciaire plutôt chargé. Au fait, je fais partie du lot. Un des frères a été exécuté par l'État d'Alabama. Un des autres s'est noyé, à ce qu'il paraît, même si je soupçonne fortement mon père de l'y avoir aidé. Ce dernier s'est supprimé, ce qui constitue l'unique B.A. de sa vie. Mon autre frère, le seul qui semblait avoir réussi, vient juste de se suicider, après avoir traversé une dépression nerveuse et commis un meurtre. Ma mère, de son côté, était complètement psychotique et souffrait d'hallucinations quand elle est morte. Ah oui, j'allais oublier : elle aussi s'est suicidée. Quant à moi, je n'ai jamais eu le courage d'attenter à mes jours, mais j'y pense sérieusement. Je ne suis jamais venu voir un psy auparavant parce que je ne pensais pas en avoir besoin.*)

L'affichage du réveil digital marquait 01:10, il en avait encore pour vingt minutes avant la fin du film que regardait Cathy. Il ne lui restait plus qu'à contempler le plafond et à se perdre dans ses pensées.

Quelque chose avait bougé.

Il releva la tête et regarda dans la direction où il croyait avoir décelé le mouvement.

Il y a quelque chose dans la chambre.

Dans le coin, près de la penderie. Ce n'était pas vraiment une *chose*, plutôt une *forme*, ça se déplaçait – d'un mouvement constant, fluide. En tourbillonnant. Ça n'avait pas de couleur – plutôt des nuances de noir. Les parties les plus sombres étaient d'un noir visqueux, comme du goudron liquide ; et pourtant, c'était transparent, comme quand on regarde à travers une brume de chaleur.

Jack ferma les yeux, puis les rouvrit. C'était encore là. Ça s'était mis à flotter, lentement, près du sol, sans s'arrêter de tourbillonner. Sans trop savoir pourquoi, il avait le sentiment que ça le regardait.

Cette chose sait qui je suis.

Ça avançait vers lui, lentement mais sûrement. Il ouvrit la bouche pour appeler Cathy, mais son hurlement resta coincé dans sa gorge, bloquant sa respiration.

Et soudain... la chose disparut.

Parti. Ça ne s'était pas dissous. Juste évanoui. Il jeta un coup d'œil autour de lui, même s'il sentait qu'il n'y avait plus rien. L'air était chaud dans la pièce.

Mon Dieu... c'était quoi ?

Il cherchait furieusement une explication. Il n'en voyait qu'une.

Il ne s'était rien passé.

Bien sûr qu'il s'était passé quelque chose. Pourquoi suis-je en train de trembler ?

Tu penses que c'était ici, mais il n'y avait rien. Exactement comme les marques sur ton cou.

Au Diable ces putains de marques ! Il y avait quelque chose dans cette chambre, il y a quelques instants, et je l'ai vu !

Bon, d'accord.

J'en suis absolument sûr !

C'est exactement ce que disait maman.

Mon Dieu...

Il sentait une sueur froide couler sur son front, lentement.

Mon Dieu... se pourrait-il que je sois en train de...

Oui. Bien sûr. Bien sûr que cela se peut. Pourquoi pas ?

Il se força à se lever, attrapa son jean sur le dossier de la chaise et l'enfila. Ses mains tremblaient tellement qu'il avait du mal à remonter la fermeture éclair.

Il entendit trois petits coups sur la porte et Cathy entra.

– Jack !

Il continua à s'habiller, sans la regarder.

– Jack, que se passe-t-il ?

– Rien, dit-il calmement.

Il était en train de perdre l'esprit. C'était aussi simple que cela.

Cathy s'approcha de lui et le prit dans ses bras. Elle lui embrassa les épaules, un geste bien trop intime pour l'état dans lequel il se trouvait. Il s'éloigna un peu.

– Désolée, dit-elle, trop habituée à ses rebuffades pour se formaliser.

Putain de merde, je suis en train de devenir fou.

Il attrapa sa chemise.

– Où vas-tu ?

– Chez moi.

– Je t'ai fait quelque chose ?

Il secoua la tête négativement, tout en boutonnant sa chemise.

– Dans ce cas, pourquoi rentres-tu chez toi ? Je croyais que tu voulais passer la nuit ici.

Il la regarda fixement avant de lui répondre :

– Tu sais ce qu'elle m'a dit.

– Qui ?

– L'amie de Cam. Elle m'a dit qu'il avait fait une sorte de dépression... il est devenu fou...

Son visage s'adoucit au fur et à mesure qu'elle voyait où il voulait en venir.

– Jack, tu n'es pas en train de devenir fou. Tu as fait des cauchemars, c'est tout.

Elle lui posa la main sur le bras et le pressa doucement. Il l'embrassa sur le front et acheva de boutonner sa chemise en sortant de la caravane.

*

De retour chez lui il passa sous la douche et laissa l'eau chaude couler sur sa tête, comme si cela pouvait le débarrasser des événements de ces dernières quarante-huit heures et lui permettre de recommencer à zéro.

Que lui arrivait-il ? Était-il en train de devenir schizophrène ? Était-ce une tumeur au cerveau, une maladie génétique ? Ou juste une dépression ? C'était cela qui était arrivé à Cam ? Ses hallucinations allaient-elles le pousser à dévaliser un magasin, ou sa vie allait-elle lentement se désintégrer, pour s'achever sur une grille du métro d'Atlanta, où il hurlerait aux passants que les extraterrestres contrôlaient son cerveau ?

Il sortit de la douche et se regarda dans le miroir. Il ne s'était plus vraiment regardé depuis au moins dix ans, se contentant du minimum pour ne pas effrayer d'éventuels clients pour des travaux de peinture ou de jardinage. Maintenant, en pleine dépression nerveuse, il en était à passer en revue son physique, se demandant à quoi il ressemblait. Il n'avait pas l'air fou. Avait-on l'air fou lorsqu'on commençait à perdre les pédales ?

Il se dirigea vers la chambre et s'allongea sur les couvertures. Il plia le coussin en deux et posa dessus sa tête, à moitié relevée, afin d'éviter de s'endormir. Il n'était pas impatient de connaître la prochaine surprise que son subconscient lui réservait.

Il comprit pourquoi il avait pensé à son visage. Cette femme. Qu'avait-elle donc de spécial pour faire resurgir des sentiments qui l'avaient laissé tranquille pendant des années ? L'intuition qu'il allait la revoir le taraudait. Comme s'ils avaient pris rendez-vous. Et s'ils l'avaient *vraiment* fait, où se seraient-ils donc rencontrés, de quoi auraient-ils parlé, se serait-elle excusée de lui avoir menti au sujet de Ryland ? Lui aurait-il pardonné ? (Il connaissait la réponse à cette question, même s'il eût pris un malin plaisir à la laisser se morfondre.) Qu'auraient-ils fait ensuite ? Lui aurait-il dit qu'il avait des hallucinations ? Et si oui, avant ou après avoir couché avec elle ? Mon Dieu, à quoi cela pouvait-il donc ressembler de faire l'amour avec une femme qu'il désirait *vraiment* ? Il avait bien conscience de l'absurdité de son scénario : il fallait au préalable qu'elle le trouvât séduisant. Cela faisait longtemps qu'il ne s'était plus servi de son physique, et il ne savait pas ce qu'il en restait, si toutefois il restait encore quoi que ce soit. *(Schizophrène légèrement âgé mais avec de beaux restes désire rencontrer jolie jeune femme de race blanche, compréhensive, de préférence ex-petite amie de son frère récemment décédé...)*

Il grimaça. Certes, il était plus facile de penser à elle plutôt qu'à ses problèmes. Mais si elle l'avait rencontré à une période moins troublée de sa vie, il savait qu'il ne l'aurait même pas remarquée.

Le cadran marquait 03 :16. Il fallait sans doute essayer de dormir, même si son rêve le guettait. Lorsqu'il manquait de sommeil, il se sentait déprimé, et il avait besoin de toute sa lucidité pour faire face aux événements.

117

Il tendit le bras pour éteindre la lumière et constata que le voyant rouge des messages clignotait sur le répondeur. Il pensait l'avoir vérifié en rentrant, mais il devait se tromper. C'était sûrement Rick qui lui donnait des précisions sur son boulot du lundi. Mais, de temps en temps, Rick lui trouvait du travail pour le week-end, et l'idée de travailler le lendemain lui aurait plu – et, qui sait, l'aurait aidé à oublier son début de démence. Il se leva et appuya sur le bouton «Messages».

Pendant quelques secondes, il n'entendit rien d'autre que de la friture et il commençait à penser que la personne avait raccroché lorsqu'il entendit la voix.

Jack... tu as besoin d'aide... La ligne crachota une seconde, puis la voix revint. *Elle te disait la vérité...*

Encore de la friture. Puis plus rien, juste la tonalité et la voix synthétique annonçant «*Fin des messages*».

Il appuya d'une main tremblante sur le bouton de retour en arrière et rembobina la cassette jusqu'au début. Il entendit la friture et attendit le message. En vain : il n'y avait plus que de la friture, puis la tonalité et «*Fin des messages*».

Il rembobina la cassette une nouvelle fois et appuya à nouveau sur le bouton «Messages». La machine émit un bip, puis il entendit à nouveau la voix synthétique : «*Fin des messages*».

Il sortit la cassette pour s'assurer qu'il n'avait pas fait de fausse manœuvre. Pas d'erreur. Il la remit dans l'appareil et pressa le bouton nerveusement, comme si cela suffisait à tout faire rentrer dans l'ordre. «*Fin des messages*», insista le répondeur.

Rien. Cette putain de cassette est vide, complètement vide !

Jack prit sa tête entre ses mains et essaya de respirer. Il sentait les larmes lui monter aux yeux et sa gorge se serrer à tel point qu'il en avait mal à la poitrine.

Il entendait encore la voix résonner dans sa tête. Cela faisait longtemps qu'il ne l'avait entendue, mais il la reconnaissait sans aucune difficulté.

C'était celle de Tallen.

8

Randa consultait le menu du petit déjeuner de chez Tillie, ou du moins s'y efforçait. Elle avait la gueule de bois et l'impression d'avoir battu son record absolu de soûlographie. Elle était, en outre, incapable de comprendre pourquoi elle avait décidé de prendre deux verres de plus hier soir, après le départ de Jack.

Aurais-tu, par hasard, longuement discuté avec un fantôme ?

Je n'ai pas discuté avec un fantôme. Il existe un million d'explications logiques à ce qui s'est passé.

Donne-m'en une.

C'était sûrement quelqu'un qui se faisait passer pour Ryland. Cam avait pas mal d'argent et, croyait-on, aucun parent proche.

L'homme que tu as vu ressemblait à celui de la photographie dans le calepin de Cam, et tu le sais.

Peut-être Ryland n'est-il pas vraiment mort. Jack a très bien pu mentir.

Pourquoi donc ?

Eh bien ! Apparemment Cam n'a pas arrêté de me mener en bateau. Peut-être s'agit-il d'une famille de mythomanes. Il ne fait aucun doute, d'ailleurs, qu'il existe une pathologie dans cette famille, reste à trouver laquelle.

Les clients venus prendre leur petit déjeuner ne semblait pas lui prêter une attention excessive, à l'exception du regard méprisant que lui lançait la petite vieille qui tenait la pension où elle était descendue la veille, car elle avait bien compris qu'elle était trop éméchée pour rentrer à Atlanta.

Elle regarda par la fenêtre et était en train de penser que Jack pourrait venir ici prendre son petit déjeuner lorsqu'elle le vit monter vers la cafétéria, les mains dans les poches. Il marchait à pas rapides, comme s'il était en retard pour un rendez-vous. Vérifiant à peine si des voitures venaient dans sa direction, il traversa la route presque en courant. Il ouvrit la porte et s'installa juste en face d'elle, comme s'ils avaient rendez-vous.

— J'ai appelé tous les hôtels d'Atlanta pour vous trouver.

Ce n'était pas du tout ce à quoi elle s'attendait et il lui fallut un effort herculéen pour dissimuler sa surprise.

— Pourquoi ?

— Je voulais vous parler.

— Si vous me refaites le coup d'hier, non merci. *Attention. Ne sois pas trop glaciale, sinon il va croire que c'est dans la poche.*

— Voulez-vous simplement m'écouter ?

— Mais bien sûr, vous avez été si patient avec moi. Le moins que je puisse faire, c'est de vous rendre la pareille. *Il y a une différence entre glaciale et sarcastique.*

— Faites-moi signe quand vous aurez passé vos nerfs sur moi, dit-il d'une voix dans laquelle ne perçait aucune trace d'émotion.

Il était intouchable derrière la forteresse de cette expression détachée, et il le savait. Elle aurait aimé lui donner un coup de pied bien placé.

— O.K. De quoi s'agit-il ?

— Je veux savoir la vérité.

— Sur quoi ?

— Sur ce que vous m'avez raconté au sujet de votre conversation avec Ryland. J'ai besoin de savoir si ce que vous dites est vrai ou non.

— Comment pourrais-je dire la vérité ? Vous m'avez dit vous-même que Ryland est mort depuis déjà plusieurs années.

— Oubliez ce que j'ai dit. C'est *moi* que cela concerne.

La serveuse rousse arriva, son stylo à la main.

— Ce sera quoi pour vous ?

— Un café, noir, répondit Randa mécaniquement.

— Deux, ajouta Jack.

— Vous ne voulez rien d'autre ? Elle s'adressait à Jack, comme si Randa n'existait pas.

— Non, merci.

Elle glissa le bon de commande dans sa poche, prit le menu des mains de Randa et s'en alla.

Jack continua :

— Le type qui a dit s'appeler Ryland. Où l'avez-vous vu ?

— Chez Cam, dans le salon. Il m'a dit que je devais vous retrouver et vous remettre les calepins. Je lui ai demandé pourquoi il ne s'en chargeait pas lui-même. Il m'a dit qu'il n'arrivait à rien faire entrer dans votre crâne épais. Elle s'arrêta un instant, pour souligner sa perplexité, avant d'ajouter :

– Je ne comprends pas du tout ce qu'il pouvait bien vouloir dire par là.

Jack resta stoïque.

– Et alors, c'est quoi, cette chose qu'une inconnue est censée faire entrer dans mon crâne épais ?

– Apparemment, il pensait que vous couriez une espèce de danger.

– Quel danger ?

– Je ne sais pas. J'avais du mal à voir où il voulait vraiment en venir. Mais il ne faut pas oublier que le pauvre homme est mort depuis déjà trois ans et je suppose que je ne devrais pas être trop à cheval sur sa syntaxe.

La serveuse revint avec deux tasses de café.

– Z'êtes vraiment sûr de rien vouloir manger ?

Elle s'adressait à Jack, exclusivement. Randa commençait à croire que la fille était plus intéressée par leur conversation que par les besoins nutritionnels de Jack. Il la regarda, d'un air agacé.

– Sûrs et certains, dit-il. Vous ne pensez pas que vous feriez mieux d'arrêter de me parler avant que Darlene vienne vous faire la leçon ?

Son visage prit une expression penaude ; Randa en déduisit que Jack venait de mettre en plein dans le mille. Quoi qu'il ait voulu dire, ça avait marché : elle était partie. Jack se tourna à nouveau vers Randa.

– Comment pourrais-je être sûr ?

– Sûr de quoi ?

– Que vous n'essayez pas de me piéger.

– C'est pas vrai ! Vous n'avez tout de même pas l'intention de me refaire le même coup qu'hier ?

Elle avait dit cela à voix haute et les clients des tables voisines la regardaient, mais elle était trop énervée pour y prêter attention.

– Écoutez-moi bien. Si j'avais voulu écrire un article à sensation sur votre foutue famille, je l'aurais fait il y a bien longtemps et sans votre aide. Les fans de Cam auront déjà trouvé un autre dieu avant même que je sois de retour à Los Angeles : un article sur son enfance passerait à peine en dernière page, alors, pensez donc, la Une ! De plus, au cas où vous ne l'auriez pas encore remarqué, les exécutions capitales se sont succédé à un tel rythme ces dix dernières années que tout le monde se fout royalement de ce qui est arrivé à Tallen. Si vous pensez que je vous tends un piège, donnez-moi au moins une raison valable.

Il resta sans rien dire un long moment, fixant son café. Puis, sans la regarder, il demanda :

— Pourquoi êtes-vous ici, dans ce cas ?

— Je ne sais pas.

Il leva les yeux vers elle.

— Je ne sais vraiment pas. L'homme qui s'est fait passer pour Ryland, m'a dit qu'il fallait que je vienne vous voir si votre famille comptait pour moi.

— Pourquoi compte-t-elle pour vous ?

— Apparemment je souffre d'une obsession pathologique et votre famille en serait l'objet, selon l'opinion non sollicitée de la petite amie de votre frère.

Il ne put retenir un mouvement de surprise.

— Je pensais que *vous* étiez... Je veux dire, je supposais que...

Randa secoua la tête négativement.

— Eh bien, non ! Mon époque « Miss Cam de l'année » a rapidement pris fin grâce à Nora Dixon, plus connue auparavant sous l'appellation de « ma plus fidèle amie ».

— Cam vous a laissée tomber pour votre meilleure amie ?

Cela semblait plutôt l'amuser.

— D'après ce que j'ai entendu, Nora n'a pas eu qu'un rôle passif dans l'histoire. Et c'est bien moi l'imbécile qui les ai présentés l'un à l'autre ; difficile dans ces circonstances de revêtir la robe blanche de l'innocence.

Elle ignorait pourquoi elle lui racontait tout ça. Après tout, ça ne le regardait pas.

— Je n'ai aucune théorie qui tienne la route quant à l'intérêt que je porte à votre famille. Celle que j'utilise en dépannage est que j'ai été très méchante dans une autre vie et que, pour me punir, Dieu m'a envoyé votre famille.

Il sourit. Un vrai sourire. Et elle avait raison. Il paraissait bien plus jeune et la dureté de son visage faisait place à une expression chaleureuse.

— Eh bien ! quoi que vous ayez fait, j'ai dû me conduire encore plus mal. Au moins vous, vous n'avez pas eu à grandir avec eux.

C'était exactement ce qu'aurait dit Cam, avec la même inflexion. Randa grimaça à ce souvenir et fut soulagée de voir qu'il ne semblait pas avoir remarqué sa douleur.

— Je ne comprends pas. Si Ryland est encore en vie, pourquoi ne vient-il pas me voir ?

Son sourire s'était évanoui, aussi rapidement qu'il était apparu.

— Est-il possible que Ryland soit encore vivant ?

– Peut-être, oui. Je ne suis pas allé à son enterrement. En fait, ma tante n'a pris la peine de m'annoncer sa mort qu'au bout d'un an.

– Pourquoi vous aurait-elle menti au sujet de sa mort ?

Il haussa les épaules.

– Pour se débarrasser définitivement de moi, je suppose.

– Ça n'est pas logique. Pourquoi Ryland aurait-il joué le jeu ?

– Je ne sais pas.

Il avala une gorgée de café et regarda par la fenêtre.

– Plus rien n'est logique dans ma vie.

Il hésita, puis tourna à nouveau sa tête vers elle.

– La raison pour laquelle je vous cherchais, c'est que – il s'arrêta et prit une longue inspiration –, je sais que je vais passer pour un fou, mais la nuit dernière, lorsque je suis rentré chez moi, il y avait un message de Tallen sur le répondeur.

Randa le dévisagea, attendant une explication. Il demeura muet.

– Vous êtes sérieux ? finit-elle par demander.

– Ce n'est pas le genre de choses au sujet desquelles je plaisante.

Randa se souvint que Cam avait déclaré avoir vu Tallen ; elle dut faire un immense effort pour ne pas frissonner.

– Vous êtes sûre que c'était Tallen ?

– C'était la voix de Tallen, dit-il. Vous n'auriez aucune difficulté à me convaincre que je suis en train de devenir fou, mais je connais la voix de Tallen. C'était bien lui.

– Et, a-t-il... *A-t-il quoi, Randa ? A-t-il laissé un numéro où on pourrait le rappeler ?* Elle se reprit. Que disait le message ?

– Que vous me dites la vérité.

Alors son fantôme à lui croyait à son fantôme à elle. Parfait !

– Vous avez gardé la cassette ?

– Elle est vide.

– Comment ça, vide ?

– Je l'ai rembobinée et elle est bel et bien vide. Écoutez-moi, c'est sans doute – ma mère était folle à lier lorsqu'elle est morte. Mon père n'était même pas humain et Tallen a dû devenir au moins passagèrement fou pour faire ce qu'il a fait, même si le jury était de l'avis contraire. Et si même Cam a fini par perdre les pédales, il n'y a aucune raison pour que je sois épargné.

Il soupira.

– Je commence à craquer. J'ai des migraines, les unes après les autres. Je ne sais plus où j'en suis. Et ces rêves... Je n'arrive même pas à les décrire. Ils sont irréels, même pour des rêves. C'est comme...

— Comme si vous alliez quelque part pendant votre sommeil ?

Son visage se tendit, incrédule avant de devenir gris cendre.

— Comment le savez-vous ? demanda-t-il, presque sans voix.

— Cam faisait des rêves étranges, aussi. C'est comme ça qu'il les a décrits à quelqu'un.

— C'est exactement ce que je ressens, dit-il, toujours en chuchotant.

Il posa sa tasse de café et la poussa sur le côté de la table.

— Y a-t-il eu dans votre famille un phénomène mystérieux qu'on appelait «la chose»? C'est ce dont Ryland parlait. Il m'a dit : «Dites à Jack que la chose est réelle.»

Jack se figea. Il semblait sonné, comme quelqu'un à qui l'on vient d'apprendre une mauvaise nouvelle de trop.

— Vous vous sentez bien ?

Il se leva.

— Sortons d'ici.

Avant qu'elle ne puisse répondre, il passait la porte. Randa fit signe à la serveuse de lui apporter l'addition.

Elle le rattrapa dehors, devant sa voiture. Randa se demandait sur quel détonateur elle avait appuyé cette fois.

— Où voulez-vous aller ? lui demanda-t-elle, se préparant au pire.

— Je ne sais pas, dit-il, doucement. C'est juste que je commençais à étouffer, là-dedans. Il s'écarta un peu de la voiture, s'arrêta et regarda la route.

Randa eut une idée soudaine.

— Pourrais-je voir la maison ?

Il se tourna vers elle.

— La maison ?

— Celle de votre famille. Elle est loin d'ici ?

— A une dizaine de kilomètres, sur la nationale.

— J'aimerais vraiment la voir.

Son audace la surprit elle-même — mais toute cette histoire avait de quoi la surprendre. Elle était persuadée que, sous peu, elle se réveillerait pour entendre Cam et Nora lui annoncer leurs fiançailles.

— Après tout, pourquoi pas, dit Jack.

Randa ouvrit aussitôt la portière de sa voiture, avant qu'il n'ait eu le temps de changer d'avis.

*

Comme c'est souvent le cas en Géorgie, une fois hors des limites de la ville, ils se retrouvèrent en pleine cambrousse. Ils roulaient en silence. Jack regardait par la vitre, mais Randa se demandait s'il voyait quoi que ce soit.

La route serpentait au milieu du paysage. Des collines parsemées de bétail en train de paître : des kilomètres de prairies entourées de pins de Géorgie et d'immenses vieux chênes. Randa avait oublié combien tout cela était beau et faussement calme.

– Que savez-vous de moi ? lui demanda subitement Jack.

– Pas grand-chose.

Elle se demandait pourquoi il lui posait cette question.

– Je sais que vous avez fait de la prison. Cam me l'a dit.

– Ça ne m'étonne pas.

– Il ne m'a pas dit pourquoi.

– J'avais rendu mes livres en retard à la bibliothèque, dit-il sans sourire.

Randa le regarda du coin de l'œil. Elle crut voir se dessiner une très légère grimace.

– Donnez-moi la vraie raison.

– Attaque à main armée.

Randa ne sut que répondre. *Oh, vraiment ? Très intéressant. Je n'avais encore jamais passé un moment en voiture sur une route de campagne déserte avec l'auteur d'un hold-up.*

– Ne vous en faites pas, dit-il, brisant le silence. J'ai abandonné.

Il montra quelque chose du doigt, un peu plus loin.

– Tournez à gauche au niveau des boîtes aux lettres.

Elle obéit. Des prés s'étendaient de part et d'autre du chemin recouvert de gravillons, délimités par des clôtures de barbelés. A droite, un troupeau de vaches blanches et noires les regardait passer dans la plus grande indifférence, les pattes repliées sous le ventre.

– Elles sont au voisin. Il s'occupe de la clôture, des terres et de la prairie, en échange de quoi il fait paître son troupeau sur le terrain.

– C'est à vous ? Tout ça.

– Ce n'est pas si grand que ça. Juste quatre hectares.

– Où est la maison ?

– De l'autre côté de ces arbres, à environ un kilomètre d'ici.

– Comment votre père a-t-il pu se payer tout ça ?

– Il n'a pas déboursé un centime. C'est Ryland qui a tout réglé. Ma mère avait une stupide théorie selon laquelle mon père se calmerait s'ils avaient leur maison bien à eux, et elle a réussi à convaincre Ryland d'acheter cet endroit pour nous. Ça ne coûtait pas grand-chose. Personne ici n'en voulait.

— Pourquoi ?

— La famille qui habitait ici, juste avant nous... le père est devenu fou une nuit. Il a pris une hache et a découpé sa femme et ses trois enfants en menus morceaux, avant de se suicider. Inutile de vous dire que ça n'a pas attiré beaucoup d'acheteurs.

— Je suis surprise que votre mère en ait eu envie.

— Ce que ma mère voulait par-dessus tout, c'était une adresse qui ne changeait pas tous les mois. Je suppose que ce désir l'a emporté sur sa peur des fantômes.

— Vous n'avez jamais rien vu ou entendu de bizarre ?

— Non. Les seules fois où j'entendais des bruits sourds, c'était mon père qui essayait de fracasser la tête de ma mère sur les murs.

La route s'incurva et, tout à coup, elle aperçut la maison.

Rien dans son aspect extérieur ne laissait soupçonner quoi que ce soit du passé. C'était une ferme ordinaire, haute d'un étage et demi, recouverte de bardeaux, avec un porche d'entrée à la toiture soutenue par des piliers en ciment et en brique. Par ce qu'elle pouvait en juger, l'endroit avait besoin de quelques petites réparations, sans toutefois être dans un état catastrophique. Seul son isolement lui conférait un caractère légèrement gothique. On ne la voyait pas de la route et des champs nus s'étendaient de tous côtés. Will avait dû beaucoup s'y plaire — toute la place nécessaire pour martyriser Lucy et les enfants, et personne à des kilomètres alentour pour appeler les flics.

— Excusez-moi d'avance si ma question vous semble stupide, mais pourquoi n'habitez-vous pas ici ?

— Trop de mauvais souvenirs, je suppose. Même si cela peut vous sembler banal.

— Dans ce cas, pourquoi ne la vendez-vous pas ?

— En partie parce que je ne veux plus en entendre parler.

— Quelle est l'autre raison ?

— Je joue avec l'idée d'y mettre le feu. Il dit cela sans sourire. Mettre le feu à cette merde jusqu'à ce qu'il n'en reste plus rien et regarder l'incendie, sans bouger.

— Pourquoi ne l'avez-vous pas fait ?

— Je ne sais pas exactement. Peut-être le moment n'est-il pas encore venu.

Il désigna du menton une petite grange qui se trouvait à quelque distance de la maison.

– Je vais chercher à manger pour les canards.

Il se dirigea vers le bâtiment et disparut à l'intérieur. Randa examina les lieux, se demandant de quels canards il parlait. Il revint avec un petit seau en plastique rouge plein de grains de maïs.

– Ça vous dit, une petite promenade ?

Elle fit signe que oui et lui emboîta le pas. Il faisait frais, mais le silence était enivrant et compensait ce léger désagrément. Le ciel était toujours gris, le front nuageux semblant s'attarder sur les environs. Cela conférait à l'endroit une touche d'obscurité qui complétait si bien le tableau. Jack la précédait ; ils gravirent une colline, passèrent par une vallée peu profonde et sur une crête au-delà de laquelle s'étendait un petit lac. Le silence fut percé par les cancanements frénétiques d'une demi-douzaine de colverts s'ébattant sur le lac et qui les avaient vus venir. Randa sourit. Pour elle, les canards étaient des personnages de dessin animé. Mignons, mais sûrement pas des animaux à prendre au sérieux. Jack plongea la main dans le seau et jeta une poignée de maïs. Les canards sortirent de l'eau en se dandinant et se précipitèrent tous vers le même grain, sans sembler s'apercevoir qu'il y en avait des dizaines d'autres sur le sol.

Randa observa Jack et ses canards. Si l'on exceptait la maison, il avait l'air à son aise, ici. C'était le premier endroit où il semblait avoir quelques racines. Il avait l'air presque calme.

Il jeta une autre poignée de maïs aux canards puis posa le seau sur le sol et s'assit juste à côté. Elle ne savait pas s'il attendait qu'elle fît de même. Elle décida de s'asseoir, mais pas trop près. Il ne sembla même pas s'en apercevoir.

– Alors, vous allez me dire ce qu'est cette « chose » ?

Il continua à fixer les canards un long moment avant de lui répondre, d'un ton dégagé.

– Ma mère pensait qu'une malédiction pesait sur la famille, dit-il.

– Et... ça reposait sur quelque chose de concret ?

– Une diseuse de bonne aventure qu'elle avait vue dans une fête foraine, quand elle avait dix-neuf ans.

Il sourit à cette évocation et secoua la tête.

– Je suppose qu'il y a une histoire qui va avec.

– Oui, bien sûr. Vous voulez l'entendre ?

Randa acquiesça.

– Eh bien, d'accord. L'histoire s'appelle : « Lucy et la Diseuse de bonne aventure ». Lucy avait une amie surnommée Bird. C'était la meilleure amie de ma mère, avant que mon père ne nous fasse visiter les trois quarts du pays. Donc, mes parents étaient mariés depuis environ un an et habitaient encore près de Savannah, où ma mère avait grandi. Un soir, mon père et le copain de Bird étaient partis se saouler quelque part, comme d'habitude. Ma mère et son amie s'ennuyaient. Une fête foraine s'était installée en ville, et elles décidèrent d'y aller. Elles ont fait des tours de manège, joué à la roulette, etc. Au moment où elles allaient partir, elles ont vu la vieille tente de la diseuse de bonne aventure et se sont dit qu'il serait amusant d'aller y jeter un coup d'œil. C'est à ce moment-là que Bird a eu une idée de génie : elle a enfilé l'alliance de ma mère. Donc, elles rentrent dans la tente, donnent deux dollars à cette vieille femme, vêtue, comme disait ma mère, d'un costume de Romanichel de série B – par opposition à un costume de Romanichel hollywoodien, je suppose. La vieille femme plonge son regard dans sa boule de cristal pendant quelques minutes, puis lève les yeux vers Bird et lui dit : «Pourquoi portez-vous cette bague ? Vous n'êtes pas mariée et il vous arrivera bien des choses avant que vous ne le soyez.» Bird est impressionnée mais, comme elle est déjà fiancée et que son mariage est prévu pour le mois suivant, elle pense que la vieille femme a dû la voir enfiler la bague. La vieille se tourne alors vers Lucy, plonge à nouveau son regard dans la boule de cristal, lève les yeux vers ma mère. Puis, son expression change, comme si elle avait vu un fantôme, et elle dit à ma mère : «Sortez d'ici !» Ma mère lui demande pourquoi, la vieille femme lui répond : «Lorsque je vois *ça*, je ne m'en approche pas. C'est ma seule règle.» Ma mère lui demande : «Lorsque vous voyez *quoi* ?» Mais la vieille femme lui répète encore une fois qu'il faut qu'elle parte. Finalement, la vieille femme annonce à ma mère qu'elle lui dira une seule chose, mais qu'elle doit promettre de partir aussitôt après. Elle lui dit : «Vous avez accepté de payer une dette dont vous ne savez rien. Vous la paierez, vos enfants la paieront, beaucoup de gens la paieront, pendant très longtemps.» Ce furent ses seules paroles, et elle a refusé de s'expliquer. Elle se bornait à répéter : «Je ne m'approche pas de *ça* », et elle a pratiquement jeté ma mère et Bird hors de sa tente. Elles se sont dit que la vieille femme devait être folle. Quelques semaines plus tard, le fiancé de Bird a bu un coup de trop et a percuté un arbre de front avec sa voiture. Il est mort sur le coup. Ma mère a alors pris la diseuse de bonne aventure au sérieux et s'est mise à croire qu'une malédiction planait vraiment sur notre famille. A partir de là, lorsque quelque chose ne tournait pas rond, elle disait que c'était la faute à la malédiction. Lorsque nous étions enfants, nous y croyions. Puis, en grandissant, nous avons commencé à nous en servir. Nous lui disions qu'il y avait cette étrange force qui nous poussait à faire des bêtises. Que nous essayions de résister, mais qu'elle était plus puissante que nous.

– Elle vous croyait ?

– Bien sûr. C'était bien plus facile que d'admettre qu'elle était en train d'élever des psychopathes.

– Cette malédiction, d'où venait-elle d'après elle ?

– C'est la grande question. Elle a passé le reste de sa vie à essayer de trouver la réponse. Elle faisait venir des médiums de plusieurs centaines de kilomètres à la ronde et organisait continuellement des séances de spiritisme à la maison. Les tables tournantes, les tarots, tout y passait !

– Et alors ?

– Vous avez le choix entre plusieurs théories : ma préférée, c'est celle selon laquelle mon grand-père paternel descendait en droite ligne de Gengis Khan et que son esprit nous hantait. Les médiums jouaient sur du velours, parce que mon père était né de père inconnu...

– Et votre mère, que croyait-elle ?

– La dernière théorie fumeuse qu'on lui avait racontée. Il me semble qu'elle aimait beaucoup celle de Gengis Khan, elle aussi.

– C'est donc ça, la « chose » ?

Il lui fit signe que oui.

– On avait l'habitude d'appeler ça « la chose de maman » ou « la chose de la malédiction ».

– Alors, c'est ça.

– Quoi ?

– Ryland et Tallen essayent de vous dire que cette malédiction existe vraiment.

– Arrêtez de vous foutre de moi.

– Je sais que c'est fou, mais c'est pourtant ce qui est en train de se produire.

– Je vous en prie. Bon, d'accord, ma famille est maudite. Ça a commencé lorsque ma mère a épousé Will Landry, et ça n'a rien de surnaturel.

– Dans ce cas, comment expliquez-vous que j'aie vu Ryland ?

– Il est encore vivant ; pour une raison ou pour une autre, il ne veut plus me voir, et la famille essaie d'avoir l'argent de Cam. Ils pensent que, s'ils arrivent à me faire peur, je resterai en dehors de tout ça.

– Et le coup de téléphone ?

– Je l'ai imaginé. Je suis touché par le syndrome de folie qui courait dans ma famille.

Randa réfléchit un moment. Elle ne pouvait s'empêcher de penser que cette explication était la plus logique de toutes, mais quelque chose la chagrinait.

– Alors, vous préférez croire que vous êtes en train de devenir fou plutôt que d'envisager l'existence de l'au-delà ?

Il la regarda, légèrement décontenancé.

– Parce que vous croyez à ces conneries ?

– Je ne sais pas. Je pense juste qu'il serait orgueilleux de notre part de penser que tous les mystères de l'univers nous sont connus.

– En tout cas, moi, je trouve ça stupide.

– Que trouvez-vous stupide au juste ?

– L'idée que, si vous survivez à ce chaos – non que je croie qu'on y *survive*, parce qu'il n'y a qu'une seule issue –, et si vous l'endurez sans montrer que vous n'appréciez pas trop la plaisanterie, alors, oh ! surprise ! tout devient clair et net après votre mort. Vous trouvez ça logique, vous ?

– Je n'ai jamais dit que c'était logique.

Il ramassa une petite pierre et la lança sur l'eau, la faisant ricocher sans effort. Il ne semblait même pas s'apercevoir de ce qu'il venait de faire.

– Alors, c'est ça *votre* théorie ? lui demanda-t-elle.

– Théorie ?

– Sur l'ordre des choses.

– Je n'en ai pas. Il eut un sourire triste. J'ai passé un accord avec l'univers. Je le laisse tranquille et tout ce que je lui demande, c'est de me rendre la pareille.

– Et ça marche ?

– Jusqu'à récemment, oui.

Il sourit à nouveau. Elle commençait à vraiment aimer ce sourire, même si elle avait du mal à l'admettre. Sous sa veste en jean, il portait une chemise en velours vert olive, de la même couleur que ses yeux. Comme son jean, la chemise était vieille et délavée. *Pourquoi faut-il donc que tu sois un salaud aussi séduisant ?*

– Et vous ? demanda-t-il. Vous avez une théorie ?

Randa acquiesça.

– Elle est toute simple. Dieu est un véritable sadique.

Jack se mit à rire.

– J'achète.

130

Elle redevint sérieuse.

– Je suppose que j'ai ma propre version d'un pacte avec l'univers.

– Laquelle ?

– J'ai accepté de faire contre mauvaise fortune bon cœur avec ce gâchis.

– Et qu'y gagnez-vous, en retour ?

– Je ne sais pas. Je suppose que cela m'épargne la douleur de l'espoir.

Faux. Elle n'avait pas vraiment l'impression qu'on lui épargnait quoi que ce fût.

– Ce n'est pas vrai, admit-elle posément. Peut-être que je n'y gagne rien.

Elle détourna son regard, puis reprit :

– Parmi les choses en lesquelles nous croyons, quelle est la véritable importance de nos choix ?

– J'aime à croire que nous avons toujours le choix.

– Oui. J'aime à le croire aussi, comme j'*aime* à croire que les États-Unis ne sont intervenus au Nicaragua que pour sauver la démocratie, mais, hélas, la vérité finit toujours par nous rattraper.

– Selon vous, quelle est cette « vérité » ?

– Je ne sais pas. La seule chose que je sache, c'est ce qu'elle n'est pas. Si votre système marche pour vous, alors tant mieux.

– Et vous, qu'est-ce qui vous fait avancer ? De vous poser en victime ?

– Je préfère appeler ça de l'acceptation. Refuser de se battre contre des moulins à vent. C'est la raison pour laquelle j'ai horreur de toute cette merde de new age – tout est bonté et lumière, une fois qu'on a trouvé la bonne approche. Ce que je veux dire, c'est que c'est peut-être possible, mais je ne pense vraiment pas que rester dans la « lumière » pour le restant de mes jours soit le but de ma vie. Ça ne me semble pas très concret. J'ai l'impression qu'il faut beaucoup travailler pour construire une façade qui s'écroulera tôt ou tard. L'obscurité, en revanche, est toujours très fidèle. Il fait toujours aussi sombre que vous le pensiez. Et c'est si simple de rester dans l'obscurité. Tout ce que j'ai à faire, c'est survivre et, pour moi, ça marche depuis toujours.

– Vous avez tout compris. Pourquoi n'êtes-vous pas maître Zen ?

Il sourit en disant ces derniers mots, pour montrer qu'il ne lui était pas hostile. C'était un autre trait qu'il partageait avec Cam, qui adorait les discussions philosophiques alambiquées. De toute façon, elle répondait de bonne grâce.

— Parce que, malgré tout, je ressens encore ce désir d'atteindre quelque chose de meilleur. Quelque chose dont j'aurais *besoin*, même si ça n'a ni queue ni tête. Mais je ne sais pas ce que c'est, ni même si ça existe.

— Oui... Je suppose que c'est ça, le choix que vous avez fait.

— Lequel ?

— Celui de rester otage de ce besoin pour le restant de vos jours.

Il scruta l'horizon un instant, sans dire mot. Randa résista à l'envie de lui poser la question qui lui brûlait les lèvres : *« Et vous, de quoi êtes-vous otage ? »* Soudain, Jack se leva.

— Venez, je vais vous faire visiter la maison.

Ça, pour une surprise...

Ils n'étaient qu'à quelques pas de la porte de derrière lorsqu'il s'arrêta. Il se retourna et plongea longuement son regard dans ses yeux. S'attendait-il à une parole ou à un geste ? Rassemblait-il son courage pour lui parler ? Elle ne savait pas. Il avait l'air tout à fait à son aise, à la fixer ainsi.

— Vous avez des yeux magnifiques, dit-il enfin.

— Merci.

C'était la réponse la plus stupide qui soit, mais elle n'en avait pas trouvé de meilleure. « Vous aussi » aurait paru insipide, même si c'était la vérité. Elle aurait pu lui donner quinze bonnes raisons de ne pas trouver ses yeux magnifiques, mais elle entendait la voix de son psychologue résonner dans sa tête : *(« Merci » suffit largement à exprimer un sentiment.)* Elle n'ajouta donc rien.

Il la regardait encore. Elle sentit quelque chose bouger. Se rapprochait-il d'elle ? Mon Dieu, est-ce qu'il allait l'embrasser ? Comment cela avait-il pu arriver ? Il allait l'embrasser, même s'il prenait vraiment tout son temps. Devrait-elle refuser, faire demi-tour et continuer à marcher comme si elle n'avait rien remarqué ?

Soudain, ce qu'elle avait senti s'évanouit. Il partit dans la direction opposée et lui lança « Je reviens tout de suite » en se dirigeant vers la grange, le seau rouge à la main.

Elle le regarda s'en aller, se demandant ce qui avait bien pu se passer. Avait-elle trop d'imagination ? Elle essaya de se souvenir de ce qu'elle avait ressenti. Rien ne lui revint en mémoire. Le trou noir. Quand la réalité était-elle devenue si mouvante, si subjective ?

Il revint de la grange, une clef dans sa main et, sans autre commentaire, ouvrit la porte de derrière avant de lui signifier d'entrer.

— Après vous.

Elle le devança et franchit le seuil pour pénétrer dans leur maison.

La porte de derrière ouvrait sur la cuisine – une vieille cuisine comme on en trouve dans les fermes, aux murs recouverts d'une peinture jaune pâle s'écaillant par endroits, qui conférait à l'ensemble un air plutôt sinistre. Les appareils électroménagers étaient vieux de plusieurs dizaines d'années. Le sol était recouvert d'un linoléum hideux, gris et marron, gondolé par le temps et relevé dans les coins. Jack alluma la lumière, mais la pièce ne s'éclaira guère davantage.

L'endroit, en lui-même, n'avait rien de «fantomatique». Le sentiment d'étrangeté ne provenait pas de la menace d'apparitions diaphanes ou d'une baisse soudaine de la température de la pièce. C'était quelque chose de plus insidieux. De plus noir.

De maléfique.

C'était ça. Il y avait quelque chose de fondamentalement maléfique dans cette pièce. Elle ne savait pas ce que c'était, ni même si elle croyait vraiment à ce genre de choses. Malgré tout, elle pouvait voir le mot briller dans son esprit, en lettres de néon.

Après un dernier regard à la cuisine, Randa passa dans le salon, suivie de Jack. Cette pièce était encore plus morne que la précédente. Le même revêtement mural, encore plus écaillé. Le sofa et les chaises étaient couverts de draps sales. Randa ne voyait pas pourquoi Jack avait pris la peine de protéger le mobilier et avait du mal à croire qu'il y eût quoi que ce fût sous les draps qui vaille la peine d'être protégé. Les tables basses étaient peut-être les seuls meubles récupérables, une fois recouvertes d'une vingtaine de couches de vernis noir. Elle aperçut deux lampes de style victorien aux abat-jour festonnés, et même des photographies encadrées – la plupart représentant les garçons avec leur classe. (Randa tressaillit lorsqu'elle reconnut Cam, qui devait alors avoir environ six ans et lui souriait de toutes ses dents manquantes.) En fait, la pièce donnait l'impression que la famille était partie pour une période indéterminée, et n'était jamais revenue.

Il y avait un couloir de l'autre côté. Randa y jeta un coup d'œil et aperçut la porte entrouverte d'une chambre dont le décor semblait tout aussi gai.

– La chambre de mes parents, dit Jack, répondant à une question non formulée. Nos chambres sont à l'étage.

– Je commence à comprendre pourquoi vous ne venez jamais ici. Ne le prenez surtout pas mal, mais je crois que votre famille aurait vécu plus à l'aise dans un appartement.

– Les appartements en location étaient mieux, mais mon père se plaisait ici. Ma mère pensait que ça valait la différence.

– Il s'y *plaisait* ?

– Mon père n'était pas du genre enjoué. Cam vous l'a peut-être déjà dit. Je pense qu'il aimait également l'histoire de cette maison.

– Le gars qui a assassiné toute sa famille ?

Jack acquiesça.

– Il s'appelait Bennett Reece. Je crois que c'était un héros pour Will.

– Pour avoir assassiné sa famille ?

– Je crois que Will l'admirait parce qu'il avait eu le courage d'aller jusqu'au bout.

Jack ouvrit la porte d'entrée et sortit sur le porche. Randa décida de le laisser seul et en profita pour aller examiner la chambre. Elle resta dans l'encadrement de la porte et contempla le double lit à tête en fer forgé, et se demanda comment une femme pouvait se coucher et s'endormir auprès d'un homme qui envoyait régulièrement ses enfants aux urgences de l'hôpital du coin. Quelle était donc la relation malsaine qui liait Lucy et Will ? Elle savait qu'il était trop tard pour trouver des réponses à ces questions. A vrai dire, il était même trop tard pour que ces questions aient de l'importance.

Lorsqu'elle revint dans la salle à manger, Jack était encore dehors. Elle le vit dans la cour, marchant sans but précis et contemplant le paysage. Apparemment, il préférait ne pas rester à l'intérieur. Elle décida de finir la visite sans lui.

Le vieil escalier en bois protesta sous son poids. Les marches étaient creusées par les années d'usure et la cage entière, le mur y compris, versait sur la gauche – comme si la maison était courbée sous le poids de ses tragédies.

Elle était arrivée à mi-hauteur de l'escalier lorsqu'elle constata que les murs de bois étaient nus ; au-delà, on ne s'était même pas donné la peine de finir le travail. Les planches d'un gris marron semblaient avoir passé pas mal de temps à l'extérieur, comme celles d'une grange. A travers les interstices, elle pouvait apercevoir les fissures des murs.

Arrivée à l'étage, elle vit les trois petites chambres, qui contenaient encore les lits et les penderies. La chambre centrale contenait deux lits jumeaux, ce qui laissait peu de place pour d'autres meubles. Randa supposait que c'était la chambre de Jack et Tallen.

Elle sentit une boule se former dans sa gorge en pensant à Cam et Jack, et même aux autres qu'elle ne connaissait pas, vivant ici, dans ce qui n'était guère plus qu'un grenier. Elle les imagina, couchés, écoutant leurs parents s'entre-tuer dans la chambre du rez-de-chaussée. Cam lui avait dit qu'il était le seul des quatre qui se fût jamais hasardé à descendre pour s'interposer. Les autres mettaient leur tête sous l'oreiller ou filaient par la fenêtre, à la recherche de problème à leur portée.

Elle redescendit les marches, lentement, cherchant une excuse si cela s'avérait nécessaire. Elle s'arrêta en voyant Jack. Il était debout dans l'encadrement du porche, fixant un point imaginaire dans le coin opposé de la pièce. Il semblait ne pas l'avoir vue.

– Jack ?

Il ne répondit pas.

– Jack ?

– Oui... Quoi ?

Il sortit de sa torpeur et la vit venir vers lui.

– Je suis désolé. J'étais juste en train de penser à quelque chose.

– A quoi ?

Elle descendit les deux dernières marches, en espérant qu'il ne s'apercevrait pas qu'elle était montée sans lui. Elle n'avait pas besoin de s'en faire à ce sujet. L'esprit de Jack était loin d'elle.

– Le jour où ils ont tué Tallen, dit-il d'une voix empreinte d'un grand calme, il n'a pas voulu que nous y allions. Ma mère, Cam et moi étions assis ici même, le lendemain matin.

Il pointa le menton vers le coin de la pièce.

– Il y avait une télévision là-bas et nous regardions un reportage. Un journaliste interviewait les gens dans la rue au sujet de l'exécution... et il a demandé à cette bonne femme... elle avait un chapeau repoussant. Je ne sais pas pourquoi, mais dès que je l'ai vue, je l'ai trouvée dégoûtante. Toujours est-il que le reporter lui a demandé si elle pensait que justice avait été faite : elle a acquiescé avant d'ajouter : «Certaines personnes valent moins que des bêtes, et on tue bien des bêtes quand elles ont la rage, alors pourquoi faire des manières ?»

Il fit une pause, bouleversé par ses souvenirs.

– Ma mère avait un vieux fer à repasser dont elle se servait pour bloquer la porte. Je l'ai attrapé et... je l'ai... jeté de toutes mes forces sur le téléviseur.

Il sourit tristement.

– Je suppose que ça n'a pas dû faire du bien à la télé ? dit Randa pour détendre l'atmosphère.

– Non, mais ça m'a aidé à me sentir mieux.

135

Il eut un petit rire, fixant à nouveau le coin de la pièce.

– L'écran a volé en morceaux. De la fumée, des étincelles, le grand jeu ! Ma mère s'est mise à hurler.

– Qu'a fait Cam ?

Le visage de Jack s'assombrit.

– Saint-Cam n'était pas content. Il a juste ramassé ses valises et a pris la porte. Il est reparti à Los Angeles. Je ne l'ai revu qu'un an plus tard, aux funérailles de ma mère.

Jack regarda par la fenêtre, comme s'il revoyait Cam s'éloigner, les valises à la main.

– Que s'est-il passé après le départ de Cam ?

Il la regarda, étonné. Pour lui, l'histoire était terminée.

– Que voulez-vous dire ?

– Votre mère était-elle en colère ?

– Contre moi ? Non.

– Contre Cam ?

– Vous plaisantez ?

Il s'arrêta une seconde pour se calmer avant de continuer :

– A cette époque, ma mère était déjà très loin de la réalité. La mort de Tallen a été le coup de grâce.

Il s'écarta de Randa, comme s'il avait besoin de prendre ses distances. Elle voyait son visage se raidir sous la douleur.

– Avez-vous déjà lu un compte rendu sur ce qui se passe lorsque quelqu'un est électrocuté ? demanda-t-il.

– Non, répondit Randa, sans admettre qu'elle s'y était déjà essayée.

– J'ai lu tout ce que j'ai pu trouver à ce sujet. J'ai fouillé tous les bouquins de médecine, tous les articles, tous les romans. Une véritable obsession. Il fallait que je sache.

Randa pria pour qu'il ne se sente pas obligé de lui relater le contenu des descriptions, tout en sachant qu'il allait le faire.

– Ils rasent la tête du condamné pour fixer les électrodes. Puis, ils le massent avec du gel – un conducteur d'électricité. Il faut que le gel pénètre vraiment bien ; ça prend environ quarante-cinq minutes. Vous vous imaginez assise pendant quarante-cinq minutes avec quelqu'un qui vous masse la tête pour pouvoir vous tuer plus vite. Mais ce n'est rien comparé au reste.

Randa ne tenait pas du tout à entendre le « reste », mais il avait besoin de le lui raconter. Elle se prépara au pire.

– Vous savez, les condamnés doivent mettre des couches parce que leurs intestins et leur vessie se vident. Tallen était quelqu'un de très digne, à sa façon – il a dû trouver cela très dégradant de mourir avec ces saloperies de couches-culottes...

136

Ils vomissent du sang. Le corps atteint une température de mille degrés – dans certains cas, il est tellement brûlant qu'il fait fondre les électrodes. La peau tourne au rouge vif et se tend, jusqu'à se rompre. Le cerveau commence à bouillir, comme de l'eau. Les yeux sortent des orbites et tombent sur les joues. Certains témoins disent avoir entendu du bruit, comme lorsqu'on fait frire du bacon ; puis il y a l'odeur – je ne sais pas, moi, l'odeur que peut avoir une personne en train de rôtir. De la fumée s'échappe de la tête de la personne ; quelquefois des flammes. Et ça, c'est quand il n'y a *aucun problème*. J'ai lu un récit où il a fallu vingt minutes et sept décharges électriques pour tuer le type. Il est resté conscient pendant pas mal de temps et, entre chacune des décharges, il suppliait ses bourreaux de se dépêcher. Quand le médecin légiste a enfin constaté la mort, le corps était si brûlant qu'on a dû attendre une heure avant de pouvoir le sortir de la pièce.

Il s'arrêta à nouveau, mais il n'avait pas encore fini :

– Dans un autre article, un docteur décrit l'exécution comme revenant à « mettre le feu à quelqu'un de l'intérieur ».

Il s'arrêta, fermant les yeux un instant, s'efforçant de se calmer. Randa le voyait trembler.

– Tout le monde essaie de justifier la peine de mort avec cette connerie d'œil pour œil, dent pour dent. Eh bien, Tallen n'a jamais foutu le feu à quelqu'un de l'intérieur. J'ai lu beaucoup de choses sur les criminels, mais jamais aucun n'a fait subir à sa victime ce qu'on a fait subir à Tallen.

Randa acquiesça. Elle voulait lui dire qu'il prêchait une convertie, mais elle pourrait toujours le lui expliquer plus tard.

– Enfin, bref... vous *imaginez* ce qu'on peut ressentir lorsque ça arrive à quelqu'un que vous aimez ? A votre frère ? A votre *enfant* ?

– Non, lui dit Randa d'une voix calme. Elle en était incapable.

Sa voix se brisa et il ne put continuer. Il ferma les yeux. Randa sentait les larmes lui monter aux yeux et elle ferma les paupières pour les refouler. Jack rouvrit les siens ; il semblait avoir trouvé un restant de force, quelque part au fond de lui.

– Si vous voulez savoir dans quel état était ma mère quand Cam est parti... c'est comme ça qu'elle était. Le gardien aurait pu tout aussi bien l'attacher à côté de Tallen. Son suicide n'était rien de plus qu'une formalité.

Randa ne savait que dire et pourtant le silence qui commençait à s'installer était insupportable. Jack fixait le sol, incapable de la regarder droit dans les yeux. Randa sentait bien qu'il ne s'était pas épanché de cette façon depuis très longtemps – peut-être même depuis la mort de Tallen. Elle avait envie d'être proche de lui, de le prendre dans ses bras et de rester comme ça, pendant longtemps, mais elle était persuadée qu'il ne la laisserait pas faire.

– Jack.

Il la regarda enfin, les yeux rougis.

– Je suis vraiment, vraiment désolée.

Ses mots lui paraissaient totalement ridicules, mais c'était ce qu'elle ressentait au plus profond d'elle-même.

– Vous n'y êtes pour rien.

– Vous savez ce que je veux dire. Je suis désolée pour vous.

Il continua à la fixer, sans savoir comment il devait comprendre ce qu'elle venait de dire.

– Je crois que nous devrions partir, suggéra-t-elle.

Elle trouvait son regard insistant plutôt gênant, et il lui fallait sortir de cet endroit, même s'il n'en était pas forcément conscient.

Il lui fit signe qu'il était d'accord. Il fit demi-tour et traversa la cuisine. Randa le suivit. Elle tendit la main et la posa sur son dos. Elle sentit qu'il se rétractait à son contact et retira sa main.

Une fois à l'extérieur, il ferma la porte à clef derrière elle et alla la remettre à sa place dans la grange. Lorsqu'il revint, son visage avait une expression bizarre. Il s'arrêta devant Randa et la dévisagea une nouvelle fois. Elle pouvait lire dans ses yeux un désespoir à peine contenu, et avait du mal à ne pas détourner les yeux, même si elle était déterminée à soutenir son regard. Cela parut le calmer. Il fit mine de lui prendre la main. Randa n'aurait pas été plus surprise s'il l'avait giflée ; elle sentait bien qu'elle n'arrivait pas vraiment à cacher son étonnement. Il la conduisit à la voiture, la tenant fermement par la main, comme s'ils avaient conclu une sorte de pacte.

Et puis, il s'arrêta de marcher. En un mouvement qui ne lui laissa pas le temps de réfléchir, il l'attira à lui et l'embrassa. Elle ne sentit pas cette maladresse qu'elle croyait inhérente à un premier baiser ; ses lèvres rencontrèrent les siennes comme si elles avaient répété la scène. Elle sut aussitôt que personne ne l'avait jamais embrassée comme ça, même si elle était incapable de dire où était la différence. Il l'avait embrassée comme elle avait toujours être voulu être embrassée. Elle en avait le souffle coupé.

Malgré tout, elle sentait qu'il ne se laissait pas complètement aller. Elle pouvait sentir le désespoir qu'elle avait lu dans ses yeux, un désespoir qui ne parvenait pas à s'exprimer sous la volonté de fer dont faisait preuve Jack. Une partie d'elle voulait se détacher et foncer à travers ce mur. Une autre partie avait peur de bouger. Elle resta, tout comme lui, dans une zone d'ombre, entre les deux.

Sans prévenir, il se détacha d'elle. Il se retourna et regarda derrière lui.

— C'était quoi, ce bruit ?

— Quoi ?

Il pencha sa tête sur le côté et plissa les yeux, comme s'il réagissait à un bruit.

— Ça !

Il la regarda.

— Vous n'avez rien entendu ?

Elle secoua la tête. Il fit quelques pas vers la maison, semblant écouter autour de lui. Après quelques secondes, il se retourna et se dépêcha de revenir près d'elle.

— Partons d'ici, dit-il avant de rentrer dans la voiture. Randa n'eut pas d'autre solution que de l'imiter.

— Que se passe-t-il ? demanda-t-elle en claquant sa portière.

— Rien. Le vent.

Il était absent, loin d'elle, dans sa coquille. Et il n'y avait pas de vent, mais Randa savait qu'il serait inutile de le lui faire remarquer.

Le retour se déroula dans le silence le plus complet. Randa ne savait que dire et Jack regardait obstinément le paysage à travers la vitre. Juste avant d'arriver à Barton, il lui demanda si elle pouvait le déposer chez lui. Arrivée devant la maison, elle se gara sur le bas-côté et arrêta le moteur.

— Alors, dit-elle fermement, de peur qu'il ne se sauve, vous voulez en parler ?

— Il n'y a rien à en dire. C'était juste le vent.

— Je veux dire, juste avant.

— Ah ! Dois-je vous faire des excuses ?

— Oui, pour vous être arrêté.

Il lui fit un petit sourire, ce qui l'encouragea.

— Que s'est-il passé ? Vous vous êtes fait peur ?

— Quelque chose dans ce genre. Il finit par la regarder. Il souriait encore, d'un sourire nerveux.

— Pourquoi ne dînerions-nous pas ensemble ce soir ? dit-elle. Nous pourrions nous détendre, bavarder.

Elle s'arrêta. Son visage avait pris une expression atterrée, comme si elle venait de lui annoncer que la tumeur était inopérable.

– Dîner ? Vous voulez dire chez Tillie ?

– A vrai dire, je pensais à un endroit un peu mieux. Quelque part avec un éclairage tamisé et où l'on serve autre chose que du Coca.

Il détourna ses yeux.

– Je ne sais pas.

– C'est parce que vous n'avez rien à vous mettre ?

– Vous avez aussi fouillé dans ma penderie ?

– Ce n'est pas une réponse, dit-elle, évitant l'accusation.

– Ça non plus.

– Jack...

– Non, ce n'est parce pas que je n'ai rien à me mettre. Dans ma famille, on est obligé de toujours avoir un costume propre, il y a un enterrement toutes les cinq minutes.

– Dans ce cas, pourquoi pas ?

– Vous savez, ce genre de trucs, moi...

– Oui, je vois ; d'ailleurs, ça a l'air de très bien marcher pour vous. Vous avez l'air de nager dans le bonheur.

– Ça n'a rien à voir avec le fait d'être heureux.

– Alors, c'est quoi ?

Il secoua la tête, sans répondre. Elle fit une nouvelle tentative :

– Ce n'est pas une petite soirée qui va vous tuer. Ça vous fera du bien. Vous risquez même de vous amuser. Ou bien est-ce un autre « truc » que vous ne faites jamais ?

– C'est bon, rappelez la meute. Je me rends.

– Vous êtes d'accord ?

– Seulement si vous la fermez. Mais je ne bois pas et je préfère vous prévenir : vous ne tirerez rien de plus de moi sous un éclairage tamisé que sous les néons de la galerie marchande.

– Nous verrons bien.

Il se pencha vers elle et l'embrassa, une petite bise sur la joue, spontanée.

– Je reviens vous prendre à 18 heures.

– C'est vous qui commandez, dit-il d'un ton résigné dont elle ne put savoir s'il était feint ou non. Il ouvrit la porte, mais ne semblait pas décidé à sortir.

Ça y est, il va trouver une excuse pour...

Il se pencha à nouveau vers elle et l'embrassa. De tout son cœur. Comme la première fois.

Il se dégagea, puis lui sourit.

– Dites-moi, vous avez fouillé ma penderie ?

– Ne vous en faites pas, je n'y ai trouvé aucun secret de famille.

– Je n'arrive pas à comprendre pourquoi je ne vous hais pas, dit-il, avant de sortir de la voiture. Randa démarra et, dans le rétroviseur, le vit debout dans le virage, qui la regardait jusqu'à ce qu'elle disparût au loin.

*

Et voilà, Randa, tu as réussi. Tu as fini par te trouver quelqu'un d'encore plus bizarre que Cam.

Elle prenait un bain dans la vieille baignoire sabot de la pension, passant sa vie en revue.

Elle avait été major de sa classe de terminale puis avait obtenu son diplôme avec les félicitations du jury (quinzième sur une promotion de 929), dans un établissement qui se vantait d'avoir un cursus surhumain et un taux de suicide élevé. Elle avait déménagé à Los Angeles pour changer la face du monde, gagner le prix Pulitzer et épouser un homme fascinant qui l'adorerait – si possible, un écrivain, comme elle. Ils achèteraient une grande maison dans un quartier chic de Pasadena et organiseraient un réveillon du premier de l'an auquel le gratin redouterait de n'être pas invité. M. Parfait et elle auraient tous deux un bureau dans leur maison, chacun dans une aile différente, et ils écriraient toute la journée. Lors des rares nuits où ils arriveraient à ne pas se sauter dessus, ils s'assiéraient devant un feu de cheminée en buvant du brandy et en lisant de la poésie à voix haute, ou en parlant de leur travail. (M. Parfait, bien entendu, serait bien trop mature pour être jaloux de ses succès.) Ils finiraient par avoir deux magnifiques enfants et un chien politiquement correct et, entre les voyages au container de recyclage du papier et les visites au vétérinaire, elle écrirait LE Roman du Siècle.

C'était bien la même personne, avec quelques années de plus, qui se trouvait dans cette salle de bains ; sa vie ne ressemblait en rien à ce dont elle avait rêvé. Elle vivait seule dans un minuscule appartement au loyer exorbitant, sans air conditionné et avec une plomberie datant de la Première Guerre mondiale. Elle était rivée à un boulot mal payé, sans avenir et tellement stressant qu'elle n'atteindrait probablement pas l'âge de la retraite. M. Parfait, qui était à vrai dire loin d'être parfait, s'était enfui sur son blanc destrier au bras de sa meilleure amie avant d'inviter Randa à son suicide, juste pour lui faire la nique.

Maintenant, pour des raisons qui lui échappaient, elle cassait son cochonnet pour de superbes vacances à Trifouillis-les-Oies, alors qu'elle s'était juré que rien sinon la venue d'un nouveau messie ou l'enterrement de sa mère ne la forcerait jamais à y remettre les pieds. Elle était assise dans une étrange baignoire, dans une étrange pièce, dans une étrange ville, excitée comme une puce parce que le frère banni de M. Parfait – un manœuvre antisocial au casier judiciaire douteux – avait décidé d'accepter son invitation à dîner.

A Los Angeles, Randa faisait partie d'un groupe de thérapie, uniquement composé de femmes. Ce groupe l'avait beaucoup aidée, mais il y avait une femme, Bernadette, que Randa avait prise en grippe dès le premier jour. Bernadette avait tout vu, tout entendu et proposait invariablement une méthode en douze étapes, adaptée à chacun des problèmes de l'existence. La maxime favorite de Bernadette résonnait sans cesse dans la tête de Randa, sans pitié (elle pouvait même entendre la voix soupirante et nasillarde de Bernadette) : « Si tu veux que Dieu rie de bon cœur, raconte-lui ce que tu as décidé de faire dans la vie. »

9

Elle n'avait rien entendu. Comment était-ce possible ? C'était pourtant si proche, si clair ? Il avait tenté d'en établir la provenance, mais sans résultat ; ça semblait arriver de partout à la fois.

Jack.

Une voix d'homme, un chuchotement, mais un chuchotement forcé, qui voulait se faire entendre. Insolite, presque indéfinissable. Au début, il n'avait entendu que son nom. Lorsqu'il s'était éloigné de Randa, il y avait eu autre chose...

Je sais qui tu es.

Qu'est-ce que ça pouvait bien signifier ? Et d'où cela venait-il ?

De ton cerveau, imbécile. D'où veux-tu que ça vienne ?

Pourquoi n'arrivait-il pas à se défaire de l'idée que c'était la faute de Randa, d'une manière ou d'une autre ?

Comment serait-ce possible ?

Dès leur première rencontre, il avait été partagé. Une moitié de lui-même était attirée par Randa, comme s'il l'avait attendue toute sa vie. Mais l'autre aurait voulu s'enfuir aussi vite que possible. Cette panique avait triplé après leur premier baiser, même si ce baiser avait été le moment le plus agréable de sa vie. Pourquoi lui faisait-elle aussi peur ?

Elle est dangereuse.

Elle n'est pas dangereuse. Elle est honnête et bonne. Je le sens.

Vraiment ? Et à quel niveau sens-tu ça ? Pour autant que tu le saches, elle aurait pu pousser Cam par la fenêtre. Peut-être qu'elle est ici pour te faire subir le même sort.

Oh ! pour l'amour de Dieu...

Devenir fou était un processus qui impliquait une dose de lucidité beaucoup plus importante qu'il ne l'aurait cru. Il s'était imaginé que la réalité devenait peu à peu floue et finissait par s'effacer, comme une aquarelle oubliée sous la pluie, jusqu'à ce que plus rien ne soit reconnaissable, ou que les couleurs se recomposent pour esquisser de nouvelles formes que lui seul aurait pu comprendre. Mais ce n'était pas du tout ça. La réalité restait bien présente, aussi impitoyable que jamais. C'était lui, le seul élément qui devenait flou et s'effaçait, et personne d'autre ne pouvait le voir.

Pourquoi as-tu accepté de dîner avec elle ? Pourquoi ne t'en es-tu donc pas débarrassé pendant que tu le pouvais encore ?

Que veux-tu dire par « te débarrasser d'elle » ? Je ne veux pas me débarrasser d'elle.

Et si la voix n'était pas dans ta tête ? Et si la chose existait vraiment ?

Et puis quoi, encore !

Il était sous la douche, entouré de vapeur. L'eau lui faisait du bien, mais il ne quittait pas le rideau de la douche des yeux, guettant une ombre ou un mouvement éventuel. (Saleté de paranoïa. Saleté d'Alfred Hitchcock.) Il avait peur de fermer le robinet – le silence lui paraissait pire encore que le bruit, et il ne voulait rien faire qui pût rompre ce fragile équilibre. D'un autre côté, il ne pouvait pas passer la journée sous la douche et le ballon d'eau chaude était presque vide.

Il se résolut enfin à tourner le robinet vers la droite. Le jet se transforma en filet ; les dernières gouttes tombèrent sur la céramique par saccades, avant de se transformer en gargouillis et disparaître dans le silence des canalisations.

Un silence de mort. Il fit lentement glisser le rideau sur la tringle, pensant qu'il aurait dû emporter une arme avec lui, sous la douche.

Tu entends ce que tu racontes ? Qu'as-tu l'intention de faire, donner des coups de couteau à des voix ?

Cette dernière réflexion ne l'empêcha pas de regarder autour de lui avant de sortir de la salle d'eau. Rien ne lui semblait familier. Cette fissure avait-elle toujours été là ? Pourquoi n'avait-il donc jamais remarqué la rouille sur le métal de l'armoire à pharmacie ? Pourquoi avait-il l'impression qu'on l'observait ?

Il se sécha rapidement et sursauta lorsque la serviette tomba sur le rebord du lavabo. Il la suspendit sur la tringle de la douche pour qu'elle sèche. Il était ordonné : c'était presque une maladie, chez lui. Il se rasa rapidement, puis replaça le rasoir ainsi que la crème à raser dans l'armoire à pharmacie. Le bruit de l'aimant le fit tressaillir, même s'il s'y attendait.

– Bon sang, reprends-toi, s'exhorta-t-il à voix haute.

144

Les mots s'évanouirent dans l'air sans provoquer la moindre réponse surnaturelle.

Tu vas arrêter ! Cette voix n'existe pas !

Lorsqu'ils étaient plus jeunes, Tallen lui avait confié qu'il entendait une voix.

— *Quelle sorte de voix ?*

— *Juste une voix.*

— *Qu'est-ce qu'elle dit ?*

— *Je n'ai pas le droit de le répéter.*

— *Tu racontes des conneries.*

— *C'est la vérité ! Je te le jure.*

C'est à peu près à cette époque que Tallen avait commencé à faire des cauchemars. Il réveillait toute la maison par ses hurlements. Ses crises duraient une demi-heure ; il parlait d'un monstre avec des ailes et des yeux rouges qui entrait dans la chambre et tournoyait au-dessus de lui en le fixant. Dieu lui-même n'aurait pas réussi à convaincre Tallen qu'il avait fait un mauvais rêve. Tallen racontait que c'était le battement des ailes qui finissait par le réveiller.

Cela avait duré deux ans, et puis Tallen était parti dans une maison de correction. Jack ne savait pas ce qu'il était advenu du monstre ailé qui battait des ailes. Tallen était revenu transformé de ce séjour : lorsqu'il se mettait en colère, un seul de ses regards aurait suffi pour faire fuir n'importe quel monstre.

Jack prit une profonde inspiration et passa dans l'autre pièce pour s'habiller. Il avait menti en disant qu'il avait un costume. Il l'avait donné à une œuvre caritative, deux jours après l'enterrement de sa mère. Mais il possédait une veste de bonne qualité, un pantalon, une cravate, le grand jeu. Il avait acheté tout cela deux ans plus tôt, lorsqu'il s'était rendu avec Cathy à la cérémonie de remise des diplômes de Tommy. Jack revoyait encore les regards dont il avait été l'objet ce soir-là. En fait, il avait aimé le sentiment que cela lui procurait, une sensation perverse. *(Eh oui, moi aussi je peux être chic, espèces de pauvres cons ! Qu'est-ce que vous en dites ?)* Il avait troublé beaucoup de gens. C'est une chose d'avoir exécuté le frère d'un gangster à la manque, c'en est une autre de s'être débarrassé du frère d'un type portant un costume en poil de chameau et une cravate dessinée par un styliste à la mode. La réaction qu'il avait provoquée l'avait poussé à aller un peu plus loin : de temps à autre, il se mettait sur son trente et un et allait prendre son petit déjeuner chez Tillie, comme s'il avait un rendez-vous matinal. Une fois, il avait même

145

demandé à Tillie, assez fort pour que tout le monde puisse l'entendre : «Quelle sortie dois-je prendre pour Buckhead ? Budford Highway ou Druid Hills ? » Tillie avait été forcée d'admettre qu'elle ne se rendait pas à Buckhead (le Beverly Hills d'Atlanta) si souvent que ça.

Il adorait les mettre dans l'embarras. C'est pour ça qu'il était resté à Barton tout ce temps, plutôt que de prendre un nouveau nom et se fondre dans la masse anonyme d'une ville lointaine. Il voulait être là, chaque fois qu'ils levaient les yeux – un témoin constant qui ne pouvait que les gêner, ne fût-ce qu'un peu.

Il se souvenait à peine comment on faisait un nœud de cravate, mais cela lui revint petit à petit. Après cinq ou six essais, il décida que cela suffirait pour «une lumière tamisée ».

N'y va pas. Appelle-la et annule tout.

Non. Elle avait raison, sortir n'allait pas le tuer. Et il voulait se montrer quelque part – n'importe où – avec Randa à son bras. Il désirait revivre encore une fois cet instant – la sensation de ses lèvres sur les siennes. Comment était-il donc possible que quelque chose de parfaitement licite puisse être aussi agréable ?

Et la voix ?

Elle n'existe pas.

Elle existe et tu le sais.

Comment serait-ce possible ?

Tu n'as pas besoin de pouvoir l'expliquer pour que ça existe.

Comme la voix de Tallen sur le répondeur. Y avait-il autre chose sur la cassette ? Avait-il imaginé sa voix, parce qu'il avait envie de l'entendre ? Et, dans ce cas, pourquoi avait-il pensé qu'il l'avertissait ? Son subconscient essayait-il de lui dire quelque chose ? Et Cam ? Pourquoi avait-il raconté qu'il avait vu Tallen ? Il ne le connaissait presque pas. Et Ryland ? Ils avaient toujours été proches, si Ryland était encore en vie, pourquoi ne venait-il pas voir Jack ? Pourquoi enverrait-il des messagers inconnus de l'autre bout du pays ? Et pourquoi donc lui aurait-il laissé croire pendant des années qu'il était mort ? S'il n'arrivait pas à croire à tout ça, qu'est-ce que cela cachait ? Que Randa avait bel et bien discuté avec un fantôme ? Dans ce cas, pourquoi le *fantôme* de Ryland n'était-il pas venu lui rendre visite ? Rien de tout cela ne paraissait logique.

Il s'observa dans le miroir. Pas mal. Pas mal du tout pour un schizophrène paranoïaque souffrant d'hallucinations.

Il allait tout raconter à Randa, ce soir même. Ce qui s'était produit chez Cathy. La voix. Si elle voulait vraiment qu'ils sortent ensemble, elle avait le droit de savoir jusqu'à quel point il était fou.

Mais ils n'en étaient pas encore là. Ce n'était qu'un dîner. Une autre vie l'attendait, à 3 000 kilomètres de là. Elle y retournerait un jour ou l'autre.

Il y a une présence dans cette pièce.

Il regarda autour de lui. Rien. Pourquoi l'appartement lui paraissait-il soudain différent ? L'atmosphère paraissait plus pesante.

Il balaya à nouveau la pièce du regard. Tout était silencieux.

Il fait froid, tout à coup. Vraiment plus froid.

Le tic-tac du réveil brisait le silence à un rythme régulier. D'ordinaire, ça le calmait mais, aujourd'hui, ce bruit lui semblait menaçant, comme si quelque chose se rapprochait de lui.

Jack...

La même voix. Il se retourna vivement et jeta un coup d'œil dans la direction opposée. Rien.

Jack...

Ce n'était pas dans sa tête, mais bel et bien à l'extérieur. *Où ? Comment ?*

Il entendit un autre bruit, comme un grattement. Comme le bruit du vent sur des feuilles sèches.

Est-ce que j'entends vraiment quelque chose ?

Il retint sa respiration. Le bruit devenait plus présent.

Oh ! mon Dieu...

Le grattement se transforma en syllabes, puis en mots. Il lui fallut quelques instants pour arriver à les distinguer clairement.

— Va-t'en... va-t'en...

Qu'est-ce que cela signifiait ? Pourquoi était-ce toujours sans queue ni tête ?

Quel « ça » ? Pourquoi parles-tu toujours de « ça » ? Il n'existe pas de « ça ».

Ah, non ! Dans ce cas, pourquoi je n'arrive pas à bouger ?

Comment se faisait-il qu'il soit *incapable* de faire un pas ? Il s'y efforçait, mais ses membres ne semblaient plus être connectés à son cerveau.

— Va-t'en...

Une voix de femme. Un chuchotement, comme une respiration, ne surgissant que pour l'effrayer. Et qui y parvenait.

— Laissez-moi seul, putain de merde ! hurla-t-il dans le vide.

Une autre voix, celle d'un homme. Qui riait, d'un rire suffisant. *Un rire maléfique.* La voix de la femme disait quelque chose d'autre. Une phrase. Il n'arrivait pas à savoir quoi, mais il l'entendit prononcer son nom.

Sors d'ici, va-t'en.

147

Il commença à bouger, lentement. Quelque chose pesait sur ses épaules, essayant de l'immobiliser. Une forte pression, comme la force centrifuge d'une attraction foraine.

Est-ce que je sens vraiment tout ça ? Se passe-t-il vraiment quelque chose ?

Au travers du rire de l'homme, la voix de la femme devint de plus en plus distincte. Lorsqu'il parvint enfin à la porte, elle était tout à fait claire.

— *C'est la maison qu'ils ont construite pour Jack...*

Une cadence moqueuse, comme une comptine.

— *Va-t'en... va-t'en...*

Dans un effort désespéré, il saisit la poignée et ouvrit brusquement la porte. Randa était juste devant lui, la main levée au niveau de la sonnette. Elle recula d'un pas, effrayée. Tous deux sursautèrent.

— Jésus Marie ! s'exclama Jack. La prochaine fois, prévenez-moi !

— Que j'étais sur le point de sonner ? Je fais comment ?

— Oh ! fut tout ce qu'il put répondre. Il avait du mal à reprendre son souffle.

— Tout va bien ?

— Oui, dit-il. Vous m'avez vraiment fait peur.

Il se retourna et scruta son appartement. Les bruits avaient cessé. La chose qui était chez lui une seconde auparavant venait de s'évanouir.

— Vous aviez besoin de quelque chose ? demanda-t-elle.

— Non, dit-il, en lui tournant le dos.

Ce n'est pas le fruit de mon imagination. Il se passe quelque chose ici.

— Écoutez, commença-t-il, *peut-être que dîner ensemble n'est pas une très bonne idée. Peut-être feriez-vous mieux de m'emmener directement aux urgences psychiatriques...*

— Oui ?

C'est alors qu'il la regarda de plus près. Il en oublia ses sombres réflexions. Elle portait une robe de soirée courte, et il comprit que le sweater et le jean dans lesquels il l'avait vue dissimulaient en réalité une silhouette de mannequin.

Au Diable les fantômes.

— Que voulez-vous que j'écoute ? demanda-t-elle à nouveau.

— Rien. Allons-y.

Il ferma la porte.

*

Ils s'assirent à la table de la salle du restaurant du Ritz-Carlton Buckhead, qu'elle avait réservée.

– Incroyable, j'ai travaillé ici !

– Je sais. C'est une des rares choses que Cam m'ait dites à votre sujet.

– Il vous a dit quoi ? Vous parliez de quoi ?

– Il me disait que vous étiez le genre d'homme qui ne va jamais au bout de ses possibilités.

– Oui... Et lui, le genre qui fait chier son monde.

– Plus maintenant.

– Désolé.

Il n'aimait pas s'entendre rappeler qu'elle constituait en quelque sorte l'héritage légué par Cam.

Il ne pouvait s'empêcher de penser à ce qui se serait produit s'il l'avait rencontrée du vivant de Cam. L'aurait-elle seulement regardé ou aurait-elle ignoré l'ermite bizarre que Cam avait pour frère ? Elle aurait sûrement choisi la deuxième solution. Que pouvait-elle lui trouver ? Comme tout ce qui se produisait dans sa vie en ce moment, ce n'était pas logique.

Il appréciait beaucoup qu'elle l'ait emmené ici, plutôt que dans la dizaine d'autres endroits où ils auraient pu dîner. L'hôtel avait à peine changé – ça faisait bien dix ans qu'il n'y avait pas remis les pieds – et il se sentait parfaitement chez lui. Il avait servi assez de repas ici pour savoir quelle attitude adopter. Il aurait voulu rencontrer des employés qu'il connaissait pour avoir le plaisir de leur présenter Randa, mais il ne reconnaissait personne. Il se contenterait des regards envieux des autres clients.

Elle se mit à parler de son père, de ses ambitions politiques et du manque d'éthique dont il avait fait preuve pour travailler dans les services du procureur de la République. Il avait hoché la tête aux bons moments, la laissant mener la conversation. Il pouvait ainsi la regarder sans qu'elle se sente gênée.

Son visage était éclairé par la lumière vacillante de la bougie. Il n'était pas parfait, ce qui le rendait intéressant. Ses yeux marron semblaient continuellement sur le point de laisser échapper une larme, même lorsqu'elle riait. Il pouvait y déceler une immense tristesse qu'elle ne parvenait jamais à dissimuler complètement. Sa bouche était douce et bien dessinée. Elle avait pour habitude de mordre sa lèvre inférieure lorsqu'elle réfléchissait – un tic qui semblait directement s'adresser à une région de son corps située sous la ceinture. Il pensait qu'il aimerait être celui qui mordait cette lèvre.

149

Le dîner touchait à sa fin et ils attendaient le café. Il était surpris de ce que la soirée se fût si bien déroulée – sans silences gênés, sans recherche frénétique de sujets de conversation. A l'évidence, ils n'avaient rien en commun et, pourtant, il ne s'était jamais senti aussi bien avec quelqu'un. Discuter avec elle était comme danser avec une partenaire de longue date. Il aurait souhaité que leur duo durât encore longtemps.

Le serveur apparut avec les cafés, les déposa sur la table et s'en alla.

– Tenez, voilà justement une question que je me suis déjà posée plusieurs fois.

– Quoi ?

– Le café. Comment quelqu'un a-t-il pu avoir l'idée du café ? Qui a dit : « Je sais ce que nous allons faire ! Prenons ces petits grains et laissons-les sécher au soleil. Après, nous les moudrons, nous les recouvrirons d'eau et nous ajouterons du lait ou du sucre, jusqu'à ce que la décoction devienne buvable... Bien sûr, il nous faudra d'abord attendre que ça refroidisse... »

Jack rit.

– Vous aimez ce genre de questions ? J'en ai des millions. Qui a regardé un artichaut et a décrété qu'il contenait quelque chose de suffisamment intéressant pour qu'on prenne la peine de l'effeuiller ? Et pourquoi avons-nous envoyé quelqu'un sur la Lune avant de penser à la bouteille de ketchup en plastique ?

– Tous vos dilemmes existentiels ont-ils rapport à la nourriture ?

– Non. J'aimerais savoir pourquoi les habitants de Los Angeles ne savent plus conduire dès qu'une goutte de pluie tombe sur leur pare-brise. Et ce que Dieu a contre les musiciens célèbres qui prennent l'avion. Et pourquoi les gens pensent-ils qu'en appuyant plusieurs fois sur le bouton de l'ascenseur, ils le feront arriver plus rapidement...

– Vous voulez dire que ça ne marche pas ? dit-il en éclatant de rire.

Il voyait bien qu'elle aimait l'entendre rire et qu'elle ne voulait pas qu'il arrête. Lui non plus. Cela faisait si longtemps qu'il n'avait pas ri de bon cœur.

– Voici ma préférée : pourquoi les gens n'élisent-ils que des présidents qui n'ont jamais consulté de psychiatre ? « Nous sommes désolés, mais vous avez appris à maîtriser vos émotions, vous êtes hors course. Nous ne pouvons confier la responsabilité du bouton nucléaire qu'à un individu refoulé ayant intériorisé toute sa haine. »

– Bon d'accord, dit-il succombant à l'envie d'y aller de son couplet. En voici une qui m'a toujours étonné : « Quatre dentistes sur cinq recommandent les chewing-gums sans sucre... » Qu'a dit le cinquième ? « Je me fous complètement de savoir si vous allez avoir la bouche pleine de caries » ?

Elle pleurait de rire. Lorsqu'elle riait, l'ensemble de son visage s'illuminait et la lumière dansait dans ses yeux d'une façon espiègle. Il ne put s'empêcher de lui prendre la main. Elle en fut si surprise, qu'elle s'arrêta net. Elle le regarda longuement, en silence.

– Vous pouvez m'en parler, maintenant ? demanda-t-elle, soudain sérieuse.

– Vous parler de quoi ?

– De l'attaque à main armée.

La réalité le rattrapait durement.

– Pourquoi ? demanda-t-il. Cette soirée est trop agréable à votre goût ?

– Je n'arrive pas à y croire, c'est tout. Vous n'avez pas du tout l'air...

– De quoi ?

– Du genre de personnes qui attaquent quelqu'un avec une arme.

– Vous en avez rencontré beaucoup ?

– C'est bon, j'ai compris. Laissons tomber.

– Non, je vais vous raconter. C'est juste... une histoire stupide. Plutôt embarrassante.

Elle se pencha vers lui, ce qui l'amusa. Il n'avait pas voulu dire qu'il était embarrassé à l'idée que le serveur puisse l'entendre.

– Avec mes frères, on avait l'habitude de dévaliser des épiceries... pour s'amuser. Vous savez. Certains jouent au foot... Bref, un an environ après la mort d'Ethan, je ne sais pas où était Tallen, mais j'étais seul et je faisais juste un tour en voiture lorsque j'ai trouvé cette petite station-service en pleine cambrousse. Je m'ennuyais...

– Et comme par hasard, il y avait un revolver dans la voiture ?

– C'était le destin, dit-il en souriant. Rien de bien gros. Catégorie : « Pistolet à eau. » Je l'ai mis dans ma poche et je suis entré. Il n'y avait personne d'autre que moi et la caissière. Je n'étais pas aux anges parce que c'était une jolie blonde, d'à peu près mon âge. Vraiment mignonne. Ce n'est pas facile de draguer une fille tout en la menaçant avec un flingue...

Randa rit.

– Je l'ai regardée et j'ai eu mauvaise conscience parce que je savais que j'allais lui faire peur. Mais j'étais également sûr que je ne lui ferais pas de mal. Je me suis donc dit qu'elle en serait quitte pour une belle frousse qui durerait quelques minutes. Cela lui donnerait matière à une bonne histoire qu'elle pourrait raconter à tous ses amis. Finalement, elle ne s'en tirerait pas trop mal. Toujours est-il que je lui ai demandé le contenu de la caisse. Elle m'a répondu que l'argent se trouvait dans un coffret, sous le comptoir. Je lui ai dit de me le donner. Elle s'est baissée sous le comptoir et, lorsqu'elle s'est relevée, elle tenait à la main un fusil à canon scié.

Randa se mit à rire.

– Qu'avez-vous fait ?

– Que vouliez-vous que je fasse ? Moi, je savais que je n'allais pas lui tirer dessus, alors qu'elle, elle n'aurait pas hésité.

Il rit en se rappelant la scène. Il n'avait jamais raconté cette histoire à qui que ce soit. Finalement, elle était plutôt savoureuse, maintenant qu'il y pensait.

– Elle m'a obligé à prendre le téléphone et à appeler les flics pour leur dire où ils devaient venir me chercher. Et c'est moi qui ai payé la communication.

– Et puis ?

Il haussa les épaules :

– J'en ai pris pour dix ans. Cette partie-là de l'histoire n'est pas marrante.

Randa sentit que son sourire s'évanouissait.

– Continuez, dit-il.

– Continuez quoi ?

– A sourire. J'adore votre sourire.

Elle se remit à sourire.

Il se pencha et l'embrassa, se demandant à nouveau pourquoi cela lui semblait si délicieux. Il n'existait pas trente-six manières d'embrasser quelqu'un. Cathy était la seule femme qu'il ait embrassée en dix ans, mais il se souvenait d'avant, et ça ne lui avait jamais semblé aussi agréable. Ressentait-elle la même chose ? Pouvait-il le lui demander sans passer pour un mufle ?

Elle se détacha de lui, une expression sérieuse sur le visage.

– Jack, que se passe-t-il ? demanda-t-elle d'une voix douce.

– Que voulez-vous dire ?

– Vous savez. Entre nous.

– Je ne sais pas.

Ce n'était pas vraiment une excellente réponse, mais c'était la vérité.

– Mais il se passe bien quelque chose, n'est-ce pas ? Vous ne m'embrassez pas juste parce que vous avez besoin d'entraînement ?

Il sourit.

– Non.

Il lui embrassa la main et la posa contre sa joue, avant de lui sourire à nouveau.

– Vous non plus ? demanda-t-il.

Elle garda le silence un instant, étudiant son visage.

– Ça vous terrifie, n'est-ce pas ?

– Complètement.

– Alors... qu'en dites-vous ? Qu'allons-nous faire ?

– Je ne suis pas sûr de bien comprendre ce que vous me demandez, dit-il.

– Moi non plus. C'est juste que... Elle secoua la tête sans finir sa phrase.

– Quoi ?

– Je n'ai pas envie de retourner à Los Angeles.

– Je ne le veux pas non plus. *Mais comment te demander de rester ici pour me regarder sombrer de plus en plus dans Dieu sait quoi ?* Et vous, que voulez-vous faire ? demanda-t-il, s'octroyant un moment de répit.

– Honnêtement ?

– Oui.

– J'ai envie d'aller tout droit à la réception, de sortir ma carte American Express, de prendre une suite au vingt-deuxième étage et d'y passer la nuit. Avec toi.

Il avait beau être assis, il sentit ses genoux fléchir.

– Alors ? Que dois-je faire à ton avis ?

– Honnêtement ?

– Oui.

– Dépêche-toi de revenir avec la clef.

*

La porte s'ouvrit avec un petit bruit et il la suivit à l'intérieur. Il essayait de conserver un calme apparent, mais son cœur battait à cent à l'heure. Il était légèrement rassuré en sentant la main de Randa trembler lorsqu'elle avait glissé la clef dans la serrure. Cela dénotait qu'elle était peu habituée à inviter un homme qu'elle connaissait à peine à passer la nuit avec elle dans une chambre d'hôtel.

Une fois à l'intérieur, il enleva sa veste et sa cravate, tout en parlant de vêtements et de claustrophobie. Il les posa sur le dossier d'une chaise, prenant un moment pour observer les lieux. Il avait aussi été garçon d'étage lorsqu'il travaillait à l'hôtel, mais il n'était jamais allé plus haut que le septième. Les employés les plus anciens se débrouillaient toujours pour servir les clients des suites, ceux qui laissaient les plus gros pourboires. Il avait souvent rêvé les yeux ouverts de passer la nuit dans ce même hôtel, mais jamais, au grand jamais, il ne se serait jamais imaginé dans une des chambres les plus chères, tous frais payés par une blonde aux jambes superbes et aux intentions peu catholiques.

Il essaya de feindre la nonchalance, mais ce n'était pas facile. C'était comme si la suite avait été conçue uniquement pour intimider la clientèle. Le salon à lui seul était aussi grand que son appartement. Il était décoré de meubles imitant un intérieur rustique et recouverts de brocart bleu ciel, le tout disposé sur un tapis de la même couleur. Les lourds rideaux ornant le mur du fond s'ouvraient sur les gratte-ciel du centre-ville, étincelant sur la toile du ciel nocturne comme de faux diamants sur du velours noir. Il jeta un coup d'œil (discret, du moins l'espérait-il) dans la salle d'eau. La femme de chambre avait découvert les oreillers et y avait déposé des bonbons à la menthe et des menus. (Comme s'il pouvait savoir ce qu'il prendrait au petit déjeuner.) Il observa Randa. Elle aussi observait le lit. Leurs yeux se croisèrent ; elle baissa la tête et rougit, ce qui suffit pour qu'il sente la tension naissante disparaître. Ce style de vie ne lui était peut-être pas étranger, mais elle ne semblait pas totalement à son aise.

– Alors... dit-il en souriant, tu veux qu'on regarde s'il y a quelque chose de bien à la télé ?

Elle rit. Elle avait enlevé ses chaussures ; sans ses talons, elle paraissait minuscule et, pour la première fois depuis qu'il l'avait rencontrée, vulnérable.

– Viens, dit-il. Pourquoi ne pas sauter le chapitre de la conversation maladroite en se demandant qui va faire le premier pas ?

– Tu te portes volontaire ?

– Je suis toujours prêt à me sacrifier pour la bonne cause.

Elle sourit et ne dit plus un mot. Elle attendait. Il l'embrassa. Doucement, au début. Il ne voulait pas faire quoi que ce soit qu'il puisse regretter. Il n'eut pas à attendre longtemps. Elle mit sa main derrière sa tête et attira son visage à elle, sa bouche cherchant la sienne avec empressement ; de 0 à 100 en moins de dix secondes. Il prit cela comme une permission de passer outre sa retenue. Il prit la tête de Randa entre ses mains et l'embrassa de toutes ses forces. Il sentait son haleine s'accélérer, son sang remplir toutes les canalisations appropriées. Elle l'embrassa avec l'abandon de quelqu'un ayant attendu longtemps ce moment. Bizarrement, c'est ce qu'il ressentait, lui aussi. Comme s'il avait anticipé cet instant des années durant, et était en peine de se retenir maintenant que c'était arrivé.

– Oh, mon Dieu... Jack..., murmura-t-elle.

Entendre cette voix haletante, sensuelle, prononcer son nom le fit frissonner et renforça encore son envie de déchirer sa robe en deux. Il chercha plutôt la fermeture Éclair et l'ouvrit. Elle laissa sa robe glisser sur le sol, sans cesser de l'embrasser. Il enleva ses vêtements, comme s'ils étaient en feu, et l'aida à se débarrasser de ce qu'il restait des siens avec la même intensité. Il la serra alors contre lui : il sentait enfin ce qu'il désirait plus que tout – sa peau douce contre la sienne, partout. Sous ses mains rugueuses, son dos lui semblait aussi doux qu'un carré de soie. Il ne savait pas s'il voulait rester ainsi pour le restant de sa vie, la tenant tout contre lui, savourant la sensation que lui procuraient leurs corps accolés, ou bien aller plus loin. Il se laissa aller, la souleva de terre et, sans cesser de l'embrasser, la porta sur le lit. Il la déposa doucement, tout en essayant de reprendre son souffle et de se contrôler. Mais elle n'était pas d'accord. Avec une force qui le surprit, elle l'attira davantage contre elle.

– Viens, l'implora-t-elle, hors d'haleine. Avant qu'il ait eu le temps de se demander ce qu'elle voulait dire par là, il sentit sa main sur sa cuisse, s'insinuant entre leurs deux corps, à la recherche d'un terrain loin d'être neutre. Il la sentit le prendre fermement et le guider dans une chaleur dont il aurait pu jurer ne l'avoir encore jamais sentie à ce point. Elle gémit comme si elle avait mal ; cette plainte suffit presque pour lui faire dépasser le point de non-retour. Il inspira profondément et essaya de se rappeler les premiers articles de la Déclaration des Droits de l'Homme.

Oh, mon Dieu... mon Dieu...

C'était trop bon. Il n'avait pas mérité que ce soit si bon.

Tant pis, c'est trop tard.

Il sentait sa respiration contre son cou. Rapide. Brûlante. Il respirait avec la même force qu'elle. Elle lui mordit l'oreille et chuchota « Plus fort ! ». C'était un ordre, pas une requête, mais il était trop heureux de lui faire plaisir.

– Fais-moi mal, murmura-t-elle.

Nom de Dieu, ne dis pas des choses comme ça.

Pouvait-elle lire ses pensées ? Il combattait une envie inexplicable de la meurtrir. Il sentait également que s'il se laissait aller à quelque chose d'aussi anodin que lui mordiller le lobe de l'oreille, cela réveillerait des pulsions qu'il ne pourrait plus contrôler. Cela faisait longtemps qu'il n'avait pas eu ce genre de pensées pendant qu'il faisait l'amour. Il avait peur. Il murmura son nom pour chasser ces pensées de son esprit. Mais elle l'avait entraîné plus loin dans sa fièvre. Il commença à ralentir, déterminé à l'attendre.

— Non, vas-y, dit-elle, avec autorité. Il s'exécuta.

Il l'entendit soupirer, bruyamment, lui dire de ne pas s'arrêter. Puis son soupir se transforma en un gémissement profond, désespéré, qui devint ensuite un cri guttural, débridé, aussitôt suivi du sien, sauvage et brutal ; trop longtemps retenu, trop longtemps refoulé. Il n'essaya pas de l'étouffer. Il se moquait de savoir si on pouvait l'entendre dans une autre pièce, dans une autre ville. Des taches de couleurs explosèrent dans son cerveau : des bleues, des violettes, des rouges. Il se demanda si elle les voyait, elle aussi.

Bien trop vite, les couleurs s'évanouirent et il se sentit tomber, comme une feuille emportée par la brise, se retenant à chacune des secondes du vol. Il serrait Randa dans ses bras, comme pour l'empêcher de se dissoudre, de s'évanouir avec le reste. Il l'entendait reprendre sa respiration. Ce bruit le rassura. Elle était encore là, avec lui.

Il ralentit son souffle pour éviter la dépression qui, dans ces moments, le saisissait immanquablement — après avoir passé vingt secondes au paradis, se retrouver échoué dans la morne réalité. Mais cette fois, cela se passait bien mieux. Parce que cette fois, il revenait à...

A quoi ?

A quelque chose qui valait la peine ? Bon sang, quelle idée...

Il aurait voulu plonger ses yeux dans les siens, mais il se sentait trop vulnérable. Nu. Il ouvrit les yeux et détourna la tête pour pouvoir au moins l'observer de profil. Elle se tourna vers lui. Il sentit sa douce joue contre la sienne, un sentiment tout aussi intime que ce qui venait de se dérouler entre eux ; c'est alors qu'il se rendit compte qu'il ne pouvait plus se cacher. Il roula lentement sur le côté, comme à regret, la serrant contre lui sans la quitter des yeux. Il écarta une mèche de cheveux vagabonde de son visage.

— Salut, murmura-t-il, en souriant.

— Salut, répondit-elle, sa timidité revenue.

Le rouge qui lui montait aux joues lui seyait à merveille. Il en était si ému qu'il sentit une boule se former dans sa gorge. Peut-être était-ce la pensée qu'il avait réussi à la rendre vraiment aussi heureuse qu'elle en avait l'air. Elle évita longtemps son regard. Lorsqu'elle posa enfin ses yeux sur lui, un nuage semblait s'être installé. Elle commença une phrase, puis s'arrêta.

– Qu'y a-t-il ? demanda-t-il.

– Rien, dit-elle, dans un murmure. Ça ne fait rien.

– Vas-y, insista-t-il.

– Ce n'est rien, c'est juste... quelque chose dont j'ai peur.

– Dis-moi tout.

Elle baissa les yeux pendant un long moment. Finalement, elle lui répondit, dans un murmure tendu :

– Je sais combien c'est fou, mais... je t'aime.

Il lui fallut faire un effort pour ne pas oublier de respirer. Comment pouvait-elle même *penser* qu'elle l'aimait ? Il ne retrouva sa voix qu'après un long moment.

– Seigneur, Randa... Tu ne devrais pas. Il sentit sa gorge se serrer

Il vit ses yeux s'emplir de larmes et elle hocha légèrement la tête, comme si elle était désolée de l'avoir ennuyé avec ça. Elle voulait qu'il sache qu'elle n'en parlerait plus jamais. Il en fut si peiné que la douleur déclencha quelque chose de très profondément enfoui en lui. Il avait l'impression que la tête lui tournait. Il ferma les yeux lorsque la tempête le heurta – un cyclone d'émotions refoulées le balaya, comme une tornade. Il enfonça son visage dans l'oreiller, essayant de chasser son désarroi. Il voulait pleurer, sans toutefois y parvenir. S'il s'autorisait à verser ne serait-ce qu'une larme, Dieu seul sait quand il s'arrêterait.

– Je suis désolée, lui dit-elle.

Mon Dieu, non, ne soit pas désolée.

– Randa, non...

Il leva les yeux. Des larmes coulaient maintenant le long de ses joues pâles et ses lèvres tremblaient. Il ne put le supporter. Il se devait de lui dire la vérité. Quel qu'en soit le prix.

– Je t'aime aussi, murmura-t-il.

Il aperçut l'onde de choc de ses propos sur son visage.

– Vraiment ?

Il lui fit signe que oui.

– C'est juste que j'ai tellement peur.

– De quoi ? lui demanda-t-elle, à peine capable de former les mots.

De posséder quelque chose que j'ai si peur de perdre.

Il ne put que secouer la tête. Elle l'embrassa et le serra fort contre elle.

— Ne t'en fais pas, murmura-t-elle.

Il était dans ses bras, et fermait les yeux, incapable de se persuader qu'il ne rêvait pas. Était-ce vraiment possible ? Y avait-il ne serait-ce que l'ombre d'une chance qu'elle dise vrai ?

Non. Et de toute façon, elle va moins t'aimer quand elle s'apercevra que tu es psychotique.

Oui, mais elle ne va pas s'en apercevoir ce soir, alors ferme-la.

Il sentit ses doigts courir sur son dos. Légers, comme une plume. Dessinant tendrement des motifs, comme pour le calmer. Et ça fonctionnait presque. Elle continua pendant ce qui lui parut des heures, puis il s'endormit dans ses bras, comme dans un refuge, en sécurité pour la nuit.

10

Il sentait un vent chaud souffler doucement sur son visage. Randa et lui étaient étendus sur une couverture, au bord de la mer, observant le coucher du soleil. Une bouteille de champagne entre eux deux. Ils buvaient à tour de rôle, avec des éclats de rire. Il l'embrassa.

— VA-T'EN...

Il recula. Cette saleté de voix, de nouveau.

— VA-T'EN... La voix de la femme ; un murmure rauque lui parvenant avec la brise.

VA-T'EN...

Il se leva et regarda autour de lui. A l'extrémité de la plage, le sable disparaissait dans une forêt impénétrable. Il savait, sans pouvoir se l'expliquer, que la voix venait de là.

VA-T'EN... VA-T'EN...

Il se leva et la suivit, décidé à faire face à ce qui le tourmentait. Les bois étaient denses. Le soleil ne parvenait pas à traverser le feuillage et il y faisait nuit noire.

Il s'immobilisa lorsqu'il la vit, un peu plus loin. Elle était assise sur une souche ; elle l'attendait. C'était la fille blonde — celle de l'autre fois. Elle riait de lui, maintenant, un rire creux, malfaisant.

— C'est la maison qu'ils ont construite pour Jack..., dit-elle en le fixant avec mépris.

— J'en ai marre de toute cette merde ! hurla-t-il. Va t'amuser à tes putains de jeux avec quelqu'un d'autre !

Elle continua de rire. Sa colère amusait la fille alors que, de son côté, son rire le mettait en rage.

— Je ne plaisante pas ! cria-t-il. Ma vie vaut enfin le coup d'être vécue et je veux que tu foutes le camp !

Elle cessa de rire, mais continua d'arborer un sourire railleur.

– Quelle vie ? demanda-t-elle. Ta petite amie ? Celle qui couche avec toi parce qu'elle était amoureuse de ton frère ?

Il attrapa la première chose qu'il put trouver – une branche épaisse tombée d'un arbre – et se dirigea droit sur elle. Elle le regarda venir, et se remit à rire. Son ricanement et l'absence de peur en elle ravivèrent la rage de Jack, jusqu'à ce qu'elle fasse corps avec lui. Il souleva la branche et en frappa la fille de toutes ses forces. Le coup fut si violent qu'elle tomba de la souche. Elle se releva et fit quelques pas chancelants ; il abattit la branche sur sa nuque, la clouant au sol, enfouissant son visage dans la terre et les aiguilles de pin. Consumé par la rage, il continua à la rouer de coups jusqu'à ce que la fureur qui l'habitait soit complètement calmée et que la fatigue l'envahisse. Il se laissa tomber à genoux et reprit difficilement sa respiration. Il regarda la silhouette immobile, étendue sur le sol juste à côté de lui, sans ressentir le moindre remords. Elle méritait bien ça, pour lui avoir fait croire qu'il était fou. Il lui fallut un moment pour s'apercevoir qu'il était couvert de sang, et c'est alors qu'il commença à réaliser l'énormité de ce qu'il venait de faire.

Mon Dieu. Comment allait-il expliquer ça à Randa ? Comment lui annoncer qu'il avait réduit le crâne de cette fille en bouillie parce qu'elle le torturait, alors que Randa n'en avait jamais entendu parler ? Comment allait-il lui annoncer qu'il avait tué quelqu'un ? Elle ne comprendrait jamais. La fille passerait pour la victime et lui pour un fou.

Il se pencha sur la fille, la prit par l'épaule et la retourna.

Le visage ensanglanté, sans vie, était celui de Randa.

– NOOOOON !

– Jack !

Une voix, loin, très loin de lui.

– Jack, tout va bien ! Jack ! Jack !

En entendant son nom il comprit qu'il était toujours en train de crier.

– Oh, mon Dieu !... Randa...

Elle est vivante ! Elle est là !

– Tout va bien, Jack. Tu as fait un mauvais rêve, c'est tout.

Il s'aperçut qu'elle l'avait pris dans ses bras. Il respirait encore avec difficulté et pouvait à peine s'empêcher de trembler, mais il lui prit le visage entre les mains et la regarda.

– Randa, tu vas bien...

– Je vais bien. Tu étais en train de rêver.

Il l'attira contre lui et la serra aussi fort qu'il le pouvait sans lui faire mal. Il la berça doucement, l'embrassant sur le front en

160

murmurant son nom, encore et toujours. Il sentait ses bras enserrant son dos. Tout allait bien. Tout allait bien.

– C'était un de ces rêves ?

– Je pensais que... tu étais blessée.

– Non, je n'ai rien.

Elle l'embrassa sur la joue.

– Recouche-toi. Ça va aller mieux.

Il lui obéit. Elle le serra encore plus fort contre lui et l'enlaça, caressant sa joue en murmurant « tout va bien ».

Il ne pouvait pas lui expliquer. Ce n'était pas le rêve lui-même qui l'effrayait tant. C'était ce qu'il avait ressenti, cette fureur homicide. Cette sensation, si familière. Il l'avait déjà ressentie, et pas en rêve. Mais ça, il ne pouvait le lui dire.

Il sentit ses lèvres sur son épaule.

– Je me sens bien, murmura-t-il. Je suis désolé.

– Il n'y a pas de quoi.

Elle posa sa tête dans le creux de son épaule et se lova tout contre lui. Elle continuait à le caresser – la joue, le bras, la poitrine – comme pour le rassurer, le calmer, comme auparavant. Mais cette fois, la tâche était au-dessus de ses forces.

Elle s'endormit très vite. Il leva les yeux au plafond et attendit que le soleil se lève.

*

Il s'habilla dans le salon où ses vêtements jonchaient encore le sol. Il ajusta tant bien que mal sa cravate dans le miroir ; il ne pouvait pas se raser mais, grâce à leur blondeur, les poils de sa barbe étaient presque invisibles. Il ne savait pas pourquoi son apparence lui paraissait si importante. Il était déjà assez peu fier de lui sans qu'en plus son aspect négligé attire l'attention.

Il y avait une station de métro sur Lennox Road, à quelques pâtés de maisons de l'hôtel. De là, il pourrait se rendre au centre-ville et prendre un bus pour Barton. Peut-être que, lorsqu'elle se réveillerait et s'apercevrait qu'il était parti, elle serait assez furieuse pour le maudire et l'oublier sans rien tenter pour le retrouver.

Peut-être que j'exagère et que je la quitte sans raison valable ?

Tu ne peux pas prendre ce risque. Tu ne peux pas jouer avec sa vie.

Il passa sa tête dans l'entrebâillement de la porte pour l'observer une dernière fois. La pièce était obscurcie par les lourds doubles rideaux, et l'éclairage du vestibule nimbait ses traits d'un

161

faible halo lumineux. Son visage était partiellement brouillé par ses cheveux, mais il pouvait voir combien elle semblait en paix. Un petit sourire retroussait l'extrémité de ses lèvres et son bras était resté courbé à l'endroit où sa tête se trouvait, quelques minutes auparavant.

Bon sang, qu'elle est belle... tellement belle...

Des sensations lui revinrent en même temps : sa peau contre la sienne, l'odeur de ses cheveux, combien il s'était senti en sécurité dans ses bras. Mais ce n'était pas de sa propre sécurité qu'il s'agissait.

Il se força à se détourner, ferma doucement la porte derrière lui, avant de quitter la suite. Il accrocha le panneau NE PAS DÉRANGER à la poignée. Lorsqu'elle se réveillerait, il serait déjà loin, et il allait mettre entre eux la plus grande distance possible, quel qu'en soit le prix.

Sur le chemin du métro, il se demanda s'il n'aurait pas mieux fait de tout lui dire. Il aurait peut-être dû lui laisser décider si elle tenait vraiment à tomber amoureuse d'un fou. Ils pourraient alors passer d'agréables moments ensemble, puis, plus tard, elle lui rendrait visite à l'asile.

Trop dangereux.

Quoi ? Il se retourna avant de s'apercevoir que la «voix» venait clairement de l'intérieur cette fois, aussi impérieuse et indiscrète que la voix « extérieure ».

Tu sais qui tu es.

Qu'est-ce que cela pouvait bien signifier ?

Tu sais ce que cela veut dire.

C'était vrai. Il l'avait su la nuit dernière, avant même qu'il fasse ce rêve. Il l'avait appris à cet instant glacial où il avait voulu lui faire du mal. Il n'avait pas voulu la blesser pour le plaisir...

Pas cette fois...

... mais il n'en avait pas été bien loin. Il n'était même pas en colère. Que se passerait-il la première fois qu'adviendrait un de ces instants orageux qui ne manquent pas de se produire dans une relation ? La première fois qu'il voudrait l'étrangler, pour une raison ou pour une autre ? Passerait-il à l'acte ?

Ce n'est pas comme si tu t'en savais incapable.

Oui, merci bien. J'avais presque oublié.

Il n'avait pas besoin qu'on lui rappelle cet incident qui gouvernait toute sa vie depuis maintenant dix ans. La nuit qui, pour autant qu'il le sache, avait mis fin à sa liberté. Provoqué par quoi ? Quelque chose qui vaille la peine qu'on gâche son existence ? Pas vraiment. Un plouc hurlant sur un écran de télévision. Un connard saoul, un idiot exerçant son droit constitution-nel à la liberté d'opinion.

– *Oh ! Faites taire cette gaucho et commencez le barbecue !*

Et puis cet autre épisode, ce trou, jusqu'à ce qu'il soit soudain conscient qu'on le tirait en arrière, qu'on lui criait quelque chose. L'ivrogne par terre, le visage violacé, les yeux exorbités, les mains de Jack autour de sa gorge. La force dans ses mains lorsqu'on avait essayé de lui faire lâcher prise. La fureur dans laquelle sa conscience s'était dissoute. Dans ce moment inconnu où il avait ouvert la porte à ce qui était au fond de lui et s'était effacé, ne contrôlant plus rien. La partie la plus effrayante – celle où, même après avoir réalisé ce qu'il était en train de faire, il avait tout de même voulu tuer le type. Et si les autres n'avaient pas été là pour l'en empêcher...

Je l'aurais fait.

Ce moment dans la caravane de Cathy, juste avant l'aube, alors qu'il s'accrochait à elle comme un homme en train de se noyer à une bouée.

– *Jack, tu n'as pas tué ce type.*

– *Mais j'aurais pu.*

– *Tu ne peux pas en être sûr.*

Pourtant il en était absolument certain. Il en était sûr alors et il en était encore sûr aujourd'hui. Et cette certitude ne l'avait pas quitté un seul instant pendant ces dix dernières années, même s'il s'efforçait de ne pas y penser. Il ne pouvait pas oublier. C'était terrifiant. C'est ce dont les autres ne se rendraient jamais compte – ce que vous êtes incapable d'expliquer à la foule des « ce ne sont que des animaux ». La douleur de blesser quelqu'un de cette façon. (Et la douleur qui vous *pousse* à le faire.) Il ne pouvait qu'imaginer sa douleur s'il avait vraiment tué le gars...

C'était ça qui s'était produit avec Tallen ? Quelqu'un avait-il déchaîné cette rage incontrôlable ? Combien de temps cela pou-vait-il durer ? Suffisamment longtemps, après l'impulsion initiale, pour que Tallen trouve le revolver, prenne la voiture, se rende en Alabama (deux heures de route, même en faisant du cent cinquante à l'heure), gare la voiture, entre dans l'église (pour-quoi une église ? Et pourquoi *cette* église, alors qu'il avait dû passer devant des dizaines d'autres en chemin ?) Assez long-temps pour qu'il gravisse les marches menant au balcon et (d'après ce qu'avait pu en dire un témoin), qu'il s'asseye là-haut, attendant le moment propice – lorsque la congrégation s'était levée pour chanter, en rang d'oignons, comme des cibles dans une fête foraine ? (Tallen avait-il attendu qu'ils chantent « Félicité sur notre Terre », et pas un autre hymne ? Quelque chose dans cette logique paraissait bizarre à Jack – à vrai dire toute cette histoire lui semblait *irréelle*.)

S'il avait été furieux contre quelque chose ou quelqu'un, pourquoi n'avait-il pas tiré sur les client d'un Mac Donald's ? Ou une église de la paroisse, s'il fallait que ce soit à tout prix une église ? On était à la veille de Noël et il n'avait pas vraiment besoin d'aller bien loin pour trouver un lieu de culte où on célébrait la messe de minuit. Pourquoi avait-il parcouru près de trois cents kilomètres ? Essayait-il d'échapper à quelque chose, quelle que soit cette « chose » ? Dans ce cas, pourquoi avait-il abandonné ?

Non, c'était impossible. Personne n'aurait pu se maintenir aussi longtemps dans un tel état de fureur. Il fallait qu'il eût su ce qu'il était en train de faire. Malgré tout, ce n'était pas comme cela que Tallen lui avait décrit ses sensations, la seule fois où ils en avaient parlé.

Jack avait passé toute une année à convaincre Tallen d'en parler. La seule chose que répétait Tallen, c'était : « Je te le dirai un jour. Je ne tiens pas à en parler maintenant. » Finalement, la nuit précédant l'exécution, Jack avait encore insisté.

— *Tal, j'ai besoin de savoir ce qui s'est passé.*

— *Cela ne changera rien.*

— *Je ne veux pas gâcher le restant de ma vie à me poser des questions.*

— *Dans ce cas, arrête de t'en poser.*

— *Pour l'amour de Dieu, depuis quand existe-t-il une chose que tu ne puisses pas me dire ?*

— *Depuis Noël dernier.*

— *Pourquoi ? Tu crois que ça changerait quelque chose à ce que je ressens pour toi ?*

— *C'est juste que je ne vois pas à quoi ça pourrait servir.*

— *Tu ne le vois pas ! C'est juste que moi, je vais devoir vivre avec ça le restant de mes jours. Tu pourrais au moins me faire le putain de plaisir de me dire ce qui m'attend !*

Tallen s'était tu un long moment, fixant le sol. Puis il avait soupiré – un long soupir, comme s'il exhalait autre chose que de l'air. La façade de macho fondit devant les yeux de Jack et, lorsque Tallen le regarda, Jack aperçut brièvement le Tallen qu'il avait connu, il y avait de ça si longtemps.

— *D'accord. Je te raconterai tout, mais promets-moi que tu n'en diras rien à l'Union des droits du citoyen ou à ce putain d'*Atlanta Constitution *ou à qui que ce soit. Promets-moi aussi que tu n'en parleras pas à maman.*

— D'accord, je te le jure.

— Je ne t'ai rien dit parce que… je ne me rappelle rien.

— Que veux-tu dire par là ?

— Je ne me rappelle rien. Le trajet, rentrer dans l'église, absolument rien. Je ne me souviens même pas où j'ai trouvé cette saleté de revolver.

— Tu es sérieux ?

— Non, je plaisante, ça ne se voit pas ? Bien sûr, que je suis sérieux. Je me souviens d'avoir appelé maman ce soir-là pour savoir où tu étais. Elle m'a dit que tu travaillais et que tu ne rentrerais qu'après minuit. Cam était là, ils allaient sortir pour manger, elle m'a demandé si je voulais me joindre à eux. Je lui ai dit oui, juste parce que je savais que ça emmerderait Cam. Je me rappelle être entré dans la voiture pour aller à la maison. Après, tout ce dont je me souviens, c'est de m'être retrouvé allongé dans le parking de l'église avec un flic qui m'enfonçait la tête dans le gravier d'une main et qui pointait son arme sur moi de l'autre, en hurlant que, si je faisais le moindre mouvement, il me renverrait dans l'enfer d'où je venais.

— Nom de Dieu, Tallen… tu avais…

— Non, je n'avais rien pris. Et tu sais que je te le dirais, si je l'avais fait.

— Tu en as parlé avec le psychiatre ?

— Non.

— Avec ton avocat ?

— Non.

— Merde ! Pourquoi ne leur as-tu rien dit ? Tu es fou ? Ça aurait pu tout changer.

— Je sais.

Ils s'étaient regardés, droit dans les yeux et Tallen n'avait plus rien ajouté. Il n'en avait pas besoin. Jack savait. Il comprenait pourquoi Tallen n'avait pas fait appel du verdict. Il ne voulait plus continuer à vivre parce qu'il voulait enfin oublier ce qu'il avait fait. D'autant plus qu'il ne se rappelait absolument pas ce qui s'était passé, qu'il ne pourrait jamais comprendre et que ce serait toujours aussi difficile. Tout cela, Jack le lut dans le regard de son frère. Ils ne parlèrent plus du crime. Ils passèrent le reste de cette dernière entrevue à revivre certaines de leurs échappées et à parler de Lucy, de ce que Jack avait l'intention de faire à son sujet et de ce que Tallen voulait qu'on fasse de ses maigres possessions matérielles.

Jack n'avait pas prévu de s'arrêter sur le chemin du retour, et surtout pas dans un bar. Il avait décidé de ne boire qu'après la

165

mort de Tallen. Mais il avait sous-estimé le mal qu'il aurait à le quitter. (*« Dis à maman... dis-lui juste que je l'aime. Dis à Cam de faire attention à lui, même si je suis sûr qu'il n'a pas besoin de mes conseils. Et toi... toi... [sa voix se fêlant]... Bon Dieu, Jack... »*) Il n'avait pas pu continuer – pas pu lui dire au revoir. Les gardes avaient laissé Tallen prendre Jack dans ses bras. Ils ne leur avaient même pas ordonné de se séparer. Jack avait prié pour qu'ils le fissent. C'était la décision la plus difficile qu'il ait jamais eu à prendre : à quel moment devait-il laisser son frère partir, sachant qu'il ne le toucherait plus jamais, qu'il ne le reverrait plus jamais. Lorsqu'il s'était enfin dégagé, tout ce qu'il put faire, ce fut regarder Tallen dans les yeux et hocher la tête. S'il avait essayé de dire quoi que ce soit, il se serait mis à pleurer, les plongeant tous deux dans l'embarras. Il réussit à former un « Je t'aime, Tal » silencieux avec ses lèvres. Puis, il s'en alla sans se retourner.

Il avait sous-estimé combien ce serait dur, même s'il savait qu'il allait être bouleversé. Il n'avait pas pensé qu'il devrait traverser le parking, au milieu de la foire des équipes de télévision et des caméras, de la foule de ceux qui manifestaient contre la peine de mort et de ceux qui fêtaient l'exécution. Des putains de fêtes ! Des lycéens avec des canettes de bière et du poulet frit. (*Ils sont venus avec leurs petites amies. « Alors, qu'est-ce qu'on fait ? On va au ciné ou alors à Huntsville faire un pique-nique pendant qu'ils tuent ce mec... »*) Un artiste de rue, portant le costume de la Faucheuse et un panneau sur lequel on voyait les mots GRILLE BIEN, MON PETIT, ainsi que les dessins d'un éclair et d'un visage souriant. Une fois dans sa voiture (après avoir presque mis K.O. un journaliste qui lui fourrait sans cesse un micro sous le nez), il se sentit si mal qu'il ne pouvait penser à *rien d'autre* qu'à trouver un bar et à se saouler aussi vite que possible.

S'il n'avait pas été tellement retourné par ce que venait de lui apprendre Tallen – qu'il aurait pu se sauver mais en avait décidé autrement... S'il s'était préparé mentalement à la scène du parking... Si l'abruti du bar avait fermé sa gueule *avant* que Jack n'ait eu le temps d'être complètement saoul... Si un seul des événements s'était déroulé de manière différente... il aurait pu rester à l'hôtel, endormi dans les bras de Randa.

Mais la réalité est tout autre.

Depuis cette nuit, il s'était demandé quelle était la différence entre ses propres actes et ceux de Tallen. Ils différaient par le degré et les circonstances. En fait, ils avaient la même essence.

Jack avait voulu tuer le type. Il avait même *essayé*. Quelqu'un l'avait arrêté ; personne n'avait arrêté Tallen. Jack était vivant et en liberté parce que deux camionneurs avaient réussi à lui faire lâcher prise. Mais où était donc la véritable différence entre Tallen et lui ?

Vraiment pas grand-chose.

Pourrait-il continuer à vivre jusqu'à la fin de ses jours sans que cela resurgisse un jour ? Il avait combattu ses pulsions pendant toutes ces années, en s'imposant une discipline de fer, convaincu que le seul moyen de ne pas commettre un acte horrible, c'était de rester sans rien faire. Cathy avait raison, il était littéralement assis sur le volcan de sa rage, en permanence. Que se produirait-il s'il était moins vigilant, ne serait-ce qu'un instant ?

Tu sais très bien ce qui se passerait.

Je n'en suis pas certain.

Si Cam n'a pas réussi à y échapper, qu'est-ce qui te fait croire que toi, tu le peux ?

Cam. Il l'avait presque oublié. Lorsque Randa lui avait parlé de Cam et du magasin de vins et spiritueux, il avait immédiatement pensé qu'il s'agissait d'une erreur d'identité et que la police avait dû s'imaginer que si le frère de Cam était un criminel, alors Cam en était aussi un. Mais peut-être s'était-il trompé ? Peut-être que Cam, qui n'aurait même pas fraudé sur sa déclaration de revenus, avait bel et bien une mort sur la conscience ? Était-ce possible ?

Regarde les faits en face. Ton père a probablement tué Ethan. Il a peut-être même tué d'autres personnes sans que tu le saches : il passait assez de temps hors de la maison pour en avoir eu le loisir. Tallen est devenu fou et a tué cinq personnes. Maintenant, les amis de Cam racontent qu'il est devenu fou et les flics disent qu'il a tué quelqu'un. Logiquement, que doit-il se passer ?

C'était vrai. Tous les hommes de sa famille étaient devenus fous, et, tôt ou tard, avaient fini par tuer quelqu'un. Logique ou pas, c'était la vérité.

Il distingua, dans le brouillard épais du matin, l'escalier sombre du métro qui l'attirait. Il se mit à accélérer le pas, heureux d'accepter l'offre d'un refuge. Il pensa à Randa, se réveillant dans la chambre d'hôtel et ne le trouvant pas à ses côtés. Il espérait qu'elle serait trop en colère pour se sentir blessée. Il ne supportait pas l'idée de lui avoir fait du mal. De toute façon, c'était mieux que ce qu'il pourrait lui faire s'il restait avec elle.

Il allait retourner à la vie qu'il avait toujours connue. Travailler, manger, dormir, lire. Aucun contact humain. Le danger pour lui seul, libéré de l'espoir ridicule d'un avenir meilleur.

167

Tu ne pourras pas te cacher toujours.

Non, probablement pas. Mais il avait l'intention de rester tranquille aussi longtemps que possible. Et s'il finissait par entraîner quelqu'un dans son enfer, ce ne serait pas Randa.

Si tu avais le courage de te suicider, tu n'aurais même plus à craindre d'entraîner quelqu'un dans ta chute.

C'est vrai. Il ne parvenait pas à savoir s'il manquait de cran *(bien sûr que oui, espèce de merdeux)* ou juste s'il n'était pas convaincu que ce soit la seule réponse.

Quand en seras-tu vraiment convaincu, à la fin ? Quand tu te retrouveras à côté d'un cadavre ?

Tais-toi ! Ferme-la pour de bon ! J'ai besoin d'un peu de temps pour penser.

Tu veux dire pour rationaliser.

Il atteignit les marches et les descendit, s'arrêtant à un distributeur pour acheter un ticket. Avec sa veste et sa cravate, il se fondait aisément dans la foule des usagers du matin. Il aurait pu être n'importe lequel d'entre eux – comptable, vendeur, programmeur – se rendant dans le même monde que le reste des passagers.

Mais tu n'es pas l'un d'eux.

Non, c'est vrai. Ça, il en était sûr. Simplement, il ne savait pas jusqu'à quel point il était différent.

Sois honnête avec toi-même. Tu le sais.

Pendant un bref moment, il entendit la voix de Randa résonner dans sa tête. *« Je sais combien c'est fou, mais... je t'aime. »* Il sentit sa main sur son visage, l'entendit lui murmurer *« Tout va bien. »*

Mais ça n'allait pas bien. Ça n'irait jamais bien.

La rame arrivait. Il entendait le vent siffler dans le tunnel. Le train s'arrêta en glissant, dans un crissement de freins. Les portes s'ouvrirent sans bruit et Jack monta dans la voiture, se coulant dans cette humanité en mouvement. Il s'assit et attendit que le train parte. Loin d'elle.

– *Vous êtes prié de ne pas gêner la...*

L'avertissement métallique s'évanouit au-dessus des voyageurs indifférents. Les portes se refermèrent et le métro démarra.

Jack regarda sans les voir les gens autour de lui. Le métro était bondé – un trait d'ironie cinglant, le clin d'œil cruel d'un Dieu vengeur. Quelle que soit sa destination finale, Jack partait seul.

LIVRE DEUX

L'AUTRE

Regarde autour de toi : il y a quelqu'un d'autre, toujours quelqu'un d'autre.
Ce qu'il respire, c'est ton étouffement ;
Ce qu'il mange, c'est ta faim ;
Agonisant, il emporte avec lui la moitié la plus pure de ta propre mort.

Rosario Castellanos, extrait de « L'autre »

1

– Mon père, voulez-vous une tasse de café ?

Michael secoua la tête.

– Non merci.

– Vous en êtes sûr ?

– Oui, tout fait sûr.

Il fit son plus beau sourire. L'infirmière au grand cœur n'avait cessé, toutes les demi-heures, de lui proposer du café. (Il ne portait presque jamais son col de prêtre pour cette raison, ça rendait les gens tellement empressés qu'il avait envie de les étrangler.) Il avait pensé accepter le café juste pour qu'elle ne lui en propose plus. Mais il n'en avait vraiment pas envie, et il sentait bien qu'elle était du style à vérifier s'il l'avait bien bu et à lui faire des remontrances dans le cas contraire. Elle renonça rapidement cette fois et retourna dans son bureau. Il soupira, légèrement soulagé. Tout ce qu'il voulait, c'était qu'on le laissât seul avec ses pensées.

Il regarda la pendule. Cela faisait maintenant deux heures et demie que son grand-père était dans la salle d'opération. Le docteur avait dit que l'intervention durerait entre cinq et huit heures. Michael se demandait comment cela pouvait prendre autant de temps, juste pour enlever un organe. Le docteur avait répondu dans un jargon imperméable :

– *Le pourcentage de décès pour ce type d'opérations est élevé. Pour quelqu'un de l'âge de votre grand-père, environ trente pour cent. Et n'oubliez pas que ce n'est qu'une procédure palliative.*

– *Une quoi ?*

– *Le but de cette intervention est de prolonger la vie tout en atténuant la douleur. D'après mon expérience, cela lui permettra de tenir le coup quelques mois de plus.*

Ce jour-là, il avait trouvé ces mots horribles. Aujourd'hui, quelques mois lui paraissaient presque une seconde vie.

171

Vincent était le seul «parent» que Michael eût jamais connu. Son père et sa mère étaient morts alors qu'il était encore bébé, et Vincent l'avait élevé jusqu'à ce qu'il quitte la maison, à dix-sept ans, pour entrer chez les Jésuites. Après cela, Vincent avait joué le rôle de conseiller, de mentor, d'ami. Michael n'arrivait pas à imaginer une vie dont Vincent serait absent. Il s'efforçait de ne pas y penser. La réalité le rattraperait bien assez vite.

– Et un gâteau au miel fait maison ?

Elle était de retour. Il secoua la tête une nouvelle fois et sourit.

– Non merci, vraiment.

– Il vous faut manger quelque chose. Vous êtes pâle comme la mort.

– Je ne pense pas que la faim y soit pour quoi que ce soit.

Elle s'assit sur la chaise qui se trouvait à côté de lui.

– Et un câlin d'une grosse vieille dame ?

Elle l'entoura de ses bras sans attendre la réponse. Son odeur était un mélange de rose et de crème à bon marché. Elle desserra son étreinte et l'observa. La douleur qu'il pouvait lire dans ses yeux n'était pas exagérée et il en fut touché.

– Mon père était prêtre, un méthodiste, dit-elle. J'ai souvent pensé que tout le monde venait pleurer sur son épaule, mais que lui n'avait aucune épaule sur laquelle s'épancher.

Michael ne put qu'acquiescer.

– N'hésitez pas à me prévenir si vous changez d'avis au sujet de ce gâteau au miel.

– Je vous le promets, dit-il, la gorge serrée.

Elle sourit et s'en alla.

Il se leva et fit quelques pas dans le couloir d'hôpital aux murs nus. Il était incapable de supporter cette lumière fluorescente une minute de plus.

*

La petite chapelle était faiblement éclairée, ce qui lui procura un grand soulagement. Il s'assit sur le prie-Dieu du fond. Il ne pouvait pas s'agenouiller, quatre-vingt-dix-neuf pour cent des personnes qui venaient à la chapelle étant protestantes. Il resta assis un instant et fixa la croix située au-dessus de l'autel, se demandant pour quoi ou pour qui il allait prier. Pour que Vincent survive à l'opération ? Pour qu'il meure à petit feu, torturé, et qu'il passe ses derniers jours dans une douleur inimaginable ? Pour que Vincent meure maintenant et que tout cela lui soit épargné? Pour que la volonté de Dieu soit faite? Celle-ci ne s'accomplirait-elle pas de toute façon?

Pour avoir la force de surmonter ce qui allait s'ensuivre.

C'était ça. Tout ce qu'il pouvait vraiment espérer.

Et bien plus que ce que je mérite.

Toute la journée, il n'avait cessé de penser à une chose que Vincent et lui avaient l'habitude de faire – une habitude prise depuis très, très longtemps. Tous les vendredis, dès qu'ils s'asseyaient pour dîner, Vincent annonçait la date avant de demander à Michael : « Où en es-tu aujourd'hui ? » Michael lui racontait alors les événements les plus marquants de sa semaine en les situant dans le contexte plus général de sa vie. Vincent ne faisait jamais de commentaire et se contentait d'acquiescer ou de sourire. Il n'avait pas besoin de poser de questions. Le but non avoué de leur petite réunion était de faire en sorte que Michael ait une vue d'ensemble de sa vie. Une fois parti de la maison, Michael avait mentalement poursuivi cette pratique, par habitude. Pendant longtemps, cela l'avait réconforté – comme une profonde respiration psychologique. Récemment, l'impression l'avait gagné qu'il se torturait volontairement.

Comment répondrait-il à cette même question, si Vincent la lui posait aujourd'hui ?

J'habite un minuscule presbytère, dans une minuscule paroisse, dans un village de bouseux parce que j'ai été assez stupide pour tenir tête à un évêque vindicatif. Et je porte le deuil de choses dont tu n'as même pas idée.

Cette année avait été une année de pertes. Tout d'abord, celle annoncée, de Vincent, de loin la plus importante, mais d'autres événements ne manquaient la plus haute marche du podium que d'un cheveu. New York représentait aussi une grosse perte, et en englobait plusieurs petites. Tout de la ville lui manquait – jusqu'aux choses qu'il n'aimait pas spécialement : la foule, le métro, les chauffeurs de taxi mal lunés. Se réveiller tous les matins au bruit familier des marteaux piqueurs des employés de la voirie. Son travail, ses amis, l'impression que sa vie servait à quelque chose et qu'il avait des racines, tout cela lui manquait. Les Jésuites avaient toujours été plus qu'une communauté pour lui. Ils étaient sa famille – la seule qu'il ait jamais eue.

Autant Michael adorait New York, autant il abhorrait Barton. Il avait horreur de l'isolement – parce qu'il était le seul prêtre de cette paroisse microscopique et parce qu'il devait parcourir près de cent kilomètres pour trouver une librairie digne de ce nom. Il n'aimait pas du tout son travail. A vrai dire, il avait du mal à considérer que ce qu'il faisait était un véritable travail : marier des gamins et des gamines de dix-neuf ans, auxquels personne ne prêtait attention. Écouter, des heures durant, des paroissiens lui confesser le nombre exact de «*zut*» et de «*Bon Dieu*» qu'ils avaient prononcés durant la semaine. Et puis il y avait toute la panoplie des «pour me punir de mes mauvaises actions, j'ai choisi le grec ancien comme option en seconde», toutes sortes de choses dont il n'aurait pas dû s'occuper si la paroisse en avait eu les moyens.

La semaine, ou presque, avait été dévorée par un problème de plomberie. Mais le plombier, un sosie de Oliver Hardy en bleu de travail, lui demandait 2 000 dollars pour raccorder la fosse septique du presbytère au réseau d'égout du comté. Mis en colère par le commentaire superflu de Michael («Vous n'y allez pas avec le dos de la cuillère»), le gros plein de soupe avait traité Michael de radin. Tout ça sur le ton de «ce n'est pas comme ça que l'on se conduit par ici», pour le cas où Michael aurait pu oublier, l'espace d'un instant, qu'il n'était pas du coin. Avec en prime :

– *Vous trouverez peut-être un plombier catholique dans ce comté qui vous fera tout ça gratuitement, dit-il en s'étranglant de rire. Tenez, si vous arrivez à trouver un plombier catholique, je vous fais tout ça gratis.*

Même lorsqu'il arrivait à oublier l'endroit où il se trouvait, il était obligé de se rendre à l'évidence : il n'avait personne à qui parler, personne avec qui dîner, personne qui pouvait passer à l'improviste avec une crise existentielle et une bouteille de scotch de douze ans d'âge. A la résidence des jésuites de Manhattan, tout ce qu'il avait à faire, c'était de crier «Tournée générale» et il avait toute la compagnie possible et imaginable. Ils s'asseyaient alors dans le salon jusqu'au milieu de la nuit, enfoncés dans leur fauteuil, débattant avec enthousiasme de quelque point obscur de théologie. Dans ce bled paumé, il n'était même pas sûr de trouver quelqu'un sachant que le monothéisme n'était pas une maladie contre laquelle il fallait se faire vacciner.

Normalement ses tourments ne devaient durer qu'un mois de plus, mais il y avait peu d'espoir pour que le prochain trou où on allait l'envoyer soit plus agréable. La hiérarchie le bâillonnait temporairement jusqu'à ce qu'ils trouvent le moyen de le faire taire pour toujours. Ils savaient que Michael n'allait pas partir en croisade avec un sujet aussi bancal que celui qui l'occupait pour l'instant, mais ils n'étaient pas sûrs que sa prochaine cible ne fût pas plus sérieuse – le planning familial, le célibat obligatoire, l'exclusion des femmes de la hiérarchie ou toute autre vache sacrée de l'Église apostolique et romaine. Son éditorial avait maintenant ses fidèles parmi les catholiques rebelles, ce qui était loin de le mettre dans les petits papiers du bureau de la chancellerie. Michael représentait le pire des cauchemars pour les partisans du statu quo, un franc-tireur solitaire possédant à la fois une plume acérée et un auditoire prêt à écouter autre chose que la messe qu'on lui servait habituellement. Un des adjoints de l'évêque l'avait laissé entendre (du moins, c'était ce que l'on avait rapporté à Michael) : « La dernière chose dont nous ayons besoin, c'est d'un jésuite rock and roll et de son fan club. »

Michael n'avait pas décidé de partir en croisade, mais il ne pouvait pas s'empêcher d'écrire sur ce qui le préoccupait, et rien ne le préoccupait plus que l'état de l'Église catholique en Amérique. Ses sentiments allaient de la peur à la dépression et à la tristesse. Les églises étaient peut-être plus remplies qu'auparavant et, s'il était vrai que les enfants du baby-boom revenaient en foule dans le giron de la Sainte Mère, ces bonnes nouvelles ne compensaient pas ce qui se passait chez les prêtres. Les statistiques parlaient d'elles-mêmes. Les paroisses fermaient les unes après les autres, ou restaient ouvertes mais avec une seule messe par semaine, dite par un prêtre itinérant. Les prêtres arrêtaient d'officier par milliers et étaient ordonnés par dizaines. Pas besoin d'être un génie pour faire le calcul.

Michael ne voyait pas d'amélioration possible à court terme. La rumeur, selon les amis et espions qui se trouvaient à Rome, voulait que le Vatican eût tout simplement décidé de se passer des États-Unis, ce qui expliquait son silence sur les problèmes de la société moderne. (Mieux même, ils étaient volontairement laissés de côté.) La tendance de ce côté-ci de l'Atlantique semblait être : « Eh bien ! dans ce cas, nous pouvons aussi nous passer de vous. » L'Église américaine roulait pour elle-même, rendant plus béant le fossé entre ce qui était dit publiquement et ce qui était dit (et vécu) derrière les portes closes. C'était une technique de survie, Michael le savait bien, mais toute cette énergie utilisée pour dissimuler la vérité renforçait un certain sentiment d'hypocrisie.

En ce moment, beaucoup de choses cependant lui donnaient un sentiment d'hypocrisie.

Tess.

Qu'elle ne fût pas en tête de la liste des pertes de l'année prouvait combien cette liste était sans nuances. Tess lui manquait tellement que tous les muscles de son corps lui faisaient mal.

C'était comme s'il avait eu la grippe pendant trois mois. Il ne savait pas vraiment si c'était parce qu'elle lui manquait ou parce qu'il s'en voulait qu'elle lui manque tant.

Avec la clarté que lui donnait le recul, il savait maintenant que ses ennuis avaient commencé dès l'instant où il avait posé les yeux sur elle. Il n'aurait jamais dû accepter de travailler avec elle. Il s'était dit que tout se passerait bien parce que cela ne devait pas durer longtemps. Lorsque leur collaboration s'était transformée en amitié, il n'avait pas voulu écouter la voix de sa conscience et avait préféré écouter celle qui lui disait « il ne se passera rien ». Celle qui avait continué à dire « il ne se passera rien » jusqu'au matin où il s'était réveillé dans son lit.

Dans les moments où il se laissait aller à se chercher des circonstances atténuantes, il se disait que ce n'était pas un hasard s'il avait failli à son vœu de chasteté précisément après le désastre qui avait suivi la parution de l'article. La première nuit passée à l'appartement de Tess avait été précédée de la découverte de sa nouvelle affectation : Pétaouchnoke, Géorgie. La colère, le désappointement, tout cela ne vous aidait pas à obéir aveuglément, même si, en bon jésuite, vous aviez subi un lavage de cerveau dans les règles. Bien sûr, sa colère avait alors été décuplée par son amour pour Tess.

Les derniers jours passés à New York n'avaient pas été agréables. Il n'avait cessé de se chamailler avec Tess. Il y avait tant de choses qu'elle ne pouvait comprendre : comment il pouvait rester fidèle à l'Église alors qu'elle le punissait d'avoir dit la vérité ; pourquoi il se sentait si coupable de l'aimer, quand il lui avait déclaré que le célibat était un concept stupide et désuet qui détruisait l'Église ; pourquoi il pensait ne pas pouvoir accomplir aussi facilement ce qu'il désirait dans un environnement séculier. Michael ne s'était pas bien débrouillé pour lui expliquer son point de vue, car il ne comprenait pas exactement la logique interne de ses opinions.

— *Tu sais quoi, Michael ? Tu n'as strictement aucune envie de vivre dans le monde réel.*

— *Ce n'est pas impossible. Est-ce si horrible que ça ?*

— *Non. Mais tu sais très bien que je n'ai pas accès à ton monde. Alors, comment allons-nous faire pour que ça marche entre nous ?*

Lorsqu'il était parti pour la Géorgie, ils avaient décidé de n'entretenir aucun contact pendant trois mois et de se donner ainsi le temps et la tranquillité nécessaires pour prendre une décision. Depuis lors, il ne lui avait parlé qu'une seule fois.

Il l'avait appelée lorsque le cancer de Vincent avait été diagnostiqué. Après les premiers moments de gêne, elle s'était montrée compatissante et avait essayé de le réconforter. Elle lui avait proposé de descendre le voir quelques jours, mais il lui avait répondu que ce n'était pas une très bonne idée. Il ne lui avait pas dit combien il aurait voulu la voir, combien elle lui manquait. Comme d'habitude, il avait préféré bâillonner ses sentiments.

Il avait pensé parler de Tess à Vincent, mais il avait fini par y renoncer. Vincent considérait son petit-fils comme la plus belle réussite de sa vie. En fait, quelle que soit sa décision, Michael savait qu'il ne pourrait pas retourner à la vie séculière tant que Vincent serait en vie. Cela faisait maintenant plusieurs mois qu'il se reposait sur cet argument, mais celui-ci deviendrait très bientôt caduc.

Mon Dieu, vous savez où j'en suis. Je suis perdu. J'ai peur. Aidez-moi, je vous en prie !

Dieu devait se lasser d'entendre ce refrain, pensa Michael. En ce qui le concernait, peut-être bien que Dieu en aurait bientôt assez et se déciderait à répondre.

Il soupira d'un soupir venu de plus loin encore que la moelle de ses os, se leva et retourna dans la salle d'attente.

*

Il commençait à penser qu'un café et un gâteau au miel n'étaient finalement pas une mauvaise idée, mais l'infirmière n'était pas dans son bureau. Il sortit et jeta un coup d'œil dans le couloir. Il la vit, devant la salle d'opération. Elle était en train de parler à quelqu'un... au docteur... Pourquoi était-il dans le hall, alors que l'opération ne devait normalement pas se terminer avant...

Oh ! mon Dieu ! non... pas maintenant...

Le médecin leva les yeux, l'aperçut... et dit quelque chose à l'infirmière. Elle le regarda à son tour, et l'expression qu'il put lire sur son visage lui fit comprendre... Il leur fit un petit signe de la tête, mit la main dans sa poche pour en extraire une fiole d'huile sainte qu'il avait emportée avec lui, juste au cas où... Il sentit qu'il passait en pilotage automatique. Des actes qu'il devait accomplir. Des rituels derrière lesquels il pouvait se cacher.

*

La paperasse de l'hôpital et les inévitables coups de téléphone l'accaparèrent jusqu'au début de l'après-midi. Il avait accompli ces formalités dans un état second. Il savait l'opération risquée, mais il n'avait jamais vraiment envisagé la possibilité que tout finisse aujourd'hui. Les infirmières et les médecins étaient retournés à leur travail et il quitta l'hôpital seul.

Il était déjà dans le parking, lorsqu'il entendit l'infirmière derrière lui.

– Père Kinney !

Il s'arrêta et se retourna. Elle se hâtait vers lui, une enveloppe à la main. Il était pourtant sûr d'avoir signé tous les papiers.

– J'ai promis à votre grand-père que je vous donnerai ceci... s'il ne s'en sortait pas...

– Qu'est-ce que c'est ?

– Je ne sais pas. Je ne l'ai pas ouverte.

Il prit l'enveloppe et la remercia, acceptant une dernière fois ses condoléances. Il attendit qu'elle soit partie et entra dans la voiture. Là, il se sentit assez tranquille pour pouvoir ouvrir l'enveloppe. Elle ne contenait pas de papiers, mais quelque chose de dur, tout au fond. Il la renversa et un Dictaphone en tomba. Pas de lettre, ce qui signifiait que la cassette devait contenir un message.

C'était du Vincent tout craché. Il n'aurait pas pu laisser un petit mot ou avoir une conversation avec lui. Non. Vincent avait choisi ce moyen, parce que cela lui permettait d'avoir le dernier mot. Quelques dernières recommandations. Des conseils. Des avertissements (à coup sûr, pour des choses désormais inévitables). Michael remit l'appareil dans l'enveloppe, la posa sur le siège du passager. Il n'allait pas l'écouter maintenant. Le trajet jusqu'à chez Vincent lui semblait déjà assez difficile comme ça.

*

Vincent était encore propriétaire de la maison où Michael avait grandi. Vincent l'avait conçue lui-même en 1945 – un ou deux ans avant de devenir l'architecte le plus célèbre de la ville. Il avait fait les plans de presque un tiers des maisons du voisinage, dans cette banlieue du sud d'Atlanta et avait, au cours des années, participé à la rénovation de celles qu'il n'avait pas construites. En fait, habiter à Branwyn Park et ne pas faire restaurer sa maison par Vincent Kinney revenait à avouer que cela était au-dessus de ses moyens – le genre de choses que les habitants de cette banlieue rupine n'aimaient pas admettre. Vincent avait également conçu plusieurs des bâtiments les plus importants du centre-ville d'Atlanta, quelques églises, et un magnifique centre de retraite pour les prêtres, dans les montagnes, au nord de la Géorgie. Son nom était connu et respecté par les passionnés d'architecture de l'État et même de tout le pays.

Le style de Vincent était limpide, sans fioritures, à son image. Ses bâtiments étaient un mélange éclectique, bien que sa source d'inspiration principale soit l'époque classique. Toutes ses maisons prenaient pour modèle un seul et unique prototype, une version simplifiée du style victorien de la reine Anne, qu'il modifiait plus au moins selon les cas. Peu de modénature et de couleurs. Vincent ne permettait que l'emploi de couleurs simples pour les façades – blanc, gris, ocre – ainsi que le noir, le marron et le vert foncé pour les volets. Il prônait une théorie qui accréditait les maisons victoriennes de magnifiques lignes, trahies dans leur sobriété par les «fioritures et les couleurs psychédéliques». Vincent affirmait construire des maisons dans lesquelles Hansel et Gretel n'auraient pas aimé vivre.

Quelques années auparavant, un professeur à la retraite avait peint sa maison en rose fluorescent avec des motifs blancs : Michael crut que Vincent allait en faire une maladie. En fait, un soir, il avait tout simplement laissé devant le porche de la maison un flacon d'anti-vomitif, taille familiale. Il y avait collé une feuille de papier portant les mots «En l'honneur de votre nouveau décor». Il n'avait pas signé le billet doux : c'était inutile.

La maison de Vincent était blanche avec des volets noirs. L'entrée abritait des rocking-chairs ainsi que des jardinières où Vincent avait planté des bégonias rouges. L'effet d'ensemble était classique et très élégant. Michael plaisantait souvent au sujet de la maison, disant qu'elle semblait avoir été conçue par Calvin Klein. Vincent ne savait pas s'il devait considérer la remarque comme une insulte ou un compliment et se contentait de lui répondre par un «humph» ambigu, avant de changer de sujet.

La construction de sa maison avait commencé en 1945. Elle avait duré presque deux ans, parce qu'il ne pouvait s'empêcher de vérifier le moindre clou. Elle aurait dû être achevée pour Noël 1946, mais Vincent avait procédé à des modifications de dernière minute qui avaient chamboulé le planning. Il avait vendu la maison où sa femme et lui avaient vécu pendant les vingt dernières années et, comme il avait promis aux acheteurs qu'ils pourraient emménager pour Noël, Vincent et Claire s'étaient retrouvés sans toit au début du mois de décembre. A cela s'ajoutait un problème supplémentaire : les parents de

Michael (le fils de Vincent, Matthew, et sa belle-fille, Laura) avaient prévu de venir de Savannah pour passer le mois avec eux dans la nouvelle maison, de façon à ce que Michael – qui venait juste d'avoir un an – puisse rester quelque temps avec ses grands-parents. Comme son perfectionnisme avait bouleversé tous ces projets, Vincent avait eu une idée : ils prendraient tous des chambres contiguës dans un hôtel du centre-ville. Ce ne serait pas aussi confortable que de passer Noël dans la nouvelle maison, mais, à cette époque, Atlanta était une ville splendide à Noël. Tout le monde était d'accord et, le 5 décembre, ils avaient pris deux chambres au onzième étage du Winecoff Hotel.

En ce temps-là, c'était l'un des plus beaux hôtels de la ville, situé en plein centre du quartier commerçant, qui était également celui des théâtres et des restaurants. Il se trouvait juste en face de Davison-Paxon, le plus grand magasin d'Atlanta, où les deux femmes pouvaient faire leurs courses et où Michael pouvait voir le Père Noël. Bien que Vincent n'eût jamais voulu l'admettre, Michael avait toujours pensé qu'il avait choisi le Winecoff autant pour son architecture que pour son emplacement. C'était un magnifique bâtiment inspiré de l'école des Beaux-Arts. Sa façade en brique rouge était ornée en partie basse, sur deux étages, d'un soubassement en béton blanc, ainsi qu'en partie haute, sur les trois derniers niveaux, d'une frise du même matériau. Élégance et simplicité. Vincent aurait pu en être le concepteur.

Dans l'après-midi du vendredi 6 décembre, Laura et Claire avaient emmené Michael de l'autre côté de la rue, pour voir Santa Claus, pendant que les hommes se promenaient en ville, critiquant les voûtes, les colonnes et les motifs maçonnés. Ils s'étaient tous retrouvés à l'hôtel pour dîner avant de regagner leurs chambres respectives. Ils avaient prévu de se lever tôt le lendemain matin et de retourner à Davison pour que Michael puisse faire un tour sur les quatre escalators du magasin qui devaient entrer en service ce matin-là.

A environ 3 h 45, un incendie se déclara dans l'hôtel. Avec une arrogance digne des bâtisseurs du *Titanic*, ceux de l'hôtel l'avaient déclaré absolument ininflammable et n'avaient donc pas prévu d'installation de lutte contre l'incendie – sorties de secours ou portes coupe-feu. L'ascenseur se situait au centre de l'hôtel et était entouré par une cage d'escalier ouverte qui se transforma rapidement en entonnoir, attisant le feu et permettant sa propagation à tous les étages. Lorsque l'incendie fut enfin maîtrisé, alors que l'aube pointait déjà, 119 personnes y avaient trouvé la mort. Parmi elles se trouvaient les parents de Michael et sa grand-mère.

Vincent lui avait raconté l'histoire tellement souvent qu'il avait presque l'impression de se souvenir lui-même des événements. Il lui avait décrit comment ils s'étaient réfugiés tous les cinq dans un coin de la chambre de Vincent, sous des couvertures trempées ; comment la pièce s'était emplie de fumée et comment le matelas avait commencé à prendre feu, lentement, alors que l'eau qu'ils avaient répandue sur le sol s'était mise à bouillir. Il lui avait décrit les pensionnaires de l'hôtel sautant en hurlant par les fenêtres, se précipitant vers une mort certaine et comment les gens assemblés dans les rues avoisinantes les regardaient, horrifiés. Il savait tout à ce sujet, comment les morts étaient partis et les vivants avaient survécu.

Vincent et Matthew avaient noué plusieurs draps pour en faire une corde, espérant qu'ils pourraient ainsi descendre jusqu'au huitième étage, à la limite de la portée des échelles télescopiques. Vincent avait insisté pour passer le premier – non parce qu'il essayait de se sauver, mais parce que, si la corde ne tenait pas, ce serait lui le cobaye sacrifié. Il avait réussi à atteindre l'échelle et était en train de descendre lorsque Claire enjamba la fenêtre. Lorsqu'elle atteignit le haut de l'échelle, ce fut le tour de la mère de Michael. Laura était enceinte de trois mois de celui qui aurait dû être le petit frère de Michael et elle n'était pas assez forte pour tenir la corde. Elle était tombée, entraînant Claire dans sa chute. Vincent avait vu toute la scène, horrifié et impuissant. Plutôt que de se précipiter vers les deux femmes, il attendit Matthew et Michael. Il avait pensé qu'ils s'en sortiraient. Ils n'étaient plus qu'à quelques mètres de l'échelle quand une explosion se produisit dans l'hôtel – causée par la combustion des gaz dégagés par l'incendie. Des flammes s'échappaient des fenêtres, à tous les étages. La corde de drap à laquelle se cramponnaient Matthew et Michael fut sectionnée par les flammes, les faisant tournoyer dans les airs. Dans la chute, Matthew réussit à projeter Michael sur l'auvent de l'hôtel. Il avait rebondi avant de rouler tout du long et d'être rattrapé par Vincent, qui avait vu le geste de son fils et s'était préparé à recevoir le bébé. Matthew fut moins chanceux et s'empala sur les tiges d'acier soutenant l'auvent ; il mourut sur le coup. Sa dernière action avait sauvé la vie de Michael.

Michael ne se souvenait pas de l'incendie, ce qui ne l'empêchait pas de faire des cauchemars. Ils lui semblaient si réalistes, si terrifiants, qu'il avait l'impression que les souvenirs étaient là, enfermés au plus profond des cellules de son corps. Plus que d'être orphelin, c'est ce sentiment qui avait fait de lui un marginal – qu'il n'ait plus aucun souvenir de cet événement, sauf dans une poche sombre de son subconscient – et avait directement infléchi le cours de sa vie.

*

De l'hôpital, Michael avait finalement réussi à rejoindre la maison de Vincent. Barbara Berryhill, sa secrétaire depuis près de vingt ans, l'attendait devant la porte. (Vincent l'avait embauchée pour défier son entourage alors qu'il avait presque soixante-cinq ans.) Michael l'avait appelée de l'hôpital, afin qu'elle puisse commencer les préparatifs de l'enterrement.

Barbara, moins âgée d'un ou deux ans que Michael, n'était pas de celles qui laissent transparaître leurs émotions et Michael lui en était profondément reconnaissant. Ses yeux semblaient légèrement rougis, mais, hormis cela, elle était aussi placide que d'habitude.

– Salut, dit-elle doucement et elle s'effaça pour le laisser entrer.

Elle posa une main sur son dos, seul geste de consolation qu'elle lui octroya. Elle le connaissait assez bien pour savoir qu'il ne désirait rien de plus. Aussi, elle se lança dans les explications sans plus tarder :

– J'ai parlé au directeur des pompes funèbres. Vincent lui a laissé des instructions écrites prévoyant tout dans les moindres détails.

– Parfait.

– Apparemment, il en a donné une copie à monseigneur Graham.

– Encore mieux.

Lorsqu'ils avaient parlé de la messe de funérailles, voilà quelques semaines, Michael avait dit à Vincent qu'il se sentait totalement incapable d'officier. Il avait promis de faire un bref éloge funèbre, et même cela ne laissait de l'emplir d'effroi.

– Je pense que ce type est le général Patton réincarné en directeur des pompes funèbres, ajouta Barbara. Je vais faire de mon mieux pour l'éviter. Ça m'est égal s'il se bat à mort avec Monsignore pour le titre de Monsieur Enterrement.

Michael acquiesça. Pour sa part, Tom Graham lui faisait penser à une vieille fille réincarnée en prêtre.

182

– J'ai passé quelques coups de fil, dit Barbara.

Michael avait remarqué le téléphone sans fil sur la table basse et une liste de noms et de numéros, sûrement préparée par Vincent lui-même. Il distinguait également un plan d'accès à l'église, sur lequel il reconnaissait l'écriture et le tracé impeccables de Vincent, tout à fait clairs malgré les quatre-vingt-trois ans de leur auteur. Michael savait que Barbara l'avait télécopiée à ceux qui en avaient besoin. Lorsqu'ils travaillaient ensemble, Barbara et Vincent étaient d'une effroyable efficacité.

Michael s'affala dans une causeuse, enleva ses lunettes et se frotta les yeux.

– Tu penses qu'on m'en voudrait si tu appelais tout le monde ?

– Non, bien sûr. Ils penseront tous que nous avons chacun une moitié de la liste et qu'ils sont sur ma moitié. Ne t'en fais pas, je t'épargnerai tout ce que je peux. En revanche... Elle fit une pause, lui laissant le temps de se préparer à ce qui allait venir.

– Pourquoi ai-je donc le sentiment que le nom de Tom Graham va encore être prononcé ?

– Il a déjà appelé six ou sept fois.

– Je croyais qu'il savait déjà tout ce dont il avait besoin.

– Michael, tu le connais. Lorsqu'il vient ici, le seul fait de décider où il va s'asseoir prend des allures de véritable mise en scène. Là, il a l'occasion de jouer une tragédie !

– Je te donne carte blanche.

– J'ai déjà essayé. Il m'a répondu que toutes les décisions devaient venir de toi.

– D'accord. La prochaine fois qu'il appelle, dis-lui que tu vas me demander mon avis. Rappelle-le un quart d'heure plus tard et dis-lui ce que tu voudras.

Elle sourit.

– J'applaudis à ton manque d'intégrité. Il veut également savoir si tu as changé d'opinion au sujet de la messe.

– Non et je n'en ai pas l'intention.

Il se sentait déjà assez peu à l'aise avec les messes qu'il était obligé de dire, sans en plus s'encombrer d'une autre qu'il n'avait absolument pas envie de diriger.

– Je le lui ai dit, mais il veut l'entendre de ta propre bouche.

– Je lui enverrai un télégramme. Le chauffage est allumé ? On gèle ici.

– Michael, il fait une chaleur étouffante ici. Tu n'es pas malade, au moins ?

– Non.

Physiquement, il se sentait bien. Du moins, pas plus mal que d'habitude. Il avait juste l'impression de se trouver dans une crypte.

La dernière fois que tu t'es senti comme ça...

Arrête. Tu as assez de pain sur la planche sans ajouter un accès de paranoïa à la liste.

— Bon, dit Barbara. Il ne te reste plus qu'à décider quand tu veux que les gens viennent ici.

— Ici ? Je ne veux voir personne ici.

— Je sais, mais ils viendront quand même et, si tu ne leur indiques pas un jour et une heure précis, ils viendront les uns après les autres et tu ne seras jamais tranquille. Si tu leur donnes une date et une heure, tu peux te débarrasser de la corvée d'un seul coup.

Elle avait raison. Il n'y avait aucun moyen d'éviter l'assaut des petits plats et des gâteaux à la confiture.

— Que penses-tu de mercredi soir, après la veillée funèbre ? lui demanda Barbara.

— Très bien, dit Michael. Promets-moi juste que tu vas embaucher un videur pour nous débarrasser de ceux qui seront encore là après 22 heures, ajouta-t-il, y compris monseigneur Graham. Surtout monseigneur Graham.

— Pas de problème. Je ferai fermer le bar à 21 h 45. Cela nous débarrassera de tout le monde, y compris de monseigneur Graham. Surtout de monseigneur Graham.

Michael acquiesça.

— Écoute, dit Barbara, s'il y a bien une chose que je sais faire à la perfection, c'est organiser une fête. Et Vincent m'a dit qu'il fallait que ce soit une fête. Il ne voulait pas d'une réunion de personnes aux visages de trois mètres de long, qui pleurnicheraient dans les coins.

C'était bien Vincent, pensa Michael. Il fallait qu'il dirige le show, même de sa tombe.

— Dans ce cas, peut-être qu'on devrait organiser tout ça ailleurs, dit-il. On pourrait louer un bus et emmener tout le monde faire le tour de la ville. Ou alors un circuit «Atlanta by night». Ou au Cheetah Club. Je suis sûr que monseigneur Graham aimerait beaucoup.

— Comment as-tu entendu parler du Cheetah Club ?

— J'y suis entré par accident. Je pensais que c'était le siège d'une association pour la protection des espèces sauvages.

Elle le regarda en fronçant les sourcils.

184

— Je ne sais même pas si tu plaisantes ou non.

— Et tu ne le sauras jamais, dit-il en souriant.

— Michael, tu es terrible, lui répondit-elle en riant.

Je le sais bien. Crois-moi.

— Bon, dit-il, semblant se résigner, donne-moi la moitié de ma liste.

— Non, non. Va te reposer. Je sais que tu as passé une nuit blanche.

— Comment le sais-tu ?

— Parce que je te connais. Tu as passé la moitié de la nuit à marchander avec Dieu et l'autre moitié à te convaincre que c'était ta faute si Vincent avait un cancer.

Il se leva.

— Rien à dire, tu me connais bien, lui dit-il, s'arrêtant sur son chemin pour lui donner une tape amicale sur l'épaule.

— Michael ?

Il s'arrêta.

— Tout va bien ?

Il chercha désespérément la réponse la plus sincère possible.

— Je vais aussi bien que possible étant donné les circonstances.

— Tu as eu une année difficile.

Il fit signe que oui. *C'est le moins que l'on puisse dire.*

— Si tu as besoin de quoi que ce soit... Je m'en fais parce que j'ai peur que tu n'aies personne à qui parler maintenant.

— Ne t'en fais pas.

— Ne t'en fais pas, tout ira bien, ou ne t'en fais pas, j'ai quelqu'un à qui parler ?

Il la regarda. Il savait comment fonctionnait le cerveau de Barbara. Elle essayait de deviner ce qui se passait.

— Barbara, ne me fais pas le coup des sous-titres, s'il te plaît.

— A vrai dire, ça ne me regarde pas.

— Qu'est-ce qui ne te regarde pas ?

— J'ai toujours eu l'impression que tu avais laissé autre chose que ton travail à New York.

Il sentit sa respiration s'arrêter. *Comment peut-elle savoir ?*

— Comme quoi, par exemple ? demanda-t-il en s'efforçant de garder son calme. Mon linge sale ?

Elle le fixa un instant avant de répondre :

— Rien. Je n'aurais pas dû en parler.

— Mais tu ne m'as rien dit !

Elle soupira.

— Il y a quelques mois, juste après ton départ pour Barton, une femme a appelé. Elle te cherchait.

– C'était probablement la rédactrice pour l'article du *New Yorker*.

– Oui, c'est bien ce qu'elle m'a dit.

– Et alors ?

– Je ne sais pas. Il y avait un... je-ne-sais-quoi dans sa voix...

Il la regarda fixement sans rien dire. Barbara avait un don extraordinaire pour découvrir ce qui se passait avec seulement un minimum d'informations.

– Barbara...

Il ne savait que lui répondre. Il était bien incapable de lui mentir, surtout parce qu'il savait qu'il était un très mauvais menteur et qu'elle s'en apercevrait immédiatement.

– Je ne te juge pas, dit-elle. C'est juste que je me fais du souci pour toi.

– Si tu veux vraiment te faire du souci, ne te gêne pas. Tu dois encore t'occuper d'un tas de choses.

Il n'avait pas voulu être si brusque, mais il s'en moquait complètement. Il se dirigea vers la porte, puis s'arrêta et la regarda.

– Dis-moi, tu n'en as jamais parlé à Vincent ?

– Bien sûr que non.

Il acquiesça, rassuré, tout en sachant qu'il ne faisait probablement que la conforter dans ses soupçons. Pour le moment, ça lui était égal. Il était vidé. Il allait se reposer un petit peu, lui parler, plaisanter avec elle et tout reprendrait une apparence normale.

Arrivé en haut des escaliers, il s'arrêta devant la porte fermée de la chambre qu'il occupait quand il était enfant. L'espace d'un instant, il s'imagina ouvrir cette porte et retourner dans le passé. A une époque où la vie avait un sens et où, pour cet enfant, aimer trop quelqu'un ne pouvait être un péché.

2

Il s'étendit sur le lit, trop petit pour que son mètre quatre-vingt-dix y soit à son aise, mais il avait besoin de se reposer ici même. Il se glissa sous les couvertures, mais cela ne suffit pas à le réchauffer. Il les tira jusqu'au menton, tout en continuant à grelotter.

Il ne se sentait plus seul maintenant. Il sentait...

Quelque chose (quelqu'un ?)...

C'était une pesanteur impalpable, comme celle qui suffit à réveiller quelqu'un que l'on regarde dormir. Michael n'arrivait pas à se débarrasser de la sensation que quelque chose tournoyait au-dessus de lui.

Pourquoi ?

Quelque chose qui semblait attendre.

Quoi ?

Un moment où il serait vulnérable.

Il se mit sur le côté et observa la pièce, espérant que cela suffirait à éloigner ces pensées.

Vincent n'avait rien touché dans la chambre depuis que Michael était parti. Les maquettes d'avion qu'ils avaient fabriquées ensemble pendaient encore au plafond. Michael n'avait jamais eu le cœur de les décrocher, même lorsqu'il était au lycée (préférant interdire l'accès de sa chambre à quiconque pourrait plaisanter à ce sujet). Les étagères étaient encore remplies de ses livres préférés de l'époque – *Gatsby le Magnifique*, *Le Bruit et la Fureur*, un recueil des essais de Flannery O'Connor... C'était bizarre comme ses goûts n'avaient pas changé, en littérature ou pour le reste. Il aimait toujours ce qu'il avait aimé de tout temps, plus profondément maintenant, voilà tout.

Sur son bureau, il y avait un panneau où étaient épinglés des tas de souvenirs : de vieilles cartes de base-ball, un dessin au fusain le représentant avec Vincent. Ce dessin avait été réalisé par une fille blonde aux cheveux raides – il se souvenait encore de son visage – sur le trottoir de Myrtle Beach, pendant l'été 1951. Des souches de billets pour des événements sportifs et des concerts. Une photographie le représentant en compagnie de Donna Padera : bal des lycéens de Saint-Pius, 1962. La pauvre Donna était persuadée qu'ils se « pré-fianceraient » ce soir-là, même s'il ne savait pas trop ce que cela voulait dire. (C'était un de ces mots que les adolescentes utilisaient pour provoquer une crise d'apoplexie chez leurs petits amis.) En fait, il lui avait annoncé qu'il entrait au séminaire. Elle ne l'avait pas bien pris. Elle avait jeté son corsage par terre, l'avait piétiné, avait appelé sa mère pour qu'elle vienne la chercher et ne lui avait plus jamais parlé. Même maintenant, près de trois décennies plus tard, elle ne lui adressait pas la parole lorsqu'ils se rencontraient par hasard ; elle était pourtant mariée à un radiologue et ses trois enfants étudiaient dans des écoles privées. Jusqu'à présent, il avait résisté à l'envie de lui dire qu'il fallait grandir, mais il ne savait pas s'il pourrait se retenir encore longtemps. Il préférait ne pas penser à sa réaction si elle apprenait au sujet de Tess. Elle engagerait probablement quelqu'un pour le liquider.

Tu devrais penser à Vincent. (Et à la Vie, à la Mort et à la Résurrection...) Pourquoi penses-tu donc à ta petite amie névrotique du temps où tu étais au lycée ?

Il avait beaucoup de raisons – de bonnes raisons – de ne pas penser à Vincent. La plus évidente était la trop forte douleur qu'il éprouvait lorsqu'il réalisait pleinement que Vincent était parti.

Pas parti. Tu sais qu'il n'est pas PARTI.

D'accord. Mais Vincent n'est pas joignable. Il ne pouvait prendre le téléphone et l'appeler. S'il se retournait, il ne verrait pas Vincent derrière lui. Il ne pouvait pas non plus tendre le bras et le toucher. Tout contact qu'il pourrait avoir avec lui à partir de maintenant serait fort douteux : il avait déjà *ressenti* à plusieurs occasions que Vincent était près de lui, et il s'était immédiatement dit qu'il inventait tout cela pour se réconforter. Il ressentait de la tristesse et de la peur à la pensée qu'il ne serait plus jamais *sûr* que Vincent fût quelque part près de lui.

Il se dit à nouveau qu'il ferait bien d'oublier tout ce qu'il ne savait pas. Il valait mieux se concentrer sur les choses dont il était *sûr*. Se dire que Vincent allait bien et ne souffrait plus. Qu'il était heureux. Si Vincent Kinney n'était pas dans ce que l'on appelait le « paradis », aucune âme sur cette planète n'y accéderait jamais. Malgré son entêtement et son côté bourru, Vincent était sans nul doute la personne la plus profonde que Michael eût connue. Religieux sans être pieux. Un être moral qui se gardait de juger et d'arborer quelque sujet de fierté personnelle. Michael admirait particulièrement qu'il fît si peu de cas de sa bonté. Dieu seul savait (littéralement parlant) combien d'argent Vincent avait donné, tant il veillait à ce que cela ne se sache pas. Il en fut ainsi de la construction d'une église et d'un centre de retraite, qu'il subventionna à condition que la provenance des fonds fût attribuée à un don anonyme. Il admettait seulement avoir fait les plans sans contrepartie financière. (Son humilité s'arrêtait au contact de sa table à dessin.) Vincent n'autorisait l'utilisation de son nom dans les brochures des œuvres caritatives que parce que cela pouvait inciter les gens à donner davantage. Cela ne l'empêchait pas de grommeler si on parlait trop de lui. «J'ai tellement vu mon nom que j'en suis malade, et je ne suis sans doute pas le seul à ne plus le supporter.» Vincent se moquait éperdument de prouver quoi que ce soit. Ce qu'il faisait, il le faisait pour servir Dieu. Vincent avait toujours dit à Michael d'être bon et de rester discret. *«Dieu sait tout ce que tu fais. Si tu as besoin de te vanter, ça ne peut être que pour les oreilles de quelqu'un d'autre.»*

Vincent était heureux, maintenant. Heureux et en paix.

Et si tout cela était faux ? S'il était juste PARTI ?

Tu sais que ce n'est pas possible.

Comment peux-tu en être si sûr ?

Tu sais pourquoi.

Durant l'hiver 1955 (Michael n'avait que dix ans), il avait bien failli mourir dans cette même pièce. Deux semaines avant Noël, il était tombé gravement malade. Les médecins avaient fini par diagnostiquer une fièvre rhumatismale aiguë. Une nuit, il avait eu jusqu'à 40° de fièvre et passait sans cesse de la conscience à l'inconscience. Le médecin et Vincent l'entouraient ; il essaya de comprendre ce qu'ils étaient en train de dire, mais leurs voix semblaient altérées, comme lorsqu'on passe un quarante-cinq tours en trente-trois tours. Il n'arrivait pas non plus à déchiffrer l'expression de leurs visages. Tout était flou, comme s'il se trouvait sous l'eau. Quoi qu'ils fussent en train de dire, il savait que ce n'était pas très encourageant.

Il s'endormit un instant. Lorsqu'il se réveilla, le père Donaghue était là ; il sut donc que tout n'allait pas pour le mieux. Vincent, le médecin et le père Donaghue conversaient dans le coin opposé de la pièce, à voix basse. Michael connaissait assez bien Vincent pour qu'il n'eût aucun doute sur ce qui se passait.

189

Vincent reportait en ce moment même l'inévitable à plus tard. S'il cédait et demandait au père Donaghue d'administrer l'extrême-onction, cela revenait à admettre que Michael allait mourir, et Vincent ne pouvait s'y résoudre tant qu'un semblant d'espoir demeurait.

Le médecin se rapprocha du lit et prit le pouls de Michael. Il réussit à ouvrir les yeux un bref instant et à soutenir son regard. Il lut la gravité de son état sur les visages. Le docteur se tourna vers Vincent. Il vit son grand-père déchiffrer ce regard et fixer le père Donaghue. Celui-ci vint se placer près de Michael et déboucha un flacon d'huile sainte. Derrière lui, Vincent prenait son visage entre ses mains, et ses épaules se soulevaient et retombaient alors qu'il pleurait en silence. Puis Michael entendit résonner la voix, à la fois solennelle et sourde du père Donaghue :

— *Per istam sanctam unctionem, indulgeat tibi Dominus...*

Michael ne sentit pas le père Donaghue lui toucher le front. Soudain, son esprit se mit à flotter au-dessus de la scène. Il la survolait et pouvait observer, d'en haut, le père Donaghue, Vincent et le docteur, son propre corps – son visage, même. Il ne ressentait aucune peur, il était juste désorienté. Il savait qu'il ne dormait pas et qu'il n'était pas en train de rêver. Bien au contraire, il se sentait tout à fait alerte. Se pouvait-il qu'il fût mort et, si tel était le cas, pourquoi serait-il encore là ? Il se demanda encore ce qu'il devait faire lorsqu'il entendit quelqu'un l'appeler. Il regarda dans la direction d'où provenait la voix. Là, dans un coin de la pièce, se trouvait une jolie femme dans une robe de velours bordeaux avec de la dentelle couleur ivoire autour du cou. Elle lui souriait, les yeux emplis de bonté et d'amour. Il la reconnut car il l'avait déjà vue sur des photographies. C'était sa mère.

Il ouvrit la bouche pour parler, mais s'aperçut qu'il en était incapable. Ce fut elle qui s'adressa à lui :

— Tout va bien, mon amour. Tout ira bien.

Sa voix était douce et le calma immédiatement.

— Tu vas encore vivre pendant très longtemps, dit-elle, parce que tu dois encore accomplir quelque chose ici.

Un million de questions affluèrent dans son esprit. Elle parut les deviner.

— Ne t'en fais pas. Tu le sauras le moment venu. Ce n'est pas important maintenant. Je veux que tu écoutes attentivement ce que j'ai à te dire.

Il fit signe qu'il était prêt. (Du moins, crut-il acquiescer.)

— Tu vas devoir te battre en permanence pour voir le monde comme il faut que tu le voies. Ne te laisse pas trop entraîner par

190

ce qui se trouve devant toi, par ce que tu peux voir et toucher. Rien de tout cela n'est très important. Tu ne pourras pas voir et toucher les choses qui comptent vraiment, mais tu pourras toujours les *sentir*. Si ça ne signifie rien pour toi maintenant, ne t'en fais pas. Tu comprendras plus tard, lorsque le moment sera venu ; il suffit que tu n'oublies pas.

Elle lui sourit, puis ajouta :

– Va toujours à l'intérieur, là où tu sais que réside la vérité.

Puis elle se volatilisa, aussi soudainement qu'elle était apparue, se dissipant devant ses yeux. Il voulait aller vers elle, l'empêcher de partir, mais il était incapable de bouger. Il se sentit attiré vers le lit, comme s'il était pris dans un courant marin. Il vacilla et, un bref instant, se sentit flotter dans l'espace. Puis il ouvrit les yeux et regarda le père Donaghue, qui l'observait aussi, surpris.

– Papi, dit-il à Vincent, je viens de voir ma maman.

Sans l'écouter, Vincent lui demanda comment il se sentait. Michael essaya de leur raconter ce qui venait de se produire, mais ils ne voulaient pas l'écouter. Ils étaient tout à l'amélioration soudaine de son état. Deux jours plus tard, il était assez remis pour pouvoir se lever, et une semaine après il était de retour à l'école.

En dépit de tous ses efforts, il ne put retenir l'attention de Vincent. Ce n'était pas que celui-ci ne le crût pas ; en fait, Vincent se comportait avec lui tout simplement comme s'il lui racontait quelque chose qu'il aurait vu à la télévision.

– Papi, je suis sérieux, j'ai vu ma maman !

– Je te crois.

– Mais... elle est morte.

– Je sais.

– Mais... les morts ne peuvent pas arriver comme ça et parler.

– Bien sûr que si.

– Alors, pourquoi ne le font-ils pas plus souvent ?

– Ce ne serait pas simple, tu ne crois pas ?

– Parce que là, tu trouves que c'est simple ?

– Écoute Michael... tu as raison. Ça n'arrive pas très souvent. Je pense que pour venir nous voir, ils sont obligés de faire un gros effort.

– Un gros effort ?

– Oui. Chaque fois que j'ai entendu parler d'une histoire de ce genre, c'était qu'ils avaient quelque chose d'important à dire.

– C'est quoi, ce que je dois faire ?

– Je ne sais pas. Il faudra que tu trouves tout seul.

— Et si je n'en sais jamais rien ?

— Elle a dit que tu saurais. Tu sauras. En attendant, arrête de t'en faire et continue à vivre normalement.

— Mais...

— Michael, qu'est-ce que Jésus disait à ceux qu'il avait soignés ?

— De ne plus pécher.

— Et quoi d'autre ?

— Je ne sais pas.

— Il leur disait de n'en parler à personne. Ce qu'ils n'ont pas fait, mais là n'est pas le problème. Pourquoi essayait-Il d'éviter que les miracles ne s'ébruitent ?

— Je ne sais pas.

— Parce qu'Il savait que la foi, lorsqu'elle s'appuie sur des miracles, est une foi peu profonde. Il ne voulait pas qu'ils soient si préoccupés par le surnaturel qu'ils n'entendraient pas ce qu'Il avait à leur dire. Tout ce que tu dois retenir, c'est le message. Ne pense plus à la façon dont on te l'a transmis.

Tout cela était logique, mais Michael n'avait jamais été capable de suivre ce conseil. La vision avait profondément modifié sa personnalité qui, jusqu'à cet épisode de sa vie, était extravertie et tournée vers les autres. Il adorait courir avec les copains de son âge dans le voisinage. Après, il se sentit trop différent pour vraiment s'y intéresser, et passait beaucoup de temps seul dans sa chambre, à lire et à écrire. Ses réflexions portaient sur l'autre réalité... ce royaume qui était là, juste au-delà de sa portée.

En raison de cette expérience et de son empreinte sur sa vie, Michael ne connut plus jamais la peur de la mort. Il éprouvait d'autres angoisses, qui avaient trait à sa façon de mener sa vie, et, invariablement, à cette chose qu'il était censé voir, et qui ne lui apparaissait pas. Il s'était décidé, quelques semaines après sa vision, pour le sacerdoce, sans avoir l'impression de prendre une décision – c'était quelque chose qui s'était soudainement imposé, sans qu'il fût nécessaire de se poser des questions. C'était la seule chose possible. Il pouvait aider à la marche du monde en prêtant sa foi à ceux qui en avaient besoin. Et il serait prêt, lorsque cette chose qu'il était supposé faire croiserait son chemin.

Michael s'était imaginé que Danny Ingram était la réponse à ses interrogations. Cela était aujourd'hui encore tout à fait plausible. Peut-être avait-il simplement tout raté. Tout cela n'avait été qu'un immense gâchis. Une tragédie annoncée aussi nettement aurait dû être évitée, et il aurait dû être à même d'y remédier. Il se demanda, pour la millionième fois, s'il avait pris tout cela suffisamment au sérieux pour y parvenir, avant qu'il ne soit trop tard. Il ne connaîtrait jamais la réponse, mais cela n'avait plus vraiment d'importance. En tout cas, cela n'avait pas vraiment d'importance maintenant pour les Ingram.

Il finit par être emporté dans un sommeil agité.

*

La nuit était presque tombée lorsqu'il s'éveilla. Il se changea et descendit. Barbara était au téléphone. A son ton, tout de patience forcée, il devina qu'elle était en train de parler avec monseigneur Graham avant même qu'elle ne le regarde en roulant des yeux.

– Je vais à la morgue, lui fit comprendre Michael silencieusement. Elle acquiesça.

Il laissa un petit mot dans la cuisine, lui demandant de fermer la porte à clef et de brancher l'alarme avant de partir. Il n'avait pas l'intention de revenir de sitôt.

Il conduisit lentement dans le voisinage, parmi toutes ces maisons qui étaient l'œuvre de Vincent, tout en se demandant ce qu'il allait faire. Il venait de mentir au sujet des pompes funèbres – il avait déjà appelé et on lui avait dit que sa présence était inutile. Vincent avait déjà fait son choix et réglé toutes les dépenses. Michael en était soulagé. Foi ou pas, une pièce remplie de cercueils lui flanquait toujours la frousse.

Après un instant de réflexion, il prit l'autoroute du sud en direction de la ville. Il avait décidé qu'un petit tour au Varsity, son fast food préféré, résoudrait ses deux problèmes : la faim et le besoin d'une expérience religieuse.

Le Varsity était connu de tout le monde à Atlanta, même si ce n'était jamais qu'une grande bâtisse où l'on vendait des hot dogs. Michael ne savait pas exactement depuis combien de temps le Varsity existait, mais sa réputation était telle à Atlanta qu'il semblait que l'établissement datait d'avant la guerre de Sécession. L'on s'y rendait sans doute davantage pour goûter à la tradition et à son atmosphère plutôt qu'à la nourriture, même si celle-ci était tout à fait décente. Michael avait toujours apprécié cet endroit. Vincent aussi. C'était « leur » endroit. Vincent avait coutume de dire que lorsqu'il mourrait, il ferait une halte au Varsity pour prendre un dernier beignet à la pêche avant de monter au paradis. A ce souvenir, Michael sourit et se demanda si, en fait, il n'allait pas au Varsity juste pour vérifier que Vincent ne s'y trouvait pas.

193

Il avait bien choisi son heure ; la foule du déjeuner était partie depuis longtemps et il était encore trop tôt pour dîner. Il se dirigea vers le long comptoir. Aucun système de file d'attente n'était prévu. Pour se faire servir, c'était à celui qui arrivait à attirer l'attention des caissiers. A cette heure-ci, on ne rencontrait aucun problème mais, lorsqu'il y avait un match au Georgia Tech, cela devenait un défi herculéen et seuls les plus braves, ou les plus fous, osaient se lancer dans l'aventure.

Michael prit deux hot dogs et des frites et s'assit à sa table habituelle, dans un coin de la salle, au premier étage, qui offrait une vue panoramique sur Spring Street. Il se sentait coupable d'avoir faim, même s'il n'avait rien avalé d'autre que du café ces dernières quarante-huit heures. Il était triste, parce qu'il s'apercevait bien que l'endroit ne le réconfortait pas autant qu'il l'aurait cru. Il essaya de penser à tous les bons moments que Vincent et lui avaient passés ici, mais il n'arrivait pas à oublier qu'ils n'y reviendraient plus jamais ensemble.

L'homme assis à la table voisine avait allumé une cigarette, malgré le panneau DÉFENSE DE FUMER. La fumée dérivait lentement vers Michael, qui essaya de la chasser de la main. Il leva les yeux vers l'homme, avec l'intention de lui demander d'éteindre sa cigarette ou d'aller la fumer ailleurs, mais les mots s'arrêtèrent dans sa gorge au moment où il le regarda plus attentivement. Il devait avoir environ trente-cinq ans et portait une veste en cuir, qui était visiblement de bonne qualité. Il regarda fixement Michael d'un air quelque peu obséquieux. Il semblait *espérer* que Michael dirait quelque chose qui lui permettrait de soulager une fureur mal contenue. Michael baissa la tête vers son assiette. Quelques secondes plus tard, il releva les yeux : le type le fixait toujours.

Oh ! pour l'amour de Dieu... comme si j'avais besoin de ça...

Michael prit son plateau et alla s'asseoir à l'autre bout de la pièce. Quelques minutes plus tard, il jeta un rapide coup d'œil dans la direction du type et s'aperçut que celui-ci avait tourné sa chaise de façon à pouvoir l'observer.

Il a « l'expression ».

Était-ce réellement ça ou seulement le fruit de son imagination ? Non, c'était tout à fait ça. L'« expression » était toujours visible au niveau des yeux, comme s'ils étaient recouverts d'une pellicule presque transparente, comme une très fine couche de lait. Aucun signe de vie là-dessous : on aurait dit les yeux d'un trophée de chasse empaillé, accroché sur un mur. Des yeux sans âme.

Ou pire.

Michael avait déjà vu cette expression – en fait, il l'avait souvent reconnue au cours de ses voyages, même s'il ne savait pas ce qu'elle signifiait. La première fois, c'était lorsque Vincent lui avait montré un article de presse sur le feu du Winecoff. Une des photographies représentait l'homme soupçonné d'avoir allumé le feu. Le pyromane, un récidiviste appelé Roy «Candy» McCullough, était le fils d'un meurtrier célèbre, exécuté en Géorgie en 1933. McCullough avait «l'expression»; c'était si frappant que l'on aurait pu penser que quelqu'un avait trafiqué la photo. (En fait, c'est ce que Michael avait supposé, jusqu'à ce qu'il tombe par la suite sur «l'expression» à de nombreuses reprises.) Michael avait toujours été fasciné par McCullough, parce qu'il n'existait personne d'autre qu'il pût accuser de la mort de ses parents. (C'était sûrement plus facile d'en vouloir à un ex-taulard qu'à Dieu.) La rumeur voulait que McCullough se soit violemment disputé avec l'un des joueurs de poker rassemblés au troisième étage de l'hôtel. Il était sorti en claquant la porte, menaçant de se venger. Il était revenu deux heures plus tard pour mettre le feu. A ce que l'on a dit, McCullough s'en était vanté auprès de plusieurs de ses amis, mais les autorités n'avaient jamais pu rassembler assez de preuves pour l'écrouer. Entre-temps, McCullough fut arrêté pour un autre délit et condamné à la prison à perpétuité. La police classa alors l'affaire de l'incendie.

Parmi les nombreux documents qu'il avait pu lire sur McCullough, une description était revenue hanter Michael alors qu'il tentait de s'occuper de Danny Ingram. Elle était tirée d'un livre écrit par un homme ayant connu McCullough en prison : *«S'il vous aimait, McCullough était capable d'être le meilleur des hommes; s'il vous détestait, il devenait votre pire ennemi... Je ne comprendrai jamais comment Candy pouvait être un formidable ami et se transformer en un instant en un être sans cœur, totalement dénué d'émotions humaines.»* Michael ne parvenait pas non plus à comprendre une telle chose, du moins pas avant de rencontrer Danny. Maintenant il comprenait, trop bien à son goût. Aujourd'hui, il avait trop de réponses. Des réponses à des questions qu'il aurait souhaité ne jamais avoir posées.

*

L'affaire Danny Ingram avait débuté tout simplement. Un jour tout à fait banal, Kevin Ingram – un ancien camarade de Saint-Pius dont Michael se souvenait à peine – l'avait appelé. Kevin, qui habitait maintenant Long Island, avait retrouvé Michael grâce au journal. Il avait besoin de conseils, car il s'inquiétait pour son fils aîné, et le prêtre de la paroisse n'avait pas été d'un grand secours. En fait, celui-ci refusait maintenant de répondre aux demandes incessantes de Kevin.

– Quel genre de problèmes a ton fils ?

– Je crois qu'il est possédé.

Michael s'était mis à rire. Non pas parce qu'il ne croyait pas à la possession (même si tel était le cas à l'époque), mais parce qu'il pensait que Kevin plaisantait. La plupart des parents d'adolescents de dix-huit ans étaient convaincus que leurs enfants étaient possédés. Lorsqu'il s'aperçut que Kevin, lui, ne riait pas, Michael avait soudainement réalisé que ce n'était pas une plaisanterie.

Michael lui avait demandé pourquoi il pensait cela, mais Kevin ne put lui répondre que très imprécisément :

– *Il se passe des choses bizarres chez nous. Et Danny n'est plus lui-même. Autre chose... je ne sais pas comment je pourrais t'expliquer... c'est une sensation... l'air de sa chambre devient plus lourd, pesant, comme si la gravité avait soudainement doublé ou quelque chose de ce genre... Je sais que ça semble incroyable. Il faut que tu viennes voir par toi-même.*

Michael avait accepté de se rendre chez les Ingram pour voir par lui-même.

La famille habitait une magnifique maison à Cape Cod, au nord de Long Island. Une belle bâtisse à la gloire de la réussite financière de ses occupants. Kevin travaillait dans une banque d'investissement et sa femme, Maureen, était avocate et possédait son propre cabinet. La décoration de leur intérieur était parfaite et le mobilier, qui avait dû coûter une fortune, sortait tout droit de chez un antiquaire. Michael trouvait qu'il y avait un peu trop d'estampes de scènes de chasse, mais on sentait bien que tous les détails avaient été soigneusement pensés et que l'on n'avait pas lésiné sur les moyens.

Danny était dans sa chambre, où, d'après ses parents, il avait passé toute la journée. Ils lui avaient dit que Michael viendrait le voir et apparemment, ça n'avait pas l'air de le ravir. Cela faisait maintenant plusieurs heures qu'il était plongé dans un état de stupeur morose. Kevin avait confié à Michael que, vu son comportement habituel, il préférait encore cette catatonie aux réactions dont il les gratifiait la majeure partie du temps.

– Que se passe-t-il ? demanda Michael.

– Beaucoup de trucs étranges, lui répondit Kevin. Des lumières qui s'allument et s'éteignent toutes seules... la chasse d'eau qui se déclenche sans qu'on la tire... Un soir, j'étais dans mon bureau en train de faire mes comptes et la télé s'est mise en marche toute seule. Il m'a fallu la débrancher pour l'éteindre : le bouton ne marchait plus.

– Des objets tombent des étagères, ajouta Maureen. Une fois, j'ai allumé la cuisinière et les flammes sont montées à presque trente centimètres, sans aucune raison apparente.

– Pourquoi pensez-vous que Danny est la cause de tout ça ?

– Tout a commencé il y a quelques mois, dit Kevin. C'est là que le comportement de Danny a changé.

– Changé ? Comment ?

– Il avait des sautes d'humeur subites, dit Kevin. Avant, c'était un gamin tout à fait normal. Un peu timide, mais rien de dramatique. Soudain, il a commencé à avoir des accès de fureur, sans aucun avertissement ni provocation.

Maureen acquiesça.

– Il jette tout ce qui lui passe à portée de main, il crie – et je ne parle même pas des horreurs qu'il nous dit.

– Le reste du temps, il est boudeur, morose. Il ne nous parle presque plus, ajouta Kevin, d'un ton empreint de douleur. Parfois, il est tout à fait normal, mais ça devient de plus en plus rare.

Il secoua la tête et ajouta :

– Et puis, il y a cette impression, que je t'ai confiée au téléphone. Elle est plus évidente à des moments, mais elle est toujours là.

– Mon Père, je connais mes enfants, dit Maureen, un peu sur la défensive. Lorsque Danny était petit, il avait souvent des otites, mais il ne réagissait pas à la douleur, et on avait du mal à savoir s'il avait mal ou non. Pourtant, je le savais, toujours. Je l'emmenais voir le médecin et je lui disais que Danny avait une otite, alors qu'il courait dans le cabinet comme un petit Diable. Le médecin me regardait comme si j'étais à moitié folle... jusqu'à ce qu'il examine les oreilles de Danny et s'aperçoive que j'avais raison. Je ne dis pas que j'ai des pouvoirs surnaturels. Mais, si quelque chose ne va pas, je le sens, et il y a quelque chose à l'intérieur de Danny qui n'est pas Danny.

Des larmes commençaient à poindre dans ses yeux et elle eut du mal à poursuivre :

– Je me fous de savoir si vous me croyez folle, je sais que j'ai raison.

– Je n'ai jamais dit que je pensais que vous étiez folle.

– C'est vrai, mais je sais que c'est ce que vous pensez.

— Je vous assure que je n'ai pas encore d'opinion, favorable ou non. Pour le moment, je vous écoute. Si je viens à penser que vous êtes folle, je vous le dirai immédiatement, d'accord ?

Maureen acquiesça et sourit même un peu. Kevin tendit son bras et lui serra la main.

— Nous sommes complètement lessivés, dit-il.

— Ça dure depuis combien de temps ? demanda Michael.

— Environ six mois.

— Et personne n'a pu vous aider ?

Kevin secoua négativement la tête.

— Le père Garra est venu ici un soir et a béni la maison, mais Danny a commencé à lui lancer des obscénités. Il s'est fâché et est parti. Je pense qu'il a dû se faire à l'opinion que Danny était un sale gosse de riches trop gâté, refusant toute autorité.

— Le père Garra a grandi à Brooklyn et sa famille était très pauvre, ajouta Maureen. Je crois que son opinion était faite au moment même où il a vu la maison.

— Eh bien ! dit Michael en souriant, je suppose que Kevin vous a dit que j'étais un sale gosse de riches trop gâté. Et que je refuse *toujours* toute autorité.

Maureen et Kevin se mirent à rire, mais leurs yeux étaient emplis de peur.

Ils continuèrent à parler pendant un moment, puis Michael demanda à voir Danny, seul, dans sa chambre. Les murs étaient recouverts de posters de groupes de heavy metal et de dessins de squelettes et de démons ailés – vraisemblablement faits par Danny lui-même. Sur les meubles s'entassaient des vêtements, beaucoup de jeans et de T-shirts noirs, bardés de logos de groupes. Un bon citoyen aurait immédiatement fait demi-tour en déclarant : «Je vous l'avais bien dit», mais Michael se rappelait encore avoir horrifié Vincent pendant sa période Elvis Presley. (A cette époque, Vincent avait également dû penser que Michael était possédé.)

Danny était un garçon frêle, au teint pâle avec des cheveux longs et des yeux bleus délavés. Il était assis au bord du lit et regardait droit devant lui, répondant aux questions de Michael par monosyllabes et par des haussements d'épaules. Exactement comme l'aurait fait un adolescent normal. Il semblait pourtant plus déprimé qu'un adolescent normal. Son regard était instable, comme si, à la place de la pièce qui l'entourait, il cherchait autre chose. Et l'atmosphère semblait *vraiment* pesante ici, même si Michael ne savait pas quelle était la part d'autosuggestion.

— Qui vous a dit de venir m'emmerder ? demanda soudainement Danny d'une voix plus bourrue qu'elle n'aurait dû l'être à son âge.

— Tes parents.

— Et que pensez-vous faire ?

— Je ne sais pas encore.

— Vous ne pouviez pas laisser passer la chance d'entrer dans la chambre à coucher d'un adolescent ?

Michael se força à sourire :

— Raté. Ne crois pas à tout ce qu'on raconte à la télé.

— Quoi alors ? Vous préférez les petites filles ?

— Non, je préfère les moutons. J'ai grandi à la campagne, en Géorgie. Mais pourquoi ne parlerions-nous pas de toi pour changer ?

Danny le regarda sans broncher et resta silencieux.

— Tu peux me dire ce qui se passe ?

Pas de réponse.

— Tes parents me disent que tu ne vas pas bien.

Pas de réponse.

— Écoute, je suis assez arrogant pour penser que je peux peut-être t'aider, mais il faut que tu le veuilles.

— FOUTEZ-MOI LE CAMP ! cria Danny. Il prit sa lampe de chevet et la jeta contre le mur opposé de la chambre : elle se brisa en mille morceaux qui tombèrent sur le sol. Michael essayait de garder son calme. Danny respirait bruyamment et s'efforçait de faire baisser les yeux à Michael.

— Comme tu veux, Danny, dit-il d'une voix douce, nous parlerons quand tu seras de meilleure humeur.

Michael se dirigea vers la porte. Il allait l'ouvrir lorsqu'il entendit la voix de Danny :

— Père Kinney ?

Michael se retourna. Ce qu'il vit le surprit énormément. Danny s'était effondré sur le lit en position de repli, comme s'il était épuisé. Son regard méprisant avait disparu, remplacé par une sensation de peur et de totale impuissance. On aurait dit une autre personne. Danny restait silencieux et gardait les yeux baissés. L'espace d'un instant, Michael douta que Danny l'eût vraiment appelé.

— Père Kinney, murmura Danny. Cette fois, on aurait dit que Danny était en train de prendre conscience de la présence de Michael.

— Qu'y a-t-il, Danny ?

199

Danny continuait à regarder dans le vide, les yeux baissés.

– Pensez-vous vraiment pouvoir m'aider? demanda-t-il d'une toute petite voix.

Michael ne parvint pas à lui répondre tout de suite, tant il était sous le coup de la subite transformation. Le gamin qui se trouvait devant lui, sur le lit, était le portrait même de l'humilité.

– Je vais faire de mon mieux, souffla finalement Michael.

Danny secoua la tête de bas en haut. Il regarda ses mains tremblantes posées sur ses genoux. C'est à ce moment que Michael se jura qu'il ferait tout ce qui était en son pouvoir pour aider Danny Ingram.

Kevin et Maureen l'attendaient dans la cuisine, impatients de s'entendre dire que leurs soupçons étaient fondés. Michael savait qu'il ne pourrait pas les conforter dans cette attente, mais il n'allait pas non plus les laisser tomber, comme l'avait fait l'autre prêtre.

– Je ne sais pas ce qui se passe, leur dit-il, mais, de toute évidence, il se passe quelque chose et même quelque chose de très sérieux. J'aimerais appeler en renfort quelqu'un qui connaît la question beaucoup mieux que moi.

– Ça prendra combien de temps? demanda Kevin, s'attendant visiblement à ce qu'on le mène une fois de plus en bateau.

– Demain, ça vous va?

Michael ne savait absolument pas comment il allait s'en sortir, mais la gratitude et le soulagement dont firent preuve les Ingram l'empêchaient de revenir en arrière.

Il prit congé du couple et, dès qu'il trouva une cabine téléphonique libre, il appela sa secrétaire, Linda.

– Il me faut quelqu'un ayant une grande expérience des exorcismes, et il me le faut rapidement.

– Des exorcismes? demanda-t-elle sur son ton habituel, à la fois charmant et maternel. (Si vous aviez le malheur de vous préparer vous-même une tasse de café au bureau, vous pouviez être sûr d'en entendre parler.)

– Je ne plaisante pas et j'ai très peu de temps devant moi. Vous vous moquerez de moi plus tard.

– Où êtes-vous?

– A Plandome. Long Island. Commencez donc par vérifier s'il existe un exorciste officiel dans le diocèse de Rockville Center. Ça m'étonnerait beaucoup, mais on ne sait jamais.

– Et s'il n'y en a pas?

– Essayez les pages jaunes. Débrouillez-vous. Je serai de retour au bureau dans une demi-heure.

– Je vous trouverai quelqu'un d'ici là.

Linda tint parole et, lorsque Michael arriva, il trouva une liste de noms et de numéros de téléphone. Il regarda les noms des prêtres de la région et, suivant son instinct, appela un certain père Robert Curso, responsable d'une paroisse du Bronx. Selon la petite note que lui avait laissée Linda, il travaillait dans un relais catholique de la 124e rue. On le fit patienter quelques minutes au téléphone, car la personne qu'il obtint de la mission ne parlait aucune langue qu'il pût identifier. Il réussit enfin à parler au père Curso. *(« Appelez-moi Bob, dit ce dernier d'un ton peu chaleureux, j'ai horreur des présentations formelles. »)* Il avait une voix brusque, rauque, comme celle d'un gros fumeur. En fait, à l'entendre, on aurait dit un ancien sergent instructeur. Michael lui expliqua qui il était et pourquoi il appelait, avant de commencer à relater les grandes lignes de l'histoire. Il en était arrivé à la moitié, lorsque Bob lui coupa la parole :

– A-t-il montré des signes d'une force anormale ?

– Pas que je sache.

– Parle-t-il une langue étrangère qu'il n'a jamais apprise ? A-t-il des capacités télépathiques ou une aversion pour les symboles religieux ?

– Ses parents n'ont rien mentionné de tel. Il n'y a que ces faits inexpliqués et des accès de colère.

– Alors qu'est-ce qui vous fait croire qu'il est possédé ?

– Je n'ai jamais dit qu'il était possédé, dit Michael, perdant patience. J'ignore tout de la possession. J'essaye de trouver quelqu'un qui connaît la question et qui pourra me dire si, oui ou non, Danny est possédé. Si ça ne vous intéresse pas, dites-le-moi et j'appellerai quelqu'un d'autre, il faut faire quelque chose, vous comprenez, je ne sais pas ce qui arrive à ce gamin, mais ses parents sont en train de devenir fous, et personne n'a levé le petit doigt pour leur venir en aide !

Bob resta silencieux un instant, avant de demander :

– Quel âge avez-vous ?

– Quel est le rapport avec ce que je viens de vous dire ?

– Rien, c'est vrai. Je suis surpris, c'est tout.

– Surpris de quoi ?

– Vous avez beaucoup de punch pour un jésuite.

– Et que voulez-vous dire *par là* ? demanda Michael, même s'il savait exactement ce que cela signifiait. Curso, comme la plupart des prêtres en charge d'une paroisse, pensait être « au front », en prise avec une réalité qui échappait aux prêtres officiant

201

« dans les bureaux ». Un prêtre appartenant à un ordre religieux ne pouvait, à ses yeux, que s'enfermer dans une tour d'ivoire et perdre son temps à écrire une thèse de doctorat sur un point de théologie obscur, ésotérique et totalement inutile. Les jésuites déplaisaient tout particulièrement aux prêtres séculiers, qui les soupçonnaient de se considérer comme la crème de la crème. Ce qui n'était d'ailleurs que la vérité pure et simple. (La meilleure description de cet état de fait que Michael eût jamais lue venait de Diderot : *« Il existe toutes sortes de jésuites, même des athées, mais vous n'en trouverez jamais un seul qui fasse preuve d'humilité. »*)

— Donnez-moi leur adresse, lui dit Curso.

Michael la lui donna et lui indiqua comment s'y rendre.

— Il faut combien de temps ? Environ quarante-cinq minutes ?

— Oui, environ.

— D'accord. Je vous retrouverai là-bas.

— Quand ?

— Dans quarante-cinq minutes.

— Vous plaisantez ! A cette heure-ci, il va me falloir quarante-cinq minutes pour trouver un taxi avant de pouvoir vous rejoindre. Je pensais que nous aurions pu y aller demain matin...

Bob rit doucement :

— Et voilà, *maintenant* vous ressemblez à un véritable jésuite.

— J'y serai dès que possible, répondit Michael avant de raccrocher. Il haïssait Bob Curso et se demandait dans quel pétrin il venait de se fourrer.

Kevin et Maureen avaient préparé une liste d'incidents et de témoins pour que Bob puisse l'examiner. Il ne la regarda même pas et demanda à voir Danny, seul. Michael attendit dans la cuisine avec les Ingram, auxquels il dut confier le peu de choses qu'il savait sur Bob. Il n'y avait que dix minutes que celui-ci était monté dans la chambre de Danny qu'il revenait déjà dans la cuisine.

— Mon Père, nous avons tout mis par écrit, dit Maureen, dans le cas où vous auriez des questions.

— Je n'ai pas de questions, dit Bob. Mais gardez tous ces trucs pour les sceptiques. Nous aurons besoin de toute l'aide possible.

— Alors... vous pensez que nous avons raison, demanda Kevin, plein d'espoir.

— Non, répondit Bob. Je sais que vous avez raison.

A cet instant, Michael se mit à penser que le père Bob était, dans le meilleur des cas, une sorte d'obsédé des forces occultes.

(Il fallait toutefois admettre qu'il devait être difficile de dénicher une personne posée et rationnelle, qui aurait pu se prévaloir d'une solide expérience d'exorciste.) Michael ne voyait pas, de toute façon, comment Bob aurait pu faire empirer la situation, et il n'était pas totalement impossible qu'il parvienne à un résultat satisfaisant. Kevin et Maureen étaient tellement convaincus que Danny était possédé qu'ils avaient probablement réussi à en convaincre *Danny lui-même*. Pour ce qu'en savait Michael, le rituel de l'exorcisme pourrait bien suffire à faire croire à Danny qu'il était sauvé.

Les bureaucrates leur en firent voir de toutes les couleurs, comme l'avait prédit Bob. Ils firent même du zèle. Danny dut se soumettre à des tests psychologiques, des examens physiques, des entretiens et autres formes de tourments qui prirent plusieurs semaines. Lorsque l'évêque eut enfin épuisé toutes les méthodes qu'il avait à sa disposition pour retarder l'exorcisme, il envoya Michael et Bob chez le cardinal. Ils reprirent tout le cirque du début et le résultat fut un rapport épais de plus de cent pages, rassemblant les résultats des tests et la narration des divers incidents. Le cardinal promit de les contacter dès que possible, leur rappelant au passage qu'il était très occupé.

Bob, qui était déjà rompu aux rouages bureaucratiques de l'Église, fut frustré, mais pas surpris. Michael, pour sa part, était complètement ébahi. Quel mal y aurait-il à revêtir les habits sacerdotaux et à répandre un peu d'eau bénite dans une maison ? «Les gars en chapeaux rouges[1] n'aiment pas être ennuyés par des phénomènes paranormaux», dit Bob. «Ils ont peur que les gens ne les prennent pas pour des hommes politiques sérieux.»

Une semaine passa. Les crises de Danny devenaient de plus en plus longues et violentes. Il était clair que, s'il ne représentait pas encore une menace pour lui-même et pour son entourage, cela ne saurait tarder. Il était également clair que Kevin et Maureen n'avaient nulle intention de réviser leur position. Toutes les tentatives pour leur suggérer d'autres remèdes s'étaient heurtées à un implacable refus.

En fin de semaine, Michael appela le bureau du cardinal. Cela lui prit deux jours pour l'avoir enfin en ligne. Celui-ci ne s'excusa aucunement de son silence et ne daigna pas non plus lui en expliquer la raison. Il lui apprit qu'il avait envoyé le rapport à un psychologue indépendant pour obtenir un «avis supplémentaire».

---

1. C'est-à-dire les cardinaux (N.d.T.).

Le docteur Brennan était en vacances pour deux semaines encore, mais il examinerait le dossier dès son retour.

L'attitude du cardinal avait passablement énervé Michael :

– Mais nous n'avons pas deux semaines ! Nous n'avons même pas deux *jours* ! Il faut faire quelque chose, *immédiatement* !

C'était comme s'il parlait à un mur. Le cardinal avait continué à répéter son refrain, sans même faire mine d'écouter Michael et encore moins de le prendre au sérieux.

Le lendemain matin, Maureen lui téléphona. Pendant la nuit, Danny avait attaqué Kevin avec un tisonnier et l'avait frappé au front. Il avait fallu lui faire onze points de suture pour refermer la blessure. Danny s'était alors enfui. Lorsqu'il était revenu, au petit matin, il avait dit ne pas se souvenir de ce qui s'était passé. Il n'avait pas bougé de sa chambre depuis lors, mais Maureen avait maintenant peur de rester à la maison avec lui. Michael raccrocha et appela l'évêque.

– Michael, j'ai été aussi clair que possible. Ce dossier doit être traité comme il est prévu dans nos statuts, et c'est exactement ce qui est fait. Les choses avancent à leur rythme.

– Oui, mais ici, les choses ont un rythme différent, et elles ne vont pas attendre votre bon vouloir ! Je vous avertis que si nous ne faisons pas quelque chose *dès maintenant*, il va se passer quelque chose de sérieux ! Quelqu'un va y laisser sa peau !

– Dans ce cas, emmenez-le voir un psychiatre.

– Il en a déjà vu au moins une *centaine* ! Si une chose est sûre, c'est bien qu'il n'a pas besoin de voir un autre psychiatre. *Et si vous vouliez bien bouger votre royal postérieur et venir vous asseoir près de Danny un petit moment, vous sauriez que...*

– Ce sont les experts qui en décideront. Entre-temps, je ne veux plus en entendre parler, et je suis sûr que vous avez suffisamment de travail avec votre magazine sans perdre votre temps avec cette histoire.

Plus tard dans l'après-midi, Michael et Bob eurent une longue discussion autour d'une chope de bière. Bob savait ce qu'il allait faire. Il allait procéder sans l'autorisation de l'Église. Il voulait que Michael l'aide. En fait, sans lui, il ne pouvait rien. A cette époque, hormis un article un peu risqué de temps en temps et la mauvaise habitude qu'il avait de parler un peu haut, Michael avait toujours été un bon soldat. La pensée d'être impliqué dans une action illicite ne l'engageait pas particulièrement. Mais cela valait mieux que ce qui pourrait se passer s'il n'agissait pas. Il accepta d'aider Bob.

Michael avait été assez naïf pour s'imaginer que son aide se

204

limiterait à ce qu'on lui dirait de faire. Bob lui réservait en fait la procédure d'endoctrinement.

Ils prirent un taxi pour se rendre dans une des salles de classe de la confrérie dont dépendait la paroisse de Bob. Il demanda à Michael de s'asseoir et se dirigea vers le tableau noir. Il prit un bâton de craie neuve et le coupa en deux.

— Vous vous souvenez des diagrammes de Venn ? demanda-t-il.

— Je me rappelle que je n'aimais pas ça, répondit Michael en se souvenant de cercles conjoints et de zones grisées, de lettres et de noms de catégories du style « tous les juges qui s'appellent Steve, qui habitent la banlieue et qui font du vélo. »

— Ce n'est pas très compliqué, dit Bob en traçant un petit cercle au tableau. Ceci vous permettra d'avoir une représentation graphique de ce qui se passe.

Il inscrivit un E à l'intérieur du cercle.

— Esprit, dit-il, comme si Michael était censé comprendre où il voulait en venir.

Puis il traça un plus grand cercle autour du cercle contenant le E. Il l'appela C.

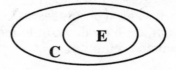

— Corps, dit-il. Ce qui abrite l'esprit.

Il traça alors un autre cercle, qui coupait le cercle C, et l'appela V.

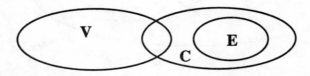

— Volonté, dit-il.

— Quelle théorie êtes-vous en train de me présenter ? fit Michael.

– La mienne, dit Bob. Il traça un cercle encore plus grand autour de la «volonté» et du «corps», et l'appela A.

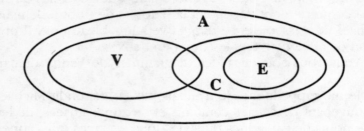

– Âme, dit Michael, qui comprenait le cheminement sans toutefois savoir où Bob voulait en venir.

– Maintenant, ajouta Bob en revenant au premier cercle, voici le premier cours accéléré de théorie de la Possession.

– Je devrai répondre à un questionnaire à choix multiples? demanda Michael.

– L'examen final se déroulera demain matin, et voici votre seule chance de vous y préparer, alors soyez attentif.

Michael sourit et fit signe qu'il était tout ouïe. Le visage de Bob devint extrêmement tendu.

– La plupart des gens pensent que la possession se déroule en quatre étapes.

La plupart des gens ? La plupart des gens vous feraient enfermer...

– A mon avis la possession se fait en deux étapes, même si, à proprement parler, il s'agit d'un processus continu. La première étape est *l'infestation*, dit-il en écrivant le mot au tableau, et en dessinant le diagramme en rapport.

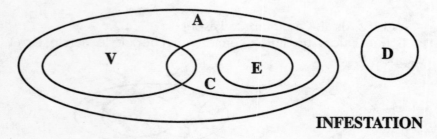

INFESTATION

– D pour démon. Ne vous posez pas trop de questions sur ce qu'il est ou comment il est arrivé là, nous n'en avons pas le temps et, de toute façon, ça nous importe peu dans le cas présent. Lors de la phase d'infestation, il est présent, à la périphérie,

206

cherchant une entrée dans le corps et plus particulièrement dans l'esprit. A ce stade, il se manifeste physiquement. C'est ce qu'ont décrit les Ingram : les lumières qui s'allument et s'éteignent, la chasse des toilettes qui se met à fonctionner toute seule, les tiroirs qui s'ouvrent et se ferment. Et aussi les bruits : des grattements, des claquements et des sifflements. Le démon est en train de guetter sa proie. Ce qu'il veut, c'est désorienter la victime potentielle, détruire son équilibre...

Bob se rapprocha du tableau et fit un nouveau schéma.

– L'étape suivante est *l'obsession*, dit-il.

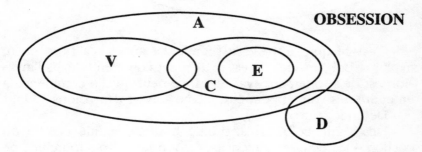

OBSESSION

– La victime a déjà été affaiblie, le démon commence à s'introduire. Il envahit l'âme, affaiblit le corps et l'esprit. En règle générale, les manifestations physiques se font moins nombreuses. La plupart des changements sont maintenant internes. La victime est agitée, angoissée, de mauvaise humeur et a du mal à dormir. Son entourage s'aperçoit d'une modification de la personnalité, généralement très radicale. L'influence du démon commence à se faire sentir dans les actions de la victime. Les sautes d'humeur de Danny, ses crises. Les victimes plus âgées perdent les défenses qui endiguaient leurs anciens vices, ou s'en découvrent de nouveaux – ceux-ci les obsèdent véritablement, ce qui affaiblit leur conscience, et donc l'esprit. Le démon peut alors atteindre son but, en affaiblissant la victime, son esprit, son corps et son âme.

Michael fit signe qu'il comprenait. Il avait toujours du mal à réaliser qu'il était là en train d'écouter un exposé sur les techniques d'infestation employées par les démons. En son for intérieur, il ne pouvait croire à ce genre de choses, même s'il avait demandé à l'évêque l'autorisation de pratiquer l'exorcisme. Toutefois, une partie de lui-même commençait à croire que tous ces salmigondis pouvaient ne pas être totalement incongrus, qu'il y avait peut-être là un semblant de vérité – comme s'il se souvenait de quelque chose qui s'était déroulé ailleurs, à une autre époque.

Bob avait repris la craie.

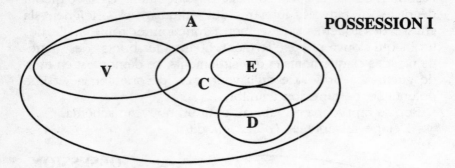

— C'est ce que j'appelle la première étape de la possession, expliqua Bob. La victime est totalement consciente, mais l'invasion est déjà fortement avancée. Il se peut qu'elle commence à entendre des voix et peut-être même à avoir des visions.

— De quel genre ?

— Des animaux bizarres, moitié homme, moitié chèvre ou cochon — les démons aiment beaucoup les sabots fourchus, ne me demandez pas pourquoi. Quelquefois des monstres avec des ailes, ou des reptiles. Parfois ce ne sont que des sortes de gros nuages noirs. Les gens qui les ont vus les décrivent d'un « noir plus foncé que ce qu'ils ont jamais vu ».

Les gens qui les ont vus ?

Michael revit mentalement la bande annonce d'une émission fantastique, censée relater des faits réels *(bien sûr !)* : deux hommes en combinaison, avec un fort accent du terroir, décrivait un ovni qui s'était écrasé au sol et les corps d'extraterrestres découverts dans les bois : « Il y en avait *quatre étendus sur le sol.* »

Bob continuait à parler...

— ... d'autres sons. Tous les sens de la victime sont sollicités, même dans ses rêves. Ceux-ci sont violents et très désorientants ; ils restent présents, même lorsque la victime est éveillée. L'objectif du démon est d'épuiser la victime et d'affaiblir sa volonté jusqu'à ce qu'il trouve ce qu'on appelle un « point d'entrée ».

Il s'arrêta un instant pour laisser à Michael le temps de digérer ces informations, avant de reprendre :

— Il me faudrait toute la nuit pour vous expliquer tout ça en détail. En résumé, la victime est affaiblie au point de faire quelque chose – *par sa propre volonté* – qui la met en phase avec le Mal. Le Mal ne peut jamais entrer s'il n'y est pas invité, et la victime est la seule personne qui puisse ouvrir cette porte.

Michael voulut demander ce que devait faire la victime – ce qu'avait fait Danny, par exemple – mais il avait l'impression qu'il faudrait une nuit supplémentaire pour que Bob lui donne la réponse.

– C'est alors, dit Bob solennellement, qu'on passe à la seconde étape. C'est là que nous en sommes.

Il s'arrêta pour dessiner.

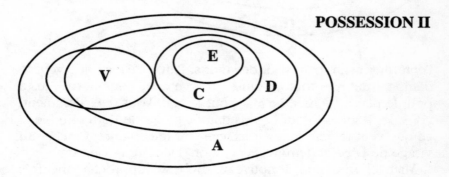

POSSESSION II

Que ce soit un tissu de billevesées médiévales ou non, Michael sentit un frisson le parcourir en voyant le cercle « démon » englober les cercles représentant le corps, l'esprit et la volonté.

– Maintenant le démon peut accéder comme il le veut au corps et à la volonté de la victime. Celle-ci souffre de pertes de conscience, parce que le démon est maintenant parfaitement autonome. C'est ce qui est arrivé à Danny la nuit dernière.

– Il a dit qu'il ne se souvenait de rien, dit Michael qui commençait à comprendre.

– Il ne se souvenait *d'absolument rien*, dit Bob. On aurait pu le soumettre au détecteur de mensonges, et il aurait réussi le test, parce que ce n'est pas *lui* qui a agi.

Michael se cala dans la chaise. Les pièces du puzzle commençaient à se mettre en place, mais il n'en était pas soulagé pour autant.

– Ce petit morceau – Bob indiqua la zone en forme de croissant du cercle de la « volonté » qui restait hors d'atteinte du cercle du « démon » – est important. Nous y reviendrons plus tard.

Il reprit la craie.

– Dernier diagramme, dit-il. *Possession parfaite.* C'est ce que nous essayons d'éviter, dans le cas de Danny. Une fois le corps et la volonté envahis, le démon contrôle complètement la victime. Après... Il secoua la tête. Tout ce qu'il reste à faire, c'est de

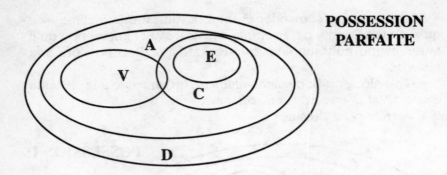

l'enfermer avant qu'il y ait des morts. Parce c'est ce que veut le démon – détruire tout ce qui se trouve à sa portée. Tuer juste pour le plaisir de tuer. Le Mal pour le Mal. Vous dites comment, vous, les jésuites ? Pour la plus grande gloire de Dieu ? Eh bien ! ce que veut le démon, c'est exactement le contraire. Cracher au visage de Dieu et détruire sa création. Détruire la vie.

Michael frissonna à nouveau. Bob se rapprocha une fois encore du tableau.

— Voici la partie vitale, dit-il en montrant le croissant de «volonté» encore «libre». Il coloria la zone à la craie, dessina une flèche et écrivit le mot «volonté», qu'il souligna de trois traits.

Bob désigna le croissant coloré.

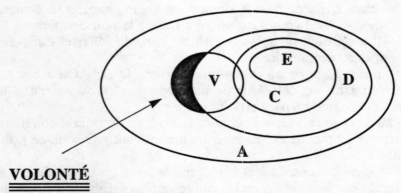

VOLONTÉ

— La volonté, dit-il. La volonté est le battement de cœur de l'âme. Grâce à elle, nous pouvons décider d'entrer en phase avec le Bien ou avec le Mal. La volonté de Danny est encore vivante, mais faible. Un exorcisme ressemble à un quadruple pontage de la volonté. Et c'est nous qui pratiquons l'opération. Nous entrons là-dedans et nous renforçons la volonté pour

210

qu'elle se rebelle. C'est la seule chose que nous puissions faire. C'est Danny qui choisit. Danny, par sa propre volonté, doit choisir de renier le Mal et de se remettre en phase avec le Bien. C'est la chose la plus importante ; c'est grâce à sa propre volonté que nous pouvons sauver Danny.

Il secoua la tête et se reprit.

– Non. Seul *Dieu* peut sauver Danny. Notre rôle se borne à faire notre boulot.

Bob reposa la craie et s'essuya les mains. La pièce était étonnement silencieuse. Après quelques instants, Michael prit la parole :

– Je suis encore loin de croire à tout ça, dit-il.

Bob acquiesça, apparemment peu surpris.

– Vous savez ce que disent les groupes de soutien : agissez et le reste suivra.

– Oui... répondit Michael avec hésitation, peu sûr de la pertinence de la remarque.

– Tout ce que je vous demande, c'est de «faire comme si» vous y croyiez, au moins jusqu'à demain matin. Quand vous découvrirez que vous y croyez *vraiment*, il sera trop tard pour vous préparer.

– Vous avez l'air tout à fait sûr que je *vais* y croire.

Bob acquiesça avec un petit rire satisfait.

– Ça, oui, j'en suis sûr. Maintenant, retournez chez vous, Michael, dit Bob.

Son ton était différent, solennel.

– Retournez chez vous et priez. Dites une messe. Faites ce que vous voulez – de façon à vous préparer à être plus fort que jamais demain matin en entrant dans la chambre de Danny. Dormez bien. Dormez autant qu'il le faudra pour que vous vous sentiez en pleine forme. Faites de doux rêves, ce seront sûrement les derniers de votre vie.

Michael resta impassible et acquiesça à son tour, «faisant comme si» il ne voyait pas que Bob avait une araignée au plafond. Il rentra chez lui, fit ce qu'il pouvait pour «se préparer», même si le cœur n'y était pas vraiment, puis alla se coucher. Bien qu'il se retournât dans son lit et se réveillât souvent, son sommeil fut relativement paisible. En fait, il fit de doux rêves, exactement comme le lui avait ordonné Bob, ignorant l'étendue exacte du danger qui le guettait. Il était sûr de l'invulnérabilité des forces qui le protégeaient.

Mais Bob avait raison. Michael ne devait plus jamais faire de doux rêves.

3

– Dieu, Père de notre Seigneur Jésus-Christ...

Michael se tenait au chevet de Danny, vêtu de la panoplie officielle d'exorciste (il se demandait ce que le Diable avait bien à faire de la couleur de son veston, mais Bob avait été catégorique à ce sujet). Il avait *Le Rite romain* ouvert sous les yeux et écoutait Bob réciter son texte, attendant le moment où il devrait lui donner la réplique.

Bob se tenait de l'autre côté du lit, lisant le même passage depuis deux heures déjà. Danny demeurait allongé, fixant le plafond et ne montrant aucun signe qui laisserait présager d'une quelconque réaction. Il semblait s'être abîmé dans ce que l'on pouvait supposer être un état de transe. Il avait émis quelques vagues gémissements sporadiques mais, depuis une heure, il ne bougeait plus du tout, ce qui rendait les liens qui lui retenaient les bras encore plus ridicules.

– ... Donne-moi la force de lutter contre l'esprit malin qui tourmente ta créature ici présente...

Maureen, Kevin et Chris, le frère cadet de Danny, attendaient dans une autre aile de la maison. Michael se demanda ce que Bob allait leur dire une fois qu'il admettrait la parfaite futilité de cette séance d'exorcisme.

– ... et par le même Seigneur Jésus-Christ...

– Amen, répliqua Michael, espérant que sa voix ne trahissait pas trop son manque de conviction. Pour lui, il allait de soi que ce qui tourmentait Danny, c'était Danny lui-même. Peut-être aussi une ou deux substances douteuses. En tout cas, si cette séance d'abracadabrant placebo devait marcher, ils auraient déjà dû en voir quelque signe.

– Je t'exorcise, esprit malin ! continua Bob, Envahisseur maudit...

— Oh ! laisse tomber, dit Danny, subitement.

Bob leva les yeux. Michael aussi. La voix venait de Danny, mais, d'une certaine manière, que Michael n'arrivait pas à définir, ce n'était pas la sienne.

— Trop tard pour cette fois, Le Pater, reprit Danny. T'as trop attendu.

Quelque chose dans les yeux de Danny fit frémir Michael.

— T'es là à perdre ton temps, alors que tu pourrais être quelque part en ville, en train de nourrir les tarés. Noble tâche, hein ? Tenir les misérables en vie pour qu'ils puissent contempler le malheur des autres. Alors là, chapeau !

Un sourire obscène se dessinait sur les lèvres de Danny. Il ne ressemblait même plus à l'adolescent qu'ils avaient connu.

Arrête ! Le démon, ça n'existe pas !

Danny se tourna pour regarder Michael, comme s'il le remarquait pour la première fois.

— Eh bien ! n'est-ce pas là le Père Rock-and-Roll ! Il sourit. A ta place, je m'abstiendrais de faire des discours.

Michael sentit sa respiration s'arrêter. Comment Danny pouvait-il lire dans ses pensées ? Et pourquoi n'arrivait-il plus à considérer cette... chose... comme étant Danny ?

Bob continua sa lecture.

— Je vous exorcise, esprits du Mal ! Un à un !

Danny continuait à observer Michael d'un regard qui lui donnait l'impression qu'on lui versait un liquide gluant sur tout le corps. Il sentit comme un poids, comme une pression qui pesait sur lui. Il regarda tout autour de lui. Bob lisait toujours. Il n'y avait personne d'autre dans la chambre. Rien qui puisse expliquer cette sensation. Ce devait être ce phénomène décrit par Kevin. *Mais, quoi... ?*

— Dommage que tu ne sois pas au bureau, aujourd'hui, reprit Danny s'adressant à Michael. Linda porte sa robe rouge. Tu sais, celle au décolleté plongeant. Si elle se baisse assez...

Michael regarda Danny, pétrifié. Danny sourit en voyant son désarroi.

Il a entendu ses parents parler à Linda au téléphone, c'est comme ça qu'il connaît son nom. Et puis, toutes les femmes de ce pays ont une robe rouge. Le démon, ça n'existe pas...

— ... au nom de notre Seigneur Jésus-Christ, continua Bob, faisant le signe de la croix au-dessus de Danny. Soyez rejetés, expulsés de cette créature de Dieu.

Danny ne réagit pas, ni ne détacha les yeux de Michael.

— Elle la porte pour se venger, tu sais. Elle prend son pied quand elle se fait mater par les eunuques patentés. Elle adore vous prouver quels hypocrites vous faites.

— ... Celui qui vous commande est Celui qui vous a bannis du Paradis...

— La dernière fois qu'elle l'a mise, tu es rentré chez toi et tu en as rêvé toute la nuit, n'est-ce pas ? reprit Danny, avec le même sourire sardonique. Votre routine de boy-scout, quel cinéma !

— Celui qui vous commande a dominé les mers, les vents et les tempêtes...

— Mais moi, je suis dans les coulisses. Je sais ce qui se cache derrière cette morale d'enfant de chœur. Tu sais toi aussi qui tu es vraiment : un menteur, un hypocrite, un lâche, un faible. Une petite merde qui se réveille avec la trique au milieu de la nuit parce que tu as rêvé de baiser ta secrétaire...

— Arrête ! dit Michael.

— Michael ! fit Bob d'un ton ferme. Michael revint au texte, espérant que tout prît fin. Mais Danny continua.

— ... Rêvé de lui lécher le clito, de lui ramoner le con jusqu'à ce qu'elle ne puisse plus bouger ! Ça te dit quelque chose ?

Michael ferma les yeux. Il sentit ses jambes vaciller, son estomac se nouer.

— ... Écoute, donc, et tremble, Satan ! La voix de Bob se faisait de plus en plus forte.

— Ennemi de la foi !

Danny éleva la voix pour couvrir celle de Bob.

— Mais tout ça n'était qu'un *rêve*, hein, mon Père ? T'arrives pas à contrôler tes rêves, n'est-ce pas ?

— ... Source de la mort ! Ennemi de la vie !

— Et parlons de ton réveil ! Tu te souviens, ton réveil dans la nuit, quand tu pensais être tout seul ? Tu contrôlais bien la situation.

Oh, mon Dieu, faites qu'il arrête !

— ... Ennemi de la justice ! hurla Bob. Source du mal !

Danny continuait à fixer Michael.

— Tu l'avais même bien en main ! Tu la roulais, la frottais, jusqu'à ce qu'elle jouisse. Tu t'en souviens ? Tu savais bien ce que tu faisais, pourtant !

QU'IL ARRÊTE !

— Ça, tu ne l'as jamais dit en confession. Oh ! tu veux bien confesser tes sautes d'humeur, tes poussées d'égoïsme, tes péchés nobles, quoi... Mais les matins où tu descends honteusement laver tes draps en cachette, ça, tu ne le mentionnes jamais en confession.

Michael avait du mal à respirer. Cette pression invisible s'était tellement intensifiée qu'il se sentit suffoquer. A ce moment-là, il l'eût presque souhaité.

– Michael ?

Bob attendait la réplique. Michael essaya de fixer le texte qui dansait devant ses yeux. Il n'y arrivait pas. Son corps était paralysé et ses pensées fuyaient en tous sens, telles des fourmis apeurées, cherchant en vain à échapper à un poison mortel. Elles tournaient en rond. S'entrechoquaient.

Comment peut-il savoir ? Il ne peut pas savoir ça ! Et pourtant il le sait. Danny ne le sait pas. Mais lui le sait. (Qu'est-ce que ça veut dire ?) Et maintenant, Bob aussi sait. Je ne peux plus respirer. Pourquoi l'as-Tu laissé faire ça ? Je T'ai dit que je répondrais de mes propres... Quoi ? Péchés ? Décisions ? Faiblesses ? Tu sais que je ne suis pas un saint. Oui, tu le sais. Tu me connais. Je... Je rationalise. Je suis ignoble. Je suis comme il l'a dit...

– Michael ! fit Bob d'un ton ferme, essayant de l'arracher à ses pensées.

Michael cligna des yeux, s'efforçant d'accommoder sa vue pour pouvoir lire à nouveau. Mais au bout d'un instant, il secoua la tête.

– Je n'y arrive pas, dit-il dans un soupir.

Il posa le livre sur la table de chevet et quitta la chambre. Derrière lui, il entendit Danny hurler de rire.

Lorsque Michael eut suffisamment repris le dessus pour pouvoir continuer, Danny était retourné à son état de transe catatonique, avant de glisser dans ce qui semblait être un sommeil normal. Bob déclara qu'ils allaient en rester là pour cette fois. Il demanda à Maureen, Kevin et Chris de s'armer de courage et de ne pas perdre espoir. (*« La séance d'exorcisme la plus courte dont j'aie jamais entendu parler a duré trois jours. Ce n'est pas aussi simple que dans les films. »*) Il promit de revenir avec Michael le lendemain à la première heure, et leur laissa le numéro de son bippeur au cas où un événement grave surviendrait dans la nuit.

Dans le train qui les ramenait en ville, Michael ne cessa de trembler. Il avait la nausée : sa tête le faisait atrocement souffrir et des vagues de froid puis de chaleur intense le submergeaient tour à tour. Il dit à Bob qu'il était sur le point de tomber malade. Bob secoua la tête.

– Ça arrive, dit-il.

– Vous vous sentez mal, vous aussi ?

– Moins mal que d'autres fois. Essayez de ne pas y penser.

215

– Bien, dit Michael. Si je vous vomis sur les pieds, essayez de ne pas y penser non plus.

– Ce ne serait pas la première fois, répondit Bob, avec son demi-sourire habituel.

– Oui, oui, je sais. Et en plus vous avez raison. C'est rare de voir un jésuite se faire vomir sur les pieds pendant sa journée de travail.

Michael laissa reposer sa tête contre la fenêtre et ferma les yeux dans une vaine tentative de lutter contre une migraine lancinante.

– Seigneur Jésus, murmura Michael pour lui-même. Ou peut-être s'adressait-il vraiment à Jésus.

– Vous vous en êtes bien sorti, dit Bob.

Michael ouvrit les yeux. Malgré son calme affecté, il avait le teint vitreux et semblait avoir pris dix ans en quelques heures.

– Il ne vous en a pas fallu beaucoup pour y croire, hein ? demanda Bob.

Michael secoua la tête.

– C'est juste que...

– Que quoi ?

– Que maintenant je crois à une chose à laquelle je ne croyais pas encore ce matin. Mais je ne sais pas à *quoi* je crois.

– Dites-moi de quoi vous êtes sûr.

Michael réfléchit un instant avant de répondre.

– Il y avait *quelque chose* dans cette pièce.

Il avait dit cela à voix basse, comme si le fait de parler à voix haute risquait d'aggraver les choses. Il se refusait à l'admettre, mais il ne pouvait pas le nier.

Bob acquiesça d'un signe de tête.

– C'est à l'intérieur de Danny, continua Michael. Ça peut l'absorber.

Je n'arrive pas à y croire, ça n'a aucun sens, mais je l'ai vu. Je l'ai entendu. Et en plus...

Bob attendait la suite.

– Tout ce qu'il a dit sur moi est vrai, reprit Michael, à voix basse.

Il ne savait pas qu'il allait l'avouer avant que les mots ne fussent sortis de sa bouche.

Tu es fou ou quoi ? Tu aurais pu lui dire que c'était un mensonge et il t'aurait cru.

– Ne le laissez pas vous atteindre, intervint Bob. C'est ce qu'il veut.

Michael regarda Bob, interloqué.

216

– Mais...

– Pas de mais. Si vous voulez en parler quand tout ça sera fini, d'accord. Vous auto-flageller maintenant ne sert à rien, en tout cas, ça n'aidera pas Danny.

Michael secoua la tête.

– Je ne suis pas celui qu'il vous faut.

– Si, répondit Bob, fermement. Vous êtes exactement celui qu'il me faut. Jugement moral à part, votre foi est inébranlable, et c'est ce dont j'ai besoin.

Michael le regarda, surpris. Bob sourit.

– Je le vois dans vos yeux, dit-il en guise de réponse à l'interrogation muette. Je l'entends dans votre voix. Quand vous êtes là, devant moi, je le *sens*.

Michael se tourna vers la fenêtre et son regard se perdit au loin. A ce moment-là, les compliments lui firent l'effet d'une brûlure. Sans compter qu'il était loin de les mériter.

Bob se pencha en avant, s'approchant de Michael, comme s'il voulait l'empêcher de fuir.

– Dites-moi comment je pourrais vous aider, dit-il sur le ton le plus doux que Michael lui eût jamais entendu jusqu'à présent.

Michael se retourna vers lui et soupira.

– Je voudrais comprendre. Je voudrais que vous m'expliquiez, répondit-il.

Bob acquiesça, nullement effrayé par ce qui semblait à Michael une requête impossible. Il réfléchit un court instant avant de répondre.

– Il va de soi que vous croyez à l'Esprit. Vous croyez en Dieu.

– Oui.

C'était la seule chose dont il était encore sûr.

– Alors, dites-moi, si vous croyez à l'existence d'un esprit *bienfaisant*, pourquoi ne pas croire à celle d'un esprit *malfaisant* ? Il y a pourtant autant de preuves de l'existence du Mal dans ce bas monde qu'il en existe pour corroborer l'existence de Dieu. Mon côté cynique tend même à penser qu'il y en a plus.

– Je ne sais pas. A vrai dire, il m'arrive de lancer des paroles en l'air, comme tout le monde, du style : Satan, Lucifer, le Christ rejetant les démons, mais je n'ai toujours pensé à cela que comme des illustrations du Mal. Des symboles, des métaphores.

Bob voulut reprendre la parole, mais Michael l'interrompit.

– Ne me ressortez pas votre litanie anti-jésuite, s'il vous plaît. Historiquement, la mystique nous intéresse autant que tout le monde.

217

– Historiquement, je veux bien. Avez-vous récemment relu un numéro de votre journal ? C'est aussi spirituel qu'un éditorial de l'Association nationale des droits de l'homme.

– La spiritualité peut prendre des formes très différentes.

– Mouais... Bon ! quand on sera là-bas demain matin, essayez de lire une copie de la Déclaration des droits de l'homme et vous verrez si ça vous aide beaucoup.

Michael pensa que Bob n'était pas arrivé à grand-chose non plus avec *Le Rite romain*, mais il garda cette réflexion pour lui.

– O.K. alors dites-moi, reprit Michael, vous croyez vraiment au Diable ?

– Je ne crois pas à un petit bonhomme rouge avec des cornes et une queue fourchue.

– A quoi croyez-vous, alors ?

– Je pense que c'est beaucoup plus complexe. Je crois qu'il y a plusieurs niveaux de mal. Au moins deux, en tout cas : le mal que porte l'homme en lui-même, et l'autre, quelque chose de plus vaste : le Mal avec un M majuscule. Je pense qu'il se hiérarchise comme le Paradis. D'une part Dieu, les saints, les anges et, d'autre part, Satan, les démons, et des démons d'un rang inférieur. Tous des entités individuelles. Ça, je le sais. Je ne sais pas comment ça se présente exactement. Je ne sais pas quelle forme revêt Satan, pas plus que je ne sais quelle forme revêt Dieu. Mais j'ai la certitude que, si le Mal arrive à se manifester aux êtres humains et à communiquer avec eux, ce n'est pas une force vague, imprécise. C'était là, dans la chambre, devant vous. C'était un individu, une personne. Je peux vous le jurer, Michael, ces choses ont une *personnalité*.

Il laissa Michael digérer l'information quelques secondes, avant de reprendre.

– C'est comme tout dans la vie, Michael. On arrive toujours à un point où tout cesse d'avoir un sens, où il n'y a plus de réponse.

Michael réfléchit. Il n'avait rien à redire à cela.

– Vous croyiez à quoi avant ce matin ? demanda Bob. Comment conceviez-vous le Mal ?

– Je vous l'ai déjà dit, c'était complètement abstrait. Mais cette... *chose*... qui flottait dans la chambre, comme des rayons radioactifs... On pourrait s'éloigner de son champ d'attraction ou y être englouti. Ça peut pervertir nos pensées, nous entraîner comme un courant sous-marin. Nous nous perdons. Nous perdons Dieu.

– Et d'où venait cette chose ?

218

– C'est peut-être la conséquence de nos travers. Ceux-ci créent une énergie, n'est-ce pas ? Peut-être que nos mauvaises actions s'accumulent dans un réservoir universel d'énergie négative.

– Et pourquoi un Dieu foncièrement bon et tout-puissant permet-Il ça ? demanda Bob.

– S'Il nous a donné le libre arbitre, Il n'a pas le choix. La vie ne serait sûrement pas si belle si la capacité de la *détruire* n'était pas aussi horrible. Et, comme nous détenons le libre arbitre, nous avons cette capacité.

– Et les catastrophes naturelles ?

– C'est la manière de Dieu de nous rappeler qu'il ne faut pas s'investir cœur et âme dans les biens matériels. Quoiqu'un tel rappel à l'ordre ne serve vraisemblablement qu'à faire de la publicité aux compagnies d'assurance.

– Alors vous y avez longuement réfléchi. Et maintenant ?

– Maintenant, vous savez... Ce qu'il y avait dans cette chambre aujourd'hui... ce n'était pas un nuage d'énergie négative façon new age. C'était...

– C'était ?

– C'était... l'Enfer de l'Ancien Testament, dit Michael, frissonnant.

Il se réchauffa en se frappant des bras et aurait donné une fortune pour une couverture. Il était transi de froid.

Bob acquiesça d'un signe de tête.

– Nous, les hommes modernes et rationnels, nous n'aimons pas penser à l'Ancien Testament, n'est-ce pas ? Les inondations, les famines, la lèpre... On pense qu'on peut tout *expliquer*. Et, si on ne peut pas, on pense qu'on n'a pas encore isolé le gène concerné, mais qu'avec un peu plus d'argent et de recherche, on y arrivera.

Bob secoua la tête.

– C'est faux.

Michael remarqua le ton professoral de Bob, mais, cette fois, il n'eut pas envie de le contredire.

– C'est comme ça, reprit Bob. Il y a ce qui est à prendre tel quel et il y a la métaphore. Et la vérité n'est aucune des deux. La vérité n'est pas entre les deux non plus. Elle est *au-delà* de la métaphore. Les gens ne comprennent pas que la métaphore n'est pas une manière d'illustrer ce qui est à prendre tel quel. Jésus n'a pas parlé en paraboles pour qu'on ait de jolies petites histoires qui nous permettent de savoir ce que nous devons faire ou pas. Tout cela ne nous apporterait rien du tout. Les métaphores, les symboles et les paraboles s'adressent à un autre niveau de notre conscience : ils parlent à notre subconscient, qui est, à mon avis, le point de rencontre de notre vie sur cette terre et de notre vie dans l'au-delà. Je pense même que c'est le seul *point* de rencontre. Je pense qu'il y a beaucoup de choses que nous ne comprenons pas parce que nous ne *pouvons* les comprendre dans notre conscience, dans notre vie de tous les jours. Mais, quelque part, à l'intérieur de nous-mêmes, nous les comprenons parfaitement. Alors, qu'est-ce que ça veut dire ?

– Je ne sais pas, avoua Michael.

– Ça veut dire qu'on se ment à soi-même quand on essaie d'expliquer l'inexplicable. Quand le Christ a parlé de démons, ce n'était ni au sens littéral ni en métaphores. Il parlait de choses qui dépassent notre entendement. Mais le simple fait de ne pas comprendre ne veut pas dire que ça n'existe pas. Comment se fait-il que les gens, quelles que soient la culture ou l'époque, ont toujours cru que le Diable était bien réel ? Que ce n'était pas un mythe ?

Bob secoua la tête.

– Un mythe, continua-t-il. Un mot fourre-tout qui explique pourquoi la foi est inutile. N'importe quel expert peut vous retracer l'origine de chaque syllabe prononcée par le Christ et expliquer d'où elle vient, à quel mythe elle se rattache, à qui on l'a volée. Mais si la même histoire a été racontée encore et encore, de tous temps, dans toutes les cultures, pourquoi ne pas envisager qu'elle soit vraie, qu'elle soit une vérité universelle qu'il est impossible d'ignorer. Nous ne nous sommes pas accaparés les mythes de nos voisins, Michael. Les mythes sont comme les stéréotypes. Qu'on veuille les perpétuer ou non, qu'ils soient agréables ou gênants, pourquoi existent-ils ? Parce que, quelque part, à l'origine, quelqu'un a remarqué un modèle. Une vérité. On n'a pas commencé à croire au Diable parce qu'on a vu le mal autour de nous et qu'on a voulu l'expliquer. On a commencé à croire au Diable parce que quelqu'un a vu *le Diable*. Et... on ne savait pas ce que c'était.

Bob marqua une pause. Il semblait attendre la réaction de Michael, mais ce dernier était incapable de répondre. Les pensées tourbillonnaient dans son esprit et il n'arrivait pas à y mettre un peu d'ordre. Bob continua.

– Bon, comment un jésuite rationnel et moderne réagit-il quand il apprend que, quand Jésus parlait des démons, il *voulait dire* de vrais démons ?

– Je ne sais pas, murmura Michael. Je n'arrive pas à me forcer à croire tout d'un coup à des choses auxquelles je ne crois pas.

– Vous voulez dire que vous ne savez pas comment vous permettre de croire à des choses que vous *n'aimez pas*.

Bob laissa à Michael le temps de ruminer cette pensée, avant de continuer.

– Vous ne pouvez pas nier ce que vous avez vu et entendu dans cette chambre aujourd'hui. Vous savez ce que c'était. Le Mal. Le Mal individuel, personnel, intelligent. Doté d'une puissance inouïe.

Michael enfouit son visage dans ses mains. *Seigneur, aide-moi. J'y crois. Comment est-ce possible ? Qu'est-ce que tout ça veut dire ?*

– La bonne nouvelle, reprit Bob, c'est qu'à partir du moment où vous y croyez, vous êtes plus en sécurité. La meilleure chose que Satan ait pour lui vient de ce que les gens refusent de croire à son existence. Parce qu'on ne s'arme pas contre quelque chose qui n'existe pas.

Michael regarda Bob. Il y avait quelque chose dans son regard. Quelque chose qui avait été présent toute la journée, mais en plus ténu. Comme une vague incertitude. Non. Plus que ça. Mais quoi donc ?

La peur ?

Une pensée horrible sourdait dans son esprit.

–*Plus* en sécurité ? demanda-t-il.

Bob acquiesça.

– Vous ne voulez pas dire *en sécurité* tout court ?

Ce n'était pas vraiment une question. Michael lut la réponse dans les yeux de Bob.

– Que voulez-vous dire ? réussit-il à articuler avec difficulté. Que lorsque je suis dans cette chambre, *Dieu* ne peut pas me protéger ?

– Je ne sais pas.

– Vous ne *savez* pas ?

– Des gens sont morts au cours de séances d'exorcisme. Des *prêtres* sont morts. Je connais beaucoup de gens qui auraient pu mourir aussi. D'autres semblent plus solides. Allez savoir pourquoi.

– Mais vous, vous vous en êtes sorti.

– Jusqu'à présent. Mais, je ne suis plus tout à fait le même. Personne ne peut se retrouver en tête-à-tête avec cette sorte de Mal et s'en sortir tout à fait indemne. Je le sens.

– Vous sentez quoi ?

Bob mit un instant à répondre, puis parla doucement.

– Ça m'a fait un grand vide, là-dedans. Je ne sais pas quoi exactement. Je prie Dieu pour que vous ne le sachiez jamais.

La voix de Bob était empreinte de douleur.

– Pourquoi faites-vous ça, alors ? demanda Michael. Pourquoi risquer votre vie ?

Bob sourit tristement.

– A l'époque où vous, les jésuites, vous étiez en plein mysticisme, vous auriez su de quoi je parle.

– Qu'est-ce que c'était ?

– Tout dépend de quel côté vous vous situez. Dieu ou Satan. Le Bien ou le Mal. Si on aime l'un, on doit haïr l'autre. Si on aime l'un, on doit se battre contre l'autre. C'est pas plus compliqué que ça.

Michael ne répondit pas. Plus rien ne lui paraissait simple à présent.

*

De retour dans sa chambre, Michael se déshabilla et régla le réveil à 5 heures du matin. Il voulait se ménager quelques heures pour prier avant d'aller à Long Island. Il était tellement fatigué qu'il savait qu'il lui serait difficile de se concentrer très longtemps.

Il se mit au lit, tira sur la couverture pour s'en envelopper comme l'aurait fait un enfant qui a peur du monstre-caché-sous-le-lit. Il voyait encore le visage de Danny comme s'il était devant lui. Pas le vrai visage. L'autre. Le Mauvais. Le visage hideux, déformé, absolument inhumain.

Absolument pas Danny.

Il éteignit la lumière. La chambre était noire.

Seigneur...

Et après ? Seigneur, que se passe-t-il ?

Pourquoi as-Tu créé quelque chose d'aussi vil ? Et, si Tu ne l'as pas fait...

Si le Diable existait vraiment, une des deux hypothèses suivantes devrait être vraie : (1) Dieu n'est pas tout-puissant, (2) Dieu n'est pas foncièrement bon. La première idée était fort dérangeante. Quant à la seconde, elle était trop effrayante pour qu'on puisse même l'envisager. Non pas tant qu'elle fût blasphématoire, mais il la trouvait terrifiante.

Seigneur,

J'ai peur. J'ai peur et je ne sais même pas ce qui me fait peur... à part le fait que je n'oserai pas revenir dans cette chambre. J'ai peur de toutes les choses en moi auxquelles je n'ose même pas penser, et il n'arrêtera pas de me les jeter à la figure...

222

Comme c'est étrange, pensa Michael tout à coup. Le Diable n'a même pas besoin d'avoir des pouvoirs inouïs. La clairvoyance lui suffit. Il lui suffit de vous connaître pour vous détruire.

C'est ce dont Tu ne peux pas me protéger, Seigneur, Tu ne peux pas me protéger de moi-même.

Sa tête s'emplit soudain d'une multitude de voix. Il n'arrivait pas à distinguer un seul mot, mais la rumeur était si forte qu'elle l'empêchait de suivre ses propres pensées. Il voyait toujours le visage de Danny et toutes les voix semblaient en découler.

Ça ne veut rien dire.

ET ALORS ?

Il essaya de penser à quelque chose de simple. Quelque chose qu'il pourrait dire les yeux fermés. Quelle phrase revenait souvent ?

Notre Père...

Les voix s'intensifiaient. Des voix. Des rires. Il n'arrivait pas à penser. Il ne se souvenait pas des mots. Même pas une petite phrase, n'importe laquelle.

DÉLIVRE-NOUS DU MAL...

Il était parcouru de frissons. Il tira encore sur la couverture.

Délivre-nous du Mal...

Il ferma les yeux aussi fort qu'il le pouvait, mais il n'arrivait pas à faire disparaître le visage de Danny.

Délivre-nous du Mal...

« Danny » se mit à rire – un hurlement saturé de dépravation qui s'éleva au-dessus des autres « voix » – si fort que Michael en avait mal à la tête. Puis Danny se tut soudainement. Ce fut le silence absolu. Danny ouvrit sa bouche, déformée par un horrible rictus, et dit :

– *Délivre-nous du Mal...*

Puis il rit aux éclats. Le rire laissa enfin place à un sourire sardonique.

– *Si Tu peux.*

Le rire retentit à nouveau.

– *SI TU PEUX.*

Seigneur... Dis-moi que Tu peux...

Une pluie légère commença à tomber ; il pouvait l'entendre à travers la fenêtre. Le tonnerre gronda au loin.

Je T'en prie, dis-moi...

Toute la nuit, il n'entendit plus que la voix de Danny.

*

Le lendemain, Michael passa prendre Bob à sept heures, préférant la voiture au train, afin d'éviter d'avoir plus de contacts avec les gens qu'il ne pouvait le supporter. Ils roulèrent relativement bien et, au bout d'une heure et quart, arrivèrent à Plandome.

Lorsqu'ils débouchèrent au coin de la rue menant chez les Ingram, Michael dut immobiliser son véhicule. La rue était envahie par des voitures de police. La maison des Ingram était entourée de policiers et une bande jaune en interdisait l'accès. Deux ambulances étaient stationnées légèrement en retrait, les gyrophares éteints et personne ne semblait s'activer outre mesure. Le break du médecin légiste était garé devant la maison.

Bob et Michael échangèrent un regard. Ils savaient ce qui s'était passé.

Il leur fallut quelques minutes pour trouver un flic irlandais qui leur fournit volontiers tous les détails : aux alentours de cinq heures du matin, Danny, armé d'un revolver qu'il avait volé à un voisin, avait tué ses parents et son frère pendant leur sommeil. Des voisins avaient entendu les coups de feu et appelé la police. Les Ingram avaient été trouvés morts dans leur lit, baignant dans une mare de sang.

A l'arrivée de la police, Danny était assis sous le porche, attendant tranquillement, un sourire sur le visage. Il n'avait pas arrêté de rire alors qu'on lui lisait ses droits.

*

Pour Michael, le cirque ne faisait que commencer.

Les avocats commis d'office pour la défense de Danny avaient découvert que les Ingram pensaient que leur fils était possédé et avaient estimé que cela constituerait la meilleure défense possible. Ils contactèrent donc Bob et Michael qui acceptèrent de témoigner. Tous deux étaient très perturbés par ce qui s'était passé, voire furieux. Ils voulaient à tout prix apporter leur aide à Danny. Bob pouvait corroborer les faits, mais il n'était pas le témoin idéal. Ayant été mêlé à de nombreuses histoires d'exorcisme, le jury était susceptible de penser qu'il était obsédé par le Diable et qu'il le voyait partout. Michael, quant à lui, était un homme cultivé, éduqué, plein de sang-froid, qui s'occupait d'un journal sérieux et qui ne croyait pas au Diable avant cet événement. Il serait le témoin vedette de la défense.

Lorsque les avocats de Danny eurent présenté leur stratégie de défense, le procès se transforma rapidement en show national.

Les médias montèrent si bien la sauce que Michael ne pouvait plus sortir de chez lui sans être assailli par une armada de journalistes aux micros agressifs. Il répondait inlassablement par un simple signe de la main : « Pas de commentaires. »

Une semaine avant la première session du tribunal, Michael fut convoqué par son Provincial, Frank Worland. Michael s'y attendait, il savait que ses supérieurs allaient lui demander d'être très vigilant dans la formulation de certains faits, mais il était loin de s'attendre à ce qui allait se passer. Frank lui intima purement et simplement l'ordre de s'abstenir de témoigner dans cette affaire. Il devait garder confidentiel le rôle de l'Église dans l'affaire Danny Ingram. Michael n'en crut pas ses oreilles.

– Même si j'acceptais, ils vont m'obliger à témoigner. Qu'est-ce que je suis supposé faire, alors ? Mentir ?

– Vous êtes supposé garder le secret. Comment, ça vous regarde !

– Mais, c'est incroyable...

– Incroyable ou pas, Michael, je ne suis de toute façon qu'un intermédiaire. Ces instructions viennent d'en haut.

– D'en haut ? Comment ça, « d'en haut » ? De Dieu ?

– Tout ce que je peux vous dire, c'est que ça vient de très haut.

– Haut à quel point ?

– Haut.

– Vous voulez dire suffisamment haut pour qu'il me faille un passeport pour y aller ?

Frank acquiesça.

– Vous plaisantez ?

– Non.

– Quoi ? Ils n'ont pas assez de soucis comme ça, chez eux ?

– Écoutez, Michael. On vous a refusé la permission de pratiquer une séance d'exorcisme pour une affaire que la presse est en train de décrire comme une possession authentique.

– La presse ? Frank, trois personnes ont été tuées et un *enfant* est accusé d'un meurtre dont il ne se souvient même pas et ils s'inquiètent de la *gêne* que ça va occasionner.

– Michael, je ne peux rien vous dire.

– Eh bien ! vous pouvez *leur* dire que s'ils veulent me faire taire, ils devront me tuer. Et, si quelqu'un découvrait ça et allait le raconter au *People Magazine*, alors là, ils sauraient ce que *gêne* veut dire.

– Vous allez vous attirer un tas d'ennuis, Michael, et tout ça pour quoi ?

Michael se leva.

— Pour un enfant qui m'a demandé de l'aider. Contre quelque chose qui est supposé être notre ennemi mortel.

— Bien, articula Frank.

C'était un «bien» condescendant, prononcé par un supérieur hiérarchique lassé d'une conversation indigne de son attention. Le genre d'interjection que Michael aurait lancée pour défier son interlocuteur.

— Bien, quoi ?

— Vous ne pouvez plus rien faire pour lui, maintenant.

— Si c'est vrai, au moins j'aurais tout fait pour l'aider.

— Tout ce que vous allez faire c'est vous créer des ennuis et vous ridiculiser.

— Bien, répondit Michael, du tac au tac.

Il quitta le bureau, claquant la porte aussi fort que possible.

Deux jours plus tard, il fut convoqué par le cardinal qui lui tint les mêmes propos. Il lui fit même un sermon sur son devoir d'obéissance à l'Église et l'avertit qu'il se pourrait qu'il y ait des «conséquences», s'il choisissait de témoigner devant le tribunal.

Il témoigna quand même. Il dit la vérité, dans ses moindres détails, il relata la tentative de l'Église de lui faire garder le silence. Danny fut condamné à 25 ans de prison ferme, avec possibilité de mise en liberté conditionnelle au bout de 15 ans. Ses avocats assurèrent Michael que, sans son témoignage, Danny aurait été condamné à mort. Michael en était content, mais ça le laissait encore amer.

Comme prévu, les médias s'en donnèrent à cœur joie. La photo de Michael fit la une de tous les journaux, de *Newsweek* à *Christianity Today*. Se greffèrent là-dessus une multitude de reportages concernant d'autres meurtres troubles où le Diable semblait avoir joué un rôle. Tout cela sans la moindre réaction de la part de l'évêque. Celui-ci attendait que tout ce tapage médiatique prît fin : s'attaquer à Michael dans l'immédiat ne ferait qu'écorner un peu plus l'image de l'Église et ne manquerait pas de créer une très mauvaise publicité.

Ce fut l'article du *New Yorker* qui scella le destin de Michael. Ceux d'*en haut* ne pouvaient pas punir Michael pour des articles parus à son propos, mais ils avaient toute latitude de le lyncher pour un article signé de sa main. Deux jours après la parution du numéro contenant l'article en question, Frank Worland reçut un appel téléphonique de l'évêque scandalisé. Michael avait «défié l'autorité, provoqué un scandale, et toute cette publicité l'avait humilié, lui, le cardinal et le diocèse tout entier». Frank reçut l'ordre de prendre des sanctions immédiates. Michael se retrouva ainsi en route pour la cambrousse profonde.

Avant de quitter New York, Michael était allé rendre visite à Danny en prison. L'enfant, dans la salle des visites, était le même gosse perdu qui l'avait imploré de l'aider le premier jour de leur rencontre. Danny se mettait à pleurer chaque fois qu'il évoquait sa famille, mais il confirma ce qu'il avait dit au tribunal : il ne se souvenait de rien de ce qui s'était passé le soir où tout cela était arrivé et il y avait de vastes lacunes – comme des trous noirs – dans sa mémoire au sujet des événements survenus les six derniers mois. Il se souvenait avoir entendu des voix résonner dans sa tête. Ces voix lui disaient de faire du mal aux autres, qu'ils le méritaient, que c'était Dieu qui le voulait. Les voix devenaient de plus en plus fortes et de plus en plus insistantes. Elles le rendaient fou, et il n'y avait pas moyen de les arrêter. Ensuite, ces voix s'étaient tues. Il ne les avait plus entendues depuis la nuit du crime.

Le visage de Danny Ingram hantait les nuits de Michael, ainsi que ceux de Kevin, Chris et Maureen qui lui avaient confié craindre que Danny ne les tue tous dans leur lit. Michael avait demandé à Chris de ne pas s'inquiéter. « *Personne ne permettra ça* », avait-il répondu, rassurant. Une fois par semaine au moins, Michael s'éveillait au beau milieu de la nuit, avec des sueurs froides. Ces mots résonnaient dans son esprit et ces visages lui déchiraient le cœur.

*

Le Varsity commençait à se remplir de la foule du dîner et le bruit ramena Michael à la réalité. Derrière lui, quelqu'un fit tomber un plateau et Michael sursauta. Il leva la tête et revit l'homme bizarre qui le fixait d'un air moqueur, ce qui le gêna encore plus. Il se dit qu'il ferait mieux de se calmer, les deux jours à venir allaient être suffisamment éprouvants. Il jeta dans la poubelle ses couverts plastiques et ses papiers gras puis sortit.

Tandis qu'il avançait dans le parking, Michael imaginait l'homme de la cafétéria tirer un 9-millimètres semi-automatique de sa veste en cuir et l'abattre de la fenêtre du Varsity. Il voyait d'ici la première page de l'*Atlanta Constitution* : « *UN PRÊTRE ASSASSINÉ SUR LE PARKING DU VARSITY.* Les voisins disent que le tireur, ancien employé du service des colis postaux au chômage, était habituellement un homme calme et d'humeur égale... »

227

Michael se rendit compte combien il se sentait vulnérable. Il savait pertinemment que la mort de Vincent n'y était pas pour rien. Bien qu'ils n'aient pas eu l'occasion de passer beaucoup de temps ensemble ces dernières années, le simple fait de savoir que Vincent était là le rassurait énormément. Il se rendait compte, à présent, combien ce dernier avait été un bouclier. Vincent et l'Église. L'un était parti et l'autre semblait vaciller.

Et quelque chose de vil le guettait, tapi dans un coin.

Tu recommences. Tu es en train de devenir un hypocondriaque théologique.

Il entendit le grondement sourd du tonnerre au loin, bien qu'aucun nuage ne menaçât.

Regarde le bon côté des choses. Avec un peu de chance, tu seras frappé par la foudre.

En conduisant, il pensa aller au centre des jésuites pour se renseigner sur les différents diplômes. Peut-être pourrait-il se réinscrire pour une année ou deux...

La réaction typique d'un jésuite moyen face à une crise émotionnelle : obtenir un nouveau doctorat, apprendre une nouvelle langue, et tout rentre dans l'ordre.

Que puis-je faire d'autre ?

Et pourquoi ne pas choisir simplement de faire front ?

Je ferai face. Dès que je saurai quel est le véritable problème.

Non. Il connaissait les symptômes, mais ne savait absolument pas ce qui se cachait derrière. Peut-être n'était-ce que le spleen de la quarantaine. Peut-être était-il devenu un cliché vivant ?

Cette pensée était rassurante. Voilà. C'était ça : une crise passagère. Toutefois, au fond de lui, il craignait fort que, quoi qu'il lui arrivât en ce moment, ce ne fût pas aussi banal et inoffensif qu'il l'espérait. Et pas si passager que ça.

*

Il conduisit en ville sans but précis pendant près d'une heure. Il ne savait que faire. Il ne voulait pas rentrer à la maison avant d'être sûr que Barbara en soit partie. Pour une raison inconnue, il se sentait tenu de lui donner l'impression qu'il allait bien, mais n'avait pas la force de jouer ce rôle ce soir.

Une chose que Danny lui avait dite ce jour-là en prison lui revenait à l'esprit.

— Je suis tellement fatigué, père Kinney... et il n'y a jamais de repos.

228

Danny avait raison. Il n'y avait pas de repos. Il n'y aurait plus jamais de repos pour eux deux.

Chaque fois qu'il essayait de penser à autre chose qu'à Danny Ingram, ses pensées prenaient une direction dangereuse. Tess. Il n'arrêtait pas de penser combien il s'était senti en sécurité. Même si ce n'était qu'une illusion, c'était une illusion très réconfortante.

Il avait préparé sa valise pour passer quelques jours avec Vincent après l'opération. Celle-ci était toujours dans le coffre de sa voiture. La compagnie Delta avait un vol pour La Guardia à 19 heures. C'était encore faisable. Avec un peu de chance, il serait chez Tess vers 21 h 30, au plus tard.

*

Il se dit qu'il devrait avoir honte d'envisager un telle chose en ce moment.

Il se le répéta durant tout le trajet vers l'aéroport.

4

Tess jeta un coup d'œil dans le judas, puis ouvrit rapidement la porte.

– C'est pas vrai, dit-elle.

– J'aurais dû t'appeler, mais je ne voulais pas te donner l'occasion de dire non.

Elle recula pour le laisser entrer. Il referma la porte derrière lui et la verrouilla sous le regard médusé de Tess. Il jeta son sac par terre.

– C'est pas vrai, répéta-t-elle. Je veux dire...

Elle ne savait que dire d'autre. Elle portait un peignoir rose tendre, ses cheveux retenus en arrière par un catogan blanc. Elle paraissait plus décontractée que jamais. Tess donnait toujours l'impression d'être en train d'organiser un dîner d'État, dont l'invité principal aurait disparu.

– Je peux te serrer dans mes bras, demanda-t-elle, ou est-ce que je dois garder une distance respectable ?

Michael s'approcha et l'attira contre lui.

– Je n'ai pas fait tout ce trajet et risqué ma vie dans un taxi à New York pour rester à une distance respectable.

Il la serra très fort contre lui, longuement. L'odeur familière de ses cheveux le réconfortait énormément.

– Vincent est mort, finit-il par murmurer.

– Oh ! Michael...

Elle le serra plus fort.

– Je suis désolée.

– Le vieux avait quand même quatre-vingt-trois ans et, pourtant, je ne m'attendais à ce qu'il meure. C'est fou.

– Non, c'est pas fou.

Elle recula un peu et l'observa.

– Peu importe son âge, fit-elle, il te manquera de toute façon.

230

– Il me manque déjà.

– Je sais, dit-elle, en lui caressant doucement le bras. Je sais ce que c'est que de souffrir de l'absence de quelqu'un au point de penser que l'on va en mourir.

Il acquiesça, espérant que son regard puisse exprimer tout ce qu'il n'arrivait pas à formuler. La sympathie qu'il lut dans ses yeux lui donnait envie de pleurer, et il ne le voulait surtout pas. Il détourna les yeux et observa l'appartement.

– Krissy est là ?

Kristen était la fille de Tess. Elle avait vingt ans. Michael s'était tellement habitué à elle, qu'elle lui avait presque autant manqué que sa mère.

– Tu plaisantes ? Si elle rentre avant minuit, je prends sa température, dit-elle. Tu la verras... Elle s'interrompit. Au fait, tu dois rentrer quand ?

– Demain matin. J'ai un vol à dix heures trente.

– Et... Tu as l'intention de dormir ici ?

C'était une invitation, ou il ne s'y connaissait pas !

– Si tu es d'accord.

– Bien sûr que je suis d'accord, répondit Tess immédiatement. Elle marqua une brève hésitation.

– C'est juste que...

– Que quoi ? l'interrogea-t-il.

– Enfin, tu sais... Je veux dire... Est-ce que je dois te préparer le canapé-lit ?

Il essaya de répondre, mais il se sentit fondre en larmes. Tess se jeta dans ses bras. Il s'accrocha à elle comme si le simple fait de relâcher son étreinte pouvait le faire mourir, et c'était exactement ce qu'il ressentait.

– Non, je t'en prie.

Ce fut tout ce qu'il réussit à dire.

*

A deux heures et demie du matin, Michael enfila un survêtement et se réfugia dans le séjour. Ne trouvant rien à lire qui l'intéressât, il s'installa sur le canapé pour écouter un disque de Ray Charles, le casque sur les oreilles. Il commençait à se sentir à l'aise lorsque la porte s'ouvrit : Kristen jeta dans l'entrée un fatras de livres et de grands sacs en toile. Elle portait, comme d'habitude, un mélange hétéroclite de vêtements, comme si elle avait été incapable de se décider. (On dit des «superpositions», lui avait-elle expliqué après avoir supporté ses moqueries pendant des heures. Il lui avait suggéré de s'asseoir devant l'immeuble dans cet accoutrement, un gobelet de plastique à la main, pour voir combien elle pourrait récolter.) Pour l'instant, elle semblait trop occupée à verrouiller la porte d'entrée pour remarquer sa présence. Il enleva le casque et le mit de côté.

— Eh bien ! jeune fille, en voilà une heure pour rentrer !

Elle se retourna dans un sursaut.

— Oh ! mon Dieu ! C'est pas vrai !

— Désolé, mais ça, on me l'a déjà dit.

Elle empila ses affaires sur une chaise, profitant de l'occasion pour dominer son émotion.

— Alors, dit-elle avec un sourire moqueur, c'est la suite de *Les oiseaux se cachent pour mourir* ?

Il sourit et la laissa marquer ce point. Tess et lui avaient rapidement décidé qu'ils n'allaient pas se cacher devant Kristen. Ils s'assirent en face d'elle un matin et lui annoncèrent d'un ton grave ce qui se passait entre eux. Elle s'était contentée de les regarder et de leur dire : « Et vous vous imaginiez que je ne le savais pas ? » Michael lui avait demandé ce qu'elle en pensait et elle avait répondu : « J'sais pas. Tu as assez d'argent pour que je te fasse chanter ? »

C'était le ton qu'avait pris leur relation à partir de ce moment-là. Il aimait sa désinvolture. Au moins lui parlait-elle comme à un homme normal — un plaisir que ne lui faisait plus grand-monde.

— Qu'est-ce que tu fais là ? lui demanda-t-elle, toujours en souriant.

— C'est une longue histoire, dit-il. Non, à vrai dire, c'est une histoire courte. Mon grand-père est mort cet après-midi.

— Oh ! non... fit-elle avec une expression de sincère regret. Je suis désolée.

— Oh ! tu sais... Ce n'était pas franchement inattendu.

— Oui, mais quand même...

— Je sais.

Elle vint s'asseoir sur une chaise près de lui.

— Ça ne me dit toujours pas pourquoi tu es là.

— Je suis là parce que je suis trouillard et que je n'ose pas passer la nuit tout seul dans la maison de Vincent.

— Ç'aurait pas été plus simple d'aller passer la nuit dans une gare routière ?

— Tu vois, c'est ce que je ne supporte pas chez toi.

— Quoi ? Que je t'attende toujours au tournant ?

— Non, que tu sois beaucoup trop mûre pour tes vingt ans.

D'accord, c'est vrai, je suis là parce que je mourais d'envie de voir ta mère.

– Tu le lui as dit, ça ?

Kristen se considérait en quelque sorte comme leur chaperon.

– Bien sûr que non.

Elle était sur le point de lui faire la leçon, mais il l'interrompit d'un sourire.

– Si, je lui ai dit.

– Et qu'est-ce qu'elle a dit ?

– Elle a dit : « Oui, bien sûr. Pour une nuit. »

Kristen sourit.

– Tu vois, je ne t'ai pas forcé.

– Oh ! oui, je sais.

– Et après, vous en avez parlé ?

– Non. Après, je suis venu bouder ici.

– Et elle ne t'a pas suivi ?

– Non.

– Ouh-là ! fit Kristen en grimaçant. Mauvais signe.

– Je sais.

– Michael, si tu reviens ici et si rien ne change, elle va pas être contente.

– Je sais.

– Alors ?

– Alors, elle ne va pas être contente.

– Michael, dit-elle en secouant la tête. Michael, Michael...

Elle se leva.

– Je vais faire du thé, dit-elle. Tu en veux ?

– Non, merci.

Elle disparut dans la cuisine, où il l'entendit s'affairer bruyamment.

– Tu ne dors jamais ? cria-t-il, ne se souciant guère de réveiller Tess. En réalité, il espérait même la réveiller.

– Je dormirai assez quand je serai morte, lui répondit-elle depuis la cuisine.

Il sourit.

– Le premier album de Warren Zevon. 1976. Tu es bien trop jeune pour connaître ça.

– C'est normal. J'ai un petit ami de quarante ans qui a une super collection de CD.

– Kristen !

Elle revint, rayonnante à l'idée de l'avoir bien eu, une fois de plus.

– Bon Dieu ! Ce que tu es crédule ! M'étonne pas que tu sois prêtre.

– Je vais faire comme si je n'avais rien entendu.

– Je connais parce que j'écoute les disques de maman. J'aime bien cette musique antédiluvienne.

– Aïe ! Il grimaça. Inutile de remuer le couteau dans la plaie.

– Ah oui ! c'est vrai. Tu vas bientôt avoir cinquante ans.

– Quarante-neuf, pas cinquante.

– Excuse-moi. T'as raison, ça fait une énorme différence.

– Tu ne veux pas ajouter que je perds mes cheveux, tant que tu y es ?

– Non. Tu les perds pas.

Il fit un grand sourire.

– Je sais.

– Mais ils sont en train de devenir poivre et sel, par contre.

Il saisit un coussin posé sur le canapé, le jeta dans sa direction. Elle le repoussa des mains, gloussant comme un enfant.

– Pourquoi ne vas-tu pas carrément chercher un grand couteau dans la cuisine pour m'achever ? demanda-t-il.

– Pas question. C'est plus drôle comme ça.

– Pour toi, peut-être, fit-il en se levant. Je vais aller me réfugier là où je suis aimé et désiré.

– Tu crois que tu trouveras un avion aussi tard ?

– Tu sais, je commence à comprendre pourquoi tu as des problèmes avec les mecs.

– Tu ferais mieux de t'inquiéter pour ta propre vie amoureuse.

– Bonne nuit, Krissy.

– Alors, Michael ?

– Quoi, alors ?

– Quand j'irai au paradis, j'aurai certains privilèges parce que ma mère couchait avec un prêtre ?

– Tu auras une réduc sur les billets pour les concerts des Guns N' Roses. Je t'arrangerai ça.

– Parce que tu crois qu'Axel Rose ira au paradis ?

– Pourquoi pas ? Si tu penses que toi tu vas y aller.

– Oui, je compte aussi sur toi pour me pistonner, alors pourquoi pas ?

Il se dirigea vers la chambre.

– Michael ?

Il s'arrêta et se retourna.

– Qu'est-ce qu'il y a, Krissy ?

Son arrogance avait disparu, laissant la place à un sourire timide.

– Je suis vraiment très contente que tu sois revenu. Même si ce n'est que pour une nuit.

– Merci.

Il s'en alla rapidement avant qu'elle ne puisse voir les larmes qui perlaient dans ses yeux.

*

– Je ne dors pas, fit Tess, alors qu'il refermait doucement la porte derrière lui.

Elle alluma la lampe de chevet.

– Tu ne t'inquiètes pas lorsqu'elle traîne à Manhattan jusqu'à deux heures et demie du matin ?

– Bien sûr que je m'inquiète. Mais que veux-tu que je fasse ? Elle a vingt ans.

Il s'assit sur le lit à son côté.

– Enferme-la dans sa chambre.

Elle se redressa et se mit à lui caresser doucement le dos.

– Tu n'arrives pas à dormir ? demanda-t-elle.

Il secoua la tête.

– Tu veux un Valium ?

– Je sais pas. Peut-être.

Il retira son survêtement, le jeta sur son sac, puis se réfugia sous les couvertures et attira Tess contre lui, la serrant aussi fort qu'il le pouvait. Il caressa la courbe de ses hanches de la main, la laissant reposer là. Il se demanda combien d'années il lui faudrait avant de pouvoir envisager que ce simple geste ne lui fasse plus autant d'effet. Il embrassa son visage.

– Je suis désolé que tu te sois emportée contre moi, dit-il.

Elle se tourna vers lui. Elle ne souriait pas.

– Je suis désolée de m'être emportée aussi, je suis une vraie garce quand j'ai peur.

Il sentit sa gorge se serrer à nouveau.

– Je suis désolé de t'avoir fait peur.

Il se releva, s'appuyant sur un coude et se mit à la dévisager. Ses yeux étaient aussi verts que ceux d'un chat et ses cheveux avaient la couleur de l'argile après la pluie. Quoi qu'elle fasse, il y avait toujours quelques boucles rebelles qui entouraient son visage. Cela, ajouté aux taches de rousseur qui parsemaient son nez, lui donnait toujours un air d'enfant qui disparaissait dès qu'elle ouvrait la bouche pour parler. Il était impossible alors d'ignorer la maturité émanant de sa voix, le sarcasme d'une femme brillante, bien consciente que la société la considérait comme un citoyen de deuxième classe.

De la main, il repoussa une des mèches sauvages retombées devant ses yeux.

— Tu pensais à quoi ?

— Quand ça ?

— Juste avant que je rentre dans la chambre.

Elle réfléchit un bref instant. Sembla se rappeler.

— Joel Wallerstein.

— Qui ça ?

— Un type auquel j'étais fiancée au lycée. Il faisait des études rabbiniques. J'étais en train de me demander pourquoi je tombais toujours sur des hommes en habit.

Michael prit un air dépité.

— Quoi ? Je suis dehors en train de me languir, et toi, tu penses à tes anciens amants ?

— Tu étais bien en train de flirter avec ma fille.

— Bon, d'accord, je t'apporte la tête de saint Jean-Baptiste sur un plateau et on est quittes.

Elle le regarda longuement droit dans les yeux, sans que cela le gêne. Il s'était rapidement aperçu qu'elle était la seule femme dont le regard ne le mettait jamais mal à aise. Elle avait réussi, en cinq secondes, à rompre des décennies de culpabilité profondément ancrée. Il se souvint même s'être demandé, alors, si c'était une bonne ou une mauvaise chose. Il se le demandait encore.

— Ça va ? demanda-t-elle.

— Pourquoi ? J'ai l'air plus bizarre que d'habitude ?

— Michael, ça ne te va pas de te cacher derrière des vannes.

— Ah bon ? Je croyais que je m'en sortais pas si mal.

Elle lui jeta un regard d'avertissement.

— Ça va, fit-il.

Il détourna son regard, qui s'arrêta un instant sur une affiche accrochée près de la fenêtre, se demandant si elle était là depuis longtemps. Il se concentra fortement pour lui donner une réponse honnête.

— Non, ça ne va pas. Tu voulais peut-être une réponse un peu moins poétique.

— Continue.

Il soupira.

— Je ne sais pas. Peut-être que la mort de Vincent est venue couronner un tas de choses. Je savais que ça n'allait pas être facile, bien que j'aie eu tout le temps de me faire à cette idée. Je suis beaucoup plus secoué que je ne pensais.

Tess acquiesça d'un signe de tête. Elle n'intervint pas, mais continua à le regarder dans les yeux. Elle voulait en savoir plus.

Il continua.

– La mort – puisqu'on est en plein dans ce sujet – ne me pose aucun problème d'habitude. Je n'y ai pas été souvent confronté, comme la plupart des prêtres. Le journal était vraiment un havre de paix dans lequel tous nous accusaient de nous cacher. Mais j'ai été suffisamment confronté à la mort pour savoir comment je la ressens, et que je la ressens toujours de la même manière.

Il marqua une petite pause avant d'ajouter :

– Il y a toujours cette sensation bizarre de paix que... je ressens autour de moi. Puis je me sens glisser dedans, et c'est tellement... magnifique.

Il vit un petit éclair dans ses yeux. Ce n'est pas à ça qu'elle s'était attendue.

– C'est comme si j'étais drogué. Et tout me semble absolument clair.

– Quoi, « tout » ?

– La mort. La perte. La douleur. La tristesse transcendante de la vie. La sensation agréable de prendre les choses comme elles sont. Se rendre compte que, en essayant de ne plus se battre contre ces choses ou de se les expliquer, en s'abandonnant à cette partie profonde de soi-même qui sait comment tout cela fonctionne, on ressent une sensation des plus bizarres, des plus insensées, des plus belles. Une sensation de... calme.

Tess sourit, mais son sourire était triste.

– Je n'ai jamais rien ressenti de pareil. Je t'envie.

Elle lui caressa doucement la joue, avant d'y poser tendrement la main.

– C'est là que tu es, maintenant ? s'enquit-elle. Dans ce calme ?

– Non, répondit-il sans hésiter. Je n'arrive pas à le trouver, cette fois.

– Pourquoi ?

– Peut-être que cette fois je n'ai pas la force de m'abandonner, dit-il. Ou peut-être que je pense que ce serait tromper Vincent que de rester serein face à sa mort.

Ou peut-être n'ai-je plus la capacité d'être calme face à quoi que ce soit.

– On peut changer de sujet ? demanda-t-il.

– Pour parler de quoi ?

Il ferma les yeux.

– En fait, je crois que j'en ai marre de parler.

237

– Tu penses que tu vas pouvoir dormir ?

– Non.

– Tu le veux, ce Valium ?

– Non.

– Tu veux que je te chante une berceuse ?

– Non, dit-il, en ouvrant les yeux. Mais tu brûles.

– Ah bon ? fit-elle en souriant. Encore ?

– J'ai beaucoup d'années à rattraper.

– Je sais. C'est ce que j'aime chez toi.

Il savait qu'elle disait la vérité, mais il décida qu'il trancherait plus tard si c'était un compliment ou non.

Elle l'attira contre elle, enroulant une jambe autour de son corps. Il ressentit la douceur rassurante de sa peau, la chaleur de ses lèvres lui parcourir le cou. Il releva son visage et l'embrassa. En un rien de temps, il s'oublia entièrement. La culpabilité s'évanouit aussi vite qu'elle allait revenir.

*

Il fut réveillé par l'odeur du café. La chambre était claire et il était seul. Il avait laissé ses lunettes sur la commode et les chiffres du réveil ne lui apparaissaient que comme des lueurs rouges tremblotantes. La première empreinte ressemblait vaguement à un huit. Il s'efforça de se lever et se dirigea, titubant, vers la salle de bains.

Il prit sa douche, se rasa, mit son jean habituel et sa chemise rayée bleu et blanc. Avec ses lunettes, il devait ressembler à un professeur de droit de l'université de Columbia. Il s'examina dans le miroir et se demanda comment, aimant sa condition de prêtre, il pouvait en détester l'apparence.

Il sortit et trouva Tess dans la cuisine, occupée à préparer le petit déjeuner. Elle portait un T-shirt gris trop grand pour elle avec une inscription évoquant une sorte de marathon sponsorisé par l'Association nationale des droits de l'homme. Il se pencha dans l'embrasure de la porte et la regarda.

– Tu serais lynchée si tu portais ça en Géorgie.

Elle sourit.

– Ils ne lynchent pas les Blancs.

– Ils feront bien une exception pour l'Association des droits de l'homme, crois-moi.

Il jeta un coup d'œil vers la chambre de Kristen.

– Krissy dort encore ou c'est une question stupide ?

238

– La réponse est oui aux deux questions.

Elle battait les œufs d'une main, versant le jus d'orange de l'autre. Michael la regardait en se disant que, pour des millions de gens, cette scène était des plus banale. Pour lui, elle revêtait une forme de poésie interdite.

Il saisit une chaise derrière le bar et s'assit.

– Je n'ai pas beaucoup de temps, dit-il.

– Je sais, mais tu vas prendre un petit déjeuner quand même. Tu as beaucoup trop maigri.

Elle lui servit une assiette fumante.

– Ils ne te donnent rien à manger, là-bas ?

– Oh ! ne m'en parle pas. Je suis devenu végétarien. Les légumes, c'est la seule chose qu'ils ne font pas frire. Et puis, si Krissy était réveillée, elle te dirait que, vu mon grand âge, je ferais mieux de me surveiller.

Tess s'assit en face de lui, avec seulement une tasse de café. Et elle avait le culot de critiquer ses habitudes alimentaires ! Était-il possible de rester en vie, en mangeant si peu ! Mais il n'avait pas vraiment envie, ce matin, d'engager ce type de conversation.

– Parle-moi du rabbin, lui dit-il.

– Qu'est-ce que tu veux savoir ?

– Tu ne l'as pas épousé ?

– Il voulait que je me convertisse. Ça ne m'aurait pas beaucoup gênée, mais je me suis rendu compte qu'il recherchait la parfaite Madame Rabbin, et je n'étais absolument pas faite pour ça.

– Qu'est-ce que tu veux dire par « ça ne m'aurait pas beaucoup gênée » ?

– Ça ne m'aurait pas gênée, voilà tout. Mes parents en auraient sûrement fait une attaque, mais ça m'était égal.

Michael la fixa, ébahi. Il n'en croyait pas ses oreilles. Ils avaient souvent parlé de catholicisme, mais il prit soudain conscience qu'il ne savait pas au juste en quoi elle croyait.

– Pourquoi tu me regardes comme ça ? demanda Tess. Tu savais que j'étais une païenne.

– Je savais que tu n'appréciais pas l'Église catholique. Son organisation. Certains de ses dogmes.

– Mais quoi encore ? Tu pensais que j'étais une chrétienne contrite ?

Michael n'arrivait pas à prononcer un mot. Tout surpris qu'il fût par sa découverte, il l'était encore davantage par sa propre réaction. Pourquoi ressentait-il cela comme un coup de poignard dans le dos ?

Tess sourit.

– Quoi, Michael ? Dieu sera bien plus déçu encore quand il saura que tu couches avec une athée ?

– Je suis surpris, c'est tout.

Il avait l'impression d'être un enfant. Une foule de questions se précipitait dans son esprit. Quelle différence, qu'elle fût croyante ou non ? N'avait-elle pas le droit de croire en ce qu'elle voulait ? En quoi cela pouvait-il l'affecter, lui ? Pourquoi réagissait-il comme un intégriste menacé ? Était-il resté trop longtemps en Géorgie ?

– Donc...

Il n'arrivait pas à abandonner le sujet.

– Donc quoi ?

– Est-ce que tu fais partie de ces gens qui croient que Jésus n'était qu'un rabbin un peu meilleur que les autres ?

– Non. Je fais partie des gens qui pensent que Jésus n'a probablement pas existé du tout.

Il reposa sa fourchette bruyamment et s'efforça de garder son calme.

– Tu parles sérieusement ? demanda-t-il.

– J'ai lu un livre, récemment. Le type explique tout ça de manière très intelligente.

– Quel type ?

– Un prof à Harvard.

– Ah ! ça résout tout, alors. Un type a pondu un bouquin et ça règle le problème. Plus personne n'aura besoin de dépenser tant d'argent à Noël prochain.

– Pourquoi tu t'intéresses autant à ce en quoi je crois ?

– Je ne peux pas comprendre comment tu peux m'apprécier et en même temps ne rien aimer de ce que je représente.

– Je n'arrive pas à comprendre ton obstination à servir l'Église, alors qu'ils t'ont exilé en Sibérie pour te *punir* de t'être comporté avec honnêteté. Et toi, comment peux-tu prétendre *m'aimer* alors que tu travailles pour des gens qui vont à l'encontre de tout ce en quoi je crois ?

– Je pensais que tu ne croyais en rien.

Elle fit semblant de ne pas entendre.

– Je parle de ce que toi et tes copains appelez « les choses de la femme ». Dans ce domaine, vous travaillez vraiment pour le Diable.

– Ça, c'est faux.

– Qu'est-ce qui est faux ?

– Je ne travaille pas pour le Diable.

Michael essayait en vain de garder son calme.

– Bien sûr que si, Michael. Tu es trop intelligent pour ne pas t'en rendre compte, mais tu mets tes œillères Made in Vatican...

– Pas du tout.

– Michael, tu nies tout. Tu rejettes *même* ton propre rejet.

– On ne peut donc pas avoir une seule conversation sans que tu y mêles tout ce bla-bla psychologique ?

– D'accord, tu veux que je te le dise plus clairement ? Explique-moi donc comment tu peux démolir la politique de Reagan pendant des heures et défendre le pape, qui est tout aussi pourri !

– *Quoi ?* s'exclama-t-il.

Sa voix était montée d'une octave.

– C'est la vérité, reprit Tess. Le même ego, la même arrogance, la même misogynie, la même indifférence et, malheureusement, le même succès auprès des tireurs embusqués.

– Écoute, ce type n'est pas vraiment mon héros, mais tu ne peux pas nier que...

– Si tu me parles de l'Europe de l'Est, je hurle.

Elle reposa violemment sa tasse, éclaboussant toute la table. Mais elle était trop énervée pour s'en rendre compte.

– C'est comme ces foutus Kennedy.

– Qu'est-ce que les Kennedy viennent foutre là-dedans ?

– C'est cette manière de penser qui m'écœure. «Oui, ils traitent les femmes comme de la merde, mais regardez tout ce qu'ils ont fait de bien par ailleurs !» J'en ai plus que *marre* d'écouter ces raisonnements tordus ! C'est pas grave si le pape veut faire revenir la femme à l'âge de pierre, puisqu'il a libéré l'Europe de l'Est. Premièrement, il en a fait autant pour libérer l'Europe de l'Est que Reagan pour faire tomber le Mur de Berlin. Deuxièmement, les hommes d'Europe de l'Est vont beaucoup mieux, mais les femmes, elles, tu penses qu'elles sont beaucoup plus *libres* ? Troisièmement, si les hommes pouvaient, comme les femmes, tomber enceintes, j'aimerais bien voir combien de gens suivraient ces culs-bénits dissertant sur Aristote et combien s'intéresseraient à l'Europe de l'Est.

Elle sortit de la cuisine en fulminant. Il lui accorda quelques minutes pour se calmer avant de la rejoindre. Il avait besoin de se calmer lui aussi.

Il la retrouva assise dans son lit, en larmes. Il resta dans l'embrasure de la porte et attendit.

– Je ne sais pas ce qui m'arrive, dit-elle. Ce n'est ni ce fichu pape, ni les Kennedy, ni l'Europe de l'Est, c'est...

– Je sais, dit-il.

Elle prit une profonde inspiration et s'essuya les yeux avec le mouchoir qu'il lui tendait.

– C'est juste que je suis dans ce brouillard depuis si longtemps.

– Je sais, dit-il.

Il s'assit à côté d'elle et la tint dans ses bras jusqu'à ce qu'elle arrête de sangloter.

– Michael, je crois que, si on laisse filer trop de temps, éviter de faire un choix *devient* un choix.

Elle s'essuya à nouveau les yeux, puis le regarda.

– Je ne veux pas faire pression sur toi ni t'imposer un ultimatum, reprit-elle. Mais je ne peux pas continuer à vivre comme ça...

Sa voix devenait à peine audible.

– Ça fait mal, tu sais, ajouta-t-elle.

Elle quitta la chambre. Michael sentit une immense tristesse l'envahir au moment où elle sortit. Cela lui rappelait combien il était seul, combien il avait été seul les trente-deux dernières années, et combien il le serait peut-être toute sa vie.

*

Alors qu'il était déjà sur la route de l'aéroport, il décida de se rendre à la résidence des jésuites. Pour une raison obscure, il éprouvait un curieux réconfort à s'infliger cette punition. Pourquoi, sinon, vouloir à tout prix se remémorer qu'il y a à peine quelques mois, il avait été heureux ?

Le hall était vide et Michael fut soulagé de ne pas retrouver Linda assise à son bureau. Il n'avait plus jamais osé la regarder en face depuis cette fameuse séance d'exorcisme. Pour une raison inexplicable, il avait l'impression qu'elle savait tout. Elle avait même porté cette fichue robe rouge à sa réception d'adieu.

Il traversa rapidement le hall, se dirigeant vers son ancien bureau. C'était maintenant celui de Larry Lantieri, son successeur.

La porte était entrouverte. Michael frappa légèrement puis l'ouvrit sans attendre de réponse.

Larry leva les yeux de son ordinateur, se préparant à tancer celui qui osait le déranger. Il mit un instant avant de saisir ce qui se passait.

– J'espère que je te dérange, fit Michael d'un ton enjoué.

– Mais qu'est-ce que tu fous là, toi ?

– Je passe juste dire un petit bonjour.

– J'allais faire du café. Tu en veux un ?

– Non, commande plutôt une pizza.

– Pourquoi ne m'as-tu pas prévenu que tu venais ?

– On peut parler d'autre chose ? On discutera de ça plus tard si on en a le temps. Je n'ai que cinq minutes. Je prends l'avion à dix heures.

– O.K. Tu vas bien ?

– Je préfère encore l'autre question.

Il lui parlerait de la mort de Vincent plus tard. Il n'avait pas envie de perdre du temps à rassurer Larry sur son moral.

– Comment va Pétaouchnok ?

– Je déteste.

– Tu vois, on y arrive.

– Pour eux, je suis l'être le plus misérable de la terre. Bien sûr, si tu questionnes l'évêque Wilbourne, il te dira que je suis le plus heureux des hommes.

Larry sourit.

– Et puis, je ne sais pas ce que je fabrique à New York, continua Michael. Je ne t'ai pas appelé parce que, une demi-heure avant le décollage, je ne savais pas encore que j'allais venir ici.

– Tu es là depuis quand ?

– Depuis hier soir.

– Et tu repars déjà ?

– N'en parlons pas, veux-tu ?

– Comment va Tess ?

– Elle n'est pas loin de me jeter dans un recoin de sa mémoire. Mais je ne lui en veux pas, je la comprends.

– Qu'est-ce que tu vas faire ?

– Je ne sais pas.

– Tu as le temps de t'asseoir un petit peu ?

– Non. Je voudrais juste que tu résolves ma crise existentielle la plus grave, puis partir. A propos, tu veux bien m'expliquer comment ça se fait que tu sois aussi bronzé en plein mois de janvier à New York ?

– Je viens de passer deux semaines au Mexique.

– La vie est un enfer.

– Ah ! je te jure que c'était loin d'être une partie de plaisir.

Larry se rejeta contre le dossier de sa chaise, l'air soucieux soudain.

– Là-bas, j'ai dû, entre autres, passer beaucoup de temps avec une famille. La famille Alvarez. La mère, le père, huit enfants... Pas de revenus. Le père travaille sur les quais quand il arrive à trouver quelque chose, ce qui est plutôt rare. Ils vivent dans une hutte en branches de palmier, à peine plus grande que ce bureau. Les enfants sont malades et mal nourris. Le cadet a le syndrome de Down, l'aîné n'avait pas d'oreilles à la naissance, parce que sa mère est beaucoup trop âgée pour avoir des enfants. Je ne sais pas comment ils font pour rester en vie, on dirait des morts-vivants.

Il soupira.

– Mais ils ont une foi en béton, reprit-il. Ils ont une photo du pape accrochée au-dessus de la porte d'entrée.

– Qu'est-ce que tu faisais, là-bas ? demanda Michael.

– Des recherches pour un article.

Michael le regarda, stupéfait.

– Ne me dis pas que c'est sur la contraception ?

– Non, sur la construction des huttes en branches de palmier !

– Fais gaffe, Larry, tu vas finir à Pétaouchnok, comme moi.

– Mieux vaut Pétaouchnok que l'Enfer.

– Crois-moi. La différence n'est pas bien grande.

– Tout ce que je fais, c'est dire la vérité. Si la vérité et l'Église commencent à prendre des chemins totalement divergents, ça veut dire que les choses vont franchement mal.

Il laissa Michael méditer un instant, avant de continuer.

– Pour moi, la question cruciale maintenant, c'est de savoir où je peux faire le plus de bien. Je le ferai ici jusqu'à ce qu'ils me jettent dehors. Après, j'irai ailleurs.

– Où ça ?

– Je ne sais pas. Je verrai, le moment venu.

– Pour moi, le moment est venu.

Larry le regarda comme s'il avait une question très précise à lui poser, mais il finit par baisser les yeux sur son bureau.

– Qu'y a-t-il ? demanda Michael.

Larry secoua la tête.

– Quoi ?

– Rien. C'est juste que... c'est dur.

– Qu'est-ce qui est dur ?

– De résister à l'envie de te dire ce que tu dois faire.

– Ne résiste pas.

– A mon humble avis, Dieu a essayé de toutes les manières possibles de te faire comprendre que ta place n'est plus ici, alors, je ne vois pas ce que moi, je pourrais faire à ce sujet. Si l'aller simple pour Pétaouchnok ne t'a pas convaincu, et si le fait que Tess menace de te quitter n'a pas suffi, alors...

– Tu parles comme si tout était clair et limpide. Pourtant, tu es toujours là, toi.

244

– J'attends que Dieu m'envoie une belle rousse à moi aussi.

– Que va-t-il arriver à l'Église si tous les gens bien la quittent ?

– Qe crois-tu qu'il lui arrivera s'ils ne le font pas ? Tu penses qu'un meilleur équipage aurait sauvé le *Titanic* ?

Michael se leva et s'assit sur le divan de Larry.

– Eh bien ! même si cela aurait pu paraître simple à un moment donné, ça ne peut plus l'être maintenant.

– Qu'est-ce que tu veux dire ?

– Ce matin, Tess m'a appris qu'elle n'était pas croyante. Elle pense même que Jésus n'a jamais existé.

Larry parut soulagé.

– Ah ! c'est tout ?

– Comment ça, c'est tout ?

Larry haussa les épaules.

– Elle ne fait que suivre la tendance actuelle. Le christianisme n'est plus tellement à la mode de nos jours.

Michael acquiesça.

– Oui. Il paraît que les personnes intelligentes et éduquées ne croient plus à ces billevesées antiques.

– C'est vrai. De nos jours, les personnes intelligentes et éduquées sont prêtes à payer quatre cents dollars pour communiquer avec un esprit ancestral de l'Atlantide, mais va leur dire que Jésus faisait des miracles, et ils te traiteront de pauvre con.

– Je n'étais pas d'humeur à découvrir que le fossé qui nous sépare est encore plus large que je le pensais, dit Michael.

– Tu crois que c'est si important que ça ?

– Je n'en sais rien. Je vais devoir en tenir compte, c'est tout.

Il jeta un coup d'œil à sa montre et se leva d'un bond.

– Je vais y aller. Elle m'attend.

– Peut-être que je passerai te voir, un jour. J'ai toujours voulu voir Atlanta.

– Tu ne peux pas l'apercevoir de là où j'habite.

Larry sourit.

– J'espère que tu sais combien tu nous manques, ici, dit-il sur un autre ton.

– Non, mais merci d'avoir attendu aussi longtemps pour me le dire.

– Je ne voulais pas te filer la grosse tête. Tu l'as déjà assez grosse comme ça.

– Elle s'est largement dégonflée, maintenant, je t'assure.

Larry lui fit un large sourire.

– Appelle-moi, fit-il.

– Promis.

Ils s'embrassèrent maladroitement puis se quittèrent avec toute la gaucherie de deux amis qui se séparent.

*

Tess le conduisit à l'aéroport en silence. Michael regardait par la fenêtre, lui jetant un coup d'œil furtif de temps à autre. Pour l'instant, la haine qu'elle vouait à l'Église ne comptait pas. Tout ce qui comptait, c'était les boucles rebelles qui frisaient autour de son cou, qui retombaient sur sa veste, et le souvenir de son prénom soupiré tendrement au creux de son épaule dans le noir.

Une fois arrivés, elle ne sortit pas de la voiture.

– Je ne veux pas t'accompagner jusqu'à la porte de départ, murmura-t-elle. Je trouve ça déprimant.

Il la serra très fort.

– Ce n'est pas juste, l'entendit-il soupirer.

– Quoi ?

– Tout ça.

Il l'embrassa, essayant de chasser de son esprit que c'était peut-être la dernière fois qu'il le faisait. Aucun d'eux ne dit au revoir lorsqu'il sortit de la voiture en claquant la portière. Il ne se retourna pas et elle redémarra sans le regarder.

5

De retour chez Vincent, il trouva un message de Krissy sur le répondeur. Il écouta les messages devant Barbara, n'ayant pas songé une seule seconde à leur éventuelle teneur. Il retint sa respiration tout le long du message.

« Michael, c'est Krissy. Je voulais te parler ce matin, mais je ne savais pas que tu allais partir si tôt. Rappelle-moi, O.K. ! Je ne veux pas parler de tout ça sur le répondeur. Rappelle-moi cet après-midi, maman sera au travail. »

Il appuya sur le bouton pour effacer les messages. Il sentait le regard de Barbara dans son dos. Il réfléchit un instant puis décida d'appeler Krissy sur-le-champ. C'était beaucoup mieux que de laisser libre cours à l'imagination débordante de Barbara, qui aurait pu lui attribuer une liaison avec une jeune fille de vingt ans.

Krissy répondit dès la première sonnerie.

— Alors, que se passe-t-il ? demanda-t-il sur un ton aussi naturel que possible.

— Tu n'es pas seul, n'est-ce pas ?

— Toujours aussi futée.

— Je ne savais pas si je devais t'appeler ou pas. Mais j'ai pensé qu'il valait mieux que je te le dise.

— Me dire quoi ?

— Je vais faire vite, parce que maman devrait rentrer d'une minute à l'autre. Elle prit une profonde inspiration. Il y a un type... c'est un avocat. Je ne sais pas en quoi au juste. Il me l'a dit, mais c'était tellement ennuyeux que je n'ai pas retenu. Rien d'important ne s'est passé entre eux. Je ne sais même pas s'il lui plaît vraiment, mais je sais qu'ils ont dîné ensemble une ou deux fois.

Michael sentit fléchir ses genoux. Il s'affala sur la chaise de cuisine qui se trouvait à côté de lui. Il n'arrivait pas à prononcer un seul mot. Barbara le regardait. L'inquiétude qui se lisait sur son visage n'était que le reflet de ce qu'elle voyait dans les yeux de Michael, mais celui-ci avait du mal à se ressaisir.

— Tu es toujours là ?

— Oui.

— Je regrette de devoir t'en parler, surtout aujourd'hui. Mais je me suis dit que si elle rompait avec toi et que si je pouvais l'empêcher...

— Non, tu fais bien de me le dire. Écoute, je te rappellerai plus tard, quand nous aurons un peu plus de temps, tous les deux.

— Bon, d'accord.

— Merci d'avoir appelé, Krissy. Vraiment.

— Oui, dit-elle, visiblement inquiète. Ça va, Michael ?

— Ça va. Ne t'inquiète pas pour moi. Inquiète-toi plutôt pour la fac et ton petit ami *(t'as entendu ça, Barbara ?)* et de ce que tu devrais dormir la nuit, plutôt que de traîner, Dieu seul sait où.

— Je suis trop jeune pour m'en inquiéter.

— Au revoir.

Il raccrocha. Il ne savait pas comment il allait pouvoir éviter les questions de Barbara.

— Qui d'autre est mort, encore ? demanda-t-elle.

Elle ne plaisantait pas.

Il réussit à se reprendre un peu.

— Personne de ta connaissance, répondit-il en quittant la pièce.

*

Michael et Barbara passèrent la journée dans différentes pièces de la maison, à empaqueter les affaires de Vincent. Il fallut des heures à Michael pour effacer les fichiers enregistrés sur les deux ordinateurs que Vincent avait légués à Saint-Pius. S'il fut soulagé, au départ, de s'atteler à une tâche qui ne demandait pas beaucoup de réflexion, il ne put empêcher ses pensées de vagabonder. Il se mit à imaginer différents scénarios dont Tess et l'avocat étaient les protagonistes. Même si leur relation était aussi inoffensive que Krissy le prétendait, être au courant désormais le mettait davantage encore sous pression, et cela l'énervait. Il en voulait à Tess, à lui-même et au monde entier.

Quand Barbara vint lui annoncer que c'était l'heure de la veillée funèbre, il fut saisi d'une subite envie de s'enfuir par la porte de derrière et de faire du stop jusque dans le Maine, le Nouveau-Mexique, ou n'importe quel autre endroit où personne ne le reconnaîtrait et où il pourrait se cacher. Il se trouverait un petit boulot dans une station-service, changerait d'identité... La dernière chose qu'il eût envie pour l'instant d'affronter, c'était une horde de personnes qui le connaissaient à peine, mais qui se sentiraient obligées de le consoler. Il ne voyait aucune échappatoire. Aucune, en tout cas qui ne causât plus de drame qu'il ne pouvait le supporter pour l'instant. Il enfila un costume, une cravate et souhaita qu'ainsi vêtu personne ne le reconnût.

A l'église, il s'assit et écouta stoïquement monseigneur Graham débiter l'histoire de la vie de Vincent, du jour de sa conception à sa fin dernière. Michael essaya de ne pas l'écouter attentivement, sachant qu'il allait refaire le même discours le lendemain, lors des funérailles. Il se contenta donc de parcourir du regard l'assemblée, s'interrogeant sur l'identité des personnes qu'il ne reconnaissait pas. Il se sentait complètement détaché. Il n'était pas prêt à laisser libre cours à ses émotions et, à cet instant de sa vie, cela lui parut d'une facilité déconcertante.

Le service dura deux heures environ, et la veillée se prolongea jusqu'à vingt et une heures trente. Comble de l'ironie, ce qui aurait *réellement* constitué une consolation pour Michael, ç'aurait été que tout le monde s'en aille et le laisse tranquille. Mais comme personne n'était là pour lui, il devinait que Barbara et lui allaient devoir mettre tout le monde dehors à minuit.

La réunion fut riche de petites misères auxquelles Michael n'aurait même pas songé. Le couronnement de la soirée, ce fut monseigneur Graham qui le prodigua quand il lui prit de s'occuper du chagrin de Michael, le traînant aux quatre coins de la maison en lui ressassant des anecdotes que Michael avait trouvées vaguement drôles les douze premières fois qu'il les avait entendues. Maintenant que monseigneur Graham tenait Michael et quelques autres malheureuses victimes dans un coin, il n'y avait pas moyen de s'en défaire à moins de passer pour un ours mal léché.

Michael scruta la foule, recherchant désespérément Barbara. Il la trouva près de la porte de la cuisine, assurant l'approvisionnement continu en boissons et nourriture. Il lui fallut quelques minutes pour réussir à attirer son attention, avant de lui adresser, d'un mouvement des lèvres qu'il cacha du revers de la main, le message muet suivant : «AU SECOURS !» Elle acquiesça d'un signe de tête, s'excusa auprès des personnes qui l'entouraient, puis vint à sa rescousse, se composant une mine tendue.

– Excusez-moi, dit-elle, à l'adresse de monseigneur Graham. Michael, ta gouvernante te demande au téléphone, elle veut absolument te parler en personne. Je lui ai dit de laisser un message, mais il paraît que c'est urgent.

Dieu te bénisse, Barbara.

– D'accord, j'arrive, répondit-il, et il s'excusa auprès de l'assemblée.

Il se faufila rapidement à travers la foule vers la cuisine en quête d'un havre de paix. Barbara le suivit et referma la porte derrière elle.

– Il *faut* que je sorte de là, dit-il. Ne serait-ce que pour quelques minutes.

– Je sais. Je le vois à ton expression de martyr.

– Alors, comment je fais ?

– Barton n'est pas si loin, n'est-ce pas ?

– Bonne idée. Le Mac Do est encore ouvert, je pourrais me prendre un *cheeseburger.*

– Je ne te dis pas d'aller jusqu'à Barton. Mais si je leur disais qu'un de tes paroissiens menace de se suicider et refuse de parler à quiconque d'autre que toi, tu irais faire un tour ? Quitte à abandonner la veillée funèbre de ton grand-père ?

– Je t'adore, Barbara, dit-il en cherchant les clefs de sa voiture. Je serai de retour à temps pour t'aider à faire le ménage.

– T'as intérêt !

– J'appellerai avant pour m'assurer que la voie est libre.

Il lui tapota l'épaule, puis se dirigea vers la porte de derrière.

– Si tu travaillais encore pour nous, je t'aurais augmentée.

– Une bonne lettre de recommandation me suffirait.

– Je mentirai de manière éhontée, lui répondit-il, avant de sortir.

*

Michael se gara sur Ellis Avenue et remonta la colline jusqu'à Peachtree. Il y avait beaucoup de circulation ; des limousines défilaient devant le Ritz-Carlton. La tour vitrée du Weston Peachtree jetait des lumières dans le ciel du haut de ses soixante-quatorze étages. Michael pouvait observer l'ascenseur en verre qui remontait le long de l'imposante bâtisse. Tous les efforts possibles avaient beau être déployés dans le centre-ville pour donner une impression de luxe et de volupté, la criminalité galopante, conjuguée à la non moins inquiétante paranoïa des Blancs, faisait de cette ville l'ombre de ce qu'elle avait été dans le passé. Michael tourna le dos à la vie nocturne, et fit quelques pas avant de s'arrêter devant ce qui avait autrefois été l'hôtel Winecoff.

250

Les constructeurs ne s'étaient pas entièrement trompés : l'immeuble, *lui*, n'avait pas brûlé. Mais il n'en fut pas de même pour les meubles, les tapis, les rideaux et... les clients.

L'aspect du bâtiment était sombre ; il était entièrement inoccupé, à l'exception du restaurant chinois au premier étage. La plupart des vitres étaient brisées et, tout contre la porte principale, le message « A VENDRE » s'étalait en grosses lettres sur un écriteau. Malgré les trous béants et la peinture écaillée, l'immeuble était toujours beau. Michael se sentait étrangement lié à cet endroit ; il y revenait souvent, comme un enfant battu revient vers le parent qui le maltraite. Maintenant que Vincent était parti, c'est là qu'il pouvait idéalement se souvenir de ceux qu'il avait perdus.

Sa première visite lui revint en mémoire. Cette nuit-là, Vincent avait fini par évoquer l'incendie. Jusqu'alors, il lui avait laissé croire que ses parents et sa grand-mère étaient morts dans un accident de voiture alors qu'ils étaient sortis faire les courses de Noël, et que Michael n'en avait réchappé que parce qu'il était resté à la maison avec lui.

Par une douce soirée printanière, une semaine avant sa première communion, Vincent avait amené Michael en ville, s'était garé et, ensemble, ils avaient dévalé la colline jusqu'à cet endroit précis. C'était en 1957. L'hôtel était alors une maison de retraite. Ils étaient restés là, debout devant le bâtiment, et Vincent avait tout raconté à Michael. Il lui avait expliqué ne pas avoir voulu lui dire la vérité plus tôt parce qu'il avait préféré attendre que Michael soit suffisamment mûr pour supporter les visions, les réminiscences qu'un tel récit allait inévitablement provoquer. Michael avait été trop pris de court pour ressentir quoi que ce soit au début. Son propre détachement l'avait mis mal à l'aise ; ne devait-il pas pleurer ou se montrer en état de choc afin de ne pas décevoir Vincent ? Il posa donc une foule de questions sur l'accident pour masquer son embarras : quelle fenêtre avait été celle de leur chambre, comment, exactement, ses parents étaient-ils morts, comment lui et Vincent avaient-ils réussi à survivre, etc. Vincent avait répondu à toutes ses questions sans chercher à édulcorer la vérité.

De retour à la maison, Vincent lui avait montré un album dans lequel il avait réuni toutes les coupures de journaux qu'il avait collectées sur l'incendie. Il avait attendu le moment opportun pour les donner à Michael. Ils s'étaient assis tous les deux et s'étaient mis à le feuilleter ensemble.

C'en était trop pour une soirée, mais Michael était revenu sur le lieu à maintes reprises, et il était reconnaissant à Vincent d'avoir réuni toutes ces informations sur l'événement. Au moins lui avait-il ainsi remis un élément concret, un support matériel sur lequel s'appuyer pour rechercher des réponses, même s'il n'en existait pas. Il relut les noms encore et encore, ainsi que les différents récits de son sauvetage par son propre père. Il y avait même une photo de Michael, bébé, porté par un pompier. Du moins, c'est ce que disait la légende. Il n'arrivait pas à établir un lien entre lui et le nourrisson sur la photo : celui-ci souriait, parfaitement inconscient de l'horreur qui l'entourait.

C'est en regardant ces coupures de journaux que les larmes avaient jailli de ses yeux. Lire les faits, voir les photos, tout cela rendait l'événement si réel. Vincent avait tenu Michael dans ses bras et l'avait laissé pleurer tout son saoul. Vincent avait pleuré, lui aussi. Le souvenir de cette nuit-là allait rester très vif dans la mémoire de Michael. Elle avait cimenté les liens qui les unissaient, Vincent et lui, mais elle allait aussi être à l'origine de leur premier désaccord.

Dans l'esprit de Vincent, cette révélation du drame, une semaine avant la première communion de Michael, devait être curative, libératrice. Mais la juxtaposition de ces deux événements fut insoutenable pour Michael.

— *Papi, combien de personnes il y avait à l'hôtel ?*

— *Deux cent quatre-vingts.*

— *Combien de personnes sont mortes ?*

— *Cent dix-neuf. Dieu m'a sauvé pour que je puisse te sauver toi, Michael. Et Il t'a sauvé pour une raison précise. N'oublie jamais ça.*

— *Mais si Dieu nous a sauvés tous les deux, pourquoi n'a-t-Il pas sauvé tout le monde ?*

Pour la première fois, Michael posait une question à laquelle Vincent ne savait pas répondre. Et il admettait son ignorance.

Michael prit alors sa première décision « d'adulte ». Il refusa de faire sa première communion. Il lui était impossible d'aller plus loin, avec une telle question, à laquelle personne ne pouvait répondre. Il passa l'année suivante à questionner le père Donaghue à ce sujet, mais ce dernier ne lui fournissait que des réponses vagues, évasives et dénuées de sens. Rien que des mots. C'est une année environ après cette nuit-là que Michael tomba malade et « vit » sa mère. Ce fut, pour lui, la réponse à ses questions, une réponse au-delà des mots.

Toutefois, il se retrouvait là, aujourd'hui, debout devant l'hôtel, et d'autres questions lui martelaient l'esprit.

Bon ! récapitulons. Imagine que tu sois un expert-comptable qui dresse froidement le bilan de la situation.

Je suis prêtre et j'aime une femme (si ç'avait été un autre prêtre ou un garçon de douze ans, l'Église n'aurait rien trouvé à redire, mais là, je dévie).

Quelle est l'alternative ?

Rester prêtre et quitter Tess.

Quitter Tess et abandonner la prêtrise.

Tout est clair, pas de demi-mesure.

Qu'impliquerait chacun de ces choix ?

a) La vocation. J'ai toujours été intimement convaincu qu'Il m'avait appelé à Lui. Si tout ça s'effondre sous mes yeux, qu'est-ce que ça signifie ? Que je faisais fausse route ? Que Dieu avait tiré le mauvais numéro ? J'imagine la réponse nonchalante de Larry : « Primo, qui t'a dit que ce choix devait être définitif ? Tu as fait beaucoup de bien ici, et maintenant tu dois aller le faire ailleurs. Secundo, il est très probable que Dieu soit complètement indifférent à ton métier, comme il l'est à ceux de la plupart des gens. »

b) La « vraie vie », le monde réel. Est-il vrai que je ne veuille pas vivre dans le monde réel ?

Oui.

Devrais-je vivre dans le monde réel ?

Probablement.

Qu'est-ce que cela signifie ?

Aucune idée.

Les préoccupations du monde réel. Un loyer, des factures, un boulot. Les problèmes de voiture. Les impôts. Recevoir des amis à dîner. Les soirées tranquilles à la maison : s'asseoir en hiver près du feu, discuter avec Tess de l'existence de Jésus.

Quelle était l'autre solution ? Rester prêtre jusqu'à la fin de ses jours, sachant ce qu'il avait abandonné à jamais. Mourir de vieillesse dans une pension pour vieux prêtres séniles. Seul.

En plus, tout n'allait pas à merveille avant l'apparition de Tess. Voilà déjà un bout de temps que tu as des problèmes avec l'Église.

Bien des questions le perturbaient depuis des années. Il avait minimisé leur importance, les avait reléguées au fond de sa mémoire, les avait rangées dans le classeur « Choses dont il faudra que je me préoccupe plus tard ». Au fil des ans, ce dossier s'était progressivement épaissi, atteignant un volume qu'il ne pouvait plus ignorer. Il se contentait de l'enjamber chaque fois qu'il lui barrait le chemin. Dernièrement, il s'était aperçu que l'existence même de ce classeur était un point en faveur de Tess. L'affaire qui l'occupait dorénavant engageait « la prêtrise » contre « Tess-et-tout-ce-qui-m'a-posé-problème-jusqu'à-présent ».

Quand tout cela avait-il commencé ?

Les graines du doute avaient commencé à germer dans son esprit en 1967, alors qu'il était encore au séminaire. Il travaillait au journal de l'école et avait écrit un virulent article contre la guerre. Il avait été immédiatement convoqué auprès du recteur.

— Le rôle de l'université n'est pas de prendre position en matière de politique.

— Mais c'est une position morale. Des gens sont en train de mourir, c'est une guerre injuste.

— Qui êtes-vous pour affirmer que cette guerre est injuste ? Est-ce que l'évêque l'a dit ? Est-ce que le pape l'a déclaré ?

Michael allait apprendre par la suite que plusieurs plaintes avaient été exprimées par quatre membres du Conseil des donateurs et par plusieurs anciens élèves connus pour leur générosité. Alors que personne ne mettait en cause les talents de plume de Michael et son importante contribution au journal, le président fut obligé de le retirer de l'équipe rédactionnelle. (C'était décidément une vocation chez lui de s'entendre dire combien il était doué par ceux qui se débarrassaient de lui.) En outre, à partir de ce moment-là, tout ce que Michael allait écrire pour publication au cours de ses études dut être soumis à l'approbation du recteur en personne.

A cela est venu s'ajouter le *Humanae Vitæ*, l'encyclique du pape Paul VI sur la contraception, qui détruisit tous les espoirs de Michael (et de tous les catholiques libéraux) quant à un possbile revirement de l'Église sur ce sujet. Il avait beau tourner ça dans sa tête, Michael ne parvenait pas à se persuader qu'il n'était pas du ressort de Dieu que la moitié de l'humanité n'eût aucun contrôle sur son corps, sa vie, son destin, son cœur. Sans compter qu'il ne supportait pas que des millions d'enfants n'eussent pas le droit de venir au monde avec des parents qui les désirent et qui peuvent les nourrir et les protéger. Michael, déjà déstabilisé, allait également apprendre que le pape avait, avant l'encyclique, nommé une commission pontificale chargée d'étudier le problème de la moralité de la contraception, mais avait ignoré l'opinion majoritaire de cette commission qui était favorable à certaines formes de contraception. Cela indiquait clairement (pour Michael, du moins) que cette commission n'avait été formée que pour conforter l'opinion du pape, ce qui laissait Michael perplexe : si le pape était aussi persuadé d'avoir raison, pourquoi avait-il nommé une commission pour appuyer une décision déjà prise ?

Et puis il y avait le célibat.

Son petit péché mignon. Impossible de l'analyser objectivement. Peut-être que tout ça serait passé s'il avait été encore vierge au moment d'entrer au séminaire. Il n'aurait eu aucune idée de ce à quoi on lui demandait de renoncer. Mais il y avait en lui beaucoup trop de curiosité (peut-être teintée de désir) pour se condamner définitivement à l'ignorance et à l'abstinence. Il voulait juste savoir à quoi ça ressemblait, s'était-il dit la première fois. Malheureusement, personne ne l'avait averti de certains phénomènes d'aspiration. « Juste une fois » n'allait pas suffire. « Juste quelques fois » non plus, ni « juste jusqu'à ce que je quitte le séminaire ». Ce fut un combat dès le début et n'avait cessé de l'être.

Même s'il s'excluait du débat, il ne pouvait ignorer l'ampleur des séquelles du célibat obligatoire. Il pouvait constater tous les efforts que cela exigeait : au mieux, on le supportait, au pire, on mentait, louvoyait, se cachait. De plus, l'histoire montrait bien que le célibat obligatoire n'avait rien à voir avec le sacré, mais trouvait sa motivation réelle dans la répartition des richesses et du pouvoir. Ce n'était là que la vérité, qu'elle lui donnât raison ou pas.

Tout cela, sans compter le problème de la pédophilie chez les prêtres, qui n'était certes pas étranger au célibat obligatoire, et la manière honteuse dont l'Église le dissimulait. Elle se contentait généralement de procéder à des mutations d'une paroisse à une autre, exposant de nouvelles victimes éventuelles à des abus, en toute connaissance de cause et sans aucun avertissement. Michael avait même ouï-dire que des évêques allaient jusqu'à détruire les dossiers de certains prêtres récidivistes pour éviter des poursuites judiciaires et une mauvaise publicité qui auraient entaché la réputation de l'Église. Au vu de son expérience personnelle, Michael n'avait aucun mal à le croire.

En raison de tous les incidents qui avaient nourri la rumeur et malgré les efforts soutenus de l'Église pour les étouffer, la pédophilie était devenue un problème auquel tous les prêtres, coupables ou non, étaient régulièrement confrontés. Dans sa propre paroisse, il lui avait fallu deux mois avant que les enfants de chœur ne cessent de trembler dès qu'ils se trouvaient seuls dans une pièce avec lui. Un couple particulièrement sensibilisé avait été jusqu'à le prévenir, le jour même de son arrivée dans la paroisse, qu'ils lui interdisaient de rester en tête-à-tête avec leur fils en dehors de la présence d'un des deux parents. Cela n'avait rigoureusement rien à voir avec le prêtre qui l'avait précédé. Il le savait parce qu'il s'était renseigné et parce qu'il avait lui-même grandi dans le Sud. Il suffisait d'un fait divers monté en épingle par les médias pour que les gens des États du Sud se persuadent aussitôt en être les prochaines victimes. Les craintes de ses paroissiens furent confortées quand ils apprirent son travail de rédacteur pour un magazine libéral de New York. En tout état de cause, il ne pouvait qu'être l'agent d'une perversité dépassant l'imagination. Sa préférence marquée pour les vêtements civils, il le comprit alors, tenait beaucoup de ce qu'il ne supportait plus d'être toisé avec méfiance partout où il allait. Il connaissait bien ce regard et savait pertinemment ce qu'il sous-entendait : les gens se demandaient s'il avait ou non un certain penchant pour les jeunes garçons. Il en avait tellement assez, qu'une fois ou deux, il avait dû se mordre la langue pour ne pas dire : « Ne vous inquiétez pas, j'ai une maîtresse. »

Lorsqu'il évoquait ce problème avec ses supérieurs, la réponse était invariablement la suivante : « L'Église n'est pas parfaite. » Peut-être, mais si l'Église n'aspirait pas à la perfection, pourquoi ne pas la convertir en organisme bancaire, tant qu'on y était ?

Il avait passé ces deux dernières années à essayer de se persuader que la bureaucratie et la religion étaient deux choses totalement différentes. Il ne pouvait toutefois que reconnaître que sa propre existence était entièrement contrôlée par la bureaucratie : d'elle dépendait son domicile, ses faits et gestes, ce qu'il avait ou non le droit d'écrire. Cette bureaucratie voulait même l'empêcher de dire la vérité. Si sa vie ne servait pas à dire la vérité, à quoi servait-elle alors ?

Et pourtant.

Et pourtant...

Il adorait être prêtre et, malgré toutes ses désillusions, ses conflits intérieurs et ses frustrations, il aimait l'Église. Passionnément.

Aveuglément, peut-être ?

Peut-être. Mais pas complètement. Il était impossible, de nos jours, de ne pas se poser de questions. Des questions qui dépassaient la thématique de l'Église. Larry avait raison. La tendance actuelle, rayon théologie, était de se dire : « Voyons ce que nous pouvons tirer de tout ça, vu que nous, universitaires rationnels, ne pouvons plus croire à cette histoire. » Comme il n'était plus de bon ton de croire à la divinité de Jésus, les intellectuels se devaient de se persuader, et de convaincre tout le monde, qu'il n'y avait là que futilité. Michael n'arrivait pas à admettre que l'on puisse ravaler Jésus, l'envoyé de Dieu sur terre, au rang d'une énorme farce sans que cela pose le moins du monde problème ! Et puis il y avait les gens comme Tess, persuadés que l'existence de Jésus n'était que pure invention. Ce qui signifiait, ni plus ni moins, que les Écritures n'étaient qu'une duperie caractérisée, pour ne pas dire un excellent roman.

Pourquoi, se demandait Michael, tout le monde s'était-il donné le mot pour dire que les Écritures étaient douteuses, alors que le moindre petit parchemin trouvé au fond d'une grotte obscure faisait l'objet des recherches les plus sérieuses de la part des historiens ? Il en avait par-dessus la tête d'entendre parler des parchemins de la mer Morte. Il les avait parcourus en totalité et il savait pertinemment qu'il n'y avait jamais eu autant de polémiques pour si peu de chose depuis la candidature de Ross Perot. Le problème des manuscrits de la mer Morte ne résidait pas dans leur contenu (au contraire, ceux-ci *appuyaient* les autres écrits), mais chez tous ces gens qui ne les avaient pas lus et avaient tout de même décidé de leur contenu. Et, comme si cela ne suffisait pas à déchaîner l'hystérie collective, ces gens-là avaient répandu l'idée que l'Église gardait secrètes les révélations les plus importantes. Michael avait même rencontré un jour un prétendu théologien intimement convaincu de ce que le squelette de Jésus était enfermé dans un coffre-fort du Vatican.

De nos jours, même les gens qui partageaient son avis ne cessaient de se poser des questions, d'étudier, d'analyser, de trouver de nouvelles théories ou de proposer de nouvelles versions d'anciennes théories. Chacun était persuadé de pouvoir trouver la clef de voûte qui soutenait l'édifice. Il y avait maintenant plus de versions de Jésus qu'il n'y avait de modèles de poupée Barbie : le Jésus historique, le Jésus mythologique, le Jésus New Age, le Jésus révolté, le Jésus gnostique, le Jésus en douze leçons, le Jésus faits divers (qui avait involontairement assommé un camarade de jeux puis l'avait ressuscité), le Jésus bien connu sous le nom de Jéhovah, qui éditait une nouvelle série de livres saints et lançait de nouveaux cultes pour expliquer (à la bienheureuse minorité qui tombait par hasard sur un de ses livres au fond d'une librairie) comment on en était arrivé là...

On ne peut jamais savoir – vraiment savoir – quoi que ce soit.

Et malgré tout, les gens doivent se construire un code moral et prendre des décisions vitales, basées sur ce qu'ils pensent – ou du moins espèrent – être vrai. Pourquoi ?

Aucune idée. Tout cela n'a aucun sens.

Mais le bon vieux Nouveau Testament montre bien que Jésus a réellement existé. Qui aurait pu inventer un tel personnage, une telle histoire ?

Ce « personnage » et cette histoire avaient passionné Michael aussi loin qu'il s'en souvînt. C'est pour cette raison que les déclarations véhémentes de Tess l'avaient à ce point bouleversé. Si Jésus n'avait pas existé – si même il n'avait été qu'un simple mortel –, Michael aurait donc construit sa vie entière sur un mensonge. Si Tess était persuadée que tout ce en quoi croyait Michael n'était que du « bla-bla antique », alors qui pensait-elle aimer ?

Il devait en discuter avec elle. Calmement, sans être limité par le temps. Il voulait lui donner l'occasion de répondre à ses questions. Il ne lui semblait pas juste de se poser toutes ces questions tout seul puis de se contenter de lui annoncer le verdict.

Et si elle te parlait de quelque chose qui te ferait regretter d'avoir abordé ce sujet avec elle ? Ton esprit est complètement brouillé dès que tu te retrouves seul avec elle dans une chambre.

Mais, si ma foi est vacillante au point qu'on l'on puisse me « convaincre » de l'abandonner, alors Tess est loin d'être mon problème le plus sérieux.

Il entendit un bruit et se retourna. Un des nombreux sans-abri d'Atlanta se dirigeait vers lui, en poussant un chariot où il avait accumulé un bric-à-brac invraisemblable. L'individu avait à peine figure humaine. Il semblait ne pas avoir pris un bain depuis des siècles. Ses yeux hagards donnèrent à Michael l'impression qu'il était sous l'effet d'une drogue quelconque.

Oh ! génial. Il ne manquait plus que ça.

Le clochard appuya son chariot contre un arrêt de bus et regarda Michael.

– Z'avez une cigarette ? demanda-t-il.

– Non. Je ne fume pas, répondit Michael. Et je n'ai pas d'argent non plus, j'ai laissé mon portefeuille à la maison.

Et je n'ai pas de jeton de métro, je n'ai pas l'heure et je ne connais pas les horaires du bus. Et même si j'avais eu de l'argent, je ne t'aurais rien donné, je ne veux pas subventionner tes vices, j'envoie assez de chèques comme ça à des organismes qui pourraient t'aider si tu prenais la peine de les contacter. Et puis, je n'ai pas voté pour ceux qui t'ont mis dans la rue. Alors, à ta place, j'irais embêter un républicain.

L'homme tourna son regard étrange vers l'ancien hôtel.

– On n'dirait pas qu'il a brûlé, hein ? demanda-t-il.

Michael le regarda, interloqué.

– Fallait voir ça ! fit le clochard, le regard toujours rivé sur le bâtiment. Des flammes sortaient par les fenêtres, des gens sautaient, on aurait dit qu'il pleuvait des corps.

Michael scruta ce curieux personnage, perplexe. Impossible de lui donner un âge. Pourtant, même s'il était né avant 1946, date de l'événement, il était pratiquement impossible qu'il fût suffisamment âgé pour s'en souvenir aussi clairement.

Le clochard montra Ellis Street du doigt.

– Les cadavres s'entassaient dans cette rue, là. Y en avait une bonne douzaine. Les gens se poussaient sur les échelles de secours. Y a une femme qu'a sauté et son bras s'est accroché à l'enseigne de l'hôtel. L'était restée là, suspendue comme un bout de viande chez le boucher. Un autre type est tombé sur le câble. Ça lui a coupé la tête.

Outre que cet homme ne pouvait en aucun cas se souvenir de l'incendie, quelque chose en lui mettait Michael terriblement mal à l'aise. Quoiqu'il décrivît l'événement dans ses détails les plus sordides, ses yeux demeuraient éteints. Il semblait avoir du mal à s'empêcher de rire. De plus, sa voix avait quelque chose de familier. Michael n'arrivait pas à savoir quoi, mais cette impression familière n'avait rien de réconfortant. Cela ressemblait plutôt à la réminiscence d'un ancien cauchemar.

Le clochard se tourna à nouveau vers Michael. Ses yeux sans vie furent furtivement traversés par un éclair qui lui donna, l'espace d'un instant, une apparence un peu plus humaine. Puis, sans avertissement, ses lèvres s'ouvrirent sur un grand sourire édenté qui se transforma en un gloussement cassant. Michael sursauta. Il était trop désorienté pour bouger, même s'il commençait à se sentir réellement nerveux. Rien ne lui garantissait que la folie de cet homme était inoffensive. Malgré cela, Michael demeurait cloué sur place, hébété.

Le clochard cessa de rire, mais continua à le fixer d'un regard pénétrant, inquiétant. Michael avait l'impression que ce monstre pouvait lire dans ses pensées.

Encore ce regard. Seigneur ! C'est la pleine lune ou quoi ?

– Mais, je ne t'apprends rien de nouveau, hein ? reprit ce curieux personnage.

Michael resta sans voix. Comment pouvait-il savoir ?

C'est parce que tu regardes ce bâtiment avec un air abruti. Pas besoin de sortir de Harvard pour le deviner.

– Eh bien... fit Michael, mais sa voix flancha.

Il ne voulait pas parler à cet énergumène. Il n'avait qu'une idée en tête, s'éloigner de là au plus vite, mais il redoutait par-dessus tout de tourner le dos à cet individu. Et qu'aurait-il pu dire pour annoncer son départ ? « Au revoir, passez une bonne soirée » ?

– Eh ! Ne sois pas si perturbé par ce que je te dis. Ça m'a échappé. Je parle beaucoup, hein ? J'ai rien d'autre à faire.

Michael secoua la tête de haut en bas, à nouveau surpris par la clairvoyance de ce type.

– Bon, d'accord... fit-il.

Michael se demanda comment Bob Curso aurait réagi dans ce genre de situation. Bob passait tout son temps dans des bâti-ments vétustes du Bronx et prenait soin de dizaines d'individus crasseux de ce genre tous les jours. Comment parvenait-il à trou-ver un terrain de communication avec eux ? Si Bob avait été là, il hurlerait probablement de rire devant l'air ébahi de son ami le jésuite. *(« Vous, les mecs, quand vous irez au Paradis, vous ne comprendrez pas qu'on ne vous serve plus deux verres de liqueur après le dîner. »)*

Toujours est-il, se dit Michael, que le clochard était loin de sentir la rose. Et en plus, il ne lui voulait rien de bon.

Le Mal.

L'énergumène n'avait apparemment aucune intention de s'éloigner. Michael allait donc devoir, soit se diriger vers la voi-ture à reculons, soit lui tourner le dos et prier. Il opta pour la seconde solution.

– Bonsoir, s'exclama-t-il.

Imperturbable, le sans-abri se contenta d'acquiescer d'un signe de tête.

Michael tourna les talons et commença à gravir la colline, mar-chant aussi vite qu'il le pouvait en s'efforçant de paraître le plus calme possible. Il laissa traîner l'oreille pour tenter de percevoir des bruits de pas derrière lui. Mais non, rien. Dieu soit loué !

Maintenant qu'il se sentait relativement en sécurité, Michael se mit à avoir honte de sa paranoïa, sans parler de son absence de compassion. Ce clochard n'était probablement qu'un pauvre type abruti à force de drogues ou d'alcool, pour des raisons pro-bablement fort tristes. Ou alors son cerveau produisait des sub-stances chimiques n'assurant pas un fonctionnement normal, ce qui n'était certainement pas de sa faute.

Ton héros, Jésus, serait-il en train de remonter la colline en courant, soulagé d'être débarrassé de ce pauvre personnage ?

– Eh ! mon Père !

Michael s'arrêta d'instinct, puis réalisa qu'il ne portait aucun des attributs sacerdotaux.

Comment Diable peut-il... ?

Il sentit un frisson lui parcourir l'épine dorsale. Il se retourna lentement.

– La prochaine fois, amène ton portefeuille.

Le clochard le fixait toujours en souriant.

– Qu'est-ce qui vous fait croire que je suis prêtre ? demanda Michael, incapable de résister à l'envie de poser la question.

Le sourire du type s'élargit.

– Ne vaut-il pas mieux dire : qu'est-ce qui te fait croire, *toi*, que tu es prêtre ?

Michael s'efforça à nouveau de se remémorer où il avait entendu cette voix. Cet homme le connaissait-il ? S'étaient-ils déjà croisés quelque part ? Il n'arrivait pas à se souvenir. Il se retourna et se dirigea à nouveau vers sa voiture.

– Eh ! mon Père !

Le clochard l'appelait à nouveau. Michael ne se retourna pas cette fois, ni ne s'arrêta.

– A la prochaine, O.K. !

Il entendit résonner encore une fois ce rire aigu, cassant. Ce rire de fou.

Quand il fut enfin dans sa voiture, toutes portières verrouillées, Michael se retourna vers l'endroit où se tenait le clochard.

Il ne vit personne.

*

Michael était encore tout remué mais étonnamment calme tandis qu'il aidait Barbara à envelopper les restes dans du papier aluminium et à charger le lave-vaisselle. Il savait que Barbara mourait d'envie de savoir ce qui se tramait, mais elle allait devoir rester sur sa faim. Il travaillait d'un geste rapide et mécanique, pressé de la laisser repartir chez elle avant qu'il ne soit trop tard pour appeler Tess.

Il fouillait le séjour du regard à la recherche d'une éventuelle assiette oubliée ou d'un verre vide, lorsque la réserve de Barbara s'effondra soudain.

– Michael ? demanda-t-elle.

Il se tourna vers elle. Elle avait sa veste sur le bras, mais, apparemment, ne voulait pas juste lui dire au revoir.

– Je comprends que tu ne veuilles pas me dire ce qui se passe...

– Ce n'est pas que je ne *veux* pas, Barbara. Je ne peux pas.

– D'accord, répondit-elle, résignée. J'espère seulement que tu sais que je suis ton amie. Ou, du moins, j'essaye de l'être.

– Je le sais.

– C'est difficile pour moi de rester sans rien dire alors que je te vois souffrir sous mes yeux.

Michael sursauta. Il pensait avoir réussi, jusqu'à présent, à bien camoufler ce qui se passait.

– Écoute, dit-il, essayant de gagner du temps. Je suis très touché par ton inquiétude, mais je ne peux pas...

Qu'est-ce que je pourrais bien lui dire ?

– On verra après les funérailles, Barbara. On pourra en reparler tranquillement.

D'ici là, il aurait trouvé ce qu'il pouvait lui dire ou non.

Elle acquiesça, insatisfaite, mais apaisée.

– Bon, d'accord. A demain, alors.

– Encore merci pour ce soir.

– De rien.

Elle le regarda un instant, puis s'approcha de lui et le prit dans ses bras. Il se raidit, dans un geste impulsif de défense. Il avait toujours craint que Barbara n'eût un faible pour lui. Il lui tapota doucement l'épaule, soulignant ainsi l'aspect purement amical de leur relation. Barbara s'éloigna et le regarda dans les yeux.

– Michael, si j'avais eu l'intention de te séduire, j'aurais essayé depuis longtemps. Je t'aime beaucoup et je m'inquiète de te voir malheureux. Ce n'est pas de ma faute s'il se trouve que je suis une femme.

Elle se dirigea vers la porte d'entrée.

– A demain matin, lui lança-t-elle.

Et elle s'en alla.

Michael se détestait. Sa seule consolation fut de penser que Tess et Barbara s'apprécieraient mutuellement.

Il se précipita vers le téléphone, puis s'immobilisa soudain. Qu'est-ce qu'il allait lui dire ?

Je n'ai encore rien décidé mais je veux quand même que tu te débarrasses de l'avocat.

Non.

Et s'il lui disait :

Viens me voir et convaincs-moi de changer de religion et de t'épouser.

Ce serait mieux.

Ou même :

Viens me voir, nous passerons trois ou quatre jours au lit ensemble, et nous nous inquiéterons du reste plus tard.

Encore mieux. Pas très productif, mais décidément plus agréable.

Il décrocha le téléphone et composa son numéro, prenant le soin de regarder sa montre une fois que la sonnerie eût retenti. Il était presque minuit.

Et si elle n'était pas chez elle ?

Il retint son souffle.

S'il te plaît, réponds...

Le téléphone sonna longuement dans le vide. Le répondeur n'était pas branché non plus.

*

Il mit un temps fou à trouver le sommeil et, lorsqu'il s'endormit enfin, il fit un horrible cauchemar peuplé d'images violentes et chaotiques : l'incendie, le clochard, les démons et les squelettes accrochés sur les murs de la chambre de Danny Ingram. Mais dans son rêve ils étaient vivants, le poursuivaient, grognaient à son approche comme des chiens enragés, le tout ponctué de plaintes qui semblaient lui parvenir de profondeurs insondables et du rire inhumain du clochard.

Vers trois heures du matin, il se dressa dans son lit, tremblant, suffoquant. Il en avait eu la certitude au beau milieu du rêve, tel un éclair surgissant du fond de l'enfer.

Il reconnaissait cette voix.

6

Seigneur.

Comment était-ce possible ?

Comment cette voix, qu'il avait entendue sortir de la bouche de Danny six mois plus tôt à Long Island, pouvait-elle lui parvenir maintenant de la bouche d'un clochard d'Atlanta ?

Ça ne peut pas être la même voix. Elle lui ressemblait, c'est tout.

Non. Tu sais bien qu'il y avait quelque chose de bizarre chez ce type. Il savait tout sur l'incendie. Il savait tout sur toi.

Mais il y a sûrement une explication rationnelle derrière tout ça...

Il y avait quelque chose d'anormal. Là. Dans la chambre.

Il regarda alentour. Rien ne semblait changé, mais l'air était lourd. Il reconnut cette sensation : la même que celle qu'il avait éprouvée chez Danny, en plus ténu.

Il est là.

Il alluma la lumière, mais la sensation demeura. Il se mit à frissonner et se rendit soudain compte qu'il faisait froid. Anormalement froid. L'air était à la fois étouffant et glacial. Il avait du mal à respirer. L'atmosphère était trop dense. Il sentit une odeur bizarre, celle d'une bougie qui se consumait.

C'est de plus en plus fort.

L'air l'enserrait, le comprimant de tous côtés. Il essaya de bouger, mais son corps était engourdi. La pression se fit de plus en plus forte, comme s'il se trouvait dans un caisson de décompression. Il n'avait pas ressenti cela aussi violemment dans la chambre de Danny.

— Sors... de... là..., réussit-il à articuler, non sans difficulté.

Mais la pression se fit plus intense. Michael pouvait presque l'entendre rire. Il essaya de se souvenir des mots que Bob Curso avait utilisés pour l'éloigner.

– Je... t'ordonne...

Les mots sortaient difficilement de sa bouche, sa voix tremblait. *Seigneur, aide-moi. Ça va me tuer.*

– ... au... nom... du... Seigneur... Jésus... Christ...

Un bruit assourdissant, tel un vent violent s'engouffrant dans un tunnel, retentit. Avec lui, la pression se transforma en aspiration ; il se sentit soudain happé. L'espace de quelques secondes, il eut l'impression qu'il allait être déchiré en morceaux.

Puis ce fut fini.

L'absence brutale de pression faillit le faire tomber à terre. Il retrouva son équilibre, regarda autour de lui. Il savait que c'était parti. L'air redevint doux, respirable.

Sa première impulsion fut de se dire qu'il avait tout imaginé. Ou peut-être était-ce psychosomatique ? Il s'était mis dans cet état parce qu'il avait été perturbé par le clochard. A force de se convaincre que le démon le poursuivait, il avait provoqué une crise d'anxiété.

Mais il savait que c'était bien plus que ça, tout comme il l'avait su lors de la séance d'exorcisme de Danny. Il y avait quelque chose, là, à l'extérieur. Une présence. Dotée d'une volonté et d'une rage propres. Et d'une force inouïe.

D'une main tremblante, il décrocha le téléphone et composa le numéro personnel de Bob. Il retint son souffle jusqu'à ce qu'il entende la voix de ce dernier.

– Allô ! fit une voix endormie, passablement irritée.

– Bob, c'est Michael Kinney. Désolé de vous...

– Allô ! demanda Bob à nouveau, encore plus énervé.

Michael hurla dans le combiné :

– Bob, c'est Michael...

Plus rien. Michael pesta contre la compagnie de téléphone et appuya sur le bouton «bis». Une sonnerie, puis deux. Un clic, suivi d'une voix féminine doucereuse et affectée : *«Le numéro que vous avez demandé n'est pas en service actuellement. Veuillez consulter l'annuaire ou les renseignements téléphoniques.»*

Michael raccrocha. Il essaya à nouveau, recomposant cette fois le numéro soigneusement. Il entendit deux sonneries, suivies d'un «clic», puis d'une tonalité sourde, continue, entrecoupée de friture. Il essaya une dernière fois, sans plus de résultat. Il décida d'abandonner.

Il enfila son pyjama et se dirigea vers le bureau de Vincent. Il fouilla les étagères, à la recherche de tous les livres qu'il avait réunis lorsqu'il s'occupait de Danny Ingram. Il les empila sur le bureau de Vincent, puis se mit à parcourir les titres des différents chapitres, espérant trouver quoi que ce soit qui eût évoqué un Diable harcelant un prêtre qui aurait participé à une séance d'exorcisme ratée. Rien du tout. Quand il eut parcouru la pile de livres, il examina cette fois les tables des matières. POSSESSION : Dans la Bible. Théories catholiques en matière de P. Caractéristiques de la P. Historique de la P. Les aspects juridiques de la P. Traitement médical de la P. Voir aussi : Schizophrénie, Exorcisme. EXORCISME : Caractéristiques de l'E. Durée de l'E. Historique de l'E. Voir aussi : Possession.

Il entendit un bruit. On frappait à la porte. Il sursauta, refermant brusquement le livre. Il se redressa et vit Barbara dans l'embrasure de la porte. Elle était toute de noir vêtue.

Oh ! merde. J'allais oublier les funérailles de Vincent !

– Désolée de t'avoir fait peur.

– Ça va, fit-il, tentant de reprendre son souffle.

– Qu'est-ce que tu fais ?

– Rien, répondit-il, trop hâtivement.

Elle s'approcha et jeta un coup d'œil sur les livres entassés.

Surtout ne lis pas les titres.

Elle regarda par-dessus son épaule, lut les titres.

– Les démons ? Encore ?

– Barbara, épargne-moi ça.

– T'épargner quoi ?

– Tout. Les moqueries. Les vannes. Laisse tomber.

– Je n'ai rien dit.

– Ne *pense* rien non plus. J'ai assez de soucis comme ça. J'en ai déjà suffisamment marre d'être confronté à ce problème pour supporter par-dessus le marché des plaisanteries douteuses.

– Michael...

– Tu penses que je *veux* croire à cette merde ? Tu crois que je me suis réveillé, un matin, en me disant : «Tiens, voyons, j'adore mon boulot, j'aime l'endroit où je vis, j'adore mes collègues et mes amis... Voilà ! Je vais dire à tout le monde que je crois au Diable pour voir dans quel merdier ça va me mettre. Parce que sinon, n'est-ce pas, la vie serait trop belle.» Tu crois que c'est ce que j'essaye de faire ?

– Bien sûr que non.

– J'aimerais beaucoup être cynique, ironique et cool, mais je ne peux plus me permettre ce luxe, aujourd'hui.

– Michael, je me fiche même de savoir si tu crois à la petite souris qui prend les dents sous l'oreiller. Je suis juste venue te dire que la limousine sera là dans une demi-heure.

Il lui fallut un instant pour réaliser. La limousine. Le corbillard.

266

Il acquiesça.

— Je serai prêt, fit-il, avant de sortir.

*

L'église était bondée. Les gens se tenaient même dans les allées, ce qui n'étonna pas Michael le moins du monde. Il attendait la fin du panégyrique interminable du père Graham, en triturant les feuilles de son discours. Il allait devoir le lire mot à mot, sinon il ne s'en sortirait pas. Il avait sué sang et eau pour le peaufiner tout au long de ce dernier mois et, à présent, tout ce qu'il voulait, c'était en être débarrassé au plus vite.

Le vieux croûton se tut enfin. Michael prit sa place, s'appuyant sur le pupitre. Il regarda ses notes et décida de sauter le début. Ceux qui ne savaient pas qui il était n'auraient qu'à se renseigner plus tard.

— Quand j'avais treize ans environ...

Sa voix tremblait.

— ... je suis passé par une brève période de cynisme. Je n'allais plus à la messe. Je ne sais plus ce qui s'était passé exactement dans ma petite tête, parce que j'avais toujours l'intention de devenir prêtre. Je pensais sûrement y arriver sans l'Église. Une lutte sempiternelle...

Il entendit ses amis ricaner.

— Un jour, Vincent m'a pris à part et m'a demandé ce qui se passait. J'ai répondu : « Papi, il n'y a, dans cette Église, qu'un ramassis d'hypocrites. » Vincent m'a regardé et m'a dit : « Eh bien ! ils auront certainement une petite place pour un de plus. »

Des rires fusèrent dans l'assemblée.

Ça va... Ça marche... Continue...

— Si vous avez connu Vincent, vous n'ignorez certainement pas cette facette de sa personnalité. Ce n'était pas celle que je préférais. Pas quand j'avais treize ans, en tout cas.

Il sentit sa gorge se resserrer, et dut faire un effort pour poursuivre sa lecture.

— Vincent avait toujours des réponses de ce style. Il arrivait toujours à me mettre échec et mat. L'année dernière, quand je lui ai demandé ce qu'il voulait pour son anniversaire, il m'a dit de lui acheter deux billets pour le circuit d'Atlanta et de l'y accompagner. Je lui ai répondu que je préférais encore me faire opérer de la vésicule biliaire. Il m'a répondu : « Je sais. C'est ce qui en fait un cadeau, justement. »

(Autres rires, suivis d'un moment de silence.)

267

Respire. Continue à lire. Oublie ce foutu Diable, c'est trop important.

— Les anecdotes de ce type sont innombrables et, si ma voix tenait le coup, je serais capable de parler de lui pendant des heures sans même chercher mes idées. Mais ma voix ne tiendrait pas le coup. Alors, je vais vous dire ce que j'aimais le plus chez lui. J'aimais le côté *vivant* de Vincent. Il l'a été aussi loin que je me souvienne et l'est resté jusqu'à la fin. Le cancer de Vincent a été diagnostiqué il y a à peu près quatre mois. Je l'avais accompagné chez le médecin, car je passais par Atlanta. Aucun de nous deux ne s'attendait à ce que ce soit aussi grave. Je l'avais reconduit à la maison, dans un silence absolu. J'étais en état de choc. Vincent était imperturbable, comme d'habitude. Au bout de dix minutes, il m'a prié de le conduire à Marietta. Je lui ai demandé : « Qu'est-ce qu'il y a à Marietta ? » Il m'a répondu qu'il voulait aller dans son magasin d'informatique préféré, voir s'ils avaient un tout nouveau modèle d'imprimante. Je pensais qu'il perdait la tête, que la nouvelle était trop dure et qu'il se laissait aller à une espèce d'excentricité. J'ai dit : « Vincent, tu sais, le médecin a dit que... » Et il m'a répondu : « J'ai bien entendu le médecin. C'est pour ça que je veux y aller maintenant. Peut-être qu'ils vont devoir la commander. »

(Autres rires, sourires d'approbation.)

— Comme vous le savez presque tous, Vincent a consacré de nombreuses heures à l'Église et à d'autres institutions de bienfaisance. Il aurait pu se contenter de leur envoyer de gros chèques, ce qu'il a fait par ailleurs. Mais ça ne lui suffisait pas ; ça ne lui ressemblait pas. C'était trop impersonnel. Vincent était de ceux qui vivent la vie avec un certain recul. Ces deux dernières années, il passait la plupart de son temps à l'hôpital, à tenir compagnie à des malades du sida. Il leur faisait la lecture ou la conversation, essayait de mieux les connaître. Quand il me parlait d'eux, il n'évoquait jamais leur état de santé, l'avancement de leur maladie, ou le traitement qu'ils suivaient. Non. Il me parlait d'eux, mentionnait leur nom, leur âge, leur vie, leurs intérêts. Il me parlait des membres de leurs familles qu'il avait rencontrés, me rapportait des anecdotes qu'ils lui avaient racontées. Il ne les percevait pas comme les victimes d'une maladie. Pour lui, ils étaient avant tout des êtres humains, des individus, des amis. Je ne sais pas comment il faisait. Comment il pouvait se rapprocher de gens qu'il allait inévitablement perdre. Comment il supportait d'être confronté à la mort, décès après décès, et arrivait malgré

268

cela à garder le sourire et à se porter volontaire pour d'autres souffrances. Je ne lui ai jamais posé ces questions. Je lui avais juste demandé une chose : ce qu'il leur disait, tout à la fin. Qu'est-ce qu'il trouvait à dire qui ne soit pas creux face à un destin aussi cruel, aussi absurde ? Sans hésiter, Vincent m'a répondu : «Je leur dis que l'amour est une chose vraie.» Sur le moment, je me suis dit : «Oh non ! pas ça !» Ça me surprenait, que dis-je, ça *m'effrayait* que quelqu'un comme Vincent, qui trouvait *toujours* le mot juste, la chose exacte à dire, réduisît la vie entière à cette image d'Épinal à un moment aussi crucial. Cette conversation m'a hanté ces deux derniers jours. Cette petite phrase insipide m'obsédait. Je suis totalement abasourdi depuis mercredi, vous l'avez sans doute remarqué. Mais je ne suis pas complètement inconscient. J'ai vu vos cartes de condoléances et les fleurs que vous avez envoyées. J'ai reçu des lettres de condoléances d'œuvres de charité. Je vous ai vus tous, réunis, vous embrassant les uns les autres, m'embrassant, me serrant la main, ou souriant tout simplement à quelqu'un que vous connaissiez et que vous n'aviez pas vu depuis un moment. J'ai vu de la tristesse dans vos yeux, mais je vous ai également vus essayer de vous réconforter les uns les autres et de me rassurer, moi. Je me suis rendu compte que, d'une manière ou d'une autre, ce que vous offrez, c'est votre amour. C'est la seule chose que nous pouvons nous apporter les uns aux autres en ce moment précis, parce que c'est tout ce que nous avons. Quand je l'ai compris, il m'est apparu clairement que je me trompais du tout au tout en ne voyant dans la réponse de Vincent que quelque chose de superficiel. Au contraire, Vincent avait une fois de plus trouvé exactement la chose à dire.

Ça y est. Tu as réussi.

– Nous ne pouvons pas voir le visage de Vincent parmi nous aujourd'hui, mais nous pouvons encore ressentir son amour, aussi fort qu'il l'a toujours été. J'ai passé des années de ma vie à me demander comment je pourrais vivre sans Vincent. Si je lui avais posé la question, il m'aurait répondu : «Tu n'y seras jamais obligé.»

Michael se rassit. L'assemblée était silencieuse. De nombreuses personnes pleuraient. Michael repensa à son discours et se demanda s'il en pensait un traître mot.

*

Michael passa l'après-midi dans le bureau de Vincent, à ranger des livres dans des caisses. Il entendait Barbara s'affairer ailleurs dans la maison et se sentait rassuré par sa présence. Il craignait la tombée de la nuit. Il était à deux doigts d'envisager de passer la nuit à Barton.

Il entendit la voix de Barbara résonner en bas.

— Michael, j'arrive. Je suis à deux pas de la porte. Ne sursaute pas quand je rentre.

— Merci, fit-il quand elle apparut sur le seuil.

Les choses s'étaient arrangées entre eux au cours de la journée. Elle avait probablement attribué son accès du matin à l'anxiété causée par l'enterrement.

— J'ai besoin de ta signature sur plusieurs documents, dit-elle. Il s'agit de gérer l'argent que te lègue Vincent. Ils en ont besoin avant la lecture du testament, ne me demande pas pourquoi. Tout ce que je sais, c'est que, juste après les funérailles, j'ai été assaillie par une horde de costumes-cravates.

Elle posa les papiers en question sur le bureau.

— Tous les endroits où tu dois signer sont indiqués par une flèche.

— Le contraire m'aurait étonné, dit Michael, surgissant d'un dédale de cartons.

— Tu sais qui est Edna Foley ? demanda Barbara.

— Non. Pourquoi ?

— Je ne peux pas te dire. Elle habite à Jonesboro. Vincent lui envoyait un chèque de mille cinq cents dollars toutes les semaines depuis près de dix ans. C'est tout ce que j'en sais, je n'ai jamais eu accès à son compte en banque.

— Moi non plus.

— Je n'arrive pas à trouver son numéro de téléphone. Alors, la seule chose à faire est de prendre la voiture et d'aller à Jonesboro lui demander qui elle est.

— Donne-moi son adresse, je m'en occupe.

— Tu veux y aller !

— Oui.

— Tu le *veux* vraiment ?

Tout plutôt que de rester seul dans cette maison.

— J'ai besoin de prendre l'air de toute façon. Une petite balade ne me fera pas de mal.

— Mm... d'accord.

Elle lui tendit l'adresse.

— Je peux rentrer chez moi ? demanda-t-elle.

Elle le serra brièvement contre elle et se dirigea vers la porte.

*

La température avait considérablement baissé depuis ce matin. Malgré son pull en laine et son blazer, Michael frissonnait. Il remonta le col de sa veste et gravit les quelques marches du seuil de la maison. Il sonna. Comme il n'entendait rien, il frappa à la porte et attendit. Un rideau de dentelle accroché à la vitre de la porte d'entrée masquait l'intérieur. Ce quartier était apparemment habité par des ouvriers : il était constitué de petits pavillons d'un étage, certains flanqués de porches décorés de meubles d'extérieur. Des rocking-chairs et de vieilles bouteilles de lait peintes. Les habitants du coin faisaient de leur mieux pour donner un semblant d'âme à ces maisons de location.

Il frappa à nouveau. Il allait renoncer lorsqu'il entendit soudain du bruit. La porte s'ouvrit sur une femme noire d'âge moyen en uniforme blanc. Son regard n'avait rien d'accueillant.

— Bonjour, dit-il. Je cherche Edna Foley.

— Mouais, fit-elle.

Elle croisa les bras et ne dit rien d'autre.

— Est-ce qu'elle habite ici ? insista-t-il.

— Qu'est-ce que vous vendez ?

— Je ne vends rien du tout. Mon grand-père vient de mourir et j'essaye de savoir pourquoi il lui envoyait régulièrement des chèques à cette adresse.

— Comment s'appelle votre grand-père ?

— Vincent Kinney.

Un regard indéfinissable remplaça son expression fermée.

— Eh bien...

Elle déverrouilla la porte grillagée et lui céda le passage.

— C'est moi Edna Foley.

Michael espérait que sa surprise n'était pas trop évidente.

— J'ai quelque chose sur le feu, s'exclama-t-elle, avant de se diriger vers la cuisine.

Michael la suivit, présumant qu'elle l'invitait à le faire.

Il s'arrêta devant la porte d'une toute petite cuisine. Edna se tenait devant la cuisinière, remuant ce qui semblait être une soupe de haricots rouges. La casserole dégageait un parfum alléchant, mais il doutait fort qu'elle lui proposât de rester dîner.

— M. Kinney est mort... dit-elle, comme pour elle-même.

Elle secoua la tête.

– C'est bien la dernière chose que j'avais envie d'entendre.

– Je n'en suis pas heureux non plus, fit Michael.

– Bien. Je travaillerai jusqu'à la fin du mois, puis vous vous débrouillerez vous-même avec elle.

– Qui, elle ?

Elle semblait ne pas l'avoir entendu.

– Je l'avais dit dès le début, je fais mon boulot et j'encaisse mon chèque. Elle souffla. Je ne veux pas être mêlée à tout ça...

– Écoutez, l'interrompit Michael. Commençons par le début, vous voulez ? Pourquoi Vincent vous envoyait-il de l'argent ?

– C'est mon salaire, et un petit plus pour le loyer et les courses. Il a dit que c'était plus facile que ce soit moi plutôt que lui...

Elle saisit une grande salière et l'agita au-dessus de la casserole.

– ... Et si vous pensez que je ne le mérite pas, vous n'avez qu'à rester ici un jour ou deux pour voir.

– Je ne dis pas que vous ne le méritez pas. Je veux juste savoir pourquoi il vous payait.

– Je cuisine, je nettoie, je fais le linge et les courses. Je fais à peu près tout pour elle. Elle ne peut plus faire grand-chose elle-même.

– Mais *qui* ? insista encore Michael, s'efforçant de ne pas s'emporter.

Edna cessa de remuer la soupe et le fixa. Elle semblait essayer de comprendre.

– Vous ne savez pas ? demanda-t-elle, étonnée.

– Non. Je ne sais absolument rien de ce qui se passe ici.

– Eh bien ! fit-elle, l'air las. Je ne sais pas grand-chose non plus. Je sais juste ce que M. Kinney m'a dit quand il m'a engagée. Il m'a dit qu'il était un ami de la famille et qu'il voulait la sortir de l'hospice. Je le comprends. J'ai vu quel trou c'était, là-bas.

– Comment s'appelle cette femme ?

– Rebecca. Moi, je l'appelle Becky ou encore miss Becky. Mais lui, il l'appelait toujours Rebecca. Quand il me parlait, je veux dire. Il ne lui parlait jamais, à elle. Il ne voulait même pas qu'elle sache que c'était lui qui l'entretenait. Il envoyait un prêtre ici de temps en temps pour lui faire croire que son loyer était pris en charge par un donateur anonyme, et elle pense toujours que je suis une bénévole de la Croix-Rouge. Je lui ai dit qu'ils avaient un programme d'aide pour les sans famille et...

– Laissez-moi le temps de rassembler les morceaux, l'inter-

272

rompit Michael. Cette dame – Rebecca – était placée dans une institution spécialisée. Mon grand-père l'en a sortie...

– Non, c'est le prêtre qui l'a sortie. M. Kinney disait qu'elle n'aurait jamais accepté quoi que ce soit venant de lui.

– O.K. Il a demandé à un prêtre de la faire sortir, il vous a engagée pour que vous vous occupiez d'elle, et ça fait dix ans qu'il paie son loyer. C'est tout ce que vous savez ?

– C'est tout.

– Et Vincent ne vous a jamais dit pourquoi il faisait ça ?

– Il ne m'a dit que ce que vous savez.

– Et le prêtre ? Vous vous souvenez de son nom ?

– Oui, il s'appelait Père quelque chose.

– Ah ! ça m'aide beaucoup. Vous vous souvenez quelle tête il avait ?

– Oui. La tête d'un homme blanc en habit noir. C'était il y a dix ans et je ne me souviens même pas de ce que j'ai mangé hier soir.

– Est-ce qu'il était du coin ?

– J'sais pas. Je vous l'ai dit, je me contente de faire mon boulot. Je pose pas de questions.

– Et c'est vraiment tout ce que vous savez ?

– C'est ça.

– Alors pourquoi ai-je l'impression que vous en savez plus ?
Elle se raidit.

– Qui êtes-vous ? Le lieutenant Columbo ?

– Je suis celui qui a votre chèque au fond de sa poche.
Cette phrase la fit réagir.

– O.K., dit-elle.

– Alors ?

– Je ne l'ai pas appris de lui. C'est elle qui me l'a dit, il y a quelques années, quand elle me parlait encore, parce que, maintenant, elle me cause plus beaucoup. Et encore, elle savait pas ce qu'elle me révélait. Elle savait pas que je connaissais M. Kinney. Mais, avec un peu de bon sens, l'histoire n'est pas si compliquée.

Michael opina du chef. Il n'avait pas la moindre idée de quoi elle voulait parler.

– Elle m'a raconté qu'elle était tombée enceinte à quatorze ans et qu'elle avait dû s'échapper de la maison. Elle vit seule depuis ce jour-là. Je lui ai posé des questions sur le père du bébé, mais elle est devenue toute triste et m'a dit qu'elle ne voulait pas en parler. Alors, j'en ai déduit que c'était M. Kinney.

QUOI ?
Il fit un effort pour garder son calme.

– Pourquoi ?

– Pourquoi il l'entretiendrait sinon ?

Bonne question.

– Peut-être que c'est un ami à elle. Ou un ami de la famille, comme il l'a dit.

– Alors pourquoi voulait-il que je ne prononce jamais son nom devant elle ? Et pourquoi ne venait-il jamais la voir ?

Bonnes questions aussi.

Non ! Pas Vincent, quand même !

– Vous voyez ? continua Edna. Non seulement elle ne voulait pas parler du père, elle ne voulait même pas y penser.

– Quel âge a-t-elle ?

Edna haussa les épaules dans un geste d'impuissance.

– J'sais pas. Elle est vieille.

Vincent avait-il quatorze ou vingt-cinq ans quand c'est arrivé ? Parce que ça change tout ! A supposer que ce soit vrai. Mais ça ne peut pas l'être !

– Qu'est-ce que l'enfant est devenu ? demanda-t-il, s'efforçant de rester calme. Est-ce qu'il est encore en vie ? Vous savez où il habite ?

Edna secoua la tête.

– Elle a dit qu'il s'était suicidé, il y a quelques années.

Seigneur. Est-ce que Vincent savait tout ça ? Avait-il vu son fils ?

Edna retourna à sa soupe.

– Voilà. C'est tout ce que je sais.

Pourquoi ne m'en a-t-il jamais parlé ? Comment a-t-il pu garder ce secret toutes ces années ?

– Tout a été payé jusqu'à la fin du mois, ajouta-t-elle. Vous feriez mieux d'appeler l'hospice pour les prévenir.

– Non, répondit Michael, presque machinalement. Vincent n'aurait pas voulu qu'elle y retourne.

Vincent savait qu'il allait mourir. Il savait que j'allais venir ici. Pourquoi ne m'en a-t-il pas parlé ?

– Ne vous inquiétez pas, ajouta-t-il, d'une voix d'automate. J'arrangerai les choses... de manière à ce que vous puissiez continuer à recevoir des chèques tant qu'elle est en vie. Un virement automatique ou quelque chose de ce genre.

Elle cessa de touiller la soupe pour l'observer.

– Vous êtes sérieux ?

Michael fit oui d'un signe de tête.

– Vous pourrez continuer à travailler ici.

Edna le vit soudain d'un autre œil.

— Dieu vous bénisse ! Je n'avais vraiment pas envie d'aller chercher du boulot en ce moment.

Peut-être que c'est faux. Tout ça n'est basé que sur les déductions d'Edna. Personne de directement concerné n'a dit que c'était vrai.

— Je pourrais lui parler ? demanda-t-il, s'efforçant de cacher quelle importance cela avait pour lui.

Edna secoua la tête.

— Non. Elle fait la sieste. Si je la réveille, elle m'empoisonnera la vie pendant un mois. En plus, ça servira à rien. Elle me parle déjà à peine à moi ; alors, parler à un inconnu... En plus, si je lui dis qui vous êtes, elle vous mettra à la porte et moi derrière.

— Alors peut-être que je pourrais revenir plus tard. Vous pourriez m'arranger ça.

— Qu'est-ce que je suis supposée lui dire ?

— Dites-lui que je suis votre responsable à la Croix-Rouge et que je voudrais lui parler pour m'assurer que vous faites du bon travail.

— Mouais. Et pourquoi mon supérieur voudrait-il lui parler de quelque chose qui s'est passé il y a plus de soixante ans ?

Elle avait raison. Il fallait trouver mieux.

Ils échangèrent leurs numéros de téléphone et elle le reconduisit vers la sortie. Il s'arrêta au milieu du salon, son attention avait été attirée par un crucifix accroché au-dessus de la porte. Impossible de ne pas le remarquer : il faisait au moins trente centimètres de haut. Une croix sévère, taillée dans du bois sombre. Elle soutenait un Jésus multicolore, portant une ignoble couronne de ronces noires. Ses yeux étaient tournés vers le ciel dans une expression d'agonie, et le sang coulait partout où « l'artiste » avait trouvé prétexte à en mettre.

— Elle est catholique ? demanda Michael.

Il connaissait la réponse.

Aucun protestant sur terre n'accrocherait une chose pareille dans son salon.

— Ah ça... fit Edna en roulant des yeux. A côté d'elle, le pape a l'air d'un presbytérien.

— Vraiment ?

Michael se demanda quelle importance cela pouvait avoir.

— Je l'ai poussée à le prendre dans sa chambre, reprit Edna, sans essayer de cacher son dégoût. Mais elle veut absolument le laisser au-dessus de la porte. J'y connais rien mais, peut-être que chez eux, il doit rester sur la porte. Je mets mon torchon dessus quand je regarde la télé. Elle aurait une attaque si elle le savait.

275

Michael trouva bizarre qu'Edna ne devinât pas qu'il était catholique, encore moins qu'il était prêtre. Il se contenta de hocher la tête, de lui donner son chèque et de partir. Il avait l'intention de la rappeler demain et de commencer à la cuisiner.

*

Barton n'était qu'à quinze minutes par l'autoroute et Michael se dit qu'il devrait au moins se montrer, même brièvement, dans sa paroisse. Un prêtre d'une commune voisine avait pris la relève, mais il commençait à culpabiliser de ne pas aller au moins y jeter un coup d'œil.

Il conduisait machinalement, tout en se repassant le film de sa conversation avec Edna. Il y avait trop de points obscurs, trop de lacunes. Pas moyen de tirer la moindre conclusion, à moins de parler à Rebecca. Même dans ce cas, si ce que disait Edna était vrai, elle ne serait pas très encline à l'aider, vu son ressentiment contre Vincent. Toutefois, même s'il n'avait hérité qu'un seul trait du caractère de Vincent, c'était bien sa ténacité. Il était persuadé qu'il serait capable de lui soutirer toutes les informations dont elle disposait.

Il arriva à Barton et se gara dans le petit parking de l'église. A part la vieille Buick de sa secrétaire, Annie Poteet, celui-ci était désert. Annie faisait acte de présence quatre heures par jour, cinq jours par semaine, quand elle n'était pas percluse de rhumatismes et si elle n'avait rien de mieux à faire. Qu'Annie tienne la baraque ne le rassurait guère, car elle provoquait généralement plus de problèmes qu'elle n'en résolvait.

Il ouvrit la porte pour se retrouver devant une pièce remplie de bouquets, de corbeilles de fleurs et de cartes de condoléances envoyées par les paroissiens, ce qui le toucha profondément. Il ne s'attendait pas à ce que la mort de son grand-père provoque une quelconque réaction de leur part. Il resta un moment dans la pièce pour encaisser le choc et laisser passer une seconde vague de culpabilité.

Annie s'éjecta de sa chaise à l'instant même où elle le vit et s'agita dans tous les sens, l'appelant « mon Père » au moins quinze fois dans les trois phrases suivantes. Ensuite, elle se mit à lui dresser l'inventaire de toutes les gerbes et compositions florales, lui fournissant l'historique détaillé de chacune d'elles : qui l'avait envoyée, de chez lequel des deux fleuristes de la ville elle provenait, les mœurs sexuelles d'un des deux fleuristes, quelques commentaires sur les corbeilles de fleurs qui ne reflétaient

276

guère le niveau de vie de leurs expéditeurs, etc. Elle conclut sur un des derniers événements.

– Les toilettes sont encore bouchées, déclara-t-elle d'un ton si lugubre que l'on aurait pu croire qu'elle annonçait la fin du monde. «J'ai appelé le plombier et il a dit qu'il allait venir, mais vous savez comment ils sont, ces gens-là. Il paraît qu'on va encore avoir ce problème si on ne se décide pas à raccorder les toilettes à la fosse communale. Je sais que vous trouvez que c'est trop cher, mais je ne fais que vous répéter ce qu'il m'a dit. Et puis le père Hennessey a appelé pour dire qu'il pourra s'occuper des deux messes matinales du dimanche, mais pas de celle de 17 heures, parce qu'il doit la dire dans sa propre église, et puis...

Annie continua sa litanie, énumérant une liste de problèmes pendant près de dix minutes. Michael se mit à feuilleter la pile de courrier, espérant qu'elle comprendrait enfin qu'il avait besoin de tranquillité, mais elle continua son babillage. Il en écouta à peu près la moitié.

– ... Et puis il y a ce groupe charismatique, je sais plus comment ils s'appellent, ils veulent savoir quand vous viendrez à une de leurs réunions.

– Douze ans après ma mort, rétorqua Michael, en lui tendant une pile de factures.

Annie le regarda éberluée. Le décodage des phrases ironiques ne figurait visiblement pas dans le descriptif de son poste. Michael s'y prit autrement.

– Dites-leur que leur invitation me va droit au cœur et que je me battrai jusqu'au bout pour qu'ils continuent à exister, mais que je n'ai vraiment aucune envie de participer à une de leurs réunions.

Ne sachant comment gérer cette affaire, Annie marmonna quelque chose à propos d'arroser les fleurs et quitta rapidement la pièce.

Michael monta à l'étage et jeta quelques vêtements et effets personnels dans ce qui avait été son sac de gym. (Il se souvenait encore de l'expression ahurie d'Annie quand il lui avait demandé s'il y avait une salle de squash à Barton.) Quand il redescendit l'escalier, il trouva Annie dans une discussion animée avec le plombier à propos de l'état alarmant de la plomberie du presbytère. Michael en profita pour se glisser discrètement dehors par la porte de derrière et prendre le large.

*

Avant de prendre la route d'Atlanta, il décida de s'arrêter chez Tillie's, la cafétéria du coin. Il commençait à ressentir les effets de ses nuits blanches successives et savait qu'il lui fallait une bonne dose de caféine s'il espérait arriver sain et sauf à Atlanta. Il se dirigea vers le comptoir et commanda une grande tasse de café à la pétillante serveuse rousse, qui s'adressait à lui sur le petit ton hésitant qu'elle lui réservait tout spécialement et qui sous-entendait : «je-sais-que-je-ne-suis-pas-supposée-vous-faire-du-gringue-mais-je-ne-connais-pas-d'autre-façon-de-parler-aux-hommes».

Il regarda alentour pour s'assurer qu'il ne snobait aucun de ses paroissiens sans le savoir. L'endroit était bondé comme d'habitude à l'heure du dîner, mais il ne vit aucune de ses ouailles. Il en fut soulagé ; il ne se sentait franchement pas le courage de distribuer des sourires et des «tout va bien» à la ronde.

La serveuse revint lui dire que son café était en route et qu'il serait prêt dans quelques minutes. Il paya sa consommation, s'assit au comptoir et se mit à fixer le distributeur de serviettes en papier, essayant de comprendre quelque chose au récit d'Edna.

Pourquoi Vincent ne lui avait-il rien dit de tout cela ? Comment avait-il pu garder un tel secret toute sa vie ?

De la même manière que tu ne lui as pas révélé le tien.

C'est pas pareil.

C'est presque la même chose.

Que m'a-t-il caché d'autre ?

Tous ces actes de sainteté, ce n'était que du cinéma ?

Non. Il a passé toutes ces années à la protéger. Ça veut bien dire quelque chose. Ça veut au moins dire qu'il se sentait coupable. Peut-être aussi qu'il y avait plus que ça. Peut-être avait-elle été son unique amour. Peut-être qu'il avait passé sa vie à les regretter, elle et le fils qu'il n'avait pas pu élever. Il avait fait une erreur ? Oui, mais il avait essayé toute sa vie de la réparer. Ça n'est pas si éloigné du Vincent que tu connaissais.

Je n'en sais rien.

Et si tu étais mort, toi, et que Vincent ait appris ta relation avec Tess ? Est-ce qu'il se serait demandé s'il t'avait vraiment connu ? Est-ce qu'il aurait pensé une seconde que tu avais été un hypocrite toute ta vie durant ?

Je n'en sais fichtre rien.

Quelle ironie du sort ! Tous deux auraient donc souffert en silence dans la crainte de décevoir l'autre ! Feignant une intimité qu'ainsi ils trahissaient. C'était triste. Triste et bête.

Il émergea de ses pensées pour remarquer que quelqu'un s'asseyait sur le seul tabouret libre, juste à côté de lui. Il jeta un coup d'œil dans sa direction, puis le regretta très vite. C'était ce type bizarre, l'ermite. Michael se tourna dans le sens opposé sans dire un mot. Il avait déjà commis l'erreur de lui adresser la parole et cet imbécile paranoïaque avait cru qu'il le draguait. Michael s'en était alors attribué la faute, parce qu'il l'avait longuement observé, essayant de cerner ce curieux personnage. Michael avait entendu assez de ragots sur ce type pour savoir qu'il habitait seul dans une pension et travaillait comme manœuvre. Michael l'avait vu devant le concessionnaire Western Auto : il avait l'air complètement déplacé parmi les autres travailleurs noirs et hispaniques venus postuler un emploi non qualifié. Ce n'était pas son appartenance ethnique qui le faisait remarquer. C'était son apparence générale, un air d'intelligence aiguë. Son allure. Celle que Michael pouvait voir tous les jours dans un miroir.

Michael avait aussi entendu des bribes de conversation concernant la famille de ce type. Apparemment, il y avait eu un scandale à son propos il y a quelques années, mais ça s'était tassé depuis. Quelque chose sur son père et son frère. Un des deux avait tué quelqu'un, ou un truc de ce genre, mais Michael ne se souvenait de rien de précis. Il avait envisagé à un moment donné de questionner Annie à ce sujet, mais la décence l'en avait empêché. Visiblement, cet homme tenait à son intimité, et Michael se serait senti peu à l'aise à creuser sa vie privée.

La serveuse apparut enfin avec le café de Michael et disparut avant que celui-ci n'ait eu le temps de lui demander de la crème. Il vit un petit pot de lait sur le comptoir, à une portée de bras du type bizarre. La serveuse se trouvait de l'autre côté du bar, flirtant assidûment avec un flic. Michael savait d'expérience qu'au Tillie's, une fois que vous aviez payé, vous pouviez crever dans votre coin.

— Je ne cherche pas à vous draguer, fit-il en se penchant devant son voisin de comptoir. Je voudrais juste le pot de crème.

Le type poussa le pot vers Michael. Avant que Michael ne puisse le remercier, il lui passa une petite cuillère.

— Merci, fit Michael.

Il prit garde de ne rien ajouter de plus, quoique l'attitude générale du type lui semblât légèrement différente. Au moins ne lui envoyait-il plus de piques empoisonnées ni ne dégageait-il plus les ondes négatives habituelles. Comme à l'accoutumée, Michael ressentit une envie incontrôlable de lui parler. Même maintenant, alors qu'il savait pertinemment que ça ne servirait à rien.

Michael touilla son café, puis lui repassa la petite cuillère. Obéissant à une impulsion, il se pencha vers lui et dit d'un ton calme :

— A propos, je ne suis pas homo et je n'ai nullement l'intention de vous sauver. Je n'y crois pas, de toute façon.

— Vous ne croyez pas à quoi ?

Michael était surpris. Il ne s'était pas attendu à ce que le type réponde, encore moins à ce qu'il amorce une conversation.

— Sauver les gens, répondit-il, tentant de cacher sa surprise.

— Vous ne croyez pas que les gens puissent être sauvés ?

— Pas par d'autres gens, en tout cas.

— C'est quoi votre boulot, alors ?

— Ces jours-ci, je me le demande moi-même.

Le type n'en croyait pas ses oreilles. Il regarda Michael bouche bée. Michael eut un sentiment de victoire dépassant largement l'ampleur de l'événement.

— Dès que je le saurai, je viendrai vous le dire. Si ça vous intéresse toujours.

Michael prit sa tasse et s'en alla rapidement, pendant qu'il avait encore l'avantage.

*

Il trouva une note laissée par Barbara sur le bar de la cuisine.

Michael,
J'ai laissé une liste de messages près du téléphone. Apparemment, le faire-part de décès de Vincent a paru dans la rubrique nécrologique du New York Times *ce matin, alors tous tes copains de New York s'inquiètent pour toi. Un type qui s'appelle Larry m'a demandé de te dire que tu es un salaud de ne pas le lui avoir dit.*

Michael avait oublié que Vincent était suffisamment connu pour qu'on lui accorde un hommage de ce genre. Il avait également oublié l'habitude perverse qu'avait Larry de lire la rubrique nécrologique à voix haute pendant les réunions du «personnel», histoire de «remettre les choses à leur place».

Tu as aussi reçu des appels de la part de tous les jésuites d'Amérique du Nord. Ils t'envoient tous leurs condoléances, ils veulent tous que tu les rappelles, et deux d'entre eux se sont même portés volontaires pour pleurer à ta place.

Un type qui s'appelle Luis Estrada a appelé et a dit qu'il habitait dans le Henry County, qu'il était plombier et catholique de surcroît. (Ah bon ? Tu ne veux pas que des protestants touchent à ta plomberie ? Je pensais que personne n'avait le droit de toucher à ta plomberie ! Désolée, je déraille quand je ne dors pas assez.)

Raconte-moi ce que tu as appris sur Edna Foley.

Appelle-moi si tu as besoin de quoi que ce soit.

Michael froissa le papier et le lança dans la poubelle. Il ne jeta même pas un coup d'œil à la liste des appels. Elle serait encore là le lendemain matin.

Il ouvrit le placard et se versa deux doigts de Chivas Regal. Il fixa longuement le téléphone, finit par décrocher et composa le numéro de Tess. Le répondeur se mit en marche dès la première sonnerie.

« Bonjour. Nous ne sommes pas là. Merci de nous laisser un message après le bip. »

— Salut, dit-il, c'est Jésus. Il y a un bruit qui court selon lequel tu ne croirais pas en mon existence, alors j'ai pensé qu'il valait mieux que j'appelle pour remettre les pendules à l'heure. Il y a aussi des choses te concernant qui sont parvenues à mes oreilles, mais on en reparlera plus tard.

Il s'apprêtait à raccrocher, lorsqu'il se souvint d'un détail supplémentaire.

— Merci pour la couronne que vous avez envoyée, Krissy et toi. Elle était magnifique. Elle est toujours magnifique.

Il soupira.

— J'ai passé une journée dans l'antichambre de l'enfer, aujourd'hui. Je vais me saouler, puis aller me coucher. Je te rappellerai demain. Je t'aime.

Il raccrocha, chassant de son esprit les images de Tess en train de dîner aux chandelles avec son avocat et toute autre pensée de cet acabit pour la nuit. Sirotant son whisky, il décida de parcourir le dernier numéro de *Commonwealth*, mais il se rendit vite compte qu'il se foutait éperdument de l'avenir de l'Irlande du Nord et du vote catholique aux élections de 1992. Il avait du mal à croire qu'il pourrait un jour s'intéresser à nouveau à ce genre de choses. De tels sujets sont un luxe réservé aux gens pour lesquels la vie respecte encore une certaine logique.

Il reposa son magazine sur la table basse. Il allait devoir trouver autre chose pour tuer le temps.

C'est alors qu'il remarqua, posé sur la table au milieu du fatras accumulé, un objet dont il avait oublié l'existence : le petit magnétophone que Vincent lui avait laissé avant d'entrer dans la salle d'opération. Il l'avait posé là à son retour de l'hôpital, puis n'y avait plus pensé. Il allait devoir écouter la cassette tôt ou tard, mais l'idée d'entendre la voix de Vincent n'était pas très tentante. Surtout ce soir.

Pourtant...

Et si la cassette contenait une confession, ou quelque chose de ce genre ? Était-ce cette façon que Vincent avait choisie pour lui parler de Rebecca ? Michael saisit le magnétophone, rembobina la cassette, puis enfonça la touche PLAY. Il se prépara à ce qui allait venir.

« Michael, si tu écoutes cette cassette, ça voudra dire que j'ai passé l'arme à gauche. Alors, verse-toi un whisky bien tassé, si tu ne l'as pas déjà fait. »

Michael sourit, même si la voix de Vincent résonnait comme un vent glacial : elle était frêle, affaiblie par la douleur et les calmants.

« Michael, tu as été ma joie de vivre et je peux partir d'ici sachant que j'ai fait au moins quelque chose de bien dans ma vie. Peut-être la seule. Je suis très fier de toi. Je suis fier de ce que tu as fait, je suis fier de ce que tu vas encore accomplir. Dieu s'est trouvé un précieux allié le jour où tu as prononcé tes vœux. »

Michael arrêta la cassette. Il inspira profondément, puis la remit en marche.

« J'ai de mauvaises nouvelles à t'annoncer, Michael... des choses horribles, terrifiantes. J'aurais voulu que tu n'apprennes jamais ça, mais il n'y a plus moyen de l'éviter... parce que... des événements se sont produits... Je croyais que tout ça était fini, mais j'ai lu quelque chose ce matin... (Vincent marqua une pause, soupira.) *Michael, je pense savoir... ce que tu as à faire. Ce pour quoi ta mère t'est apparue. »*

(Long silence. Vincent respira, ou peut-être pleurait-il.)

« Je ne sais pas comment te le dire... Je ne veux pas que tu me détestes, mais tu le devrais. (SOUPIR.) *Commençons par quelque chose de simple. Tu es à Barton à cause de moi. Je sais que tu es trop intelligent pour croire que la pénurie de jésuites est telle qu'ils ont été obligés de t'expédier dans un bled perdu ; alors tu penses probablement que tu es là-bas parce que l'évêque Wilbourne est un fils de p... vindicatif. C'est vrai qu'il en est un, mais ce n'est pas pour ça que tu te retrouves là-bas. Tu es à Barton à cause de moi. Je voulais que tu y sois. J'ai appelé l'archevêque et lui ai demandé de me renvoyer l'ascenseur. Il en a touché deux mots à Frank Worland et ils ont arrangé ça. Je sais combien tu es malheureux dans ce trou perdu, et j'en suis désolé. Sincèrement*

282

désolé. (SOUPIR, CHANGEMENT DE TON.) *Michael... tu ne me le pardonneras jamais... mais tu dois faire ce que je te demande... »*

Michael entendit un bruit de fond, puis une voix de femme.

« D'accord... Michael, mon brancard est arrivé, je vais devoir y aller. Je finirai cette cassette plus tard. »

Le déclic d'arrêt du magnétophone se fit entendre, puis plus rien. L'enregistrement était terminé. Michael regarda l'appareil, incrédule. Le bruit que l'on entendait, ce devait être l'infirmière qui avait emmené Vincent à la salle d'opération. Un quart d'heure auparavant, Michael était avec lui et Vincent lui avait demandé de le laisser seul dix minutes. Michael avait pensé qu'il voulait prier ; il comprenait maintenant qu'il avait voulu enregistrer cette cassette.

Il la rembobina à nouveau et la réécouta, sans rien apprendre de nouveau. Il éteignit le magnétophone, luttant contre l'envie pressante de l'envoyer valser à travers la chambre.

Super. Génial. Tous mes remerciements, mon Dieu. Les choses n'étaient pas assez bizarres comme ça.

Ce que Vincent allait lui révéler était certainement plus grave que l'existence d'un fils illégitime. Vincent n'était pas enclin à l'exagération. S'il a dit que la nouvelle était «horrible» et «effrayante», c'est qu'elle l'était vraiment. Mais de quoi s'agissait-il ? Et comment Michael pourrait-il le savoir, maintenant ?

Rebecca était probablement la seule personne à connaître les réponses, mais comment allait-il s'y prendre pour qu'elle les lui donne ? Si elle ne voulait même pas qu'Edna évoque le nom de Vincent, comment espérait-il qu'elle lui parle à lui, son petit-fils ? Il avait la forte intuition que Rebecca n'était pas le genre de personne que l'on arrivait à raisonner calmement.

Il ferma les yeux et essaya de réfléchir. Presque instantanément, il revit le visage d'Edna et se rappela ses mots : « ... à côté d'elle, le pape a l'air d'un presbytérien. »

Mais bien sûr ! Il fouilla sa poche et en sortit le bout de papier sur lequel il avait noté les coordonnées d'Edna. Il se précipita sur le téléphone et composa son numéro.

— Allô !

— Edna, c'est Michael Kinney. Je suis en route pour venir vous voir. Je serai là dans trois quarts d'heure. Vous feriez mieux de me laisser entrer et elle a intérêt à être réveillée, parce que je *vais* lui parler.

Il raccrocha avant qu'Edna puisse riposter. Il ouvrit son armoire et se mit en quête d'une chemise noire propre.

*

283

Edna ouvrit la porte, un discours tout prêt à être débité, mais elle resta bouche bée quand elle le vit.

— Vous l'avez prévenue que je venais ? demanda-t-il.

Edna avait les yeux rivés sur son col amidonné. Au bout de quelques secondes, elle finit par retrouver sa voix.

— Vous l'avez loué ? demanda-t-elle.

— Non.

— Vous voulez dire que... c'est ce que vous étiez déjà, l'autre jour ?

— Ouvrez-moi la porte.

Elle s'exécuta. Elle le regarda entrer, essayant de retrouver ses esprits. Elle se remémorait probablement leur conversation, se demandant si elle avait proféré quelque blasphème en sa présence.

— Vous lui avez dit que je venais ? insista-t-il.

— Non. J'avais l'intention de vous botter le... de vous laisser dehors. Mais je ne savais pas que...

— Elle est éveillée ?

— Oui. Mais je suis pas supposée la déranger.

— Vous n'aurez pas à le faire.

Michael se dirigea vers le couloir. Il se trouva devant deux portes fermées.

— Laquelle est la sienne ? demanda-t-il.

— Ne me demandez pas, répondit Edna. Je ne vous ai même pas vu entrer.

Elle secoua les deux mains en signe de démission, avant de disparaître dans la cuisine.

Michael frappa à la première porte. Pas de réponse. Il frappa à la deuxième porte. Toujours rien, mais une vague musique lui parvenait de l'autre côté. Il tourna la poignée ; la porte n'était pas fermée à clef. Il la poussa doucement.

Il prit aussitôt conscience de la lumière vacillante qui provenait de dizaines de cierges allumés aux quatre coins de la pièce. Ses yeux furent attirés par une vieille commode, au fond de la chambre, sur laquelle se bousculaient une flopée de chandelles et d'icônes représentant tous les saints possibles et imaginables. Cette commode portait aussi un tableau à trois sous représentant la crucifixion, encadré de plastique doré. Il huma l'odeur familière de l'encens, bien qu'il fût incapable de dire d'où elle provenait.

Rebecca se tenait à gauche, assise dans une chaise roulante, face à un meuble de toilette sur lequel elle avait confectionné un autel pour la Sainte Mère. A côté, les souvenirs de Lourdes étaient des chefs-d'œuvre de subtilité. Elle marmonnait quelque chose, un discours à peine audible sur un ton monocorde. Michael reconnut le rythme avant même de remarquer le chapelet qu'elle tenait entre les mains. Elle avait les yeux fermés.

Michael prit le temps d'examiner le reste de la chambre. Il y avait trop de détails pour pouvoir les enregistrer tous à la fois : le lit à baldaquin, une antiquité, ne lui était pas inconnu ; il l'avait déjà vu chez Vincent, dans la chambre d'amis. Le vaisselier rempli d'icônes, de chapelets, de reliques, comptait une étagère entière de crucifix. A côté du lit était installée une statue hideuse de saint Michel : celle-ci, en céramique de couleurs vives, mesurait un bon mètre de haut. Les ailes dorées de saint Michel brillaient à la lumière des chandelles. Ce dernier se tenait au-dessus d'un Diable ailé rouge et noir, et observait avec terreur la lance que l'ange pointait entre ses cornes. Tout cela était bizarre, et l'impression d'étrangeté était encore renforcée par le fond sonore, une musique qui lui parvenait d'une minichaîne stéréo posée sur le sol près de la commode. Des chants grégoriens auraient trouvé leur place tout naturellement dans ce décor, mais ce n'était pas cela qui captivait Rebecca. Elle écoutait la bande-son d'une comédie musicale, *Damn Yankees* (*« Tout ce que Lola veut... Lola l'a... Et, petit homme... la petite Lola... te veux, toi »*).

Michael claqua volontairement la porte. Rebecca sursauta, puis se tourna vers lui.

— J'ai frappé, dit-il en guise d'explication. Je suppose que vous n'avez pas entendu.

— Vous m'avez fait peur, répondit-elle tout simplement.

Sa voix était douce, comme celle d'un enfant.

— Je suis désolé.

— Je vous connais ? demanda-t-elle.

Elle devait avoir plus de soixante-quinze ans mais, malgré cela, sa voix était celle d'une fillette de douze ans.

— Non, vous ne me connaissez pas.

Michael marqua une pause pour se remémorer le mensonge qu'il avait concocté dans la voiture en venant ici.

— Je suis le père Riley, continua-t-il, empruntant le nom de jeune fille de sa mère. Je suis nouveau, ici. On m'a demandé de passer vous voir, pour vérifier que tout va bien.

Il sourit et attendit sa réponse, espérant que celle-ci lui fournirait quelque renseignement utile. Son vœu se réalisa.

— Vous travaillez avec le père Graham ?

Michael sentit sa respiration se bloquer.

— Tom Graham ? demanda-t-il.

— Oui.

Seigneur Jésus ! GRAHAM ? Vincent a parlé de ça à Tom Graham et pas à MOI ?

Il prit une profonde inspiration.

— Oui, je travaille avec lui. Son ton était volontairement neutre, comme s'il ne s'agissait que d'une simple constatation. Il savait que je venais dans les parages et m'a demandé de passer vous voir.

— Ça fait longtemps que je ne l'ai pas vu. Je croyais qu'il m'avait oubliée.

Sa voix était triste, son ton plaintif.

— Il ne vous a pas oubliée, il était très occupé. En plus, il commence à être très fatigué, vous savez. C'est pour ça qu'il a voulu qu'on fasse connaissance, vous et moi.

Elle acquiesça d'un signe de tête, mais le regarda comme si elle ne le croyait pas vraiment.

— Votre visage m'est familier, lui dit-elle.

— Ah bon ? fit Michael, se remémorant soudain les photos qu'il avait vues de Vincent jeune.

C'est probablement ainsi que Rebecca se le rappelait, et il est vrai qu'il lui ressemblait beaucoup.

— Je peux m'asseoir ? demanda-t-il, tentant de faire diversion. Elle opina du chef.

— Oh ! pardon. Je reçois rarement du monde. J'en viens à oublier la politesse la plus élémentaire.

Michael s'installa dans une chaise à bascule à côté d'elle.

— Vous aimez les comédies musicales ? demanda-t-il en regardant en direction de la chaîne.

— Non.

— Juste celle-là ?

— Aucune.

Elle reposa le chapelet sur la commode avec un claquement sec qui, pour une raison inconnue, fit frémir Michael. Rebecca semblait n'avoir rien remarqué.

— Je les passe parce que le Diable les déteste.

Michael ne sourcilla pas. Il avait été prêtre dans une paroisse suffisamment longtemps pour masquer ses émotions.

— Vraiment ?

Son ton n'avait rien de professoral ni de condescendant.

Rebecca approuva d'un signe de tête.

— Comment le savez-vous ?

— Jésus me l'a dit.

— Je vois, murmura-t-il. Est-Il... venu ici, récemment ?

– Il est toujours là, vous le savez très bien.

– Oui, mais... comment vous l'a-t-Il dit ?

– Dans ma tête.

– Ah ! fit-il, acquiesçant comme si c'était chose très naturelle.

Il se mit à étudier son visage. Ses yeux étaient d'un vert très clair, ses cheveux blancs étaient rassemblés en un chignon bas qui lui retombait sur la nuque. Malgré les rides et la fatigue, il était facile de deviner qu'elle avait été très belle.

– Vous avez un visage tellement familier, dit-elle.

Quelque chose dans le ton de sa voix mit Michael terriblement mal à l'aise. Il se sentit coupable de la flouer ainsi. Comme elle ne semblait pas être la mégère qu'Edna avait décrite, Michael se demanda quel mal cela pouvait faire s'il lui avouait qui il était vraiment. De plus, il pourrait ainsi obtenir les renseignements qu'il voulait beaucoup plus rapidement.

– Rebecca, dit-il calmement, comme s'il parlait à un enfant apeuré. Je n'ai pas été honnête avec vous. Je ne m'appelle pas Riley, c'était le nom de ma mère.

Il s'arrêta deux secondes pour qu'elle puisse encaisser l'information, avant de continuer.

– Mon nom est père Kinney. Michael Kinney. Je suis le petit-fils de Vincent Kinney.

En moins d'une seconde, le visage de Rebecca se révulsa en une expression de pure terreur.

– Edna ! Elle hurlait. Edna !

Elle saisit une petite cloche sur le meuble de toilette et se mit à la faire retentir de toutes ses forces.

– Attendez, s'interposa Michael, tentant de saisir la clochette.

Rebecca la jeta vers la porte et cria encore plus fort.

– Edna !

– Calmez-vous.

Michael lui posa une main sur l'épaule, essayant de la rassurer.

– Ne me touchez pas ! hurla-t-elle. Ne me touchez pas ! Sortez de cette maison !

– Rebecca, je ne suis pas...

– Edna ! continuait-elle à s'égosiller.

La porte s'ouvrit brutalement sur Edna qui se précipita vers elle.

– Qu'avez-vous fait ? demanda Edna, lui jetant un regard menaçant.

– Rien, elle a juste...

– Fais-le sortir d'ici ! Fais-le sortir !

Rebecca devenait complètement hystérique, elle avait même du mal à reprendre son souffle.

– Vous l'avez entendue, s'exclama Edna, suffisamment fort pour couvrir les hurlements de Rebecca et la musique. Sortez de là !

Michael voulait discuter, mais il s'inquiétait pour Rebecca. Edna ouvrit un flacon de médicament posé sur le meuble de toilette.

– Voulez-vous que j'appelle quelqu'un ? bafouilla-t-il.

– Mais vous allez sortir ! lui cria-t-elle.

Michael ne bougea pas.

– PARTEZ ! hurla Rebecca, aussi fort qu'elle le pouvait.

Il se retourna une dernière fois pour regarder Edna, puis reprit son chemin. Il courut jusqu'à la voiture, s'y engouffra et partit en trombe. Il conduisit jusqu'à la première station-service où il put trouver une cabine téléphonique, appela les services d'urgences et leur demanda d'envoyer une ambulance à l'adresse de Rebecca. Si elle n'en avait pas besoin, Edna s'en débrouillerait à leur arrivée.

Il remonta dans sa voiture et, une fois assis, il essaya de contrôler ses tremblements.

*

Il était un peu plus de vingt-deux heures quand il sonna à la porte du presbytère du Sacré-Cœur. Il attendit. Il entendit du bruit, puis la porte s'ouvrit.

– Michael ?

Le père Graham portait une veste de smoking en soie bleu marine, des lunettes à double foyer, et tenait un livre de poche sous le bras.

– Il faut qu'on parle, lui annonça Michael.

– Bien sûr.

Graham opina du chef, comme s'il s'agissait d'une requête tout à fait habituelle.

– Entrez.

Michael traversa le hall, le suivit jusqu'à son bureau. La lumière y était allumée. Graham s'installa derrière son bureau et fit signe à Michael de s'asseoir sur le canapé.

– Tu as lu ça ? demanda Graham, brandissant le livre qu'il avait dans la main.

Michael secoua la tête sans y avoir jeté le moindre coup d'œil.

– C'est fascinant, continua Graham. Un recueil d'articles écrits par des médecins à propos de la crucifixion. Celui que je lisais est signé par un membre de la faculté de médecine de Duke.

Il parle d'un phénomène rare appelé hématidrose, qui se produit généralement dans des cas de profonde anxiété suivie d'un calme soudain. Il semble que le rétrécissement brutal des vaisseaux capillaires dilatés entraîne le sang dans les glandes sudoripares, et la personne se met effectivement à transpirer du sang...

— Tom, l'interrompit Michael. Je ne suis pas là pour parler de la crucifixion et des glandes sudoripares.

— Désolé, fit Graham, posant son livre sur le bureau et adoptant son attitude « grand-père ». Bien sûr que tu n'es pas là pour ça, mais je supposais qu'une petite diversion ne te dérangerait pas.

— J'ai déjà assez de diversions comme ça. Je viens de quitter la maison de Rebecca.

Il se rendit soudain compte qu'il ne connaissait même pas son nom de famille, mais le regard de Graham lui indiqua que ce détail était inutile.

— Oh ! fit Graham, calmement.

— Apparemment, tu es au courant de tout ça depuis longtemps.

Graham ne répondit pas.

— Tu veux bien me dire ce qui se passe, nom de nom !

— Je ne pense pas être la personne qu'il faut pour te répondre.

— Non, mais tu es la personne qui est encore en vie.

La réponse était plus abrupte qu'il ne l'aurait voulu, mais il s'en fichait.

— Exactement ! rétorqua Graham, d'un ton paternaliste qui donna à Michael l'envie de lui jeter le premier projectile venu à la tête.

— Ce qui veut dire ?

— Ton grand-père est mort. Pourquoi fouiller dans son passé ?

— Et qu'est-ce que je suis supposé faire ? Continuer à entretenir cette femme sans même me demander qui elle est ?

— Michael, si Vincent avait voulu que tu le saches, il te l'aurait dit lui-même.

— Mais il a essayé de le faire. Il m'expliquait tout ça sur une cassette qu'il a enregistrée avant son opération, mais il n'est pas allé très loin.

— Peut-être a-t-il changé d'avis.

— Il n'a pas changé d'avis, il est mort ! Et arrête de me parler comme si j'étais un gamin de dix ans !

— Je suis désolé, Michael, répliqua Graham, sur le même ton sirupeux.

Michael compta jusqu'à dix pour laisser passer ses fantasmes de violence.

— Écoute, dit-il, tentant de garder son calme, Vincent m'a laissé cette cassette avec un quart d'heure de préambule incompréhensible à propos d'une chose horrible qu'il aurait faite. Je suis allé essayer de soutirer le reste de l'histoire à Rebecca, mais elle est devenue complètement hystérique dès que je lui ai appris qui j'étais. Tu es la seule personne qui pourrait m'expliquer ce qui se passe, et puis merde, j'ai bien le droit de savoir !

Graham attendit un instant, laissant la colère de Michael s'évanouir dans un silence étrange. Il parla enfin, d'une voix calme et posée.

— Michael, j'ai l'intime conviction que tout ce que tu dois savoir te sera révélé, mais pas par moi.

Le regard de Graham fit comprendre à Michael qu'il était inutile d'insister. Il sut qu'il valait mieux qu'il parte sur-le-champ, alors qu'il lui restait encore un peu de dignité.

— Bien, fit-il d'une voix calme imitant celle de Graham.

Il se leva. Graham resta assis.

— Je suppose donc qu'il est inutile que je te demande aussi pourquoi Vincent a voulu que j'atterrisse à Barton ? insista Michael, ne résistant pas à l'envie de faire une dernière tentative.

Graham le fixa avec insistance.

— Michael ?

Michael s'arrêta.

— Elle remonte à quand, ta dernière retraite ?

Michael sentit sa tension artérielle monter. Il regarda Graham, pensa à toutes les façons de dire « c'est pas tes foutus oignons ».

— Inutile de me répondre, Michael. Penses-y, c'est tout.

C'est ça. Ma vie entière tombe en quenouille, je n'ai aucun avenir dans une carrière qui est ma raison de vivre, j'aime une femme qui va me larguer pour un foutu avocat, le seul membre de ma famille vient de mourir, laissant derrière lui un horrible secret dont je ne saurai jamais rien, que toi seul pourrais me révéler mais tu refuses de le faire... mais, à part ça, tu as raison. Deux semaines dans la nature avec un bon bouquin et tout rentrera dans l'ordre.

Graham ouvrit un tiroir et y prit quelque chose, qu'il donna à Michael. C'était une carte de visite.

— Tu devrais peut-être appeler cette personne.

— C'est qui ? Le directeur de conscience qui me guidera dans ma retraite solitaire et me sauvera de mon égarement ?

— Prends-la, c'est tout.

Michael prit la carte et la fourra machinalement au fond de sa poche, bien qu'il eût envie de la jeter tout bonnement à la poubelle.

– Merci de ton aide, dit-il.

Il s'éloigna sans attendre de réponse et quitta le bureau.

Une fois dans la voiture, Michael sortit la carte de sa poche. Il avait l'intention de la déchirer sur-le-champ, mais il se demanda qui Tom Graham estimait suffisamment valable pour le sauver, même lui.

Il alluma le plafonnier, plaça la carte sous la lumière.

Charlotte Dunning
210 Shorter Avenue
Rome, Géorgie 30125
(555) 748.92.12

Sa première surprise fut de constater qu'il s'agissait d'une femme. Il était convaincu que Graham allait lui conseiller un vieux prêtre tout empreint de cette sagesse prompte à lui remettre du plomb dans la cervelle. Il avait du mal à croire que Graham puisse ne serait-ce que *connaître* une femme.

Sous le nom, à gauche, au bas de la carte, était indiqué le métier de la personne en question, ce qui ajouta à son étonnement : *Auteur/Conférencière*. Qu'est-ce que cela signifiait ? Était-ce une de ces ménagères devenue célèbre parce qu'elle avait écrit : *Soignez votre enfant par l'aromathérapie* ? Ou s'agissait-il d'une laïque spécialiste de la pénétration du sang dans les glandes sudoripares de Jésus ? Connaissant Graham, ça pouvait être n'importe qui.

Il était sur le point de jeter la carte, lorsque son regard fut soudain attiré par un mot inscrit à droite de celle-ci ; il s'agissait d'un titre plus spécifique. Michael le regarda, incrédule : frappant de simplicité, isolé dans un coin de la carte, se trouvait le mot qui avait arrêté le cœur de Michael :

Démonologue.

7

Michael appela Charlotte Dunning peu après le lever du soleil. Elle lui dit qu'elle l'attendait depuis «des années», sans fournir d'autre explication. Elle l'informa que son agenda était complet pour la journée, mais qu'elle pouvait le recevoir à l'heure qui lui conviendrait, après dix-sept heures. A dix-sept heures cinq, il était assis dans son séjour.

S'il ne s'était pas attendu à trouver chez elle un décor style Laura Ashley avec des napperons au crochet, il ne s'attendait pas non plus à tomber sur un tel cadre : le salon de Charlotte Dunning avait tout d'un cauchemar d'enfant. Les murs étaient couverts de masques tribaux africains, plus hideux les uns que les autres, et d'autres objets sinistres non identifiés. Des gargouilles grimaçantes surgissaient de tous les coins et recoins. Les tables et les chaises étaient le support d'un assortiment invraisemblable de démons ailés et d'une collection de poupées vaudou haïtiennes. Michael s'attendait à voir surgir à tout moment une prêtresse de Shiva de l'obscurité.

Charlotte était en réalité d'apparence assez normale : la soixantaine, une peau tannée par le soleil et des cheveux gris argentés. Elle portait un jean délavé, un sweat-shirt, et fumait cigarette sur cigarette. Elle farfouillait pour l'instant dans une armoire de classement située de l'autre côté de la pièce. Elle avait installé Michael sur le canapé, avec une tasse de café propre à réveiller un mort et un exemplaire de son dernier livre : *L'Enfer sur terre : rencontres avec les forces démoniaques.* Dans des circonstances normales, Michael aurait été intéressé par le livre en question mais, ce soir, il avait du mal à se concentrer sur autre chose que la raison pour laquelle Tom Graham l'avait envoyé ici. Il avait posé cette question à peine franchi le seuil de la maison, mais Charlotte s'était contentée de rire et de s'exclamer : *« Patience, mon Père, les Baptistes disent que nous avons encore trois bonnes années devant nous avant l'Apocalypse »*.

Elle referma le meuble à dossiers dans lequel elle cherchait et en ouvrit un autre.

— Ah ! le système de classement de mon père ! soupira-t-elle. Ça fait dix ans qu'il est mort et je n'y ai toujours rien compris. Tout ce que je peux dire, c'est que l'alphabet n'a rien à voir dans cette histoire.

Elle sourit.

— Je sais que je pourrais reclasser tout ça, mais je m'en sers si rarement que ça n'en vaut pas vraiment la peine. En fait, je garde tout ça plus par sentimentalisme qu'autre chose.

— Votre père était aussi... dans le business du démon ? demanda Michael.

Elle s'esclaffa.

— Le terme « démonologue » vous dérange, mon Père ?

— Non, il ne me dérange pas. C'est juste que je ne sais pas ce que ça veut dire exactement.

— Ce n'est pas compliqué. C'est quelqu'un qui étudie les démons.

— Cela veut-il dire que vous y croyez ?

— Si je n'y croyais pas, je me demande pourquoi je me fatiguerais à les étudier.

— Vous pourriez vous intéresser aux croyances d'autres individus, répondit-il, lui renvoyant sa condescendance.

— Vous avez raison, reconnut-elle. C'est comme ça que mon père est devenu démonologue, lui. Il avait commencé sa carrière comme anthropologue. Il a parcouru le monde, étudiant le concept du Mal dans différentes cultures, jusqu'au jour où il s'est rendu compte qu'il s'agissait de bien plus que de légendes et de superstitions.

— Qu'est-ce qui l'en a convaincu ?

— La même chose que ce qui est arrivé à tous les universitaires ayant enquêté sur les N.D.E. [1]. A force d'entendre toujours les mêmes versions, racontées par des individus de cultures différentes, qui ne sont certainement jamais entrés en contact les uns avec les autres, il a fini par se poser des questions.

---

1. Une N.D.E. *(Near Death Experience*, Expérience de Mort Approchée*)*, est le moment où une personne approche la mort de très près (en général lors d'une maladie), sans toutefois succomber. Les descriptions des événements entourant cet instant sont généralement très similaires. *(N.d.T.)*

– J'ai eu une N.D.E. quand j'étais enfant et je n'ai vu ni tunnel ni lumière éblouissante.

Cette remarque n'avait rien à voir avec le but de sa visite, mais Michael ne put s'empêcher d'en faire part à son interlocutrice.

– Avez-vous vu quoi que ce soit d'inhabituel ?

– Oui, répondit-il.

Si elle voulait des détails supplémentaires, elle n'avait qu'à les demander, se dit-il.

– Est-ce que ça a eu un grand impact sur le déroulement de votre vie ? demanda-t-elle.

– Oui.

– Alors vous avez vu exactement ce que vous deviez voir, n'est-ce pas ?

Je la déteste.

Elle se mit à rire.

– Jésus est un type très économe, vous savez. Il ne gaspille pas les effets spéciaux sur les gens qui n'en ont pas besoin.

Il ne manquait plus que ça. La démonologue voulait lui expliquer Jésus, maintenant.

– C'est lui qui vous l'a dit ? ironisa-t-il.

Elle acquiesça d'un signe de tête.

– Oui. Il apparaît sur un des carreaux de ma baignoire tous les treize du mois.

Michael rit malgré lui. Charlotte rit aussi.

– Je savais que j'allais arriver à vous décoincer, fit-elle.

– Un seul rire ne veut rien dire. Je ne suis pas si facile.

– C'est ce qu'on verra.

– Alors, dites-moi. Quelles sont donc ces histoires démoniaques universelles ?

– Exactement ce que vous avez décrit dans votre article du *New Yorker*. La voix, la présence, l'odeur, les perceptions extra-sensorielles – c'est le B.a.-ba du manuel de démonologie.

– Je vois. J'ai lu quelques-uns de ces manuels, moi aussi.

– Le voilà, s'exclama soudain Charlotte, retirant une chemise cartonnée du tiroir ouvert. Classé à G, pour une raison que j'ignore.

Elle ouvrit la chemise et en examina le contenu en se dirigeant vers le canapé.

– Je connais l'histoire par cœur, fit-elle. Je voulais juste avoir les détails sous les yeux, au cas où vous en auriez besoin.

Elle s'assit dans un fauteuil en face de lui et posa le dossier fermé sur ses genoux.

– Vous connaissiez Vincent ? demanda Michael.

Elle hocha la tête.

— Je l'ai rencontré par l'intermédiaire de mon père. Tom les avait mis en contact lorsque Vincent avait commencé à avoir des problèmes. Leur relation était strictement professionnelle au début, mais ils sont devenus amis par la suite. Quand mon père est mort, Vincent et moi avons gardé le contact. On dînait ensemble une fois par an, environ.

— Quel genre de problèmes Vincent avait-il ?

— C'était il y a des lustres. Vous n'étiez même pas né. Au début, il s'agissait seulement de manifestations psychiques et physiologiques : cauchemars, maux de tête, crises d'angoisse. Ensuite, ça s'est transformé en phénomènes sensoriels : des sons, des odeurs.

— Et Tom lui a dit qu'un démon était à l'origine de tout ça ?

— Non. C'est Vincent qui a dit à Tom ce qui causait ces phénomènes.

— Et pourquoi pensait-il que...

— Nous allons y arriver.

Elle attrapa son paquet de cigarettes, en prit une, l'alluma, glissa le paquet d'allumettes dans l'étui de Cellophane, puis rejeta le paquet sur la table basse.

— Tom m'a dit que Vincent et vous étiez très proches, dit-elle.

— Oui.

— Je peux le comprendre sans mal. Vincent était vraiment un personnage.

Michael approuva d'un signe de tête. Il était incapable de prononcer un seul mot : l'émotion lui serrait la gorge.

— Je suis désolée, fit Charlotte. Rien de tout ce que je vais vous dire ne sera facile à entendre pour vous.

— Je veux connaître la vérité.

Charlotte hocha la tête. Elle tira encore sur sa cigarette, puis se lança.

— Quelques mois après l'apparition des sons, des odeurs et de tout le reste, Vincent commença à avoir des... crises, dirais-je. Il avait des absences, puis se réveillait plusieurs heures plus tard, sans se rappeler le moins du monde ce qui s'était passé entre-temps. Et quand il revenait à lui, il n'était pas forcément dans des endroits recommandables, si vous voyez ce que je veux dire.

— Où se trouvait-il ?

— Dans des boîtes louches, des bordels, des endroits de ce genre. Il n'en parlait à personne. Il se disait que ça allait passer. Puis, une nuit, il s'est réveillé dans une chambre avec une prostituée recroquevillée dans un coin, le regard apeuré. Elle avait un œil au beurre noir et la lèvre sanguinolente, et ils étaient seuls dans la chambre.

Elle marqua une pause pour lui permettre d'encaisser le coup.

– *Vincent ?* demanda Michael, incrédule.

– Oui.

Elle secoua sa cigarette au-dessus du cendrier.

– C'est ce qui l'a poussé à aller voir Tom, continua-t-elle.

– Pas possible, balbutia Michael.

Une phrase lui revint cependant à l'esprit : *«J'ai des nouvelles horribles à t'annoncer... »*

– Mon père et Tom ont alors entrepris de l'aider, poursuivit Charlotte. Ils priaient, récitaient des bénédictions. Jamais de séance d'exorcisme proprement dite. Il n'en avait pas besoin. Il s'est jeté dans l'Église à corps perdu. Il était clair qu'il avait fait son choix et qu'il ne changerait jamais de côté. Mais votre père, lui, n'a jamais été très croyant, vous savez.

Michael approuva. Au grand dam de Vincent, son fils avait apparemment toujours été un athée confirmé.

– Alors, reprit Charlotte, cela rendait toute la famille vulnérable, et le démon a presque réussi à vous éliminer.

– Attendez, l'interrompit Michael. Vous pensez sérieusement qu'un *démon* est à l'origine de l'incendie du Winecoff ?

– Je n'ai pas de preuves, mais je le pense, oui.

– Cet incendie est l'œuvre d'un pyromane.

Charlotte ricana.

– Qu'y a-t-il ? l'interrompit Michael, agacé.

– Vous connaissez l'histoire de l'esquimau ?

– Non, c'est quoi cette histoire ?

– C'est une vieille blague. Un type va voir le curé après la messe et lui dit : «Toutes ces bondieuseries, c'est de la merde. Je viens juste de rentrer d'Alaska où il m'est arrivé quelque chose qui me l'a prouvé. Quand j'étais là-bas, je me suis trouvé bloqué dans une tempête de neige. Je me suis agenouillé et j'ai prié Dieu de m'aider, mais il n'a pas levé le petit doigt.» Le curé lui dit : «Mais alors, comment se fait-il que vous êtes ici, aujourd'hui ?» Le type lui répond : «Heureusement pour moi, un esquimau passait par là... »

Elle fit une pause pour laisser Michael méditer là-dessus, puis enchaîna.

– Dieu agit au travers des hommes. Le Diable aussi. Nous sommes tous des soldats, pour un camp ou pour l'autre. Saint Ignace ne l'a-t-il pas dit ?

– Vous prétendez que tous ces gens sont morts à cause du démon qui en avait après Vincent ?

– Qu'est-ce que vous croyez ? Que le Diable va prendre la peine d'épargner les innocents badauds ?

Michael n'avait pas de réponse, mais tout ça lui paraissait complètement fou.

– Dites-moi, reprit Charlotte, que savez-vous de l'enfance de Vincent ?

– Pas grand-chose.

– C'est-à-dire ?

Michael réfléchit.

– Je sais que sa mère est morte à sa naissance. Son père était entrepreneur de pompes funèbres. Il possédait deux sociétés. Ils avaient pas mal d'argent. Son père voulait qu'il prenne la relève.

Charlotte gloussa.

– Oui, on peut l'exprimer ainsi.

– Qu'est-ce que vous trouvez si drôle ?

– Votre grand-père a grandi à Charleston, en Caroline du Sud, dit-elle, ignorant sa question.

– Oui.

– Vous avez déjà été là-bas ?

– Non.

– Bel endroit. Toutes ces belles maisons d'avant guerre, ces arbres immenses et ces plantes aux balcons. Sous cette apparence paisible, personne ne se douterait à quelles funestes distractions se livrent les habitants de cette ville respectable...

– De quoi parlez-vous ?

– Vous ne trouverez pas ça dans les prospectus du syndicat d'initiative, mais Charleston a longtemps été le berceau du satanisme. Il existe là-bas des cultes qui remontent au *Mayflower*. Des cultes qui se transmettent depuis des siècles, de génération en génération.

Michael hocha la tête comme s'il la croyait. Il se souvenait vaguement de Vincent parlant de Charleston, des cultes sataniques, de la franc-maçonnerie et autres sujets de ce genre. Vincent avait toujours manifesté quelque paranoïa envers les sectes et les sociétés secrètes. Il était convaincu qu'elles étaient extrêmement bien organisées et qu'elles avaient pour objectif de gouverner le monde. C'était un côté de Vincent que Michael n'aimait pas beaucoup. Une superstition un peu simpliste.

– Que savez-vous du satanisme ? demanda Charlotte.

– J'ai vu *Rosemary's Baby*.

Charlotte ne sourit pas à sa plaisanterie. Il se fit plus explicite.

— Je sais ce que sait Monsieur Tout-le-monde. Ils ont eu beaucoup de pub, dernièrement.

Charlotte roula des yeux.

— Je vais vous aider, fit-elle. Un moyen sûr de faire le tri là-dedans, c'est que vous ne verrez jamais un vrai sataniste dans un talk-show à la télé, en train de discuter de son cas avec des ménagères, et une étiquette «sataniste» épinglée bien en évidence au revers de son veston.

Elle écrasa le mégot de sa cigarette, en ralluma une autre et aspira longuement.

— *Sataniste* est un mot traître, en fait. Il y a plusieurs sortes de satanisme, plusieurs degrés...

Michael s'agita sur son siège, agacé par cette digression. Charlotte continua, imperturbable.

— Vous avez les fous qui veulent se donner un genre. Vous entendez parler d'eux lorsqu'ils se font arrêter par la police. Des petits délinquants, en général, qui font leurs conneries puis les mettent sur le dos du Diable. Ce n'est pas que le Diable n'ait rien à voir là-dedans, mais le satanisme, comme la chrétienté, a toujours été une activité de groupe. Ensuite, vous avez les amateurs. Ceux qui trouvent que ça fait bien. J'ai vu plus d'un ado branché heavy metal provoquer quelque chose puis ne plus savoir ce qu'il lui arrivait. Je suppose que c'est ce qui est arrivé à Danny Ingram. Il y a encore les satanistes «pop» ; des amateurs, mais en un peu plus sophistiqués. Ceux qui sont vraiment inquiétants, ce sont les satanistes traditionnels. Vous entendrez rarement parler d'eux, et on a très peu écrit à leur sujet. Mais ils sont là. Ils existent depuis longtemps. Ils sont très discrets et très prudents. Ils doivent l'être, sinon ils seraient tous en prison.

Michael ne put s'empêcher d'intervenir.

— Alors, vous faites partie de ceux qui croient qu'ils existent, qu'ils agissent en groupes organisés, tuent des gens et les jettent dans des incinérateurs portables ?

Vincent faisait partie de ceux-là. Ils avaient eu d'âpres discussions à ce sujet à plusieurs reprises.

— Eh bien... vous m'avez demandé de vous raconter ce que je savais, intervint Charlotte.

— Je voulais dire à propos de Vincent.

— Mais je vous *parle* de Vincent.

Michael gloussa.

— Quoi ? Vous vouliez me dire que Vincent était un sataniste ?

— Pas vraiment, fit Charlotte, sans changer d'expression.

– Qu'est-ce que cela signifie ?

– Votre arrière-grand-père, Andrew Kinney, *était* un sataniste. Il était le grand prêtre d'une secte satanique.

Michael la regarda, éberlué. Elle aurait pu aussi bien lui dire que son arrière-grand-père était un loup-garou, tant qu'elle y était.

– Une secte traditionnelle, qui existait depuis de nombreuses générations. Une vraie de vraie.

– C'est absurde...

– Ah bon ? Pourquoi ?

– Premièrement, Andrew Kinney était un fervent catholique. Vincent m'a dit qu'il allait à la messe tous les jours.

Charlotte acquiesça d'un signe de tête.

– C'est ce qu'ils font, en général. Ils font tout pour se faire passer pour des piliers de la société. Ça éloigne tout soupçon. J'ai même entendu parler de *prêtres* qui adoraient le Diable. Ces sectes adorent infiltrer l'Église, pour voler des reliques, des objets de culte qu'ils profanent ensuite de toutes les manières imaginables.

Michael ne savait que dire. Tout cela était trop incroyable.

– Vincent a été élevé dans le culte sataniste, reprit Charlotte. Il a reçu le traitement standard de tout enfant élevé dans ces sectes : il était régulièrement battu, il subissait divers types de violences. On lui faisait du chantage, on l'obligeait à participer à toutes sortes d'atrocités, on le menaçait de le tuer s'il en parlait à quiconque. Entre-temps, on le destinait à prendre la relève d'Andrew. Si ça peut vous soulager, tout cela l'avait profondément dégoûté dès le premier jour. Il continuait parce qu'il n'avait pas le choix. Il avait peur d'être tué. Ils l'auraient probablement fait.

Michael secoua la tête.

– Ce n'est pas possible.

– Michael, pourquoi êtes-vous là, aujourd'hui ?

– Que voulez-vous dire ?

– Qui vous a envoyé chez moi ?

Michael réfléchit. Elle avait raison. Tom n'était pas seulement l'ami de Vincent. Il avait été son confesseur. Il connaissait tout de lui et c'est la raison pour laquelle il était allé le voir en premier.

– Monseigneur Graham est connu pour sa propension à dramatiser les choses, proposa Michael en guise d'explication.

– Pas plus que vous je n'ai entendu cette histoire de la bouche de Tom...

Elle avait raison. Elle avait dû l'apprendre de Vincent lui-même.

Mon Dieu...

Il se blottit dans son siège, se préparant au pire.

— Qu'est-ce que Vincent vous a raconté ? Est-ce que Rebecca faisait partie de cette histoire ?

— Oui.

— De quelle manière ?

— Rebecca habitait à Charleston. Je ne sais même pas si Vincent la connaissait avant que tout cela n'arrive. Personnellement, je ne pense pas, ils venaient de milieux très différents. Elle était issue d'une famille de treize enfants, ses parents étaient métayers. Apparemment, elle était très belle, une beauté fragile. Elle n'avait que treize ans quand ça s'est passé.

— Qu'est-ce qui s'est passé ?

— Rebecca a été enlevée par deux hommes de la secte, qui l'ont cachée dans la forêt, derrière la maison d'Andrew. Ils avaient construit une cabane au milieu de la forêt, dans laquelle ils s'adonnaient à leurs rites. Les deux hommes l'ont enfermée dans une pièce de la cabane, et l'y ont laissée jusqu'à trois heures du matin, heure de la cérémonie. Celle-ci devait consacrer l'héritier du trône, celui d'Andrew, c'est-à-dire Vincent. Ils effectuèrent sûrement tous les rites habituels : messe noire, sacrifices d'animaux, ils mangèrent et burent des choses que vous ne pouvez même pas imaginer. En principe, la cérémonie s'achève sur un simulacre de mariage entre l'héritier choisi et une vierge réticente. Dans le cas présent, Rebecca. Drogues et alcool font partie intégrante de ce type de cérémonie. A la fin du rituel, le mariage doit être consommé.

Il fallut à Michael un moment avant de pouvoir dire quoi que ce soit.

— Vous voulez dire que... Vincent a violé une fille de treize ans ?

— Eh bien ! si ça peut vous rassurer, il n'avait que deux ans de plus qu'elle.

— Ça ne change rien du tout.

— Alors, la réponse est oui. Ce que je vous dis est vrai.

Michael la regarda. Elle avait l'air horriblement sérieuse. Et il n'avait aucun doute là-dessus, il n'allait pas se réveiller pour découvrir que tout ça n'était qu'un cauchemar, et personne n'allait lui dire que ce n'était qu'une farce de mauvais goût.

Il se leva.

— J'ai besoin de prendre l'air, fit-il.

Il se dirigea vers la porte d'entrée.

Quelques minutes plus tard, Charlotte le rejoignit sur la véranda et s'assit sur le rebord à côté de lui.

— Je sais que tout ça est difficile à encaisser, mais ce n'est pas fini. Vous devez savoir pourquoi Tom vous a envoyé jusqu'ici.

— Je m'en fiche.

— Vous feriez mieux de vous y intéresser, Michael. Ça vous concerne beaucoup plus que vous ne le pensez.

— En quoi cela peut bien me concerner ?

— Cette histoire a des conséquences directes sur vous. Bien au-delà du simple fait de devoir vivre dorénavant avec ce que vous avez appris.

Il se tourna vers elle. Elle poursuivit.

— Rebecca est tombée enceinte...

— Ça, j'avais deviné.

— ... Vincent l'a aidée à s'échapper et tous les deux se sont enfuis. Vincent voulait l'épouser et mener une vie décente. Mais elle a pris la fuite dès qu'elle en a eu l'occasion. Il lui a fallu des années pour la retrouver. Entre-temps, il avait épousé votre grand-mère, s'était installé, avait commencé une nouvelle vie, et voulait laisser tout ça derrière lui. Mais il n'en a pas eu le loisir. Et vous ne l'aurez pas non plus.

— Il s'est enfui avec Rebecca ?

— Oui.

— Mais alors, il aurait pu s'enfuir plus tôt.

— Michael, il avait raison de croire qu'il courait un grand danger. Ces gens-là ne plaisantent pas. Mais surtout il y avait quelque chose qui l'effrayait encore plus que ce qu'ils auraient pu lui faire, à lui.

— C'était quoi ?

— Il savait ce qu'ils avaient l'intention de faire du bébé de Rebecca une fois qu'il serait né.

Il la regarda dans les yeux.

— Ils l'auraient tué ?

Elle acquiesça.

— Oui, en guise de sacrifice à Satan. Ils l'auraient probablement fait tuer par Rebecca, comme c'est d'habitude le cas. Ensuite, ils lui auraient ouvert le ventre, arraché le cœur...

— Arrêtez !

— ... haché en morceaux et mangé.

— Arrêtez !

— Vincent le savait parce qu'il les avait déjà vus le faire. On l'avait forcé à participer...

301

Michael se redressa.

— Je ne veux plus rien entendre.

— Vous devez m'écouter.

— Non.

Elle lui saisit le bras.

— Si, vous le devez. Vous devez savoir quel danger vous guette.

— De quoi voulez-vous parler ?

— Vincent savait ce qui allait lui arriver parce qu'il avait vu Andrew le faire à d'autres. Il en connaissait les conséquences.

— De quoi donc ?

— La secte d'Andrew avait un rite qui consistait à conjurer un démon et à l'attacher à quelqu'un. Ce démon n'avait d'autre objet que de détruire la lignée de cette personne.

— Oh ! arrêtez vos histoires...

Michael se tourna, décidé à s'en aller.

— Michael, pensez-y. Vous croyez vraiment que c'est juste par coïncidence que vous avez été mêlé à l'histoire de Danny Ingram ? C'est vous qu'Il voulait atteindre. Il voulait vous avoir tant que vous n'étiez pas encore préparé. Tant que vous n'étiez pas encore au fait de l'histoire. En faisant appel à Bob, vous vous êtes sauvé la vie. Parce que tant que c'était lui l'exorciste, vous étiez protégé. Mais je ne pense pas qu'Il va abandonner.

— Je dois partir, l'interrompit Michael.

Elle continuait à lui parler alors qu'il regagnait sa voiture, mais il ne l'écoutait pas. Il ne voulait plus rien entendre.

*

Il essaya de prendre un raccourci et se retrouva quelque part sur une route de campagne qui devait effectivement mener à Atlanta, mais en traversant l'Égypte. L'indicateur de niveau d'essence et ses nerfs étaient tous deux à zéro lorsqu'il aperçut enfin les lumières d'une petite station-service.

En sortant de la voiture pour faire le plein, il entendit le bruit de l'autoroute, et se dit qu'il arriverait bien à la trouver sans risquer de compromettre sa virilité en demandant à quelqu'un de lui en indiquer le chemin. Il concentra son attention sur le bruit de la pompe et essaya de retrouver son calme.

Pourquoi trouvait-il si difficile de croire ce qu'il lui arrivait ? Il était prêtre, bon sang, et le Diable n'était pas un concept nouveau pour lui. Quant à Andrew Kinney et son culte maudit, pourquoi ne voulait-il pas à y croire ? Il suffisait de se remémorer ce que les nazis avaient fait en Allemagne. Si des gens ont pu

jeter des femmes et des enfants dans des chambres à gaz puis leur arracher la peau pour en faire des abat-jour de lampes de chevet, pourquoi serait-il inconcevable que d'autres soient capables de tuer un bébé, de lui hacher le cœur et de le manger ? L'humanité était capable des pires ignominies, de manière rituelle et organisée.

Mais Vincent... Pas Vincent... Même pas Vincent à quinze ans...

Il entendit un bruit à côté de lui. Il releva la tête et vit un gamin efflanqué en uniforme bleu, un badge *Rusty* épinglé sur la poche de sa chemise maculée de taches de café et de tabac.

— Vous voulez que je contrôle le niveau d'huile ? demanda-t-il.

— Non, merci. Ça va comme ça.

Tu vois, si j'ai choisi la pompe libre-service, c'est que je voulais me servir moi-même.

Le gamin sembla déçu, mais ne discuta pas. Il ne s'en alla pas, non plus. Il resta là, à regarder Michael.

— Vous êtes le cousin de Ricky Reynolds ?

— Non.

— Je vous ai déjà vu quelque part.

— Je ne pense pas.

— Vous n'êtes pas parent des Reynolds ?

— Non.

— Vous voyez de qui je parle ?

— Oui, mentit Michael. Mais je ne fais pas partie de leur famille.

— Oh !

— L'autoroute est loin ?

Le gamin sourit comme s'il venait de marquer un point.

— Ça dépend de ce que vous appelez loin.

Un petit rigolo. Manquait plus que ça.

— Vous êtes parent de Jackie Brumfield ? demanda l'adolescent à nouveau.

— Non, fit Michael, commençant à perdre patience. Je ne suis parent de personne sur cette planète.

— J'ai dû vous confondre avec quelqu'un d'autre, alors.

— C'est ça.

Et maintenant retourne dans le magasin et fiche-moi la paix.

Le gamin se pencha vers Michael et chuchota d'une voix plus grave :

— Les gens ne sont pas toujours ce qu'on pense qu'ils sont, n'est-ce pas ?

— Je ne sais pas.

Le garçon eut un sourire ironique.

– Je pense que si. Je pense que vous le savez mieux que quiconque.

Il émit un rire guttural, avant de s'éloigner.

Cette remarque atteignit Michael comme si on lui avait craché sur la figure depuis une fenêtre voisine. Un moment, il en resta pétrifié. Très vite, il se secoua, remit le tuyau en place et se mit en chasse du gamin. Cette fois, il allait relever le défi. Le garçon marchait de plus en plus vite. Michael accéléra le pas. L'enfant se mit alors à courir, se dirigea vers les toilettes des hommes et disparut à l'intérieur. En quelques pas, Michael y était. Il saisit la poignée de la porte et essaya en vain de l'ouvrir. La porte était fermée à clef. Il tambourina dessus de toutes ses forces.

– Ouvrez cette porte ! Tout de suite !

Un homme d'un certain âge passait par là. Il observait Michael.

– Vous avez besoin de la clef ? demanda-t-il.

Michael leva les yeux.

– Oui, merci.

Le vieil homme fouilla dans la poche de sa combinaison, en retira une clef attachée à une patte de lapin couleur vert pomme, et la tendit à Michael.

– Ramenez-la-moi à l'intérieur quand vous aurez fini.

Michael hocha la tête, prit la clef, attendit que le vieil homme s'éloigne un peu, puis ouvrit la porte et regarda à l'intérieur.

La lumière était éteinte. Il chercha l'interrupteur et alluma. Une seule pièce. Une cuvette, un lavabo, un distributeur à serviettes vide. Pas de fenêtre, aucune autre porte. Personne.

Michael essaya de reprendre contenance et rapporta la clef au vieil homme, qui lui apprit qu'ils n'avaient aucun employé appelé Rusty ou correspondant à la description faite. Les seules personnes qui travaillaient à la station-service étaient le vieil homme et son fils, âgé d'une bonne quarantaine d'années. Ils avaient tous deux regardé Michael faire son plein. Seul.

*

Dès qu'il arriva à la maison, Michael prit le téléphone et appela Bob Curso. Il tomba sur son répondeur.

– Bob, c'est Michael Kinney...

Il y eut un déclic soudain, suivi par un grésillement très fort.

– La communication est très mauvaise. Je ne sais pas si vous m'entendez ou pas...

Le grésillement se fit de plus en plus fort.

– Zut !

Michael raccrocha. Il recomposa le numéro.

Le message laissé par Bob était très clair, mais dès que Michael essayait de parler, le grésillement revenait.

— Bob, j'ai besoin de vous parler. Rappelez-moi.

Il laissa le numéro de Vincent sur le répondeur, bien qu'il doutât sérieusement que Bob pût comprendre quoi que ce soit avec cette friture.

Michael se prit le visage entre les mains.

Danny.

Une voix avait retenti dans sa tête. Celle-là venait de nulle part.

Comment ça, Danny ?

La voix disparut. Plus rien. Michael y réfléchit. Il aurait bien aimé poser une question ou deux à Danny, mais il savait d'expérience que joindre Danny au téléphone nécessitait presque un décret ministériel. Il fallait qu'il essaye quand même. Au moins, cela lui donnerait l'impression de faire quelque chose. Il chercha le numéro de la prison, le trouva, et appela.

Il parla à trois personnes, un officier de coordination, l'aumônier de la prison et, enfin, le gardien adjoint qui l'assura que Danny le rappellerait dans l'heure qui suivrait. Dix minutes plus tard, le téléphone sonna.

C'était Danny. Ils échangèrent des banalités quelques minutes, puis Michael changea soudain de ton.

— Écoute, Danny. J'ai besoin de ton aide.

— Pour quoi faire ?

— Je pourrais juste te poser quelques questions ?

— Bien sûr.

— O.K...

Michael soupira, ne sachant comment rentrer dans le vif du sujet.

— ... Quand tout a commencé... Tu sais, tout ce que tu m'as décrit, l'odeur, les voix...

— Oui ?

— Est-ce que... quelque chose s'est passé avant ? Quelque chose qui aurait pu provoquer tout ça.

— Qu'est-ce que vous voulez dire ?

— Eh bien ! tu sais... j'ai lu quelques bouquins qui expliquent... comment les démons se lient à certaines personnes.

Voilà. Il l'avait dit.

— Mouais, fit Danny, sur un ton plat qui sous-entendait qu'il trouvait que tout ce qu'avait dit Michael était normal.

Il y a de quoi, se dit Michael, Danny serait la dernière personne à rire de ce genre de remarques.

– Je voudrais savoir si tu as fait quoi que ce soit qui aurait attiré cette chose vers toi, continua Michael.

Silence au bout du fil. Michael n'avait jamais posé cette question auparavant, parce qu'il pensait que cela n'avait plus aucune importance. Il ne savait pas non plus ce que cela pourrait changer, à présent. Mais s'il était vraiment hanté par un démon qui poursuivait Vincent, il voulait savoir le plus de choses possibles.

– Danny ?

– Oui ?

– Ces questions n'ont rien à voir avec toi.

– Alors pourquoi les posez-vous ?

– Je te le dirai dès que je le saurai moi-même. J'essaye encore de regrouper les différentes pièces du puzzle. Alors dis-moi, Danny, qu'as-tu fait ? Une séance de spiritisme ? Autre chose ?

– Bon, d'accord... Oui, il y a eu quelque chose.

La voix de Danny était devenue plus douce.

– Quoi ? s'enquit Michael.

Après un moment de silence, Danny expliqua.

– Un de mes copains avait trouvé un bouquin. Il l'avait acheté dans une librairie bizarre à Chelsea. Bref, il y avait dedans ces sorts... vous savez... des tours de magie noire.

– Des rituels ?

– Oui. Des trucs d'adoration du Diable.

Danny s'arrêta.

– Alors ?

– Avec une bande de copains... on était quatre, moi, un copain et deux filles... on s'est réunis un soir à minuit et nous avons simulé un de ces rites. C'était juste une blague. On rigolait tout le temps en le faisant.

Des rites. Encore !

– Quand as-tu commencé à entendre des voix, après ça ?

– Peu après. Deux jours, en fait.

Les rituels étaient à l'origine de tout. Ça n'étonnait pas Michael. S'il y avait une chose en laquelle il croyait ferme, c'était bien le pouvoir du rituel. Il n'en connaissait pas la mécanique, mais il avait pu le constater à plusieurs reprises. Et puis, si quelqu'un pouvait faire appel à Jésus, pourquoi serait-il impossible d'invoquer Satan ?

– Pourquoi n'as-tu pas parlé de tout ça au tribunal ? releva Michael, plus pour meubler le silence que parce qu'il y accordait une réelle importance.

Danny soupira.

– Je ne sais pas. C'est juste que... je savais que je n'allais pas m'en sortir, de toute façon, et je ne voulais pas avoir l'air... ridicule. En plus, j'aurais pu attirer des ennuis aux autres.

Les autres. Qu'est-il arrivé aux autres ?

— Mais c'est ce que je n'arrive pas à comprendre, reprit Danny. Si c'est bien un... démon qui est à la base de tout ça, pourquoi n'est-il rien arrivé aux autres ?

La réponse traversa l'esprit de Michael comme un éclair. *Parce que tu étais le seul qui ait un quelconque rapport avec moi.*

— Vous savez pourquoi ? demanda Danny.

Michael ne répondit pas.

— Mon Père ?

— Oui, je suis toujours là.

Michael fit un effort pour se composer une voix égale.

— O.K., Danny. J'ai juste une dernière question à te poser. Quand tu entendais cette voix... elle te disait des choses...

— Oui ?

— Cette voix t'a-t-elle dit quoi que ce soit à mon sujet ?

Danny marqua une longue hésitation. Michael sentit tous ses muscles se raidir.

— Alors, Danny ?

— Oui.

— Qu'est-ce qu'elle t'a dit ?

La pièce s'emplit soudain d'une odeur putride. Une odeur d'œufs pourris. Michael appuya la main sur le combiné pour couvrir sa respiration haletante. Il regarda autour de lui, bien qu'il sût pertinemment qu'il ne verrait rien.

— Danny ? Il s'efforçait de rester calme. J'ai besoin de savoir.

Michael sentait l'air peser sur lui, comme auparavant. Il ouvrit une fenêtre, mais cela ne servit à rien.

— La voix m'a dit de ne pas vous faire de mal.

Michael se tenait devant la fenêtre, luttant pour retrouver son souffle.

— De ne pas me faire de mal ?

C'était la dernière chose à laquelle il s'était attendu.

— Oui. Elle a dit : « Ne fais pas de mal au prêtre. » J'ai demandé : « Lequel des deux ? », et elle m'a répondu : « Le plus jeune. Ne fais jamais de mal au plus jeune. »

— C'est absurde, murmura Michael, plus à lui-même qu'à Danny.

— Ensuite, elle a dit autre chose.

— Quoi ?

Danny soupira.

— *Quoi*, Danny ?

– Elle a dit : « Il est à moi. »

Puis plus rien, pas même la tonalité. L'odeur commença à s'évanouir. Michael se sentait devenir fou.

8

Il s'était couché vers deux heures du matin. Il savait qu'il n'allait pas pouvoir s'endormir, mais il était si fatigué qu'il avait besoin ne serait-ce que de s'allonger. Il fixa le plafond et se mit à réfléchir.

D'accord, je suis poursuivi par un démon. Ça a l'air complètement dingue, mais c'est néanmoins vrai. Personne non plus n'a cru que le corps de Jésus n'était plus dans le tombeau trois jours après.

A moins que personne n'en ait entendu parler...

Arrête tes conneries !

Personne ne l'a jamais entendu... Personne ne l'a jamais dit...

– Arrête ! s'écria-t-il, pour mettre fin à ces idées honteuses.

Il se tourna sur le côté et se remémora la conversation qu'il avait eue avec Charlotte, en essayant de remettre un peu d'ordre dans toute cette histoire de fous. Il se demanda si tout ça avait un lien avec les nombreuses pensées qui l'avaient longtemps turlupiné, et notamment avec cette inclination à se considérer comme quelqu'un de mauvais qu'il n'avait jamais élucidée. Il avait toujours ressenti que quelque chose en lui ne tournait pas rond. Il s'aimait bien pourtant et ressentait quelque culpabilité à aimer une personne mauvaise.

Quelle vérité y avait-il dans tout ça ? Peu importe le sort qui lui avait été jeté, qu'y avait-il au juste dans son sang ? Que lui avait donc légué Andrew qui le rendait si vil ? Avait-il hérité quoi que ce soit de son arrière-grand-père ? Est-ce que cela expliquait son inquiétude permanente ? Sa colère ? Son tempérament nerveux ? Son incapacité à fonctionner sereinement, dans un esprit de bonté profonde et charitable ? Sa tendance à toujours dresser des barrières entre lui et ceux qu'il aimait ?

D'une certaine façon, Michael s'était toujours imaginé qu'il y avait suffisamment de bonté en Vincent pour eux deux. Il s'était même dit récemment que le sang qui coulait dans ses veines était celui de Vincent et que, par conséquent, il ne pouvait pas être si mauvais que ça. Il se rendait compte à présent que le sang de Vincent n'allait pas le sauver. Il n'était même plus sûr d'avoir jamais vraiment connu Vincent. Qu'en savait-il après tout ? Peut-être bien que Vincent avait continué à fréquenter des satanistes, à se réunir avec eux dans les bois pour faire Dieu sait quelles atrocités ? La piété et la charité de Vincent n'étaient peut-être qu'une façade derrière laquelle il se cachait comme l'avait fait Andrew Kinney, le brave et respectable entrepreneur des pompes funèbres qui passait pour un catholique pratiquant. Peut-être sa bonté n'était-elle qu'une torche qui servait à repousser les attaques des loups qui rôdaient autour de lui.

L'incendie. Charlotte avait-elle raison à propos de l'incendie ? Il savait que Vincent gardait un profond sentiment de culpabilité par rapport à cet événement, mais il croyait que c'était parce que l'idée de passer les fêtes à l'hôtel venait de lui. Vincent savait-il qu'il était responsable de cet incident de manière beaucoup plus directe ? Le feu lui-même avait-il un aspect surnaturel ? Michael se souvenait d'extraits du rapport d'enquête, lus dans les coupures de journaux : « ... *les matériaux inflammables trouvés dans les couloirs (tapis, papiers peints, un lit pliant retrouvé au troisième étage) ne sont absolument pas responsables de l'effet produit par l'incendie... La vitesse à laquelle le feu s'est propagé a fortement étonné les experts...* »). Peut-être les flammes s'étaient-elles répandues à une vitesse anormale parce qu'il s'était agi d'un incendie anormal, provoqué par une force anormale.

Michael continua ainsi à se harceler de questions auxquelles il n'avait aucune réponse avant de sombrer, peu avant l'aube, dans un sommeil agité.

Il rêva qu'il courait dans une épaisse forêt. Les ronces lui écorchaient les bras, les jambes, le visage. Il était poursuivi par une chose immonde qu'il ne pouvait voir, mais il savait qu'il devait lui échapper à tout prix.

Devant lui, il aperçut soudain une grotte et courut s'y réfugier, espérant y trouver un abri. Mais en vain. A l'intérieur se tenaient debout, rassemblés en cercle autour d'un petit feu, des hommes sinistres en longue robe noire. Le maître de cérémonie se retourna vers Michael, un sourire macabre sur les lèvres. Son expression était dénuée de la moindre chaleur, un visage inhumain.

— Bienvenue chez toi, fit-il.

Un autre, qui tournait le dos à Michael jusqu'à présent, se retourna aussi. C'était Vincent. Il sourit aussi, mais ses yeux étaient froids, comme morts.

— Je leur ai dit que tu allais venir, Michael.

— Non, s'écria ce dernier. NOOOON !

L'assemblée éclata d'un même rire. Michael leur tourna le dos et s'enfuit de la caverne. Il courut à nouveau à travers les bois, trébuchant et se relevant encore et encore. Il vit une lumière briller au loin, verte, chatoyante. Michael n'avait pas la moindre idée de ce dont il s'agissait, mais il ne pouvait s'empêcher de courir vers elle. Quand il fut enfin capable de relever la tête et de regarder autour de lui, il constata qu'il se trouvait dans une grande prairie. L'herbe tendre de ce pré était parsemée de coquelicots jaunes et orange.

Au milieu de la prairie se dressait, isolé, un pin de Géorgie. Un homme se tenait debout, appuyé à cet arbre. Il portait un jean, une chemise en flanelle et des chaussures de travail. Des cheveux blond-roux, régulièrement soulevés par la brise, retombaient doucement sur ses épaules. Ses yeux gris-bleu fixaient Michael avec une intensité déroutante. Il souriait. C'était le sourire le plus doux, le plus chaleureux que Michael eût jamais vu sur le visage d'un humain. S'il s'agissait bien d'un humain... Il émanait de sa personne une sensation de légèreté, une quiétude rassurante, en même temps qu'une profonde tristesse que même son sourire engageant ne réussissait pas à masquer.

— Bonjour, fit-il.

— Je vous connais ? demanda Michael.

Le sourire devint une moue amusée.

— J'espère bien que oui, répondit-il.

Michael fouilla en vain sa mémoire, même si le visage de l'inconnu avait quelque chose de familier.

— Michael... reprit le type.

Il marqua une pause comme s'il voulait donner à ce dernier le temps de se remettre les idées en place. Il continua.

— Tu n'es pas quelqu'un de mauvais, Michael. Mais tant que tu ne l'auras pas admis, rien ne changera. Parce que tu renies ta propre force et que ça t'empêche d'accéder à la mienne.

C'est alors que Michael comprit. Il demeura figé, ouvrit la bouche, mais aucun son ne sortit.

311

Le type sourit à nouveau. Un sourire différent, cette fois, qui semblait lui dire : « Oui ? » Ce sourire calma Michael qui retrouva la parole.

— D'accord, fit-il.

Il prit une profonde inspiration. Puis une autre encore. Il laissa ensuite libre cours au flot de pensées qui l'assaillait.

— D'accord. Si c'est vraiment toi, et si tu es vraiment là, alors je ne sais pas combien de temps tu vas rester ici et je n'ai pas envie de le gaspiller à être paralysé par la surprise et l'émotion... J'ai tant de questions à te poser.

— Quelles questions ?

— Il y en a tellement ! A propos de tout, de rien. Je ne sais pas par où commencer.

— Commence par m'en poser une.

Michael s'efforça de se concentrer et une question lui vint à l'esprit.

— Oui. Vincent.

— Que veux-tu savoir sur lui ?

— Est-ce que je l'ai jamais vraiment connu ?

— Quelle sorte de vie a menée Vincent, à ton avis ?

— Oui, mais maintenant... je connais son passé. Comment dois-je réagir ?

— Essaye donc de te rappeler que tu crois à la rédemption.

Soudain, le type disparut, comme un souffle de vent qui s'éloigne. Michael sentit une brise légère lui caresser le visage. Puis plus rien.

Il se réveilla, frissonnant. Une insoutenable sensation de perte le tenaillait. Il en avait presque mal.

Il resta éveillé des heures entières, attendant patiemment le lever du soleil. Il essaya désespérément de se rappeler le visage de l'homme du rêve, son sourire enjoué, sa voix posée, son attitude étrange, à la fois tendre et forte, chaleureuse et autoritaire. Plus autoritaire que tout ce qu'il avait connu jusqu'à présent. Mille fois plus effrayant que tout ce qu'il avait vu dans la forêt.

*

Quand il descendit déjeuner, Barbara était déjà à table, le journal entre les mains.

— Bonjour, lança-t-elle, jetant un coup d'œil par-dessus son journal. Tu as vraiment une mine de déterré.

— Enfin quelqu'un qui me remonte le moral.

— Tu as dormi, cette nuit ?

– Oui.

– On ne dirait pas.

Oui... peut-être parce que mon arrière-grand-père était sata-niste et que mon grand-père a violé une adolescente lors de rituels diaboliques. Et puis il y a aussi un démon qui a une dent contre moi. Pour couronner le tout, je viens de passer cinq minutes avec Jésus pendant mon sommeil, j'ai eu la trouille de ma vie et me suis réveillé avec une très forte envie de me jeter du haut de la première falaise venue.

– Qu'est-ce qu'on fait, aujourd'hui ? demanda-t-il, changeant délibérément de sujet.

– Ce matin, il faudrait qu'on finisse de ranger les affaires qui restent dans le bureau de Vincent. Une camionnette d'Emmaüs vient cet après-midi chercher tout ce qu'on voudra bien leur donner.

Il alla se chercher une grande tasse dans le placard, pour se servir un café.

– Rassure-moi, Barbara. Ce n'est pas encore un de tes ersatz ésotériques décaféinés ?

– Non. Cette fois, c'est du vrai de vrai. Avec ça, tu tiendras le coup au moins jusqu'au déjeuner.

Il remplit sa tasse à ras bord et regarda par la fenêtre. Le ciel était gris métallique, on entendait le tonnerre gronder au loin. Les orages s'étaient succédé toute la semaine, à une saison où ils sont pourtant rares.

Barbara reposa soudain son journal sur la table et le regarda dans les yeux.

– Michael, tu ne dors pas à cause de Vincent, ou y a-t-il autre chose ?

Oh ! Barbara, ne recommence pas, ce n'est vraiment pas le moment !

– C'est pas une raison suffisante, d'après toi ?

– Ça pourrait l'être. Mais j'ai l'impression qu'il y a quelque chose d'autre.

Il ne répondit pas, espérant qu'elle allait laisser tomber. Raté.

– Ça a quelque chose à voir avec la femme qui habite à New York et dont l'existence ne m'est pas connue ?

Il poussa un soupir.

– Michael, y a-t-il une femme à New York ?

– Il y a plein de femmes à New York.

– Oui, mais tu baises avec combien d'entre elles ?

Michael faillit lâcher sa tasse.

– *Barbara !*

– Au moins, j'aurai réussi à attirer ton attention.

– Mon Dieu...

Michael reposa son café sur le bar et essaya de trouver la meilleure façon de s'en tirer.

– Si tu te demandes comment tu vas pouvoir t'en sortir, intervint Barbara, je te suggère de dire la vérité ; c'est une excellente solution de repli.

– D'accord, mais pour l'amour de Dieu, arrête ! Il prit une profonde inspiration. Oui, il y a une femme à New York.

Au point où il en était, l'opinion des autres n'avait plus aucune importance.

Barbara n'en sembla pas moins interloquée.

– Vraiment ?

– Comment ça, «vraiment» ? Tu le savais déjà.

– Oui, mais ça me fait quand même un choc !

– C'est ridicule.

– Oui, je sais...

Il essaya de déchiffrer son expression. En vain.

– Nous sommes sur le point de rompre, si ça peut te soulager, ajouta-t-il.

– Ça te soulage, *toi* ?

Il secoua la tête, hésitant à parler de peur d'être trahi par sa voix. Il réussit toutefois à prononcer un «non» calme.

Par respect pour sa douleur, Barbara se tut un millième de seconde, avant de repartir à l'attaque.

– Tu veux que j'allume le Mac et que je te sorte les statistiques ?

– Dis-moi seulement qu'on peut les compter sur les doigts de la main.

– Cette année, ou depuis le séminaire ?

– Laisse tomber !

Elle concentra à nouveau son attention sur le journal. Il se dirigea vers la porte de la cuisine, heureux d'en avoir fini avec cet interrogatoire.

– C'est ça qui n'allait pas ? reprit soudain Barbara.

Il s'arrêta sur le seuil.

– En grande partie.

– Rien d'autre ?

– A vrai dire plus rien ne va.

– Et Dieu, dans tout ça ?

– Comment ça, Dieu ?

– Tu ne vas pas l'abandonner, quand même ?

Il secoua la tête.

— Je n'en sais rien. Peut-être que Dieu et moi on va s'accorder un peu plus de liberté que par le passé.

Il sortit de la cuisine, la laissant digérer leur conversation.

*

Il resta debout au milieu du séjour, se demandant ce qu'il pourrait bien faire aujourd'hui. Il n'avait aucune envie de passer la matinée à farfouiller dans les affaires de Vincent. C'était déjà suffisamment dur alors qu'il ne connaissait pas son passé ; à présent, il serait incapable d'envisager seulement d'entrer dans le bureau de Vincent. D'ailleurs, il n'arrivait pas à penser à un seul endroit où il *supporterait* de se trouver à l'instant précis. Il aurait voulu se transformer en boule de feu et disparaître.

Barbara entra dans la pièce, lisant toujours son journal. Elle s'arrêta et regarda dans sa direction.

— Michael, tu connais un type à Barton qui s'appelle Jackson Landry ?

Michael lui fit signe que non.

— Ça doit être un protestant. Je ne fraternise pas avec les hérétiques.

Il but une gorgée de café. Pourquoi ? Qu'est-ce qu'il a fait ? demanda-t-il, distraitement.

— Tu devrais lire ça.

— C'est quoi ?

— Un article sur une famille bizarre. Vraiment étrange. Un couple marié, quatre fils. Un s'est suicidé à quinze ans. L'autre, un psychopathe, a tiré sur la foule un soir de Noël en pleine messe de minuit. Il a tué quatre personnes et a fini sur la chaise électrique. Le plus jeune est devenu romancier à succès et, la semaine dernière, pour une raison inconnue, il a braqué un magasin de vins et spiritueux, et a tué l'employé, avant de se jeter par la fenêtre du quinzième étage. Les parents se sont tous les deux suicidés. Le père s'est tiré une balle dans la tête un an après la mort de son premier fils, et la mère s'est coupé les veines au premier anniversaire de l'exécution du deuxième.

Michael ne savait que répondre, vu qu'il n'avait écouté que le tiers de ce qu'elle avait raconté. Il continuait à siroter son café, feignant de rester perplexe.

— Ce type, Jackson Landry, est l'aîné de la famille. Il semble avoir été épargné jusqu'à présent. Va savoir quel est son secret.

315

Elle secoua la tête.

— J'ai du mal à croire que tu n'as pas entendu parler de ces gens-là. Ils doivent faire la une des potins locaux.

— Peut-être. Je ne suis pas vraiment à jour sur le plan ragots en ce moment.

— Ça alors... continua-t-elle, toujours en lisant. Écoute ça, ça va te plaire. Le type qui a écrit l'article a interviewé la mère peu après le meurtre commis par son fils. Elle lui a dit que la famille était victime d'une malédiction, qu'elle était hantée par un démon.

Michael s'arrêta de respirer.

— Elle a dit que ça s'est passé le soir de Noël parce que ça emmerdait le Diable que ce soit l'anniversaire de Jésus.

— Tu es sérieuse ? l'interrompit Michael.

Cette fois, elle avait réussi à accaparer son attention.

— Disons qu'elle n'a pas vraiment dit *emmerder*. Elle a dit *énerver*, ou quelque chose de ce genre.

— D'où sort-elle cette histoire ?

— Une voyante lui aurait raconté qu'elle avait, je cite, « hérité d'une horrible dette... ». Elle faisait aussi souvent un rêve étrange, dans lequel elle était entourée d'une bande de types en longue robe noire, leur chef lui disait avoir conjuré un démon, l'avoir attaché à la descendance de son mari et qu'ils allaient tous mourir. J'aime bien comment elle fait porter le chapeau au mari...

Michael lui arracha le journal.

— Eh ! J'ai pas fini...

— Pourquoi publient-ils cette histoire maintenant ?

— Parce que l'épisode du fils-romancier-qui-a-tué-le-caissier-puis-s'est-jeté-par-la-fenêtre s'est passé il y a à peine quelques jours. Je me souviens vaguement avoir lu un titre dans le journal : *UN ROMANCIER DE GÉORGIE CAMBRIOLE UN MAGASIN DE VINS ET SPIRITUEUX PUIS MET FIN A SES JOURS.* Ça n'avait pas l'air tellement...

— Quand est-ce que tu as vu ça ?

— Je ne sais pas. Il y a deux ou trois jours, environ.

— Avant la mort de Vincent ?

Elle réfléchit.

— Oui. C'était le *jour* où Vincent est mort. J'étais assise ici, en train de lire le journal en attendant ton appel.

Michael se rappela l'enregistrement laissé par Vincent : « ... *Ce matin j'ai vu quelque chose... lu quelque chose...* » Vincent lisait le journal quand Michael était arrivé à l'hôpital ce matin-là. Avait-il lu l'histoire du romancier ? Était-il juste obsédé par l'histoire de

316

cette famille persécutée par le démon ? Possible. Mais sur la cassette, il semblait bien que ce qu'il avait lu était en relation avec la chose horrible qu'il avait faite. Quel rapport Vincent avait-il avec cette famille maudite ?

– Putain de merde !

La réponse lui était soudain venue, évidente.

– Qu'y a-t-il ? s'enquit Barbara.

Michael se précipita dans la cuisine, dénicha le bout de papier sur lequel il avait écrit le numéro d'Edna Foley, saisit le téléphone et l'appela. Barbara l'avait suivi et se tenait derrière lui.

– Tu appelles qui ? demanda-t-elle, intriguée.

– Minute, dit-il, lui faisant signe de se taire.

Le téléphone sonna deux fois, puis Edna répondit.

– Allô !

– Edna, c'est le père Kinney. Désolé de vous déranger. J'ai juste besoin de connaître le nom de famille de Rebecca.

Edna grogna, indignée.

– Vous êtes quand même gonflé d'appeler ici ! Elle est malade depuis votre dernière visite. Ils l'ont emmenée à l'hôpital la nuit dernière, il paraît qu'elle est dans le coma. Si elle meurt, je me retrouve au chômage, moi !

– Si vous voulez garder votre job d'ici là, vous feriez mieux de me dire comment elle s'appelle.

– C'est Landry. L-A-N...

– Je sais comment ça s'écrit, répondit-il calmement.

Seigneur Jésus. C'était donc vrai.

– Edna, comment s'appelait le bébé ?

– Quel bébé ?

– Celui de Rebecca. Celui dont vous m'avez parlé.

– Pourquoi voulez-vous le savoir ?

Michael décida d'y aller franco.

– Parce que j'ai lu l'article.

Silence à l'autre bout de la ligne. A côté de lui, Barbara lui chuchotait des questions :

– Quoi ? Tu as retrouvé Edna Foley ? Qui est-ce ? Pourquoi ne me l'as-tu pas dit ?

Michael ignora les questions de Barbara et continua à harceler Edna.

– Le père de la famille Landry était le fils de Rebecca, n'est-ce pas ?

Toujours pas de réponse.

– Alors, Edna ? insista-t-il.

– Je n'ai pas à vous répondre !

317

Vous venez juste de le faire.

Il raccrocha.

— Merde ! fit-il encore une fois.

— Michael, tu veux bien me dire ce qui se passe ? reprit Barbara.

Vincent voulait que j'aille à Barton parce que ce Jackson Landry vit là-bas. Son dernier petit-fils survivant du côté diabolique. Le seul à ne pas avoir fait couler de sang... jusqu'à présent.

— Michael ? répéta Barbara.

— Que diable a-t-il cru que je pourrais y faire ? demanda Michael, à voix haute.

—Qui a cru quoi ?

— Barbara, arrête de... me poser des questions.

Il lui rendit le journal et quitta la pièce.

Il se réfugia dans sa chambre et commença à fourrer ses affaires dans un sac de voyage. Son esprit fonctionnait à toute vitesse, essayant d'assembler les pièces du puzzle.

Le fils illégitime de Vincent, conçu au cours d'une messe noire, est devenu le père de la famille maudite... Il a eu quatre fils... Deux d'entre eux se sont suicidés, un a été exécuté... deux de ses fils ont commis un meurtre... un autre a fui... L'autre petit-fils de Vincent... quelle idée... Il ne reste plus que nous deux... Nous deux et le démon...

Dehors, il se mit à pleuvoir à verse. La grêle lançait contre la vitre d'innombrables et minuscules coups de fouet. Un grondement de tonnerre fit trembler la maison. Michael frémit.

L'odeur. Elle était là à nouveau, plus puissante que jamais. Michael sentit sa gorge se resserrer au point qu'il dut s'accrocher aux montants du lit. De sa main libre, il fouilla son sac de voyage à la recherche d'un mouchoir qu'il appuya aussitôt sur son nez. Il parvenait à peine à respirer.

— Sors... de... là..., put-il articuler.

Va te faire foutre.

La voix du clochard. Celle du démon de Danny. Michael n'arrivait pas à savoir si elle venait de sa tête ou de quelque part dans la chambre.

— Je... t'ordonne...

Tu m'ordonnes, mes couilles !

Michael avait mal aux côtes à force de chercher sa respiration dans cet air vicié. Il fouilla son sac à la recherche d'un crucifix, sans vraiment savoir à quoi cela pourrait bien servir.

Tout d'un coup, aussi brusquement qu'elle était venue, l'odeur disparut. La voix était partie, elle aussi. Même la grêle s'était arrêtée. La chambre était soudainement redevenue calme.

318

Michael tomba à genoux et s'appuya sur le lit.

Seigneur Jésus... Je ne peux pas faire ça. Il a raison. Je ne peux pas lui faire face. Tu le sais. Qu'attends-Tu de moi ?

PARS.

Michael releva la tête. La voix venait de nulle part. Elle était partout.

Pars ? Qu'est-ce que ça veut dire, « pars » ?

Silence.

Écoute. S'il s'agit d'une lutte entre le Bien et le Mal, Tu ferais mieux de Te trouver un représentant plus méritant.

Ce n'est pas une question de bonté, Michael. C'est une question de foi.

Qu'est-ce que cela veut dire ?

Silence absolu.

Ça veut dire quoi ?

Silence exaspérant.

— Pourquoi ? demanda Michael, à voix haute. Putain, pourquoi ne pourrais-Tu pas, *une seule fois* dans l'histoire de l'humanité, *dire* les choses *clairement ? »*

— Michael ?

C'était la voix de Barbara, près de la porte. Michael n'arrivait pas à se forcer à la regarder.

— Tu cries après qui ? demanda-t-elle.

— Après personne, répondit-il, calmement.

Elle s'avança vers lui, hésitante, comme si elle craignait d'effrayer un animal sauvage. Elle s'agenouilla près du lit, à côté de lui. Voyant qu'il ne résistait pas, elle l'entoura doucement de ses bras.

— Michael ? dit-elle avec douceur.

Il pleurait et se laissa aller. Il sentit la main de Barbara posée sur sa nuque.

— Ça va aller. Pleure. Il *faut* que tu pleures.

Il se retourna, chercha sa main. Il s'y cramponna, comme si elle avait le pouvoir de le ramener à bon port.

— Je ne peux pas rester ici, dit-il quand il fut enfin capable de parler.

— Chhhht... fit Barbara. Bien sûr que tu peux.

— Non, je dois... partir, dit-il en se relevant.

— Pourquoi ?

Si seulement je pouvais le savoir !

— Je dois me rendre à Barton. Ce qui reste à faire ici, il faudra que tu le fasses sans mon aide, Barbara.

— D'accord. Si seulement tu me disais ce qui se passe...

Au-dehors, le vent s'était remit à souffler de plus belle. L'air de la chambre redevint dense et Michael ressentit une présence, mais il était incapable de dire de quoi il s'agissait, cette fois.

Il tendit l'oreille pour écouter le vent, comme s'il pouvait lui fournir la réponse.

Comme si cela avait la moindre importance.

Comme si le vent pouvait changer quoi que ce soit.

LIVRE TROIS

LE CHOIX

« Ce sont eux qui sauvent notre monde : eux,
qui choisissent de se diminuer, de devenir un
point de départ par-delà cette misère noire. »

Mary Oliver, *On Winter's Margin*.

1

– Qu'est-ce qui te met dans cet état ? demanda la mère de Randa.

Randa ne comptait plus le nombre de fois que sa mère lui avait posé cette question, déclinée d'une dizaine de façons différentes. En tout cas, c'était la troisième fois depuis le début du dîner, et c'était sa deuxième nuit chez sa mère. Mais Jane allait certainement continuer à poser des questions jusqu'à ce qu'elle obtienne enfin une réponse satisfaisante.

– Je te l'ai dit, maman. Je suis juste fatiguée.

– Eh bien ! si tu as traversé tout le pays pour t'asseoir ici et faire cette tête-là, ce n'était pas la peine de venir.

Ne t'en fais pas, on ne m'y reprendra pas.

Randa piqua un morceau de brocoli avec sa fourchette et le secoua pour en égoutter la sauce.

– Tu devrais être à genoux, en train de remercier Dieu d'être encore en vie, reprit Jane.

Qu'est-ce qui lui prend, maintenant ?

– Tu crois que je ne lis pas le journal ? continua Jane, faisant cliqueter ses bracelets ? Je sais que tu penses que je suis bête, mais je lis quand même le journal !

– Maman, je ne pense pas que tu es bête.

– J'ai lu ce qui est arrivé à ton petit ami.

Oh ! merde...

Elle avait dû lire un article sur Cam dans l'*Atlanta Constitution*. Pourquoi n'y avait-elle pas pensé plus tôt ? Probablement parce qu'elle était incapable d'avoir la moindre pensée rationnelle ces jours-ci. Si seulement elle avait un peu réfléchi, elle n'aurait pas quitté Los Angeles. Si elle avait fait fonctionner sa petite tête, elle n'aurait pas passé la nuit avec un Landry de plus. Si elle y avait réfléchi, elle n'aurait éprouvé aucune surprise à se retrouver toute seule au petit matin. Et enfin, si elle avait un tant soit peu cogité, elle aurait certainement choisi autre chose comme thérapie pour sa dernière déception sentimentale que de courir se réfugier dans les bras d'une femme qui lui donnait carrément envie de se jeter dans une bétonneuse en marche.

– Je te l'avais bien *dit*, moi, quand tu me racontais qu'il était formidable et qu'il n'avait rien à voir avec le reste de sa famille. Je te l'ai dit : « Randa, ce type c'est un fumier. Tu peux habiller un fumier comme tu veux, le parfumer, lui donner du fric et tout et tout, mais ça restera toujours un fumier. »

– Maman, il est mort maintenant, alors, tu peux dormir sur tes deux oreilles.

– Ce pauvre employé de magasin aussi. Tu penses à sa famille ? Tu devrais penser à eux, si tu tiens absolument à t'apitoyer !

– Qui t'a dit que je ne les plaignais pas ?

– Humph...

Randa se leva pour regagner sa chambre. La seule chose qui avait changé depuis le lycée, c'était que son père n'était plus là pour les engueuler quand elles ne manquaient pas de s'accrocher.

– Je me fiche que ça te plaise ou non. C'est la vérité toute nue.

Randa s'assit sur son lit et regarda longuement sa valise. Elle n'avait pas défait ses bagages, s'apprêtant à s'enfuir à tout moment. Elle pouvait même partir, là, tout de suite, si elle le voulait. Elle hésita un moment, se demandant si le soulagement de prendre le large valait vraiment la peine d'entendre des reproches le restant de ses jours, puis finit par décider qu'il valait mieux rester. Et puis, où irait-elle ?

Il y avait deux possibilités : prendre l'avion et retourner à L.A., à son boulot mal payé, aux perspectives d'avenir plutôt limitées (en supposant que Tom ne se soit pas déjà arrangé pour la faire virer). Elle leur dirait qu'elle était allée passer quelques jours à Santa Barbara pour récupérer. Ce serait là la fin de la triste saga des Landry pour elle. Avec un peu de chance, dans trois, quatre ans, ou peut-être vingt, elle aurait oublié toute cette histoire.

L'autre solution, c'était de revenir à Barton. Elle pouvait se présenter chez lui, frapper à sa porte et réclamer une explication. Si elle avait l'air suffisamment énervée, son excitation passerait sur le compte d'une indignation justifiée – un acte louable de fierté et de courage. Il se pourrait aussi qu'il lui présente une explication qui s'approcherait de la vérité, à défaut d'excuses.

Ainsi, quand elle retournerait chez elle, elle aurait au moins une pièce supplémentaire du puzzle avec laquelle se tourmenter.

Ces deux scénarios lui semblaient aussi réjouissants l'un que l'autre.

— Randa ? Jane frappait à la porte. Il y a un bon film à la télé.

Randa ne répondit pas, espérant que Jane en déduirait qu'elle dormait.

— C'est tiré d'une histoire vraie. Une maîtresse d'école qui s'est fait virer parce qu'elle avait accroché une image de Jésus dans sa classe.

— Non, merci. J'ai la migraine.

— Eh bien ! tu pourrais aussi bien l'avoir devant la télé, au moins tu ne t'ennuierais pas. Tu sais qui joue dedans ? La dame qui jouait dans cette série que tu aimais bien...

Randa céda, sachant d'expérience que c'était la solution de facilité. Elle alla se vautrer sur le canapé et fit semblant de regarder le film, pendant que Jane se lançait dans un argumentaire politique. («Bientôt le gouvernement va s'arranger pour que personne ne puisse prier, même à l'église... »)

— Maman ? demanda Randa, élevant la voix pour couvrir le son d'une publicité pour une marque de serviette hygiénique. Pourquoi crois-tu en Dieu ?

— Pourquoi je crois en Dieu ? Qu'est-ce que c'est que cette question ?

C'est une question directe, maman. Quelque chose que tu considères comme un péché impardonnable.

— Je me le demandais, c'est tout.

— Ben... c'est parce que j'ai lu la Bible, répondit Jane, comme s'il s'agissait là de l'évidence même.

— Comment sais-tu que c'est la vérité ?

— Parce que. Je le sais. C'est tout, rétorqua Jane, fermement.

Elle fronça les sourcils et concentra à nouveau son attention sur la télévision.

— Ce n'est pas une explication.

— Randa, ne viens pas m'emmerder sous *mon* toit avec tes conneries d'athée californienne.

— Je t'ai juste posé une question.

— Eh bien ! je t'ai donné ma réponse et elle ne t'a pas plu.

Randa ouvrit la bouche pour parler, mais fut interrompue par un «Chhhut ! » impérieux. Jane saisit la télécommande et augmenta le son.

Randa régla le réveil à cinq heures du matin. Elle se leva à l'heure dite, laissa un mot à Jane dans lequel elle lui expliquait qu'elle avait décidé de prendre un vol plus tôt, puis s'engouffra dans la voiture et partit alors qu'il faisait encore nuit. Elle prit la direction de l'aéroport, mais, alors qu'elle était presque arrivée, elle poursuivit sa route et s'arrêta pour faire le plein et acheter à boire. Il était un peu plus de neuf heures quand elle arriva à Barton.

Elle ne s'accorda pas le temps de réfléchir à ce qu'elle était en train de faire. Elle se gara devant la pension, se dirigea d'un pas résolu vers l'appartement de Jack et frappa à sa porte. Elle espéra de toutes ses forces qu'il fût là. Elle ne voulait pas que cette confrontation eût lieu chez Tillie, même si elle ne voyait pas trop en quoi l'opinion des bons citoyens de Barton pouvait lui importer.

La porte s'ouvrit et Jack la fixa, incrédule. Son regard était étrange, il avait l'air absent, comme s'il avait pris de la drogue. Il ne dit rien, mais se contenta de la fixer, lui laissant le soin de prendre l'offensive.

— Qu'est-ce que tu croyais ? demanda-t-elle. Que j'allais me réveiller, constater que tu étais parti, puis sauter nonchalamment dans le premier avion pour Los Angeles ?

— Qui t'a dit que j'ai pensé à quoi que ce soit ?

Sa voix lui paraissait différente, sans qu'elle sût exactement pourquoi. Randa n'arrivait pas à définir son intonation. Il lui tourna le dos et rentra dans l'appartement, la laissant devant la porte. Elle le suivit à l'intérieur.

L'endroit était bien plus sombre qu'auparavant. Tout dans cet appartement jadis immaculé partait de travers. L'air y était lourd et sentait le tabac et le whisky à bon marché. Des vêtements sales traînaient autour du lit défait. Les beaux vêtements qu'il portait au Ritz-Carlton étaient jetés en tas sur le dossier du canapé.

Jack paraissait encore plus sale que son appartement. Il ne s'était visiblement pas rasé depuis son départ précipité. Ses yeux étaient injectés de sang. Il portait un pantalon kaki et une chemise en jean déboutonnée jusqu'au nombril et tellement froissée qu'il semblait avoir dormi avec. Ce qui ne pouvait être le cas, vu son état : il n'avait visiblement pas dormi ces dix dernières années.

Il prit une cigarette dans un paquet posé sur son bureau, l'alluma, souffla la fumée en direction de la cuisine.

— Jack, ton numéro de James Dean est remarquable, mais ne pourrait-on pas...

— Écoute, tu savais bien à qui tu avais affaire.

Il avait presque crié. Randa sursauta.

– Je ne voulais même pas y aller ! dit-il. Mais tu m'as entraîné.

– Ce soir-là, tu avais l'air de penser que c'était plutôt agréable de se laisser entraîner, rétorqua Randa, d'une voix hésitante, essayant de conserver le peu d'assurance qu'il lui restait.

– Ah bon ! Et alors ? Tu as déjà vu un homme se plaindre de tirer un coup ? Tu crois que ça prouve quelque chose ? C'est ça ton grand exploit ?

Randa faillit s'étrangler. Elle n'essaya même pas de parler.

Il se dirigea vers la cuisine et secoua les cendres de sa cigarette dans l'évier. Elle le regardait, se demandant ce qu'elle devait faire. Il revint, l'air aussi agressif. Il se tint devant elle, la regarda. Elle chercha son regard, espérant y trouver la moindre trace de sympathie. Elle ne vit rien.

– Rentre chez toi, Randa. Tu as épuisé le stock des frères.

Dès qu'elle put bouger, elle se leva et partit. Il se tenait toujours au même endroit lorsqu'elle claqua la porte derrière elle.

2

Michael laissa le téléphone sonner dans le vide. C'était la ligne publique, de toute façon, et un prêtre se devait de réserver une zone tampon entre lui et le commun des mortels. Il fouillait l'annuaire de Barton à la lettre *L* pour la deuxième fois, comme si le nom *Landry* eût pu être mal classé. Il se demandait bien pourquoi il n'arrivait pas à y trouver un *Jackson*, un *Jack* ou même un *J. Landry*. Personne dans ce bled paumé (pas même le frère d'un meurtrier en série) ne pouvait figurer sur liste rouge. Même en le voulant, personne ne pouvait se cacher dans cette ville. Malgré cela, il n'y avait aucun *Landry* dans l'annuaire, et regarder cette page encore une fois n'allait pas en faire apparaître un comme par magie.

Comme Annie Poteet ne semblait pas se décider à répondre au téléphone, et comme la personne au bout du fil insistait, Michael finit par décrocher.

— Presbytère Sainte-Bernadette, marmonna-t-il, espérant qu'il s'agît d'un faux numéro.

— Michael ?

Tess.

Il ferma l'annuaire et le posa sur la table. Il sentit qu'il passait immédiatement en mode «macho».

— Je pensais que ton répondeur ne fonctionnait pas. Est-ce que ça veut dire que tu as eu mes messages et que tu as préféré ne pas me rappeler ?

— Oui, dit-elle calmement. C'est bien ça.

Il ne s'attendait pas à ce qu'elle reste aussi imperturbable et cela le désarçonna. Il se ressaisit rapidement.

— Alors, que me vaut l'honneur de ton appel ?

— J'ai quelque chose à te dire, Michael. J'espère que tu te comporteras en adulte et m'écouteras.

328

— Vas-y.

Il y eut un bref silence.

Et alors, c'est si dur que ça ? Je suis sûr que tu l'as répété une dizaine de fois avec ton petit copain.

— Je ne veux plus te voir, Michael.

— Eh bien ça, je l'avais pas mérité.

Il s'adossa à sa chaise. Après tout, elle avait raison. Même la présence de l'avocat était de sa faute en quelque sorte.

— Tess...

Il se sentit incapable de prononcer plus de trois mots. Il ferma les yeux et essaya de se lancer à nouveau.

— Michael, on en a parlé des dizaines de fois. Je ne vois pas pourquoi il faudrait qu'on se rende les choses encore plus difficiles... Sa voix flanchait aussi, mais elle continua... plus difficiles que nécessaire ».

Il chercha quelque chose à dire, mais ne trouva rien. Il ne pouvait plus lui demander du temps pour réfléchir. Il n'y avait que deux manières possibles de conclure ce coup de fil.

— Adieu, Michael, l'entendit-il murmurer. Je t'aime.

— Tess ! s'écria-t-il, comme si c'était sa dernière chance de lui parler.

— Qu'y a-t-il ?

Il prit une profonde inspiration.

— Que penserais-tu... si je te disais que j'envisage sérieusement de quitter la prêtrise ?

Il disait la vérité, même s'il ne le pensait que depuis trente secondes. Elle ne répondit pas immédiatement.

— Tu es sérieux ?

— Oui. Tout ce qu'il y a de plus sérieux.

— Je ne sais pas quoi dire.

Il soupira. Il avait réussi à éviter la catastrophe. Pour le moment.

— Écoute. Pourquoi ne viendrais-tu pas ici ce week-end ? On pourrait le passer dans la maison de Vincent. On pourrait discuter sérieusement.

— Michael, je t'ai déjà dit que...

— On pourrait parler de ce que je pourrais bien faire du reste de ma vie. Je ne vais pas prendre cette décision sans en avoir discuté avec toi au préalable.

— Bon. D'accord.

C'était la première fois qu'il la sentait se troubler.

— Réserve un vol et rappelle-moi, dit-il. Fais-moi savoir à quelle heure je dois aller te chercher.

– O.K. !

– Je t'aime.

– Moi aussi, je t'aime.

Il raccrocha et eut l'impression d'avoir obtenu une remise de peine avant le prochain jugement.

Pourquoi ai-je agi ainsi ?

Tu sais bien pourquoi.

Non.

La ligne interne sonna. Il regarda le combiné pendant quelques secondes avant de répondre. C'était probablement Annie qui avait pris rendez-vous chez le médecin pour un de ses nombreux maux.

– Oui ?

– Mon Père, j'ai des invités à dîner, ce soir. Je voulais vous demander si je pouvais...

– Bien sûr, Annie. Branchez le répondeur et rentrez chez vous. Pourquoi n'emporteriez-vous pas une de ces corbeilles de fleurs, il y en a trop.

Il n'en croyait pas ses oreilles. Pourquoi le mensonge qu'il avait fait à Tess le rendait-il aussi aimable à l'égard d'Annie ?

Ce n'était pas un mensonge, je cherchais juste à avoir un sursis en attendant de savoir ce que je veux vraiment.

– Oh... merci, mon Père.

Annie semblait tout aussi étonnée que lui.

– Au revoir.

Il était sur le point de raccrocher, quand il se rappela soudain un détail.

– Oh ! Annie ?

– Oui, mon Père ?

Arrêtez de m'appeler comme ça !

– Est-ce que vous connaîtriez par hasard quelqu'un qui s'appelle Jackson Landry ?

Silence.

– Annie ?

– Eh bien ! je ne le connais pas vraiment. Je sais juste qui il est. Pourquoi ?

– J'ai besoin de lui parler mais je ne sais pas qui il est, ni comment le trouver.

– Si, vous le savez, mon Père.

– Pardon ?

– Je vous ai vu lui parler à la cafétéria. Je pensais devoir vous dire qui il était et qu'il ne fallait pas lui adresser la parole. Ça

330

pourrait faire jaser. C'est déjà assez mal vu d'être catholique dans une si petite ville...

— Vous m'avez vu lui parler ? Où ça ?

— A la cafétéria, mon Père. Vous le connaissez, c'est le type toujours habillé en jean qui s'assoit tout seul au comptoir. Elle baissa la voix. C'est son frère qui a tué tous ces gens dans une église en Alabama, le soir de Noël...

L'ermite ? L'ermite était donc Jackson Landry ?

— ... Ça ne me regarde pas, mais je pense que vous devriez le laisser à l'écart, comme tout le monde. Allez savoir s'il ne va pas tuer quelqu'un, lui aussi ? Je me demande pourquoi il reste ici d'ailleurs, il ferait mieux de déménager.

Avec un soupir exaspéré, Michael posa le combiné sur la table. Pour une surprise, c'était une surprise ! Il se voyait très bien aborder le type : *« Salut ! je sais que j'ai une tête qui ne vous revient pas, mais je suis en fait votre cousin au second degré et nous devons avoir une conversation à propos de l'héritage satanique que nous a collé notre arrière-papi Kinney. Des choses étranges se sont-elles produites dans votre vie, récemment ? »*

Il entendait vaguement Annie jacasser à travers le combiné, mais sentait surtout revenir *l'odeur*. Il marmonna quelque chose en vitesse et raccrocha.

L'odeur n'était pas aussi forte qu'auparavant, et l'air moins lourd.

Peut-être que c'est en train de faiblir, peut-être que tout ça va s'arrêter si je ne m'en occupe pas. Peut-être que ça se nourrit de ma peur.

Le téléphone sonna à nouveau. Il décrocha.

— Presbytère Sainte-Bernadette.

— Salsipuedes.

La voix du démon. Il la connaissait, maintenant.

— Quoi ? demanda-t-il.

Le rire familier retentit, prolongé et fort.

— Écoute, si tu as quelque chose à dire, dis-le clairement ?

Le gloussement s'arrêta. Michael entendit une sorte de friture puis un sifflement, une sorte de tonalité continue.

— Michael... chuchota la voix.

Entendre cette chose malsaine prononcer ainsi son nom le remplit d'horreur.

— Quoi ? Qu'est-ce que tu *veux* ?

— Salsipuedes, répéta la chose, avant de hurler de rire à nouveau.

Puis plus rien. Michael reposa le combiné sur l'appareil, et s'affala sur une chaise. L'odeur était toujours présente et Michael sut qu'il n'était pas seul.

Salsipuedes. Cela ressemblait à de l'espagnol, mais Michael ne voyait pas ce que ce mot signifiait.

Peut-être que ce n'est pas un mot, Padre. C'était encore la voix mais, cette fois, elle résonnait dans sa tête.

Michael fulmina. C'était assez pénible comme ça sans devoir en plus jouer aux devinettes. Mais les démons adorent jouer. Bob le lui avait dit. Ils raffolent surtout des jeux de mots.

Ce n'est pas un mot ? Alors pourquoi le dit-il ?

Je n'ai pas dit que ce n'était pas un mot. J'ai dit ce n'était pas un mot.

Pas un mot. C'en étaient donc plusieurs.

– Salsipuedes, répéta Michael à voix haute. Salsi puedes...

C'est ça.

Sal si puedes.

Sors si tu le peux.

Le rire hystérique retentit à nouveau dans la pièce, s'éleva, décrut, puis finit par s'éteindre, ne laissant derrière lui qu'un vague écho. Curieusement, Michael ne se sentit pas soulagé par sa disparition.

3

Randa trouva une cabine téléphonique juste à côté de chez Tillie. Elle composa le numéro de Delta Airlines de mémoire, et réserva une place sur le prochain vol pour Los Angeles. L'avion décollait dans deux heures, c'est-à-dire exactement le temps qu'il lui fallait pour arriver à l'aéroport.

Elle acheta une boisson au distributeur qui se trouvait devant l'épicerie attenante à la cafétéria. Elle était tiède, mais ça lui était parfaitement égal. Elle l'avait commandée pour entendre le bruit que faisait la canette en glissant à l'intérieur de la machine. Elle se tourna pour regagner sa voiture, soulagée à l'idée de quitter enfin Barton, lorsqu'elle aperçut Jack.

Il se tenait devant sa voiture, l'attendant, visiblement. La colère froide dans laquelle il se trouvait tantôt ne paraissait plus l'animer, tout comme son regard absent. Il s'était rasé et avait troqué ses vêtements froissés contre une chemise et un pantalon de travail propres. Il ressemblait maintenant à la version de Jack Landry dont Randa était tombée amoureuse il y a quelques jours, ce qui rendait sa présence encore plus insupportable.

– Salut, fit-il.

– Ôte-toi de mon chemin.

– Je comprends que tu sois énervée.

– Très magnanime de ta part ! Dégage !

Elle l'avait dit sur un ton sans réplique, sachant pertinemment que cette façade qu'elle érigeait risquait de s'écrouler d'un moment à l'autre.

– Ça me fait très plaisir de te revoir, dit-il.

Quoi ? Qu'est-ce que tu me chantes, là ?

– Eh bien ! moi, ça ne me fait pas plaisir et, en plus, j'ai un avion à prendre.

– Je pensais que tu devais être déjà partie.

— Tu «pensais», ou tu espérais ?

— Les deux.

Cette fois, elle n'avait pas vu le coup venir.

— Ah bon ?

— Randa, je voulais juste te protéger, expliqua-t-il. Cette fois, il avait l'air irrité.

— Me protéger ? De quoi ?

Il s'approcha d'elle et lui parla doucement.

— Écoute, regardons les choses en face. Je ne sais pas ce qui cloche, mais c'est dans mon sang. Tous les membres de ma famille perdent la boule à un moment ou à un autre, et les hommes deviennent carrément des criminels. Si Cam n'a pas été épargné, il n'y a aucune raison que je le sois, moi.

— O.K. ! Alors reste ici, braque des magasins, et moi je rentre à Los Angeles. Ça te va comme ça ?

— Tu ne m'écoutes pas.

— Si, je t'écoute. Je t'ai même écouté quand tu disais m'aimer pour simplement «tirer un coup».

Elle l'avait dit à voix haute ; si elle ne pouvait pas l'atteindre, du moins était-elle en mesure de le mettre dans l'embarras.

— Quoi ?

Il avait l'air franchement surpris.

— Tu m'as bien entendue.

— La moitié de la ville t'a entendue, mais je ne vois pas de quoi tu veux parler.

— Je parle de «c'est ça ton grand exploit ?», dit-elle, l'imitant du mieux qu'elle pouvait. Et puis de : «Randa, rentre chez toi, tu as épuisé le stock de frères. Voilà de quoi je parle !»

— Quand ai-je dit ça ?

— Il y a une demi-heure à peine, Jack. Dans ton appartement. Qu'est-ce qui ne va pas, chez toi ?

— Tu es venue chez moi ? Aujourd'hui ?

— Jack, si tu veux me faire le coup de l'amnésie, tu ferais aussi bien de garder ta salive et de rentrer chez toi. Dis-moi que tu ne te souviens pas de la nuit au Ritz-Carlton, non plus.

— Je me souviens de cette nuit-là. Mais pour moi, c'est la dernière fois qu'on s'est vus.

— Et alors ? C'était ton mauvais jumeau que j'ai vu chez toi ?

— Je n'étais pas... je veux dire, tu n'étais pas... J'étais seul dans mon appartement, puis je suis venu manger chez Tillie et je t'ai vue parler à quelqu'un au téléphone. Je pensais que tu étais à Los Angeles.

Elle le regarda dans les yeux et y lut un désarroi total.

– Jack...

– Oh merde ! fit-il, se frottant les tempes.

– Tu ne t'en souviens vraiment pas ?

Il fit signe que non.

– Comment est-ce possible ? demanda-t-elle.

– Merde, répéta-t-il. Puis il marmonna quelque chose dont elle ne saisit que le dernier mot.

– Que dis-tu à propos de Tallen ?

Jack secoua la tête.

– Va-t'en, Randa. Prends ton avion.

– C'est ça ! Elle le saisit par le bras ; il avait l'air complètement désorienté. Jack, je suis venue ici pour t'aider, je ne partirai pas en te laissant dans cet état.

Il la regarda. Elle vit qu'il revenait peu à peu à lui.

– Tu es venue ici voir ta famille, fit-il.

– Non. Je t'ai menti. Ne me demande pas d'explication, je ne sais pas ce qui m'arrive, pas plus que je ne sais ce qui t'arrive, à toi.

Il sembla la comprendre. Du moins ne lui sortit-il pas une de ses remarques cinglantes.

– Il t'arrive des choses dont tu ne m'as pas parlé, n'est-ce pas ?

Elle ne savait pas comment cette intuition lui était venue, mais elle aurait parié son héritage là-dessus.

Il hocha la tête.

Elle le prit par le bras.

– Viens, allons nous asseoir.

Il ne lui opposa aucune résistance pendant qu'elle le poussait à l'intérieur de la cafétéria.

*

Ils furent accueillis par les regards en biais et les chuchotements habituels des clients avant de prendre place dans un coin isolé. Jack avait repris contenance et commandé deux Coca.

– Je ne peux pas t'en dire beaucoup plus... Je commence à déconnecter. J'entends des voix, j'ai des hallucinations et, maintenant, je commence à avoir des absences. Je ne sais pas, c'est peut-être une sorte de schizophrénie héréditaire...

– Non.

– Pourquoi, non ?

– Ça ne peut pas être ça. Tu es trop vieux pour faire de la schizophrénie.

Il sourit.

– C'est vrai ça, docteur ?

Randa avait envie de le frapper, plus pour son sourire moqueur que pour la remarque elle-même.

– Je suis une hypocondriaque avertie, surtout en matière de désordres psychiques. Les gens deviennent généralement schizophrènes entre vingt et vingt-cinq ans. En plus, la schizophrénie n'explique absolument pas ma conversation avec ton oncle mort.

– Je t'ai dit qu'il n'était peut-être pas mort. Ou alors tu as parlé avec quelqu'un d'autre. Tu ne vas pas commencer à croire à cette histoire de démon, quand même ?

– Pourquoi pas ?

– Parce que ce putain de démon n'existe pas. Ma mère n'avait rien trouvé de mieux pour se dégager de ses responsabilités, c'est tout.

– Ah ! Tu veux dire que *toi* tu es responsable de ce qui t'arrive ?

Il s'apprêtait à répondre, mais fut interrompu par l'apparition de la serveuse qui apportait les Coca. Elle les posa sur la table puis s'en alla, tout comme, apparemment, l'envie de parler à Jack.

– Jack, Cam savait ce qu'il lui arrivait, reprit Randa, essayant une autre technique d'approche. A la fin, je veux dire. Sinon pourquoi m'aurait-il appelée le soir de sa mort après m'avoir laissée un an sans nouvelles ? Il a dit qu'il avait absolument besoin de parler à quelqu'un, il aurait pu appeler beaucoup d'autres personnes, mais j'étais probablement la seule qui l'aurait cru. Il me l'a carrément dit : « Je suis dans un pétrin dont je ne soupçonnais même pas l'existence. »

– Et après ? Il a été possédé par le démon et a sauté par la fenêtre ?

– Ça ne te paraît pas logique ?

Il rit et but une gorgée de Coca.

– Si. Quoi de plus logique pour un démon ?

Randa fulmina.

– Jack, il existe des universités sérieuses qui ont un département de parapsychologie. L'université de Duke en a un. Il y a des gens cultivés qui croient suffisamment à ce genre de choses pour les étudier toute leur vie.

Jack regardait une femme assise au comptoir. La femme en question, la quarantaine ravagée, sourit et lui fit signe de la main. Il lui rendit son sourire et lui fit aussi un petit signe.

– C'est une amie ? demanda Randa, en essayant de ne pas avoir l'air mauvais.

– Oui. Il se trouve que j'ai une amie. Il regarda Randa en souriant. On dirait presque que tu es jalouse.

– Je le suis, presque.

La femme au comptoir prit son sac et sembla s'apprêter à partir. Elle articula quelque chose avec les lèvres à l'adresse de Jack que Randa ne comprit pas. Jack hocha la tête d'un signe affirmatif.

– Zut, alors. Je lui avais promis de réparer sa gouttière dès qu'il s'arrêterait de pleuvoir. J'avais complètement oublié.

– Je suis sûre qu'elle y survivra.

Jack la regarda, amusé.

– C'est la première fois que quelqu'un est jaloux à mon égard. Ça me plaît bien.

– Eh bien ! profites-en, alors.

Un bref moment, Randa eut la sensation qu'ils étaient un couple normal, vivant les débuts classiques d'une relation. Elle trouvait réconfortant de pouvoir penser à des choses aussi anodines que les ex-petites amies de Jack et les gouttières à réparer. Tout était si concret et si familier. Comment les démons pouvaient-ils exister dans un monde où il y avait des gouttières qui fuient ?

Elle vit l'expression de Jack changer, ses défenses naturelles reprendre le dessus. Elle suivit son regard et vit un homme se diriger vers eux. Il avait à peu près l'âge de Jack, portait un jean et une chemise à carreaux, et était d'un physique plutôt agréable, pour dire les choses sans emphase. Il fixait Jack avec insistance.

Jack le tança avant même qu'il ait eu le temps de dire un mot.

– Quoi que vous vouliez me dire, je ne veux pas l'entendre.

– Je sais, ce n'est pas nouveau.

– Pas assez clairement, apparemment, répondit Jack.

– Je peux m'asseoir ?

Randa se poussa pour lui laisser une place pendant que Jack lui disait non. L'homme s'assit.

– Écoutez, fit-il à voix basse, avant, je voulais juste engager la conversation. Maintenant, je dois vraiment vous parler.

– Est-ce que je vous en empêche ? ironisa Jack.

L'homme regarda Randa.

– Je m'appelle Michael Kinney, fit-il en guise de présentation.

– Randa Phillips, répondit-elle, serrant la main qu'il lui tendait.

Sa poignée était franche et ferme, tout comme son regard bleu foncé.

– *Père* Kinney, précisa Jack.

Ce fut au tour de Randa de déceler une pointe de jalousie, ce qui la surprit. Elle fut encore plus surprise d'apprendre que le type assis à côté d'elle était un prêtre. Elle était sur le point de faire un commentaire à ce sujet, mais le père Kinney s'adressait déjà à Jack.

— Nous allons devoir aller ailleurs, dans un endroit où nous serons plus tranquilles. Vous pouvez amener Randa si vous le voulez, mais j'ai beaucoup de choses à vous expliquer et je ne pense pas que vous aimeriez que ce soit répété dans toute la ville.

— Vous savez, on a déjà dit de moi tout ce qu'il y avait à dire.

Michael hocha la tête, résigné.

— Comme vous voulez.

Il prit une profonde inspiration avant d'attaquer.

— Je suis au courant de quelque chose que vous ignorez, et je pense que vous...

— Quelque chose à propos de quoi ?

— Votre famille.

Jack se leva d'un bond.

— Maintenant, je suis sûr que je ne veux pas vous écouter, fit-il.

Il jeta un coup d'œil à Randa.

— Je vais aller réparer la gouttière de Cathy. Je serai de retour pour le dîner. Attends-moi à l'appartement.

— O.K. ! dit-elle, mais il était déjà parti.

Elle se sentit soudain mal à l'aise, assise à côté d'un si beau prêtre, mais celui-ci se leva avant qu'elle n'ait eu le temps de s'en inquiéter davantage.

— Au plaisir, murmura-t-il, puis il se dirigea vers la sortie.

Randa sentit tous les regards converger vers elle. Elle regarda par la fenêtre, vit Jack et le prêtre partir dans des directions opposées. Elle resta assise quelques minutes encore, essayant de comprendre pourquoi une rencontre aussi brève lui laissait augurer d'un si mauvais pressentiment. Ça ressemblait au léger grondement qui précède en général un tremblement de terre. Une alerte futile signalant un danger imminent mais néanmoins inévitable.

4

Qu'il aille au Diable, se dit Michael. Si cet imbécile ne voulait pas qu'on l'aide, alors pourquoi devrait-il s'en faire, lui ? Il avait reçu des milliers de messages téléphoniques, des dizaines d'invitations, devait préparer une grande réception – la grande kermesse de la paroisse avait lieu dans moins d'un mois –, sans compter le drame non résolu de la plomberie du presbytère. Et, pendant son absence, chaque membre de la paroisse semblait avoir eu une crise existentielle grave, nécessitant une assistance immédiate.

Il honora sans paraître trop distrait son rendez-vous de onze heures : un jeune couple qui voulait se marier coûte que coûte le jour de la Saint-Valentin et qui n'en revenait pas d'apprendre qu'à cette date, l'église était déjà réservée pour la journée entière. Lorsqu'ils expliquèrent à Michael qu'ils avaient déjà imprimé leurs faire-part et réservé la salle de réception, ce dernier leur dit simplement qu'ils devraient peut-être s'entendre sur leur ordre de priorités. Le couple ne semblait vouloir discuter que de la possibilité de célébrer le mariage dans une autre paroisse. Ils avaient envisagé se marier dans une église toute proche mais celle-ci présentait apparemment le désavantage d'être servie par un vieux prêtre, et la future mariée estimait que Michael était plus photogénique. Michael leur suggéra de repasser le voir dans une semaine.

De retour dans sa chambre, il repensa à toute cette histoire. Il savait qu'il ne pourrait pas chasser Jack de sa mémoire, qu'il serait hanté par son sort. Même s'il perdait son temps, du moins devrait-il faire tout ce qui était en son pouvoir pour l'aider. Sans oublier que, vu l'historique de la famille, des innocents pourraient pâtir de son inaction et, cela aussi, Michael ne devait pas l'oublier. Puis, surtout, c'était la dernière volonté de Vincent.

339

A la pensée de Vincent, sa gorge se resserra. Il ne savait pas s'il souffrait davantage de l'avoir perdu ou du ressentiment qu'il avait maintenant envers lui. Il aurait donné n'importe quoi pour pouvoir lui parler à cet instant. Ne serait-ce que pour connaître la vérité.

La vérité. Même s'il réussissait à s'en rapprocher, il ignorait ce qu'elle pourrait bien lui apporter. Connaître la vérité ne suffisait plus à présent.

Il soupira et se dit qu'il devait se ressaisir. Ces six derniers mois, il avait traversé des épreuves qui en auraient expédié plus d'un à l'asile. Il avait juste besoin de temps et d'un peu de repos. Tom Graham avait peut-être raison : se retirer trois ou quatre semaines dans la forêt, près de Saint-Ignace, ne lui ferait aucun mal. Il y rechargerait ses batteries, se concentrerait sur autre chose que sur tous ces sujets obscurs.

Non. C'est bien plus grave que ça.

Et c'est ce qui l'effrayait le plus. Il ne pouvait s'empêcher de constater que chaque épreuve qu'il traversait en ce moment faisait surgir un nouveau dilemme théologique. Le démon, quel qu'il fût en vérité, l'acculait dans un coin, l'obligeant à regarder en face des choses qu'il avait réussi à contourner jusqu'à présent.

Des choses comme le Mal. Des choses sur tout. Il n'avait jamais réussi à résoudre l'équation essentielle de la vie, de la religion. Il s'était toujours contenté de rester dans l'abstraction – il faisait sortir Vincent de ses gonds en évoquant Descartes, Pierre Teilhard de Chardin, etc. – Au tout début, il avait pensé que ça lui conférait un aspect sympathique et raffiné ; mais plus tard, en vieillissant, il s'était réellement mis à croire que la vérité était sans nul doute bien plus complexe que ces images d'Épinal présentées par un catholicisme sans imagination. La Bible était certes d'une poésie incomparable, mais la représentation qu'elle offrait du monde était celle d'un chaos total. Un Dieu vindicatif, exaspéré par ses enfants déchus (déchus à dessein, ou à cause d'un défaut de fabrication, pensées aussi peu réconfortantes l'une que l'autre), essayant patiemment de leur montrer le bon chemin tout en les faisant ployer à intervalles réguliers sous des calamités et décidant finalement que le meilleur moyen pour qu'ils se rachètent était encore de leur envoyer Son fils afin qu'ils le torturent et le tuent. C'est alors seulement qu'Il les considérerait quittes de toute dette et que, jusqu'à la fin des temps, il suffirait à tout un chacun de croire à cette fable sans queue ni tête pour être « sauvé ». Le moment venu, Il prendrait à ses côtés tous ceux qui croyaient à cette histoire : ils échapperaient ainsi à la destruction finale, qui, en revanche, annihilerait tous les sceptiques.

Tout cela n'avait jamais eu aucun sens pour Michael. Il était seulement parvenu à y croire en mettant l'ensemble des incohérences qu'il avait pu relever sur le compte de l'inexactitude des interprétations, ou bien en prétendant que les informations étaient incomplètes. Autrement dit, en croyant à ce qui lui plaisait et en concoctant ses propres théories pour combler les lacunes.

Il se versa un verre de scotch, se disant qu'il avait tendance à trop boire, dernièrement. Mais que pouvait-il faire d'autre ? S'asseoir tranquillement en attendant la prochaine attaque du démon ?

Michael pensa soudain à Bob Curso et à sa vision simpliste, manichéenne, de l'univers, selon laquelle le Diable était foncièrement mauvais, et Dieu tout bon, chacun devant choisir son camp comme dans un match de foot.

Pourquoi ? Qu'y avait-il à gagner ? Et pourquoi le Diable gaspillait-il son temps dans une bataille qu'il savait à l'avance perdue ? Et pourquoi... Et pourquoi... Pourquoi... ?

Michael retrouva le numéro de la soupe populaire où travaillait Bob et appela. Il fut surpris d'entendre quelqu'un répondre dès la troisième sonnerie, qui plus est dans un anglais parfaitement compréhensible. Michael demanda à parler à Bob.

— Il ne vient plus ici.

— Ah ! Savez-vous où il travaille en ce moment ?

— Il a pris sa retraite.

— Sa retraite ?

Bob ?

— Pour des raisons de santé. Il a eu une crise cardiaque ou une attaque ou quelque chose... Je ne sais pas exactement.

Michael prit le numéro de la maison de retraite où il se trouvait. Il composa le numéro, et aussitôt la friture envahit l'écouteur. Puis, plus rien, comme au cours de ses tentatives précédentes. Exaspéré, il se mit devant son ordinateur et entreprit d'écrire une lettre à Bob. Il pourrait l'envoyer en express le lendemain matin, et Bob l'appellerait au cours du week-end pour lui dire ce qu'il convenait de faire avec Jack.

Cher Bob,
J'ai été fort peiné d'apprendre que vous avez eu des problèmes de santé. J'espère que vous vous portez mieux, à présent. J'ai du mal à vous imaginer dans une maison de retraite. Souhaitons

341

que tout cela ne soit finalement qu'un léger contretemps et que vous soyez bientôt sur pied.

J'ai essayé de vous appeler plusieurs fois sans succès. J'ai besoin de votre aide pour une affaire urgente. Pourriez-vous m'appeler à l'un de mes numéros ? Si vous n'arrivez pas à me joindre, vous pouvez laisser un message chez Larry Lantieri au journal, il se chargera de me recontacter.

J'espère avoir de vos nouvelles au plus vite.
Salutations.

Il relut la lettre, lança l'impression, puis alla chercher une enveloppe spéciale pour courrier express. Il mesura à quel point il était tendu lorsqu'il sursauta au bruit de l'imprimante qui se mettait en marche. Il réalisa que c'était surtout cela qui l'incitait à parler à Bob. Il commençait à en avoir plus qu'assez de devoir affronter ce problème tout seul.

Il compléta le bordereau d'expédition, le colla sur l'enveloppe, puis alla chercher la lettre. Il se rassit pour la signer et constata immédiatement quelque chose d'anormal. Il écarquilla les yeux, ôta ses lunettes. Il lui fallut un moment pour saisir le contenu de la lettre. Lorsqu'il la lut, il en eut le souffle coupé.

Cher Michael,
Sal si puedes. Sal si puedes. Sal si puedes.
Sal si puedes. Sal si puedes. Sal si puedes.
Sal si puedes. Sal si puedes. Sal si puedes.

L'ignoble rire diabolique retentit, emplissant la pièce et avec lui l'odeur revint. Michael froissa la lettre, la réduisit en boule et la jeta rageusement dans un coin de la chambre. Plus énervé qu'effrayé, il saisit sa veste, son portefeuille et se précipita au-dehors. Il prit la voiture et démarra à toute allure, vers le nord. Il se demandait comment cette maudite créature comptait s'y prendre pour l'empêcher de prendre l'avion.

*

Il atterrit à New York à l'heure de pointe ; il appela Tess de l'aéroport, et laissa un message sur son répondeur pour la prévenir qu'il allait passer chez elle dans quelques heures (la dernière chose dont il avait envie était de la surprendre avec l'avocat). Il appela ensuite la maison de retraite de Bob pour se renseigner sur le chemin, puis loua une voiture et se lança dans les inévitables bouchons.

Deux heures plus tard, il était devant la maison de retraite, qui semblait relativement accueillante. Il s'agissait d'un bâtiment en brique à deux étages, niché loin de la route, au milieu d'un jardin planté d'arbres. Il fut accueilli par le regard du personnel qui signifiait clairement : «Oui, c'est ça, vous êtes prêtre, et moi la reine d'Angleterre» et qui ne disparut qu'après qu'il eut présenté plusieurs cartes d'identification comportant les mots «Diocèse de...». Il fut conduit à la chambre de Bob par un jeune prêtre qui appela Michael *mon Père* à plusieurs reprises et le traita comme un futur pensionnaire. S'apercevant que la porte de la chambre de Bob était entrouverte, Michael remercia le jeune freluquet.

Bob était assis sur le lit, dos à la porte. Les rideaux étaient tirés et la chambre n'était éclairée que par la faible lumière de la lampe de chevet. Bob fixait les rideaux comme s'il voyait au travers, ou comme s'ils étaient ouverts et qu'il regardait ce qui se passait à l'extérieur. Il ne réagit pas lorsque Michael frappa légèrement à la porte ; celui-ci entra donc sans attendre la réponse.

— Vous faites pousser des champignons là-dedans ? demanda Michael pour attirer son attention.

Bob se retourna lentement vers lui. Michael espéra que sa surprise n'était pas flagrante. Bob semblait avoir vieilli de dix ans depuis la dernière fois qu'il l'avait vu, c'est-à-dire six mois auparavant. Il semblait aussi avoir maigri. Son visage, jadis rond, était maintenant émacié et pâle, ses yeux pétillants désormais sans vie. Pendant quelques secondes, il regarda Michael d'un air absent, puis sembla le reconnaître et lui adressa un sourire hésitant.

— Michael, dit-il, d'une voix tremblante de vieillard, qu'est-ce qui vous amène ici ?

— J'allais vous poser la même question.

— Asseyez-vous.

Bob lui indiqua le lit d'un geste de la main. Michael s'assit. Il ne s'attendait pas à ce qu'il lui saute au cou, mais il fut tout de même déçu de cet accueil plutôt froid. Il se consola en se disant que Bob semblait ne pas avoir les pieds sur terre, en ce moment.

— Comment avez-vous su où je me trouvais ? demanda ce dernier.

— J'ai appelé la mission et ils me l'ont dit. J'espère que vous ne vous cachiez pas de moi ?

— Non, répondit Bob, le plus sérieusement du monde. Pas de vous.

— Vous êtes là depuis combien de temps ?

— Trois mois, à ce qu'il paraît. Je ne me souviens pas vraiment des deux premiers.

— Comment vous sentez-vous ?

Bob se contenta de secouer la tête.

— Vous avez eu des problèmes cardiaques, ou c'est la version officielle ?

Bob le regarda un moment, comme s'il s'agissait d'une question délicate. Il se décida enfin à répondre.

— C'est ce qu'ils vous ont dit ? Une crise cardiaque ?

— Ou une attaque. Le type a dit qu'il n'était pas bien au courant.

Bob dirigea à nouveau son attention vers les rideaux.

— Non, fit-il, calmement.

Michael attendit. Quand il fut évident que Bob n'allait pas poursuivre, il insista.

— Qu'est-ce qui s'est passé, alors ?

Bob l'observa. Son silence parut interminable à Michael. Puis il parla à voix basse.

— J'ai foncé tête baissée dans quelque chose qui me dépassait Il secoua la tête d'un air triste. Et je suis en train de payer pour ça.

— Dans quoi avez-vous foncé ?

Après un long silence, Michael commença à penser que Bob ne l'avait peut-être pas entendu. Mais celui-ci parla à nouveau.

— Êtes-vous heureux, là où vous êtes ?

— Non, répondit Michael, avant de changer de sujet pour ne pas avoir à s'expliquer. J'ai essayé de vous appeler plusieurs fois. Je crois que j'ai un sérieux problème.

— A quel propos ?

Michael lui raconta toute l'histoire depuis le début. Bob l'écouta attentivement, ne disant rien, mais ses yeux s'élargirent lorsqu'il l'entendit parler du passé de Vincent et de «Sal si puedes». Une fois que Michael eut achevé son récit, il répondit immédiatement.

— Fuyez.

Michael le regarda, médusé.

— Michael, cette chose dont je vous parle, c'est un démon bien plus fort que moi, et regardez où j'en suis, maintenant. Vous vous êtes fourré dans un pétrin bien plus grave. Ce démon ne veut pas juste posséder le premier venu. Il veut *votre peau*. Et il attend ce moment depuis longtemps.

Bob s'arrêta, tout agité. Il reprit son souffle avec difficulté, comme s'il avait monté une dizaine d'étages d'un seul coup.

— Voilà pourquoi j'essayais de vous appeler, expliqua Michael. Je voulais vous demander votre aide, mais je me contenterai de vos conseils.

– Je viens de vous faire part de mon conseil.

– M'enfuir ?

Bob se pencha vers Michael et dit d'un ton grave :

– Vous allez juste réussir à vous faire tuer. Ou finir comme moi, ce qui est encore pire. Il s'arrêta à nouveau pour reprendre son souffle. Michael, c'est probablement le même démon qui habitait Danny.

Michael hocha la tête.

– Oui, c'est ce que la démonologue a dit.

– Chaque fois qu'ils possèdent quelqu'un, ils deviennent plus forts. Et vous n'étiez déjà pas de taille à lutter contre celui-là.

– Qu'est-ce que je suis censé faire, alors ? Vincent est à l'origine de tout ça. C'est mon héritage, ma dette.

– Au diable cette dette ! Vous allez finir avec une dette encore pire que ce que vous pouvez imaginer !

– Comment voulez-vous que...

Bob l'interrompit, énervé.

– Vous avez demandé à entendre mon conseil, je vous le donne. Arrangez-vous pour que les jésuites vous envoient dans un coin perdu d'Amérique centrale, ou quittez la prêtrise, et laissez-le faire ce qu'il veut. Laissez-le posséder le monde entier, s'il le veut.

Michael était trop surpris pour dire quoi que ce fût. Bob prit apparemment son silence pour une approbation, et se calma.

– J'espère que je ne gaspille pas mon souffle, il ne m'en reste pas beaucoup.

– Écoutez, fit Michael, tout ça, c'est trop pour une seule fois. Vous devriez vous reposer et je repasserai demain matin. La nuit porte conseil. Si vous êtes toujours dans le même état d'esprit...

– Je serai toujours dans le même état d'esprit.

Le regard de Bob était impénétrable. Au bout d'un instant, Michael se résigna.

– O.K. ! comme vous voulez.

Il se leva, tapota l'épaule de Bob.

– Bon courage, fit-il.

Bob hocha la tête. Michael était sur le point de franchir la porte lorsqu'il l'entendit lui dire :

– Il n'était pas là, Michael. Quand j'avais besoin de Lui. Je sens quand Il est là mais, cette fois-ci, Il n'y était pas.

Michael fut parcouru par un frisson. Il savait pertinemment de qui Bob voulait parler.

– Croyez-moi, Michael. Ce n'est pas une chose avec laquelle vous aimeriez vivre le restant de vos jours.

Michael n'avait rien à répondre à cela. Il approuva d'un signe de tête, puis se retourna pour quitter les lieux.

*

Il avait du mal à se souvenir du chemin pour retourner au centre-ville. L'aspect de Bob le hantait, et il n'arrêta pas de ressasser ses derniers mots, jusqu'au comble de l'exaspération.

Il fut saisi d'une première vague de nausée au milieu du tunnel de Lincoln et ne put aller plus loin que Manhattan. Le parking le plus proche se trouvait à une douzaine de blocs de l'appartement de Tess, et il dut prendre un taxi pour s'y rendre. Il se sentait trop faible pour marcher jusque-là.

Deneb, le portier, le reconnut et lui ouvrit immédiatement la porte. Michael passa devant lui et se dirigea à toute vitesse vers l'ascenseur.

— Dépêchez-vous, le pressa-t-il.

Deneb le suivit sans poser de questions. Il referma la porte de l'ascenseur derrière lui et appuya sur le bouton du sixième étage.

— Je ne me sens pas bien, réussit à articuler Michael.

— Je vois ça, répondit Deneb, avec son fort accent ukrainien. Il ouvrit à nouveau la porte de l'ascenseur et laissa sortir Michael. Dois-je vous attendre, monsieur ?

Michael lui fit signe que non. Il sonna avec insistance à la porte de Tess, tout en cherchant ses clefs. La porte s'ouvrit et il se précipita à l'intérieur.

— Michael ?

Il marmonna quelque chose qui ressemblait vaguement à « salle de bains », se dirigeant comme une flèche vers l'endroit en question, et en claquant la porte derrière lui.

Il se vida l'estomac sans perdre une seconde – ce qui était absurde vu qu'il n'avait rien mangé depuis ce matin, à part un sachet de cacahuètes grignoté dans l'avion. Il avait l'impression qu'il allait vomir ses entrailles.

Il entendit Tess lui parler derrière la porte.

— Ça va, Michael ?

Il tira la chasse d'eau et recula pour s'appuyer contre le mur. Il savait qu'il n'aurait pas la force de se lever immédiatement.

— Ça va, dit-il d'une voix qu'il trouva peu convaincante. Ça ira mieux dans un instant.

— O.K. ! fit Tess, apparemment dubitative. Eh bien... je suis dans le salon. Si tu as besoin de quoi que ce soit, appelle-moi.

– Merci.

Dès qu'il fut capable de se relever, il ouvrit les robinets, se déshabilla et se glissa sous la douche. L'eau était froide sur sa peau brûlante et il se dit qu'il devait avoir de la fièvre.

Dans sa tête, la cacophonie reprit. Il entendit d'abord le rire strident du démon, puis ce qui semblait être la musique de *Star Trek*, mélangée à des éclats de voix inhumaines, déformées, qui ressemblaient aux inflexions d'une soirée mondaine. Par-dessus toutes s'élevait une voix proche de celle du démon, mais en version féminine, qui chantonnait *Sal si puedes* sur un air de comptine agaçante. Le tout faisait bien plus que sa pauvre tête ne pouvait supporter.

Taisez-vous. Fermez-la !

Au lieu de cela, les voix s'amplifièrent. Michael pensa qu'il allait devoir crier.

Seigneur... Je T'en prie... aide-moi...

Une mélodie lui vint en tête, qu'il ne reconnut pas immédiatement, mais elle était douce et agréable, et il se mit à la fredonner, avec le peu de force qu'il lui restait, et la cacophonie se mit à faiblir, ainsi que la lourdeur de l'air, jusqu'à s'évanouir complètement.

Il respira, soulagé. Il ouvrit l'eau froide et la laissa couler le long de son dos, jusqu'à ce qu'il se sentît revivre.

Une fois sorti de la douche, il se sentit incomparablement mieux. Un peu engourdi et certainement pas fort, mais du moins n'avait-il plus l'impression d'être malade. Il sécha ses cheveux, accrocha sa chemise sur le perroquet et remit son jean. Il retrouva sa brosse à dents dans l'armoire à pharmacie et se brossa les dents jusqu'à ce qu'il n'eût plus que le goût du Colgate en bouche. Il se regarda dans la glace ; il était plus pâle qu'un revenant et des cernes violacés se dessinaient sous ses yeux.

Seigneur... Cette chose peut faire de moi tout ce qu'elle veut, quand elle le veut. Comment pourrais-je la combattre ?

Peut-être que Bob avait raison. Peut-être ne devrais-je même pas essayer de la combattre.

Tess frappa à la porte.

– Michael ?

Il ouvrit la porte et s'efforça de sourire.

– Bonjour, chérie. Je suis de retour.

– Tu te sens bien ?

Il lui fit signe que oui.

– J'ai dû manger quelque chose qui ne m'a pas réussi, lui

347

mentit-il. Il ne voulait pas la mêler à tout ça, et encore moins l'inquiéter. Il me reste encore des chemises, ici ?

— Je vais t'en chercher une.

Il la suivit dans la chambre. Elle fouilla au fond de son armoire et en sortit un sweat-shirt de Loyola [1].

— Je n'ai rien de plus « civil » ?

Elle le regarda de travers et remit le sweat-shirt dans l'armoire.

— Tu as une préférence ? lui demanda-t-elle.

— Tout sauf du noir.

Elle trouva un sweat-shirt gris et le lui lança.

— Comment as-tu trouvé mon entrée romantique ? demanda-t-il en enfilant son sweat-shirt.

— Eh bien ! le vomissement ne m'a pas gênée, mais j'ai du mal à digérer le coup du *Kyrie* chanté à tue-tête sous la douche.

— Quoi ?

— Tu m'as bien entendue.

— Je ne chantais pas.

— Si, tu chantais. Peut-être que tu le faisais inconsciemment, auquel cas je te pardonnerais à moitié.

— Tu m'as entendu *chanter* ?

— Oh oui ! à pleins poumons. Tu chantais un *Kyrie*, un air que je n'avais jamais entendu. C'était pas mal...

— Tu m'as entendu prononcer des mots ? Tu veux dire que je ne fredonnais pas, il y avait des paroles ?

— Oui, Michael. Comment j'aurais su ce que tu chantais, sinon ?

Mon Dieu ! Est-ce que je chantais sans le savoir ? Ou est-ce que je fredonnais pendant que quelqu'un d'autre chantait... une voix que je n'aurais même pas entendue ?

— J'aimerais bien m'allonger un petit peu, s'il te plaît, dit-il, se rendant soudain compte à quel point il était fatigué.

— Vas-y. Elle l'embrassa sur la joue et le regarda un moment. Tu sais, tu n'as vraiment pas l'air en forme. Je devrais peut-être appeler un docteur...

— Non, répondit-il, avec hâte. Ça va aller.

— Tu veux une petite bière ?

Il lui fit signe que oui.

Dès qu'elle fut sortie, il s'allongea sur le lit, tirant les couvertures sur lui sans prendre la peine de se déshabiller. Il claquait des dents et ses muscles lui faisaient mal. Il aurait certainement pensé qu'il avait un début de grippe s'il n'avait pas reconnu ces

---

1. Saint Ignace de Loyola (1491-1556) : fondateur de l'ordre des Jésuites.

symptômes. C'étaient les mêmes que ceux qu'il avait ressentis dans le train sur le chemin du retour, après la séance d'exorcisme de Danny. Mais cette fois c'était bien plus fort.

« ... vous n'étiez déjà pas de taille à lutter contre celui-là... »

Tess arriva avec le verre de bière et le déposa sur la table de chevet. Elle s'assit à côté de lui sur le lit.

– Qu'est-ce que tu fais à New York ? lui demanda-t-elle.

– C'est une longue histoire, lui répondit-il en tremblant. Tu as une autre couverture ?

– Tu as encore froid ? Je t'apporte celle de Krissy ?

– Où est-elle ?

– A Long Island, dans la famille de son petit ami. Elle sera désolée de ne pas t'avoir vu.

– Je regrette aussi de la rater. Si je meurs, dis-lui adieu de ma part.

– Michael, ne me fais pas ce genre de plaisanteries !

Il esquissa un sourire.

– Je ne suis pas sûr de plaisanter.

Tess sortit chercher la couverture et Michael ferma les yeux, tentant d'apaiser sa douleur et d'effacer l'image de Bob de sa mémoire.

Lorsqu'il les rouvrit, il faisait nuit noire. L'horloge digitale indiquait trois heures quarante-sept, et Tess dormait à son côté à poings fermés. Il resta éveillé suffisamment longtemps pour se déshabiller avant de se glisser à nouveau sous les couvertures et s'endormir aussitôt.

Il se retrouva au milieu du rêve, comme si celui-ci avait commencé sans lui. Il était à nouveau dans la prairie, assis dans l'herbe. Le type à la chemise en flanelle était assis en face de lui, adossé au même arbre. Il portait un jean et avait étendu ses jambes devant lui, les chevilles croisées. Ses yeux semblaient plus sombres cette fois – plus gris que bleus – mais son regard demeurait le même : stable, calme, implacable.

Michael était déjà en train de parler lorsqu'il prit conscience de l'endroit où il se trouvait, comme s'il était tombé dans un flot d'eau vive.

– Je sais que c'est ça, disait-il. Que dois-je faire ? Vincent avait tout arrangé pour que je me retrouve auprès de Jack. C'est pour ça qu'il voulait que j'aille à Barton.

Le type à la chemise en flanelle hocha légèrement la tête, mais ne dit rien. Il tenait une brindille d'herbe et la tortillait entre le pouce et l'index. Sa peau était brune, comme tannée par le soleil.

Ses mains étaient en même temps rugueuses et délicates. Michael devait faire un effort pour ne pas les fixer.

— C'est bien ça, alors ? demanda Michael. C'est ça le but de ma vie.

— Ça n'a pas l'air de te faire plaisir.

Ce n'était ni une question ni une simple constatation. « Ça ressemblait davantage à : «Finis par l'admettre pour qu'on passe enfin à autre chose. »

— Eh bien ! disons que... j'aurais bien aimé croire que j'étais sur terre pour bien autre chose que sauver quelqu'un.

Le type regarda la brindille qu'il tenait entre ses doigts et rit doucement. Son expression était étrange.

— Qu'y a-t-il ? s'enquit Michael.

Le type leva les yeux vers lui. Il souriait.

— Tu m'excuseras si ça ne me bouleverse pas, dit-il.

Michael mit un moment à comprendre. Il se rendit alors compte de ce qu'il venait de dire, et à qui il l'avait dit.

— Eh bien ! c'est que là, c'est différent.

— Pourquoi ? demanda l'autre en se relevant.

Michael se sentit acculé. Que pouvait-il Lui répondre ? Ma vie est plus importante que la Tienne ?

Avant même que Michael n'eût trouvé de réponse, le type lui tournait le dos et s'éloignait. Michael se leva aussi et se mit à le suivre, avide d'en savoir davantage.

Soudain, la prairie disparut devant ses yeux, ainsi que l'homme.

Michael eut l'impression de tomber, puis sentit qu'il touchait le sol, et il courait maintenant. Il n'avait pas la moindre idée de l'endroit où il se trouvait, ni pourquoi il courait. Il se contentait de courir, tout simplement. Le sol était dur et accidenté sous ses pieds, et un brouillard l'entourait, si épais qu'il l'empêchait de voir autour de lui. Il aperçut subitement quelque chose droit devant lui. Un mouvement, une ombre. Il accéléra le pas, se dirigeant vers ce qu'il avait entrevu. Le brouillard se dissipa légèrement et il put mieux voir. Il s'agissait d'une personne qui marchait d'un pas assuré. Elle n'avait pas l'air de se presser le moins du monde, et pourtant elle avançait si vite que Michael avait du mal à suivre, même en courant aussi rapidement que ses jambes le lui permettaient. Il ne savait pas pourquoi il devait la rattraper à tout prix, il savait seulement que le chemin devant lui semblait parfaitement sûr.

La personne s'arrêta, et Michael put enfin la voir. C'était le même type, mais habillé différemment. Il portait des vêtements amples et de couleur claire. Il ne souriait pas, cette fois. Son regard était grave. Il fit signe à Michael de le rejoindre.

— C'est ce que je m'évertue à faire ! s'écria Michael. Marche moins vite !

Le type ne répondit pas, mais se détourna et se remit à marcher, à la même allure que Michael avait tant de mal à suivre.

Michael s'arrêta soudain, le cœur cognant dans sa poitrine, lorsqu'il s'aperçut qu'il se trouvait au bord d'une profonde crevasse.

— Eh ! l'appela-t-il. Attendez-moi !

Il le vit s'arrêter à travers le brouillard et se retourner encore.

— Comment suis-je censé traverser ça ? demanda Michael, montrant le ravin du doigt.

Celui-ci mesurait près de dix mètres de long et, quand Michael se pencha pour en sonder le fond, il ne vit qu'une qu'obscurité sans fin.

— Saute, répondit le type, sur le ton le plus naturel du monde.

Il regardait Michael, semblait l'attendre, comme si ce qu'il lui avait demandé de faire n'était en rien farfelu.

Michael regarda le précipice, s'en approcha. Une chose lui apparut clairement : il y avait dans ce ravin quelque chose qu'il ne pouvait pas ignorer. Il avait besoin d'aller à l'intérieur, non de se contenter de l'enjamber. La vérité, pensa-t-il. C'était la vérité qui se trouvait tout au fond, dans cette obscurité. L'unique moyen de trouver enfin la réponse à toutes ses questions. Sans ces réponses, pas de vérité.

— Non, dit le type à Michael.

Michael le regarda, interrogatif.

— Même si tu trouves les réponses, tu ne trouveras pas la vérité.

— Mais... la vérité est là-dedans, riposta Michael avec conviction.

— Non, répondit le type en secouant la tête. La vérité est dans le saut.

Michael se réveilla en tremblant, mais ce n'était pas de froid. Il se redressa, regarda autour de lui, comme s'il allait trouver quelqu'un ou quelque chose. Il se sentit consumé par un vide étouffant, pire encore que la première fois.

Tess dormait à son côté, respirant calmement. Aucune pensée trouble ne semblait la perturber. Aucun Messie énigmatique ne hantait ses nuits.

5

Jack ouvrit les yeux et se demanda où il se trouvait. Il faisait nuit, il faisait froid. Il était allongé quelque part en plein air, à même le sol. Regardant autour de lui, il se rendit compte qu'il se trouvait au beau milieu d'une forêt.

Oh ! merde, ça recommence !

Il se releva, balaya du revers de la main les feuilles mortes qui lui collaient à la figure. La nuit était calme. A part le bruit d'un train au loin, rien ne troublait le silence.

Il sentit une puissante odeur de whisky. Il regarda alentour pour en chercher la provenance. Une bouteille de Jack Daniel's à moitié vide se trouvait par terre, juste à côté de lui. Jack essaya de se relever et devina alors où était passé le reste du liquide.

Il s'appuya contre un arbre, regarda l'heure. Déjà neuf heures trente ! Randa devait être dans tous ses états. Ou alors, déjà en route pour Los Angeles !

Merde !

Sa veste gisait par terre, à quelques mètres de là. Il essaya à trois reprises d'enfiler une manche, en vain. Il n'insista pas davantage.

La dernière chose dont il se souvenait, c'était d'être assis chez Cathy sur le sofa, en train de boire un Coca. Il venait de finir de réparer la gouttière et était sur le point de parler de Randa à son amie, lorsque le téléphone sonna et elle était allée décrocher. Il en avait profité pour regarder sa montre : il était seize heures trente-cinq.

Que Diable ai-je bien pu faire ces cinq dernières heures ?

Où pouvait-il bien être ? Il regarda autour de lui, tenta de se situer. Il se traîna lentement en direction de la lumière.

Il ne lui fallut pas longtemps pour sortir du bois, et il comprit alors où il se trouvait. Il était dans la forêt qui longeait la route à côté de chez Cathy. Il n'aurait qu'à se rendre chez elle pour appeler Randa. Il en profiterait pour demander à Cathy si elle avait une idée de son emploi du temps ces cinq dernières heures. Peut-être qu'il apprendrait par la même occasion comment il en était venu à boire comme un trou.

La route était déserte, ce qui rendait tout plus inquiétant encore. Il marcha vers la caravane de Cathy aussi vite que ses jambes titubantes le lui permettaient.

Lorsqu'il arriva près du lotissement de caravanes, il resta cloué sur place. La lumière bleue qu'il apercevait ne lui était que trop familière.

Il ralentit et s'approcha à pas de loup. Il longea une caravane, en se blottissant dans l'obscurité jusqu'à ce qu'il pût avoir une vue dégagée sur la maison de Cathy.

Ses craintes naissantes furent immédiatement confirmées : deux voitures de police et une ambulance étaient garées devant la maison. La porte était ouverte ; devant se tenait un policier qui aboyait un ordre à l'adresse de quelqu'un, à l'intérieur. Les voisins étaient attroupés devant la caravane, aussi près que la police le leur permettait.

Jack sentit son estomac se nouer.

Oh ! mon Dieu... Non... Pas ça...

Le flic devant la porte recula, cédant le passage à un brancard porté par deux hommes.

Oh ! mon Dieu...

Le corps *(ça ne pouvait être que celui de Cathy)* étendu sur la civière était recouvert d'un drap blanc, mais Jack n'en voyait pas la totalité. Le flic en cachait la tête.

Sois vivante, je t'en prie... Oh ! mon Dieu... Comment aurais-je pu faire du mal à Cathy ? Même si je suis fou, comment aurais-je pu ?

Il entendit un bruit tout près, semblable au grésillement d'un talkie-walkie. Des flics se dirigeaient vers la forêt, probablement à la recherche du criminel. A sa recherche, à lui.

Peut-être que ce n'est pas moi... Peut-être que c'est quelqu'un d'autre...

Si, c'est toi. Ne fais pas le con.

Je n'en suis pas si sûr.

Mais si, tu en es sûr. Tu sais bien qui tu es !

Il aperçut un rayon de lumière, celle d'une lampe de poche, surgir tout près de lui. Coupable ou pas, un Landry traînant dans les bois à proximité du lieu d'un crime suffisait à la police pour classer l'affaire. Il devait déguerpir de là et en vitesse.

Il s'éloigna de l'attroupement, remerciant au passage toutes les années de chasse qui lui avaient appris à se déplacer entre les feuilles mortes en faisant le moins de bruit possible, même dans son état d'ébriété actuel. Il savait aussi, grâce à l'expérience acquise dans son jeune âge, que les bois longeaient la ferme des Hatkins et, qu'en se dirigeant vers le nord, il se retrouverait à deux pas de chez lui.

Chez lui. Et après ?

Tu t'en inquiéteras plus tard.

Il entendit les flics s'avancer dans sa direction. Eux avaient l'avantage de ne pas devoir avancer en silence, ce qui leur permettait d'aller deux fois plus vite que lui. Il serait rattrapé en moins d'une minute s'il ne faisait pas quelque chose rapidement.

Il fouilla le sol du regard, y trouva une pierre de taille convenable. La lune lui fournissait juste assez de lumière pour qu'il puisse voir où il se dirigeait mais, dans cette obscurité, même un homme sobre n'aurait pas pu éviter les arbres. Il repéra l'endroit le plus dégagé, jeta la pierre droit devant lui. Elle atterrit dans un bruit sourd contre un tronc d'arbre, à environ six mètres de lui. Il entendit les flics se diriger vers cet endroit et profita du bruit de leurs pas pour s'enfuir aussi vite qu'il le pouvait dans la direction opposée.

Il réussit à les semer et, dix minutes plus tard, arriva de l'autre côté du bois. Il attendit qu'il n'y ait plus aucune voiture en vue, avant de traverser la route en marchant à une allure normale.

Il savait que ce n'était qu'une question de temps. Certains voisins l'avaient vu arriver chez Cathy, il n'avait aucun alibi à invoquer pour les heures qu'il avait passées là-bas et, surtout, il s'appelait Landry. Le jugement serait probablement prononcé en moins d'une heure. Mais cela n'avait plus aucune importance. Dès qu'il avait vu Cathy sur la civière, son instinct de survie en avait pris un sacré coup. Si elle était encore en vie, elle ne voudrait plus jamais le revoir, et elle aurait raison. Et si elle était morte, lui-même n'aurait plus aucune envie de vivre.

Mais il voulait absolument parler à Randa, lui raconter ce qui s'était passé. Il voulait lui dire de partir rapidement, avant que quelqu'un n'apprenne qu'elle était venue chez lui. Elle ne devrait même pas rester seule avec lui, il fallait qu'il l'avertisse. Il voulait peut-être aussi lui dire : « Tu vois, je t'avais prévenue. » Rester en vie et comprendre ce qui s'était passé lui importait peu.

Dans son esprit brumeux, une seule certitude demeurait : il allait faire exactement la même chose que Tallen. Il n'allait même pas protester quand ils viendraient le chercher. Il allait fermer sa gueule, ne déposer aucun recours, et faire en sorte que tout cela se termine au plus vite.

6

Randa regarda à nouveau l'heure et se demanda ce qu'elle devait faire. A dix-neuf heures, elle se doutait qu'il était trop tard pour que Jack soit encore en train de réparer la gouttière, et elle se dit qu'il devait être sur le chemin du retour. A vingt heures, elle se dit qu'il était probablement resté dîner avec Cathy et que, comme il n'avait pas l'habitude d'être attendu à la maison, il avait dû oublier de l'appeler. A vingt et une heures, elle commença à s'inquiéter sérieusement, se dit qu'il était peut-être mort, qu'il avait dû glisser du haut du toit ou se faire renverser par un camion sur la route. Il devait être allongé quelque part au milieu de la chaussée, aplati comme une crêpe. Elle venait juste de décider de partir en quête de sa dépouille lorsqu'elle l'entendit ouvrir la porte.

— Où étais-tu ? s'écria-t-elle, comme l'aurait fait une épouse hargneuse.

Il referma la porte derrière lui et la verrouilla. Quelque chose n'allait pas.

— Jack ?

Il était pâle et tremblait. Lorsqu'elle le serra dans ses bras, elle constata qu'il sentait l'alcool. Il la serra si fort qu'elle crut qu'il allait lui briser les côtes.

— Jack, qu'est-ce qui ne va pas ?

— Il s'est passé quelque chose, répondit-il.

— Quoi ?

Il secoua la tête.

— Je n'en sais rien. J'ai eu encore un moment d'absence. Je me suis réveillé dans les bois. Quand je suis revenu vers la maison de Cathy, j'ai vu une ambulance...

Les larmes jaillirent de ses yeux.

— ... Je crois que j'ai fait du mal à Cathy.

356

– Tu es sûr que l'ambulance était devant chez elle ?

– Oui.

– Peut-être qu'elle a eu un malaise...

– Non. Il y avait des flics partout.

Il se jeta sur le canapé, et se prit la tête entre les mains.

– Oh ! mon Dieu... Et si je l'avais tuée ?

Randa tenta de garder son calme. Un des deux au moins devait conserver son sang-froid et ce ne serait certainement pas Jack. Peut-être s'était-il trompé. Peut-être était-il à nouveau victime de la paranoïa qui l'avait poussé à quitter subitement le Ritz-Carlton.

– Jack, tu connais un voisin ou une voisine de Cathy ?

Il ne répondit pas.

– Jack ?

Il releva la tête.

– La vieille dame de la maison juste à côté. Pourquoi ?

– Où est l'annuaire ?

– Dans l'armoire. Mais je ne peux appeler personne...

– Moi, si. Je ne lui parlerai pas de toi.

Elle trouva l'annuaire et l'ouvrit.

– Elle s'appelle comment ?

– Hardie. Marie, je crois.

Randa fouilla les pages.

– Il y a une M. Hardie qui habite à Chalk Level Road.

– C'est elle.

La vieille dame répondit au téléphone à la première sonnerie. Randa se présenta comme étant une voisine habitant quelques pâtés de maisons plus loin et demanda ce qui causait tout ce remue-ménage dans le quartier.

– Comment vous m'avez dit que vous vous appeliez ? lui demanda la vieille dame.

– Randa.

– Amanda ?

– Oui.

– Et vous habitez de l'autre côté de la rue ?

– Oui.

– Dans la maison en brique avec la roue de chariot dans le jardin ?

– C'est ça.

– Je croyais que c'était la maison de Rufus Turner.

– Non, il habite à côté, mentit Randa. Marie semblait trop âgée pour courir vérifier si elle disait la vérité.

– Dans la maison jaune ?

– C'est ça, oui...

Randa regarda Jack en roulant des yeux.

– Eh bien ! j'espère que vous avez verrouillé toutes vos portes, dit Marie. Parce qu'ils n'ont pas encore trouvé celui qui a fait ça.

– Justement, j'essayais de savoir...

– Et je suis toute seule ici, se lamenta Marie. J'ai appelé mon fils, mais il a déjà dû partir au travail. Sa femme ne répond pas au téléphone parce qu'elle sait que c'est moi et qu'elle est trop fière pour me parler depuis qu'elle travaille pour l'administration de l'école. Vous la connaissez peut-être. Jeannette Harding, ça vous dit quelque chose ? Avant, elle était...

– Non, je ne la connais pas.

– Elle a peur que je vienne m'installer chez eux, mais je ne leur demanderais même pas une miette de pain, même si je mourais de faim...

– Madame Hardie, je suis une amie de Cathy et je voulais savoir...

– Pauvre Cathy, je le lui avais bien dit, la semaine dernière, de faire attention, parce qu'on n'a que des ennuis depuis qu'ils ont construit cette cité, derrière. C'est plein de Noirs, et je savais qu'il ne tarderait pas à se passer quelque chose de ce genre.

– Madame Hardie, est-ce que Cathy est morte ?

– Oui.

Randa fit de son mieux pour éviter que la réponse ne se lise sur son visage. Elle préférait que Jack l'apprenne directement de sa bouche. Marie poursuivait ses jérémiades.

– Je le sais par Billy Thomas, le policier qui s'en est occupé. Je lui ai demandé ce qui s'est passé et il m'a répondu qu'elle était déjà morte depuis deux heures quand ils l'ont trouvée. Dire que j'étais assise ici, toute seule, ç'aurait pu être moi...

– Merci, madame Hardie. Excusez-moi, je vais aller verrouiller mes portes.

Randa raccrocha et regarda Jack. Elle aurait préféré mourir plutôt que de devoir le lui dire, mais elle n'avait pas le choix.

– Cathy est morte ? demanda Jack.

Elle fit oui d'un signe de tête.

– Je suis désolée, chuchota-t-elle.

Jack resta calme un instant. Randa était sur le point d'aller vers lui et de le prendre dans ses bras, quand il se releva et se dirigea vers la porte. Il revint ensuite vers le canapé. Il saisit un verre posé sur la table basse et le lança de toutes ses forces contre le mur.

– MEEERDE ! hurla-t-il.

– Jack, calme-toi !

Randa lui retint le bras alors qu'il tentait de saisir le cendrier.

– Jack ! La dernière chose à faire maintenant ce serait de pousser les voisins à appeler la police !

Il dégagea son bras, brutalement, avant de se rasseoir sur le canapé. Il prit à nouveau sa tête entre les mains et éclata en sanglots.

Randa vint s'asseoir à côté de lui et le prit dans ses bras. Il se laissa faire, continuant à pleurer à chaudes larmes. Ses pleurs étaient déchirants. Randa n'avait jamais vu un homme pleurer de cette façon.

– Jack ? Elle lui secoua légèrement l'épaule. Jack ?

Il ne répondit pas, mais peu importait. Qu'aurait-elle pu dire dans de telles circonstances ?

« *Ça va aller.* » (*Non, ça ne va pas aller du tout.*)

« *Ce n'est pas si grave.* » (*Si, c'est grave, il a quand même tué une femme !*)

« *Tu étais inconscient, ce n'était pas de ta faute.* » (*Et alors ! dire qu'il n'était pas conscient n'allait pas ressusciter Cathy.*)

– Jack, tu dois absolument te ressaisir. Il faut qu'on sache ce qu'on va faire.

– Il n'y a rien à faire.

– Si les flics viennent...

– Je me rendrai.

– Non, pas question ! Tu ne sais même pas si c'est toi qui l'as tuée !

Jack enfouit à nouveau son visage entre ses mains.

– Oh ! mon Dieu... Comment tout ça a-t-il pu m'arriver ?

Son ton n'était pas plaintif, comme s'il espérait vraiment avoir une réponse.

– Quelle est la dernière chose dont tu te souviens ? Où étais...

Randa fut interrompue par des coups brutaux à la porte. Elle sursauta.

Jack souleva légèrement les rideaux, juste assez pour voir qui c'était.

– Oh ! merde... dit-il.

– Les flics ?

– Oui.

– Qu'est-ce qu'on fait ? demanda Randa.

– On va leur ouvrir. Il n'y a rien d'autre à faire.

Il se dirigea vers la porte. Randa prit une profonde inspiration et commença à élaborer un alibi.

7

Michael ouvrit les yeux. La nausée et le mal de tête étaient passés, mais le pire était toujours là. Cette sensation que le mal imprégnait tout ce qui l'entourait était omniprésente, comme si c'était quelque chose qu'il provoquait lui-même, et non quelque chose qu'il subissait contre son gré.

Tess se tenait dans l'embrasure de la porte, habillée pour aller au travail ; elle semblait l'observer. Il chercha ses lunettes, les chaussa pour mieux la voir.

– Qu'est-ce qu'il y a ? demanda-t-il.

– Tu es tellement mignon quand tu dors.

– Mais quand je me réveille, je gâche tout, c'est ça ?

– Tu te sens mieux ?

Il hocha la tête.

– Physiquement, oui.

– Qu'est-ce qui ne va pas, Michael ?

Il s'assit, attendit un bref instant pour s'assurer qu'il n'avait plus le tournis. Son esprit était encore tout embrumé du rêve qu'il avait fait.

– Alors, Michael ?

– Je n'en sais rien.

Il avait envie de lui en parler, mais il ne savait même pas comment se le représenter lui-même.

– Je fais des rêves bizarres en ce moment.

Ça lui semblait un peu simpliste comme explication, mais il n'arrivait pas à trouver mieux.

– Quel genre de rêve ?

Elle vint s'asseoir sur le lit, à côté de lui. Elle semblait sincèrement inquiète.

– J'ai rêvé plusieurs fois du type dont tu penses qu'Il n'a même pas existé.

A son grand soulagement, elle ne rit pas.

– Et plus exactement ?

Michael secoua la tête.

– Je ne sais pas comment t'expliquer. Il n'est pas comme je le voyais. Il n'est pas celui que je croyais. Mais ce n'est qu'un rêve, n'est-ce pas ? Rien de bien grave.

– Comment est-Il dans ton rêve ?

Il se demandait en quoi cela pouvait bien l'intéresser, mais il avait besoin d'en parler, alors il continua.

– C'est difficile à décrire... c'est comme si... Il n'était pas chaleureux, mais... autre chose. Il était... distant. Non, je n'en sais rien. Je ne trouve pas le mot exact.

Elle lui sourit.

– Tu t'attendais à quoi, à ce qu'Il ait un sourire sirupeux et un rouge-gorge sur le doigt, comme Blanche-Neige ? Parce que ça, c'est saint François d'Assise. Les gens ont souvent tendance à les confondre.

Il savait qu'elle essayait de lui remonter le moral, mais cette réponse l'agaça.

– Oui, je crois en avoir vaguement entendu parler au cours de mes dix-sept années d'études théologiques.

– Oh là ! Je suppose que c'était à l'époque où tu devais aller tous les jours au séminaire, pieds nus dans la neige, escaladant péniblement une pente abrupte à l'aller et au retour, tout en nourrissant une famille de dix enfants sur ton misérable salaire de livreur de journaux.

Cette fois-ci, il rit de bon cœur.

– Je te préfère comme ça, dit-elle. J'étais sur le point d'envoyer une patrouille à la recherche de ton sens de l'humour. Est-ce que j'aurais tapé sur tes nerfs de jésuite sans le faire exprès ?

– Oui, mais ça va, je m'en suis remis.

Elle redevint sérieuse.

– Parle-moi encore de ton rêve.

Il secoua la tête.

– Je ne sais pas pourquoi je me sens déçu à ce point. Je ne veux pas penser que... Il soupira. Je préférerais ne pas Le connaître plutôt que de me rendre compte qu'on ne sera jamais proches.

Tess eut un petit rire.

– Oh ! je vois. Tu voulais être son collègue, en quelque sorte ?

C'était une de ces remarques dont Tess avait le secret et qui font mal parce qu'elles sont vraies. Michael sut que cette phrase

361

allait longtemps le hanter. Il décida à cet instant que Tess commençait à l'énerver sérieusement. Il se leva et se dirigea vers la salle de bains sans dire un mot.

Tess le suivit et s'appuya sur la porte ouverte, n'ayant apparemment pas reçu le message. Elle resta là, le regardant se brosser les dents.

Il se tourna vers elle.

— Alors, le spectacle est fascinant ?

— Je n'avais pas remarqué que la conversation était terminée.

— Il n'y a plus rien à dire.

Il saisit une serviette et s'essuya la bouche. Il se regarda dans la glace et regretta immédiatement son geste. Il retira ses lunettes et les posa sur le rebord du lavabo.

— Bon, dit Tess. Je vais aller travailler. J'ai laissé les horaires de mon avion dans ton sac de voyage, au cas où je serais toujours invitée.

— Je suis désolé, fit-il. Je n'aurais pas dû t'en parler, c'est un sujet qu'on ne devrait pas aborder, tous les deux.

— Pourquoi ? Je veux bien en parler, moi.

— Eh bien ! pas moi.

— Pourquoi ?

— Parce que c'est quelque chose qui me tient beaucoup à cœur et que, pour toi, c'est apparemment aussi important que si je parlais de ma première paire de chaussettes.

Elle sourit d'un air triste et secoua la tête.

— Tu ne veux vraiment pas comprendre ?

— Comprendre quoi ?

— Que *j'aimerais* avoir tort, aussi fort que toi tu aimerais avoir raison.

Il ne sut quoi lui répondre. Il se rendit soudain compte qu'il avait projeté sur elle l'image d'un quelconque snobisme intellectuel et un sentiment de supériorité morale qui ne lui correspondaient pas. Il ne lui était jamais venu à l'idée qu'elle pouvait se sentir *triste* d'être une athée cynique. Cette seule pensée lui donna un nouvel espoir — le premier souffle d'espoir depuis bien longtemps.

Il la regarda véritablement pour la première fois depuis le début de leur conversation. Elle portait un tailleur rouge avec une jupe drapée qui lui arrivait quelques centimètres au-dessus du genou. Elle se tenait d'une manière qui découvrait le haut de ses bas d'une façon suggestive — juste de quoi alimenter l'imagination de Michael — et celui-ci sentit soudain ses centres d'intérêts dévier.

362

Il s'approcha d'elle lentement, craignant de l'effaroucher, vu son humeur actuelle.

– Je suis désolé, Tess, dit-il, l'attirant vers lui.

Il ne rencontra aucune résistance.

– Désolé de quoi ?

– D'être une espèce de trouduc susceptible et moralisateur, répondit-il en l'embrassant.

La sentant réagir, il glissa sa main dans l'échancrure de sa jupe, la caressa juste au-dessus des bas, à un endroit qu'il savait particulièrement sensible. Il la sentit sursauter, puis rire.

– Qu'y a-t-il ? demanda-t-il d'un air faussement innocent.

– Tu étais venu ici te brosser les dents au beau milieu d'une discussion animée.

– Et alors ?

– Tu essayais de me séduire, même en colère.

– Tu m'aimes ? demanda-t-il.

– Oui. Énormément.

– Alors, tais-toi.

Il commença à lui embrasser le cou tout en essayant de déboutonner la veste de son tailleur.

– On réfléchira à l'aspect psychologique de tout ça plus tard.

C'était un mensonge, mais il ne voulait pas y penser pour le moment.

Elle rit et il devina qu'elle pensait toujours qu'il essayait de la séduire. Elle ignorait combien il devait s'efforcer de contrôler son désir, ne serait-ce que dans la limite de son code moral improvisé. Elle était loin d'imaginer ses peurs – la peur qu'il avait de perdre le contrôle de ses émotions, de se retrouver alors à leur merci. Il avait passé toute sa vie à lutter ainsi contre ses pulsions, et la bataille était loin d'être gagnée.

Cette fois aussi, il se laissa vaincre par ses sens. La culpabilité n'était plus de mise, elle avait cédé la place à une sorte de désespoir triomphant, et Michael arrivait même à se persuader que Dieu voulait vraiment qu'il se comporte de la sorte. Élevée au-dessus de lui-même, son âme semblait se blottir ainsi dans les bras de la personne qu'il aimait – quelqu'un qu'il pouvait toucher, à qui il pouvait s'accrocher, et qui lui rappelait qu'ils existaient, tous les deux, et que cela avait une réelle importance. Il restait dans cet état de grâce jusqu'aux dix secondes fatidiques de plaisir, dont il n'appréciait que les cinq premières : il était très vite frappé par un sentiment de culpabilité qui le laissait honteux, démoralisé. Il essayait alors de reprendre son souffle, sachant désespérément que sa rédemption («Va, et repens-toi ») ne pourrait venir que d'une promesse qu'il serait incapable de tenir.

*

Son avion atterrit à Atlanta avec une demi-heure de retard. Annie était sur le point de partir déjeuner quand il arriva au presbytère. Elle vint à sa rencontre alors qu'il sortait de voiture.

– J'ai laissé des messages sur votre bureau, mon Père.

– Merci, Annie.

Elle mourait visiblement d'envie de lui demander où il était parti, mais il aurait préféré se couper la langue.

– Je suppose que vous avez appris ce qui est arrivé à votre ami, lui dit-elle.

– Quel ami ?

– Ce type, Jackson Landry...

Elle avait un regard qui donnait l'impression qu'elle venait juste d'avoir Bill Clinton au téléphone.

– ... Ils l'ont arrêté. Il a tué une femme qui vivait dans une caravane.

Michael sentit ses jambes vaciller.

Oh ! mon Dieu...

– Ils sont sûrs que c'est lui ?

Elle lui fit signe que oui, puis reprit à voix basse :

– Il paraît qu'il l'a étranglée avec le câble d'une lampe.

Seigneur... C'est de ma faute... J'aurais dû l'obliger à m'écouter... Pourquoi l'ai-je laissé partir ?

– On ne vous l'a pas dit ? continua Annie. Je savais que ça devait arriver un jour ou l'autre. Au moins, on est débarrassé de lui, maintenant. On est débarrassé de toute cette famille...

Dans sa tête, Michael entendit retentir le rire hystérique du démon. Ironique, triomphant.

– En tout cas, voilà les nouvelles, fit Annie. Oh ! et puis il y a le plombier...

Michael hurla :

– Annie, dites-lui de s'amener ici, de faire ce qu'il a à faire et de m'envoyer la facture. Je le paierai dès que j'aurai réglé l'histoire de l'héritage de mon grand-père et, entre-temps, je ne veux plus entendre parler de cette foutue plomberie ! C'est clair ?

Annie avait subitement pâli et semblait au bord de la crise d'apoplexie. Il avait encore à l'esprit ses yeux écarquillés alors qu'elle s'éloignait. Il aurait parié qu'elle rédigeait déjà mentalement la lettre de doléances qu'elle comptait envoyer à l'archevêque. Il reprit son chemin. C'était vraiment le cadet de ses soucis.

*

Le commissariat était rempli d'individus au visage grave, conversant à voix basse et semblant assez fiers d'eux-mêmes. La police de Barton avait enfin une affaire digne de ses talents et, qui plus est, elle était à deux doigts de se débarrasser enfin du dernier Landry. Personne ne sembla surpris de voir arriver Michael. Ils pensaient probablement que l'église avait dû être à nouveau vandalisée.

– Bonjour, fit l'adjoint du shérif, sur un ton légèrement hésitant.

Les protestants savaient qu'ils n'étaient pas supposés l'appeler «mon Révérend» mais ils n'auraient jamais consenti à l'appeler «mon Père»; alors, ils se contentaient de salutations fuyantes.

– Le shérif est là? demanda Michael.

– Oui, mais il est occupé pour un bon moment. Que puis-je faire pour vous aider?

– J'aimerais lui parler au sujet de Jack Landry.

– Vraiment? lui demanda l'adjoint, sur un ton neutre. Et à quel sujet?

– Je pense pouvoir vous aider à résoudre cette affaire, répondit Michael avec un air plein de sous-entendus, comme si les implications de sa phrase étaient évidentes.

Allez, l'adjoint, fais marcher ta petite tête! Dans pas mal de séries policières et de films de série B, il y a de temps en temps un criminel qui se confesse à un prêtre; ce dernier se trouve devant un dilemme moral, puis finit par trouver un habile subterfuge pour révéler le secret...

Le visage de l'adjoint demeura un instant vide d'expression, puis s'illumina progressivement.

– Attendez un instant ici, mon Père.

Apparemment, il pouvait se permettre de l'appeler mon Père, maintenant qu'il savait qu'il était de leur côté. Il disparut en vitesse dans le couloir.

La réceptionniste leva la tête et regarda Michael depuis son bureau; elle lui sourit d'un air complice, visiblement réjouie de le voir apporter une nouvelle dimension à cette affaire.

– Mon Père?

L'adjoint était de retour. Il fit signe à Michael de le suivre. Ils étaient arrivés au milieu du couloir quand une porte s'ouvrit, cédant le passage au shérif qui arborait l'air sinistre de circonstance.

— Vous avez demandé à me voir, mon Père ?

Ce qui signifiait : « Vous avez intérêt à ce que ce soit pour une raison valable. »

— En fait, j'avais demandé à voir Jack Landry.

— Pour quoi faire ?

— Je pense qu'il a de sérieux problèmes.

— Eh bien ! à moins que vous ne soyez un témoin ou un alibi, vous ne pourrez pas faire grand-chose.

— Et je présume que vous n'avez pas tiré grand-chose de lui non plus, sinon vous ne seriez pas de si mauvaise humeur.

Michael poursuivit rapidement, avant que le shérif n'ait eu le temps de décider s'il devait se mettre en colère ou non :

— Je pourrais peut-être vous aider.

— Comment ça ? Même s'il vous avouait ce qu'il a fait, vous ne pourriez pas me le répéter.

— Non, mais je pourrais peut-être le persuader de vous dire la vérité.

— Comment comptez-vous vous y prendre ?

— Je ne sais pas encore, mais il me fait confiance. J'ai une réelle influence sur lui. *Pardonnez-moi mon Dieu, mais ce piteux mensonge est malheureusement indispensable, pour la bonne cause.*

Le shérif semblait peser le pour et le contre.

— Eh bien... fit-il.

Son regard se perdit sur le carrelage. Michael eut l'impression qu'il ne faisait durer l'attente que pour donner l'impression que sa décision avait été le fruit d'une mûre réflexion.

— D'accord, dit-il. Une petite pause ne me ferait pas de mal, de toute façon.

Il conduisit Michael au fond du couloir, devant la porte par laquelle il venait de sortir.

— Quand l'avez-vous arrêté ? se renseigna Michael.

— Il n'est pas en état d'arrestation, il est juste en garde à vue.

Michael hocha la tête. Il doutait que le groupe d'intervention de la police de Barton fût en train de sillonner la ville à la recherche du vrai coupable.

La femme qui se trouvait avec Jack à la cafétéria était assise sur un banc, dans le couloir. Elle avait l'air épuisée, ses yeux rougis et gonflés par la fatigue. Elle regarda dans sa direction, apparemment tout étonnée de le voir ici. Il chercha mentalement son nom.

– Que se passe-t-il ? s'enquit-elle.

Avant que Michael n'eût le temps de répondre, le shérif avait saisi la poignée de la porte et s'apprêtait à l'ouvrir.

– Eh ! attendez, une minute, fit-elle. Je vous ai demandé toute la nuit de me laisser entrer là-dedans.

– Vous êtes prêtre ? lui demanda le shérif, la regardant d'un air suffisant.

– Non, je ne suis pas un homme, non plus. Et qu'est-ce que vous avez contre moi aussi ? C'est parce que mon permis de conduire prouve que je ne suis pas du coin ?

– Écoutez, M'dame. Je n'ai pas...

Michael interrompit le shérif.

– En fait, je pense que ce serait une bonne idée que... c'est bien Randa ? Celle-ci lui fit signe que oui. «.. que Randa vienne avec moi, continua-t-il.

– Ou est-ce que je devrais subir une opération pour changer de sexe au préalable ? fit cette dernière, «et puis me faire ordonner prêtre».

– O.K.! mon Père. Elle peut entrer. Mais elle devra repartir avec vous. Le shérif ouvrit la porte. Vous avez quinze minutes.

Michael se demanda en vertu de quelle loi il leur disait cela, mais il ne voulait pas prendre le risque de ne pas pouvoir parler à Jack.

– Merci, fit-il.

Jack leva les yeux dès qu'ils furent dans la pièce. Il semblait avoir perdu jusqu'à la force d'être surpris. Il avait l'air usé, à bout de nerfs. Randa courut vers lui et le prit dans ses bras. Il la serra contre lui, enfouissant son visage dans le creux de son épaule. Michael se sentit de trop, mais il ne pouvait se détourner. L'image de Jack tenant quelqu'un dans ses bras le fascinait et, malgré tout ce qu'il avait d'incongru, ce témoignage d'affection semblait vraiment sincère. Michael s'assit et attendit que Randa fît de même.

– O.K.! dit Michael, regardant Jack dans les yeux. «Il y a trois possibilités : vous pouvez espérer qu'ils n'ont pas assez de preuves contre vous, auquel cas vous serez libéré et vous pourrez tuer d'autres personnes jusqu'à ce que votre chance tourne. Ou bien, vous pouvez les laisser vous enfermer – ou vous zigouiller – pour une chose dont vous ne vous souvenez même pas. Ou alors, vous pouvez m'écouter et faire ce que je vous dis.

Jack approuva d'un signe de tête.

– Il y a autre chose, continua Michael, et ce n'est pas drôle du tout. Ça va même vous sembler complètement farfelu.

Il réfléchit un instant. Comment dire les choses simplement ?

— Mon arrière-grand-père, le père de Vincent, était un adorateur du Diable. Un vrai de vrai, à ce qu'il paraît. Croyez-moi, je sais à quel point tout ça peut vous paraître complètement bizarre, c'est malheureusement la stricte vérité. Mon grand-père a été élevé dans le culte satanique... il y est resté jusqu'à ses dix-sept ans. Un jour, la secte a kidnappé une fille de treize ans et... Vincent...

Il s'arrêta. Il était incapable de le dire.

— ... Votre père a été conçu au cours d'une messe noire. En fait, c'est ça qui ne va pas dans votre famille. C'est ce qui explique aussi ce qui vous est arrivé.

— Attendez, laissez-moi voir si j'ai bien compris, intervint Jack. Vous êtes en train de me dire que cette secte a kidnappé ma grand-mère, que votre grand-père l'a baisée pendant une messe noire, qu'elle est tombée enceinte et que c'est ce qui a valu au monde l'honneur de l'existence de mon père ?

Michael baissa les yeux.

— Oui, c'est tout à fait ça. La secte voulait utiliser le bébé – votre père – en guise de sacrifice à Satan. Mon grand-père les a aidés à s'enfuir.

— J'espère que vous n'espérez pas de remerciements de ma part !

— Je suis juste en train de vous expliquer ce qui se passe. Je ne suis pas là pour que vous puissiez me remercier, me blâmer ou insulter mon grand-père. Peu importe. Mais vous devez le savoir : votre père est le résultat d'horribles circonstances, il portait cette horreur en lui, et ses enfants en ont hérité.

— La mère de Jack a toujours pensé qu'il y avait une malédiction sur la famille, intervint Randa.

— Et elle avait raison, rétorqua Michael en hochant la tête.

Il regarda à nouveau Jack avant de continuer.

— La force qui vous hante, vous possède et provoque ces absences est un esprit maléfique, invoqué par mon arrière-grand-père dans le but de détruire votre père et toute sa lignée.

Il vit Jack rouler des yeux.

— Vous savez quoi ? Je pense comme vous que tout ça est complètement débile ! s'écria Michael, malgré ses efforts pour se contrôler. Je suis prêtre et je n'ose pas prononcer le mot *démon* sans baisser les yeux. Vous voulez savoir autre chose ? Ce machin se fout éperdument de savoir si on croit à son existence ou pas. Au contraire, tant mieux pour lui si on n'y croit pas. Comme ça, personne ne lui met des bâtons dans les roues.

Randa secoua la tête.

– Ça a l'air tellement... je veux dire, je crois que le Mal existe, mais... les démons ?

Michael baissa la tête.

– Oui, je le sais bien.

Il pouvait lire dans ses yeux qu'elle commençait à le croire. Ça l'encouragea à poursuivre.

– Nous avons déployé toute notre énergie à analyser, définir, démystifier nos peurs, nos angoisses et nos soumissions. Nous avons tenté par tous les moyens de fuir cette merde connue depuis plus de quatre mille ans, et je suis aussi coupable de ça que n'importe qui d'autre. Nous refusons d'admettre que cette horreur archaïque, primitive, existe. Mais que ça nous plaise ou pas, qu'on y *croie* ou pas, elle est malheureusement là. Le Diable existe. Les démons existent. Il y a vraiment une guerre entre le Bien et le Mal. Elle a lieu tout autour de nous. Tout le temps. Elle influe sur notre vie sans que nous nous en rendions compte.

– Si seulement je *pouvais* y croire, soupira Jack. Si seulement je pouvais rejeter la responsabilité de ce que j'ai fait sur le Diable...

– Eh bien ça ! vous ne le pouvez pas, répondit Michael.

– Pourquoi ? Ce n'est pas ce que vous êtes en train de m'expliquer ?

– Non. Ces choses-là n'arrivent pas toutes seules.

– Qu'est-ce que vous voulez dire ? dit Randa.

– Elles ont besoin de votre aide, de votre consentement. Jack a dû faire quelque chose, à un moment donné, pour accepter son offre. Il a entrepris une action volontaire qui lui a laissé la porte ouverte.

Jack fixait la table. Michael le sentit réagir de manière à peine perceptible à ce qu'il venait de dire. Il avait l'impression que, quoi qu'il eût fait, Jack savait pertinemment de quoi il s'agissait. Cela ne servirait à rien de chercher. C'était trop tard, maintenant.

– Écoutez, Jack, je ne vous demande pas d'y croire, reprit Michael. Je voudrais juste que vous me laissiez faire ce qu'il y a à faire.

– C'est-à-dire ? demanda Randa.

– Une séance d'exorcisme.

Jack eut un rire sardonique.

– J'ai vu le film *L'Exorciste*, j'ai trouvé ça assez marrant, d'ailleurs. Mais je suis coincé. Même si tout ce charabia est vrai, vous arrivez un peu tard.

– Qu'avez-vous dit à la police ? s'enquit Michael.

369

– La vérité. Que j'avais réparé la gouttière de Cathy, puis que je m'étais réveillé dans les bois près d'une bouteille de whisky à moitié vide. Et que je ne me souvenais de rien, entre-temps.

– Est-ce qu'ils ont des preuves contre vous ? Des témoins ? Des pièces à conviction ?

Jack secoua la tête.

– Je n'en sais rien.

– Je ne vois pas comment ils pourraient en avoir, intervint Randa. Il admet être entré dans la caravane, alors que quelqu'un l'ait vu ou pas ne prouverait rien du tout.

– O.K. ! fit Michael. Il faut qu'on vous sorte d'ici au plus vite et qu'on s'arrange pour ne plus les avoir sur le dos.

– Comment comptez-vous vous y prendre ? demanda Randa.

Michael y avait déjà pensé. Il s'était souvenu d'une phrase prononcée par Bob après que Danny avait blessé son père à la figure.

« ... Danny aurait pu réussir le test du détecteur de mensonges, parce que ce n'était pas lui qui l'avait fait. »

– Dites-leur que vous désirez vous soumettre au détecteur de mensonges, proposa Michael.

– Je ne peux pas faire ça.

– Pourquoi pas ?

Jack demeura un instant silencieux.

– Parce que je suis pratiquement sûr de l'avoir fait, fit-il d'une voix tremblante.

– Je vous l'ai dit et répété. *Vous* n'avez rien fait. Votre corps l'a fait, oui. Mais vous, non. Vous étiez inconscient quand ça s'est passé. Vous n'étiez même pas là !

Jack avait de nouveau les yeux rivés vers la table. Il semblait loin d'être convaincu.

– Vous connaissiez cette femme ? demanda Michael.

Jack tiqua et ferma les yeux, comme s'il voulait l'oublier.

– Oui, murmura-t-il d'une voix à peine audible.

– Est-ce que vous étiez fâché avec elle ? Lui en vouliez-vous pour une raison donnée ?

– Mais non, répondit Jack, immédiatement. Cathy était ma... Il marqua un moment d'arrêt, reprit son souffle. Cathy était la dernière personne à qui j'aurais voulu du mal. Sa voix tremblait.

Randa posa son bras autour de ses épaules. Des larmes perlaient à ses yeux. Michael redouta d'avoir, avec cette dernière question, remué le couteau dans la plaie et renforcé le sentiment de culpabilité de Jack, ce qui était la dernière chose à faire en ce moment.

– Jack, vous avez le droit d'essayer de vous sauver, fit Michael d'un ton qu'il voulait rassurant.

– Ah bon ? Et qu'y a-t-il à sauver ?

– Votre vie.

– Vous avez certainement mieux à faire, rétorqua Jack.

– Vous vous trompez. Je crois fermement que la vie est une chose précieuse et qu'elle vaut la peine d'être sauvée.

– Oh ! je vous en prie, gémit Jack, détournant le regard.

Michael le laissa réfléchir un instant, avant d'ajouter :

– Vous aimez Randa ?

Jack baissa les yeux. Michael devina qu'il avait visé juste.

– Je ne pense pas que votre cas soit désespéré, ajouta-t-il, sur la lancée.

Jack ne répondit toujours pas. Randa lui prit la main et il la laissa faire.

– Cette saloperie a déjà tué assez de personnes comme ça, dont des gens que vous aimiez. Si vous ne faites rien pour l'arrêter, c'est comme si vous crachiez sur leurs tombes.

Michael laissa sa phrase en suspens, puis tenta une autre approche.

– Vous savez, vous pourriez avoir une vraie vie, vous aussi. Vous pourriez vivre avec Randa. Je viens juste de vous rencontrer, mais je suis persuadé que votre vie à tous les deux serait tout sauf triste.

Randa sourit timidement et baissa les yeux, gênée.

– Il n'est jamais trop tard. Mariez-vous. Achetez une maison. Achetez une tondeuse. Faites des enfants. Donnez-leur le nom de vos frères.

Michael vit Jack se raidir à cette évocation. Il tenta de rectifier le tir.

– Écoutez, ça m'est égal quelle vie vous mènerez, après. Vous pourriez aussi bien rejoindre un cirque, si vous le voulez. Mais ne laissez pas cette chose avoir le dernier mot.

– Vu ma situation présente, elle l'a déjà eu, le dernier mot, rétorqua Jack, avec amertume.

– Vous n'avez pas encore la corde autour du cou.

– Attendez un peu, ça ne va pas tarder.

– Jack, insista Michael, demandez le détecteur de mensonges. Et cette fois, ne leur dites pas que vous avez tout oublié. Dites-leur que vous n'avez rien fait. Et si ça marche, vous saurez au moins que je ne vous ai pas mené en bateau.

– Vous ne voulez pas plutôt dire *quand* ça marchera ?

– Si, c'est ce que je voulais dire.

Jack chercha Randa du regard. Il se leva et, de son pouce, essuya doucement une larme qui coulait le long de sa joue. Il regarda longtemps ses yeux qui semblaient l'implorer.

– Pourquoi pas, Jack ? lui demanda-t-elle. Si tu ne réussis pas, ça ne constituera pas une preuve contre toi.

– Je ne pense pas qu'il ait peur de le rater, intervint Michael. Il jeta un coup d'œil vers Jack. La vraie question, si vous le passez avec succès, est : « Allez-vous encore avoir le courage de vivre ? »

Jack ne répondit rien et ne regarda même pas Michael. Ce dernier se leva.

– Bon, je vous quitte.

Puis, s'adressant à Jack :

– Je ne sais pas grand-chose sur cette femme qui vient de mourir, mais, si c'était votre amie, croyez-vous qu'elle serait heureuse d'apprendre qu'à cause d'elle, vous avez renoncé à la vie ?

Les pas de Michael se dirigeant vers la sortie résonnèrent dans la pièce. Il arriva à la porte et l'ouvrit.

– Michael ?

Il s'arrêta. Entendre son prénom ainsi prononcé par Jack lui donna un frisson. Ça avait une résonance intime qui le mit mal à l'aise.

– Pourriez-vous demander à Barney Fife d'appeler le F.B.I. pour leur demander un détecteur de mensonges ?

Michael sourit et fit oui d'un signe de tête.

– Avec plaisir.

Il sortit voir le shérif, sa profonde inquiétude dépassant son soulagement.

8

Jack passa le test du détecteur de mensonges avec succès. Randa entendit l'examinateur dire au shérif : « A votre place, je chercherais le coupable ailleurs. » Cette remarque agaça le shérif au plus haut point : le meurtre n'était toujours pas résolu et la chance de devenir le héros régional en mettant le dernier Landry hors d'état de nuire lui passait sous le nez.

Malgré les résultats du détecteur de mensonges, il les garda tous les trois le plus longtemps possible ; mais le temps passait et il dut tôt ou tard se décider à les laisser partir, à moins d'accuser Jack d'un délit quelconque. Finalement, Michael commença à s'énerver et leur demanda s'ils avaient l'intention d'arrêter Jack pour réparation frauduleuse de gouttière. Il ajouta qu'un de ses amis était membre de l'Association des droits du citoyen. Le shérif retrouva alors subitement le droit chemin ; il grommela des avertissements selon lesquels Jack ne devait pas trop s'éloigner de son domicile, puis les laissa partir.

Une fois dehors, Michael ne voulut pas perdre de temps.

— Nous avons besoin d'un endroit pour l'exorcisme. La pension et le presbytère ne feront pas l'affaire. Il nous faudrait un endroit où le bruit n'attirerait pas l'attention.

— Le bruit ? fit Randa.

— Faites-moi confiance, je sais de quoi je parle, dit Michael.

Il devait s'agir d'un bruit démoniaque, quoi que cela veuille dire. La réponse lui parut évidente. Randa évoqua la ferme, et Michael trouva l'idée excellente. Le démon sera particulièrement attiré par cet endroit, expliqua-t-il, il sera plus enclin à s'y manifester. L'idée ne rassurait pas Randa le moins du monde, mais Michael l'assura que c'était une bonne chose. Le seul moyen de se débarrasser du démon était de l'attaquer de front.

— Si je comprends bien, fit Jack, se tournant vers Michael, il y a quelque chose en moi... c'est-à-dire que mon corps n'est qu'une

373

enveloppe et que je suis en réalité cette chose invisible... qui vit à l'intérieur ? Et que je peux être remplacé par une autre chose invisible, une force maléfique... et qui veut... me détruire... et qui le fera en me poussant à détruire d'autres personnes ?

Michael approuva d'un signe de tête.

— Grosso modo, oui.

Jack secoua la tête, interdit.

— Mais pourquoi ? Si cette réalité invisible existe autour de nous... et qu'elle nous est inconnue, alors que nous sommes tellement... concrets. A quoi ça sert, tout ça ?

— Jack, si je rentrais chez moi et retrouvais ma maison en feu, je ne me lancerais pas dans une discussion avec les pompiers pour leur expliquer que, pourtant, mon installation électrique était conforme aux normes de sécurité et que mes rideaux étaient ininflammables. Ce qu'il nous faut faire, maintenant, c'est éteindre ce foutu incendie.

— Comment ? s'exclama Jack. Par magie ?

Michael commençait à perdre patience.

— De votre point de vue, oui ; je pense. Écoutez, vous venez de le dire vous-même : il s'agit d'un problème métaphysique, et nous devons le combattre avec des moyens adéquats. Si vous avez une meilleure idée à me proposer, je vous écoute.

— Il a raison, Jack, intervint Randa. Allons-y.

Michael ne laissa pas à Jack le temps de discuter.

— Je dois passer prendre quelques affaires, fit-il. Randa, allez-y avant moi. Commencez à débarrasser une des chambres. Enlevez tout ce que vous pouvez, sauf les meubles. On les enlèvera quand je serai là. Jack reste avec moi dans la voiture.

Randa approuva d'un signe de tête et se dirigea vers sa voiture.

— On y va, dit Michael à Jack sur un ton sans réplique.

Jack le suivit, apparemment résigné.

Alors que Randa se rendait à la ferme, il lui vint à l'esprit qu'elle se comportait dans cette histoire comme elle l'avait fait toute sa vie : elle se laissait entraîner dans le flot des événements sans y comprendre quoi que ce soit ; elle le faisait quand même, tout simplement parce qu'elle n'avait pas d'autre choix.

*

Ils dégagèrent la plupart des meubles de la chambre du rez-de-chaussée. Jack s'allongea sur le matelas qu'ils avaient débarrassé de tous les draps, et Michael lui attacha les pieds et les mains aux montants du lit, tout en s'excusant de devoir enrouler la corde plusieurs fois avant de la nouer.

– Ça ne vous serre pas trop ? demanda-t-il à Jack, tout en vérifiant les liens pour la troisième fois.

– Je *veux* que ce soit serré, répondit Jack.

Il lança un coup d'œil vers Randa. Il avait peur de lui faire mal.

– Il y a l'eau, ici ? demanda Michael.

Jack lui fit signe que oui.

– L'eau, le courant, tout ce qu'il faut.

Michael quitta la chambre, probablement pour ses préparatifs. Randa s'assit sur le bord du lit, à côté de Jack. Elle l'embrassa. Elle sentait ses lèvres trembler.

– Randa... tu te souviens de ce que Michael a dit au commissariat... J'ai effectivement fait quelque chose. Je n'ai tué personne, mais...

– Non, je ne veux pas savoir, l'interrompit-elle en secouant la tête. Quoi que tu aies fait, tu n'y peux plus rien, maintenant.

– Mais il faut que tu saches...

– Non. Ça m'est égal.

La dernière chose dont elle avait envie, maintenant, était de voir s'allonger la liste des catastrophes.

– Tu ne peux pas faire l'autruche, tu ne peux pas continuer à ignorer qui je suis, insista-t-il.

Elle l'embrassa à nouveau, surtout pour le faire taire.

– Nous reparlerons de tout ça plus tard.

Michael revint avec un bol rempli d'eau. Il le posa sur la table de chevet, sur laquelle il avait déjà placé un cierge et un crucifix en bois. Il marmonna quelque chose et fit un signe de croix au-dessus du bol. Il sortit deux livres rouges d'une serviette en cuir noir, et en donna un à Randa.

– J'aurai besoin de vous pour me donner la réplique. Les passages que vous devrez lire sont marqués d'une croix.

– Vous plaisantez ?

– C'est juste une petite phrase par-ci, par-là.

– Mais... Ce n'est pas censé être fait par un prêtre ?

– Si. Et nous sommes censés être assistés par un médecin et deux autres personnes qui maintiendraient Jack. Et nous sommes supposés demander l'autorisation officielle de l'Église. Et ça devrait être fait par un exorciste dix fois plus expérimenté que moi, et qui a la conscience vingt fois plus tranquille que la mienne, mais ce n'est pas le cas. Alors, nous nous débrouillerons avec les moyens du bord. Voilà, maintenant vous êtes ordonnée.

— Je serais incapable de réciter la moindre prière. Je ne sais même pas en quoi je crois.

— Ce n'est pas grave, fit Michael. Moi non plus, de toute façon.

Il lui demanda de se tenir du côté gauche du lit et prit lui-même place de l'autre côté, près de la table de chevet. Il ouvrit son livre.

— Ceci est le Rite officiel d'exorcisme. Il a été élaboré en grande partie au IIIe siècle. La dernière révision date du XVIIe. Je sais que ça va vous paraître ridicule mais, en général, ça marche.

Michael prit le bol rempli d'eau, y trempa son pouce et dessina une croix sur le front de Randa. Celle-ci fut surprise de constater combien ce geste dénué de sens s'avérait réconfortant. Il fit la même chose avec Jack, qui ne réagit nullement. Pendant ce temps-là, Michael continuait de murmurer des mots que Randa n'arrivait pas à comprendre. Elle supposa que ces gestes avaient pour objet de les protéger. Michael reposa le bol sur la table, se signa et demanda à Randa de faire de même. Et ils purent commencer.

Ils lurent le texte pendant une demi-heure sans interruption ni diversion. Randa faisait les répliques, en essayant d'oublier ce sentiment d'hypocrisie qui ne voulait pas la lâcher. Elle jetait de temps à autre un coup d'œil à Jack. Ce dernier avait les yeux fermés et elle commençait à croire qu'il dormait. Elle ne savait pas comment cela se passait d'habitude, mais pour l'instant il n'y avait pas de quoi alerter les médias.

— Tu gaspilles ton énergie, le Pater, s'exclama soudain Jack. Tu ne peux pas éteindre le feu de l'intérieur d'un immeuble en flammes.

Randa en eut le souffle coupé. Elle sentit soudain son cœur tambouriner contre sa poitrine. Elle ressentait une présence dans la chambre. Celle-ci provenait de Jack, mais ne se limitait pas à sa personne. Elle irradiait tout autour.

Oh ! mon Dieu... Il y a vraiment quelque chose en lui !

— Au nom de Jésus-Christ, je te commande, dit Michael, d'une voix plus assurée. A quel nom réponds-tu ?

— Tu connais mon nom, *Padre*, dit Jack. Il gloussa. Il te faudrait connaître ton propre nom.

L'atmosphère était lourde et opaque. Elle semblait presque vivante. Une mauvaise odeur, comme celle d'une poubelle ouverte un jour de canicule, emplissait également la pièce. Randa devait lutter pour ne pas vomir. Michael s'arrêta pour reprendre son souffle. Il essayait apparemment de se ressaisir lui aussi face à cette présence. Randa en fit de même. Cela l'aida à supporter sa nausée, mais ne suffit pas à dissiper la sensation qu'elle allait s'évanouir.

— Mi casa es tu casa, *Padre*, reprit Jack.

— Dígame tu nombre, lui ordonna Michael.

— Esta vez, *Padre*, nadie estará para aggarrarte, continua-t-il avec un sourire sardonique.

Randa n'avait pas la moindre idée de ce que cela signifiait, mais, quoi que ce fût, ça ne semblait pas perturber Michael.

— Tu nombre, fit-il, insistant.

— No te recuerdas de mí? demanda Jack, son sourire s'élargissant.

— Tu m'obéiras, reprit Michael, au nom de...

Il s'arrêta. La pression de l'air avait soudain augmenté au point de devenir insoutenable. Une douleur fulgurante traversa la tête de Randa, lui donnant l'impression que celle-ci avait été transpercée par une lance. Elle poussa un cri et lâcha le livre qui retomba sur le sol.

Le démon éclata d'un rire sinistre, inquiétant. Randa réussit à lever les yeux vers Michael. Son visage était figé dans une grimace, ses dents claquaient. La chose le tenait aussi. Il cherchait visiblement à saisir un objet posé sur la table de chevet. Le crucifix. Michael s'en saisit.

Un bruit assourdissant envahit la pièce, ou peut-être n'existait-il que dans la tête de Randa. Elle était incapable d'en définir la provenance. C'était une symphonie macabre, des milliers de voix agonisantes hurlant à l'unisson. Des âmes en perdition. Elles existaient réellement, quelque part, Randa le savait. Le démon avait entrouvert la porte de leur geôle, pour que leur voix et leur désespoir parviennent jusqu'à Michael et elle, et les atteignent. Et, par-dessus ces hurlements, elle entendait encore le rire écœurant du démon, que ce spectacle mettait visiblement dans un état de jubilation profonde.

Michael brandit le crucifix au-dessus de Jack. Il essayait apparemment de dire quelque chose, mais en semblait incapable. Le sourire de Jack se transforma immédiatement en une hideuse grimace. Il fixa le crucifix, ses yeux reflétant la haine à l'état pur. Un grognement inhumain jaillit du fond de sa gorge. Au même moment la bulle pesante qui les entourait sembla se déchirer et la douleur et les voix s'amenuisèrent, jusqu'à disparaître complètement. Le seul bruit qu'on entendait encore dans la chambre était celui de la respiration haletante de Randa et Michael, qui reprenaient leur souffle.

Jack se mit soudain à parler :

— Baisse... ça... espèce... de... porc...

La voix était différente, maintenant. Ce n'était plus celle de Jack. Elle était rauque, grinçante. Il semblait déployer un effort immense pour prononcer chaque mot.

— Il... n'a... aucun... pouvoir... sur... moi...

— Il t'a rejeté, ainsi que tous tes semblables, dans l'abîme, reprit Michael. Et, par Son pouvoir, je t'ordonne d'y retourner.

— Son... foutu... sang...

La voix du démon se faisait de plus en plus forte.

— ... Son... foutu... sang ne m'entache pas.

— Son sang ne t'a pas sauvé, continua Michael.

La chose grogna à nouveau.

— JE LE HAIS ! hurla-t-il.

Son horrible voix emplit la chambre. Randa la sentit vibrer à travers son corps.

— Pourquoi ? demanda Michael, regardant Jack avec insistance.

— POURQUOI ? hurla le démon, enragé.

— Il n'y a rien en Lui qu'on puisse haïr, renchérit Michael.

— Tu ne le connais pas !...

Le démon crachait ses mots comme autant de poignards, fulgurants et pointus.

— ... Tu ne sais rien de lui, continua-t-il !

— Je sais tout ce que j'ai besoin de savoir.

— TU NE CONNAIS PAS LA VÉRITÉ ! C'ÉTAIT UN TYPE QUELCONQUE !

— Alors pourquoi Le hais-tu ?

— Parce que, bougre de connard, Il tire son pouvoir de vous, bande de limaces lobotomisées ! De vous et de vos putains de légendes !

— Ah bon ! vraiment ? demanda Michael. Et comment ça marche ?

— Il n'avait pas de pouvoir avant que vous ne Lui en donniez ! Il était moins que rien !

— Comment Lui avons-nous donné ce pouvoir ?

— Les pensées ont un pouvoir réel, petit con ! Tu ne vois pas la plus élémentaire des vérités ?

Michael ne réagit pas. Randa le regarda ; il semblait avoir perdu le contrôle de la situation. Jack éclata soudain d'un rire long et fort. Il était à nouveau à son zénith.

— Et tu le sais, espèce de petite merde ! Le pain que tu manges n'est que du pain, et le vin que tu bois n'est rien d'autre que du vin, et personne ne sera là pour te sauver les miches, juste pour le plaisir ! Tu devras affronter la même colère que moi, et tu n'auras pas droit à plus de pitié !

Michael regardait Jack, éberlué. Il avait l'air complètement perdu. L'instinct de Randa lui dicta qu'elle devait réagir, vite. Elle ramassa son livre, l'ouvrit et se mit à lire la première phrase sur laquelle son regard tomba.

– Seigneur... C'est un de Tes attributs d'être clément et de pardonner...

Sa voix tremblait, mais elle continua.

– Écoute notre prière, et fasse que Ton serviteur ici présent...

– ... lui aussi lié à la chaîne des péchés... reprit Michael à l'unisson, soit libéré par Ta bonté et par Ta grâce.

Jack ferma les yeux et se mit de nouveau à grogner.

Un bruit épouvantable retentit soudain ; Randa le reconnut, mais trop tard. C'était celui de vitres qui se brisaient. Les fenêtres toutes proches avaient explosé. Elle ressentit tout à coup une brûlure sur sa joue. Elle se jeta à terre et, de ses bras, se protégea la tête. Elle entendait des débris de verre tomber autour d'elle. Le fracas s'arrêta enfin, mais elle n'osait pas relever la tête. Elle sentit quelque chose lui effleurer l'épaule et elle sursauta.

– Randa...

C'était Michael. Elle releva lentement les yeux.

– Ça va ? s'enquit-il d'une voix douce.

– Je ne sais pas...

Elle porta une main sur sa figure et sentit du sang couler sur ses doigts. Michael s'approcha pour évaluer la gravité de la blessure.

– Je ne vois pas très bien, dit-il. Sortons d'ici.

La chambre était redevenue calme. Jack les regarda sortir sans rien dire, un sourire dément sur le visage.

*

Ils s'installèrent sur le canapé du salon et Michael lui tamponna le visage avec un chiffon imbibé d'eau.

– Il ne s'en est pas fallu de beaucoup pour qu'il vous blesse à l'œil.

– C'est profond ? demanda-t-elle.

Michael secoua la tête.

– Je ne pense pas que ça laissera de cicatrice. Vous n'êtes pas blessée ailleurs, au moins ?

– Non, je ne crois pas.

— Je suis vraiment désolé. J'aurais dû penser à enlever les fenêtres.

— Ce n'est pas de votre faute.

— Si, insista-t-il. Il lui tendit le chiffon. Tenez ceci bien appuyé contre la joue jusqu'à ce que ça s'arrête de saigner. Je vais regarder dans la remise pour voir s'il n'y a pas du contre-plaqué.

Pendant son absence, Randa compta les secondes. Elle ne se sentait pas en sécurité toute seule. Il était son seul rempart contre cette horreur.

Elle s'enveloppa dans un plaid, sachant pertinemment que ce geste était inutile. Le froid perçant qui lui traversait les os était, de toute évidence, d'origine surnaturelle, et aucune chaleur physique n'y pouvait rien.

Michael revint sans contre-plaqué, mais il tenait sous le bras deux vieilles couvertures de l'armée, assez épaisses pour faire l'affaire. Il les emporta dans la chambre, ainsi qu'une caisse à outils. Randa retint sa respiration, s'attendant à entendre retentir d'un moment à l'autre le fracas du verre qu'on brise. Mais elle ne perçut que le bruit d'un marteau. Michael sortit de la chambre et se dirigea vers la salle de bains sans mot dire. Randa en conclut que sa mission était accomplie.

Elle tenta de retrouver son calme en écoutant le bruit de la pluie qui commençait à tomber. De temps à autre, elle entendait gronder le tonnerre au loin. Les tempêtes étaient rares à cette époque de l'année, se dit Randa, mais elle ne voulait pas y songer outre mesure. Elle refusait de savoir si la *chose* avait le pouvoir de contrôler les éléments ou non.

Michael surgit de la salle de bains, s'essuyant la figure avec une serviette. Ses cheveux étaient trempés par la pluie. Il avait retiré les soutanes superposées qu'il portait. A présent, il était simplement vêtu d'une chemise noire et d'un pantalon assorti, un bout de plastique blanc dépassait de sa pochette de chemise ; Randa en déduisit qu'il s'agissait de son col de prêtre. Le noir lui allait bien, se dit Randa, et il était, si c'était concevable, encore plus beau sans ses lunettes. Randa souhaita qu'il fût homosexuel, se disant que le vœu de célibat perpétuel qu'il avait prononcé était une véritable insulte à la gent féminine.

— Comment vous sentez-vous ? demanda-t-il, s'adressant à Randa.

— Physiquement ?

Il hocha la tête. Elle réfléchit un court instant.

— Malade, finit-elle par répondre.

C'était la meilleure description de son état qu'elle puisse donner.

– Oui, je m'en doute, murmura-t-il. Je suis vraiment désolé.

– Vous ne voudriez pas vous excuser pour la famine dans le tiers-monde, tant que vous y êtes ?

Il sourit.

Randa se sentit frissonner.

– Je ne vous croyais pas, dit-elle soudain.

– Ce n'est pas grave, je ne me serais pas cru non plus.

Il s'assit sur le bord du canapé et se frotta l'arcade sourcilière.

– Je veux dire... J'y croyais d'une certaine façon, expliqua Randa. Je ne voulais pas trop penser à ce que pouvait être le démon. J'ai pensé à une sorte de délire psychotique mêlé à de l'amnésie. Mais ça...

Un frisson lui parcourut l'épine dorsale ; elle resserra les pans du plaid autour d'elle.

– Oui, dit-il, hochant la tête d'un air compréhensif. Je sais.

– Vous aviez déjà fait une séance d'exorcisme ?

Il lui fit signe que oui.

– Une fois, répondit-il.

– Ça s'est terminé comment ?

– Mal.

Il ne fournit pas davantage d'explications et se leva.

– Je vais aller voir si j'arrive à régler la chaudière. Pourquoi n'iriez-vous pas dans la cuisine chercher quelque chose à manger ? proposa-t-il.

Manger ?

– Vous plaisantez ? Vous seriez capable d'avaler quelque chose ?

– Il nous faut veiller à garder toutes nos forces. Ça n'est pas près d'être fini.

– Combien de temps ça dure, d'habitude ?

– Il n'y a pas de durée type. Il faut compter dans les deux jours, au minimum.

Mon Dieu ! Deux jours dans cette chambre avec cette chose ! Et si...

– Vous avez dit que votre première séance s'était mal terminée...

– Il ne faut pas penser à ça, maintenant. Tout ce que nous pouvons faire, c'est utiliser tous les moyens dont nous disposons pour le combattre.

– Mais comment Diable quelques balivernes moyenâgeuses vont-elles nous débarrasser de cette chose ? Pensez à tous les gens qu'elle a tués, jusqu'à présent ! Et vous voulez qu'on la combatte avec des *mots* ?

Michael secoua la tête.

— Non, pas avec des mots, Randa.

— Avec quoi, alors ? Les Marines vont débarquer d'une minute à l'autre ?

— Écoutez, s'exclama-t-il, d'un ton ferme. Allez nous trouver de quoi manger, moi je vais chercher de quoi nous chauffer, nous nous reposerons un peu et j'essaierai alors de tout vous expliquer. D'accord ?

Elle hocha la tête.

— D'accord, fit-elle.

Il allait tout lui expliquer. Elle allait enfin y comprendre quelque chose.

Randa se dirigea vers la cuisine et fouilla les placards à la recherche de nourriture. Elle trouva un stock de boîtes de conserve, empilées en pyramide comme s'il s'agissait de la cagnotte du Juste Prix... Elle réchauffa deux boîtes de raviolis, les versa dans des bols qu'elle emporta dans le salon. Un grand feu brûlait dans la cheminée, mais la pièce n'en était pas plus chaude. Elle déposa les bols sur la table basse.

— Humm ! fit Michael, en inspectant le contenu de son bol.

— Dites-vous qu'en Afrique, il y a des enfants qui meurent de faim.

— Eh bien ! je leur enverrais volontiers ce truc, mais je doute qu'ils en veuillent.

Il se résigna néanmoins à y goûter.

— Vous ne bénissez pas le repas avant de commencer ? s'étonna Randa.

— Je ne veux pas obliger le bon Dieu à faire des heures sup.

Ils mangèrent en silence. Le crépitement du feu ne parvenait pas à les réconforter. Une pensée s'abattit soudain sur Randa comme une ombre menaçante. Elle reposa sa fourchette sur la table.

— Le Diable... dit-elle à voix basse, pour elle-même. Comme s'il n'y avait pas assez de malheurs comme ça. Ça me donne envie de... tout abandonner.

— Si vous étiez le Diable, c'est exactement le but que vous rechercheriez.

— Mais, je n'y comprends rien... continua Randa. Comment Dieu tolère-t-Il l'existence des démons ? Comment permet-Il au Diable d'exister ? Il est Dieu, Il peut tout simplement les écraser...

— Eh bien ! c'est...

— Et ne me sortez pas de cliché, le devança Randa. Je les connais tous par cœur. Le Mal doit exister pour nous permettre d'apprécier le Bien. Balivernes ! Je serais tout à fait capable d'apprécier la beauté d'une rose, d'un coucher de soleil ou la pureté d'un nouveau-né sans l'existence des nazis. On m'a parfois dit que, pour Dieu, l'existence du Diable n'était qu'une broutille. Eh bien ! pour nous, ça ne l'est pas, et c'est nous qui devons vivre avec.

— Peut-être n'avons-nous pas besoin de l'horreur pour apprécier la beauté, rétorqua Michael. Mais l'intensité de ce qui est beau est multipliée par mille, comparée à la laideur.

Randa ne sembla pas satisfaite de la réponse.

— C'est ce que vous croyez vraiment, ou c'est ce que vous servez en général aux gens quand vous avez le col blanc autour du cou, plutôt que dans la poche de votre chemise ?

— Je suis jésuite, Randa. Je ne suis obligé ni de porter un col blanc ni de convaincre un auditoire de quoi que ce soit.

Randa secoua la tête.

— Je ne sais rien des jésuites ni des autres ordres, d'ailleurs.

Michael réfléchit un instant. Il eut un petit sourire puis reprit la parole.

— O.K. ! Je vais vous raconter une petite histoire. Trois prêtres étaient assis dans une pièce...

— Ce ne serait pas dans le genre : « Il était une fois un homme qui avait deux fils... » ?

— Oh ! taisez-vous un peu et écoutez ! fit Michael en riant. On se fout assez de moi comme ça, ce n'est pas la peine d'en rajouter... Donc voilà, trois prêtres étaient assis dans une pièce : un franciscain, un dominicain et un jésuite. La lumière s'éteint. Le franciscain dit : « Mes frères, profitons de cette occasion pour penser à la dette que nous devons à notre sœur, la lumière. » Le dominicain réplique : « Certes, et saisissons cette occasion aussi pour contempler la différence entre la clarté de la lumière et l'opacité de l'obscurité. » Entre-temps, le jésuite avait trouvé le disjoncteur et remplacé le fusible.

— Ça vous ressemble, ça, rétorqua Randa avec un sourire amusé. Et alors, comment ça se passe, en pratique ? Que fait un jésuite face à toutes les questions sans réponse ?

— On boit pour oublier pendant que les franciscains et les dominicains dorment à poings fermés.

Randa éclata de rire. Ça faisait du bien. Même Michael réussit à sourire.

– O.K. ! dit-elle. Racontez-moi au moins comment des mots vont arriver à nous débarrasser du démon.

– Parce que ce sont plus que des mots.

– Quoi ?

– Ce ne sont pas *uniquement* des mots. C'est le pouvoir du rituel.

– Qu'est-ce qu'un rituel sinon une accumulation de mots ? De mots et de quelques cierges ?

– En fait, ce n'est là que ma théorie personnelle. Je crois que le rituel est une sorte d'énergie ciblée. Je pense que nous avons le pouvoir d'appeler... l'invisible. Quel qu'il soit. Je pense que les rituels concentrent l'énergie d'une certaine façon, et provoquent ainsi des changements sur un plan qui nous échappe. C'est ma meilleure explication.

Randa hocha la tête. Elle saisissait vaguement le sens de ses mots.

– Pensez-y, dit Michael. Jésus parlait presque exclusivement en symboles et en métaphores. Et la dernière chose qu'Il nous ait demandé de faire était d'observer des rituels à Sa mémoire.

Il gloussa.

– Un rite, si on est protestant, reprit-il. Pour les catholiques, il s'agit du tour de magie le plus abracadabrant. Je me suis souvent imaginé en train d'expliquer la messe à un extra-terrestre : « Voyez-vous, on dit ces mots et notre divinité se transforme en un bout de pain, qu'on mange après. » Je pense qu'il serait reparti en courant vers son vaisseau spatial avant que j'en arrive au chapitre concernant le sang et le vin. Mais bon, ne nous dispersons pas...

Randa rit à nouveau. Michael poursuivit.

– Les rites et les symboles ont apparemment une très grande importance sur le plan universel. Ici-bas, nous accordons une importance capitale à tout ce qu'on peut voir, peser, acheter, mesurer, quantifier... Les symboles et les métaphores sont réservés aux artistes et aux farfelus ; quant aux rituels, ils sont loin d'être éteints. Au contraire. Je crois que le rituel a un pouvoir considérable et qu'en le reconnaissant, nous nous mettons en phase avec ce pouvoir.

Randa se leva et s'approcha du feu.

– J'espère que vous avez raison.

Elle secoua la tête.

– ... C'est incroyable. Je suis là à *espérer* que l'homme que j'aime est possédé par un démon. Parce que, sinon, ça voudrait dire que je suis amoureuse d'un meurtrier qui a trouvé l'alibi le plus original qui ait jamais existé.

– Vous n'êtes pas amoureuse d'un meurtrier.

– Ça n'a plus aucune importance. J'ai déjà été amoureuse de narcissiques, de lâches, de menteurs, d'obsédés sexuels... Au point où j'en suis, je peux toujours ajouter un fou dangereux à mon palmarès. Ça fera une anecdote croustillante à raconter, plus tard.

Michael repoussa son bol de raviolis sur la table.

– Vous êtes beaucoup trop jeune pour être aussi cynique, dit-il.

– Je pensais qu'il n'y avait pas de mal à prendre un peu d'avance.

Ça ne servait à rien de lui expliquer qu'elle était persuadée que la vie était ainsi faite, du moins la sienne, et qu'il n'y avait aucune raison que ça change. Il lui aurait probablement offert un point de vue objectif sur sa vie sentimentale, ce qui était la dernière chose qu'elle avait envie d'entendre, surtout de la part d'un prêtre ayant fait vœu de célibat.

– Je ne suis pas la seule à être cynique, continua-t-elle. Le système tout entier est pourri. Même si vous arrivez à sortir Jack de ce pétrin et que nous nous en allons main dans la main dans le soleil couchant, dans deux ans nous nous taperons sur les nerfs à longueur de journée et nous nous disputerons pour des choses aussi importantes que de savoir qui doit faire la vaisselle. Et puis il y a tous ces gens qui ne rencontrent jamais personne, qui n'arrivent même pas à se leurrer pendant une année ou deux et qui passent leur vie à chialer devant des films d'amour débiles et à transformer en best-sellers des bouquins à deux sous.

Elle regarda le feu, et poursuivit.

– Je me dis parfois qu'on a tellement été gavés du mythe du «ils vécurent heureux et eurent beaucoup d'enfants», que nous passons notre vie à être malheureux à cause de notre imaginaire. Mais si ça n'existe pas, pourquoi continuer à courir aussi désespérément après cette illusion?

Elle se sentait légèrement embarrassée de se lancer dans une telle tirade devant un type qu'elle connaissait à peine, mais elle était allée trop loin pour reculer.

– Si Dieu existe, conclut-elle, alors l'amour est le tour le plus pendable qu'Il nous ait jamais joué.

Michael demeura silencieux. Il fixait sans le voir le contenu de son bol.

– Qu'est-ce qu'il y a? demanda Randa.

– Je crois que vous n'en pensez pas un fichtre mot.

– Je le sais, reconnut-elle. Et pourtant, je devrais.

9

Quand ils retournèrent dans la chambre, Jack semblait endormi. Michael boutonna sa chemise jusqu'au cou et y glissa le col de prêtre. Il préférait ne pas remettre ses soutanes ; elles auraient été trop encombrantes s'il devait se déplacer rapidement. Randa avait repris sa place et attendait qu'il fût prêt. La blessure sur sa joue semblait plus profonde qu'il ne l'avait tout d'abord pensé, et il se sentait coupable de n'avoir pu éviter l'accident. Il ignorait quel métier faisait Randa, mais il doutait fort qu'elle eût les moyens de se payer une opération de chirurgie esthétique. Peut-être accepterait-elle de se faire rembourser l'opération avec l'argent de l'héritage de Vincent. C'était le moins qu'il pût faire, vu les circonstances.

Il prit une profonde inspiration et se dit que le moment était plutôt mal choisi pour faire l'inventaire des situations où il n'avait pas été à la hauteur.

– Nous allons reprendre là où nous nous sommes arrêtés, dit-il.

Randa approuva d'un hochement de tête. Il se signa et elle l'imita.

Seigneur, faites que ça marche !

La chambre était glaciale et une odeur putride y régnait. Michael essaya de penser à quelque chose d'agréable, pour se donner la force de surmonter son trouble. Il se souvint de l'étreinte de Tess lorsqu'il se réveillait le matin à son côté, de la douce chaleur de ses bras, du rythme régulier de sa respiration, du parfum délicat de ses cheveux.

Le gloussement du démon attira son attention. Il se tourna vers Jack : celui-ci avait les yeux grands ouverts.

– C'est ça, espèce de porc. Pense à ta *vraie* religion.

Michael se sentit frémir. Il avait oublié que cette chose immonde avait le pouvoir de lire dans ses pensées. Officiellement, l'Église affirmait que cela était impossible. Ils allaient donc devoir revoir leur copie, il avait des nouvelles officieuses à leur annoncer !

Il essaya de vider son esprit. La chose s'esclaffa à nouveau.

–Padre, j'ai une petite histoire à te raconter. Dieu dit à Adam : «Écoute, j'ai une bonne et une mauvaise nouvelle pour toi. La bonne nouvelle, c'est que je t'ai donné un cerveau et une bite. La mauvaise, c'est qu'ils ne peuvent pas fonctionner en même temps.»

Il hurla de rire, visiblement très content de sa blague.

Michael l'ignora et se mit à lire la première ligne.

– Seigneur, Créateur et Défenseur de la race humaine...

– Allons, *Padre*! Ne fais pas cette tête-là, je sais que cette histoire t'a plu. Ou peut-être qu'elle te touchait trop directement ?

Michael se sentit rougir.

Ça n'a aucune importance. Tu l'avais vu venir. Ignore-le. De toute façon, Randa n'est pas croyante, elle s'en fiche. Et elle ne croit certainement pas que tu es encore puceau à quarante-huit ans...

Il poursuivit.

– ... Toi qui as créé l'homme à Ton image...

– Qu'est-ce que tu as l'intention de faire ? s'exclama le démon, ... me chasser en me faisant mourir d'ennui ?

– Protège Ton serviteur ici présent, Jack Landry, assailli par l'esprit du Mal...

– ... par l'ennemi originel, continua le démon d'un ton moqueur, l'ennemi ancestral de l'univers... l'ennemi de la foi... l'ennemi de la race humaine... Meilleur acteur dans un second rôle récurrent... et n'oublions surtout pas : le mieux placé pour l'emporter. C'est ça ? C'est tout ce que tu trouves à me jeter à la figure ? Des mots ?

Michael releva la tête. Il réfléchit. Tout ce que le démon pouvait révéler de lui-même pourrait constituer une arme contre lui. Cela valait bien une petite digression.

– O.K. ! fit Michael, reposant son livre sur la table de chevet, pourquoi ne me dis-tu pas qui tu es ?

– Tu sais qui je suis.

– Je ne connais pas ton nom.

– Et tu penses que je serais assez con pour te le dire ?

– Est-ce que tu es le seul ? demanda Michael, essayant une tactique différente.

– Oh non ! *Padre*. Nous sommes légion, tu le sais bien !

– Es-tu le seul à posséder Jack ?

– Ça n'a aucune importance, gros con. Ça revient au même.

– Qu'est-ce qui revient au même ? demanda-t-il en jetant un coup d'œil rapide à Randa. Celle-ci observait la scène, médusée.

– Non mais, tu plaisantes ? reprit le démon. Tu veux savoir qui je suis ? Qui *on* est ? Tu ne voudrais pas *notre* CV aussi, tant qu'à faire ?

Soudain, Michael sentit que son esprit était envahi. C'était comme si son cerveau s'était transformé en écran géant où l'on projetait un flot d'images, tel un spectacle d'horreur et de désolation. Le journal de vingt heures sans la censure. Il vit des enfants souffrant de la famine, le ventre distendu, les corps squelettiques de malades du sida en phase terminale, des gens atteints du virus d'Ebola, les organes internes explosant comme des grenades ; une succession de catastrophes naturelles : séismes, avalanches, glissements de terrain, inondations, raz de marée, sécheresses, incendies, tornades, ouragans... Les files d'attente pour passer « à la douche », les enfants que l'on arrache à leur mère en pleurs, dans les camps de concentration. Des villes ravagées par la guerre, des enfants à moitié nus courant dans les ruines de maisons bombardées. Des trains déraillés, des gaz toxiques s'échappant des canalisations dans les couloirs bondés du métro, des gamins de treize ans avec des mitraillettes, se tirant dessus dans les rues, des terroristes kamikazes conduisant des voitures bourrées d'explosifs, des seringues traînant sur des plages de sable vierge, des chiens de secouristes cherchant des rescapés au milieu des débris d'un dispensaire médical détruit par une bombe de fortune... L'étendue de la mort, de la destruction, de la misère et du désespoir. Les coulisses honteuses de la Création. Tout ce qui se cachait derrière la reluisante façade.

Puis le film changea, et Michael assista à un montage des piteuses barrières protectrices érigées par l'homme, dans sa vaine tentative pour se préserver. Les étiquettes sur les boîtes de conserve, les Air Bag dans les voitures, les autocollants « BÉBÉ A BORD », les systèmes de surveillance, les sirènes d'alarme, le code de déontologie médicale, les avertissements affichés dans les cabinets chirurgicaux, les saucisses de dinde, les magazines d'information des consommateurs, les détecteurs de fumée, les écrans de contrôle des radiations, les sismographes, les sirènes d'alerte aux tornades, les greffes d'organes, les bouteilles d'eau minérale, les crèmes glacées à teneur réduite en graisse, les chapelets accrochés aux rétroviseurs et les saint-Christophe en plastique sur les plages arrière des voitures...

Tout cela est pathétique, pensa Michael. Nos misérables systèmes de défense et de protection, nos petites superstitions, qui visent à nous persuader que nous gardons un certain contrôle sur les événements. Nous sommes comme les Sudistes pendant la guerre de Sécession : trop fiers pour admettre que nous sommes largement inférieurs en nombre, insuffisamment armés, et que nos maigres ressources vont s'épuiser. Il faudra bien que nous nous rendions compte qu'il n'y a rien d'autre à faire que d'admettre notre défaite. Alors, il ne nous restera plus que la honte, l'humiliation et les ruines de nos âmes détruites par la guerre.

– Où est Jésus dans tout ça, *Padre*? Appelle-Le. J'aimerais bien qu'Il m'explique en quoi j'ai tort.

– Tu as tort parce que ta vie est faite d'un tissu de mensonges, lui répondit Michael. Sa réponse tenait davantage du réflexe d'autodéfense que d'une mûre réflexion.

– Qui t'a dit ça ? Le chevalier masqué ? Mais alors, dis-moi, si Dieu est le Créateur, n'est-Il pas aussi le Créateur de tous ces mensonges ?

Avant que Michael ne sache que répondre, le démon s'était lancé dans une autre tirade.

– Tu veux que je te dise un petit secret sur Dieu Junior ? L'histoire est très simple. Il avait juste une tête différente. Le monde entier est en effervescence deux mille ans plus tard parce qu'il était plus grand que le Juif moyen du premier siècle. Parce que ses cheveux étaient plus clairs et qu'il avait les yeux bleus. Une erreur de la nature, comme les buffles blancs. Pour les gens, ça devait avoir un *sens*. Il était physiquement différent, donc il avait quelque chose de divin. S'il n'avait été qu'un petit Juif bouseux de plus, personne ne se souviendrait de son nom, aujourd'hui.

– Ils l'ont tué parce qu'il avait les yeux bleus ?

– Ils l'ont tué parce que c'était un petit vantard de mes deux. *Des conneries. Il te raconte des conneries.*

– Tu crois vraiment, *Padre*? Alors, dis-moi où il est ? Je suis là, moi. Tu es là, toi aussi. Où est Zorro ?

Michael ouvrit la bouche pour répondre mais il n'avait absolument rien à repartir. Randa le regardait, inquiète.

– Où était-il toutes ces années ? continua le démon. Où était-il quand ton grand-père violait une gamine de treize ans pendant qu'elle hurlait et se débattait sous lui ? Où était-il quand le cerveau de ta mère a éclaboussé Peachtree Boulevard, ou lorsque Tallen Landry a pris la foule de la messe de minuit pour cible, comme dans une fête foraine ?

Il s'arrêta pour exploser d'un rire dément, puis continua.

– J'ai encore mieux : où était-il quand tu as jeté Donna Padera comme une vieille chaussette ? Il rit aux éclats. Toi et ton ego de merde. Tu as cru qu'elle pleurait parce qu'elle ne supportait pas de te perdre ! Tu te serais peut-être douté de quelque chose si tu avais pris la peine de la connaître un petit peu.

– De quoi parles-tu ? intervint Michael. Qu'est-ce que Donna Padera vient faire là-dedans ?

– Pauvre petite Donna. Ta première victime. Elle avait cru toutes les salades que tu lui avais racontées. Un jeune catholique de bonne famille, avec pour grand-père un saint homme friqué. Si Michael Kinney disait que ce n'était pas un péché, alors, qu'à cela ne tienne, ce n'en était pas un. Voyons ça... Au début, ce n'était pas un péché de te branler, parce que ça n'était pas vraiment du sexe. Ensuite, ce n'était pas un péché de te tailler une pipe, parce que ça ne pouvait pas la mettre enceinte. Et enfin, le morceau que je préfère : « Au point où on en est, on peut bien aller jusqu'au bout, parce que, si Dieu devait nous en vouloir, il nous en veut sûrement déjà pour ce qu'on a fait. »

Il s'arrêta pour hurler de rire, puis cessa de glousser et reprit :

– Elle ne voulait rien faire de tout ça, mais elle n'allait tout de même pas laisser filer un gros gibier comme toi : un jeune catholique bien élevé et plein aux as. Et tu le savais. Et tu en as profité. Tu t'es servi d'*elle*. Et maintenant, dis-moi ? Quelle différence y a-t-il entre ce que tu as fait, toi, et ce qu'a fait ton grand-père ?

Michael se sentit défaillir, il avait beau s'attendre à des attaques directes sur sa vie sexuelle, il ne lui serait jamais venu à l'esprit que cette ordure allait commencer par des histoires datant du lycée. Il n'aurait jamais dû se mettre à discuter avec le démon, il avait brisé la règle d'or de l'exorcisme et était en train de le payer. Il avait complètement perdu le contrôle de la situation.

Il rouvrit son livre, en quête du dernier paragraphe où il en était resté.

– Oh, non ! fit le démon. Je n'en ai pas encore fini avec toi. Tu ne m'as toujours pas dit où ton ami se trouvait le soir où tu as largué Donna. Et moi, je ne t'ai toujours pas raconté pourquoi elle était aussi triste ce soir-là. Je ne t'ai pas dit qu'elle venait juste de se rendre compte qu'elle était enceinte.

Michael resta bouche bée.

Ce n'est pas possible !

– Oh ! j'ai bien peur que si. Elle ne te l'a pas dit parce qu'elle ne voulait pas se mettre en travers de ton chemin d'illuminé.

Elle a passé *beaucoup* de temps à invoquer Sa Majesté pour qu'Il lui vienne en aide, mais Il ne l'écoutait pas. Il n'était pas là quand elle a failli se vider de son sang après son avortement clandestin. Il était toujours aux abonnés absents quand on lui a fait une hystérectomie, à dix-sept ans, alors que ce qu'elle désirait par-dessus tout, c'était une famille.

Le démon gloussa.

— A vrai dire, c'était *ton argent* et une famille qu'elle désirait par-dessus tout. Alors, que s'est-il passé, Michael ? Où est Capitaine Je-serai-toujours-à-tes-côtés ?

Michael n'arrivait pas à prononcer un mot. Il était pétrifié.

— Et où étais-tu, toi, à propos ? Il renifla. Tu jouais les globe-trotters pour montrer à la face du monde quel saint tu es ! Tu es aussi saint que moi. Tu n'es qu'une saloperie de criminel, issu d'une longue lignée de meurtriers ! Et tu oses dire que je *suis* malsain ? Et tu veux, *toi*, me rejeter, *moi* ? Me rejeter ? Tu te crois où, ducon ? Tu penses que *tu* es sauvé ? J'ai de mauvaises nouvelles sur ce qui t'attend de l'autre côté !

Michael s'efforça de se secouer et quitta la chambre aussi vite que ses jambes le lui permirent. Derrière lui, il entendit le démon pousser un rire hystérique.

Il posa le livre sur la première table qu'il rencontra. Ses mains tremblaient.

Tout cela était faux, Donna le lui aurait dit. Pour sûr, elle le lui aurait dit. Il n'avait peut-être jamais été amoureux d'elle, mais ils s'étaient toujours tout dit. Il n'était pas concevable qu'elle lui ait caché une chose pareille.

Randa apparut derrière lui.

— Michael ?

— Ça va aller, dit-il.

Il respira profondément.

— J'ai besoin d'une pause. J'ai quelque chose à faire, je vais m'absenter un moment. Pourquoi n'essayez-vous pas de vous reposer, je serai de retour dans deux heures, à peu près.

— D'accord, fit Randa, visiblement inquiète.

— Ne vous approchez pas de lui. N'entrez surtout pas dans cette chambre, ne lui parlez pas, ne le regardez même pas. Restez loin de lui. D'accord ?

— Entendu.

Il se sentait coupable de la laisser seule, mais il devait le faire. Il ne pouvait pas aller plus loin sans connaître la vérité.

*

Donna habitait à Myrtle Street, dans le centre-ville. Il savait quelle était sa maison parce que Vincent l'avait décorée, peu après que Donna se fût mariée avec un radiologue. Il sonna à la porte d'entrée et, quelques secondes plus tard, entendit des pas se rapprocher. Son cœur se mit à battre la chamade : il redoutait cette confrontation plus que tout mais, maintenant, il n'avait pas le choix.

La porte s'ouvrit sur Donna. Il lui fallut quelques secondes pour reconnaître Michael, probablement parce qu'elle ne l'avait jamais vu en habit. Sitôt qu'elle l'eut identifié, le sourire disparut de son visage. Elle ne dit rien.

– Je peux entrer ? demanda-t-il.

– Pour quoi faire ?

– J'ai besoin de te parler.

– Je suis dans l'annuaire.

– Je ne voulais pas parler de ça au téléphone.

Un éclair jaillit dans ses yeux, et Michael eut l'impression de recevoir un coup de poing à l'estomac. Savait-elle pourquoi il était là ? Alors, c'était peut-être vrai ?

Elle le conduisit jusqu'au séjour, mais ne lui proposa pas de s'asseoir. Michael constata que la maison présentait de nombreuses marques du passage de Vincent, ce qui accrut son malaise. La cheminée en acajou, dont le manteau était recouvert de faïence couleur terre de Sienne, était flanquée de deux scènes de troubadours peintes à la main. Sur la cheminée trônaient les photos... des trois filles de Donna.

Juste ciel ! Elle a des enfants ! C'était donc faux !

Il jeta un coup d'œil aux photos. Donna était blonde comme les blés. Les trois filles étaient brunes. Aucune d'elles ne lui ressemblait, et leur apparence physique était très dissemblable. Tout cela ne prouvait donc rien. Elle avait très bien pu les adopter.

– Que me vaut ta visite ? demanda-t-elle.

Elle semblait terriblement mal à l'aise. Il ne trouvait aucune manière simple et correcte d'entrer en matière, et n'était certes pas d'humeur à chercher longtemps.

– Étais-tu enceinte lorsque nous nous sommes séparés ?

Elle détourna les yeux et passa la main dans ses cheveux, d'un geste nerveux. Elle resta longtemps silencieuse avant de répondre.

– Qui te l'a dit ? demanda-t-elle d'une voix tremblante.

Il fut incapable de répondre. Quoiqu'il se donnât quelques secondes pour encaisser le coup, ça n'avait pas l'air de vouloir passer. Il sentit qu'il allait vomir.

392

– Pourquoi ne me l'as-tu pas dit ? réussit-il enfin à articuler.

– Qu'est-ce que ça aurait changé ?

– J'avais le droit de savoir, tout de même.

Il s'efforçait de ne pas élever la voix.

– Michael ? Pourquoi reviens-tu là-dessus maintenant ? Ça s'est passé il y a trente ans déjà.

– Eh bien ! j'en suis désolé. J'aurais pu l'être il y a trente ans, mais je ne l'ai appris qu'aujourd'hui.

– Qui a bien pu te le dire, bon sang ? Même mon mari n'est pas au courant.

– Comment lui as-tu expliqué que tu ne pouvais pas avoir d'enfants ?

Ses yeux jetèrent des éclairs.

– Mais *qui* te l'a dit ? *Personne* ne le sait !

Oh ! mon Dieu... Toute cette histoire est vraie.

– Donna, pourquoi ne me l'as-tu pas dit ? Même si ça ne représentait pas grand-chose pour toi...

– Qu'en sais-tu, de ce que ça représentait pour moi ? s'écria Donna. Tu n'as jamais su qui j'étais et tu t'en foutais, pourvu que...

Elle s'interrompit, reprit son souffle, puis poursuivit sur un ton plus calme :

– Qu'est-ce que ça aurait changé, Michael ? Tu avais de grands projets. Qu'aurais-tu fait ? Tu m'aurais épousée ?

Il ne répondit pas. Inutile. Elle connaissait déjà la réponse.

– Tout ce que tu aurais fait alors, c'est ce que tu es en train de faire, aujourd'hui. Débarquer avec ta supériorité morale pour me juger, *moi*, comme si tout ça n'était pas de ta faute, au départ !

Elle le laissa avaler la pilule. Elle avait raison. Tout était entièrement de sa faute.

– Je me suis dit qu'une vie gâchée suffisait, continua-t-elle.

– Ça a vraiment gâché la tienne ?

Il essayait de parler sur un ton neutre. Il tenait à le savoir.

– Pas comme tu as l'air de le penser. Les choses ne se sont pas passées comme je l'aurais voulu. Et alors ? Très peu de gens réalisent leurs rêves...

Elle sembla hésiter un instant.

– ... Tu as fait pire que gâcher cette stupide vie. Tu as gâché ma relation avec Dieu.

Elle semblait sur le point de pleurer.

– Donna, je crois que Dieu sait à qui revient la faute.

– Je me fiche de ce qu'Il sait, hurla-t-elle. Tout ce que je sais, moi, c'est qu'Il m'a punie et qu'Il ne t'a pas puni, toi. Et ça, je ne le Lui pardonnerai jamais. Et je suis sûre qu'Il ne me pardonnera pas non plus, parce que je ne me sens absolument pas pardonnée. Surtout quand je te vois venir ici, me narguer dans ma propre maison.

C'était l'occasion pour lui de partir, mais il se sentait cloué sur place.

— Il n'y a plus rien à dire sur ce sujet, et je souhaiterais que tu t'en ailles avant que mon mari ne rentre. Il risque d'arriver d'une minute à l'autre.

Michael baissa la tête.

— D'accord, dit-il calmement.

Il ne voulait surtout pas lui causer de soucis supplémentaires. Il se dirigea vers la porte d'entrée. Elle ne le suivit pas. Il s'arrêta sur le seuil.

— Donna... Je suis sincèrement désolé. J'aurais été là pour t'aider, si tu me l'avais dit.

Ça ne sembla pas l'attendrir le moins du monde.

— Michael, va-t'en. Ne compte pas sur moi pour apaiser ta mauvaise conscience.

Cette observation lui fit aussi mal qu'elle l'avait espéré. Il s'en alla, la laissant debout devant la fenêtre à regarder tomber la pluie.

*

Il retourna à Barton aussi vite que le lui permettaient le mauvais temps et son état de fatigue.

Mon Dieu... Mon Dieu...

Aucune prière ne parvenait à se former dans son esprit.

Pourquoi Dieu t'écouterait-Il ?

C'est vrai ? Je suis vraiment seul ?

Tu vois quelqu'un d'autre ? Tu sens qu'il y a quelqu'un d'autre ?

Mais, tous les rêves que j'ai faits...

Tu crois vraiment que Jésus est ce frimeur en jean et chemise en flanelle ? Il n'est même pas le type en robe blanche avec un mouton dans les bras que tu imaginais. Il n'était personne. Il ne savait rien. Il n'a rien enseigné. Il n'a rien sauvé. C'était juste un beau mec très charismatique. Il savait chauffer la foule. C'était la version antique de la rock star. Tout dans l'apparence, rien dans la substance. Et maintenant, il est mort. Il est mort, enterré, il a pourri, s'est décomposé. Disparu. Plus rien.

Michael s'arrêta à une station-service et se gara près d'une cabine téléphonique. Il fouilla dans son portefeuille, y trouva la

394

carte téléphonique dont il ne se servait pratiquement jamais, et composa le numéro de Larry.

— Pourquoi ne m'as-tu pas dit que Vincent était mort ? lui reprocha ce dernier. Je t'en veux énormément.

— Je n'en avais pas le temps, j'avais un avion à prendre.

— Eh bien ! répète après moi : Vincent est mort, ça me fait beaucoup de peine, mais je ne peux pas t'en parler maintenant ; je te laisserai un message dans ta boîte électronique dès que je serai de retour chez moi.

— Écoute, j'ai de très gros problèmes et j'aurais besoin que tu me rendes un service vite fait.

— O.K.! mais tu n'as pas fini d'en entendre parler. Tu as besoin de quoi ?

— Tu m'as dit une fois qu'il existait deux descriptions de Jésus écrites par des contemporains.

— Prétendument écrites par des contemporains, oui, c'est vrai.

— Tu les as sous la main ?

— Sur mon ordinateur, oui. Tu veux que je te les faxe ?

— Non, je voudrais que tu me les lises.

— Tout de suite ?

— Tout de suite.

— O.K.! Attends, je cherche le fichier.

Il reposa le combiné sur la table. Deux minutes plus tard, il était de retour.

— Tu es en train d'écrire un article ? demanda Larry.

— Non.

— C'est une envie qui t'a pris comme ça, au milieu de la nuit, de savoir à quoi Jésus ressemblait ?

— Tu pourrais me les lire ?

— Bon... d'accord. La première a soi-disant été adressée par un certain Publius Lentulus, gouverneur de Judée, au Sénat de Rome et à l'empereur Tibère. Il écrit : « Il est récemment arrivé un homme de haute stature, beau, d'une allure incomparable, et ceux qui le regardent peuvent en même temps le craindre et l'aimer. Ses cheveux sont ondulés et soigneusement peignés, de la couleur du vin nouveau... »

— De quelle couleur est le vin nouveau ? l'interrompit Michael.

— Quand ma tante Bérénice faisait du vin dans sa cave, je me souviens qu'il était un peu blond-roux.

Michael sentit un étau lui enserrer la poitrine.

— Continue, fit-il.

— « ... de la couleur du vin nouveau, avec une raie au milieu à la manière des habitants de Nazareth. Son front a une courbe douce ; le teint de son visage est délicat et il n'a ni bouton ni ride. L'arête de son nez et le contour de ses lèvres sont parfaitement dessinés... », et ça continue comme ça pendant des pages et des pages. Tu veux que je te lise tout ?

— Est-ce qu'on évoque ses yeux ?

— Voyons... « Ses yeux sont gris, pleins de vie, ils changent de couleur... » Voilà ma partie préférée : « Lorsqu'il prêche, il est presque effrayant... calme et aimant quand il reproche... plein d'entrain mais d'une dignité inégalable. »

— D'accord, fit Michael. Il y a des chances que ce portrait soit authentique ?

— Ça dépend à qui tu poses la question. La plupart des lettrés te diront qu'il s'agit d'une lettre forgée de toute pièce au XIIᵉ siècle et que personne ne répond au nom de Lentulus, et que le poste de gouverneur de Judée n'existait même pas. Personnellement, j'y crois.

— Pourquoi ?

— Primo, parce qu'il existe plusieurs descriptions apocryphes qui y correspondent de manière étonnante. Secundo, parce que si j'avais fait une fausse description de Jésus en essayant de la faire passer pour authentique, crois-tu que je l'aurais décrit avec des yeux bleus et des cheveux blond-roux ? Et tertio, il va de soi pour moi que Jésus était physiquement différent. Plus facile pour lui d'être remarqué au milieu de la foule. Plus facile pour les gens de croire qu'il était à part. Dieu aurait pu lui donner n'importe quelle apparence, alors pourquoi ne pas en tirer avantage ?

Michael sentit un frisson lui parcourir l'échine.

S'il n'avait été qu'un petit Juif bouseux de plus, personne ne se souviendrait de son nom, aujourd'hui.

— O.K. ! dit Michael. Merci de ton aide, vieux. Je dois y aller, maintenant. Je te laisserai un message dans ta boîte aux lettres, sur Internet.

— T'as intérêt !

Michael raccrocha.

Qu'est-ce que ça veut dire ? Les rêves que je faisais étaient vrais ? Ce que dit le démon est vrai ? Le type à la chemise en flanelle ne m'a jamais dit qui il était. L'a-t-il jamais dit à quelqu'un, ou les gens l'ont-ils déduit par eux-mêmes ? Le démon a dit la vérité sur beaucoup de choses. Il disait la vérité à propos de Donna. Tout ce qu'il a dit à mon sujet était vrai. Est-ce qu'il disait aussi la vérité quand il parlait de Jésus ?

Il se remémora Bob lui confiant que Satan était redoutable parce qu'il semait la confusion. Il mélangeait des mensonges à la vérité jusqu'à ce qu'on ne sache plus que croire.

Qui suis-je ? Que suis-je ? Pour qui est-ce que je me bats ? Au service de qui suis-je ? Qui était Vincent ? A quel point était-il mauvais ? A quel point Dieu est-Il bon ? Où est-Il ? Pourquoi ne me vient-Il pas en aide ? Est-ce qu'il est trop tard ? Est-ce que j'ai dépassé les limites de la rédemption ? Où en suis-je, maintenant ? Et Jack, où en est-il ?

Ces questions lui martelèrent l'esprit tout au long du trajet de retour. Il déboucha enfin devant la ferme et s'aperçut aussitôt que la voiture de Randa avait disparu. Cela ne présageait rien de bon. Il sortit de sa voiture et se précipita à l'intérieur de la maison.

Il trouva Randa effondrée sur le canapé, en train de pleurer à chaudes larmes. Un côté de son visage était enflé, et elle avait un œil au beurre noir. Elle tenait un chiffon appuyé sur sa tempe, où une autre cicatrice saignait. Michael courut à son côté.

— Oh ! mon Dieu, Randa... Que s'est-il passé ?

— Il est parti, dit-elle, en reprenant son souffle. Il m'a dit qu'il devait aller aux toilettes et j'ai cru que c'était Jack... on aurait vraiment dit que c'était Jack, j'ai cru qu'il était revenu à lui et... Je suis vraiment désolée...

— Non, non. C'est de ma faute. Je n'aurais jamais dû vous laisser seule ici avec lui. Mon Dieu... Il est parti depuis combien de temps ?

— Je n'en sais rien. Il m'a frappé la tête contre le mur, je suis restée inconsciente pendant un moment. Je n'ai pas regardé l'heure. Mon Dieu, pourquoi n'ai-je pas réfléchi...

— Ne vous tourmentez pas. Ce n'est pas de votre faute.

— Il faut qu'on le retrouve. Il pourrait faire quelque chose. Il faut qu'on le retrouve avant qu'il ne se mette dans un pétrin tel que l'on ne pourra plus rien pour lui.

Elle avait raison. Il fallait le retrouver, et vite.

— Est-ce qu'il a dit quelque chose, à part cette histoire de toilettes ?

— Il disait plein de trucs avant que je n'entre dans la chambre. Des choses sans queue ni tête.

— Vous souvenez-vous de quelque chose ?

Ce qu'il avait dit pouvait contenir un indice, même mince, pensa Michael. Le démon voulait se donner en spectacle. Il ne serait pas parti sans lui laisser le moyen de le retrouver.

— Il disait ces trucs en espagnol, répondit Randa.

397

– Quels trucs ?

– Ce qu'il avait dit, avant. *Nadie estará... etc.*

– *Nadie estará para aggararte ?*

Elle hocha la tête.

– Oui, c'est ça. Qu'est-ce que ça veut dire ?

– Personne ne sera là pour te rattraper, répondit Michael.

– Je ne comprends pas.

Michael réfléchit. Il essayait de rapprocher cette phrase de ce que le démon avait dit auparavant. *Sal si puedes.* Sors si tu le peux. Cette fois, personne ne sera là pour te rattraper. Sors si tu le peux. Personne ne sera là pour...

Il est au Winecoff !

Bien sûr ! C'était tout à fait logique. Au Winecoff, où il avait tué la famille de Michael. Où il avait essayé de supprimer Michael lui-même. Il avait probablement bien ri cette nuit-là, en chantonnant *Sal si puedes.* Il avait peut-être provoqué tout un carnage, mais n'avait pas réussi à éliminer celui qu'il visait. Il n'avait pas tué Michael. Vincent attendait, en bas, pour le rattraper. *Nadie estará alla para aggararte esta vez.*

– Je sais où il est, dit soudain Michael.

– Où ?

– Dans le centre d'Atlanta.

– Comment le savez-vous ? Oh ! ça m'est égal. Allons-y !

Elle se leva d'un bond. Michael resta assis.

– Michael ?

Vingt et une heure trente. Un immeuble désert. Pourquoi ? Beaucoup de monde dans la rue, à cette heure-ci. Jack doit avoir un pistolet. En Géorgie, tout individu âgé de plus de dix ans en possède un. Cherchait-il un endroit dégagé d'où il allait prendre la foule pour cible ?

– Michael, on y va !

Les gens dans la rue, Jack avec un flingue, et moi avec mon livre de prières. Mon livre de prières et mon passé trouble. Mon présent trouble. Mon âme trouble. Ces gens dans la rue, je ne peux rien faire pour les aider. Encore du sang sur mes mains.

– Randa, je ne pense pas qu'on devrait y aller.

– Quoi ? Qu'est-ce qui vous prend ?

– Écoutez... Des vies sont en danger. Des innocents sont menacés.

– Oui, la vie de Jack entre autres.

– Vous savez... Je vous l'avais dit... Je savais que je n'étais pas un saint, mais je viens de découvrir que j'étais pire que je ne le pensais. Je ne peux pas faire ça. Ça ne servirait à rien.

– Mais si vous abandonnez, quel espoir lui reste-t-il ?

– Il n'y a pas d'espoir. C'est ce que j'essaye de vous dire. Tout ce que nous pouvons faire, c'est appeler les flics et essayer de l'arrêter avant qu'il ne tue quelqu'un d'autre.

Randa le regarda, médusée. Puis sa surprise se mua en autre chose : de la colère.

– Donnez-moi ce fichu bouquin !

– Quoi ?

– Si vous ne le faites pas, je le ferai moi-même. Si Dieu existe, il se fiche de quel sexe je suis et que je sois prêtre ou non. Donnez-moi ce fichu bouquin et dites-moi où est Jack !

– Je ne peux pas faire ça.

– Vous ne pouvez pas comprendre ! hurla-t-elle. Vous ne savez pas ce que c'est d'aimer quelqu'un et de le savoir en danger ! Vous ne pouvez pas l'abandonner sans rien essayer. Vous vivez dans votre petit cocon, et vous n'avez pas la moindre idée de quoi je parle !

Si, il le savait. Elle avait raison. Si Tess se trouvait à la place de Jack, il n'appellerait pas la police. Il combattrait ce fichu démon jusqu'à ce qu'il gagne, ou qu'il tombe raide mort. Grâce à Tess, grâce à ce qu'il avait ressenti chaque fois qu'il lui avait fait du mal, tout cela revêtait enfin une réelle importance. Il savait de quoi Randa voulait parler. Savait exactement ce qu'elle pouvait ressentir. Les mots de Vincent lui revinrent à l'esprit, résonnant comme un écho lointain : « L'amour est une chose véritable. » Et ses propres mots : « C'est tout ce que nous avons. »

Il prit Randa par la main.

– Venez, dit-il.

– Où allons-nous ?

– Chercher Jack.

Il l'entraîna vers la porte.

– Mais... dit-elle, le livre...

– Au Diable le livre.

Ils n'avaient pas besoin du livre. Ils n'avaient pas besoin de mots. Ils n'avaient pas besoin de support matériel. S'il existait encore un moyen de sauver Jack, en eux-mêmes résidait la seule chose dont ils avaient besoin pour le faire.

10

Randa conduisit jusqu'à Atlanta. A côté d'elle, Michael ne disait rien. Il marmonnait de temps à autre, comme pour lui-même, des phrases inintelligibles, et Randa se dit qu'il devait s'agir de prières. Il ne parlait à voix haute que pour lui donner des instructions sur la route à prendre (*prenez la sortie pour Spring Street et Peachtree... Descendez jusqu'à Ellis et tournez à gauche, il y a un parking...*). Elle gara la voiture et le suivit. Ils remontèrent la colline et arrivèrent à Peachtree, où ils traversèrent la chaussée et se dirigèrent vers l'ouest. Randa demanda à Michael où ils allaient et il lui répondit tout simplement : «Dans un immeuble.»

Michael s'immobilisa soudain. Il avait les yeux fermés comme s'il souffrait d'une douleur fulgurante.

— Vous allez bien ? s'enquit Randa.

Il mit un certain temps à récupérer son souffle. Un instant, Randa craignit qu'il ne fût sur le point d'avoir un infarctus.

— Mes parents sont morts ici, dit-il, comme un automate.

Randa regarda autour d'elle, se demandant au juste ce qu'il voulait dire. Ici, à Atlanta ? Ici, dans la rue, devant chez Macy's ?

Il montra du doigt un vieux bâtiment abandonné, de l'autre côté de la rue.

— Il est en train de s'en prendre à moi, reprit Michael. D'habitude, ça ne me fait pas ça quand je viens ici.

— Vous pensez que Jack est là-dedans ? demanda Randa, qui essayait d'assembler les bribes d'informations qu'elle recueillait.

Michael lui fit signe que oui.

— Pourquoi viendrait-il ici ?

— Je ne sais pas. Peut-être pour que je me sente mal.

La douleur qui se lisait sur son visage était tellement intense que Randa dut détourner le regard. Elle essayait encore de comprendre le sens de ses mots lorsqu'il s'exclama soudain : «On y va.» Il traversa la rue, sans même prendre la peine d'attendre que le feu passe au vert. Elle lui emboîta le pas.

Les portes jadis vitrées ainsi que les fenêtres du rez-de-chaussée étaient à présent recouvertes de papier brun. Michael essaya d'entrer, mais les serrures étaient verrouillées. Il regarda alentour, et remarqua le restaurant chinois qui se trouvait de l'autre côté du bâtiment. Une enseigne lumineuse indiquait : VENTE SUR PLACE OU A EMPORTER et LIVRAISON A DOMICILE.

Michael fit signe à Randa de le suivre et ils poussèrent la porte de l'établissement.

La salle était meublée de tables en Formica avec, sur le côté, le comptoir des plats à emporter et la caisse. Une musique orientale, délicatement jouée sur un instrument à cordes, flottait dans l'air, totalement déplacée. Ce détail mis à part, l'endroit semblait désert.

Randa inspecta les lieux du regard. Sur plusieurs tables gisaient des assiettes à moitié pleines. La table la plus proche contenait des assiettes remplies de riz cantonais et de poulet aux noix de cajou. Les tasses de thé vert semblaient ne pas avoir été touchées. La scène rappela à Randa les descriptions qu'elle avait lues de vaisseaux fantômes trouvés dans le triangle des Bermudes. On aurait dit que les habitants avaient soudainement disparu, laissant tout derrière eux.

Elle se retourna vers Michael, qui scrutait lui aussi la pièce.

– Y'a quelqu'un ? s'écria-t-il.

Pas de réponse.

Il s'approcha de la première table, toucha une des tasses de thé puis y trempa le doigt.

– C'est à peine tiède, murmura-t-il, comme à lui-même. Venez, dit-il, à Randa.

Il contourna le comptoir, se dirigeant vers la cuisine.

La petite pièce avait elle aussi cet aspect de cité fantôme. Une grosse marmite de soupe frémissait sur le feu. Michael éteignit la cuisinière.

– Y'a quelqu'un ? cria-t-il à nouveau.

Toujours aucune réponse.

Il regarda alentour. Au fond de la salle, un couloir menait à une porte. Michael l'ouvrit et se retrouva dans un petit vestibule. Randa le suivit. Il y avait là deux portes. Michael poussa l'une d'elles ; celle-ci donnait sur l'extérieur. Il ouvrit l'autre et constata qu'elle menait à une cage d'escalier.

– La sortie de secours, fit Randa.

— Ils ont dû monter par là.

— Vous croyez que Jack...

— A pris des otages, oui, répondit Michael. Ce qui veut dire qu'il est probablement armé. Vous devez rester là.

— Mais...

Il secoua la tête énergiquement.

— Il faut que vous restiez ici. J'en ai pour un moment, là-haut. Accrochez la pancarte «fermé» et essayez de verrouiller la porte. Si la police arrive, avertissez-moi.

— Mais... s'il a un revolver...

— Randa, j'y vais. Vous voulez m'aider ou pas ?

Il semblait sérieux. Elle sentit qu'elle n'avait pas le choix.

— D'accord, fit-elle.

— Quelqu'un a peut-être déclenché une alarme silencieuse. Si vous voyez des agents de police, montez vite m'avertir. Je serai au onzième étage, dans la chambre qui donne sur l'angle de Peachtree et Ellis.

— Comment savez-vous...

— Je le sais.

Il était sur le point de monter lorsqu'il jeta soudain un coup d'œil autour de lui. Son regard tomba sur un plateau laissé sur le comptoir, sur lequel étaient posés plusieurs verres remplis d'eau. Il s'empara d'un des verres. Randa se sentit soulagée, bien qu'elle ignorât pourquoi : un verre d'eau, même bénite, aurait du mal à arrêter une balle de revolver.

— Bonne chance, s'écria-t-elle, et elle trouva immédiatement cette formule stupide, vu ce qu'il allait devoir affronter.

Michael hocha la tête d'un air absent.

— Allez mettre la pancarte maintenant, dit-il sans se retourner, puis il disparut derrière la porte.

Randa se dirigea vers l'entrée du restaurant et retourna la pancarte. Elle trouva ensuite l'interrupteur et éteignit toutes les lumières. La clarté qui filtrait à travers la porte vitrée jetait des ombres inquiétantes à l'intérieur de la salle, mais Randa s'efforça de les ignorer. Elle se blottit dans un siège d'où elle pouvait observer la porte, luttant contre les larmes qui lui montaient aux yeux.

11

Il sut qu'il avait eu raison de se fier à son pressentiment au moment même où il commença à gravir les escaliers. Il sentait la présence : l'atmosphère était sombre, tout comme son âme. Il dut s'arrêter au troisième étage, juste pour se reprendre et se convaincre qu'il se trouvait bien au Winecoff Hotel. C'est ici même que l'incendie avait débuté, à peine à quelques mètres de l'endroit où il se tenait.

Arrivé au sixième, il fut envahi par une autre vague de souvenirs qui, cette fois, le paralysa presque. C'était la même sensation que tout à l'heure, dehors, mais en bien pire. A présent, il en connaissait la source, mais cela ne l'aidait nullement.

Il s'assit sur les marches et se mit à pleurer. De longs sanglots lui enserraient la gorge et lui faisaient mal. Il avait des difficultés à respirer et, quand il y parvint enfin, il fut pris d'un violent accès de toux. Tout en lui était douleur, dans son corps comme dans son âme, une douleur telle qu'il pensa mourir.

Mon Dieu, pourquoi as-Tu donc permis qu'ils meurent ? Tous ces innocents. Pourquoi les as-Tu punis pour les actes de Vincent ? Des familles venues faire leurs courses de Noël. Des pères en voyage d'affaires. Un groupe de collégiens en ville pour leur voyage de classe... ils étaient probablement si heureux de se trouver ici... leurs parents étaient sûrement fiers de les savoir dans un grand hôtel d'Atlanta... attendaient qu'ils reviennent et qu'ils leur racontent leur voyage... pourquoi, mon Dieu ? Où étais-Tu donc ?

Pas de réponse. Jamais aucune réponse à la douleur. Jamais aucune réponse à quoi que ce soit. Juste des ordres.

– *Fais tes valises. Va-t'en. Plus loin, toujours plus loin ?*

Pourquoi ? Pourquoi faudrait-il que j'aille toujours plus loin ?

Il connaissait la réponse. Jack était là-haut, avec d'autres victimes innocentes. *Jack* lui-même était une victime innocente. Et comme Dieu ne semblait pas le moins du monde se préoccuper des victimes à sauver, c'est lui qui devait se charger de ce fardeau.

Il se leva et recommença à gravir les marches, comptant les étages. La cage d'escalier n'était éclairée que par une maigre lueur filtrant à travers les vitres sales. L'odeur d'urine y était entêtante. La peinture s'écaillait par plaques et tombait au sol ; Michael l'écrasait bruyamment à chacun de ses pas. Celle de la rampe était également en fort mauvais état et s'effritait, avec toute la poussière accumulée au fil des ans, dès que Michael la touchait de la main.

Il continua à avancer. Onzième étage. Il ouvrit la porte coupe-feu, lentement, et s'avança dans le hall.

Il avait passé un nombre d'heures incalculables à étudier le plan de l'étage qui se trouvait dans l'album de Vincent, tâchant de comprendre comment sa famille aurait pu s'en tirer. Il savait que la suite où sa famille avait péri se trouvait de l'autre côté. Il savait que c'était là que Jack l'attendait.

Il bénit l'eau, même s'il ne pouvait s'empêcher de penser que ce geste était bien stupide et enfantin.

Tu n'as pas le droit de me tirer dessus. J'ai de l'eau bénite.

Le hall était jonché de papiers d'emballage, de vieilles couvertures et autres signes de la présence des sans-abri qui appelaient ce trou leur maison. L'odeur d'urine était plus forte que jamais. Michael l'ignora et s'enfonça dans le couloir.

La suite comportait trois pièces et donc trois portes. Elles étaient toutes fermées. Michael choisit celle du centre, qui menait à la pièce ayant autrefois fait office de salon et qui commandait les deux chambres. Les portes des chambres étaient également closes. Michael savait dans quelle pièce se trouvait Jack : celle où ils étaient tous morts. Il s'arrêta un instant pour se ressaisir.

Les néons des boîtes de nuit de Peachtree projetaient une lumière bleutée dans la pièce. La peinture, là aussi, formait des cloques sur toute la surface du mur. Michael regarda par la fenêtre. Il se demandait ce qu'avaient bien pu ressentir les victimes de l'incendie : elles avaient observé la foule tout en bas, se pensant en sécurité alors que la mort approchait à pas de géant.

Ça devait beaucoup ressembler à ce que je ressens en ce moment.

Il saisit la poignée de la porte de la chambre située dans l'angle du bâtiment. La fit tourner. Ouvrit la porte, tout doucement.

Il pourrait me tirer dessus au moment où je passerais la porte. Qui l'en empêcherait ?

Il s'attendait à entendre le crépitement d'une arme, mais... rien. Il ouvrit la porte en grand et vit Jack, ou plutôt l'abomination qui contrôlait désormais Jack, le fixer, un horrible rictus sur son visage ravagé. Devant lui, la gorge enserrée comme dans un étau par les bras du ravisseur, se trouvait une Chinoise d'un certain âge, un chiffon blanc enfoncé dans sa bouche. Ses yeux étaient emplis de terreur pure ; elle sanglotait doucement. Jack tenait le revolver rivé sur sa tempe.

– Eh bien ! voyons voir qui est enfin là. Il t'a d'abord fallu passer par New York pour baiser ta copine ?

Michael accusa le coup, mais s'efforça de passer outre. Il ne pouvait se permettre de se laisser distraire. Il fallait qu'il reste concentré. La pièce était petite, caverneuse. La même peinture écaillée, la même lumière bleutée de la rue, les mêmes ombres étranges. Une étrange odeur métallique flottait dans l'air, une odeur dont Michael n'arrivait pas à définir l'origine.

– Dommage que tu sois arrivé si tard, tu as raté une grande partie du spectacle.

Ces mots frappèrent Michael comme un crochet à l'estomac. Il regarda rapidement autour de lui.

Oh ! mon Dieu...

C'est alors qu'il réalisa que l'odeur qu'il avait sentie en entrant était celle du sang.

A l'autre extrémité de la pièce, alignés contre le mur, se trouvaient les otages du restaurant. Ils étaient tous attachés et bâillonnés ; leurs têtes transpercées par une balle reposaient sur un oreiller de liquide écarlate. Quatre personnes. Un Asiatique d'une cinquantaine d'années portant un tablier. Ce devait être le cuisinier. Une jeune Asiatique, qui devait encore aller au lycée. Un homme en costume. Et le pire. Un petit garçon, d'une dizaine d'années. Probablement le petit-fils de la femme que tenait Jack. Il portait un jean et un T-shirt de Batman ; par terre, sa casquette à l'emblème des Braves, l'équipe de base-ball locale.

Michael regarda Jack, qui rejeta la tête en arrière et se mit à rire. Michael ressentit une haine dont il ne se serait pas cru capable. Il se retint pour ne pas foncer sur Jack et se dirigea vers les victimes, pour tâter leur pouls.

– Qu'y a-t-il *Padre*? Je les ai envoyés dans un monde meilleur, n'est-ce pas ?

Michael leva les yeux et fixa la créature. Il reconnut l'*expression*. La mort. Les yeux consumés par la haine. Jack était loin.

– Espèce de fils de pute, marmonna Michael, les lèvres serrées.

La chose à l'intérieur de Jack se mit à rire. L'otage gémit doucement, ce qui fit réagir Michael. Il posa le verre d'eau sur le sol et se tourna vers Jack. C'est alors qu'il s'aperçut qu'il n'avait pas la moindre idée de ce qu'il était censé faire.

Mon Dieu, et maintenant ? Je recommence tout ce qui n'a eu strictement aucun effet jusqu'à présent ?

Il n'y avait rien d'autre à faire. Michael trempa ses doigts dans l'eau et se signa.

— Au nom du père, du fils...

— Oh, non ! dit le démon, pas encore. On va tout de même pas recommencer avec le bla-bla. Et puis, de toute façon, il faut qu'on discute de quelques trucs, comme par exemple de savoir qui commande ici.

Avant que Michael ne puisse se demander ce qu'il entendait par là, tout recommença. Son esprit fut envahi par une sensation irrépressible de vanité. De désespoir. D'inutilité. Avec une évidence si écrasante que tout ce qui était bon, beau, sacré, ne lui apparut plus que comme un simple vernis. Michael essaya de lutter en évoquant une image que le démon ne pourrait avilir.

Une rose.

Elle se fane, meurt, pourrit et pue...

Un enfant.

Qui devient un adulte, avec sa vie triste et inutile, emplie de douleur et de maux jusqu'à ce que, graduellement, le corps commence à se détériorer à la même vitesse que l'espoir et que les rêves commencent à pourrir en même temps que le corps...

— D'accord ! cria Michael. Que veux-tu ?

Le démon rit.

— Oh ! il y a beaucoup de choses dont j'ai envie, *Padre*.

— Laisse partir la femme, dit Michael. Et dis-moi ensuite ce qu'il faut faire pour que tu nous laisses en paix.

Un sourire se dessina sur le visage du démon.

— On y viendra le moment venu. Ne t'en fais pas.

— Non ! Maintenant ! C'est entre toi et moi. Laisse-la s'en aller.

Le démon sourit et montra du doigt la fenêtre ouverte qui donnait sur Peachtree.

— C'est par cette même fenêtre que ta famille a essayé de s'échapper, dit-il.

— Je sais, répondit Michael, essayant de ne pas laisser transparaître ses sentiments.

Le démon prit l'otage dans ses bras, comme un sac de farine et se dirigea vers la fenêtre. Elle essaya de crier, mais sa plainte fut étouffée par le bâillon.

– Je trouve que ça serait une bonne idée de procéder à une reconstitution, dit-il. C'est la grande mode, en ce moment.

– Non, cria Michael. Arrête !

A sa grande surprise, la chose s'arrêta.

– Écoute, je ferai ce que tu veux ! dit Michael. Je t'en prie, laisse-la descendre !

– D'accord, dit le démon.

L'espace d'un instant, Michael crut que ça avait marché. Puis, d'un seul mouvement, Jack fit basculer la femme par la fenêtre ouverte.

– Non ! s'écria Michael. Il entendit la femme hurler. Il courut vers la fenêtre, et se pencha juste à temps pour la voir tomber avant qu'elle ne heurte le trottoir. Sur Peachtree les voitures s'arrêtèrent dans un crissement de pneus. Michael détourna ses yeux de la fenêtre, horrifié.

– Tu vois, je sais être raisonnable, dit le démon. Je peux faire autre chose pour t'être agréable ?

Michael respira profondément, en essayant de contenir sa colère, pour être en mesure de parler.

– Tu cherches à prouver quoi ? dit-il, bouillonnant intérieurement.

– Je n'ai rien à prouver. Je ne faisais que respecter mes engagements. A ton tour, maintenant.

Michael sentit que quelque chose changeait. Il fut pris de vertige. L'air devenait lourd et chaud. L'odeur revint. La pièce commença à tourner autour de lui. La pression se fit plus forte. La même douleur qu'auparavant lui vrilla les tempes. Il ferma les yeux ; c'est tout ce qu'il pouvait faire pour ne pas crier. Il sentit qu'il tremblait, dans sa lutte contre la douleur. Cela dura deux minutes, puis tout disparut aussi soudainement que c'était apparu.

L'odeur était différente. Celle de détritus en décomposition fut remplacée par une odeur forte que Michael reconnut instantanément, une odeur qu'il avait appris à craindre.

Celle de la fumée.

Il ouvrit les yeux. La pièce s'était soudainement assombrie ; elle était pleine de fumée. L'air était épais, brûlant. Il avait du mal à respirer. Il se mit à genoux et essaya de ramper vers la porte. Il ne pouvait rien distinguer, tellement la fumée était épaisse, il ne savait pas où se trouvait la fenêtre. Il se dirigea dans ce qu'il pensait être la bonne direction.

C'est ça. Il est en train de me tuer.

Il entendit un bruit qu'il ne reconnut pas immédiatement, un bruit qui semblait s'amplifier. Soudainement, il réussit à identifier le son : un enfant qui pleurait.

Un enfant ? Quel enfant ?

La fumée se dissipa et la fenêtre lui apparut. Mais il y avait quelque chose d'autre. Il fronça les yeux, essayant de distinguer les formes.

Non. C'est impossible.

Il y avait des gens près de la fenêtre. Deux femmes, dont une tenait un nourrisson dans ses bras. Deux hommes. Tout le monde toussait et respirait avec peine. Les femmes pleuraient ; le bébé aussi.

Mon Dieu. Non. Il n'a pas le droit de faire ça.

Et pourtant il ne rêvait pas. Michael revoyait bien la pièce, au moment du drame. Ou alors le démon avait-il fait en sorte de recréer la scène. Cela n'avait aucune espèce d'importance.

– *Une reconstitution. C'est la grande mode en ce moment.*

Vincent. Les parents de Michael. Sa grand-mère. Lui-même. Il regarda par la fenêtre. Il n'y avait pas de Ritz-Carlton. Sans qu'il sût comment, il revisitait la scène au soir de l'incendie. Il était forcé de revivre toute cette horreur. De la sentir.

Michael eut beau essayer de fermer les yeux, la scène ne disparut pas pour autant. En fait, elle devint même plus nette. Il n'avait pas d'autre choix que d'observer ce qui allait se passer.

Son père et Vincent venaient de jeter une corde faite de draps mouillés par la fenêtre. L'autre extrémité était attachée au montant du lit. Ils tirèrent dessus pour s'assurer qu'elle était bien serrée, puis Vincent commença à descendre.

– Fais passer Claire lorsque j'aurai atteint l'échelle, dit Vincent au père de Michael. Matthew acquiesça. Les femmes se tenaient serrées, en pleurant. Laura berçait Michael, essayant de le calmer. Ils avaient tous la tête à la fenêtre, même si l'air extérieur, saturé de fumée, n'était guère meilleur que celui de la chambre.

Le père de Michael maintenait la corde pour en renforcer la solidité pendant que Vincent descendait. Les femmes regardaient par la fenêtre, les traits tendus par la peur.

Michael regarda son père. Matthew Kinney, debout devant le lit, vivant. Un homme qui était resté une énigme aux yeux de Michael. Michael n'avait jamais vraiment réalisé combien Matthew était jeune au moment de sa mort. Incroyablement jeune. Et beau. On aurait dit Vincent, en plus jeune. Il émanait de lui une sensation de force, à la fois physique et mentale. Michael n'avait jamais imaginé que son père pût être si fort. Il voulut se rapprocher de Matthew, mais vit bien qu'il était incapable de faire le moindre pas.

— Ça y est, il a réussi, dit Matthew. Sa voix exprimait la surprise. Nous allons nous en sortir.

Les femmes riaient à travers leurs sanglots.

— Vas-y maman, dit-il à Claire. Il n'y a pas un moment à perdre. Il aida Claire à enjamber le rebord de la fenêtre.

— Ne regarde pas vers le bas, dit-il. Sers-toi de tes pieds pour sentir les rebords de fenêtre.

Claire acquiesça. Matthew l'embrassa sur le front et elle commença à descendre. Elle avait l'air terrifié, mais elle avançait rapidement. Matthew et Laura l'observaient.

— Tu te débrouilles très bien, cria Matthew. Tu y es presque. Plus que quelques mètres. Il s'arrêta pour tousser et prendre sa respiration.

— Je n'arrive pas à y croire, dit Laura, riant et pleurant à moitié. Nous n'allons pas mourir.

— Allez, c'est ton tour, dit Matthew. Donne-moi Michael.

Laura lui donna le bébé. Elle les embrassa tous les deux.

— Ne le laisse pas tomber, dit-elle, les yeux pleins de larmes.

— Laura, je me tuerais plutôt que de le laisser tomber, dit Matthew. Michael sentit un autre type de douleur le transpercer. Il ressentait l'amour que lui portait cet homme qu'il n'avait jamais connu. Cet amour qu'on allait lui arracher à jamais.

Mon Dieu... ne m'oblige pas à revivre tout ça...

Pourquoi devrait-Il répondre à tes prières ? Il n'a pas répondu aux leurs.

Laura enjamba à son tour le rebord de la fenêtre et commença à descendre. Matthew la regarda disparaître.

— Tu te débrouilles très bien, dit Matthew. Continue comme ça. Il y a un rebord de fenêtre à environ cinquante centimètres. Essaye de — Matthew parut soudainement soucieux. Il semblait percevoir un bruit que Michael ne pouvait entendre.

— Non. Tu peux continuer. Tu le peux, Laura. Il le *faut* ! Tu ne glisseras pas. Non, tu ne...

Il fut coupé par un hurlement.

— Nooooooon ! cria-t-il. Laura, nooooooon !

Michael eut envie lui aussi de crier, comme si cela pouvait changer quoi que ce soit. Mais aucun son ne sortit de sa bouche. Il sentit à nouveau le vertige le reprendre, et l'air se fit plus lourd. Le froid envahit la pièce, contrastant avec la chaleur que Michael avait ressentie jusqu'alors, un air froid et humide, comme par une nuit d'hiver. De nouvelles odeurs l'entouraient. Des pins. Des cierges. La fumée, toujours, mais pas aussi forte cette fois. Une autre odeur douce qu'il ne reconnut pas. Des couleurs commencèrent à émerger dans la nuit et une nouvelle scène se dessina...

Des hommes vêtus de grands manteaux noirs. Un feu. Des bruits. Une mélopée. Des gémissements. Des hurlements. La scène devint de plus en plus claire, et Michael fut entouré par une intense activité : il se trouvait au milieu d'une orgie.

C'est de l'opium. Cette odeur est celle de l'opium. Comment puis-je le savoir ?

Mon Dieu, faites que je ne sois pas obligé de revivre ça aussi...

Les hommes allaient deux par deux et leurs manteaux étaient ouverts. Michael se refusa à voir ce qui se passait, mais l'expression sur leur visage suffisait largement.

C'est à ça que nous ressemblons... ce n'est pas parce que ce sont des hommes ou parce qu'ils adorent Satan... le sexe est quelque chose de laid, quelles que soient les circonstances... c'est laid et inhumain et, si ce n'était qu'une histoire de procréation, nous n'y penserions pas sans arrêt... Dieu l'a créé pour nous humilier... pour nous faire voir quelle est notre place, que nous sommes des êtres vils, dégoûtants, sans aucun contrôle sur nous-mêmes... ceux d'entre nous qui sont bons peuvent s'élever au-dessus de tout ça, mais pas moi, je ne suis pas l'un d'eux... je suis un de ces animaux dépravés et c'est à eux que je ressemble... je n'aime pas Tess, j'essaye juste de justifier ma propre lubricité... comme Linda et sa robe rouge... il n'y a rien de bon en moi... je viens de la laideur et je lui appartiens...

C'est alors que Michael vit Vincent.

Vincent alors qu'il avait dix-sept ans, mais c'était bien lui. Sur l'autel, au centre du cercle. Une jeune fille qui ne pouvait être que Rebecca se débattait sous lui, terrifiée. Elle criait, pleurait, implorait. Ses supplications étaient inutiles et mouraient dans l'air glacial sans être entendues. L'expression qu'il distinguait sur le visage de Vincent dissipa tout espoir qu'avait pu entretenir Michael. Vincent était au septième ciel.

Cette étrange réalité se transforma et tous les bruits disparurent, excepté les hurlements de Rebecca et la respiration haletante de Vincent... et puis tout sembla s'accélérer et Michael fut pris dans l'excitation ambiante... La respiration de Vincent devint la sienne et Michael eut à nouveau dix-sept ans... il ne regardait plus, il était vraiment là... pas dans les bois... à la cave, chez Donna, sur le sofa et elle était sous lui et il sentait sa bouche sur son cou et leurs halètements et les autres bruits étaient les leurs et il entendait Donna l'appeler et il ne répondit pas, ne s'arrêta pas, ne ralentit pas et elle l'appela plus fort, elle l'implorait maintenant (Michael, retire-toi ! Michael !) mais il continua, même s'il savait qu'il aurait pu...; il était trop tard et il s'entendit crier et il était Vincent et il était de retour et maintenant c'était Michael et non Vincent qui était sur Rebecca, en elle, alors qu'elle hurlait et ses cris l'excitaient encore plus et il sentait son corps exploser de plaisir et il sentait la chaleur du feu rituel sur son visage et il sentait l'odeur de l'alcool, de la cire des cierges, du sperme et de l'encens et il eut soudain l'impression que toutes ces odeurs l'enserraient de leurs doigts gluants et qu'elles l'arrachaient à son plaisir et qu'elles ne lui laissaient qu'une enveloppe de mépris pour lui-même et puis la scène se modifia une nouvelle fois et il ne vit rien d'autre qu'un amas couleur de chair... qui commença à prendre forme, devenait un fœtus, parfaitement formé, totalement inhumain, suçant son pouce... et puis un bruit, un vagissement du bébé, que des mains invisibles écartelaient, dépeçaient... du sang, partout, mais il ne pouvait détacher son regard de ce visage innocent qui se tordait de douleur et de terreur, et il sut que les adorateurs de Satan n'étaient pas responsables... son bébé, sa faute, son égoïsme, son crime... et le sang se déversait sur lui et il en était couvert et il sentait le liquide chaud et gluant et, dans un éclair aveuglant, il s'aperçut qu'il n'avait pas du tout échappé à ce terrible héritage... enfanté par des meurtriers, il était lui aussi un meurtrier... son âme était noircie, elle ne serait plus jamais intacte, il n'avait plus d'espoir en la rédemption et, s'il existait *vraiment* un type à chemise en flanelle, Il n'aiderait pas Michael, ne l'écouterait pas lorsqu'il demanderait pitié... Le trou noir de son âme allait devenir son domicile pour le reste de l'éternité... Il entendit à nouveau les supplications de Donna et les cris de Rebecca et du bébé, de tous les Landry et de leurs victimes et des Ingram et des gens qui avaient péri dans l'incendie et tous les hurlements atteignirent simultanément un crescendo... un bruit funeste, celui du saccage, de la destruction et du désespoir... Il n'y avait que lui qui aurait pu refréner cette horreur mais il était trop tard... Il se mit lui aussi à crier, à hurler, longuement, avant de s'apercevoir qu'il était de retour dans la pièce... et que le démon hurlait, lui aussi, mais de rire.

Michael s'arrêta brusquement.

— Où est donc ton espoir, *Padre* ? demanda le démon. Où est ton ami ?

411

Pas ici... Il n'est pas ici... ce doit être vrai... pas de Jésus... juste un Dieu coléreux et vindicatif qui m'en veut... j'ai vécu dans le mensonge... ma vie entière n'est que mensonge...

Michael sentit les larmes couler le long de ses joues. Il essaya de les contenir. Il ne voulait pas donner au démon la satisfaction de voir qu'il avait réussi. Il se tint debout devant la fenêtre et regarda la foule, plus bas. Des gens s'étaient rassemblés autour de la morte. Subitement, une pensée lui traversa l'esprit.

C'est ça. C'est ce que je peux faire. Je peux offrir ma vie en guise de pénitence.

— *La vérité se trouve dans le saut.*

Ce devait être de ça dont Il voulait parler.

Qui ça, Il ? Il n'existe pas de Il.

Peu importe, si c'est un mensonge. De toute façon, il me faut m'échapper d'ici d'une manière ou d'une autre.

Le démon se mit à rire.

— Bien, *Padre*. Je vois que tu commences à comprendre.

Il ment. S'il voulait juste que tu meures, il t'aurait tué depuis longtemps déjà.

Mais alors que veut-il ?

Derrière lui, le démon poursuivit d'un air moqueur :

— Vas-y. Fais-nous donc une faveur. Tu nous dois bien ça, non ?

Il a raison. C'est le moment. La dernière chose qu'il me faut accomplir.

Non. Tu ne vois donc pas ? Ce n'est pas ton corps qui l'intéresse.

Mais quoi alors ? Mon âme ? Il est trop tard pour que je m'en préoccupe.

Il n'est pas trop tard. Il n'est jamais trop tard.

Michael s'assit sur le rebord de la fenêtre, les jambes pendant dans le vide. La foule qui s'était formée sur le trottoir était bien trop préoccupée par le corps gisant à terre pour le remarquer.

Il inspira profondément. Il hésita, comme s'il était sur le point de partir en vacances et que la sensation d'avoir oublié quelque chose lui traversait l'esprit. Il pensa à Tess. A Krissy. A Barbara. A Larry. A tous ces gens qui l'aimaient et qui ne comprendraient jamais. Il pensa même à Annie Poteet. Et à Randa.

Randa ! Je ne peux pas faire ça ! Il va la tuer !

Il entendit du bruit dans le hall et Randa apparut dans l'encadrement de la porte.

— Michael, les flics arrivent... une femme... que s'est-il passé ? demanda-t-elle, hors d'haleine.

Michael se reprit et fit signe à Randa de fuir.

– Randa ! Va-t'en ! cria Michael, enjambant la fenêtre dans l'autre sens. Trop tard.

Jack se plaça derrière elle et referma violemment la porte. Il la saisit et la maintint devant lui, le revolver sur sa tempe.

– Pourquoi veux-tu donc qu'elle parte, *Padre* ? Moi aussi, j'ai envie de m'amuser.

D'un mouvement vif, Jack prit Randa dans ses bras et se dirigea vers la fenêtre. Michael lâcha un cri, puis se ravisa.

– Qu'y a-t-il, *Padre* ? demanda le démon. Tu veux que je la fasse descendre, elle aussi ?

Michael fonça tête baissée, se jetant de tout son poids et de toute sa force contre Jack. Il réussit à lui arracher Randa et il l'entendit chuter. Un objet heurta également le plancher. Le revolver ? Il regarda rapidement autour de lui en pure perte.

Jack oublia Randa et se précipita sur Michael, qu'il renversa. Michael tenta de se dégager, mais Jack le dominait sans peine. Il sentait les mains de Jack sur sa gorge – des mains trop puissantes pour qu'il puisse lutter. Il essaya de lui donner un coup de pied, mais Jack enserrait ses jambes comme dans un étau. Il était immobilisé. Il ne pouvait plus respirer.

– Jack, laisse-le !

La voix de Randa, derrière lui. Le démon ne semblait pas avoir entendu.

– J'ai le revolver, dit Randa, d'un air décidé.

Jack relâcha son étreinte, mais laissa ses mains autour de la gorge de Michael.

– C'est pas mignon, ça ! Elle a le revolver.

– Je ne plaisante pas. Je ne te laisserai pas tuer Michael.

Sa voix tremblait et Michael s'aperçut alors qu'elle réalisait tout ce que son acte impliquait. Il aurait voulu lui dire de ne rien faire, mais si Jack le tuait, il ne manquerait pas de faire de même avec Randa.

– Allons, allons, dit le démon. Tu sais très bien que tu ne vas pas tirer sur le meilleur baiseur de ta vie.

– Laisse-le, hurla Randa. Je ne plaisante pas !

Michael s'aperçut avec surprise que les mains quittaient sa gorge. Il n'eut qu'un faible moment de répit avant de réaliser qu'il s'agissait d'une ruse. Dès que Randa eut relâché son attention, le démon l'attaqua. Il la jeta à terre. Michael entendit une nouvelle fois le revolver résonner sur le sol, sans pouvoir dire où au juste. Il réussit à se relever. La chose tenait Randa par la gorge. Michael savait qu'il ne servirait à rien d'essayer de le tirer

413

en arrière. Il vit un petit morceau de bois près de la plinthe. Il le saisit et l'abattit aussi fort que possible sur la nuque de Jack. Celui-ci hurla de douleur et libéra Randa. Il se tourna vers Michael, les yeux emplis de fureur. Il se jeta sur Michael et tous deux roulèrent à terre. Michael essaya de se dégager, mais Jack le coinçait contre le mur. Il sentit à nouveau les mains rugueuses de Jack lui enserrer la gorge. Plus durement cette fois, et il ne parvenait plus à respirer.

Il réussit à libérer sa main droite et tâtonna à la recherche d'un hypothétique objet. Il sentit une masse métallique au bout de ses doigts et il s'aperçut qu'il pouvait atteindre le revolver.

Le revolver !

Il referma sa main sur la crosse. Tout ce dont il avait dorénavant besoin, c'était de la force nécessaire pour viser et appuyer sur la détente.

Et puis après ? Tuer Jack ?

Si je ne le fais pas, c'est lui qui me tuera.

Et alors ?

Puis il tuera Randa.

Tu ne peux pas le tuer. Tu es supposé le sauver.

Je ne pourrai pas le sauver, si je suis mort.

Tout autour de lui, la scène commençait à prendre une étrange teinte violacée. Michael savait qu'il ne disposait plus que de quelques secondes. Il lâcha le revolver et avança sa main, espérant trouver la planchette. Ses doigts rencontrèrent un objet, mais ce n'était pas du bois. Du verre. Un verre.

L'eau bénite.

Il referma sa main sur le verre.

Jette-le-lui dessus.

Ça ne servira à rien.

Jette-le.

Ce n'est que de l'eau.

Jette-le.

Il n'avait qu'une seule chance. Juste assez de temps, assez de forces pour faire une seule chose. S'il choisissait le revolver, il vivrait. Mais Jack mourrait. S'il choisissait l'eau...

Vas-y !

Ses pensées tourbillonnèrent, comme mues par une volonté propre.

... ça ne marchera pas... je suis trop mauvais...

– Là n'est pas la question, Michael. C'est la foi qui compte.

– C'était quelqu'un comme les autres.

– ... souviens-toi que tu crois à la Rédemption...

– Il était différent... un caprice de la nature...
– ... quelque chose que tu dois accomplir...
– Il n'était pas là lorsque j'avais besoin de Lui.
– ... continue...
– ... il est trop tard, Padre....
– ... pas trop tard... jamais trop tard.
– C'était un type comme les autres.
– ... la vérité se trouve dans le saut...
– C'était un type comme les autres.
– ... quelque chose que tu dois accomplir...
– C'ÉTAIT UN TYPE COMME LES AUTRES.
– ... la vérité se trouve dans le saut...
C'est alors qu'il réalisa quelque chose.
C'est le moment ! C'est le saut !

Il resserra son étreinte sur le verre. S'il choisissait le verre plutôt que le revolver, il offrirait sa vie comme symbole de sa foi. Comme une preuve envers Dieu. Une preuve envers lui-même. Un choix absolu, conscient.

Avec toute la force qu'il parvint à rassembler – aussi bien physique qu'émotionnelle et spirituelle –, Michael saisit le verre et jeta l'eau au visage de Jack.

Dans l'esprit de Michael, Jack devait réagir comme si on lui avait jeté de l'acide au visage. Celui-ci réagit simplement comme quelqu'un à qui on avait jeté un verre d'eau au visage. Cela le surprit juste assez pour qu'il relâche son emprise sur la gorge de Michael.

– Putain de Dieu ! hurla Michael. Il savait qu'il ne lui restait que très peu de temps, pas d'alternative, et aucune aide. Il fit la première chose qui lui passa par la tête : il donna un coup de genou dans l'entrecuisse du démon.

A son immense surprise, cela marcha. Jack se plia en deux. Michael attrapa Randa par le bras et se mit à courir.

Ils descendirent les volées de marches d'une saleté repoussante aussi rapidement que possible, sautant par-dessus les détritus et les lattes en bois disjointes.

– Où allons-nous ? demanda Randa.

– Continuez ! lui lança Michael en la poussant en avant.

Ils atteignirent enfin le rez-de-chaussée et il n'y avait toujours aucun signe de Jack. Michael ouvrit la porte et poussa Randa sur le côté.

– Que faites-vous ? cria-t-elle.

– Vous allez m'attendre ici, répondit-il.

– Pas question !

415

— Vous ne pouvez rien faire, et j'ai déjà assez de problèmes sans devoir m'en faire à votre sujet.

— Et que voulez-vous que je fasse ? Que je m'assoie sagement en faisant du tricot ? J'ai traversé la moitié de ce putain de pays pour l'aider !

— Et le moins qu'on puisse dire, c'est que vous avez fait du bon boulot jusqu'à présent...

— Et *vous*, qu'est-ce que vous croyez que vous avez fait, espèce de connard ?

Michael l'attrapa par les épaules et la secoua.

— Randa, je suis tout à fait sincère. Vous l'avez beaucoup aidé. Mais c'est à moi d'entrer en scène maintenant, et il faut que vous me laissiez faire.

Elle ne répondit rien, même si visiblement l'envie ne lui en manquait pas. Elle croisa les bras et se retourna.

— Sortez devant l'immeuble, là où il y a les flics, et restez-y, dit Michael.

C'est alors qu'il entendit les pas de Jack dans la cage d'escalier, quelques étages au-dessus de lui. Il ferma la porte et courut.

Arrivé au rez-de-chaussée, il ouvrit la porte coupe-feu et descendit dans le sous-sol sombre. Sans la lumière de la rue, il devenait difficile de distinguer quoi que ce soit. Il fallait qu'il trouve un endroit pour se cacher, pour réfléchir à un plan d'action. Le plan d'évacuation montrait l'existence d'un autre sous-sol avec des escaliers dans le coin nord-ouest. Il avança dans cette direction, en espérant les trouver sans trop de mal.

Il descendit les escaliers à tâtons, en s'aidant du mur en béton là où il pouvait le voir. Le second sous-sol était encore plus sombre ; il parvenait à peine à distinguer les formes de l'ancienne chaufferie et des réservoirs d'eau chaude. Il contourna la chaudière et se tapit dans un coin, s'efforçant de retrouver sa respiration silencieusement.

Il savait que Jack ne mettrait pas longtemps à le découvrir. Il entendait déjà ses pas résonner au-dessus de sa tête.

Michael essaya de réfléchir. Jusqu'ici, il s'était tellement persuadé qu'il avait pensé à tout ! Pourquoi la voix lui avait-elle dit de jeter l'eau si ça n'avait aucune chance de marcher ? Il se rendit compte que sa difficulté à respirer provenait autant de sa colère que de l'effort physique qu'il avait fourni.

J'ai sauté, bon sang ! Où étais-Tu, putain de Dieu, Tu faisais une pause ou quoi ?

Tu es en vie, non ?

Michael pensa tout d'un coup à l'histoire de l'esquimau. Au même moment il entendit la voix familière :

C'est ça. Si je ne te sauve pas de la façon qui TE convient, tu ne remarques même pas que tu es encore vivant.

C'était vrai.

Bon, d'accord ! tu as raison. Mais il va bientôt être là, et je n'ai pas la moindre idée de ce que je vais faire.

Pas de réponse.

J'aimerais bien que tu m'aides, si ce n'est pas trop te demander.

Pas de réponse. Bien sûr, pas de réponse. Rien, mis à part les pas de Jack dans les escaliers.

— Alors, on se cache, *Padre* ? l'interpella-t-il. Pas surprenant, c'est ce que tu sais faire le mieux, n'est-ce pas ?

Michael retint sa respiration. Il sentait la pièce s'emplir de l'énergie du Mal.

Voilà. Il va me tuer.

Une force envahit subitement Michael, le collant contre la chaufferie. Instantanément ses sens furent assaillis par une vision. Puis, ce furent des bruits. Des centaines de voix, railleuses, vociférant dans une langue incompréhensible. Il pouvait voir des foules — devant lui, en dessous, des taches floues, comme si tout cela se passait sous l'eau. Quelque chose dégoulinait sur son visage ; la même odeur métallique qu'auparavant ; le goût du sang dans sa bouche. Et, par-dessus tout, la douleur. Incommensurable. Inhumaine. Mais la douleur physique n'était rien comparée à l'autre — le sentiment de solitude. Total. Absolu. Un puits noir, sans fin. Tout son être criait cette ancestrale supplique :

Pourquoi m'as-Tu abandonné ?

La douleur était si intense que Michael avait énormément de mal à se retenir de hurler.

Puis, aussi rapidement que c'était venu, tout disparut. Et Michael réalisa que cela ne venait pas du démon.

Jésus voulait-il quelque chose, lui aussi ?

Cette question n'impliquait-elle pas une certaine forme d'espoir ? Son espoir à vrai dire : j'ai fait ce que Tu voulais, alors pourquoi n'es-Tu pas là pour me sauver ?

Qu'avait-on répondu à Jésus ?

Rien.

Quelqu'un était-il apparu pour Le sauver ?

Non.

Et qu'avait-Il fait alors, se demanda Michael. Il avait dit : «Je remets mon esprit entre vos mains. » A ce moment, où il aurait pu condamner Dieu, où il en avait les meilleures raisons au monde, il avait déclaré – à tous les présents et aux générations à venir – qu'Il choisissait encore de faire confiance à Dieu. Il n'existait aucune transition, réalisa Michael. Il n'y avait qu'un choix.

Exactement comme Job, pensa Michael. Job, l'homme intègre tourmenté, qui avait demandé à Dieu de se défendre. Dieu était apparu dans un tourbillon et n'avait pas présenté de défense, il avait juste posé des questions qui pouvaient tenir en une seule : penses-tu pouvoir régir l'univers ? Et la réponse de Job ? Tu as raison. Toutes mes excuses. Job s'était rangé au côté de Dieu, contre lui-même. Sans avoir rien obtenu de concret. Était-ce cela que Dieu attendait de Michael ?

Peut-être Dieu n'avait-il pas honoré sa partie du contrat parce qu'il n'existait en fait aucun contrat. Et peut-être était-ce cela qui importait, et rien d'autre. Une nouvelle pensée vint à Michael, parfaitement claire.

Le saut n'était pas un saut de foi. Pas vraiment. C'est la reconnaissance de ce qu'il existe un fossé entre nous que rien ne peut combler. Infranchissable, par les moyens qui sont les nôtres. Tout ce qui est en notre pouvoir c'est de proclamer que nous sommes de l'autre côté. Comme Jésus. Comme Job. Arrête de divaguer et d'exiger une explication ou une récompense ou la justice. Dis juste : d'accord, Dieu. Sans aucune raison valable – et plus MALGRÉ Toi que grâce à Toi – je suis à Tes côtés.

– Bon ! cria Michael au plafond mais, cette fois, c'est tout ce que j'ai !

Il fit quelques pas en avant. Ses yeux s'étaient habitués à l'obscurité et il pouvait distinguer Jack – et le revolver que celui-ci pointait dans sa direction.

Jack arma le revolver, mais Michael était trop pris par sa colère pour s'en préoccuper. Il se jeta sur Jack, le saisissant aux jambes. Les deux hommes roulèrent à terre. Michael entendit le revolver heurter le sol à quelques mètres d'eux. La force physique du démon était maintenant contrebalancée par la furie de Michael – une rage à la fois dirigée contre le démon et contre leur ennemi commun : cette saloperie de plan divin.

Michael tenait Jack par la gorge et il le savait à sa merci.

– Tu fais ce que Tu veux, cria-t-il, comme si Dieu était sourd. Je ne Te demande rien. Je Te dis que je suis de Ton côté et que rien de ce que Tu me fais ou que Tu lui laisses me faire ne changera quoi que ce soit !

Pendant un instant, le temps sembla s'arrêter ; puis l'esprit de Michael commença à s'emplir d'un bruit, comme celui d'un torrent. Il sentit son corps vibrer, comme si un courant électrique le traversait. Il perçut également une couleur – une lumière dorée irradiant son corps – et, aussi étrange que cela puisse paraître, son âme. Il ne visualisait pas vraiment cette couleur, il l'éprouvait plutôt. L'intérieur de sa tête était comme « cuivré » – comme s'il avait tenu un fil électrique dénudé entre les dents. Il relâcha son étreinte sur Jack tout en le maintenant au sol. Jack se débattait, une expression de fureur sur son visage tordu.

Quelque part, bien au-delà de son sens auditif, il entendit prononcer le mot *maintenant*. Il ouvrit la bouche et les mots sortirent, chargés de cette énergie mais il savait qu'ils n'étaient pas de lui. Et pourtant, il ne doutait plus qu'il fût tout autre chose qu'un vaisseau vide.

– Laisse-le ! disait la voix en Michael. Elle n'était pas plus forte que celle d'une conversation normale, mais la force de sa colère était étourdissante.

– Va te faire voir ! hurla Jack.

Michael sentit la réaction de la force électrique. Elle s'intensifia. Obéissant à son instinct, Michael se rapprocha de Jack.

– Laisse-le ! répéta la voix.

Michael avait du mal à maintenir son équilibre. Il sentit son corps reculer comme s'il venait de tirer à la carabine.

Instantanément, Jack se mit à vociférer. Michael sentit le courant s'amplifier dans son corps et à l'extérieur, emplir la pièce.

– Jack !

Le cri venait des escaliers. Michael leva les yeux et aperçut Randa.

– Que se passe-t-il ? demanda-t-elle à Michael.

Avant que Michael ne puisse répondre, l'énergie se modifia dans la pièce, pour devenir l'équivalent spirituel d'ongles crissant sur un tableau noir. C'était moins un bruit qu'une vibration, et elle était accompagnée d'une pression écrasante qui semblait tirer dans des directions opposées. Michael sentait que Randa et lui étaient pris dans le tir croisé d'une guerre. Il se sentait totalement impuissant.

Puis, du plus profond de sa mémoire, surgirent les paroles de Bob Curso :

« C'est grâce à la volonté que Dieu peut sauver Danny. »

La volonté.

Très bien. Mais où était la volonté de Jack ? Qu'est-ce qui pourrait bien le faire revenir à la vie ?

Randa.

Michael regarda Randa. Elle avançait vers Jack, lentement, luttant contre la pression comme si elle affrontait un ouragan.

Michael ouvrit la bouche. Il avait beaucoup de mal à parler.

– Jack... il faut choisir... nous ne pouvons rien faire de plus, dit-il.

Jack était affalé, toujours en train de vociférer. On aurait dit qu'un invisible rocher l'écrasait. Il ne semblait pas avoir entendu Michael.

Randa tendit une main vers Jack. Elle n'arriva pas à le toucher. Plus elle se rapprochait de lui, plus la force semblait puissante.

– Jack... prenez la main de Randa ! réussit à lui crier Michael. Allez-y !

Aucune réaction. Toujours ce hurlement continu.

– Jack ! rugit Randa. Je sais que tu m'entends ! Elle reprit sa respiration, puis essaya à nouveau de le toucher.

Le hurlement ne cessait pas, mais Michael vit que Jack essayait de faire bouger sa main.

– C'est ça ! cria Michael. Prenez sa main !

La main de Jack s'approcha de Randa. Ils luttaient contre les forces qui s'interposaient entre eux.

Je T'en prie, mon Dieu. Aide-les.

Soudain, la force de Jack sembla s'accroître et il réussit à passer outre les barrières qui les séparaient. Il attrapa la main de Randa. Michael savait ce que cela signifiait. Jack avait fait son choix, lui aussi.

Aussitôt, le hurlement décrut, comme s'il était aspiré hors de la pièce. Michael réalisa que la bouche de Jack était close. Le hurlement provenait d'autre part, maintenant. Il s'affaiblit puis disparut complètement. La pression tomba. Michael s'effondra contre la chaufferie, à bout de souffle. Jack et Randa chutèrent l'un près de l'autre.

– Jack !

Jack la regarda, frottant sa tête comme s'il s'éveillait d'un long sommeil. Lorsqu'il reconnut Randa à son côté, il la serra contre lui.

– Randa !

C'était bien la voix de Jack.

Michael respirait à nouveau normalement. Il sentait encore le courant électrique tout autour de lui. Soudain, tout mua d'une sensation physique en un sentiment, une émotion. C'était la première fois qu'il ressentait une telle chose – une vague de joie, de paix, de réconfort et d'amour, aussi pure que la haine qu'elle avait chassée. Elle le submergea. Le transperça.

Michael regarda Randa. Elle l'observait, les yeux écarquillés.

Dites quelque chose. Avez-vous senti ça ?

– Qu'est-ce que c'était ? demanda-t-elle.

Michael vit un sourire se dessiner sur son visage. La vague avait laissé derrière elle une sensation de bien-être, aussi tangible que le film gluant que le Mal laissait derrière lui.

– Où sommes-nous ? demanda Jack, qui semblait ne pas être conscient de ce qu'avaient ressenti Randa et Michael.

– Je vous le dirai plus tard, dit Michael. Nous devons d'abord sortir d'ici.

Randa et Michael aidèrent Jack à se relever. Il continuait à se frotter la tête. Michael ramassa le revolver et le mit dans la poche de sa veste.

– Suivez-moi, leur dit Michael. Et ne touchez à rien.

Il les conduisit par l'escalier sombre jusqu'à la porte de service. Il l'ouvrit d'un coup de coude. Une petite barrière ceignait le périmètre de la porte. L'allée était sombre et totalement déserte.

Il leur fit signe de le suivre et ils sortirent tous, un à un. On n'entendait presque rien, juste le vague crépitement de la radio d'une voiture de police qui parvenait, fortement filtré, de l'autre côté du bâtiment.

– Bon, dit Michael à voix basse. Il y a une bouche de métro juste là, devant vous, dit-il en la montrant du doigt. Elle était de l'autre côté de la barrière qui séparait le Winecoff et le Carnegie.

– Les flics sont sur Peachtree. Si tout va bien, nous serons à Buckhead dans dix minutes.

– Hé !

Cela provenait de la rue. Michael leva les yeux. Un agent de police aussi massif qu'un lutteur de sumo se dirigeait vers eux :

– Ne dites rien et laissez-moi m'en occuper, dit Michael, tout en envoyant un appel muet au type à la chemise en flanelle.

Tu portes ton col.

Michael l'avait oublié. Il toucha l'échancrure de sa chemise, pour s'en assurer et esquissa un «merci» silencieux. Il s'avança vers le policier.

– Monsieur l'officier, je suis le père Riley.

Il valait mieux éviter de donner au flic un nom qui pourrait leur permettre de les retrouver par la suite.

– On m'a averti qu'une femme avait sauté du Carnegie.

– Qui vous a averti ? demanda le flic.

– Je ne sais pas. C'est la concierge qui a pris le message. Quelqu'un a appelé le presbytère et a demandé à ce que je me rende à l'entrée de service, derrière le Winecoff.

Il montra Jack et Randa du doigt.

– Ils sont du *Constitution*. Nous sommes venus à pied du parking de Macy's.

L'agent observa Randa et il changea d'attitude.

– Ce n'est pas une histoire bien intéressante, dit-il. Une vieille dame s'est jetée par la fenêtre. Elle venait probablement d'apprendre qu'elle avait une tumeur au cerveau ou un truc de ce genre.

– Dans ce cas, vous pourriez peut-être nous aider à trouver un membre de la famille à qui nous pourrions parler.

– Avec grand plaisir, dit-il en souriant de toutes ses dents.

Jack avait de la chance, se dit Michael. Difficile de ne pas faire d'emblée confiance à un prêtre ou à une belle femme, et Jack avait les deux de son côté. Le flic ne lui jeta même pas un coup d'œil.

– Excusez-moi, dit Michael, faisant semblant d'être vexé, mais je pense que mon travail passe avant tout.

– Oh... excusez-nous, dit le policier. Écartez-vous, fit-il, s'adressant à la foule.

Les gens levèrent les yeux, virent l'agent et le prêtre et s'écartèrent de leur chemin, comme la mer Rouge devant Moïse. Un homme de type hispanique dans un uniforme de groom du Ritz-Carlton fit un signe de tête à Michael.

– Bonsoir, mon Père, dit-il.

– Bonsoir, répondit Michael.

Excellent. Peut-être le flic va-t-il penser que c'est lui le type qui m'a appelé.

Michael tapota l'épaule du type en passant, comme s'ils étaient de vieux amis. Bizarrement, il lui apparut qu'il ne faisait pas cela uniquement pour rendre son histoire plus crédible. Ce geste avait un sens. Il ne savait pas lequel, mais il avait un sens. Il sentait qu'il était lié à cet homme, d'une façon tout à fait nouvelle pour lui.

– Père Riley ?

Michael leva les yeux, étonné. Un homme d'un certain âge portant un coupe-vent se tenait devant lui.

Comment se fait-il qu'il m'appelle comme ça ?

Michael le fixa, essayant de conserver son calme. Il avait la soixantaine et ses cheveux blancs encadraient un visage ovale. Michael le regarda dans les yeux et laissa échapper un petit bruit de surprise. Il aurait reconnu ces yeux partout, même sans la chemise en flanelle.

– C'est moi qui vous ai appelé, dit l'homme.

Michael acquiesça. Il sentit son cœur battre la chamade, tout au fond de sa cage thoracique.

Mon Dieu... ce n'est pas un rêve...

Il dut faire un effort pour articuler un mot.

– Je sais.

Il s'approcha de l'homme.

– Je sais qui Vous êtes, ajouta-t-il.

L'homme sourit et opina légèrement de la tête.

– Vous êtes sur le bon chemin, dit-il.

– Hé ! mon Père !

Agacé par cette interruption, Michael se tourna dans la direction d'où provenait la voix. C'était le flic.

– Le médecin légiste vous attend, dit-il.

– J'arrive tout de suite, dit Michael.

Il se retourna. L'homme avait disparu.

Michael le chercha des yeux dans la foule, mais il savait que cela serait inutile. Il savait que l'homme était parti. Tout comme il savait qu'il Lui avait parlé.

12

Michael se leva pour faire ses valises avant l'aube. Il voulait atteindre Manhattan avant que Tess ne parte travailler. Il savait qu'elle commençait plus tard le vendredi, mais ça allait tout de même être juste. Aussi eut-il un geste d'agacement lorsque le téléphone sonna. Quelqu'un avait sûrement décidé d'avoir une crise existentielle au mauvais moment, et il allait rater son avion. Il se décida toutefois à répondre.

— Michael, c'est Randa. Je suis chez Jack, il faut que vous veniez. Dépêchez-vous.

Dix minutes plus tard, Michael frappait à la porte de Jack. Randa le fit entrer.

— Que se passe-t-il ? demanda Michael, tout en craignant d'avoir deviné.

— Il faut que vous fassiez quelque chose, dit Randa. Il n'a pas fermé l'œil de la nuit et il dit qu'il va se constituer prisonnier.

Michael laissa échapper un petit soupir de soulagement.

— Bon d'accord. Où est-il ?

Randa montra l'autre extrémité de l'appartement.

— Il prend une douche, dit-elle. Je suppose qu'il se fait beau pour le lynchage.

La porte de la salle de bains s'ouvrit et Jack en sortit, revêtu en tout et pour tout d'un jean, et en train de se sécher les cheveux. Il s'arrêta net lorsqu'il vit Michael.

— Jack, vous n'allez pas vous dénoncer, dit Michael, même si je dois vous en empêcher de force. *Vous* n'avez rien à vous reprocher.

Jack jeta la serviette sur le lit.

— Ce n'est pas ce que vous disiez il n'y a pas si longtemps de ça.

— Qu'est-ce que vous me racontez là ?

— Vous aviez dit que j'avais sûrement fait quelque chose pour que tout ça m'arrive. Que j'avais fait quelque chose pour qu'il prenne possession de moi.

— Ça ne fait pas de vous un assassin.

— Si. Vous ne connaissez pas toute l'histoire. La *décision* de tuer quelqu'un, je l'ai prise il y a dix ans. Il m'a simplement fallu un certain temps pour la mettre à exécution.

— De quoi voulez-vous parler ?

— C'est moi qui lui ai permis de me posséder. Ces gens sont morts par ma faute.

— Ils sont morts à cause de mon grand-père ! dit Michael. Et à cause de son père, et Dieu seul sait à cause de qui d'autre. Toute votre vie vous vous êtes battu contre des choses que vous n'aviez pas choisies. Moi aussi. Et vous constituer prisonnier ne va pas faire revivre ces gens.

Jack secoua la tête.

— Je n'arriverai jamais à me pardonner ce qui s'est passé, dit-il.

— Heureusement ! Ce n'est pas à vous de le faire !

Michael avait parlé si fort que Jack et Randa en furent surpris. Michael poursuivit :

— Admettons que vous leur disiez la vérité. La vérité, en l'occurrence, ce n'est *pas* que vous avez assassiné ces gens de sang-froid. Donc admettons que vous et moi allions voir les flics — maintenant — et que nous leur racontions toute l'histoire. Vous savez ce qui va se passer ? Vous pensez que la *vérité* aura quelque chose à voir avec ce qui va se passer ? Lorsqu'ils vous mettront pour toujours derrière les barreaux ou lorsqu'ils vous exécuteront, qu'est-ce que la *vérité* aura à voir avec ça ? En fin de compte, vous laisseriez le Diable l'emporter ? C'est ça le sacré résultat que vous cherchez ? Ou bien refusez-vous simplement de voir les choses en face ?

Michael fit une pause pour reprendre sa respiration.

— Je pense que tous trois nous nous sommes abrités, pendant longtemps, derrière tous les prétextes possibles et imaginables. En ce qui me concerne, c'est fini. Mais si vous voulez toute la vérité, il faudra la raconter à quelqu'un qui puisse juger du contexte. Sachez que Lui connaît toute l'histoire et qu'Il vous a déjà jugé. Je suis désolé de vous l'apprendre, Il vous a condamné à vivre.

Michael regarda Randa.

— Il nous a tous condamnés à vivre, dit-il.

Il les laissa un instant cogiter sur ces paroles, puis ajouta :

— C'est la version divine de la peine capitale.

13

Randa était assise à côté de Jack sur la butte en terre, près de la mare, d'où ils pouvaient observer les canards. Apparemment, la scène avait sur Jack l'effet que Randa avait escompté, et celui-ci semblait s'apaiser. L'orage s'était éloigné et le soleil de ce milieu de matinée parvenait à peine à réchauffer l'air. Randa se sentait elle aussi étrangement calme, mais les canards n'y étaient pour rien.

Jack ne l'avait pas senti – ce phénomène qu'elle et Michael avaient perçu au sous-sol du Winecoff. Elle était tout à fait incapable de dire de quoi il s'était agi, tout comme elle ne pouvait s'expliquer ce qui s'était réellement passé. Tout ce dont elle était sûre, c'était que rien de la sorte ne lui était arrivé auparavant. Et que cette chose avait renvoyé le démon d'où il était venu. Elle aurait toute la vie pour essayer de comprendre ; pour l'instant, ses préoccupations allaient ailleurs, à des choses qui concernaient sa vie, justement.

Elle avait passé une nuit blanche, elle aussi. La conclusion de ses pensées intimes était loin de la satisfaire. Mais elle savait en son for intérieur qu'elle avait raison. Il ne lui restait plus qu'à lui en faire part.

Elle considéra Jack. Il fixait les canards, comme hypnotisé, perdu dans ses pensées. Cela ne servirait à rien de remettre cela à plus tard ; il n'y aurait jamais de moment « propice ».

– Jack, je vais retourner à Los Angeles.

Il ne répondit pas, apparemment plongé dans sa méditation.

– C'est là que je me sens chez moi, poursuivit Randa. C'est un choix que j'ai fait, et je ne m'imagine pas vivre ailleurs. Je ne peux pas rester ici à cause de toi. Ça ne marcherait ni pour toi ni pour moi.

– D'accord, dit-il, après un long moment.

D'accord ? C'est tout ? D'accord ?

Randa soupira. Un autre enfant dans le dos des Landry. Mais cette fois, c'était bel et bien fini.

Peut-être pensait-il qu'elle partait à cause de ce qui s'était passé. C'était logique. Après tout, une femme saine d'esprit laisserait probablement tomber un type ayant une demi-douzaine de morts sur la conscience. Mais Randa n'avait pas le moins du monde peur de lui. Intuitivement, elle savait que Jack était quelqu'un de bon. Elle avait senti le Mal dans cette pièce. Elle l'avait senti partir. Cette force l'avait chassé. Elle ne savait pas ce qui s'était passé, mais elle n'avait aucun doute sur la confiance qu'elle portait à Jack.

— Prendre des cours d'hôtellerie m'a déjà tenté, dit Jack, sans aucune trace d'émotion dans la voix. Je vais peut-être réessayer.

— L'hôtellerie ? demanda Randa en s'efforçant de garder son calme. Pourquoi ?

Jack haussa les épaules.

— Parce que je pense que je m'en sortirai bien, dit-il. Il la regarda. Je n'ai pas de raison plus noble.

— C'est une raison tout à fait valable, dit Randa. Où vas-tu aller ?

Jack se tourna vers la mare.

— Je ne sais pas. Il faut que je trouve un établissement qui voudra bien de moi. Et que je puisse m'y rendre en bus.

Randa le regarda, surprise.

— En bus ?

— Oui, j'ai entendu dire qu'il était difficile de se déplacer à Los Angeles sans voiture, dit-il.

Randa n'en croyait pas ses oreilles.

— Tu veux venir à Los Angeles ? Avec moi ?

Il la regarda à son tour, l'air embarrassé.

— Je pensais que c'était ce que tu me demandais, dit-il.

Randa se mit à rire, ce qui ne fit qu'ajouter à l'embarras de Jack.

— Tu ne veux pas ? demanda-t-il.

Elle le serra contre elle, sans cesser de rire.

— Bien sûr que je veux que tu viennes. C'est juste que je n'arrive pas à y croire.

Jack l'embrassa, puis se dégagea et la regarda droit dans les yeux.

— Il y a juste une chose qui me chiffonne, dit-il. Est-ce que tu as l'impression que je fuis quelque chose ? Ce n'est vraiment pas dans mes intentions.

Elle secoua la tête.

– Nous dirons à Michael où nous sommes et, si quelqu'un veut nous trouver, il saura quoi faire.

– C'est moins difficile pour Michael, dit Jack, il ne doit pas vivre avec ce que j'ai fait. Il regarda la mare. Je me tairai parce que je me fie à lui. Mais s'ils veulent m'interroger, je ne m'enfuirai pas.

Randa acquiesça. La pensée qu'« ils » pourraient venir le chercher la terrifiait, mais elle l'aimait par-dessus tout.

Elle inclina la tête contre sa poitrine. Il la prit dans ses bras et l'embrassa dans le cou. Le calme l'envahit, entièrement, faisant s'évanouir toute évocation de passés honteux et d'avenirs inquiétants. De toute façon, elle avait passé bien trop de temps à se soucier de l'avenir et à panser les blessures du passé.

Elle sentit sa tête bouger au rythme de la respiration de Jack ; une brise fraîche lui caressa le visage. Elle écouta le stupide cancanement des canards.

Dans le tréfonds de son être, dans cette bulle d'éternité, l'existence avait un sens.

14

Michael arriva à l'appartement de Tess un peu avant dix heures et demie. Deneb lui dit qu'elle n'était pas encore descendue et Michael monta donc à son appartement. Elle allait fermer sa porte lorsqu'il sortit de l'ascenseur. Elle le regarda, éberluée, puis son visage s'illumina d'un sourire :

— Je suppose que je n'aurai pas à aller à Atlanta ce soir, dit-elle.

— Je ne voulais pas attendre jusqu'à ce soir. Il faut que je te parle.

Son sourire s'évanouit.

— Tout va bien, dit-il en l'embrassant. Je veux juste te raconter ce qui s'est passé.

Ils rentrèrent dans l'appartement et il lui narra toute l'histoire. Comme prévu, elle resta interloquée.

— Je ne sais pas comment prendre tout ça, dit-elle.

— Moi non plus. Mais il fallait que je te le dise... pour que tu me comprennes mieux et que tu aies une idée d'où j'en suis.

— Et où en es-tu ? dit-elle d'une voix tremblante.

— C'est comme si j'étais nu, sans protection, répondit-il. Tout ce que je désire maintenant, c'est être le plus clair possible par rapport à tout ça. Je ne veux pas démissionner, ce ne serait pas honnête. Je tiens vraiment à rester prêtre. Mais je ne veux plus de cette hypocrisie, j'en ai assez de me cacher. Je dois leur dire la vérité.

— La vérité ?

— Que je t'aime.

— Si tu leur dis ça, ils te défroqueront.

— Ils feront ce qu'ils voudront, dit-il. Pour ma part, j'aurai été honnête.

Il se leva, marcha vers la fenêtre et regarda au dehors.

— Je me suis souvent demandé pourquoi je voulais être prêtre, et je ne connais pas la réponse. Peut-être ai-je fait ça pour Vincent. Peut-être pour sortir de son ombre. Peut-être étais-je redevable à Dieu de m'avoir permis de survivre à l'incendie. Je ne sais pas. En fait, je ne suis même pas sûr d'avoir réellement officié comme prêtre. J'ai été étudiant, puis professeur, puis rédacteur en chef d'un magazine. Je voulais servir Dieu, mais je voulais le faire à ma façon. Ce n'est pas comme ça que ça marche.

— Dans ce cas, tu devrais peut-être essayer à nouveau, maintenant que tu sais ce qu'il te faut faire.

— Tu as sans doute raison, mais je ne veux plus.

Il revint vers elle et s'assit à son côté.

— Si je me sens prêtre, tout au fond de moi, la tâche que j'accomplirai n'a qu'une importance relative. Et les endroits où l'on a besoin d'aide ne manquent pas.

Tess essayait de se retenir de pleurer.

— Je t'aime, dit-elle.

Il la serra contre elle, très fort.

— Je t'aime aussi, dit-il. Je t'aime tellement.

Par-dessus l'épaule de Tess, Michael vit Krissy arpenter nerveusement le couloir.

— Salut Krissy, dit-il. Tu as entendu notre conversation ?

Krissy rayonnait de joie.

— Euh... juste assez pour savoir ce qui se passe, dit-elle en entrant dans la pièce. Mais rassurez-moi... vous n'allez pas vous marier, n'est-ce pas ?

Michael sourit et regarda Tess.

— Je ne sais pas... qu'est-ce que tu en penses ? dit-il en regardant Tess.

Tess essuya ses larmes du revers de sa manche.

— Je ne sais pas, dit-elle.

— Pourquoi tu nous demandes ça ? Tu veux être demoiselle d'honneur ?

— Ça ferait de toi mon beau-père, dit-elle. Je trouve ça bizarre.

— Mais ça ferait de ta mère une honnête femme, dit Michael.

Krissy rit.

— Ma mère est déjà assez honnête comme ça.

Michael acquiesça en riant.

— C'est vrai, dit-il.

Tess se leva et commença à rassembler ses affaires.

— Je dois y aller, dit-elle. J'ai une réunion.

Elle regarda Michael.

– Tu seras là à mon retour.

– Bien sûr. Où veux-tu donc que j'aille ?

Tess les embrassa tous deux avant de quitter la pièce. Dès qu'elle entendit la porte se refermer, Krissy se tourna vers Michael.

– Eh alors... ce type aux cheveux blancs, à l'hôtel...

– Quoi ? Tu nous écoutais depuis si longtemps ?

Krissy fit comme si elle n'avait rien entendu.

– Tu es absolument sûr que c'était la même personne que tu as vue dans tes rêves ?

Michael acquiesça. «Oui».

– Tu crois qu'Il ressemble vraiment à la version de tes rêves ?

– A mon avis, ce n'est pas très important.

– Je me demandais juste s'Il était mignon.

– Krissy, je crois qu'Il est un peu vieux pour toi.

Elle ne rit pas.

– Si je pouvais croire à cette histoire...

– *Mon* histoire ?

– Toute cette histoire, dit Krissy. Ce que je veux dire, c'est que s'il existait vraiment un Dieu qui puisse nous écouter... et qui s'habille en jean...

Elle fit quelques pas, tirant distraitement sur une mèche de ses longs cheveux.

– J'ai beaucoup pensé à cette histoire de Dieu depuis que toi et maman vous... enfin tu vois ce que je veux dire. J'ai essayé de prier, mais je me sens complètement idiote.

– Viens ici, dit Michael en tapotant un des coussins du canapé. Assieds-toi.

Elle lui obéit. Sans rechigner et sans la moindre plaisanterie.

– *Prier* est un mot plutôt intimidant, dit Michael. Imagine que je suis le type à la chemise en flanelle et que nous soyons assis côte à côte, en train de bavarder.

– Si c'était vrai, je serais morte de trouille, dit Krissy.

– Bon, alors, admettons que tu n'aies plus peur.

– O.K. ! Bon, alors... je dirais un truc comme... j'aimerais mieux Te connaître. Sa voix tremblait légèrement. Mais je n'arriverais jamais à me forcer à m'asseoir sur un banc une fois par semaine pour qu'on passe en revue tous mes péchés. Je ne veux pas non plus devenir un de ces illuminés qu'on voit un peu partout et qui embêtent tout le monde en leur disant que Tu les aimes. Donc... ce que je voudrais savoir, c'est s'il existe une façon de Te rencontrer qui me soit vraiment personnelle ?

Elle regarda Michael, subitement embarrassée.

431

— Du moins, un truc dans ce genre.

— D'accord. Et à ton avis, qu'est-ce que je te répondrais ?

— Ça, c'est à *toi* de me le dire.

Michael secoua la tête.

— C'est mon univers et c'est moi, et moi seul, qui décide des règles.

— Dans ce cas, dit Krissy en rechignant, je crois que tu dirais : « Eh bien ! je suis désolé que mes règles ne te conviennent pas. Lorsque tu créeras ton propre univers, tu pourras faire absolument tout ce que tu voudras. »

Michael secoua de nouveau la tête.

— Non, dis Michael. Essaye encore une fois.

— Je n'en ai pas la moindre idée. Chaque fois que je L'ai imaginé, Il était méchant, et Il m'en voulait à mort...

Elle soupira.

— Je donne ma langue au chat, dit-elle. Après tout, c'est *ton* copain. Qu'est-ce qu'Il dirait ?

Michael réfléchit un instant. Il écouta. La réponse lui vint facilement, sans qu'il sût comment.

— Il dirait... Fais de ton mieux. Traite les autres personnes avec respect. Traite-toi avec respect. Et la prochaine fois que tu verras un beau coucher de soleil, prends le temps de l'observer. Compte les couleurs. Demande-toi d'où elles viennent. Dis « génial ! » à haute voix. Et je t'entendrai. Et je prendrai ça pour une prière.

Il lui donna un baiser sur le front.

— Tu es sûr que c'est ce qu'il dirait ? demanda Krissy, la voix empreinte d'émotion.

— Bien sûr que non, dit Michael.

Krissy éclata de rire. Michael se joint à elle.

Il n'était pas si sûr de ce qu'il disait.

Même si en fait...

Il en était intimement persuadé.

*Cet ouvrage composé
par D.V. Arts Graphiques à Chartres
a été achevé d'imprimer sur presse Cameron
dans les ateliers de Brodard et Taupin
à La Flèche (Sarthe)
en janvier 1998
pour le compte des Éditions de l'Archipel
département éditorial
de la S.A.R.L. Écriture-Communication.*

Imprimé en France
N° d'édition : 110 — N° d'impression : 6334T-5
Dépôt légal : janvier 1998